GOLDMANN

Oskar Maria Graf, geboren am 22. Juli 1894 in Berg am Starnberger See als Sohn eines Bäckers, wurde Ende 1914 zum Militärdienst eingezogen, aber bereits 1916 – nach einer Befehlsverweigerung – als »geisteskrank« entlassen. Im Januar 1918 beteiligte er sich am Munitionsarbeiterstreik und schloß sich später dem revolutionären Kreis um Kurt Eisner an. Nach dem Zusammenbruch der bayrischen Räterepublik war er von 1923 bis 1929 Dramaturg der Münchner Arbeiterbühne, dann freier Schriftsteller.

Nach Hitlers Machtergreifung ging er im Februar 1933 nach Wien ins Exil, ein Jahr später dann nach Moskau. 1938 floh er vor den Nazis in die USA und ließ sich in New York nieder, wo er am 28. Juni 1967 starb.

Oskar Maria Graf begann sein schriftstellerisches Schaffen mit revolutionärer Lyrik, schrieb dann Autobiographisches und fand schließlich zu kunstvoll-schlichten Kalendergeschichten aus der altbayrischen Welt, zu Bauernromanen voll urwüchsigen Lebens und kraftvollen Humors. In seinen letzten Jahren entstanden hauptsächlich politische Zeit- und Zukunftsromane.

Das kleine
OSKAR MARIA GRAF BUCH

GOLDMANN VERLAG

Der Goldmann Verlag
ist ein Unternehmen der Verlagsgruppe Bertelsmann

Made in Germany · 8/90 · 1. Auflage
Genehmigte Taschenbuchausgabe

Die Erzählungen *»Bayrischer Bauernspiegel«* bilden
den ersten Teil, die Erzählungen
»Bayrische Dorfgeschichten« den zweiten Teil des
»Großen Bauernspiegels« von Oskar Maria Graf
Umschlaggestaltung: Design Team München
unter Verwendung des Bildmotivs »Schießscheibe«,
Schliersee 1836
Druck: Elsnerdruck, Berlin
Verlagsnummer: 9764
SK · Herstellung: Heidrun Nawroth
ISBN 3-442-09764-9

Oskar Maria Graf

Bayrischer Bauernspiegel

Erzählungen

Inhalt

Das Moor

I

Wenn man vom Marktflecken Oberingelbach aus die Landstraße westwärts geht und den staatlichen Forst, der unmittelbar darauf anfängt, nach knapp einer halben Stunde durchschritten hat, beginnt das Himmelbacher Moor. Dieser Landstrich, der sich stundenweit links und rechts von der Straße ausdehnt, atmet eine seltsame, fast unheimliche Verlassenheit. Öde und trist, nur von kärglichen, verkrüppelten Sträuchern bewachsen, liegt er da. Etliche Torfhütten tauchen in der Ferne auf, sonst ist weit und breit nichts zu sehen als schmutzbraune Erde und endloser Himmel. Schonungslos brennt die Sonne hernieder, und in den warmen Jahreszeiten herrscht rundum ein schleieriger, webender Dunst, der nach Moder und Verwesung riecht und den Atem benimmt. Erst nach reichlich zwei Stunden wird an den leichten Hügeln, die nunmehr anheben, ein ziemlich baufälliges niederes Häuschen sichtbar, das in seiner zusammengeduckten Form beinahe aussieht wie ein reglos daliegender, mächtiger steinerner Hund, der seit ewiger Zeit dazusitzen scheint und über diese toten Flächen wacht. Kommt man näher, so sieht man über der schiefen Tür eine zerschlissene Tafel mit der verwischten Aufschrift: *Tafernwirtschaft von Ignaz Birtl.* Der Name Ignaz Birtl ist fast bis zur Unleserlichkeit verkratzt, und manchmal kann man die Wahrnehmung machen, daß er frisch mit Kreide durchgestrichen und darunter geschrieben *Johann Frötthammer* deutlich zu lesen ist.

Als ich zum ersten Male in diese einsame Moorwirtschaft trat – es war ein brennend heißer Tag –, stieß ich vor allem dermaßen an die Decke der niederen, stickigen, fliegendurchsummten Stube, daß ich nahezu umsank und mich einen Augenblick vor Taumeligkeit an die Wand lehnen mußte. Es herrschte ein solch betäubender Gestank hier, daß ich Mund, Nase und Augen zuhielt und diese erst wieder aufriß, als ich ein knarrendes Geräusch in einer Ecke vernahm. Ein breitschultriger Bauer mit einem stoppeligen, viereckigen Gesicht und unheimlich stechenden Augen, die mich gleichsam durchbohrten, saß reglos am Tische. Ich mußte unwillkürlich einen Schrei hinunterwürgen und meine ganze Gestalt straffen bei diesem Anblick und fragte schließlich etwas benommen: »Kann man hier Bier haben?«

In derselben Sekunde aber drehte sich der Bauer ruckhaft herum auf der Bank und wandte mir ohne ein Wort den gekrümmten Rücken zu. Gleichzeitig schleuderte er mit einem hastigen Stoß den mächtigen eschenen Tisch um, daß er krachend am Boden auffiel. Ich rannte entsetzt aus dem Haus, und erst als ich hügelabwärts nach Himmelbach hineinlief, sammelte ich mich wieder ein wenig. Zwei Bauern kamen des Wegs und maßen mich mißtrauisch.

»Ist denn hier keine Wirtschaft außer de-der?« stotterte ich heraus und deutete mit dem Finger rücklings auf den Hügel. Aber die beiden Männer gingen schweigend weiter. »Herrgott! – Hört ihr denn nicht? He? He?« schrie ich ihnen nach. Es war vergebens. Man ließ mich stehen, stehen wie einen Menschen, dem das Kainsmal oder der Aussatz vom Gesicht herunterzulesen war. Meine Enttäuschung stieg aber vollends zur Hoffnungslosigkeit, als ich bedrückt herumschaute und Leute, die vor den Häusern standen, rasch verschwinden sah und hörte, wie sie ängstlich die Türen verriegelten.

Erst nach einer guten Weile faßte ich mich wieder und schritt auf ein Haus zu, um dort mein Glück zu versuchen. Solche Klötze gibt es überall, sagte ich mir und öffnete die Gartentür des Gehöfts. Da sprang eine große, bissige Dogge auf mich zu, und nur mit knapper Not entkam ich ihren Zähnen. Eine Bäuerin schloß schnell das Fenster und schrie: »Giftlump! Mach daß d' fortkimmst!«

Es blieb mir schließlich nichts anderes übrig, als wieder nach Oberingelbach zurückzugehen. Die ganzen Vorkommnisse aber hatten mich aufs höchste aufgeregt, und trotz meiner brennenden Neugier fürchtete ich mich, wieder an der Frötthammerschen Wirtschaft vorbei zu müssen. Ich beschloß schließlich, als ich auf der Anhöhe stand und schon dichter werdende Abendnebel aus dem Moor stiegen, hinter einem Gebüsch die Nacht zu verbringen, und wollte von da aus die Wirtschaft unbemerkt beobachten. Trotz allen Widerstrebens schlief ich aber bald ein und erwachte erst, als die Sonne schon hoch am Himmel stand. Ich sprang auf, rannte den Hügel hinunter an der Wirtschaft vorüber. Am Anfang des Oberingelbacher Forsts traf ich den Pfarrer des Marktfleckens und erzählte ihm meine Erlebnisse.

»Hochwürden«, fragte ich am Ende, »sagen Sie mir, was ist

denn das alles –? Das ist ja das reinste Fegefeuer auf Erden schon.«

Der Geistliche, der mir mein Erschrockensein wohl von den Augen ablesen konnte, lächelte freundlich und meinte: »Sie haben auch grad eine schlechte Zeit erraten, Herr ... Grad in diesem Monat vor jetzt zwölf Jahren hat der ›Viehschwund‹ in Himmelbach angefangen. Das ist ein finsteres Kapitel. Wenn man alles so betrachtet, Herr ... Es ist was Merkwürdiges um die Menschen; wenn sie unser Herrgott straft, fassen sie einen Haß gegen die eigenen Mitmenschen, und daher kommt das ganze Übel auf der Welt.«

Er blieb stehen, wischte sich mit dem Taschentuch den Schweiß aus dem Gesicht und deutete mit seinem Stock hinüber auf die Frötthammersche Wirtschaft, dann ins Moor.

»Das alles, was Sie da weit und breit sehen«, hub er nunmehr an, »dem Frötthammer seine ›Schinderhütt‹ und das Himmelbacher Moor ... Lange wird's ja nicht mehr hergehen, daß alles so tot daliegt, denn jetzt will's der Staat nutzbar machen. – Aber das ist wirklich eine Art irdisches Fegefeuer – da haben Sie das richtige Wort gesagt.«

Und im Weitergehen erzählte er mir gemächlich, weit ausholend und untermischt von jener stillen, stetigen Gerechtigkeit, die allen gläubigen Naturen anhaftet, die nachfolgende Geschichte.

II

Himmelbach ist seit jeher das reichste Dorf in der ganzen Gegend. Es ist ein fast märchenhafter Landstrich hinter den Hügeln. Nirgends gibt es solchen Weizen, solchen Roggen. Die Gerste aus dieser Gegend ist sprichwörtlich. Nur das Viehfutter, wie Hafer, Klee und Heugras, ist zu manchen Zeiten mager, zäh und holzig. Man hat lange nachgeforscht, woran es liegt, daß gerade diese Fruchtgattung, mag sie nun angebaut werden, wo sie will, oft in den besten Getreidejahren so schlecht gedeiht, daß die Bauern sie nur zur Streu benützen können. Man sagte sich anfänglich, das füllige Getreide nehme dem Boden allen Saft, und da bliebe für die minderen Viehfutterarten keine Nahrung mehr. Man baute auf die besten Flächen Klee, pflanzte auf sogenannte »gerastete Äcker« Hafer und war sparsam mit dem Aussäen von Getreide, ließ Gras darauf wachsen. Aber es half nichts.

In seiner dumpfen Verzweiflung darüber hat so mancher Bauer sich gesagt: Wenn es schon so ist – alsdann muß einfach das Vieh mit diesem Futter vorliebnehmen, und er warf die Futterkrippen voll mit solchem Heu. Die Tiere schnüffelten an dem Vorgesetzten herum und hoben die Köpfe wieder, fraßen nichts. Wart nur, wenn ihr Hunger kriegt, freßt ihr schon! sagte sich der erboste Bauer und ließ sich nicht davon abbringen, seinen Kühen und Pferden dieses Futter vorzusetzen. Und siehe da, da kam das Schreckliche – diese hungerten lieber, hungerten – und brachen auf einmal ermattet zusammen, verendeten. Es ist heute noch so, und es wird wohl so bleiben, denn der Bauer begnügt sich mit der Tatsache, daß es nun einmal so ist, und ist mißtrauisch gegen jedermann, der da nachforschen will. Er gibt in den sogenannten »Gift- oder Schwundjahren« seinem Vieh nur Getreide und streut mit dem mißratenen Futtergepflanz ein.

»Giftlump hat man Sie geheißen? – So nennt man seit dem Birtl und dem Frötthammer jeden Fremden, der in dieser Gegend auftaucht. Man wittert hinter jedem den gräßlichen Unglücksbringer. – Sehen Sie, da sind wir an der Wurzel dieser Geschichte«, sagte der Pfarrer und fuhr fort:

»Vor jetzt ungefähr zwanzig Jahren kam nach Himmelbach zum größten Bauern der Frötthammer-Hans als Knecht. Im Oberingelbacher Kirchenbuch steht seine Familie seit siebzehnhundertzweiundneunzig. Schäfer aus dem Ungarischen waren die ersten. Sonderbar sind die alle ein wenig gewesen, die Frötthammerschen, aber durchaus rechtschaffene Menschen. Der erste, von dem man hierzuland weiß, hat sich mit Weib und Kindern in Kardlfinfenberg, dreieinhalb Stunden ostwärts von Oberingelbach, niedergelassen. Es verlautet nicht recht viel mehr, als daß er dort als Viehkurierer und Wunddoktor, achtundfünfzig Jahre alt, gestorben ist. Nicht lang darauf folgte ihm sein Weib. Was die drei Söhne anbelangt, so ist einer Uhrmacher geworden und soll in irgendeiner österreichischen Stadt gestorben sein, so um achtzehnhundertsechsundsiebzig; einer ist Schäffler gewesen und ging nach Tirol hinein in die Weingegend, und Hansens Vater, ein Wirt, hat eine Maria Gfellersberger aus Rendlampfing geheiratet. Das liegt weit weg, an der Grenze, ist ein ziemlich großer Marktflecken und heute wohl schon eine Stadt. Wie es aber so zu gehen pflegt, wenn der Mensch von heut' auf morgen heiratet – diese Ehe war ein Unglück. Der Frötthammerwirt war ein ruhiger Mann, hat gearbeitet den ganzen Tag, in der Metzgerei, sommers auf dem Feld und winters im Wald, ohne Einhalten, aber eins hat er gehabt, das war unmenschlich: Zornig wenn er worden ist, das war, als wie wenn er bis ins kleinste gerechnet hätte, wie er den anderen womöglich unschädlich auf Lebensdauer machen könnte. Einen Haß hat er gehabt, der war teuflisch. –

Die Wirtin hingegen war ein lockeres Ding, eine Person für die Männer, und eines Tages kam es zu etwas Furchtbarem.

Spät in der Nacht, alles schlief schon, saß der Frötthammer in der Wirtsstube, die Wirtin saß da und der Gendarm Rimminger, und – man weiß nicht wie – der Gendarm hat schließlich den Wirt erstochen. Die Verhandlung und die Erzählungen der Leute lassen es so erscheinen, als sei der Wirt auf den Rimminger mit dem Bierschlegel losgegangen aus Eifersucht. Und da habe der Gendarm in Notwehr gehandelt.

Mein Amtsvorgänger aber«, erzählte der Pfarrer, »hat seinerzeit dem Rimminger am Sterbebett die Beicht' abgenommen, und da hat er gesagt: ›Ich war's, Hochwürden ... Ich hab' mich nicht mehr halten können. Der Frötthammer hat bloß gesagt: ‚Ich rühr' dich nicht an, Hurenhengst! *Du* mußt ins Zuchthaus – *ich* nicht!' Und nachher hat er so lange mit dem Sticheln und Hetzen fortgemacht, bis ich ihm das Stilett hineingerannt hab', und alsdann ist er zusammengefallen, und gestöhnt hat er, wie wenn er jetzt erst richtig zufrieden wär'. Fast gelacht hat er, und wie der Leibhaftige selber hat er das Gesicht verzogen und hat gesagt: ‚So, Hund, so! Gott sei Dank, so ist's recht! – Jetzt, Hund, ist's aus mit deiner Herrlichkeit auf der Welt – jetzt hast deine Straf'!' Und dann haben wir ihm den Bierschlegel in die Hand gedrückt. *So* ist's gewesen, Hochwürden! Ich hab' ihn niedergestochen, ja – jeder hätt's gemacht ... *Er* hat's gemacht, *er* selber!‹«

Ich schüttelte fast ungläubig den Kopf, so sonderbar berührte mich diese Erzählung.

In der Waldmitte tauchte ein schnell dahertrabendes Gefährt auf und kam näher. Etliche erschreckte Vögel rauschten krächzend aus den hohen, dunklen Tannen empor. Ein Himmelbacher Bauer saß auf dem Wägelchen und nickte dem Geistlichen grüßend zu.

»Der Steim von Himmelbach ... ?« sagte der Pfarrer nachdenklich: »Hm, merkwürdig! Heut' ist ein Tag, der das Erzählen leicht macht. Die Hauptfiguren kommen grad immer an, wenn es stockt.«

»Der Rimminger hat fünf Jahre Zuchthaus bekommen«,

fuhr er fort, »und ist als Betbruder gestorben, und die Frötthammerin hat die Wirtschaft verkauft und ist mit ihrer Tochter Elis wieder nach Rendlampfing gegangen. Der Bub, der Hans, ist davongelaufen am selben Tag und hat sich rechtschaffen fortgebracht. Beim Simsenfurtner in Furt ist er drei Jahre Stallbub und Drittler gewesen, beim Rumleitner in Mögling war er vier Jahre, und dann ist er zum Steim – nicht zu dem, der eben vorbeifuhr, zu seinem Vater – gekommen. Ein Knecht, wie man ihn brauchen kann. Jeden hat er müdgemäht, ruhig war er, kein Aufschneider und kein Flucher. Im Jahr seine zwei Beichten und seine Speisung ...«

Der Geistliche hielt inne und veratmete. Wir gingen schweigend nebeneinander. Der Wald schattete jetzt mit seiner ganzen saftigen Stille über die Straße. Leise Vogeltriller drangen durch das dichte Kronengewirr der Bäume. Hoch mußte die Sonne stehen. Man schritt wie durch eine wohltuend kühle Grotte in eine rätselhafte Bergmitte ...

Der Pfarrer schneuzte sich vernehmbar, daß es hallte.

»Wenn man so nachdenkt«, sagte er, sein Schnupftuch einsteckend, wie neugestärkt und machte einige straffere Schritte: »Wenn man alles so überschaut ...? Der Frötthammerwirt hat den Rimminger strafen wollen ...? Und der Bub hat alles auslöffeln müssen. *Was* sich doch die Menschen alles in den Kopf setzen! Sie wollen nicht begreifen, daß unser Herrgott immer dabeisteht und nichts vergißt!«

Dann begann er von neuem.

III

»Der Frötthammer-Hans kam also zum Steim nach Himmelbach. Man trifft nicht leicht einen so umfänglichen Hof in der Gegend, und zu damaliger Zeit, wenn ein neuer Knecht dort eintrat, sagte man: ›*Der* darf Knochen haben!‹ Denn da ging's an in der Früh um zwei Uhr und dauerte bis zum Dunkelwerden im Sommer. Jeden Tag gleich und gleich. Und im Winter, beim wüstesten Wetter im Wald! Es ist noch keiner alt geworden beim Steim, aber der Hans, *der* wär's geworden dort, *der* schon. Und das will was heißen«, meinte der Pfarrer.

»Ruhig und ohne Zwischenfall verlief ein Jahr. ›Da hast einen Stoff, Hans‹, sagte am Weihnachtstag der Steim zum

Knecht, ›laß dir was machen, das hält.‹ Und alle schauten wohlwollend auf den Hans. Man war nicht von ›Gebenhausen‹ beim Steim, wie man das Geizigsein in unserer Gegend zu nennen pflegt. Nach altem Brauch gab's zwei bunte Sacktücher und ein paar frische Rohrnudeln als Christgeschenk für einen Knecht, und ein leinenes Kopftuch oder ein dünner Rosenkranz für die Magd war viel.

Kein Wunder also, daß der Hans über und über rot im Gesicht dastand und das seltene Geschenk kaum anzurühren wagte. Verwirrt schaute er auf seinen Dienstgeber und brachte kein Dankwort über die Lippen. Und da passierte es, daß die Steimtochter, die Genovev, wie um ihm zu helfen, Hans anlachte und freundlich sagte: ›Nimm's nur! Hast mir ja auch den ganzen Sommer die Sens so schön schneidig gedengelt.‹

Diese ermunternde Anrede aber machte den Hans nur noch verwirrter. Er wußte schließlich gar nicht mehr, wo er hinschauen sollte, und schlug benommen die Augen nieder, dann wieder auf, sah beinahe feindlich auf die Genovev, faßte endlich scheu das Geschenk und tappte wie traumwandlerisch aus der Stube. Eine Weile standen alle verwundert da. ›Hm! Th-hm!‹ stieß der Bauer heraus.

›Ein komischer Mensch, der Hans‹, sagte die Bäuerin kopfschüttelnd.

Auf Maria Lichtmeß ließ sich der Hans beim Schneider-Alois von dem Stoff einen Anzug anmessen.

›Denkst denn ans Heiratn, weilst dich gar so fein machst?‹ fragte der Alois einmal so nebenbei. Der Hans lächelte verlegen, bekam auf einmal ein todernstes Gesicht und ging schnell davon.

Überhaupt schlich er seltsam verstohlen um jene Zeit herum, als belauere er ständig etwas Bestimmtes, und im Sommer, nach Jakobi, trat er plötzlich in die gute Stube vor den Steim und sagte tonlos und stockend: ›Ich hab' im Sinn – de-dein Schwiegersohn z' werdn, Steim. Gib mir die Genovev. Wie meinst?‹

Die ganze Bauernfamilie fiel fast auf den Rücken vor Staunen. Alle vier, der Steim und die Bäuerin, die Genovev und der Wastl, rissen Mund und Augen auf. Jeder schwieg. Erst allmählich faßten sie sich wieder. Der Hans stand wie ein Stock da. Er rührte sich nicht, ging nicht weg. Zweideutig und herabmindernd maß ihn die Genovev. Aber um so bohrender heftete Hans seine Blicke auf den Steim, daß diesem schließlich die Zornadern schwollen.

›Hm, jetzt so was!‹ brummte die Steimin unbehaglich. Und der Bauer warf sich auf einmal in Positur und polterte: ›*Du* ...?! Die Genovev ...? Ja – ja, bist d' denn nicht recht?!‹

Der Hans wollte eben den Mund auftun, aber der Steim ließ ihm das Wort nicht. ›Red nicht!‹ rief er verärgert und faltete finster seine Stirn. – ›Man sagt ja nicht von dem ..., arbeiten tust gut, aber *hast* denn was? Wo willst denn hinheiraten? Aufs flache Feld 'naus gar?!‹

Und immer wütender wurde er. Unschlüssig starrte ihn der Hans an. Die Steimin ging mit der Genovev aus der Stube. Kopfschüttelnd.

›Jetzt, dumm wär' ja der soweit gar nicht!‹ warf der Wastl hämisch hin, schaute auf seinen Vater, verzog sein viereckiges Gesicht zu einem plumpen Lachen und trottete in die nebenliegende Kammer. Der Steim faßte sich etwas.

›Dummheiten!‹ sagte er milder. Es war ihm anzusehen, daß er verstimmt war. Niedergedrückt, wegen solch einer dummen Geschichte seinen besten Knecht zu verlieren. Er ging einige Male hin und her, schüttelte den Kopf.

›Hans ...? Ich weiß gar nicht ...! Wie ist dir denn jetzt dies in den Kopf gestiegen ...? Das geht doch nicht ...! Schlag dir die Dummheiten aus dem Hirn!‹ lenkte er bereits ein. Das schien auch den Hans etwas umzustimmen.

›Der Birtl, Steim ... Der Birtl im Moor drüben, der will mir sein Häusl auf Pacht geben, hat er gesagt. Und – und eine Wirtschaft am Weg, die geht doch‹, sagte er stotternd. Einfältig und gutmütig brachte er es heraus. Schon beim Wort ›Birtl‹ war der Steim stehengeblieben und sah den Hans fast geistesabwesend an.

›*Was?!*‹ schrie er, auf einmal wieder zornrot im Gesicht: ›*Was* sagst? Zum Birtl? Eine Steimtochter in die Roßschlachter-Kaluppen einheiraten? Ja – ja bist d' denn ganz und gar hirnlahm?‹

Und: ›Gibt's nicht, basta!‹ brüllte er ganz außer Rand und Band: ›Entweder du schlagst dir die Genovev aus'm Kopf, oder du gehst! Aus!‹ Und einen Stuhl packte er und warf ihn krachend auf den Boden, stampfte schnaubend aus der Stube. –

Der Ignaz Birtl ist vor dem Frötthammer-Hans in der Moorhütte gewesen«, erzählte der Pfarrer und setzte hinzu: »Das Haus an der Landstraße, wenn das so erzählen könnte, da käm' so manches an den Tag. Erst war es eine Unterkunft für die Fuhrleute, dann kam eines Tages dieser Landfahrer Birtl und nistete sich ein. Er gab sich als Roßschlachter aus und führte auch eine Zeitlang Flaschenbier. Es ließ sich zwar höchstens einmal ein Fremder bei ihm sehen, aber der Birtl blieb. Landfahrer sind verrufen von jeher. Man unternimmt nichts gegen sie. ›Die bringen Unglück‹, heißt es, und man läßt sie unbehelligt. Freilich, es gibt auch Mutwillige, die gleich immer mit Gewaltsamkeiten da sind.

Auch beim Birtl wurde einmal zum Fenster hineingeschossen. Es lief gut ab. Aber die ganzen Himmelbacher Bauern lebten lange Zeit ob dieses Bubenstreichs in banger Aufregung, und als dann zufällig einmal der Vater vom alten Steim ins Moor fuhr und nicht mehr herauskam – man erzählt es heute noch. Die Pferde kamen mit dem leeren Wagen heim, vom Bauern hat man nichts mehr gefunden – als dies passierte, da schrieb man es der finsteren Macht Birtls zu.

Freilich, das hat ja der Hans nicht wissen können, als er um die Genovev anhielt, aber vielleicht hat's so sein müssen.« –

Die Kirchenglocken von Oberingelbach erklangen jetzt. Der Geistliche nahm seinen Hut ab, bekreuzigte sich und lispelte unauffällig sein Gebet. Auch ich entblößte mein Haupt und schwieg.

Mit jedem Schritt wurde der Wald lichter. Das Zirpen der Grillen aus den nahen Wiesen wurde vernehmbar, und ein Heuduft füllte mehr und mehr die Luft. Der leichtblaue Himmel, der sich über der breiten Straße hinzog, schwamm wie ein durchsichtiger Märchenfluß dem Waldende zu. Aus undeutlichen, schleierigen Gedankenschwaden meines Zurückerinnerns schälte sich ein erklärendes Bild. Der Weg durch das Moor, der Schreck in der Hütte, das düstere, rüde Verhalten der Bauern im Dorf hinter den Hügeln – alles bekam etwas von der tristen, ungeklärten Sphäre einer Vorhölle, aus der ich langsam, wie von einer unsichtbaren Gnade gelenkt, herausgeführt wurde.

Die Glocken verstummten jetzt. Gemächlich setzte der Pfarrer seinen Hut wieder auf und nahm eine Prise Tabak.

»Ah, schön ist's, so im Schatten bei dieser Hitze«, lächelte er leicht und sah zufrieden umher.

IV

»Von *der* Stunde an, da ihm der Steim die Heirat mit der Genovev abgeschlagen hatte«, fuhr der Gottesmann nunmehr fort, »von da ab war der Frötthammer-Hans ein andrer. Seine

Arbeitslust ließ nach, er wurde nachlässig und vergeßlich. Der Steim versuchte es anfänglich mit guten Worten, wurde aber bald unwillig und schimpfte, daß man's im ganzen Dorf hörte. Hans stand stets starrköpfig da, hörte sich alles schweigend an, und selbst als ihn der Bauer gehen hieß, tat er nicht dergleichen und blieb auf dem Hof. Man versuchte es schließlich mit der Verachtung und blieb dabei.

Bald wußte man auch in ganz Himmelbach von Hansens Absichten auf die Genovev und von seiner Abweisung, und weil sein verändertes Wesen so sichtlich zutage trat, kam's öfter vor, daß man hinter ihm herkicherte.

›Bist ein Rindviech, Hans!‹ sagte der und jener listig zu ihm: ›Was grämst dich denn so ab wegen der Genovev? Sind doch noch andre da, die froh sind, wenn sie ein rechtschaffenes Mannsbild kriegen.‹ Man nannte ihm alle möglichen Bauernstöchter und Mägde, die häßlichsten darunter, und machte einen Witz daraus, den Steimknecht zu einer lächerlichen Figur herabzumindern. Aber der kümmerte sich nicht um das dumme Geschwätz, erwiderte nichts auf all das Reden und trottete einfach weiter. Dieses Stummsein aber reizte die Dörfler erst recht. Sie wurden immer dreister mit ihrem Gespött und hießen zuletzt den Hans allgemein den ›ewigen Hochzeiter‹. – –

Seit geraumer Zeit ging dieser jeden Abend zum Birtl in die Moorwirtschaft hinüber und kam oft erst tief in der Nacht im Steimhof an.

›Treib dich nicht immer so in der Nacht herum bei dem Zigeuner, sag ich‹, drohte der Steim, beunruhigt darüber, und stellte ihn zur Rede, was er denn dort immer mache. Wie ein Taubstummer glotzte ihn der Hans nur an, ließ ihn zu Ende schimpfen und ging in den Stall hinüber.

›Himmelherrgottsakrament, jetzt wird's mir bald zu dumm!‹ brüllte ihn der Bauer etliche Tage später an: ›Beim Tag bist kreuzlahm und bei der Nacht rennst umeinander! Was machst du denn beim Birtl?‹ Und wieder schwieg der Hans.

Wie das nun zu gehen pflegt, wenn der Spott auf einen Menschen nicht wirkt und die Grobheit zweimal nicht, man versucht es mit der üblen Nachrede. Ein Wort kommt bei solchen Gelegenheiten oft unbesonnen über die Lippen. Man hört kaum hin, aber auf einmal taucht es in der Erinnerung des Hörers wieder auf, der Sinn hat sich verändert und verhäßlicht. Zufälle helfen nach, und aus dem Sumpf der Klatschsucht rinnt das faulige Wasser der Verleumdung. –

›Glaubst denn, umsonst hat der Gendarm Rimminger den

alten Frötthammer erstochen?‹ sagte an einem Tag in der guten Stube beim Steim der Kagreder-Silvan, der nunmehrige Werber um die Genovev, zum Bauern: ›Er führt was im Kopf, der Hans, paßts auf! Er ist grad so verdruckt und versteckt wie der Alte gwesen ist!‹ Der Steim drehte sich herum und zuckte die Achseln.

›*Der* ...? Der Lapp ...?‹

Aber der Silvan gab nicht nach.

›Paßts auf!‹ wiederholte er eindringlicher: ›*Ich* wenn der Herr wär' auf'm Steimhof, bei mir müßt' er auf der Stell' fort!‹

›Er geht doch einfach nicht!‹ mischte sich die Steimin ins Wort. ›Was willst denn machen? – Schimpfen hilft nichts, an die Wand wennst ihn schmeißt, hilft's nicht! Er *bleibt* einfach!‹

Der Silvan lachte spitzig und zwinkerte vielsagend mit den Augen: ›Er geht nicht ...? Ich ...? Bei mir müßt' er einfach eine Arbeit machen, daß er im Dreck ersticken tät'. Ich wüßt', wie ich ihn losbrächt'‹

›Recht hat er! Ganz recht!‹ bekräftigte der Steim-Wastl: ›Nicht sauber ist's mit'm Hans! 'naus muß er!‹

›Wenn er schon so gern drüben ist im Moor, nachher müßt' er mir einfach jeden Tag Torf stechen, daß ihm die Zung' 'raushängen tät'. Da käm er bald nimmer!‹ rief der Silvan schnell hinterdrein, und als er nun sah, daß die ganze Steimfamilie geradezu überrascht war von diesem Vorschlag, bekam sein Gesicht einen selbstbewußten Glanz.

›Dies ist eigentlich wahr‹, brummte die Genovev und alle nickten.

Von da ab schickte der Steim den Hans tagtäglich zum Torfstechen ins Moor hinüber. Es war in der Märzmitte. Leute, die auf den Feldern jäteten oder Dünger streuten, schrien dem Hans schon von weitem spöttisch zu: ›Ewiger Hochzeiter! Wo gehst denn hin? Bist noch nicht erstickt im Dreck, ha?‹ Und alles lachte knisternd.

Zu jener Zeit gab es starke Regenfälle.

›Da ersauft er ja doch noch‹, meinten welche, ›wie dem alten Steim geht's ihm.‹ Aber der Hans kam jeden Abend zurück.

An einem solchen Regentag trottete der Silvan einmal mürrisch neben der schwerbeladenen Düngerfuhre und schlug fluchend auf die zwei Pferde ein.

›Mistwetter, verrecktes! Hurenwetter!‹ knurrte er in einem fort und war in der ärgerlichsten Laune. Der Hans kam des Wegs und wollte unauffällig an ihm vorbei, doch der Bauernsohn stellte sich ihm breit in den Weg.

›Laßt *du* so regnen, Dreckfink?‹ schrie er hämisch. Der Hans gab nicht an.

›He! Kannst nicht angeben, Stier? Du!!‹ brüllte der Silvan noch wütender und versetzte ihm einen derben Stoß in die Hüfte, daß er zurücktaumelte. Glucksend lachten die paar Bauern, die hinterdrein schritten. Der Hans setzte schon wieder den Schritt an und wollte reißaus machen, aber der Silvan hielt ihn am Ärmel. ›Dableiben! Spintisierer, bockiger!‹ schrie er überheblich: ›Ob'st du so regnen laßt, frag' ich.‹ Und drohend schwang er seinen Peitschenstiel über Hans' eingezogenen Kopf: ›Red!‹ Da schrillte ein furchtbarer Schrei in die Luft. Mit einem jähen Satz hatte sich der Hans auf den Grobian geworfen und warf ihn derart an den Düngerwagen, daß dessen Kopf klatschend im Mist aufschlug und darin steckenblieb wie eine kunstgerecht hineingeworfene Kugel.

›Ja! Ja! Schinder! Alles soll ersaufen!‹ verstanden die herankommenden Bauern, und weg war er, der wildgewordene Knecht. Wutrot und schäumend richtete sich der Silvan auf und wischte sich ab. Die Bauern sahen mit verhaltenem Spott auf ihn. –

›*Der* hat dich aber dreckig gemacht, Silvan!‹ sagte der Stich-Christoph trocken und musterte den Tobenden mit boshaftem Wohlgefallen.

›Der hat's faustdick hinten‹, brummte der Hüther ebenso.

›Hinterlistig ... Verdruckt!‹ murmelte der alte Ringeldrifter mit unübertrefflichem Ernst.

›Aber wart nur, Bürscherl!‹ knurrte der Silvan und hieb grimmig auf seine Pferde ein.

Mit schadenfrohem, leisem Lachen gingen die Bauern weiter.

Seit dieser Niederlage brannte ein unauslöschlicher Haß im Silvan. Der Hans kam am selben Abend nicht mehr ins Dorf zurück. Einige sahen ihn manchmal tief im Moor Torf stechen und stets beim Birtl aus und ein gehen. Niemand kümmerte sich mehr um ihn. Im großen ganzen war man beim Steim froh, daß man ihn draußen hatte. –

›Da ist was anderes dahinter, sag' ich‹, murrte der Silvan bei jeder Gelegenheit und versuchte hartnäckig, die Sache aufzubauschen.

›Was *tut* denn der Birtl, seit er im Moorhaus ist? Hat schon wer achtgegeben? Von was lebt er denn? Keiner mag mit ihm was zu tun haben ... Warum ist denn ausgrechnet der Hans bei ihm so mir nichts dir nichts aufgnommen?‹ bohrte er in den Steim.

›Meinetwegen! Was geniert mich dies! Soll er beim Birtl hausen, solang er will! Die Hauptsach' ist, daß er beim Teufel ist‹, gab der zurück. Er wollte nichts wissen weiter.

›Beim Teufel! ... Ja, ja! Da hast es!‹ wollte der Silvan herausfordern, aber der Steim verfinsterte jetzt unwillig sein Gesicht: ›Schwamm drüber! Aus!‹

›Recht hat er! ... Mit'm Teufel haben sie's, der Birtl und der Hans!‹ trompetete der Wastl unwillig heraus: ›Ausräuchern! Verbrennen sollt' man die ganze Moorhütten und die zwei damit!‹

›Reds nicht so verwegn!‹ warf die Steimin bestimmt hin und schnitt das Gespräch ab. ›Davon laßts die Händ!‹ rief sie noch resoluter und ging mit der Genovev hinaus. Mißvergnügt standen zuletzt die drei Männer ohne ein Wort am Fenster und schauten ins Regnen hinaus. Weil man nicht recht viel anfangen konnte bei diesem Wetter, so hielt man Silvans Hochzeit mit der Genovev in den nächsten Wochen. Im schärfsten Trab, daß der nasse Kot hoch über die lackierten Dächer flog, polterten die Kutschen der Brautleute und der Schwagersleute an der Moorhütte vorüber. Der Silvan erhob sich schnell vom Sitz und reckte die Faust.

›*Dö* Hund' helf' ich noch!‹ sagte er zur Genovev kühn. Später, als man nach der Kirche beim Unterwirt in Oberingelbach hockte, beugte er sich über den Tisch und sagte geräuschvoll lachend zum Steim: ›Und weißt was, Schwagervater? S' Himmelbacher Moor kannst der Genovev noch als Dreingab mitgeben!‹

›*Den* Teufelsgrund?!‹ fragte der schon etwas berauschte aufgeräumte Bauer zurück: ›*Den* willst? ... Meinetwegen! ... Zehn solcherne Gründ' kannst haben!‹

Und abgemacht war es. Von da ab gehörte das ganze Moorland dem Silvan.

›Weißt du, was der damit macht?‹ fragte wohl die Steimin am anderen Tag ihren Mann: ›Ist ja wahr ... Anfangen kann man ja nichts damit, aber so was der Genovev mit in die Eh' geben ... Dies, dies bringt nichts Gutes!‹

Der Bauer kratzte sich unbehaglich und schwieg. –

›No ja, jetzt ist's schon gschehn,‹ brummte er nach einer Weile und tappte hinaus. –

V

Unaufhörlich, durch Tage und Nächte, rauschte der Regen in dieser Zeit auf den Himmelbacher Landstrich nieder. In wenigen Wochen standen alle Wiesen unter Wasser. Mißmutig und beschäftigungslos gingen die Bauern herum und murrten über das Wetter. Vor dem Kagrederhof hielt einmal eine fremde Kutsche, und ein Herr in städtischer Kleidung stieg heraus. Man erzählte, der Silvan wolle das Himmelbacher Moor verkaufen, und ›ein schönes Rindvieh sei er gewesen, der Steim, daß er für ein gutes Wort über den Biertisch weg den ganzen Torfstich hergeschenkt habe‹. Schon einmal, kurz vordem der Birtl die Moorhütte bezog, hatte Steims Vater von irgendeiner staatlichen Seite einen Kaufantrag bekommen, sich aber nicht eingelassen darauf. Jetzt auf einmal, weil eine Mißernte drohte, kam's dem Bauern wieder. Jeden Tag erinnerte ihn die Steimin daran, und jeden Abend brummte er verärgert: ›Was soll ich denn machen? ... Ich kann's ihm doch nicht wieder nehmen! Zurückverlangen geht doch nicht!‹

›Und ein anderer schiebt das Geld ein! *Der* macht sich reich mit unserm Grund, und wir – wenn die ganze Ernt' nichts ist – wir haben 's Nachschaun!‹ belferte die Bäuerin.

›No ja, 's ist ja sowieso ein Unglücksgrund!‹ gab der Steim mürrisch zurück: ›Aber verkaufen, das gibt's nicht. Das laß ich ganz einfach nicht zu!‹ Und damit stand er auf und ging in den Kagrederhof hinauf.

›*Das* überlegst dir! Den Torfstich verkaufst nicht, solang ich leb'!‹ schnaubte er den Silvan dumpf an. Düster blieb er mitten in der Stube stehen und maß seinen stutzenden Schwiegersohn. Die Genovev schlüpfte aus der Kammer, blieb, Unheil ahnend, stehen.

›*Ich* hab ihn dreißig Jahr ghabt! Mein Vater selig ist drin ersoffen, wie der Birtl herkommen ist ... Ist ein Unglücksboden! Drum laßt ihn stehen, wie er ist!‹ begann der Steim abermals. Der Silvan fand die Antwort nicht gleich. Nach einer kleinen Pause aber sagte er dreist: ›Du hast ihn mir doch geschenkt bei der Hochzeit, Schwagervater! Dies sollst dir schon eher überlegt haben.‹

›Gibt's nicht! Verkauft wird nicht!‹ polterte der Steim jetzt noch bestimmter und setzte auf einmal hinzu: ›Das gibt Unheil.‹

Aber der Silvan hatte sich schon wieder ganz in der Gewalt,

als jetzt die Genovev hinausgegangen war, und sagte keck: ›Was mir ghört, ghört mir!‹

›Nachher fallt's auf dein' Hof!‹ rief der Steim zornrot und schlug massig auf den Tisch. Silvans listiges Augenfunkeln traf ihn. Der verzog auch seine Mundwinkel höhnisch.

›Hm‹, machte er: ›Reut's dich, gell? ... Mich führst nicht hinters Licht mit deinem Schimpfen! Ich mach, was ich will.‹

›So?! ... *Soweit* ist's also schon!‹ gab der Steim nur noch zurück und ging feindlich.

›Kannst mir ja einen Prozeß machen, wenn d' willst!‹ rief ihm der Silvan hämisch nach, aber der Steim drehte sich nicht mehr um und ging festschrittig weiter.

In derselben Nacht, auf der Heimfahrt von Oberingelbach, klopfte er am Birtlfenster. Dann wurde die Moorhüttentür aufgerissen, und der Steim stand auf einmal groß und regentriefend da. Die zwei Hüttler waren von der Bank aufgeschnellt und machten verdutzte Gesichter. Der Birtl hielt seinen kläffenden Hund am Halsband.

›Der Torfstich ghört enk, Birtl! Laßts keinen was machen drauf!‹ sagte der Bauer unvermittelt nach den ersten Sekunden des Schweigens. Und ehe sich der Hans und der Landfahrer fassen konnten, schloß sich die ächzende Tür vor ihnen, und das Rollen des davongaloppierenden Gefährts dumpfte durch die regnerische Nacht.

›*Der* Riegel ist ihm vorgschoben!‹ brummte der Steim seinem Weib zu, als er ins Ehebett stieg –

Es verrann eine graue Woche. An einem Nachmittag sah man wieder das fremde Gefährt vor dem Kagrederhof. Der Silvan ging mit dem Herrn den Himmelbacher Hügel hinan, wahrscheinlich, um letztmalig vor dem Kaufabschluß das Moorland zu besichtigen.

›Macht er's also doch?‹ fragte kurz darauf der Steim in der Kagrederstube die Genovev.

›Ja.‹

›*Ich* sag nichts mehr!‹ war die Antwort.

›Ich weiß nicht – was hast denn?‹ rief die Genovev ratlos und sah auf ihren Vater.

›Halt's Maul, Rindviech! Ein Schlawiner ist er, der Silvan!‹ fuhr ihr der über den Mund: ›Aber da brockt er sich was ein!‹ Und stumm ging er wieder.

Nur wenige Schritte vom Hof war er, als auf einmal der Silvan und der Spekulant laut schreiend und atemlos mit erschreckten Gesichtern den Hügel heruntergestürzt kamen. Mit verborgener Befriedigung blieb der Steim stehen.

›Was ist denn?‹ fragte er finster.

›Der Birtl und der Hans haben uns den Hund nachgehetzt! ... Mein Gwehr her!‹ brüllte der Silvan wutschäumend und wollte ohne Aufhalten ins Haus. In diesem Moment aber trat der Bauer sperrend vor ihn.

›Das machst nicht!‹

Der Silvan stutzte erschrocken.

›Was? ... Warum denn?!‹

›Bleiben laßt es, sag ich!‹ rief der Steim noch drohender und wandte sich mit einem Ruck an den schlotternden Spekulanten, er hob beide Hände: ›Und *Sie?!* ... Sie!!! ... Machen Sie, daß Sie zum Teufel kommen, Sie Lump! Sonst passiert was! ... 'naus! Weiter! Auf der Stell'!‹

Mit einer solchen Bestimmtheit und Hast geschah all dies, daß der Silvan zu keiner Widerrede mehr anhub und der Spekulant wie ein ertappter Dieb in den Kagrederstall rannte, sein Pferd einschirrte und ohne Verabschiedung zum Dorf hinausfuhr. Der Steim und der Silvan waren beide ins Haus getreten, und lang kam der erstere nicht mehr heraus. Mit ruhigem Gesicht sah man ihn dann durch die Dorfstraße auf seinen Hof zugehen.

Der Spekulant kam nicht mehr. Verbissen, mürrisch lief der Silvan seit diesem Vorfall herum. Grob fuhr er seine Knechte an, öfters hörte man ein lautes Streiten in der Kagrederstube. –

April und Mai vergingen, und immer noch regnete es ohne Unterlaß. Der Unwille der Bauern schwoll zur Unruhe an. Allerhand abergläubische Gerüchte wurden in den verwirrten Hirnen zu Wirklichkeiten. Oft und oft sah man Himmelbacher auf dem Hügel stehen und über den Sumpf blicken. Das Moor saugte das Wasser auf und war nicht überschwemmt. Den Kopf schüttelten die Bauern, und bedrückt, fast vernichtet gingen sie wieder ins Dorf zurück. Ein Wind erhob sich in den letzten Tagen und trug nächtelang ein unheimliches Hundegebell über die Hügel. Einmal sah man in einer häßlichen Frühe den Birtl und den Hans mit dem Hund, anscheinend im eifrigsten Gespräch, die überschwemmten Gaue überblickend, auf dem Himmelbacher Berg. Wahrscheinlich hatte die Neugier die beiden heraufgetrieben, aber die Bauern waren nun schon einmal beunruhigt und gaben sich damit nicht zufrieden.

›Da! Da! Die Teufln!‹ riefen sie alle zugleich und rannten

in die Häuser. Eine allgemeine Aufgeregtheit brach aus. Einige wollten bemerkt haben, daß der Hans mit der Hand auf den Kagrederhof und aufs Steimhaus gedeutet und dann eine Faust gemacht habe, andere wieder ließen es sich nicht nehmen und behaupteten steif und fest, daß die beiden teuflisch und schallend vor Schadenfreude gelacht hätten.

Ist's nun, wie es ist«, sagte der Pfarrer: »Jedenfalls hat man das Auftauchen der beiden Moorhüttler in ganz Himmelbach in einen gewissen Zusammenhang mit dem Nachfolgenden gebracht und tut's heute noch.

In dieser Nacht änderte sich der Himmel. Der Mond kam durch die Wolken. Staunend schauten die Bauern empor. Am andern Tag strahlte erstmalig die Sonne wieder über die ganzen Gebreiten von Himmelbach. –

Es war schon Anfang Juni. Und von jetzt ab setzte eine unnatürliche Hitze ein und ließ das Wasser auf allen Feldern überraschend schnell verdunsten. In der Luft aber lag ein fauliger Geruch, der den Atem benahm, und alle Grasflächen hatten eine schmutzbraune, fast glänzende Kruste. Man begann endlich zu mähen, doch die Sensen stumpften auffallend schnell, ihr Schnitt schien gehemmt zu werden durch etwas Holziges, in das er drang. Seltsam abgebleicht und verdorrt standen Gras und Klee, und selbst das Getreide, das sehr zurückgeblieben war, drohte zu mißraten, erholte sich aber im Laufe weniger Wochen und stand schöner denn je.

Mürrisch und keuchend wetzten die Mäher ihre Sensen in einem fort, und noch nie vergossen sie so viel Schweiß bei der Arbeit. Und als man dann zum erstenmal fütterte, fraß das Vieh nichts von dem Futter. Seitdem kennt man den ›Viehschwund‹ in Himmelbach.

Das ist jetzt zwölf Jahre her«, sagte der Geistliche aufatmend, »und ich sehe es wie heute noch, wie die Himmelbacher auf einmal dahergestürzt kommen. Ich sehe ihre erschreckten Gesichter noch ... alles, alles. Ihr Gejammer und ihre Bitten, alles ist mir noch deutlich in Erinnerung ... ›Der Teufel selbst haust in der Moorhüttn, Hochwürden! ... Leibhaftig ist er's!‹ Wie oft hab' ich's anhören müssen von den Himmelbachern. Über Rampfing sind sie gefahren, bloß damit sie nicht vorbei haben müssen beim Birtl. Bittgänge haben sie abgehalten, und Messen hab' ich lesen müssen in einem fort. Und als im zweiten Jahr, obwohl kein Regen diesmal auftrat, wieder das ganze Futtergepflanz mißriet, da ging der Jammer erst recht los. ›Hochwürden! Hochwürden! helfen S' uns!

Alles, alles machen wir! Bloß los von dieser Landplåg! Helfen S' uns!‹ schrien sie alle, die Bauern und die Weiber. Es war wirklich etwas Hartes mit ihnen. Ich wußte mir zuletzt nicht mehr anders zu helfen und sagte, die Polizei müsse ins Moorhaus kommen. Aber da ging das Gejammer erst recht an.

›Nicht, Hochwürden! Um Gottes willen nicht! Nicht! Das bringt erst recht ein Unheil! Dann geht's erst recht an, Hochwürden!‹ klagte und wimmerte alles.

Ich versprach schließlich, ins Birtlhaus zu gehen und dort auszusegnen und den Hans ins Gebet zu nehmen. Schnurstracks marschierte ich ins Moor hinunter. Keiner begleitete mich. Als ich auf die Hütte zuging, sah ich hinter der Hügelwelle die Bauern auftauchen. Angstvoll standen sie dort.

Es war kurz nach Mittag. Ich klopfte fest an die Birtltür. Niemand gab an. Ich hämmerte zuletzt mit beiden Fäusten, rüttelte, ging ums ganze Haus und lugte durch die verstaubten Fensterscheiben. Nichts entdeckte ich, nichts ließ sich hören. Nicht einmal der Hund bellte. Alles war verschlossen und totenstill. Ich wartete eine ganze Stunde, fing wieder zu klopfen an, lief ins Moor hinein. Nicht ein Sterbenslaut ließ sich vernehmen. Selber etwas erschauert, ging ich schließlich mit dem festen Entschluß, am andern oder übernächsten Tag wiederzukommen, nach Oberingelbach weiter.«

VI

Unterdessen hatten wir unvermerkt den Wald verlassen. Die Sonne stand glühend in der Himmelsmitte. Die Felder waren mittagsleer. Es ging ein klein wenig abwärts. Schroff standen die weißen Häuser von Oberingelbach im Licht. Der gedrechselte Kirchturm stach zierlich ins wolkenlose Blau.

»Obwohl ich meinen Entschluß schon in den darauffolgenden Tagen wahrmachen wollte«, nahm der geistliche Herr den Faden seiner Erzählung wieder auf, »hielten doch allerhand Arbeiten mich davon ab. Erstens waren die großen Bittgänge grade um diese Zeit, einige Hochzeiten kamen dazwischen, und am achten Tag starb meine Mutter am Schlagfluß. Ich fuhr nach Hause, und so verzögerte sich alles ohne mein Verschulden. Ich verlor auch etwas die Fühlung mit den Geschehnissen in Himmelbach und im Moor. Ziemlich niedergeschlagen saß ich einige Tage nach meiner Rückkehr in meinem Arbeitszimmer, als auf einmal Marie, meine Köchin, hereinkam und mir sagte, der Steim und der Ringeldrifter warteten im Vorzimmer und möchten mich dringend sprechen. Gleich darauf traten auch die beiden Bauern ein und hatten verstörte Gesichter.

›Hochwürden‹, sagte der Steim unvermittelt und tonlos: ›es ist was passiert. Es hat in der vorigen Nacht geschossen ... zweimal nacheinander ... Und – und die Blutspuren gehn über den Himmelbacher Berg auf die Birtlwirtschaft zu.‹ Ich sprang mit einem Satz vom Stuhl auf.

›Wo denn geschossen? Auf wen denn?‹ fragte ich.

›Es heißt auf dem ‚Schinder-Anger', wo die verreckten Viecher eingescharrt sind, auf zwei Mannsbilder, die sich schon seit längerer Zeit dort herumgetrieben haben und das Fleisch verschleppt haben‹, erwiderte der Steim hastig.

›Allmächtiger!‹ rief ich erschrocken: ›Den Birtl oder den Hans? ... Wen hat's denn getroffen?‹

Die zwei Bauern standen bloß da und schauten mich fragend an. Keiner brachte ein Wort heraus.

›Wer hat denn *die* Dummheit gemacht?‹ fragte ich.

›Das weiß keiner, Hochwürden ... In der Näh' vom Kagrederhof hat's gekracht, sagt man überall‹, brachte der Steim endlich wieder heraus, und der Ringeldrifter nickte.

Es war für mich so gut wie bestimmt, daß einer von den Moorhüttlern durch diese hinterlistigen Schüsse zum mindesten verwundet worden war, wenn nicht mehr. Und als jetzt gar noch der Ringeldrifter erzählte, daß die große Dogge Birtls auf dem Platz liegengeblieben wäre und die halbe Nacht jämmerlich gewinselt hätte, bis der Kagreder-Silvan sie erschlagen habe, da wußte ich alles. Ich warf eilig meinen Mantel um und fuhr mit den zwei Bauern in schärfstem Trab zur Birtlhütte. Auf dem ganzen Weg forschte ich in meiner Erinnerung nach, wem denn daran gelegen haben mochte, den zwei Moorhüttlern nach dem Leben zu trachten.

›Das Moor gehört doch dir, Steim?‹ fragte ich so im Dahinfahren. Ich war aber nicht wenig erstaunt, als der Bauer den Kopf schüttelte. Ich wußte bis jetzt nichts anderes.

›Wem denn dann?‹ forschte ich weiter.

›Ich hab's dem Silvan überlassen bei der Hochzeit, Hochwürden ... Ich wollt' nichts mehr zu tun haben mit dem Teufelsgrund‹, antwortete der Steim.

›Und was wollte denn der damit?‹ fragte ich.

Der Steim zuckte die Achseln: ›Verkaufen, glaub' ich ... Es ist ein paarmal ein Spekulant aus der Stadt dagewesen, aber es ist mir nicht recht gewesen ... Ich hab' mich mit dem Silvan verfeind't deswegen ...‹

Mir ging ein Licht auf. ›Soso‹, sagte ich nur noch. Wir waren schon ganz nah am Birtlhaus. Die Gesichter der Bauern wurden immer unsicherer. Zögernd nur trieb der Steim die Gäule vorwärts. Ich schwang mich ohne viel Worte vom Wagen herunter und bat sie, hier zu warten, bis ich herauskomme. Deutlich merkte ich, wie die zwei aufschnauften.

Diesmal war die Tür unverschlossen. Ich trat hindurch und blieb erschrocken stehen. Ein Gestank zum Umfallen empfing mich. Überall auf Tisch und Bank lagen große Fleischstücke, und Schwärme schwarzer Fliegen summten herum. Als ich aufsah, bemerkte ich eine offene Tür, aus der ein Röcheln kam. Hastig machte ich einige Schritte und stand plötzlich vor dem Hans. Überrascht, zitternd und totenbleich stand er da und starrte mich stumm an. Offenbar hatte ihn mein unvermutetes Erscheinen so erschreckt, daß er weder aus noch ein wußte. Angewurzelt, wie ein zu Tode gehetztes Reh, das sich von seinen Verfolgern umringt sieht, sah er mich an. Ich mußte mich selber zusammennehmen.

›Hans‹, sagte ich endlich, ›es ist was passiert mit dem Birtl, ich weiß alles ... man hat auf euch geschossen ...?‹ Und jetzt, als ich das erste Wort über die Lippen hatte, war ich wieder ganz bei mir, schritt ohne Unruhe durch die Tür an ihm vorbei auf das Strohlager des röchelnden Birtl zu. In diesem Augenblick aber geschah etwas, daß ich beinahe vor Grauen umgefallen wäre. Mit einem Aufschrei, wie ich ihn nie wieder aus einer Menschenkehle vernahm, rannte der Hans hinter mir durch die Haustür – ich hörte noch einige Schluchzer, es flog etwas schattend an den niederen Fenstern vorüber, und im Nu war alles wieder still. Die Fliegen summten brummend im Raum. Ich hörte noch das Rattern des davonsausenden Wagens und das dumpfe Traben der Pferde draußen, und als ich mich wieder auf den blutenden Birtl niederbeugte, warf er sich bereits sterbend.«

Tief Atem holend blieb der Geistliche stehen.

»Jetzt aber, da alle Erschütterung jäh abgebrochen war«, begann er wieder mit einer leicht gehobenen Stimme, »jetzt kniete ich mich vor die Lagerstatt des Toten, so leicht und klar und furchtlos wie nie und betete meine Sterbegebete.«

Klarer und fester begann er sodann wieder: »Ich weiß nicht, Herr, ob Sie schon in eine solche Lage gekommen sind, ob Sie unser Herrgott schon einmal auf eine solche Probe gestellt hat ... Ich muß da aus eigener Erfahrung sprechen. Aber ich kann Ihnen sagen: Wenn ich mein ganzes bisheriges Leben überblicke, wenn ich mich bis in die kleinsten Kleinigkeiten aller guten Stunden zurückerinnere, so weiß ich keinen glücklicheren Zustand mehr als den vor dem Birtlschen Sterbelager. Auf einmal nämlich war mir alles klar und wirklich. *Ich wußte plötzlich, was ich tun mußte.*

Besinnungslos fast verließ ich das Birtlhaus, ging festen Schrittes über die Hügel nach Himmelbach hinunter zum Kagreder und verlangte auf der Stelle den Silvan.

›Du hast den Birtl erschossen, Silvan‹, sagte ich geradeheraus und schaute dem Rohling in die ausweichenden Augen: ›Du gehst auf der Stell' nach Oberingelbach zur Gendarmerie und meld'st dich! Geh!‹

Der Silvan knickte zusammen, nahm schweigend seinen Hut und ging.

›Und du, Genovev, bet‹, wandte ich mich an die jammernde Bäuerin.

Ganz Himmelbach war zusammengelaufen, und als ich jetzt aus dem Haus trat, faßte mich ein aufrichtiger Zorn.

›Gaffts nicht so, alte Weiber!‹ schrie ich wütend. ›Kümmerts euch um *euer* Seelenheil!‹ daß der ganze Trupp erschrocken auseinanderstob. Eilsam ging ich wieder über die Hügel.

Und es war seltsam. Alles lief genauso ab, wie ich es in jenem gehobenen Augenblick am Birtllager vor mir sah. Nachdem ich wieder in die Moorhütte getreten war, hockte der Hans wieder da.

›Hans‹, sprach ich ihn an, ›unser Herrgott hat dich lang büßen lassen ... Das Birtlhaus gehört von jetzt ab dir, und keiner unternimmt mehr etwas gegen dich ... Bring dich rechtschaffen fort ...‹

Bei den letzten Worten schon hob er den Kopf düster und glotzte mich stechend an. Sein Mund schnappte wie von selbst auf. Unheimlich war es.

›Das Moor!! ... Das Moor!! ... Das Moor ghört mir, und jeden bring ich um, der 'rein will!‹ schrie er auf einmal gellend. Und mit einem wilden Ruck wandte er sich herum und stieß mit aller Gewalt den eschenen Tisch um. Es half kein Wort mehr. Störrisch drehte er mir den Rücken zu. So blieb er hocken. –

Am andern Tag hab' ich den Mesner Pfriem von Oberingelbach mit dem Leichenwagen zur Moorhütte hinausfahren lassen, bin schon in aller Frühe nach Himmelbach hinüber und habe die Bauern zum Totengeleit geholt. Furchtsam und eingeschüchtert sind sie mitgegangen. Der Mesner hatte mit seinem Knecht den Sarg schon aufgeladen gehabt, als wir ankamen, und wartete. Seltsamerweise aber war der Hans wieder verschwunden. Der Sterbezug setzte sich in Bewegung. Langsam begann ich das Vaterunser, und die Himmelbacher Bauern fielen ein. Wir waren kaum zehn Schritte gegangen, da, plötzlich, wie aus dem Boden heraus, tauchte ungefähr eine Wurfweite von uns entfernt, dreckig und schwarz, der Hans auf und blieb zitternd stehen. Von einem wilden Schreck erfaßt, ergriffen die Himmelbacher jäh die Flucht, rannten wie Affen den Hügel hinan und verschwanden. Mein Rufen und Schimpfen half nichts.

Pfriem hielt unschlüssig an, und auch ich stand einige Momente ratlos da und schaute zum Hans hinüber, der sich nicht von der Stelle rührte.

›Geh her, Hans!‹ rief ich schließlich ärgerlich: ›Es tut dir kein Mensch was, dummer Kerl, dummer!‹

Aber er stand und schwieg.

›In Gottes Namen, fahrts zu!‹ sagte ich also mißmutig zum Mesner und ging hinter dem Totenwagen drein.

Am Rand des Oberingelbacher Forstes machten wir halt. Wir wandten uns um und sahen den Hans auf das Haus zugehen. Ich blieb stehen und schaute schärfer.

Da! – Da! Er blieb stehen an der Tür und machte sich an der Tafel zu schaffen. Als ich am andern Tag vorbeikam, war der Name Ignaz Birtl dick mit Kreide durchgestrichen, und *Johann Frötthammer* stand darunter.

Und seit der Zeit sitzt er in der Moorhütte, der Frötthammer-Hans. Man weiß weiter nichts von ihm, als daß er keinen Menschen sehen will und gefürchtet ist in der ganzen Gegend. Ihm gehört eigentlich wahrhaftig das ganze Moorland, denn kein Bauer wagt seitdem mehr einen Schritt in dieses zu setzen«, schloß der Geistliche seine seltsame Erzählung. –

Wir standen an seinem Gartentor. Er lächelte ein wenig.

»Aber sagen Sie, Hochwürden«, warf ich noch ein: »Warum bringen Sie den seltsamen Tod von Hansens Vater mit dem ganzen Schicksal des Sohnes in Verbindung ...? Wie meinen Sie denn das: Der Frötthammer hat den Rimminger strafen wollen, und der Bub hat alles auslöffeln müssen?«

Der geistliche Herr wandte sich ganz mir zu. Eine große Friedlichkeit war in seinen Zügen. Ein wenig nachdenkend furchte er die hohe Stirn und antwortete ebenso bestimmt wie tiefsinnig: »Unser Herrgott, Herr, will alles ganz. Er kann keinen irdischen Richter neben sich dulden ... Wär's denn nicht unsinnig, wäre unser Herrgott nicht selber überflüssig, wenn wir dummen Menschen schon seine Gerechtigkeit ausüben könnten ...? Der alte Frötthammer ist gestorben und hat seinen Haß zurückgelassen ... Und das ist nun einmal so: Was einer auf dieser Welt zurückläßt, das hat einer von den Seinigen auszutragen, so oder so ... Einer muß den Weg zu End' gehen ...«

Er hatte wieder sein Lächeln. Dankend drückte ich ihm die Hand. –

Beinahe ein Mord

I

Das kleine Bauerndorf Eiterham gehört in die Pfarrei nach Reinbichl. Dieses erreicht man auf dem schmalen Sträßlein, das hinter dem Dorf gen Süden führt. Aufwärts zieht es sich, eine waldige Lende empor über den hochgelegenen Weiler Freihart, der seit Generationen dem Schmauß gehört. Halbwegs von Eiterham nach Freihart, auf einem kleinen Hügelvorsprung, ist die »schöne Aussicht«. Das ist eine Holzbank, die einstmals der Hauptlehrer Weindl von Reinbichl selig hinsetzen hat lassen. Der nämlich ist ein großer Naturschwärmer gewesen. Von dieser Bank aus sieht man aber auch wirklich wunderbar über die ganze weite, verträumte Mulde und kann den dünnen silbrigen Bach verfolgen bis er hinter dem sogenannten Reglingerberg verschwindet.

Auf der Bank der »schönen Aussicht« hat sich vor einiger Zeit etwas Schauerliches ereignet. Ganz Eiterham ist darüber in Aufregung geraten. Nämlich der Hirlinger-Bartl, der sich vom Schmauß in Freihart den Rammler zum Belegen seiner Kaninchen holen wollte – es war in aller Frühe, die Sonne hatte noch gar keine Hitze – der Bartl kam zur Bank und sah einen fremden Menschen in gutem, städtischem Anzug schräg dort hocken, mit einer klaffenden, blutverkrusteten Wunde in der Schläfe, scheinbar schlafend, aber, wie sich sofort herausstellte, maustot, denn die Gestalt war starr zusammengesunken, und auf der Bank lag ein sechsschüssiger Revolver.

Der Bartl schaute eine Zeit lang verdutzt, dann interessierter, nahm den Revolver vorsichtig in die Hand, musterte und beroch ihn, warf wieder etliche Blicke auf den Toten, legte die Waffe hin und rannte ins Dorf hinunter.

»Wos? Wos? A Toter? ... Ah! ... Geh, mach Gspaß!« zweifelte der Bäcker Heininger, als der Bartl erzählte, aber schon kamen die Nachbarn zusammen.

»Ma hot aber doch gor koan Kracher ghärt!« warf der Stemmlinger ein und meinte, wenn so ein Schuß losgehe, da müsse doch das ganze Tal Echo geben.

»Ma hot aa gor koan Menschen gsehng, der wo do 'naufganga waar«, sagte hinwiederum der Feschenbaur und wandte sich ebenso zweiflerisch wie der Heininger an den Bartl: »Is's gwiß wohr? Machst koane Tanz?«

»Wenn i dir's sog! Ganz gwiß! So gehts nur grod weita, gehts!« wurde jetzt der Bartl aufgeregter, und schließlich und endlich also stiegen fast alle Eiterhamer hinauf zur »schönen Aussicht«. Die Sonne stand schon hoch. Der dicke Heininger prustete wie ein Bräuroß, der Wirt Reiser als Beigeordneter forderte in einem fort, man müßte auf der Stelle von Eschenloh herüber den Wachtmeister holen. Der alte Hirlinger grantelte, daß das doch ein Unsinn sei, mitten unter der Arbeit heraufsteigen zu einem fremden Toten, der gar niemanden was angehe.

»Ja ja, aufwecka tean ma'n deswegn aa nimmer!« brummte der Steim, sein weißhaariger Nachbar mit dem nußbraunen Froschgesicht.

»Werds ös scho sehng, a rechter Durcheinander werd's, wenn erst amoi Gricht und Polizei dazwischenkimmt«, sagte wiederum der alte Hirlinger: »Dö moana womögli no aa, vo üns hot'n wer derschossn, und nacha is d' Sauerei do!«

Grad jetzt – sie waren kaum noch wurfweit weg von der Bank – fuhr der Schmaußknecht, der Reiffler-Toni, mit dem Leiterwagen aus der Waldlichtung und glotzte erstaunt auf die Eiterhamer. Er hielt verschreckt die Rösser an, als ihm der Reiser mit seiner fetten Stimme befehlshaberisch zuschrie: »Hoit stad, Toni! Bist denn blind? ... Siechst it, daß do a Toter auf der Bank hockt!« Die vom Dorf waren jetzt an Ort und Stelle. Sie umstellten die Bank und starrten.

»Steig oba! Marsch!« wandte sich der Bartl an den Schmaußknecht, welcher noch immer zögernd und betroffen auf dem Leiterwagen hockte. »Do! Schaug! ... Do hockt er! Tot is er!« deutete der Bartl, der sich natürlicherweise als Entdecker hochwichtig vorkam, auf die Bank. Der Reiffler-Toni rührte sich immer noch nicht vom Fleck und glotzte bloß hinüber auf den leblosen Menschen. »Oba steig, sog i! Host eppa glei gor a schlechts Gwissen!« rief der Bartl, und das bewirkte, daß auf einmal etliche sonderbar auf den Schmaußknecht schauten.

»Oba! Doher!« befahl jetzt auch der Beigeordnete Reiser, und endlich rührte sich der Toni, kraxelte vom Wagen herunter und kam schüchtern auf die Leute zu. »Soso, traust dir doch her jetzt!« spöttelte die Reblechner-Genovev, und einige machten hämische Gesichter, als hätten sie einen neuen Spott auf der Zunge. Inzwischen disputierte man vorne heftig.

»Hm, tja ... Ja ja, er is tot, er is wirkli tot«, brümmelte der Leizlberger und kratzte sich an den Schläfen: »Hmhm, jetz dös is guat ...«

»Der hot si umbrocht«, sagte der Steim.

»Umbrocht? ... Dös muaß si erst 'rausstelln ... So ganz gwiß is dös noch net«, meinte der Reiser wichtig: »Dös muaß d' Gendarmerie erst feststelln ...« Er kam sogar ein wenig ins Hochdeutsche, wie es immer der Fall war, wenn er sich als Amtsperson fühlte. Er nahm den Revolver in die Hand und betrachtete ihn eingehend.

»Zwei Schüsse«, sagte er und schaute ahnungsvoll auf die Umstehenden. Er zog die Brauen hoch, seine glänzende Stirn warf krumme Falten.

»Holla ... Zwei Schüsse! Dös is verdächti ...« sagte er. Die Umstehenden sahen ihn kurz an.

»Hm ... Und do, moan i, waar man doch mit oan Schuß hin ... Maustot«, sagte der Bäcker Heininger. Man stand und stand unschlüssig da.

»Ausgerechnet zu üns muaß er her, der damisch Kerl, der damisch ...« nörgelte der alte Hirlinger über den Toten: »Ob er jetzt umbrocht worden is oder ob er sich selba wos o'to hot – dös hätt' er doch in der Stodt drin aa macha kinna!« – »Ja mei, dö Stodtleut ... Dö hobn so lauter Untugadn«, stimmte ihm der Steim bei.

Der Stemmlinger betastete den graumelierten Anzug des Toten am Ärmel und rieb das Tuch in den Fingern: »Und a guats Zeigl hot er o ... Sünd' und schod dafür ... Dös muaß, scheint si, a besserer Mensch sei ... Hmhm –« Er schüttelte nachdenklich den Kopf und musterte das keineswegs abgehärmte schnurrbärtige Gesicht des Toten: »Es schaugt aa gor it a so her, ois wia wenn er notig dro gwen waar ...« Das schnappte der Reiser auf und rief: »Jaja, eben, eben! ... Aus Not und Verdruß is der it in d' Ewigkeit ... Dös is verdächtig, sog i ...« Und ganz in seiner massigen Größe richtete er sich auf und sagte schier wie ein Feldwebel zu seiner Kompanie: »Da liegt, meiner Schätzung noch, ein Verprechen vor ... Ein ganz ein niederträchtiges Verprechen ...!«

Es wurde noch viel gesagt. Die Weiber meinten, ein sauberer Mensch wär' er, der Tote, und fanden mitleidige Töne.

»Und gor it oit noch ... No, no! Wia oit werd er sei'? Achtundzwanzig oder dreißig Johr! Mehra it ... Hmhm, so jung und scho a so furtmüassn von der Welt«, meinte die Jagstin und bekreuzigte sich. Einige Weiber machten es ihr nach.

»Ja, wos tean ma denn jetz? ... Do muaß doch was gschehng!« forderte endlich der Hirlinger mürrisch.

»Ja ebn, ebn ... Mir kinna doch den fremdn Menschn it liegnlossn, bis er 's Stinka o'fangt!« zollte ihm der Steim Beifall. Entschluß kam in die Leute. Alle drangen darauf, daß man etwas mache. »Hansl!« wandte sich der Reiser an seinen Knecht: »Du fahrst auf der Stell mit'm Radl auf Eschenloh umi und holst an Schandarm! Marsch, tummel di!« Er war in seinem Element.

»Du meldst: Wahrscheinlich ein Verpppredhen, verstehst mi? ... Ja? Host mi verstandn? Also guat, mach daß d' weiterkimmst«, ordnete er an.

»Und auf dem Tatplatz müssn unbedingt etliche Mannsbilder Wach hoitn, bis d' Schandarmerie do is! So einfach liegnlossn kinn' ma den Totn it!« war sein weiterer Befehl.

Niemand hatte bemerkt, daß der Reiffler-Toni insgeheim auf sein Fuhrwerk zugegangen war. Erst jetzt, als er anfuhr, schraken die Leute erstaunt auf, und grimmig plärrte der Reiser: »Nix werd furtgfahrn jetzt ... Auf der Stell bleibst do, Bazi, elendiger!« Alle machten ärgerliche Gesichter. Es war zwar nicht einzusehen, warum der Toni eigentlich bleiben sollte, aber es paßte einfach niemandem, daß er sich so einfach mir nichts, dir nichts aus dem Staub machen wollte.

»Do bleibst!« schrie der Bartl ebenso.

»I muaß ja zur Windmui obi ... I hob doch koa Zeit it! Der Baur schimpft ja!« wollte sich der Toni, die Rösser halbwegs anhaltend, hinausreden. Er war ganz unsicher. Überhaupt war er weitum bekannt als ein dappiger Tropf, der unter Leuten scheu wurde.

Der Bartl lief auf die Rösser zu und riß an ihren Zügeln. Der Handgaul bäumte sich, die Rösser wurden unruhig durch das Gezerr und Schreien, sprangen und fingen auf einmal zu laufen an. Den Bartl warf es um. Über den Hang hinab jagte das Fuhrwerk, und grad zu tun hatte der Toni, daß er Herr über seine Rösser blieb. Oben fuchtelten und schimpften die Leute, schrien und drohten sogar. Der Knecht vom Reiser lief talwärts und holte schließlich den Toni ein.

»Worum fahrst d' denn einfach davo? ... Host it ghört, daß d' dableibn sollst?« stellte er den Schmaußknecht. Der Toni schaute wieder so verdattert drein und wurde beinahe weinerlich.

»Ja, Herrgott, der Baur schimpft mi ja, wenn i so lang ausbleib ... Wos tua i denn do drobn!« benzte er. »I woaß it, wos's oiwei mit mir hobts! I hob'n doch it umbrocht, den Totn!« Er schnitt eine verstörte Miene.

»Ja, vielleicht host'n gor *du* derschossn!« hänselte ihn der Knecht mit gutgespielter Ernsthaftigkeit: »Wennst aa weiterfahrst, d' Schandarm derwischen di ja doch ... Fahr nur zua, damischer Tropf, damischer!« Und der Toni fuhr also zur Windmühle nach Aching. Immer wieder, wenn die Rösser in den Schritt kamen, trieb er sie zum Trab an. Es war wirklich sonderbar, fast ängstlich schaute er um und hin und her, ob ihm keiner nachlaufe.

Zwanzig blanke Jahre war der Reiffler-Toni jetzt alt. Blanke deswegen, weil in ihrem Verlauf nichts vorgekommen ist, was der Rede wert wäre. Vor ungefähr einem Jahrzehnt, als seine Mutter, die alte Reifflerin als Eiterhamer Gemeindearme starb, nahm der Schmauß den Toni zu sich auf den Hof nach Freihart. Zuerst war er Stallbub, jetzt ist er Knecht. Von Kind auf kennt man den Toni überall als den »dappigen Toni«, und das ist nichts Herabminderndes, es bezeichnet bloß die Art des Mannsbilds. Schon in der Schule hat sich der Bub hart getan. Der Lehrer kümmerte sich zu guter Letzt überhaupt nicht mehr um ihn, denn – so pflegte er sich auszudrükken – »in ein Spatzenhirn bringt man einfach nichts hinein«. In der fünften Klasse ist der Toni aus der Reinbichler Werktagsschule mit Schande und Spott gekommen, zweimal hat er sitzenbleiben müssen. Es läßt sich denken, daß schon die Kinder allerhand argen Unfug mit dem hilflos-dummen Kerl getrieben haben, und seither war's nicht anders. Gibt's der Zufall oder die Gelegenheit, so hechelt man ihn gehörig durch.

Das hat den Toni mit der Zeit leutscheu und verschlossen gemacht. Er traut selbst dem nicht mehr, der's ihm gut meint, ewig sitzt in seinen Augen ein unsicherer Argwohn. Nach einer Fopperei dauert es meistens lang, bis der Bursch wieder ins richtige Gleis kommt. Ein hilfloser Mensch, der immer ausgelacht wird, spürt das doppelt und dreifach. Aus diesem Grund ist's auch schon öfters vorgekommen, daß der Toni in seiner dumpfen Verzweiflung Andeutungen gemacht hat, er tut sich was an. Dieses hinwiederum hat den ersten Knecht vom Schmauß, den langen Hansgirgl, einmal veranlaßt, ihm einen eingeseiften Kalbsstrick zum Aufhängen anzubieten.

»So, Toni, do! Der Strick rutscht! *Den* wennst nimmst, do bist mit oan Rucka maustot! Do!« spottete der Hansgirgl dazumal. Giftig und lauernd und stur und dumm hat ihn der

Toni angeschaut und gesagt: »Jaja, spott nur! Amoi häng i mi ja doch auf oder i derschiaß mi! Ös werds schon sehng!«

Seit einiger Zeit war beim Schmauß eine blutjunge zweite Dirn eingestanden, von der der alte Hansgirgl sagte, sie hat Fangaugen, die bloß auf junge Mannsbilder aus sind. Da sonst kein solches da war, fing sie alsbald an, dem verschüchterten Toni zuzusetzen. Und zwar zuzusetzen mit einer Art und Manier, daß sogar einer aus Blei geschmolzen wär'.

Der alte Feinspinner von einem Hansgirgl roch diesen Braten vom ersten Tag an und hatte seine helle Freude dran. Er beredete sich mit der Altdirn, einer groben, eckigen Person, und von da ab, wie gewünscht, sah sich die Liesl, die neue Dirn, oft allein mit dem Toni. Zuerst lächelte sie ihn an, versuchte eine Unterhaltung und musterte den Burschen immer gieriger. Sie ging unvermerkt näher zu ihm hin, zu guter Letzt streiften sie sich, und sie spürte, wie der Toni brandrot wurde, wie er heiß schnaufte und kein Wort mehr herausbrachte – kurzum, gestern auf der Tenne packte sie auf einmal den starren Kerl und busselte ihn ab. Der Toni ächzte und war ganz kraftlos dabei, sie hatte ihn umschlossen – da, patsch, schüttete der Hansgirgl einen Kübel kaltes Wasser vom Heustock auf die zwei herab, daß sie, wie auseinandergepeitscht, pudelnaß auf und davon rannten.

Die Liesl überstand das ganz ungerührt und lachte darüber, der Toni aber – dem war's so, als sei sein ganzes Leben jetzt endgültig verpfuscht. Auch das gute Zureden vom Schmauß selber, der ihn nicht ungern hatte, nützte nichts.

So, und jetzt? Jetzt auch noch das mit dem Toten auf der Bank! Und das dumme Daherreden der Leute!

Der Toni hockte betreten auf seinem Leiterwagen und wurde immer verdrossener. Der Windmüller war baff über sein Gesicht. Er wollte mit ihm ins Reden kommen und ihn ausfragen, aber der Knecht lud bloß die zwei Sack roggenes Mehl auf und fuhr davon. Als er auf dem Buckel des Reglingerbergs auftauchte, lugte er scharf nach der »schönen Aussicht«. Dort standen immer noch viele Dorfleute, und der Toni schien auch so was wie den Wachtmeister zu erkennen.

Sonderbar, er trieb die Rösser scharf an. Sein Gesicht bekam mit der Zeit einen dunkel-verbissenen Ausdruck. Sogar durch Eiterham fuhr er im Trab. Die Leute schauten leicht verwundert nach ihm. Er ließ den Rössern keine Ruhe, und vollends auffällig wurde es, als er sogar, nachdem es bergauf ging, auf sie einhieb.

»Hüa! Hüa! Hüa, Hundling!« knurrte und belferte er auf dem Leiterwagen, und das lenkte die Aufmerksamkeit der Leute um den Toten auf den Heranfahrenden. Einige Augenblicke sagten sie gar nichts. Nur der Steim schüttelte den Kopf und meinte: »No, wos hot er denn jetzt, der damische Tropf, der damische ... Der schaugt ja drei' ois wia narrisch!«

»Schinder, verreckter, härst it auf!« schrie der Reiser dem heranbrausenden Toni zu und polterte: »A so d' Roß plogn ...! Dös is ja doch dengerscht ganz aus!« Auch die anderen Bauern und Weiber waren erbost, und der Wachtmeister machte bereits eine bedrohliche Amtsmiene. Jetzt jedoch ereignete sich etwas Unglaubliches. Der Toni war vor der Bank, hörte das Geschimpf nicht, zog die Zügel stramm, schrie: »Oha! O-ö-ha!« und sprang, als die Rösser schweißtriefend standen, vom Leiterwagen. Er sah finster auf den Wachtmeister, schaute die Leute an, bemerkte den Herrn Gerichtsarzt, machte drei, vier Schritte und sagte auf einmal unvermittelt plärrend: »I hob den Herrn derschossn! I bin's gwen! ... Gestern auf d' Nacht hob i's to.« Sekundenlang war alles starr und stumm.

»Nehmts mi nur glei mit ...! Jetz is mir oiß gleich«, sagte der Toni abermals so hartnäckig: »Da Revolva is aa vo mir ...! Zwoamoi hob i geschossn!«

Das frappierte.

»So a Krippi, ha!« schüttelte der Reiser den Kopf.

»Reiffler Anton, du bist verhaftet!« sagte der Wachtmeister und wandte sich an den Gendarm Heringer: »Nehmen S' ihn fest, den Burschen ...« Der Gendarm tat, wie ihm befohlen, und legte dem Toni den sogenannten Achter an.

Ein abermaliges Stocken war eingetreten. Alle hatten die Fassung verloren. Nur der spitzbärtige Gerichtsarzt machte sich wieder am Toten zu schaffen. Ein anderer Herr mit einem Photographenapparat sagte: »Ich bin fertig«, ging auf sein Motorradl zu und bestieg es. Er trat an, die Pferde scheuchten auf und fingen bedrohlich zu trippeln an, der Toni wollte wie aus einem Instinkt heraus hinlaufen, aber der Gendarm riß ihn unsanft zurück.

»Nix mehr! Dobleibn, Bürscherl!« knurrte er höhnisch. Der Bartl war schon bei den Rössern und schrie: »I fahr scho 'nauf auf Freihart.« – »Also ... Abführen!« sagte der Wachtmeister, und hinter dem davonbrausenden, staubaufwirbelnden Motorradfahrer marschierten Gendarm und Toni talabwärts. Der Wachtmeister schwang sich auf den Leiterwagen und fuhr zum Schmauß mit, um dort die nötigen Erhebungen zu machen.

II

Wie sich doch unwichtige Kleinigkeiten auf einmal zu einem ursächlichen Spinnwebnetz verdichten, wenn einmal ein Verbrechen festgestellt ist!

Schon der Bartl erzählte dem Wachtmeister, während die zwei Freihart zufuhren, allerhand bezeichnende Dinge über den Toni. Zum Beispiel dessen sonderbares Verhalten heute vormittag am Tatort.

»Kasweiß is er wordn, wie er üns gsehng hot«, berichtete er. Und absolut habe er nicht vom Leiterwagen herunterwollen.

»Mir is dö Gschicht scho glei verdächtig vorkemma!« schloß er siebengescheit und wußte immer noch etwas.

»Soso, und alsdann is er einfach auf und davon gefahren, soso«, brummte der Wachtmeister leger und fand das sehr auffällig. Man sah es ihm an, er notierte in seinem Hirn, er merkte sich alles. Immer redseliger wurde der Bartl. Vom Hundertsten kam er ins Tausendste, das ganze Leben vom Reiffler-Toni rollte er auf. Dessen Dummheit, meinte er, sei bloß eine ganz versteckte Böswilligkeit. Nichts am Schmaußknecht war hell, alles dunkel, schwarz und schlecht auf einmal.

»Hm, hm ... Ja, ja, so verschloffne Burschen, die wo immer tun, als könnten sie nicht bis fünf zähln, das sind meistens die niederträchtigsten Spitzbuben«, bemerkte der Wachtmeister einmal, und der Bartl empfand das als eine Art Belobigung.

»War überhaupt bekannt, daß er einen Revolver gehabt hat?« erkundigte sich der Wachtmeister.

»An Revolva?« geriet da der Bartl ein wenig ins Stocken, wußte aber sofort weiter: »Ja ... Er werd vielleicht koan ghabt hobn, aber z' Freihart – dös liegt doch a so alloa do, und einbrocha is aa scho oft wordn – der Schmauß, der werd scho an Revolva hobn ... Der Toni hot'n hoit vom Baurn ghabt ...«

»Jajaja, sicher«, nickte der Wachtmeister abermals.

Endlich fuhr man in Freihart ein. Wie ausgestorben lag der Hof da. Mit wahrer Weißglut brannte die Sonne auf die kalkweiße Hausmauer, die Hühner gackerten, und der Hund riß bissig bellend an der Kette. Auf dem Kühgrashaufen vor der Stalltür schreckten beim Anblick des Wachtmeisters die zwei Kleinsten vom Schmauß auf und rannten wie verscheuchte Wiesel in den Stall. Der Bartl rief ihnen nach, aber sie verkrochen sich im leeren Roßstand und gaben nicht mehr an. Der braunschwarze, zottelhaarige Hund bellte immer heftiger, und endlich kam an der Haustür vorne die alte Schmaußin zum Vorschein.

»Ja, Herrgott, der Baur hot a so gschimpft! Worum bist denn jetz so lang –«, wollte sie auf den Toni losschimpfen, wurde aber plötzlich verdutzt, brach ab und schaute baff auf den Wachtmeister. Sie fand das Wort nicht gleich wieder, und erst als der Bartl halbwegs lachend grüßte, fragte sie dasig: »Jaja, wo hobts denn an Toni? Wos is denn jetz dös ...? Is wos passiert oder –«

»An Toni? Den Bazi werst so schnell nimmer sehng, Schmaußin!« sagte der Bartl keck: »Der hot wos Saubers o'troffa ...« Er und der Wachtmeister schwangen sich vom Leiterwagen. Wie versteinert glotzte die Alte.

»Der hot oan derschossn!« sagte der Bartl wieder und machte sich daran, die Rösser auszuspannen.

»Wo–wos sogst?« stotterte die Alte: »Wos ...? Derschossn?« Blaß wurde sie.

»Ja ... Bei der ›schönen Aussicht‹ druntn«, klärte sie der Wachtmeister auf, fragte nach dem Bauern, und als er erfuhr, alle seien auf dem Feld beim Heuen, befahl er ein wenig barscher: »Der muß gleich her.«

Hinten aus der Stalltür lugten die zwei scheuen Kinder. Das sechsjährige Lenerl wisperte ihrer jüngeren Schwester zu: »Ah, du ... Der Toni is hin ...« Kurz darauf kam die Schmaußin in den Stall und schickte sie aufs Feld. Sie liefen durch den uneingezäunten abschüssigen Obstgarten, auf die Jägerleite zu, wo alle vom Schmauß auf Hautsdrein werkelten. Grad war wieder ein Fuder aufgeladen.

»Vata! Vata! Der Schandarm is do! Du muaßt glei kemma ... Der Toni is hi!« plärrten die zwei Kinder atemlos.

»Wos? Wos ...? Der Toni?« sagten fast alle auf einmal, und nicht nur, daß der Bauer auf der Stelle losfuhr, alle kamen mit ihm und redeten erschreckt durcheinander. Auf den Hof kamen sie zurück und in die Stube. Bauer, Bäuerin, der alte Hansgirgl, die junge und die erste Dirn, die drei älteren Buben und die jüngsten zwei Schwestern standen zuletzt vor dem Wachtmeister. Scheue, fast feierliche Gesichter machten sie.

Alsdann, nachdem der Wachtmeister kurz den Sachverhalt geschildert hatte, fing sofort ein großes Hinundherreden an.

»Ah! Ah, geh! Der Toni und an Menschen umbringa! Ah, dös is ja ganz und gor menschenunmögli! Dös is ja ausgeschlossn!« sagte der Schmauß in einem fort. Er konnte es nicht glauben. Auch die andern ließen sich in ähnlicher Weise aus.

»Ob er dazu fähig is oder nicht, das is ja jetzt gleich! Er hat's jedenfalls selber schon zugstandn ... Er ist schon verhaft'«, wurde der Wachtmeister ungeduldig und machte sich Notizen in sein plattgedrücktes, aufgeschlagenes Bücherl.

»Hast du an Revolver auf'm Hof, Schmauß?« fragte er den Bauern, und jetzt wurde es stiller.

»An Revolva ...? J-j-ja, dös scho! Worum?« erstaunte der Schmauß.

»Zeig'n amal her«, forderte der Wachtmeister. Der Bauer ging in die Ehekammer hinauf, suchte und suchte, aber die Waffe war weg. Bestürzt kam er in die Stube zurück und meldete es.

»Aha! Aha! Hat ihn schon, den MacMahon!« triumphierte der Wachtmeister sichtlich, und jetzt wurde es stockstumm in der Stube.

»Ist's vielleicht der?« fragte der Wachtmeister und zog aus seiner prallen Brusttasche eine ziemlich unförmige Waffe hervor. Noch erschreckter wurden die Augen der Leute.

»Ja – ja, der is's«, gab der Bauer zu.

»So? Na, also«, schloß der Wachtmeister überheblich und kritzelte wieder was in das Buch. Alle starrten auf den alten Revolver, der auf dem Tisch lag.

»So«, fing der Wachtmeister wieder an: »Hast du vielleicht in der letzten Zeit amal gschossn damit, Schmauß?«

»Gschossn?« besann sich der Bauer und schüttelte den Kopf: »Nana ... I wüßt scho gor koa Zeit nimmer, daß i'n o'grüahrt hätt', den Revolva ...«

»So ... Da fehlen zwei Kugeln ... Zweimal ist also gschossn wordn«, führte der Wachtmeister fachgerecht die Waffe vor: »Do ... die zwei Patronenhülsen sind noch drin!«

»Hm! Hmhm ... Scheußli ... Hmhmhm«, machte der Schmauß, und seine Leute schüttelten einsilbig den Kopf.

Mit großen Augen und offenen Mäulern hingen die Kinder bis hinauf zum sechzehnjährigen Michl am Wachtmeister und rührten sich nicht vom Fleck. Das Verhör brachte allerhand zur Sprache, und als der alte Hansgirgl das mit der jungen Dirn erzählte, schaffte die Bäuerin die Kinder aus der Stube. Die tappten vor der Tür auf und ab, legten immer wieder das Ohr hin und lauschten atemlos, was da drinnen geredet wurde.

»Hm, i konn bloß oans net versteh ... I versteh's ganz einfach net, wia der Toni in mei' Ehekammer kemma sein sollt' und den Revolver derwischt hot«, war das letzte Wort vom Schmauß, als der Wachtmeister endlich mit dem Bartl aufbrach. Die Kinder draußen versteckten sich unter der dunklen Stiege, als die Tür aufging.

Jeder war aufgeregt, jeder machte sich seine Gedanken, keiner konnte glauben, daß der Toni, der »dappige Toni«, so was angestellt haben sollte. Der alte Hansgirgl hatte zuweilen sogar ein finsteres, besorgtes Gesicht, als drücke ihn das schlechte Gewissen.

III

Drüben in Eschenloh, im Amtsgericht, hockte der Toni in seiner Zelle und wurde, nachdem der Wachtmeister aus Freihart kam, sofort wieder verhört. Er machte sonderbarerweise gar keinen reumütigen Eindruck, im Gegenteil, auf seinem Gesicht lag fort und fort etwas wie eine verborgene Schadenfreude. Er leugnete nichts. Er erzählte eingehend, wie er zum Revolver gekommen sei, wie er in der Nacht hinaus sei ins Holz und den Fremden gesehen hätte.

»Und einfach so niedergschossn hast'n ... Einfach so mir nix, dir nix niedergschossn?« richtete der Untersuchungsbeamte die Frage an ihn.

»Jaja ... Er hot mi o'gredt, i bin nachher mit eahm 'naufganga bis zu der ›schönen Aussicht‹, mir hobn üns hinghockt, und noch ara Zeit hot er gsogt, ob i denn gor net hoam muaß ... Na, sog i, i geh überhaaps heunt nimmer hoam ... Nachher sogt er auf amoi, i sollt'n doch in Ruah lossn und sollt macha, daß i weiterkimm, und do hob i gsogt, dös geht eahm gor nix o, i konn macha, wos i mog ... Er is oiwei egglhafter wordn, und nachher hobn mir 's Streitn o'gfangt ... I sog, i wer eahm glei hoamleuchtn, wenn er net stad is, und da werd er kritisch und will auf mi los ... Do hob i mi nimmer kennt und hob gschossn ...«

»Hm, einfach gschossn? ... Wie oft denn?« wurde er gefragt.

»Ja ... Zwoamoi ... Dös erstmoi is's danebnganga, dös zwoatmoi hob i troffa ... Er is glei tot gwen«, gab der Toni zu.

Der Schreiber kritzelte, die Feder gab ein schnarrendes Geräusch von sich.

»Ist er nicht auf, wie er den Revolver gsehn hat?« forschte der Richter.

»Nana, er is ja gor nimmer dazuakemma! Wia er auf hot wolln, hob i'n ja scho troffa ghabt«, sagte der Toni saukalt.

Der Schreiber schaute auf, der Richter machte ein rätselhaftes Gesicht, der Gendarm schüttelte den Kopf.

»Und den Revolver«, fing der Richter wieder an, »den host einfach liegnlassn?«

»J–jaja ...«

»So was hätt' dich doch aufbringen können ...«

»Jaja, aber wia i amoi gsehng hob, wos i o'gfangt hob, bin i einfach auf und davon!« beichtete der Toni. Er wurde wieder abgeführt.

Am vierten Tag – der Toni sollte am andern Morgen nach München übergeführt werden – am vierten Tag kam der Schmauß nach Eschenloh. Mit seinem sechzehnjährigen, ganz verdatterten Buben Michl meldete er sich zuerst bei der Polizei, alsdann wurde er zum Untersuchungsrichter gebracht. Der Bauer war ganz gestört und machte es äußerst dringlich.

»Nein! ... I hob's ja glei gsogt, der Toni konn's net gwen sei!« redete er fast hastig und deutete auf seinen Buben: »Der Lausbua, der miserablige, der Krippi, der ganz frech' ... *Der* hot mein' Revolver 'raus aus'm Mauerkastl!« Und schon hob er die Hand, und ehe der Richter was machen konnte, gab er seinem aufweinenden Buben zwei wuchtige Watschen.

»Auf der Stell verzählst es, marsch!« fuhr er den Michl an: »Marsch, sog i!« So, und jetzt kam also folgendes heraus. Der Michl hatte schon lange auf den Revolver ein Aug', holte ihn und lief damit nach Feierabend in das Holz hinüber. Er stellte sich vor einen Baum und probierte das Schießen. Es krachte, und der Revolver flog ihm aus der Hand. Als er so benommen da stand, war auf einmal ein Fremder vor ihm und sagte: »Soso, Büberl, soso ... Wart, wart, das –«

»Ja und, was hat er weiter gesagt, was?« fragte jetzt der Richter den flennenden Lausbuben.

»Ni–nix mehr ... I woaß net ... I bin auf und davon ... Der Herr hot ganz wild gschaut ... Jaja, mehra woaß i net, ganz gwiß net«, stotterte der Bub.

Nach seiner Beschreibung war es der tote Mann von der »schönen Aussicht«.

»So ... also Schmauß, gehn S' da nebenan hinein ... Wir werdn einmal den dappigen Toni ins Gebet nehmen, und wann ich ... Sie wissen schon, Hirlinger«, sagte der Richter, und Bauer, Bub und Gendarm traten in die leere Amtsstube nebenan. Gleich darauf wurde der Toni vorgeführt. Der Schmauß verstand jedes Wort. Der Knecht erzählte wieder seinen »Mord«. Er log keck und sicher. Der Schmauß schüttelte fort und fort den Kopf.

»Aber ... Du bist ja gar nicht aus'm Haus gwesn dieselbe Nacht!« unterbrach der Richter den erzählenden Toni.

»I ...? Jawohl!« wurde der Knecht ein wenig bestürzt.

»Und dem Schmauß seinen Revolver hast überhaupts gar nie in der Hand ghabt!« wurde der Richter langsam lustiger.

»*Den?* ... I hob'n ja hoamli 'raus aus'm ...«

»Aufhör jetzt mit dem Roman!« brach ihm der Richter das Wort ab und klopfte vernehmlich mit seinem Siegelring auf den Schreibtisch. Die Tür ging auf. Der Schmauß mit dem Michl und der Gendarm Hirlinger kamen herein.

»Toni! Dappiger Kerl, wos foit dir denn do ei'! Fürchst dir denn net Sündn!« wies der Schmauß seinen Knecht zurecht.

Der blieb stockig und ließ sich lang nicht erweichen. Mit der Zeit aber wurde seine Lügerei immer offenbarer. Er stotterte hin und her, er verhaspelte sich und wurde von Augenblick zu Augenblick finsterer und verlegener. Zuletzt fing er auf einmal wie ein Schulbub zu weinen an und schrie schier verzweifelt: »Und i mog ganz einfach nimmer lebn! I tua mir ja doch noch wos o! ... Mir waar's ganz gleich gwen! ... I hätt's scho auf mi gnomma!«

»So! Ja, warum denn, Toni? Warum jetzt das?« konnte der Richter kaum noch seine Lustigkeit verhalten.

Der Toni schaute ihn durch die nassen Augen an, stockte und jammerte bockig:

»Ja, weil's mir nia a Ruah lossn ... Wenn i jetz köpft wordn waar, nachher hätt i mir nix mehr o'toa braucha! Nachher waar's glei aus gwen mit mir!«

»Soso! Soso ... Tja, do könnt ja jeder daherkommen!« lachte jetzt der Richter offen. »Dappiger Tropf, dappiger!« sagte der Schmauß. Auch er lachte und schloß: »Du waarst ja weiters it gschlecki ... Weilst dir du it traust, möchtst, daß di dö andern umbringa! ... Geh, jetz dös is doch noch nie dogwen!«

Der Toni brümmelte bloß mehr in sich hinein.

Es stellte sich heraus, daß der Tote auf der Bank »zur schönen Aussicht« ein Selbstmörder gewesen war. Am zweiten Tag wurde der Toni wieder heimgeschickt. Er schaute überhaupt keinen Menschen mehr an, aber wo er auch auftauchte, erhob sich ein massiges Spötteln. Und wenn man schön gemütlich zusammenhockt, alsdann erzählt einer immer wieder die Geschichte. Das wird lang herhalten im Eiterham-Eschenloher Gau, vielleicht – trau, schau, wem! – so lang, bis sich der dappige Toni dennoch was antut ...

Ein alltägliches Wunder

Wissen möchte ich, wie die zwei Kammererleute von Aining zusammen leben und hausen würden, wenn der Kammerer *nicht* stumm wäre. Jaja, stumm. Er kann wirklich seit seinem sechsundzwanzigsten Jahr kein Wort herausbringen, und heute ist er schon über siebzig.

Außer seinen zwei älteren Schwestern, die kurz nacheinander in schöne Anwesen einheirateten, ist der Kammerer-Sepp der einzige Sohn gewesen und hat den Hof bekommen. Nach dem Krieg kam er heim und nahm das Regiment im Haus in die Hand. Der alte Kammerer kränkelte schon längere Zeit, mußte sich schließlich ganz hinlegen und verstarb bald darauf. Mit der alten Mutter weiterzuhausen, das ging auch nicht recht. Die sagte es selber. »Sepp«, sagte sie oft und oft: »Sepp, jetz werd's Zeit, daß d' a junge Bäurin herbringst ... I paß bloß no unters oit Eisn. Mit mir is's nix mehr.«

Der Sepp suchte und fand. Ein halbes Jahr später heiratete er die Gütlerstochter Kreszenz Gmeinwieser von Wimbling. Eine Heirat war das, eigentlich gar nicht nach Bauernbrauch. Ewig gilt die Regel: »Wo was ist, muß noch was dazu.« Die Kreszenz aber brachte bloß eine magere Kuh und eine arg notige Aussteuer mit. Beim Kammerer hingegen war viel da. Zwanzig Stück Vieh im Stall, vier Rösser, achtzig Tagwerk Wiesenland und sechzig an Waldung. Über ein solches Glück konnte die Kreszenz lachen. Und sie lachte auch – das heißt, alle zwei, sie und der Sepp lachten Tag für Tag. Kreuzfidel fing dieser Zusammenstand an, denn die zwei jungen Leute waren direkt vernarrt ineinander, und so was kommt bei Bauern nur ganz, ganz selten vor. Man kann schon eher sagen: gar nie.

Die Aininger schüttelten den Kopf über eine solch kindische Verliebtheit. Sie waren einfach baff. Mitten in der Feldarbeit oft – ohne sich vor den Knechten und vor der Dirn zu genieren – umhalsten sich die jungen Bauersleute und küßten sich zärtlich. »Geh, geh, geh! ... Dös is doch no nia dogwen!« brummten die Nachbarn auf den anderen Feldern und Äckern: »Geh, jetz do schaugts!« Sie glotzten wie nicht gescheit. »Jaja«, meinte alsdann irgendein spöttisches Maul: »Jetzt brennt's hoit no guat, dös frische Feir ... Aba warts no, wenn amoi Kinda daherkemma, nacha werd's gor schnell auslöschn.«

Im Gegenteil aber, als nach einem knappen Jahr das erste Kind zur Welt kam, wurde das verliebte Feuer der zwei Kammererleute schier lodernd. Richtig wie ein Turteltaubenpaar neckten sich die zwei den ganzen Tag, gaben sich Kosenamen, und die Altbäuerin wunderte sich oft und oft: »Na – na, seids dir ös zwoa komische Ehleitln! ... Na, seids ös übermüatig ...! Bei mir und mein' Sepp selig hot's dös gor nia gebn.« Dennoch waren ihre Augen dabei mutterglücklich, denn die Kreszenz war nicht nur eine lustige Person, sie wußte auch was Arbeit heißt, war flink, blitzsauber und grundgut. Sie verstand anzuschaffen, und die Dienstboten folgten ihr willig. Auf die Altbäuerin hielt sie was, auf sich erst recht und am allermeisten auf ihren Mann. Keiner konnte klagen über sie.

Das Allerdrolligste aber war – jeden Samstag nach der Arbeit rasierte die junge Bäuerin ihren Sepp selber. Hinten um den Ecktisch in der geräumigen Küche hockten die zwei Knechte und die Dirn und unterhielten sich. Die Altbäuerin saß unter dem Licht und strickte an einem Strumpf oder paßte auf das schlafende Kind auf, die Pendeluhr tickte gemächlich, und vorne am Herd, auf einem Holzschemel, saß der Bauer mit eingeseiftem, zurückgelehntem Kopf und lachte gurgelnd. Die Kreszenz wetzte unterdessen wie der geübteste Bader das blitzende Rasiermesser auf dem straffgezogenen Riemen, lachte genauso glücklich, und zuletzt lachten alle miteinander.

Allerhand Späße flogen hin und her, und weil der lustige Bauer nicht immer still hielt, gab es mitunter leichte Schnitte. Das trug natürlicherweise wiederum zur allgemeinen Belustigung bei. Alsdann fing die Kreszenz gutmütig zu schelten an und einmal bei so einer Gelegenheit packte sie den Sepp fest am Haarschopf und drohte scherzhaft: »Herrgott Million! Mannsbild narrisch'! ... Glei schneid i dir d' Gurgel o, wennst jetz net glei stad hoitst.« Sie wollte gerade noch die eine Halshälfte von unten herauf glattrasieren, hatte das Messer schon angesetzt, aber der junge Kammerer riß auf einmal hell lachend seinen Kopf nach vorne und da sauste das scharfe Messer tief in seinen Kehlkopf. Der Schnitt war so unglückselig, daß der Bauer überhaupt keinen Laut herausbrachte und bloß stumm nach vorne fiel. Die Kreszenz schrie gräßlich auf und verlor alle Fassung, das Messer glitt auf den Steinboden, und ein dicker Blutstrahl zischte in großem Bogen aus dem Hals des Bauern. Die Knechte sprangen jäh auf, die Dirn drückte mit beiden Händen ihre Augen zu und plärrte, die Altbäuerin starrte eine Zeitlang totenblaß.

»U–u–uh – oh! Sepp! Holts schnell an Dokta!« brachte die Kreszenz gerade noch heraus, und schwarz wurde es ihr vor den Augen, sie brach zusammen. Die Knechte hoben den Bauern auf, die Alte band dicke Tücher um seinen Hals, das Blut rann und rann. Man legte den Verwundeten ins Bett. Ein Knecht radelte sofort nach Wazenhofen hinüber und kam mit dem Doktor im Auto zurück.

Die junge Bäuerin saß auf dem Bett und wimmerte in einem fort: »Sepp, Sepp! Heiliga Herrgott, Sepp, Sepp!« Sie schien den Verstand verloren zu haben.

Mit Gewalt mußte man sie von ihrem Mann losreißen. Der Doktor verband den Bauern noch einmal notdürftig und nahm ihn gleich mit ins Krankenhaus nach Wazenhofen hinüber.

Jetzt war auf dem Kammererhof auf einmal alles anders. Zuvor war jeder Tag voller Lustigkeit, jetzt nur mehr eine einzige Traurigkeit.

Der Kammerer konnte gerade noch vor dem Verbluten gerettet werden. Lange, lange lag er zwischen Tod und Leben da, und als er endlich gesund war, hatte er die Stimme verloren. Er war, wie man so sagt, nur mehr »ein halberter Mensch«.

»Bittet, so wird euch gegeben werden«, lautet ein Sprichwort aus unserem Katechismus. Von unserem Herrn Jesus Christus selber ist's uns überliefert.

Die junge Kammererin ließ Messen lesen, sie stiftete für das Kloster Ammenbach eine große Summe, sie bat unseren Herrgott soviel wie nur ein Mensch bitten kann. Man kannte sie nicht mehr. Ein trauriges, zermürbtes, zerstoßenes Geschöpf war aus ihr geworden. Einmal während des Hochamtes, kurz vor der Wandlung – unheimlich klang es durch die fromme Stille – hörten die Beter die Bäuerin plötzlich laut und einfältig jammern: »Lieber Herrgott im Himmel droben, gib meinem Sepp das Reden wieder! Heiliger Herrgott, hilf uns!« Die Leute sahen erschreckt auf, die heilige Handlung war gestört. Etliche Weiber brachten die Wimmernde vorsichtig aus der Kirche. Es hieß allgemein, sie sei nicht mehr recht im Hirn.

»Bittet, so wird euch gegeben werden«, heißt es doch. Der Kammerer blieb stumm. Der Herrgott war taub. Das Glück war weg auf dem Kammererhof, das Unglück hatte sich gewissermaßen für dauernd eingenistet. Die junge Bäuerin verkümmerte sichtlich. Ihre dralle, gesunde Figur magerte ab, schnell zeigten sich die ersten grauen Strähnen in ihrem Haar, faltig und alt wurde ihr Gesicht, trüb ihre ewig verweinten Augen. Sie ließ nicht nach. Sie machte große Wallfahrten mit ihrem

Mann, bestrich mit dem heiligen Wunderwasser solcher Orte seinen Mund. Der Sepp trank dieses Wasser auch. Sie fuhr mit ihm zu allen möglichen Spezialärzten in die Stadt, sie versuchte es mit der Sympathieheilkunde, sie ließ Gesundbeterinnen für ihren unglücklichen Sepp beten, wieder und wieder mußten die Klosterschwestern von Ammenbach Andachten abhalten. Die Kreszenz betete wo sie ging und stand. Sie vergaß vor lauter Frommsein fast die Arbeit und sogar ihren Mann selber. Die Leute sagten: »Zuvor is s' narrisch gwen in der Liab, jetz is s' narrisch mit'n Betn! A so geht's aa net!« Die Bäuerin ließ nichts unversucht.

Am Herrgott läßt sich nicht herumdeuteln. Die Kammererin glaubte an ihn, wie man meistens bei uns auf dem Land an ihn glaubt. Er ist wirklich die letzte Zuflucht. Wenn keiner helfen kann, zu ihm schreit die Kreatur auf: »Hilf mir! Gib mir!«

Irgendeinmal mußte dieses beharrliche Bitten doch erhört werden! Irgendeinmal mußte Hilfe kommen. Wozu wäre denn sonst der Herrgott? Wozu seine Allmacht?

Die Zeit verging. –

Die Bäuerin wird oft insgeheim gedacht haben: »Was, in Gottes Namen, hab' ich denn für Schlechtigkeiten gemacht, daß mir, daß uns ein solches Unglück passieren mußte!?« Und sicher, ganz sicher wird sie auch gefunden haben, daß weder sie noch ihr Sepp unrechte Menschen waren. Es läßt sich denken, daß sie manchmal ganz und gar irr, schier schon verbissen, nicht mehr recht an die himmlische Hilfe glaubte. Ihr Gesicht zeigte das mitunter. Etwas zweiflerisch Böses brannte vielleicht in ihr. So was wie eine regelrechte Wut auf den Allmächtigen.

Aber was half es? Nichts, gar nichts!

Und weil es so war – wie geht es doch einem Menschen, der auf irgendeine Weise in eine rettungslose Lage gerät und nach den ersten, wilden Anstrengungen sieht, es gibt wirklich keinen Ausweg mehr?

Die Bäuerin schaute ihren Sepp an. Der werkelte jeden Tag herum, denn außer seinem Stummsein fehlte ihm ja nichts weiter. Sie schaute ihn wieder an. Er stand vor ihr, stumm und ruhig. Sie bekam zitternde Kiefer, sie wollte reden, brach ab und weinte. Sie schüttelte so, als wenn unaufhörlich unsichtbare Peitschen auf sie einschlügen, den verwirrten Kopf und heulte. Sie wußte nicht mehr weiter.

Der Sepp machte ein gutes, ernstes Gesicht her. Dann strich er mit seiner schweren, derben Hand etliche Male über ihren zuckenden Kopf. Er tat's oft, wenn sie so daherwimmerte. Alsdann machte er sich wieder an die Arbeit. Er hielt wie ehedem das Haus und den Hof, die Äcker und Felder, die Dienstboten und das Vieh zusammen.

Die Bäuerin arbeitete auch wieder. Was blieb denn anderes übrig? Langsam, ganz langsam ließ ihre verstörte, heftige Frömmigkeit nach. –

Schau du einmal hinein zum Kammerer, schau dir jetzt die zwei alten Leute an! Und die vier festen Bengel, die schon groß sind! Wundergemütlich lebt die Familie zusammen. Es hat also gar kein »Gegeben werden« gebraucht.

Oder will unser Herrgott vielleicht das »Gegeben werden« so aufgefaßt wissen, wie sich's beim Kammerer entwickelt hat? Gut also, wenn's einer glauben will, alsdann ist's auch recht.

Die Traumwandler

I

Erstmalig berichtet eine salzburgische Klosterurkunde aus dem Jahre 1554 von einem Hieronymus Gottbreit, der vom Teufel besessen gewesen sein soll.

Das ganze Geschlecht ist nicht in gerader Linie zu deuten. Man muß – wie ein Chronist aus früherer Zeit einmal nicht unrichtig sagt – »um zum mindesten etwas herauszufinden, Gott walten lassen, und die Namen, die er einem zuträgt, in Reih und Glied stellen«.

Ein Otto Gottbreit, seines Zeichens Stellmacher, wird in einer fichtelgebirgischen Kirchenhandschrift 1702 erwähnt. Von ihm heißt es, er sei Pietist gewesen und habe merkwürdige Sympathie-Heilkünste ausgeübt.

Ungefähr ein Vierteljahrhundert später lebte in Passau der ebenso berüchtigte wie berühmte Roßtäuscher Michael Gottbreit, auf dessen Verschlagenheit und Reichtum ein damaliger Überlieferer das in den Volksmund übergegangene Sprichwort prägte: »Reich wie Gott und schlecht wie Michael.« Ihn soll der Hufschlag eines ungarischen Rappen, eines jener bösen Pferde, von denen der Bauer gemeiniglich zu sagen pflegt, sie hätten den Teufel im Leibe, getötet haben. Und noch heute zeigt man die Stelle, wo der Roßtäuscher so grauenhaft endete.

Es ist schwer zu sagen, ob der Vater Joseph Gottbreits, ein schwarzwäldischer Bildschnitzer und Uhrmacher, dessen Familie und Haus durch einen Bergsturz vernichtet wurden, während der siebenjährige Knabe sich in dem eineinhalb Stunden entfernten Dorf befand, ein Nachkomme Michaels ist. Als ein bezeichnender, wenn auch nur vager Deuter in vielleicht mögliche und weit über solche Abkommenschaft hinaus- und zurückweisende Zusammenhänge kann immerhin die Tatsache gelten, daß man sich von dem Bildschnitzer erzählt, er sei ein religiöser Grübler gewesen und habe sich viel mit Somnambulismus beschäftigt, eine Eigenschaft, die sich in Joseph in unverminderter Stärke fortpflanzte.

Der elternlose Knabe wurde nach dem Unglück vom Stellmacher Johannes Kraider aufgenommen und erlernte das Handwerk seines Pflegevaters. In den Feierstunden schnitzte er Figuren und Köpfe, die den Kreis seiner inneren Vorstellungen seltsam verdeutlichten. Des öfteren, an den Sonntagnachmittagen, kam ein Bauerssohn mit seiner Liebsten in die Stellmacherwerkstätte, drückte Joseph etliche Gulden in die Hand und sagte: »Schnitz uns, daß es die Alten glauben.« Und am anderen oder übernächsten Sonntag konnten die Besteller das Stück haben, stellten es heimlich in die Stube des Brautvaters und erhielten die Einwilligung zur Heirat. Beim Hochzeitsmahl saß dann stets der junge Bildschnitzer am Tische der Vermählten, und Kraider war meistens so betrunken, daß er laut und geräuschvoll zu erzählen begann, was er Schnurriges aus Gegenwart und Vergangenheit wußte. Zu guter Letzt lagen nicht selten die Anwesenden haltlos in den breiten Tischen, und ein einziges Gelächter füllte den Raum.

Einmal aber in seiner Trunkenheit redete der gesprächige Stellmacher etwas von Gottbreits wildem Kaspar, der nach wüstem Streit sein Vaterhaus verließ und ins Französische hineinwanderte und von dem man seither nichts mehr wisse. Einige Dörfler entsannen sich noch und nickten schweigend mit den Köpfen; die Mehrzahl der Gäste aber lauschte gespannt und bemerkte nicht, wie Joseph mitten im Gespräch aufstand und verschwand.

Am andern Tag erzählte sich das ganze Dorf vom Verschwinden des Bildschnitzers, und niemand konnte Auskunft geben, wohin er sich gewendet hatte. Später erfuhr man, daß er mit der großen Armee nach Rußland gezogen sei, und von da ab verlor sich jede Spur für die Schwarzwälder. Erst eineinhalb Jahrzehnte später tauchte Joseph im Südbayerischen wieder auf, und niemand wußte, woher er gekommen war. Er fuhr mit seinem Weib und einem Knaben im Planwagen durchs Land und verkaufte auf Dörfern und Gehöften seine Geräte.

Am Abend eines brennenden Augusttages des Jahres 1827 kam er in einem oberbayerischen Weiler an, spannte seine Mähre aus, band sie an einen Baum und ließ sie grasen.

»Will schauen, ob ich Haber krieg'«, rief er in den Wagen. ging breitspurig auf eines der armseligen Bauernhäuser zu und klopfte an die Tür. Als sich niemand sehen ließ, lugte er flüchtig durch die Fenster, umschritt das Haus und rief nach dem Bauern. Aber alles blieb still.

»Müßt' schon da sein! Ist höchstens auf der Tenn'«, rief ein vorbeischlenderndes Bauernmädchen Joseph zu, zeigte auf die Tür und meinte: »Müßts halt in der Kuchi warten.«

Inzwischen war der Stellmacher an der Haustür angelangt,

öffnete sie und trat in die niedere, düstere Küche. Fliegen summten in Scharen. Eine Katze sprang vom Herd und schmiegte sich an den Fuß des Eintretenden, miaute gedehnt und streckte sich etliche Male. Joseph wollte sich eben auf die Bank niederlassen, als er auf einmal im Dunkel der Ofennische den erhängten Bauern gewahr wurde. Ruckhaft schnellte er empor, rannte aus dem Haus und meldete seine Entdeckung den Nachbarsleuten. Der Bauer, der ihn empfing, nickte ohne sonderliche Verblüffung und brummte gelassen: »Hab' mir's schon denkt, daß er's macht!« schickte seine Kinder in die anderen Häuser und befahl dem Knecht, den Leiterwagen einzuspannen.

Am selben Abend noch fuhr man den Erhängten zum Pfarrort und begrub ihn ohne priesterliches Geleit. Er war ein Sonderling gewesen und hatte keine Nachkommen. Da keiner das verfemte, unheimliche Haus betreten wollte, erstand es Joseph Gottbreit für siebzig Gulden, richtete sich allmählich eine Werkstatt ein und blieb im Ort. Katharina, seine Frau, gebar ihm außer Markus im Laufe der Zeit noch zwei Kinder, ein Mädchen und einen Knaben. Aber beide starben kurz nach der Geburt, und nur Markus, der damals im sechsten Jahre stand, blieb am Leben. Katharina selber erlag zwölf Jahre vor dem Ableben ihres Mannes einem »hitzigen Gallfieber«, genau vier Tage nachdem eine Zigeunerin im Hause erschienen war, die Joseph als diejenige erkannte, welche der württembergische Somnambulist Gotthilf Breiter in seinem Buche *Reise einer Somnambulen durch den Mond und die schmerzlichen Jahrhunderte* als die »Abgesandte des Todes« bezeichnete.

Von da ab senkten sich die Augen des alten Stellmachers. tiefer in die Höhlen, und sein Blick bekam etwas unruhig ins Wesenlose Bohrendes. Sein stets fest geschlossener Mund ward nur noch ein schmaler strenger Strich und ließ selten Worte über die Lippen. Es kam vor, daß er nächtelang über alte Bücher geneigt in der spärlich beleuchteten Stube saß und manchmal laut vor sich hin redete.

Die Tage zwischen Vater und Sohn verliefen lautlos und düster. Markus wuchs zu einem handfesten Burschen heran und leistete ein gutes Stück Mitarbeit. Während er mit jener unverbrauchten, frischen und nur der Jugend innewohnenden Selbstvergessenheit seine Arbeit verrichtete, wurden die Geräte unter den teilnahmslosen Bewegungen der geübten Hände des Vaters fast mechanisch fertig und lagen am Abend hochgehäuft in der dunkelnden Werkstatt.

»Du erinnerst dich, daß sie gesagt hat, sie wird wiederkommen«, sagte an einem der eintönigen Tage der alte Stellmacher zu seinem Sohn, legte plötzlich sein Werkzeug beiseite und starrte abwesend an ihm vorbei ins Leere. Markus, der ganz in sein Schnitzen vertieft war, schrak förmlich zusammen bei den Worten und maß den Alten mit unruhigen Blicken. Ungeheuer gespannt saß dieser auf seinem Hocker. Seine Hände hielten die spitzen Knie krampfhaft umklammert, in steifer Krümmung wölbte sich sein Rücken, und der Kopf war wie witternd vorgestreckt.

»Sie hat den Mond wieder verlassen und ist auf dem Weg zu mir«, hauchte er nunmehr etwas leiser, aber beschwingt von einer grauenhaften Gewißheit in die gefaltete Verschwiegenheit des Raumes. Wie ein Gebet, das er hundert- und aber hundertmal vor sich hingesprochen hatte, klang's, wie die Stimme eines Beschwörenden aus hoher Sphäre ...

Ob nun die durch das viele Schweigen des Vaters beinahe übernatürlich geschärfte Feinhörigkeit des Sohnes der Grund war, der ihm den Sinn dieses merkwürdigen Geredes blitzhaft offenbarte, oder ob er in jäher Ahnung um ein plötzlich hereinbrechendes Unglück mit einem entsetzten Aufschrei zur Türe rannte und diese aufriß, muß dem Nachfühlenden überlassen bleiben.

Wie betäubt hing er am Türgriff und bedeckte mit der einen Hand seine Augen. Einige Minuten verrannen schweigend. Der Alte hockte noch immer regungslos da und stierte verstört in die viereckige Schwärze der Nacht. Schritte wurden mit einem Male hörbar, kamen näher. Eine Mädchengestalt löste sich aus dem Dunkel, trat durch die Tür und sagte in gleichgültigem Ton: »s' Gott! ... Ob die Heurechen schon fertig sind, soll ich fragen!« Markus nahm hastig seine Hand von den Augen und bemerkte die Müller-Agathe nahe beim Alten. Dieser nickte mit einem unbestimmten Ausdruck auf dem Gesicht und sah sie wie gebannt an. Als die Agath sah, daß er sich nicht von der Stelle bewegte, beugte sie sich über die aufgeschichteten Heurechen und begann zu suchen. Im selben Augenblick aber erhob sich der Körper des hageren Stellmachers und brach ins Knie. Hochauf züngelten seine Arme, und lallende Laute kamen aus seinem weitaufgerissenen schäumenden Mund. Ruckhaft warf sich das Mädchen herum und peitschte mit einem kurzen Schrei durch die Tür.

Am andern Morgen, als Markus aufwachte, saß die alte Weberin am Bett und hielt seine Hand in der ihren, und in einem fort sprach sie leise Gebete. Dann kamen Leute und erzählten ihm, daß sein Vater diese Nacht gestorben sei. Tief am Nachmittag erschien der alte Pfarrer mit zwei Ministranten, ging durch jeden Raum, besprengte die Wände mit Weihwasser, trat endlich an Markus' Bett, breitete segnend seine Hände über ihn aus, beweihräucherte ihn und betete über eine Stunde.

Anderntags begrub man den Verstorbenen, und der Priester schloß ihn am Ende der Seelenmesse ins Gebet.

Aus einem nicht ersichtlichen Grund nannte man von da ab die Stellmacherei »Fallhütte« und mied Markus. Die Bauern kamen nicht mehr und brachten ihre Geräte zum Ausbessern. Markus mußte zu ihnen kommen und sich Arbeitsstoff und Aufträge erbitten, und jedesmal empfingen ihn scheue, fremde Blicke. Die Kinder liefen vor ihm davon und sahen ihn von weitem erschrocken an.

Die erste Zeit nach dem Tode seines Vaters kam Markus oft der Gedanke, das Haus zu verkaufen und hinaus in die Welt zu ziehen. Aber nirgends meldete sich ein Käufer. Die Unruhe und Furcht vor dem Alleinsein in diesen unheimlichen Räumen trieben ihn fort. Tagelang oft wanderte er herum, von Hof zu Hof und in die entlegensten Dörfer. Meistens schlief er nächtens im Freien; er legte sich hin und drückte sogleich die Augen zu, aber er fand keine Ruhe. Selber nicht wissend warum, drückte er sein Gesicht in die feuchte Erde und weinte bitterlich. Aus einer unbestimmten Schmerzhaftigkeit heraus verschränkte er seine verarbeiteten Hände und rief knirschend Gott an. Wochen vergingen manchmal, bis er wieder mit reicher Arbeitslast in sein verlassenes Haus zurückkehrte. Er arbeitete hastig und ohne Einhalten, so fast, als wolle er damit etwas Ängstigendes wegscheuchen. Und da er auf solche Weise viel fertigbrachte und für seinen Unterhalt sehr wenig brauchte, mehrte sich sein Verdienst sichtlich. Aber er wußte nicht, was er damit anfangen sollte, und er verschenkte es an Zecher, Landfahrer und Mägde in den Dörfern, durch die ihn sein Weg führte. Diese Seltsamkeit machte ihn bald bekannt.

Einmal – es war im achten Jahr nach dem Tode seines Vaters – trat er in den Stall eines schwäbischen Dorfes und fand die Bauersleute um eine verendende Kuh versammelt. Es war das einzige Stück Vieh, das der Bauer besaß. Laut klagten die Leute.

»Der Brand hat sie gefangen«, jammerte der Bauer, und die Tochter stand am Hals des gestreckten Tieres und wimmerte immerzu: »Scheck! Scheck! Wirst uns doch nit eingehen? Scheckle!« Dabei strich sie mit ängstlicher Hast unablässig über das Fell des sterbenden Tieres, als wolle sie den Tod dadurch aufhalten. Hin und wieder machte der Bauer einen Schritt nach vorn und fuhr sich dann ins borstige Haar, blieb wieder hoffnungslos traurig stehen und wimmerte: »Unser einziges Stück! Unser einziges Stück!« Und die Bäuerin stand die ganze Zeit da und schüttelte manchmal wie abwesend den Kopf.

Eine Zeitlang sah Markus schweigend zu. Als sich jedoch das Tier zu strecken begann und das Jammern der Tochter und des Bauern sich immer mehr verstärkte, zog er seinen prallen Guldenbeutel aus der Tasche, trat an den Bauern heran und sagte, ihm das Säcklein reichend: »Wennst eine neue Kuh kaufst, Baur, nachher legst dies dazu. Mir nützt's nicht viel, und du brauchst es!«

Mechanisch umschloß der Bauer den Beutel, und alle wandten sich verblüfft um und sahen Markus in stummer Verwunderung an. Die Tochter hatte sich gerade aufgerichtet. Über ihr rundes, gesundes Gesicht huschte eine schnelle Röte, und ein stummer, staunender Blick traf den Stellmacher. Der aber sagte nur: »Ich hoff', daß der Verdruß weg ist, wenn ich wieder einkehr'!« und schritt kurzerhand zur Stalltür hinaus.

»Der Herrgott führ' dich gut!« hörte er noch und ging schon wanderhaft weiter. Eine Leichtigkeit war in seinem Gang, und seine Brust dehnte sich froh. Als er fast am Dorfende stand, glitt sogar ein schüchternes Lächeln über seine Züge, und etliche Bauern blieben stehen und sahen ihm nach. Sie kannten ihn schon lange und hatten sein beinahe finsteres gefaltetes Gesicht noch nie so gesehen.

Markus kam seit diesem Vorfall öfters in das Bauernhaus und wurde stets gastlich empfangen. Meistens ließ er irgend etwas liegen und holte es am nächsten oder übernächsten Tag. Der Bauer lächelte heimlich in sich und schnalzte mit der Zunge.

»Ist ein feiner Vogel, der Stellmacher!« brümmelte er verkniffen, »packt's von der pfiffigen Seit'.« Und die beiden Bauersleute sahen sich verständnisinnig an und nickten.

Und Markus kam öfter und öfter, und endlich, beinahe ein Jahr nach all dem Kommen und Gehen, hielt er um die Hand der Tochter an. Im Frühjahr desselben Jahres hielt man Hochzeit im Heimatdorf der Braut. Am anderen Tag verließ das Paar auf einem girlandengezierten Wagen den Ort, und alle Leute winkten freudig mit den Tüchern.

Etwas Lichtes zog nunmehr in die »Fallhütte«, und das Haus war nicht mehr so verfemt. Allmählich kamen auch die Dörfler wieder und brachten ihre Geräte zum Ausbessern oder bestellten neue. Beim Weggehen lugten sie neugierig durch die kleinen Küchenfenster und grüßten nickend die Stellmacherin. Und die erwiderte ebenso mit einem freundlichen Lächeln. Im Laufe der Zeit wurde es lebendiger in den Räumen des Hauses. Kinder kamen zur Welt und wuchsen heran. Elis hieß die Tochter, die aber bald starb, und Kaspar und Hieronymus hießen die beiden Knaben.

Der Stellmacher begann zu bauen. Die vier Guldensäcke, die im Wandschränkchen in der Ehekammer aufbewahrt waren, erhielt der Maurer, und der Winter stand vor der Tür. Die Arbeit nahm ab, und die Familie wollte ernährt sein. Markus zersann die Tage. Sein Gesicht fiel in tiefe Falten, und sein Haupthaar zeigte die ersten grauen Stellen.

Die Jahre flossen aus der Zeit und wälzten arbeitsreich ins Vergängliche, und Armut erfüllte das Haus. Die beiden Knaben waren allmählich herangewachsen und begleiteten den Vater durch die Dörfer. Tief in der Nacht oft kamen die drei zu Hause an, hatten wenig oder gar nichts auf ihren Wägelchen und waren zerfroren oder hitzlahm, hungrig und müde.

»Nichts«, sagte der Stellmacher, ins Ehebett steigend, zu seiner erwachenden Frau und grub sich schweigend in die Kissen, sann und sann. Lange noch hörte er das Gespräch der Knaben durch die Wände dringen, denn der Hunger ließ sie nicht schlafen. Schwer legte sich die Dunkelheit auf sein Gesicht, und oft schlug schon der erste Dämmer durch die verhängten Fenster, wenn seine brennenden Lider zufielen.

II

Wie es kam, daß Markus Gottbreit nach einigen Jahren vergeblichen Mühens, aus seiner Not herauszukommen, allgemach wieder in jenes Grübeln und Beschäftigen mit überirdischen Dingen verfiel, wodurch sein Vater einen so vorschnellen Tod gefunden hatte, ist ungeklärt. Mag sein, daß sich bei ihm das unbestimmte Gefühl, das unruhige Suchen nach der Ursache, wie es denn komme, daß ein Mensch wie er trotz Fleiß und Sparsamkeit, trotz Gottesfurcht und aufrichtiger Rechtlichkeit im Elend zu leben verdammt war, schließlich so verdichteten, daß er den Zusammenhang mit der Wirklichkeit verlor und sein Geschick als etwas von einer höheren Macht Auferlegtes empfand. Als Erklärung einer solchen Wandlung kann vielleicht auch der tiefsinnige Satz aus dem Buche *Reise durch den Mond und die schmerzlichen Jahrhunderte* angeführt werden, der da lautet: »Und während wir vermeinen, das Leben läge frei vor uns, und wir brauchten nur zu gehen, wie es uns gefällt, wird der Ring immer enger um uns, und wir werden mit einem Male inne, daß wir einer langen Kette Glieder sind und Gefangene des Blutes, das dem ersten der Unsrigen bei Lebzeiten Atem und Kraft gegeben hat.«

Indessen, die Wandlungen einer Menschenseele können nicht mit Worten aufgehellt werden, und dies alles sind Mutmaßungen. Man hat nur in Erfahrung bringen können, daß des Stellmachers Eheleben nicht glücklich war. Nachbarn hörten zwar nie einen lauten Streit aus der Fallhütte dringen, aber es wird erzählt, daß die Gottbreitin andern gegenüber oft und oft geweint, geklagt und gejammert haben soll, wobei sie stets die Redewendung gebrauchte: »Wenn ich *das* gewußt hätt', hätt' ich nie und nimmer geheiratet!« So und so, ob ihr Mann dabei war oder nicht, sie verheimlichte ihre Gefühle nie und vor niemandem, und der Stellmacher wendete nichts dagegen ein. Höchstenfalls verfinsterte er sein Gesicht, wenn – was in der Folgezeit nun öfter vorkam – vom Klagen seines Weibes gerührte Weilerleute und mitleidige Bauern einen Laib Brot, eine Kanne Milch, einen Scheffel Kartoffeln oder ein Stück Butter brachten und ihr schenkten. Während die Stellmacherin bei solchen Anlässen den Gebern fast aufdringlich und mit Tränen in den Augen dankte und das gleiche ihren beiden Söhnen anbefahl, ruckte der Fallhüttenmann beinahe unwirsch mit dem Kopf und brummte so etwas wie: er wolle schon schauen, daß man einig würde, wenn ein Heurechen oder sonst was zu richten sei. Es kann wohl angenommen werden, daß diese übertriebene Rechtschaffenheit Markus' schuld war an seinem kärglichen Verdienst; denn seit er sah, daß die Leute ihm gaben, brachte er es nicht mehr fertig, für die Arbeiten, die sie ihm auftrugen, ein Entgelt zu fordern, und es kam seitdem manchmal vor, daß sein Weib beiläufig sagte, wenn sie die hochgetürmten ausgebesserten und neu angefertigten Geräte liegen sah: »Was hilft's denn, wenn du dich plagst und abrackerst und nachher alles herschenkst!« Darauf wußte er keine Antwort und schaute sie nur verlegen an. Es war aber in seinem Blick etwas, daß auch die Stellmacherin nichts mehr erwidern konnte und nur schweigend und kopfschüttelnd in die

Küche hinausging. Hin und wieder nach einem solchen Auseinandergehen ereignete es sich, daß sie ohne rechten Grund den Kaspar und den Hieronymus scharf anfuhr und bisweilen auch schlug. Die Knaben waren schon ziemlich aufgewachsen und gerade nicht mehr in dem Alter, wo man sich puffen und prügeln läßt; aber sie ertrugen seltsamerweise das Geschimpfe und Hauen ihrer Mutter ohne Widerspruch und kamen auch nie daraufhin in die Werkstatt des Vaters. Sie wußten, daß dieser nur mit einem schweigenden Blick zu ihnen aufsah und dann wieder weiterarbeitete. Mit dem schmerzlichen Instinkt des Verlassenseins, der die Kinder solcher Eltern gewöhnlich auszeichnet, schlossen sie sich immer mehr aneinander an, und wenn man genauer hinsah, konnte man wohl sagen, daß sie ein eigenes Leben inmitten dieser Düsternis führten, sich gegenseitig stützten und durch die Fremde, die sie umlagerte, völlig eins wurden. Dabei waren sie in Wesen und Gestalt grundverschieden. Während Kaspar, der jüngere, klein, schwächlich und ungelenk war, schüchtern und nachdenklich veranlagt, hatte Hieronymus breite Schultern und bereits die Größe seiner Mutter, war geweckt, ja fast übermütig. Er setzte sich schnell über Mißliches hinweg, machte eine kurze Bemerkung und gewann das Gleichgewicht wieder. Bisweilen konnte er offen boshaft sein.

Kaspar hingegen verfing sich sozusagen in allem, was ihn anfiel. Man hatte den Eindruck bei ihm, als käme er mit den Ereignissen und Zufällen nicht mit, als würde er von ihnen, ob sie nun groß oder klein sein mochten, immerwährend aufgerüttelt und verwirrt, als gäbe es kein Ende, wenn er einmal zu denken anfinge, nur ein Mehr und immer Mehr an Verwicklungen. In solchen Augenblicken kam der jüngere zum älteren Bruder und versuchte mit ihm zu reden, und obwohl ihn dieser vielfach auslachte und nicht ohne Überheblichkeit all seine Fragen für Dummheiten erklärte, beruhigte ihn dessen Sicherheit jedesmal. Mit der Zeit wurde es vollends so, daß Kaspar nicht mehr sein konnte ohne Hieronymus. Alle seine Entschlüsse, sein Denken und Handeln wurden vom Gebaren des Bruders bestimmt. Mußte dieser einen Gang machen zu einem Bauern oder in ein entlegenes Dorf, lief er mit. Sprang der Ältere in der Frühe mit großem Gepolter aus dem Bett, tat's auch der Jüngere. Lachte jener, zwang sich auch dieser zu einem Lachen. Auch die Zeit änderte nichts an alledem.

Der Sommer stand hoch über den Feldern. Die Hügel hingen wie steife Nacken in die Täler. Heuduft durchwob die Luft, ungeschlachte Fuhren wälzten sich ächzend auf den Landstraßen dahin.

»Es wird Krieg!« schrie der Gemeindeschreiber den Stellmachersleuten zu, als sie in das Pfarrdorf einfuhren, und hielt ihnen den Passus der Regierung hin. Sie lasen stumm. Bauern kamen heran und fragten den Schreiber.

»Krieg gibt's!« sagte dieser abermals. »Die Franzosen ziehen gegen die Preußen, und unser König macht mit! Alles muß mit!«

»Mit?! Mit wem gehen wir denn?« fragten die Bauern zugleich. »Mit den Preußen gegen die Franzosen!« erwiderte der Schreiber und heftete sein Blatt ans Tor des Feuerwehrhauses. Alle reckten die Hälse und lasen. Etliche redeten etwas von »dummer Zeit, jetzt mitten im Ernten«, und einer drehte sich um und rief den Stellmachersleuten halb spöttisch, halb ärgerlich zu: »Jetzt braucht nur der Teufel noch Rechen! Wir nimmer!«

Der alte Gottbreit musterte seine zwei Söhne. Die schauten auch ihn an, und Hieronymus sagte gleichgültig: »Ist schon so! Da werd' ich mit müssen!« Der Alte nickte schweigend. Kaspar erbleichte plötzlich bis auf die Lippen und stotterte: »I–ich geh' auch mit!« Er sah dabei wie hilfesuchend seinen Bruder an.

»Hm! Du? Dich schicken s' ja doch wieder heim!« stieß dieser geringschätzig heraus und maß ihn beiläufig. Dann kehrten die drei um und gingen heim. Die Ernteleute, die ihnen begegneten, riefen manchmal: »Jetzt ist's aus! Jetzt geht's dahin, Stellmacherleut!« Sorglos, mit gleichgültiger Fröhlichkeit riefen sie es, und Hieronymus nickte ab und zu oder antwortete schallend: »Meinetwegn! Mir kann's recht sein!«

Nicht anders als sonst verlief dieser Abend in der Fallhütte. Nur Kaspar schien etwas verwirrt zu sein.

»Hm! Nachher holen s' dich also morgen oder übermorgen?« fragte die Gottbreitin während des Suppenessens über den Tisch hinweg und sah nach Hieronymus. Und der nickte.

Der Stellmacher saß wie gewöhnlich in Gedanken versunken und starrte in die leere Luft. Man summte gemeinsam das Abendgebet herunter und ging zu Bett. Am andern Tag kam der Gemeindeschreiber aus dem Pfarrort, ging von Haus zu Haus und brachte die Botschaft: »Sofort einrücken!« Auf die Frage Hieronymus', ob er gleich mit müsse, meinte der Mann, morgen früh sei noch eine Messe für die Krieger, da kämen sowieso alle zusammen, und es ginge in einem. Dann ging er. Kaspar hatte zu arbeiten aufgehört und sah ihm wie geistesabwesend nach. Über die Felder stelzte der Mann und verschwand dann im Wald, der sich hügelhinan zog.

Schon sehr früh am andern Tag fanden sich die jungen Leute im Pfarrort ein. Vielfach waren auch ihre Angehörigen dabei. Von den Gottbreits waren Mutter und Kaspar mitgekommen in die Kirche. Der alte Stellmacher hatte sich schon zu Hause von Hieronymus verabschiedet. »Mach's gut! Du kommst ja wieder. Es ist dir ja aufgesetzt!« hatte er gesagt und sich dann an die Arbeit gemacht. Es klang wie selbstverständlich.

Als die Gottbreitin spät am Vormittag vom Pfarrgottesdienst nach Hause kam, war Kaspar nicht mehr da. Trotz allen Dawiderredens, erzählte sie, sei er mit Hieronymus und den Kriegern fort. Dies schien auch den alten Grübler zu stören, und fast ärgerlich fragte er: »Warum denn?«

»*Warum?* Weiß ich's! Warum sollte der Bub anders sein als du!« entgegnete sein Weib ebenso: »Ist der gleiche Hackstock wie du, genau der gleiche!« Und in die Küche hinausgehend, brummte sie wütend: »Eine Schand war's, wie ihn die Leut verspottet haben! T-hm! Ein richtiges Kind ist er noch! Nicht ums Sterben ist er weggegangen vom Hieronymus!« Sie schimpfte noch eine Zeitlang so halblaut in der Küche draußen.

»*Der* kommt bald wieder!« klang es mit einem Mal tonlos aus der Werkstatt, und dann wurde das Knirschen des Schnitzmessers vernehmbar.

Nach vier Tagen kam Kaspar auch wieder in der Fallhütte an. Was eigentlich mit ihm vorgefallen war, konnte man nicht erfragen. Anscheinend hatte er sich in der Stadt von seinem Bruder trennen müssen und war infolge seiner offensichtlichen körperlichen Schwächlichkeit auch als Freiwilliger zu Kriegsdiensten als untauglich befunden worden. Er war gänzlich gebrochen und verstört, gab auf alle Fragen und erzürnten Vorhaltungen seiner Mutter keine Antwort und tappte nur schwankend durch die Werkstattür, hockte sich auf Hieronymus' Hocker und heftete stumm einen rätselhaft bittenden Blick auf seinen Vater. So offenbar war ihm anzusehen, daß ein großer Schmerz ihn zerrüttet haben mußte, daß selbst der alte Stellmacher ihm sein Gesicht zuwandte und plötzlich mitleidig sagte: »Er kommt ja wieder, Kaspar! *Muß* ja!« Dies gab dem Angesprochenen ein klein wenig seine Fassung. Er nahm eine Rechenbrücke und seines Bruders Werkzeug und arbeitete wie ehedem. Seltsam war es, wie er nun von Tag zu Tag mehr und immer mehr abmagerte. Sein Gesicht bekam etwas von jener ängstlichen, unruhigen und doch verkümmerten Schmerzhaftigkeit, wie man sie auf den Antlitzen Halbirrer beobachten kann. Zeitweilig hob er hastig den Kopf, und in seinen Augen flackerte es unstet und erschreckt, als habe er in diesem Augenblick einen furchtbaren Schrei vernommen, und dessen letzte Schwingungen zitterten noch nach in seinem Innern. Bei solchen Gelegenheiten trug es sich manchmal zu, daß sein Vater Worte halblaut vor sich hinsummte, die ihm wahrscheinlich aus seinen merkwürdigen Büchern in der Erinnerung geblieben waren, was den Jungen wieder ins Gleichgewicht zu bringen schien.

Die meiste Zeit aber dämmerte Kaspar wie ein aus allem Zusammenhang herausgerissener Mensch dahin. War er taub? War alles Gefühl in ihm erstorben? Hatte ihn Gott zu einem Schatten gemacht? Er verdorrte gleichsam. – Tief in der Nacht manchmal vermeinte die Stellmacherin ein Stöhnen und Schluchzen zu vernehmen, aber wenn sie genauer aufhorchte, war es nur das Summen und Laut-vor-sich-Hinreden ihres Mannes, der drunten in der Stube seine seltsamen Bücher las.

An einem Morgen, als sie aufwachte, war das Ehebett neben ihr leer, eine öde Stille herrschte im ganzen Hause, und der Stellmacher war nirgends mehr zu finden. Von da ab weiß man nichts mehr von ihm. Alle Anstrengungen, ihn ausfindig zu machen, blieben ohne Erfolg.

Wie so viele Chronisten, die sich um die Aufhellung dieser merkwürdigen Geschichte mühten, habe auch ich vergeblich nach einer Spur des Stellmachers gesucht. Seltsamerweise fand ich dabei unter den Papieren, die der durch seine Familienforschung rühmlichst bekannt gewordene und nunmehr gestorbene Pfarrer Johann Nepomuk Lechner über die Gottbreits zusammengetragen hat, einen Zeitungsausschnitt aus dem Jahre 1870, der nachfolgende Episode berichtet:

»In den erbitterten Straßenkämpfen von Bazeilles, beim dritten Sturm der ›Sechser‹ auf die ›Villa Beurmann‹, wo sich der Feind immer noch hielt, brach ein bayerischer Infanterist, Hieronymus Gottbreit mit Namen, lautlos zusammen und blieb wie tot liegen. Nur seinen rechten Arm streckte er aus, und einer der Vorüberstürmenden faßte seine Hand und fühlte ein Sterbkreuz und einen Zettel, auf dem die Personalien des

Gefallenen standen. In der Hast steckte der Kriegskamerad alles zu sich und stürmte weiter. Von links und rechts, von vorn und hinten, aus den Kellerlöchern und Dachgeschossen pfiffen die Kugeln auf unsre Soldaten. Die Luft schien zu bersten und stückweise auf das Häuflein Menschen niederzufallen, das da todesmutig kämpfte. Es sah wirklich aus, als seien alle dem Tode ausgeliefert. Da auf einmal rief eine gellende Stimme: ›Mir nach!‹ und alles rannte darnach. Ein Pionier hatte mit der Axt eine Haustür eingeschlagen und stürzte durch den pulverdampfenden, dunklen Gang ins Krachen der Schüsse. Im Nu folgten die andern. Mit Bajonett, Axt und Kolben wurde alles niedergemacht, was sich zur Wehr setzte, und über die Leichen hinweg stampften, stolperten die Eindringlinge in die Räume. Auf einmal wurde es stiller. Der Feind schien zu weichen und hörte zu feuern auf. Nur der getürmte Leichenhaufen an jenem denkwürdigen rechten Winkel, den hier die Hauptstraße Douzi–Beaumont bildet, regte sich noch, und hin und wieder sah man Verwundete herauskriechen, klagend, schreiend, Hilfe und Deckung suchend. Unter den in das Haus Geflüchteten befand sich ein ungefähr fünfzigjähriger Infanterist, der unablässig und trotz aller Warnungen seiner Kameraden am zerschossenen Fenster stand und wie gebannt auf den Leichenhaufen starrte. Man versichert allgemein, ihn eigentlich erst in Bazeilles gesehen zu haben, keiner konnte seinen Namen angeben oder wußte sonst Näheres von ihm. Die todesmutige Tat, die er aber vollbrachte, wird wohl in allen damaligen Mitkämpfern als eine leuchtende Erinnerung weiterleben.

Als nämlich nunmehr die Franzosen auf den Leichenhaufen schossen und einige der Verwundeten dabei den Tod fanden, stürzte dieser Infanterist plötzlich aus dem Haus und mit Windeseile auf die gefährliche Ecke zu. Seiner ansichtig werdend, verstärkten die versteckten Feinde das Feuer. Die Zurückgebliebenen schrien ihm entsetzt nach, warnten, brüllten, schossen und starrten verwirrt auf den tollkühnen Läufer, der jetzt einen Satz machte, tierhaft aufbrüllte und sich hinter dem Menschenhaufen hinwarf, mit beiden Armen wie ein Schwimmender Verwundete und Tote auseinanderschob und sich in das Gemeng wühlte. Ein furchtbares Brüllen hörte man. Die Kugeln pfiffen und prasselten, der Haufen bewegte sich, Fetzen, Leichenstücke flogen umher. Mit ungeheurer Aufregung verfolgten die Schützen im Hause den Vorgang auf der Straße.

›Da! – Da!! – Er hat einen! Da!!‹ schrie der Feldwebel

Römer. Atemlos, für einen Moment alles vergessend, rannte alles an die Fenster.

Aus dem Leichenhaufen kroch ein Mensch, der einen Todwunden umklammert hielt, duckte sich – schnellte auf und rannte mit riesigen Sprüngen auf das Haus zu. ›Ho – ha – ho – hat's!‹ stotterten alle, und die Gesichter leuchteten. Im selben Augenblick aber sank der kühne Retter zusammen. Alles, was man sah, war, daß er seine Last mit letzter Kraft nach vorn geworfen hatte. Im dunklen Hausgang stöhnte der Gerettete und schlug mit der Faust an die Wände. Als ihn einige hereintrugen, erkannten sie Hieronymus Gottbreit. Man bettete ihn, so gut es ging, auf den Boden, der Korporal Loringer flößte ihm Arrak ein und benetzte sein Taschentuch damit, legte es auf die Stirn des Verwundeten. ›Mensch! Ein Wunder, ein Wunder ist geschehen!‹ raunten einige erschüttert, nachdem sie ihren verwundeten Kameraden untersuchten. Mit zwei Schüssen – der eine saß oberhalb des Knies und der andere im Schultergelenk – und leichten Abschürfungen am Kopf war Hieronymus Gottbreit davongekommen.

Als jetzt plötzlich draußen ein neuer ohrenbetäubender Lärm anhub, von allen Seiten wieder Schüsse krachten und die stürmenden ›Neuner Jäger‹ sichtbar wurden, rannte alles auf die Straße und verband sich mit den zu Hilfe Gekommenen. Einige hielten rasch inne, wandten die blutüberströmte Leiche des rätselhaften Infanteristen um und durchsuchten sie in der Eile nach etwaigen Personalien, aber man fand nichts als ein durchschossenes Büchlein über Gespenster. Die unzähligen Schüsse, welche den Mutigen getroffen, hatten ihn bis zur Unkenntlichkeit verstümmelt.

Nach beinahe dreizehnstündigem Kampf war Bazeilles vom Feinde gesäubert, und mit vielen andern wurde der Infanterist Hieronymus Gottbreit ins Blessiertenlager transportiert. Man kann sagen, dies klingt fast wie eine Legende. Jeder aber, der es miterlebt hat, wird es kaum noch vergessen in seinem ganzen Leben.« So schließt der Bericht.

Ob der äußerst gründliche Forscher Lechner dadurch, daß er diese zufällige Zeitungsnachricht zwischen seine Aufzeichnungen über die Gottbreitsche Familie legte, etwa einen Zusammenhang zwischen dem rätselhaften Verschwinden des alten Stellmachers und der immerhin wunderbaren Rettung Hieronymus' ausfindig machen wollte, ist vielleicht nicht ganz von der Hand zu weisen. Hingegen an einen so schwachen, vagen Beleg eine direkte Behauptung zu knüpfen, wäre kühn und wenig stichhaltig. Vor allem schon deshalb, weil aus Hieronymus' Briefen aus dem Felde und aus dem Lazarett nichts eine solche Annahme Bekräftigendes hervorgeht.

»Es war ein Mann, liebe Eltern«, heißt es in einem solchen Brief nur, »dem wo ich, wenn ich mich recht erinnere, das Sterbkreuz und meinen letzten Wunsch gegeben habe, wie ich gefallen bin und die andern über mich hinweg sind. Er ist gelaufen mit mir, wie wenn er fliegen täte. Er hat auch die ganze Streck' immer gesagt: ›Heiliger Heiland! Heiliger Heiland, ich komm schon!‹ Wie ich in das Haus gekommen bin, kann ich mit dem besten Willen nicht sagen ...«

Vom Blessiertenlager kam Hieronymus in ein heimatliches Lazarett und wurde nach langwieriger ärztlicher Behandlung mit einem steifen Fuß vom Militärdienst entlassen. Außer dem, daß der alte Stellmacher nicht mehr da war, lief im Gottbreithaus nunmehr wieder alles wie ehedem. Die beiden Brüder arbeiteten in der Werkstatt, und die Mutter führte den kargen Haushalt.

Der Frieden kam inzwischen ins Land. In die Tage, die in diesem Winkel fast lautlos vergingen, strömte eine noch größere, gedehntere Ruhe ...

III

Es hat in vielfacher Hinsicht seine Richtigkeit mit dem Satze, daß eine dauerhafte Liebe meistens lebendig wird, wenn zwei gänzlich verschieden geartete Menschen durch Zufall oder Geschick einander näherkommen. Ein unbekanntes Gesetz fängt damit zu wirken an, das die widerstrebenden Kräfte in den Seelen der Liebenden zu ergänzenden macht, deren Frucht schließlich das rechte Zusammengehören ist.

Manchmal in ihrer ersten Jugend sah es bei den Brüdern Hieronymus und Kaspar Gottbreit so aus, als liebten auch sie sich so. Dem unsicheren, fahrigen und grüblerischen Jüngeren gab die klarere, in sich gefestigte Art des Älteren eine gewisse beruhigende Sicherheit, eine Zuflucht: dieser wieder erhielt von jenem, ohne es zu wissen, das wohltuende Gefühl, daß er nicht ganz allein war zwischen Vater und Mutter

Indessen, die Zeit verging. Langsam geriet Hieronymus in jenes Alter, in dem sich die jugendlichen Gefühle verflüchtigen, der Charakter härter wird und das Denken sich mehr und mehr dem Wirklichen und Handgreiflichen zuwendet. Und wie es in solchen Lebensphasen vielfach ist, nämlich daß der Mensch allmählich einen eigenen Willen bekommt und seine Wege allein gehen will – so auch hier. Von jetzt ab war der jüngere Bruder für Hieronymus nur noch ein Mensch wie jeder andere. Er war eben da, und nicht mehr; man redete mit ihm, man schlief zusammen in ein und derselben Kammer, und es war mitunter ganz drollig, seiner linkischen Hilflosigkeit zuzuschauen. Der Zufall wollte es auch, daß Hieronymus dadurch, daß er Dinge und Geschehnisse nüchterner ansah und aus ihnen die nächstliegenden und einleuchtendsten Schlüsse zog, meistens das Richtige traf. Vieles lief so ab, wie er's sich gedacht hatte, und es wunderte ihn nicht weiter. Er fand es selbstverständlich, ihm selber wurde es kaum bewußt. In Kaspar hingegen verdichtete sich diese Eigenschaft des Bruders mit jedem Tage mehr. Er empfand diese Kraft des andern als etwas Unfehlbares, und mit der ganzen irren, selbstvergessenen Anhänglichkeit eines Knaben klammerte er sich an Hieronymus. Ein dumpfer Glaube an diesen verband ihn wie mit einer Schickung. Die tausend zufälligen kleinen Bemerkungen, die jener machte, bekamen für ihn immer mehr Bedeutung und schlangen sich – jedes ein Glied – ineinander, wurden zu einer unsichtbaren Kette. Nicht aber zu einer, die schleppend und schwer an ihm hing, eher zu einer fast leitenden.

Es kam oft und oft vor, daß die beiden bis tief in die Nacht hinein wach im Bett lagen und miteinander sprachen. Eine gewisse überheblich-ratende Art klebte an den Worten Hieronymus', und: »Ja! – Ja! ... Glaubst du?! ... Ja, freilich, freilich ...!« hastete Kaspar meistens halblaut heraus. Ein tiefes Gefühl von Geborgensein zitterte in diesen Entgegnungen. Das Herz pochte heftig, und heiß strömte ihm das Blut zu Kopf.

Einige Nachbarsleute erzählten später, daß sie zweimal in jener Winterszeit während des Krieges tief nachts plötzlich aufgeschreckt worden wären. Und als man nachsah, stand Kaspar im Hemd am offenen Fenster seiner Schlafkammer, warf die Arme und schrie traumwandlerisch in die starre Luft. Was er schrie, wußte man nicht. Nur grauenhaft, durch Mark und Bein dringend klang es, so fast, als schreie ein lebendig Begrabener aus letzter Verzweiflung um Hilfe.

Das erstemal, weiß man weiter zu berichten, habe ihn die Gottbreitin gerade noch zur rechten Zeit zu fassen bekommen, sonst wäre er buchstäblich zum Fenster hinausgesprungen, und das andere Mal spritzte man den Nachtwandler mit der

Rinderklistierspritze wach. Starr und ausgestreckt auf dem Zimmerboden liegend, fand ihn die Stellmacherin.

Erst nach dem Verschwinden des alten Stellmachers hörten diese rätselhaften Nachtschwärmereien Kaspars auf. In jener Frühe, da sich die Gottbreitin weinend an sein Bett setzte und ihm das Geschehene erzählte, machte er große Augen, dann aber schien es wie eine befreiende Freude über sein Gesicht zu huschen. Er erhob sich gelenkiger als sonst, warf seine Kleider um und arbeitete von da ab frischer. Wütend darüber, daß ihn das düstere Ereignis vollkommen gleichgültig ließ, rannte die Mutter in die Werkstatt und begann auf ihn einzuschimpfen.

Er hob den Kopf nicht. Er hörte nicht.

»Du! ... Du!! ... Du!!! ... Hörst denn nicht?! Du?! ... Dein Vater ... unser Vater ist weg?! Du!!« schrie die Stellmacherin zuletzt förmlich verzweifelt, stieß ihn, riß ihn. Er zuckte mit einem Male erschrocken zusammen und hob das Gesicht. Es war, als sähe er durch seine Mutter hindurch in weite leere Fernen und lauschte angestrengt.

»Du!!« bellte ihn seine Mutter an und rüttelte an seiner Schulter. Er schrak abermals wie aus einer Verzückung auf, nickte hölzern, sagte kein Wort und arbeitete wieder weiter. Fassungslos stand die Stellmacherin eine Weile da und tappte endlich kopfschüttelnd in die Küche hinaus.

Als nach einigen Wochen die erste Nachricht von Hieronymus aus dem Lazarett kam, machte Kaspar einen kleinen Sprung und stieß einen unterdrückten Jauchzer aus, ein irres Lächeln verzerrte sein Gesicht, und mit einer seltsamen Hast stotterte er plötzlich: »D–der Vater hat also doch recht gehabt, Herrgott, Herrgott!!« Und überwältigt von einer großen Freude, rannte er in die Werkstatt, hockte sich auf die Schnitzbank und arbeitete wie ein Rasender. So unvermittelt geschah dies alles, daß die Gottbreitin Mund und Augen aufriß, sich wirr ins Haar fuhr und fast ängstlich das Gesicht gen Himmel hob.

Man konnte kein Wort mit Kaspar reden. Eines Tages lief er fort und kam schweißtriefend und atemlos erst am übernächsten Abend wieder zurück.

»Der Hieronymus! ... Der Hieronymus!! ... Fast gesund ist er!« brachte er nur heraus und zitterte am ganzen Körper.

»Ja! ... Ja! – Freilich, ja! ... Ja!« antwortete er auf alle Fragen seiner Mutter. »Ja! Ja! Er kommt! Kommt bald, kommt!!« rief er immer wieder. »Ja! Ja! Er kommt!« schrie er oft mitten in der Arbeit auf. Ein ganz anderer Mensch war er mit einem Male. Er redete mit sich selbst und lachte oft jäh auf. Erst als er zum viertenmal so fort gewesen war, gewann er sein Gleichgewicht wieder.

»Wo ist der Vater?« fragte er an jenem Abend schmerzvoll und ängstlich und blieb im Türrahmen stehen. Bittend sah er seiner Mutter in die Augen.

»Der Vater?! ... Jetzt! ... Jetzt auf einmal fragst?! ... Jetzt! Du nichtsnutziger herzloser Lump, du! ... Du Saukerl!« schrie diese böse.

»Jetzt ... auf einmal geht er dir ab, du Hundsknochen, du bockbeiniger!« bellte sie ihn an und überschüttete ihn mit einer Flut von Schimpfwörtern. Ihre ganze vereinsamte, zurückgedrängte Wut schleuderte sie auf ihn.

»De–der Hieronymusl ..., de–der will's wissen« – stotterte er hilflos und knickte in sich zusammen. Dann fing er zu weinen an. Von da ab war er wieder wie immer, bedrückt, traurig und vergrübelt.

An dem Tage, da Hieronymus zur Tür hereinkam und sogleich seine Mutter mit Fragen über die Flucht des Vaters bestürmte, stand er wie ein geprügelter Hund im Rahmen der Werkstattür und heftete unablässig seine ängstlichen Blicke auf seinen Bruder.

»Ja, ja ...! Fort ist er, ja ...! Du bist wieder da, ja!« das war alles, was er auf die Fragen Hieronymus' antwortete. Dieser wurde wirklich zuletzt wütend über ihn.

»Lapp, bockbeiniger! ... Narr, verstockter!« schrie er ihn an und maß ihn feindlich.

»Ja, ja! ... Ja, ja, fort ist er ... und – und du bist da jetzt, ja – ja!« hauchte Kaspar immer wieder unergriffen und starrte ins Leere. Nachdem Hieronymus einsah, daß mit ihm nichts anzufangen war, sprach er kein Wort mehr mit ihm. Man gewann, wenn man das Verhalten der beiden zueinander betrachtete, den Eindruck, als keime eine schweigende Fremde, wenn nicht gar Feindschaft, zwischen ihnen auf.

Schon die erste Nachricht von der Flucht seines Vaters hatte Hieronymus in größte Unruhe versetzt. Nun, da er daheim war, setzte er mit der ihm eigenen Resolutheit alles daran, um in dieses Geheimnis Klarheit zu bringen. Er beriet und besprach sich hartnäckig mit seiner Mutter, rastlos wanderte er in der Gegend herum, fragte und forschte auf allen Gehöften, in allen Dörfern nach dem Verschollenen, ging zur nächsten Polizeistation und ließ nach ihm fahnden. Er versuchte es schließlich mit einer Eingabe an ein hohes Amt in der Stadt und ließ in einer Zeitung eine Bekanntmachung veröffentlichen. Aber alles war vergebens. Keine Spur zeigte sich. Die Hoffnungen wurden immer kärglicher und zerbröckelten völlig. Verdrossen kehrte er wieder in die Werkstatt zurück und stürzte sich zerknirscht auf die Arbeit. Verzweifelt stöhnte er manchmal vor sich hin und starrte sekundenlang auf eine Stelle. Nicht die Ergebnislosigkeit seiner Anstrengung, nicht das Angefangene und Ungeendete, nicht eigentlich das düstere Ereignis selber schienen ihn zu martern. Das Grundlose und Rätselhafte daran brachten seinen nüchternen Verstand aus der Fassung. Ein grausames Warum stand auf einmal da, das kein Darum mehr abschloß. Eine dumpfe, schwarze, tobende, endlose Frage furchte unablässig durch sein Inneres, und keine Antwort kam. Alles blieb in der Schwebe. Neben seinem Bruder hockte er nun wieder, dachte stumm, grübelte verbissen und kam zu keinem Ende.

An einem Tage mußte sich die alte Stellmacherin hinlegen. Ihre offenen Füße hatte der Rotlauf erfaßt und drang unerwartet schnell körperaufwärts. Schon nach etlichen Tagen sahen die beiden Brüder, daß das Ende nicht mehr weit war. Schweigend standen sie am Bette der Kranken. Als sie später in die Küche gegangen waren, sah Hieronymus zum erstenmal nach langer Zeit seinem Bruder offen und schmerzlichversöhnend in die Augen.

»Es wird zu End' gehn, vielleicht schon morgen!« sagte er traurig, und Kaspar nickte. Das erste ruhige Wort war es nach Monaten.

»Bleib du bei ihr, ich geh' zum Doktor«, murmelte Hieronymus abermals, und wieder nickte Kaspar. Der eine ging nach dem Arzt, der andere in die Kammer der Mutter. Nach ungefähr einer Stunde reckte sich die Kranke, zuckte, ihre Augen traten weiß hervor, und zu Ende war es. Kaspar war aufgesprungen und starrte regungslos auf die Tote. Er stand noch immer so, als Hieronymus mit dem alten Doktor in die Kammer trat. Kein Wort brachte er heraus.

»Das Herz hat's erwischt«, murmelte der Doktor nach der Untersuchung und nickte. Steinern sah Kaspar seinen Bruder an, und als dieser die Hände ineinanderfaltete und den Kopf senkte, tat er mechanisch das gleiche.

Am zweiten Tag begrub man die Stellmacherin. Nur einige Nachbarsleute standen mit den Brüdern um das Grab.

Weder Hieronymus noch Kaspar weinte.

IV

Einmal an einem Abend – der Sommer begann, und ein Jahr nach dem Tode der alten Gottbreitin war es – saßen Hieronymus und Kaspar in der Küche. Der eine zählte sein erspartes Geld, der andere las aus einem der dicken Bücher des verschwundenen Stellmachers.

»Du?« unterbrach nach einer Weile Hieronymus das Schweigen und sah seinen Bruder an. Der hob hastig den Kopf.

»Es geht nicht mehr so weiter, Kaspar«, fuhr er fort, »ich will jetzt heiraten.« Und da der Angesprochene völlig abwesend nickte, erzählte er mit einer gewissen herzlichen Befangenheit von der Ehringer-Afra in Rechelberg, von dem Geld, das sie mit in die Ehe bringe, von ihrer Tüchtigkeit und von den Ehringers im allgemeinen. Und zum Schlusse meinte er: »Es ändert sich ja weiter nichts, Kaspar ... Es ist bloß, damit jemand den Haushalt führt ... So kann's doch auch nicht mehr weitergehen ... Und die Afra? – Mit der kommt jeder gut aus.«

So wie man eben schaut, wenn man seine lang zurückgehaltenen Gefühle verrät und nicht recht weiß, wie dies aufgenommen wird, sah er jetzt den Kaspar an. Gespannt und fragend.

Der Kaspar wurde sehr blaß. Ohne Antwort starrte er auf Hieronymus, daß dieser mit leisem Schreck: »Du! Kaspar?! Ist's dir denn nicht recht?« sagte. Kaspar lächelte mit einem Male unbeholfen. So sonderbar dies auch alles war, Hieronymus atmete doch auf dabei. Sein hartes Gesicht belebte sich. Sogar rot wurde er, und mit jener eilfertigen Gesprächigkeit, die einer Freude immer folgt, begann er jetzt wieder zu reden. Von der Afra fing er wieder an, von der Zukunft und von allem möglichen.

Kaspar lächelte wieder und stotterte plötzlich unvermittelt: »Na–nachher muß ich auch heiraten ...?«

»*Du* ...?!« Hieronymus blickte betroffen auf ihn.

Kaspar nickte seltsam. Für eine Sekunde verwirrte sich Hieronymus' Gesicht, dann war er wieder wie immer.

»Na ja, wennst eine kriegst? ... Warum nicht?« sagte er nach einer Weile in seiner gewohnten Nüchternheit. Er strich sein Geld vom Tisch in das leinene Säcklein, band es zu und erhob sich schweigend, um ins Bett zu gehen. Stumm und benommen folgte ihm Kaspar.

Während dieser Nacht schreckte Hieronymus ein jäher

Schrei aus dem Schlafe. Er richtete sich hastig auf. Der volle Mond fiel silbern in die niedere Kammer und erhellte sie. Er sah zu seinem Bruder hinüber, dessen Bett an der anderen Wand stand. Kaspar warf sich unruhig hin und her und schluchzte im Traume.

»Hier-Hier-Hieronymus!« stöhnte er auf einmal wieder, und wie aus einem zerrütteten Schmerze kam es. Hieronymus stieg aus dem Bett und weckte den Schlafenden. Ohne Schreck öffnete dieser die Augen und sah mit einem bittenden Lächeln auf seinen Bruder. »Ja ... ja ... ja ... gute Nacht«, plapperte er schlaftrunken, drehte sich rasch um und verstummte.

Die ganzen drei Monate bis zu Hieronymus' Hochzeit verliefen ziemlich einsilbig zwischen den zwei Brüdern. Gegen Herbstanfang kam die Afra ins Haus. Sie war eine stattliche, flinke, ein wenig redselige Person. Sie lachte gern. Aus ihrem runden, rotbackigen Gesicht sahen zwei gutmütige Augen.

»Da rührt sich was ... Die hat Schwung«, sagten die Leute von ihr. Es schienen zwei zueinander passende Leute zusammengefunden zu haben. Der Hieronymus war stets guter Dinge, und auch Kaspar mühte sich, genauso zu sein wie er. Es gab jedoch unbeobachtete Augenblicke, da veränderte sich sein Gesicht fast völlig. Es zerfiel förmlich, und seine Augen starrten wie ausgebrannt auf den flink herumhantierenden Hieronymus.

Das Seltsamste aber war, daß Kaspar jetzt manchmal über Land ging und dabei sehr geheimnisvoll tat. Die beiden Stellmacherseheleute legten ihm nichts in den Weg und sagten auch weiter kein Wort. Sie sahen einander nur verständnisinnig an und lächelten verschmitzt.

»Paß auf, ob ich nicht recht hab' ... Ob er nicht Hals über Kopf heiratet«, meinte die Afra: »Wirst es sehen!«

»Hm ... mag sein«, murmelte Hieronymus ebenso und lächelte.

»Er stellt sich aber auch schon gar so dumm an! ... Meinst direkt, du mußt ihm helfen«, sagte die Afra belustigt und schüttelte den Kopf.

Und wie das gewöhnlich geht, man fing im Stellmacherhaus ein wenig gutmütig zu spötteln an über Kaspar. Man erging sich in zweideutigen Anspielungen, wenn er am Tische saß und oft so selbstvergessen vor sich hinstierte. Auch hatte es den Anschein, als sähen es die beiden Eheleute gar nicht ungern, daß Kaspar sich so ums Heiraten mühe. Noch mehr sogar – hörte man deutlicher hin, was die Afra und der Hieronymus so um den seltsamen Freiersmann herumredeten, so kam es einem vor, als klänge aus ihren Worten eine fast mitleidige Hilfsbereitschaft. Und so etwas kann auf verschiedene Art und Weise auf einen Menschen wirken.

Kaspar wurde jetzt gesprächiger und lustiger. Aber alles dies sah unruhig, beinahe beängstigend an ihm aus. Sein Lachen, sein hastiges Fragen, seine Fahrigkeit, sein ruheloses Herumsuchen mit den Blicken schien von einem Menschen zu kommen, der mit geräuschvoller, gewaltsamer Absichtlichkeit den Aufruhr in seinem Innern zu verbergen sucht.

Längst hatte er es den Stellmachersleuten verraten, daß seine Besuche der Amschuster-Marie in Rechelberg gälten.

»Du hast ja die deine auch von Rechelberg, hahaha«, sagte er bei dieser Gelegenheit zu seinem Bruder und warf dabei seinen Blick von Afra zu ihm.

»Ist kein schlechter Griff, die Marie«, ermunterte ihn Hieronymus, und die Afra wußte noch mehr von der Amschuster-Marie zu erzählen. Dies ließ Kaspar plötzlich aufspringen. Er warf eilig seinen langen guten Rock um und knöpfte ihn zu.

»Hm, ja ..., also dann glaubts, daß so was richtig ist?« plapperte er überschnell heraus. »... Und daß sie das gern hat, wenn ich schön beieinander bin ...?« Er stockte. »Ja, ja ..., schier kann's sein, daß sie's gern hat ... Dies – dies hab' ich auch schon gemerkt ..., dies, dies hat sie gern«, stotterte er weiter und stieß sein abgehacktes Lachen heraus. Er strich fort und fort mit der flachen Hand von der Brust bis zur Hüfte, stellte sich stramm, drückte die Brust heraus, immer wieder, immer wieder. Ein beständiges Zucken, ein immerwährendes Wechseln der Farbe verhäßlichte sein Gesicht. Bis dann Hieronymus endlich rief: »So geh nur jetzt!« Dann gab er sich einen Ruck und rannte zur Tür hinaus. Die beiden Stellmacherleute lachten und lachten.

Nach einiger Zeit – niemand dachte auch nur im Traume daran –, brachte Kaspar die Marie mit ins Stellmacherhaus, und wirklich kam die Heirat zustande. Am Abend vor seiner Hochzeit, plötzlich, sagte er flehend über den Tisch hinweg: »Ich hab's doch recht gemacht, Hieronymus, nicht?« Und er sah dabei so verlassen auf seinen Bruder, daß dieser fast die Fassung verlor. Auch die Afra hielt jäh im Essen inne, und beide betrachteten Kaspar. Diese Verwunderung, dieses Erschrecken machte ihn völlig ohnmächtig.

»I-i-ich hab's ja bloß gemacht, weilst es du gesagt hast, Hieronymus!« wimmerte er, ließ den Löffel fallen und fing wie ein kleines Kind zu weinen an. Da hockte er, das Gesicht in die Arme vergraben, in den Tisch gefläzt, und weinte herzzerreißend.

»Aber Kaspar! Was hast denn, Kaspar? ... Jetzt so was?! ... Was hast denn, du?« riefen die beiden Eheleute zugleich und sahen einander in die Augen. Mit Gewalt mühte sich Hieronymus, seine Ruhe wiederzugewinnen, faßte endlich Kaspars Arm und sagte ein wenig ungeduldig: »So sei doch nicht so ...! Freilich hast es richtig gemacht ... Siehst doch, daß's uns alle zwei freut, dummer Kerl, dummer! ... Was weinst denn jetzt? ... Geh weiter, iß ...!«

Kaspar verbarg beschämt sein Gesicht und lief aus der Stube. Als man zu Bett ging, lag er unausgezogen ausgestreckt auf den geblähten Decken und schlief anscheinend schon. Am andern Tag war er wieder wie immer. In aller Frühe richtete er sich sehr sorgfältig für die Hochzeitsfeier her und entfernte sich, Rechelberg zu.

Umsonst ängstigten sich die Stellmacherleute. Die Hochzeit verlief sehr fidel. Der Kaspar trank und trank und war in der übermütigsten Laune.

»Jetzt – ha! – Jetzt bin ich auch so weit wie du – haha! – Jetzt hab' ich auch ein Weib, Hieronymus! ... Und genau so ist sie wie die deine! Auch eine Schwarze!« rief er lallend über den Tisch hinweg und lachte betrunken auf, und alle lachten mit.

»Eins gefällt mir nicht – er hat was im Geschau – ich weiß nicht – und hast nicht gesehen – oft mitten in der Lustigkeit reißt er Maul und Augen auf, und – ich weiß nicht – er schaut einen an, daß es einem durch und durch geht«, sagte tief in der Nacht, als sie sich zu Bett legten, die Afra zu ihrem Mann.

»No ja ... die Marie ist ein handfestes Weib! Die kuriert ihn schon«, meinte Hieronymus und gähnte. »Hmhmhm ... lustig war's, wirklich lustig ..., hätt' nicht geglaubt, daß alles so gut abläuft, nachdem er gestern so komisch war ... Lustig war's, wirklich lustig«, sagte er nachdenklich lächelnd und legte sich zu Bett.

Es ereignete sich in der Folgezeit fast nichts mehr. Nur einmal war der Kaspar noch dagewesen und hatte sich die Bücher des alten Gottbreit geholt. Man war immerhin eine Stunde voneinander entfernt und hörte nur hin und wieder etwas von den Amschusterleuten. »Gut«, sagte der Ehringer stets, wenn er ins Stellmacherhaus zu Besuch kam, »gut hausen s' zusammen. Es läßt sich nicht anders sagen.« Man gab sich zufrieden damit. Man verlor auch mehr und mehr das Interesse an den Schwagersleuten. Die Afra erwartete jede Woche ihre Niederkunft. Zweimal meinte man, es sei schon so weit. Sie mußte sich hinlegen, die Hebamme kam, und immer wieder war es nichts mit der Geburt. Der Stellmacher machte ein bedrücktes Gesicht und ging einsilbig herum. Kaspar und Marie kamen an einem Sonntag und besuchten die Wöchnerin. »Schwager ..., gefallen tut sie mir gar nicht! Ich ließ' den Doktor kommen«, sagte die junge Amschusterin zu Hieronymus, als sie aus der Kammer trat, und der sah sie ratlos und traurig an und fand nicht gleich eine Antwort darauf.

»Besser ist besser ... Man nimmt ja nicht gleich das Schlimmste an, aber, wie gesagt, ich holet den Doktor«, wiederholte die Amschusterin.

»Ja, ja, Hieronymusl, hol ihn, hol ihn«, sagte jetzt auch der Kaspar hastig, und sein Bruder nickte.

Dann machte er sich auf nach Oberstaufenbach, der Hieronymus Gottbreit. Er ging eilig, ohne aufzublicken. Unruhe und Schmerzlichkeit trieben ihn dahin. Er hörte und sah nichts als den staubigen Weg unter seinen Füßen. Als er aus dem Walde trat, der kurz vor Oberstaufenbach endete, vernahm er Schritte hinter sich und drehte sich – von einer unerklärlichen Angst erfaßt – plötzlich ruckhaft um. Ein Schauer durchrieselte ihn. Sein ganzer Körper erzitterte, starr blieb er stehen. Der Kaspar kam keuchend an ihn heran. »Vater bist! ... 's Kind ist da, Hieronymusl ... aber hol den Doktor ... arg ist sie dran, die Afra!« sagte er. Hieronymus schloß fest die Lippen. Für einen Augenblick schien alles aus ihm gewichen, Gedanke, Entschluß und Kraft; dann riß er sich herum und rannte, was er konnte, nach Oberstaufenbach hinein. Kaspar wußte nicht gleich, was er mit sich anfangen sollte, stand und stand und bewegte seine Lippen, zog auf einmal, als schlüge eine unsichtbare Hand auf ihn ein, die Schultern furchtsam hoch, blickte hastig nach rechts, nach links, nach vorn und hinten und jagte waldeinwärts. Knapp vor dem Weiler kam ihm der alte Ehringer entgegen und schrie schon von weitem, wo denn der Hieronymus bleibe.

»Jaja! Gleich kommt er!« keuchte Kaspar heraus und ließ sich nicht aufhalten. Zerhetzt, schweißtriefend kam er im Stellmacherhaus an.

»Da bist ...? Herrgott!« fuhr ihn Marie erschrocken an. »Was ist's denn mit'm Doktor ...?«

»Gleich – gleich ko-ommt er, gleich – gleich!« hastete Kaspar heraus und blieb schlotternd stehen.

»Weiß's, ob sie's übersteht ... Heiliger Herrgott, arg ist's, arg«, murmelte Marie. »Geh nicht 'nauf ... Schnauf dich aus!« Bekümmert hielt sie ihren Mann am Ärmel. Aber Kaspar stieß sie beiseite, und ehe sie aufsehen konnte, war er droben in der Kammer der Wöchnerin.

»Bs-s-s-st! Bs-s-st!« machte die Hebamme, als er mit aufgerissenen Augen und offenem Munde vor ihr stand. Wie ein häßlicher, bläulicher Klumpen lag das Kind in den Kissen und gab keinen Laut von sich. Die Hebamme beugte sich über die reglose Mutter. Mit gefalteten Händen blieb Kaspar stehen, bis Hieronymus mit dem Doktor zur Kammer hereinkam. Die Hebamme schob ihn endlich hinaus, und er wehrte sich nicht. Er tappte die Stiege hinunter, kam in die Küche und blieb wieder stehen, verwirrt und wortlos, als warte er auf etwas Schreckliches. Marie und der alte Ehringer knieten hin und fingen murmelnd zu beten an, und erst dies brachte ihn gewissermaßen wieder in die Wirklichkeit zurück. Nach einer Weile kniete auch er hin und plapperte mit ...

Tief in der Nacht, als die Hebamme herunterkam und meldete, daß die Blutung nachgelassen habe, machten sich die Amschusterleute und der Ehringer auf den Weg. Auf der ganzen Strecke sagte man nicht ein Wort. Mit gefalteten Händen ging die Marie dahin. Hin und wieder wisperte sie etwas vernehmbarer, holte tief Atem und schien wieder von vorn anzufangen. Neben ihr ging der Ehringer. Der Kaspar kratzte sich bald rechts, bald links an der Schläfe und kam nicht zur Ruhe.

Auf der Rechelberger Anhöhe, kurz vor dem Dorfe, blieb der Ehringer stehen und sah in den sternenvollen Himmel.

»Hm ... Vollmond? So was ist gefährlich für eine Kindbetterin«, brummelte er vor sich hin und nickte einige Male nachdenklich mit dem Kopfe. Schweigend hielt auch Marie inne, und Kaspar stand vorgereckt wie ein witternder Hund da. Sein Atem stockte und jagte dann wieder.

»Ja – ja! – Vollmond! Vollmond!!« schrie er plötzlich gell in die bleiche Nachtluft, daß Marie und der alte Bauer zusammenzuckten.

»Da – da – da!! Die sieben Hirten! Vorbei ist's – vorbei!!« brüllte er noch lauter und brach mit einem dumpfen Hall steif auf die Erde nieder. Gespenstisch, mit ausgestreckten Armen blieb er liegen, wie ein verendendes Tier fast.

»Kaspar! Was hast denn – Kaspar!« schrien Marie und der

alte Ehringer und blickten schrecklahm aufeinander: »Was ist denn?«

Reglos lag Kaspar da. Die beiden fanden kein Wort mehr. Es verliefen einige Minuten.

»Dies – dies ist's Hinfallert ... Der alt' Stellmacher hat's schon gehabt«, brachte endlich der Ehringer heraus. »Dies – dies vergeht schon wieder ...«

Dann trugen die beiden den Ohnmächtigen ins nächtliche Dorf. Einige Leute aus der Nachbarschaft kamen in die Amschusterstube. Der Mesner Liebreder rieb den Kaspar mit Arnika ein, und man fing an, einen Rosenkranz laut zu beten.

Mitten im Gemurmel erhob sich der Erwachende und sah leer auf die Menschen, denen das Wort auf den Lippen erstarb. »Die – die Afra ist gestorben«, plapperte er tonlos heraus und richtete sich völlig auf. Und während noch alle nicht recht wußten, was sie tun sollten, bekreuzigte er sich und fing laut zu beten an. So selbstverständlich und ruhig klang jetzt seine Stimme wieder, daß die Leute nacheinander einfielen. Es wurde schon dämmerig vor den Fenstern, als man auseinanderging.

Am andern Vormittag kam ein Bauernbub vom Weiler herüber und meldete, daß die Stellmacherin und das Kind gestern um Mitternacht herum gestorben seien.

»Was ...?!« hastete die Marie betroffen heraus und sah mit weitoffenem, entgeistertem Blick auf den Boden: »Gestorben ...?!«

»Ja ...«

»Herr, gib ihr die ewige Ruh'«, sagte in diesem Augenblick Kaspar und bekreuzigte sich. Zerknickt stand er da. Die Marie hielt seinen Blick nicht aus.

Weiber und Männer aus der Nachbarschaft des Stellmachers und die meisten Rechelberger kamen zur Beerdigung. Nachdem alles vorüber war und die Leute sich verlaufen hatten, tauchte endlich der Ehringer den Finger in den stehengelassenen Weihwasserkessel und sprenkelte aufs Grab. »Hm ...«, seufzte er schwer, »schad um die Afra ... Wer hätt' so was glaubt ..., mit dreiunddreißig Jahr hat sie fortmüssen ...« Schmerzlich sah er dem Hieronymus in die Augen, hart atmeten die beiden.

»Und wenn eine Kindbetterin fort muß, da stirbt bald wieder eine drauf ...«, brummte der alte Bauer so ins Ungefähre hinein.

Beiläufig klang es. Der Hieronymus nickte. Der Kaspar sah

schnell auf den runden Leib der Marie, die sich in einem fort die Tränen von den Backen wischte. Dann sah er wieder auf Hieronymus.

Langsam ging man aus dem Gottesacker ...

V

Das mit dem »Hinfallert« Kaspars, wie der alte Ehringer damals nachts auf der Rechelberger Anhöhe gemeint hatte, traf nicht zu. Der Amschusterbauer war wieder wie immer. Es ereignete sich nichts dergleichen mehr.

Die Ehe zwischen Kaspar und Marie war nicht anders als alle Ehen. Wie eben so ein Verheiratetsein ist –: Man stand in der Frühe auf, arbeitete den ganzen Tag, redete so das Gewöhnliche, ging abends zu Bett und sonntags in die Kirche. Und Maries gesegneter Leib wurde augenfälliger von Tag zu Tag.

Trotzdem aber schienen die beiden Eheleute seit jenem merkwürdigen Vorfall ein wenig verändert. Es war, als verfolge Marie seit dieser Zeit Kaspars Handeln und Wandeln mit einem gewissen furchtsamen Argwohn. Es kam eine gewisse Gespanntheit in das Zusammenleben der beiden.

Seit dem Tode der Stellmacherin ging Kaspar wieder öfters abends zu seinem Bruder hinüber. Spät nachts wurde es mitunter, bis er zur hinteren Haustür hereinkam. Jedesmal schreckte die Marie vom Schlafe auf, sammelte sich aber sogleich wieder und fragte in gewohntem Ton: »Wie geht's ihm denn ...?« Nichts weiter.

Und jedesmal sah der Kaspar mit dem verstörten Blick des Ertappten auf sie und brummte dann einsilbig: »No ja ... wie's halt geht! ... Ein'n schön'n Gruß, sagt er.« Dann glitten seine unruhigen Blicke über die gewölbte Decke, worunter ihr Leib lag. Er entkleidete sich rasch, stieg schweigend ins Bett, schlief schweigend ein.

Es war mitten in der Erntezeit. Um zwei Uhr früh erhoben sich die Amschusterleute täglich und gingen zum Mähen hinaus. Dumpf, mit einer grüblerischen Versunkenheit, völlig mechanisch schien Kaspar zu arbeiten. Ununterbrochen schwang er die Sense, als gälte es, recht schnell fertig zu werden, als sei das nur eine Arbeit, die außer einer andern, zu der man erst käme, noch zu bezwingen wäre. Und das Merkwürdigste daran war, daß er jetzt alle Augenblicke lang: »Mach nur! Mach nur!« zur Marie sagte. Kaum zum Atmen kam die Bäuerin oft. »J-ja! J-ja!« keuchte sie hinter ihm, und eines Tages wurde sie zornig.

»Ich kann doch nimmer schneller ... Es geht doch nicht!« fuhr sie wütend auf. »Geht mir ans Kind, du Narr, unsinniger!« Und inne hielt sie und schimpfte weiter: »Ich weiß gar nicht! ... Was ist denn jetzt mit dir ...? Hast denn ganz und gar den Verstand verloren?« Mit der aufgestützten Sense stand sie da, dampfend vor Schweiß, und war dem Weinen nahe. Jetzt, da sie die Wut hereinbrechen fühlte, verließ sie die Kraft. Die Lahmheit all ihrer Gelenke wurde sie inne und den Schmerz der Überanstrengung. Ihr Rücken wollte nicht mehr grade werden. Ihre Arme hingen wie Bleigewichte an ihr herab, und ihre Knie trugen sie kaum noch.

»Na! ... Da hast es jetzt, du Stier!« brachte sie gerade noch heraus und brach auf das nasse Gras nieder. »Da hast es ...!« Und zerrüttet fing sie zu weinen an. Mit einem Ruck rannte der Kaspar zu ihr, nahm sie auf die Arme und schleppte sie nach Hause.

»Marie – Marie – Marie!« das war alles, was er herausbrachte, während er ihr half, die Kleider abzulegen.

»Marie – Marie – Marie?!« wimmerte er immer ängstlicher und rannte auf einmal zur Tür hinaus. Er lief, was er konnte, über den Hügel von Rechelberg, über die Felder, auf den Weiler zu und kam schweißtriefend im Stellmacherhaus an.

»Was ist denn ...? Kaspar – Kaspar!« schnellte Hieronymus auf und hielt den Keuchenden. Jetzt erst, da er die Arme seines Bruders fühlte, kam Ruhe über ihn. Ermattet sank er auf die hölzerne Bank.

»Kasperl ... um Gottes willen ... Ist denn was passiert?« drang Hieronymus beängstigter in ihn. »So red doch ...! Kasperl ...?!«

»Die Marie – die Marie – jetzt geht's ihr wie der Afra«, keuchte Kaspar auf einmal heraus und sah durchdringend auf seinen Bruder. »Jetzt ist's ... Hieronymusl ...? ... Es laßt uns nicht aus – du hast es – –«

Er brach ab. Er sank in sich zusammen und weinte grauenhaft.

»Ja, Herrgott, beim Teifl ..., was ist's denn?! Red doch ein vernünftiges Wort!« fuhr Hieronymus ihn verärgert an und riß sich mit aller Gewalt in die Fassung. Er ging heran und faßte den Zerknirschten an der Schulter: »Hast denn die Hebamm' oder den Doktor g'holt ...?«

Keine Antwort; nur ein mechanisches Kopfschütteln. Da packte den Hieronymus die Wut gänzlich.

»Jetzt gehst auf der Stell' zum Doktor oder auf Rechelberg..., nachher hol' ich Hebamm' und Doktor, Kreizherrgottsapperment ...!« schimpfte er, und das half unerwartet. Mit einem Mal verstummte Kaspar, hob erst scheu den Kopf und blickte geduckt auf seinen Bruder.

»Na–na–nachher gehst du zum Doktor ..., ich geh' ... zur Marie ...«, stotterte er zaghaft und hatte im Blick wieder jenes Unschlüssige, Fragende und völlig Verstörte, das ihm von Kind auf eigen war. »I–i–ich geh' schon, gell ..., ich geh' ...«, wiederholte er und tappte wie ein geschlagener Hund zur Tür hinaus. Eine Zeitlang blieb Hieronymus stehen und sah ihm durchs Fenster nach. Zögernd, wankend, als wüßte er nicht wo aus und wohin, trottete Kaspar über die Felder. Von Zeit zu Zeit war es, als wolle er innehalten und umschauen. Er machte schüchtern eine halbe Wendung, riß sich aber sogleich wieder herum und ging dann etliche Schritte schneller, bis er im Gehölz verschwand.

»Hm – hm – hm«, machte der Stellmacher, warf sich endlich in seinen guten Rock und verließ das Haus. Erst nach einer guten Stunde fuhr er auf dem Gefährt des Doktors nach Rechelberg hinein, auf das Amschusterhaus zu.

Unten in der Stube saß der Kaspar und las aus einem der Bücher des Vaters, als Doktor und Stellmacher hereinkamen. Die Leute hatten schon die Hebamme geholt, die droben in der Ehekammer am Bette der Marie war.

»Wie geht's ihr denn ...?« fragte der Stellmacher seinen Bruder mürrisch, während der Doktor stehenblieb.

Kaspar sah die beiden mit großen Augen an, sperrte weit den Mund auf und umkrampfte sein Buch fester, ohne eine Antwort zu geben.

»Wie's geht ...? Liegt sie droben?« wiederholte Hieronymus finster. »Was gaffst denn so saudumm ...?!«

»Ja – ja! ... Ja, dro–droben ist sie ... D' Hebamm' ist auch droben«, antwortete endlich Kaspar und deutete mit dem Finger nach der Tür. »Ja! ... Ja ... da ...!« Ohne weiteres Wort verließ der Doktor die niedere Stube und ging zur Kindbetterin hinauf. Hinterdrein stapfte der Stellmacher. Die Stiege ächzte unter den schweren Schritten der beiden Männer.

Kaspar erhob sich plötzlich, rannte zur Tür und lauschte angestrengt. Dann, nachdem er droben die Tür gehen hörte, trat er auf den dunklen Gang und schlich auf den Zehenspitzen über die Stiege hinauf, blieb eine Weile vor der Ehekammer stehen und lauschte wieder atemlos. Deutlich vernahm er das röchelnde Schnaufen der Marie und ihr stöhnendes Klagen.

»Im siebten Monat erst, so?« sagte jetzt der Doktor, »... na ja, so was tut man aber doch nimmer ..., so schwer arbeiten, wenn man so dran ist.«

Eine ziemliche Weile war es still. Mit einem Satze schwang sich Kaspar in eine dunkle Nische, als der Stellmacher und die Hebamme zur Tür herauskamen. Eng preßte er seinen zitternden Körper an die Wände. Hieronymus und die Hebamme tappten murmelnd die Stiege hinunter, sie sahen nichts.

»Dies kann recht dumm gehen ... Ist ja schon wie wenn's jeden Augenblick losgeht«, sagte die Hebamme ernst. »Ich bin bloß froh, daß der Doktor da ist ...«

Dumpf schüttelte Hieronymus den Kopf. Als die beiden in die Küche traten, stand plötzlich Kaspar hinter ihnen.

»Na-nachher stirbt sie, glaubts ...?« fragte er unvermittelt mit tonloser Stimme und rührte sich nicht vom Platze. Für eine Sekunde standen sich die drei wie gelähmt gegenüber. Totenbleich war der Stellmacher, totenbleich auch der Kaspar.

»Von dem sagt man doch nicht ..., arg ist's schon, Amschuster«, fand die Hebamme zum Wort zurück. »Ihr sollt' sie nimmer mähen lassen haben ...«

»Ja, gell ... d' Afra hat auch noch gwaschen, ehvor sie sich niederglegt hat, gell ...?« plapperte jetzt der Kaspar unbeholfen und heftete seine Blicke auf seinen Bruder. So grauenhaft klang es, so seltsam beharrlich, daß Hieronymus nicht antworten konnte. Die Hebamme ging hastig mit dem warmen Wasser aus der Küche. Fast ängstlich zog sie die Tür zu.

Als sie jetzt allein waren, kam dem Stellmacher der Atem wieder. Sein Gesicht bekam etwas Väterliches. Alle Erschütterung schien er zurückzudrängen, und mit erzwungener Herzlichkeit sagte er: »Kasperl ...?«

Es war Trauer und Wehmut in diesem einen Wort. Eine ratlose Liebe klang daraus. »Was hast denn in Gottes Namen in einem fort mit der Afra selig, Kasperl ...? Setz dich her zu mir, geh weiter ...«, wiederholte der Stellmacher ebenso, und mechanisch gehorchte Kaspar. Steif ließ er sich auf die Bank nieder. Einige stumme Minuten verliefen. Die beiden sahen einander an, als versuchte jeder des andern Gedanken aus dem Blicke zu lesen. Aller Widerstand, alle männliche Härte waren aus Hieronymus' Gesicht gewichen. Weich wurden seine Züge. Da war etwas, was man manchmal bei gänzlich nüchternen

Menschen beobachten kann, wenn sie das Unbegreifliche anrührt und durchrieselt, etwas, das sich dem andern auslieferte ...

»Hm ... Hieronymus ... Hj-hjetz ist's doch recht, h-h-ha? ... So ist's aufgsetzt im Vater sein'm Büchl«, plapperte jetzt Kaspar beharrlich. Fremdartig, wie von weitem klang seine Stimme. Er hatte das Gesicht aufgerichtet. Er blickte geradeaus in irgendeine Leere. Der Stellmacher wurde auf einmal wieder finster.

»Geh, Kasperl ...! So red doch kein so dumm's Zeug daher! ... Bist denn gar kein Mannsbild nimmer?« knurrte er ärgerlich wie aus einer Abwehr heraus. Aber er brachte dennoch den Blick nicht los von seinem Bruder, der immer noch unberührt dasaß. Der Doktor trat jetzt in die Küche und ging an den Kaspar heran. Dies schien dem Stellmacher gelegen zu kommen. Er erhob sich.

»Na, ist nicht so schlimm, Amschuster ... So lang arbeiten sollt' Ihr sie halt nicht lassen haben«, meinte der beleibte, bärtige Arzt. »Ich komm' dann morgen wieder und bringe die Medizin mit.«

Hölzern streckte ihm Kaspar die Hand hin und nickte. Ohne umzusehen verließ der Stellmacher mit dem Doktor die Küche. Unbeweglich blieb Kaspar sitzen: dann griff er nach dem aufgeschlagenen Buch, das am Rande des Tisches lag. Draußen knirschten die Hufe des Pferdes. Etliche Hunde schlugen an, und langsam entfernte sich das Rollen des Gefährts. Dunkler und dunkler wurde es, und Stille war wieder. Ein dünnes Wimmern sickerte durch die Wände. Kaspar hob lauschend den Kopf. Ein Zittern faßte ihn. Jetzt ging droben die Tür der Ehekammer, und rasche Tritte wurden vernehmbar. Kaspar stand auf.

»Amschuster!« rief die Hebamme gedämpft zur Stiege hinunter; »Amschuster!« Rasch ging Kaspar zur Tür und öffnete.

»Schnell! Gehts weiter ... Es passiert was! Schnell!« rief die Hebamme hastiger und hielt inne, als sie drunten im Dunkeln Tritte hörte. Aus der Ehekammer drang ein Wimmern. Zitternd vor sich hertastend schob sich Kaspar am Stiegengeländer vorbei, schwang sich zur hinteren Tür, riß sie jäh auf und lief in die Dunkelheit hinaus. »Amschuster! Am-schuster!« rief die Hebamme ängstlicher. Niemand antwortete. Still war es. Nur das Stöhnen erfüllte die Dunkelheit. Erschreckt richtete sich die Hebamme auf, horchte angestrengt, rief noch einmal und lief verwirrt in die Ehekammer zurück. Die Kindbetterin wand sich. Das Weiße ihrer Augen schimmerte häßlich im Schein der schwach leuchtenden Petroleumlampe. »Ö – ö! Helfts! – U – uh – uhch!« keuchte die Amschusterin und begann verzweifelt mit den ausgereckten Armen herumzuschlagen. »A–a–a–ahchch!« machte sie plötzlich, sank in sich zusammen und blieb regungslos liegen.

Von einem furchtbaren Schreck erfaßt, rannte die Hebamme ans Fenster, riß es auf und schrie gellend in die weite Nacht um Hilfe. Nach einigen Minuten flammten in den Nachbarhäusern Lichter auf, Fenster und Türen hörte man gehen, Stimmen wurden vernehmbar, und Leute kamen von da und dort und sammelten sich im Amschusterhaus. Der Mesner läutete das Zinnglöcklein.

Wie eine zusammengepferchte Herde Schafe standen die Leute unschlüssig in der niedern Amschusterstube. Erst nachdem man erfuhr, daß der Bauer fortgelaufen war, hob ein dumpf murmelndes Fragen an.

»Der ist zum Stellmacher 'num, da wett' ich«, sagte endlich der alte Ehringer und verließ mit dem Rendelampfinger und dem Lochbichler den Amschusterhof. Als sie draußen waren, fing die Lermerin den Rosenkranz an. Die andern wollten eben einfallen, als auf einmal die Lochbichlerin breit im Türrahmen der Küche auftauchte, sich bekreuzigte und aufatmend sagte: »Gott sei Dank! 'rum ist's ... 's Kind ist da und lebt, und d' Amschusterin hat's auch überstanden!«

»Lebt also ...?« riefen alle zugleich, und als die Lochbichlerin bejahte, lösten sich alle Gesichter von der Bedrückung.

»Der Herr war ihr gnädig ... Vater unser, der Du bist«, begann die Lermerin von neuem mit ihrer monotonen Stimme, und alle fielen erleichtert ein.

Um dieselbe Zeit ungefähr klopfte Kaspar an die Tür des Stellmacherhauses im Weiler drüben. Hieronymus schreckte jäh vom Schlafe auf und öffnete das Fenster. »Ich bin's, der Kasperl, Hieronymus!« antwortete es gedämpft von unten herauf, und kurz darauf standen sich die Brüder wortlos gegenüber. Mit vorgehaltener Lampe ging der Stellmacher in die niedere Küche.

»Ist sie gstorben?« fragte Hieronymus einsilbig und zitterte unmerklich.

»Ja – hj-hjetz ist sie schon gstorben, hjetz ist's vorbei ...; so ist's aufgsetzt gwen ..., und – und träumt hat's mir schon etlichs Mal«, stotterte Kaspar und sah seinen Bruder an. Er stand da wie ein verdorrter Baumstumpf. Lautlos bewegten sich seine

Lippen, und wieder war das leise zuckende Lächeln auf seinen Zügen.

»Gstorben? ... D' Marie auch? ... Ja, was ist denn das ...?« stieß Hieronymus heraus. Seine Brust wurde eng. Der Atem stockte ihm. Etwas Grauenhaftes schien ihn zu fassen. Der sonst so starke Mann zitterte wie ein furchtsames Kind und sah unbeschreiblich hilflos auf seinen Bruder.

»Hjö–a«, hauchte der Kaspar. Dann rutschte seine Unterlippe kraftlos herunter. Ein gähnendes Loch war sein Mund.

»Die Wie–hie–iederholung heißt's ...«, stotterte er abgehackt; »u–und na–nachher trifft's uns ...«

In diesem Augenblick ereignete sich etwas völlig Ungewohntes mit dem Stellmacher. Er begann, einige Sekunden mit großen, entsetzten Blicken herumzusuchen, reckte den Hals und schnappte hörbar nach Luft. Er streckte hastig die beiden Arme auseinander, drückte den Kopf in die Brust und jagte mit einem tierähnlichen Schrei durch das Dunkel der Werkstatttür. Es krachte etwas, knatterte. Es mußten die aufgehäuften Rechenstiele sein. Es knirschte und ächzte. Dann hallte es dumpf, als falle ein Sack auf die harte Erde. Und still war es wieder.

Kaspar stand bei alledem regungslos da, und als er sich jetzt allein sah, trat etwas wie eine Verwunderung in sein Gesicht. Er wurde ruhig. Ohne Ergriffenheit nahm er die blakende Petroleumlampe, stapfte geradeaus in die Werkstatt, über die Rechenstiele, auf die Wand zu. Da lag, zusammengekauert, mit ängstlich über dem Gesicht verschränkten Armen, Hieronymus auf dem Boden. Er mußte mit dem Kopf an die Wand gerannt sein.

Kaspar erschrak nicht. Er stellte die Lampe hin, ließ sich auf die Knie nieder, beugte sich über den Kauernden und streichelte ihm langsam und mit großer Innigkeit immerzu über die Haare.

»Sei stad, Hieronymus ... Du mußt dich nicht fürchten, Hieronymusl ... sei stad, sei stad!« murmelte er fort und fort. »Sei stad ..., es ist ja noch nicht so weit, Hieronymusl; sei stad ...!« Eine große, schmerzliche Geduld klebte an den Worten. Wie ein Gebet summten sie sich in die Stille hinein. Gleich nachdem Kaspars Hand das Haar Hieronymus' berührt hatte, zitterte dieser noch. Langsam aber beruhigte er sich und begann sich mühsam aufzurichten. Wehrlos ließ er sich das Helfen Kaspars gefallen. Alle Kraft war aus ihm. Traumhaft wankte er an der Seite seines Bruders in die Küche und brach auf die Bank nieder. Er saß noch immer so da, als es jetzt draußen an die Türe schlug. »Rechenmacher! He, Rechenmacher!« schrie es. Er schien das Gepolter und Lärmen nicht zu hören. Er griff nur nach Kaspars Hand und hielt sie fest, als dieser tonlos sagte: »Jetz richten sie's uns aus.«

Tritte tappten schwer im Haus, Stimmen redeten ineinander und kamen näher. Der Rendelampfinger stieß die Küchentür auf. Der alte Ehringer und der Lochbichler drangen nach, und alle drei blieben wie angewurzelt stehen, als sie jetzt die beiden Brüder gewahr wurden. Zusammengeschrumpft wie zwei uralte Greise saßen sie nebeneinander und rührten sich nicht.

»Ja – ja ... gstorben is s' gell? ... Ich bin bloß 'rumgangen und hab's ausgricht«, redete Kaspar in die Stille hinein, und ehe noch wer zu Wort kam, fing der Stellmacher laut zu weinen an. Sein Kopf fiel auf die Brust herab und schaukelte etliche Male hin und her.

Benommen standen die drei Bauern da und nahmen nacheinander die Hüte ab. Keiner wußte, was er anfangen sollte. Jeder faltete verlegen die Hände.

»Gehts nur! ... Gehts wieder 'num ..., ich richt's scho; ... und – und erster Klass' muß sie eingraben werden ... Gehts nur, gehts!« hastete auf einmal mit einer wegweisenden Geste Kaspar heraus, und ohne ein Wort stapften die Männer aus der Küche und gingen wieder nach Rechelberg zurück. Milchig bleicher Morgen hing bereits über den Feldern, als sie über den gekrümmten Hügelrücken ins Dorf hinuntergingen.

»Hmhm, seltsam! Seltsame Leut, die Stellmacher«; das war alles, was der alte Ehringer sagte.

Leute vom Weiler sahen die beiden Brüder ungefähr eine Stunde nach diesen Vorfällen aus dem Stellmacherhaus treten. Sie schlugen den Weg nach Hohenstaufenberg ein.

Anfänglich ging der Hieronymus schwer und willenlos neben Kaspar. Die frische Luft erst flößte ihm wieder Kraft ein. Hin und wieder griff er nach seinem Kopf. »Ich tät doch erst nachschaun«, sagte er nach einer Weile zögernd zu Kaspar und wandte ihm das Gesicht zu. Dieser aber schritt und gab nicht an.

»Kasperl ...?«

Keine Antwort.

»Kasperl ...?« wiederholte der Stellmacher und faßte seinen Bruder am Arm: »Du ...?« – »Ja, ja ... Ist doch besser, wir machen gleich all's zusamm' beim Pfarrer ab«, hastete der Angesprochene wie abwehrend heraus und ging noch schneller. Wie in ganz bestimmte Gedanken verbissen schritt er.

Hieronymus sagte nichts mehr. Breit glänzte die Sonne am Himmel, als sie das Pfarrhaus erreichten.

»Der Herr hat's gewollt«, schloß der beleibte Geistliche seinen Trost und gab Kaspar die Hand. »Also nachher ... erster Klass', ein Hochamt mit feierlichem Requiem ...?«

Beide Brüder nickten stumm. Dann machten sie sich auf den Weg nach Rechelberg. Während des ganzen Dahingehens redeten sie nicht ein Wort. Niemand begegnete ihnen. Unangesprochen kamen sie auf dem Amschusterhof an.

»Ja – ja! Endlich! ... Ja – ja, wo seids denn, Amschuster?« empfing die Hebamme die beiden, als sie in die Küche traten. »Angst und bang ist mir worden so alleins ...!« Sie lächelte und schaute auf die beiden. »Vater seids, Amschuster! ... Gut ist's 'rumgangen ..., durchgrissen hat sie's, d' Bäuerin ... A Madl ist's ...«

Sie bekam jäh ein todernstes Gesicht, als sie jetzt Hieronymus ansah. Er wankte und blieb dann wie angewurzelt stehen.

»W–w–was?! Sie ist nicht gestorben ...?« stotterte er heraus und furchte finster die Stirn.

Beide sahen zugleich auf Kaspar. Der stand verdorrt da und bewegte seine Lippen. »Dies – dies ... dies – dies ist ... jaja ... so steht's drin ... Anfechtung ...«, stotterte er abwesend.

»Was hat er denn? ... Um Gottes willen!« fragte die Hebamme erschreckt und sah auf den Stellmacher. »Der – der ist ja nimmer recht ...!« Und furchtsam zwängte sie sich an Kaspar vorüber. »Ich geh'«, sagte sie schnell noch und schlüpfte aus der Küche. »Kasperl! ... Herrgott nochmal! Kasperl!« fuhr der Stellmacher seinen Bruder wütend an und packte ihn fest am Arm. Vielleicht kam ihm jetzt erst die Gewißheit über das Geschehen dieser Nacht. Man wußte nicht, war es Scham oder Wut ob seiner Schwäche, was ihn auf einmal so heftig werden ließ. Beide Fäuste ballte er.

»Rindviech, narrisch'! ... Geh weiter jetzt! Schwatz nicht so saudumm daher! ... Ist doch alles in der Ordnung, beim Teiſl nei'!« polterte er und schob Kaspar zur offenen Tür hinaus. »Geh weiter!« Ohne Widerstand tappte dieser vorwärts; steif hob er jedesmal den Fuß, zögerte und schwang sich erst wieder auf die andere Stufe, wenn das befehlende »Geh!« hinter ihm erscholl. Unschlüssig blieb er oben auf der Stiege stehen und schaute auf Hieronymus.

»Nu weiter! Geh!« rief dieser von neuem und schob ihn an die Tür der Ehekammer, und geräuschvoll drangen die beiden in dieselbe.

Die Amschusterin hatte sich schreckhaft aufgerichtet. Das Kind keuchte gurgelnd. Die Hebamme war zur Wand zurückgewichen.

»Um Gottes willen, was ist denn? ... Kasperl?!« stöhnte die Kindbetterin stockend, wurde totenbleich und sah weh auf ihren Mann, der wie ein Klotz stehenblieb. »Was hat er denn?« fragte sie angstvoll den Stellmacher.

»Ah, nichts hat er! ... Verruckt ist er!« stieß dieser ingrimmig heraus und schrie den Kaspar an: »Siehgst es denn jetz noch net, daß nichts passiert ist, traumhapperter Narr, traumhapperter?! Da, sie leben doch! ... 's Kind ist gsund und dein Weib! ... Du!«

»Ja – ja, sei nur stad, sei stad, Hieronymusl! Sei stad, sei nur stad ...; jaja«, plapperte Kaspar zerstreut und richtete seine Augen glotzend auf die junge Mutter: »Ja – ja, ... wie d' Afra ... jaja ...« Seine Unterlippe rutschte wieder herab. Einen völlig leblosen Ausdruck bekam sein ganzes Gesicht. Mechanisch begann er sich zu bekreuzigen.

»U–u–uhch« schrie die Kindbetterin gellend und warf sich schluchzend in das Kissen zurück, hielt beide Hände krampfhaft über das Gesicht.

»Er ist net recht!« hastete die Hebamme entsetzt; »bringts ihn 'naus!«

Erschauern ließ den Stellmacher verstummen.

Vorsichtig fast sagte er: »Geh weiter, Kasperl, geh!«, faßte seinen Bruder unterm Arm und führte ihn aus der Kammer ...

Der alte Ehringer spannte ein und brachte mit dem Stellmacher den Irren nach Hohenstaufenberg hinüber.

»Einen – einen schönen Sarg, Hieronymusl! ... Einen – einen ganz schönen Sarg müssn mir holn für d' Marie ... Und – und neben die Afra legn mir sie, gell? ... Danebn hin«, murmelte der Kaspar auf dem ganzen Weg in einem fort. Und: »Ja – ja, freili, freili ... freili, Kasperl«, antwortete der Stellmacher jedesmal erschüttert.

Erst beim Anbruch der Nacht kamen der Stellmacher und der Ehringer wieder nach Rechelberg zurück. Der Doktor hatte nichts weiter gesagt als: »Gleich weiter ins Krankenhaus nach Straußberg. Dort bringen sie ihn schon weiter.« Und weiter waren die beiden gefahren nach Straußberg zum Krankenhaus. Dort behielt man Kaspar bis zur Überführung ins Irrenhaus. –

Gebrochen kam der Stellmacher auf dem Amschusterhof an. Er antwortete nichts auf die Fragen der Hebamme. Er fiel auf die harte Holzbank und weinte. Am Tischrand lag noch immer das aufgeschlagene Buch Gotthilf Breiters: *Reise einer Somnambulen durch den Mond und die schmerzlichen Jahrhunderte.*

Gedankenlos griff er danach, zog es heran und las eine Stelle, die etliche Male dick angestrichen war und also lautete:

»Es aber legte sich wie eine Kette um die Kreatur und gab ihm einen dunklen Weg auf. Und sintemalen es kein Loslösen von dieser Kette gibt, geschahe all die Gräßlichkeit. Und der also wandelt in der Finsternis und sich Erlösung schaffen will, fallet so in Irrtum und Sünde. Und Verderb ist sein Lohn, denn Gott ist erzürnet überall da, wo keine Geduld ist.«

Er hob den Blick. Er sah in die erhellte Leere. Ohne sich weiter um die Leute auf dem Amschusterhof zu kümmern, ging er. –

Er kam nicht mehr wieder nach Rechelberg. Man sah ihn oft tagelang nicht aus dem Haus treten. An einem Wintertag, nachdem man schon lange keinen Rauch mehr aus der »Fallhütte« steigen sah, klopften einige Weilerleute an die Tür und riefen. Und als niemand antwortete, öffneten sie und suchten nach dem Stellmacher. Sie fanden ihn erhängt auf der Tenne ...

Seitdem wohnt niemand mehr in dem verfemten Haus. Erst vor kurzem hat man es abgebrochen. –

Kaspar Gottbreit starb nach elfjähriger Irrenhauszeit im Jahre 1895. Die Amschusterin heiratete noch einmal. Alles ging in andere Hände über. Ihre Tochter soll – fünf Jahre alt – am Scharlach gestorben sein.

Seit dieser Zeit weiß man von den Gottbreits nichts mehr ...

Die verfehlte Handelschaft

Zwischen Kergertshausen und Wimbach, zwischen – rechter Hand – Werfelberg und – linker Hand – Irschenbach liegt der ungefähr hundert Tagwerk umfassende Graf Teiß'sche Forst. Eine Waldung und ein Jagdgehege ist das, wie man's so leicht nicht wieder findet. Noch schöner wäre es freilich, wenn die vierzig Tagwerk Hochwald, die scharf daran grenzen und zwischen Wimbach und Werfelberg einen Triangel machen, noch dazu gehörten. Schon oft war der Graf Teiß deswegen auf dem Einödhof vom Johann Hernlochner gewesen, aber umsonst.

Nicht, daß der Hans etwa grob, unfreundlich oder abweisend gewesen wäre, nein, das gar nicht. Er empfing den Grafen jedesmal mit der nötigen Freundlichkeit, mitunter sogar devot. Und der feine Herr versuchte es mit bestrickender, herablassender Leutseligkeit, obgleich ihm das keine kleinen Schwierigkeiten machte. Erstens nämlich war der Graf Rittmeister a. D. und zweitens Norddeutscher. Immerhin aber war er schon jahrzehntelang hier ansässig.

Graf Teiß wollte unter allen Umständen die vierzig Tagwerk Waldung und ließ nicht locker.

»Hernlochner? ... Äh, ich meine, ich meine, es macht Ihnen doch nichts aus! Sie haben doch Waldung da drüben in Lieberach auch noch? Hauptsächlich beschränkt sich Ihre Tätigkeit doch auf Vieh- und Feldwirtschaft, was?« fing er stets an.

»I konn's net, Herr Graf! ... I möcht net«, meinte der Hans: »Noja, es waar ja natürlicherweis schön, wenn Sie oiß beinander hättn, Herr Graf! Wenn oiß Eahna ghörert!« Er lugte blinzelnd irgendwohin und meinte fast ein bißl höhnisch: »Jaja, es zwängt sich ja aa grod recht dumm eini in Eahnern Forst, mei' Hoiz ... Aba, wia gsogt, i möcht net, Herr Graf ... I konn's net macha! Na – na, dös geht absolut net ...« Dem Grafen gab es schier einen Stich.

»Oder machen wir's so, Sie können dazu meine Wimbacher Weizenäcker haben«, versuchte er es abermals und bot dem Hans eine von seinen dicken Havannas an.

»Hmhm, mit Verlaub«, brummte der Hans untertänigst und langte mit seiner Riesenhand in das hingereichte Lederetui: »Dö werd i am Sunnta raucha ... Hmhm ... Dös is, moan i, ganz wos Feins, wos? Wos kost jetz a so a Zigarrn?«

Graf Teiß ging schnell drüber hinweg: »Nehmen Sie sich noch eine, Hernlochner, und lassen Sie sich's gut schmecken.« Und verbissen, wie solche Norddeutsche sind, wollte er absolut bei der Sache bleiben und benützte die freundlichere Stimmung, die er durch diese kleine Liebenswürdigkeit hervorgerufen hatte.

»Also, Hernlochner, ich bin doch schließlich nicht der Nächstbeste!« rief er weit leutseliger: »Ich bin doch kein Spekulant! Ich bin doch Ihr Nachbar! Wir haben uns doch immer gut verstanden! Sie sollen auf keinen Fall zu kurz kommen, wenn ich die Waldung kriege.« Schon fing er wieder mit der Hochwaldung an.

»Ja no, dös sogt ja aa koa Mensch, Herr Graf ... Von dem is ja aa koa Red«, brümmelte der Hernlochner immer wieder heraus. Unverrichteterdinge mußte der Graf den Einödhof verlassen. Oft und oft versuchte er es wieder. Stets war's das gleiche. Der Hernlochner zeigte sich außerordentlich erbaut von den geschenkten Zigarren, die er bei solchen Gelegenheiten über alles lobte, aber für den Verkauf des Hochholzes war er nicht zu haben. Graf Teiß verzweifelte schier über dieses hartnäckige Kopfschütteln, über die fortwährenden Zwischengespräche des Hernlochner, über die listigen Ablenkungen, wenn man im schönsten Zuge war. Der hohe Herr machte zwar stets eine gute Miene dazu, indessen als er erkannte, daß dieses Zigarrenschenken eine solch verhängnisvolle Wirkung hatte, überlegte er sich's anders und kam eines Tages ohne Zigarren.

»Ach Gott, hm, Donnerwetter nochmal! Jetzt hab' ich meine Zigarren vergessen!« sagte er mit geschickt gespielter Verblüffung zum Hernlochner und griff in alle seine Taschen. »Aber hören Sie, Hernlochner, wie ist's? Sie trinken doch gewiß mal gern ein gutes Glas Wein und essen richtig dazu, was?«

»Wei' ...? T-ja, ja, hm, wenn i'n kriag, scho ... Hm, eigentli – Wei'? Den ja weniger ... Aber wenn der Herr Graf gern wollen ... Mit Verlaub, mit Verlaub«, stotterte der Einödbauer mit einer wunderschönen Bescheidenheit aus sich heraus und stellte sich rührend dumm. Das nimmt immer ein.

»Na, ist mal was anderes! Sie können natürlich auch Bier haben, Hernlochner! Und hernach vielleicht Wein?« redete ihm der Graf zu und lud ihn für den nächsten Tag zur Mittagstafel ein. Er streifte auch diesmal die Sache mit dem Hochholz, bot mehr als er je geboten hatte und erwähnte wiederum seine Wimbacher Weizenäcker.

»Jaja! Schön steht er dösmoi, der Woaz! Schön steht er auf'm Herrn Graf seine Äcker ... Dös werd dösmoi a guate Arnt«, meinte der Hernlochner, und merkwürdigerweise schöpfte der Graf aus diesen Andeutungen einige Hoffnungen. Beim Auseinandergehen sagte er bereits zuversichtlich: »Na, über kurz oder lang werden wir ja schließlich doch noch einig, nicht wahr, Hernlochner? Setzen wir uns erst einmal gemütlich zusammen, da läßt sich auch besser reden drüber ...«

Und der Hernlochner nickt beiläufig. – –

Am andern Tag kam er im Sonntagsgewand aufs Schloß, zur Tafel. Graf Teiß, ein alter Junggeselle, speiste ganz allein mit seinem Gast und ließ gegen seine sonstige Gewohnheit sehr reichlich auftragen. Der Hernlochner machte ein recht beschenktes Gesicht und griff anfangs nur zögernd zu. Jeden Teller, jede Gabel, jedes Messer, alles musterte er ausnehmend interessiert, lächelte hin und wieder etwas verwirrt und nachdenklich und schaute unablässig, wie der Herr Graf das Einnehmen der Mahlzeit bewerkstelligte.

»So wos is natürlicherweis ünseroans net gwöhnt«, suchte er sich manchmal bescheiden zu entschuldigen. Aber bald hatte der Graf diese Schüchternheit verscheucht, und sein munteres Zureden richtete den Hernlochner derart auf, daß er nicht eine einzige Scheibe Fleisch auf der porzellanenen Platte ließ. Er wurde mit der Zeit auch lebendiger.

»Dös is ja scho auffallend, ganz auffällig guat kocht! Dös is scho a direkte Delikateß, so wos, Herr Graf«, lobte er, als er das zweite Glas Wein in einem Zug geleert hatte: »Do, moan i, hättn der Herr Graf scho a ganz a ausgezeichnete Köchin? ... Dös muaß scho a richtiges Weibsbild sei'? A ganz a tüchtigs Leutl ... hmhmhm.« Rote Backen hatte er, glänzende Augen.

Graf Teiß lächelte allereinnehmendst über diese Beifallsbezeigungen und sagte ebenfalls in bester Stimmung: »Na, und was sagen Sie zu diesem guten Tropfen? Zu dem Wein? Der schmeckt, nicht wahr? Trinken Sie nur, Hernlochner! Nur nicht genieren, bitte!« Und er goß von neuem ein. »Hja-hja, wenn's derlaubt is! ... I möcht aber an Herrn Graf nix wegtrinka«, antwortete der Hernlochner und warf einen Blick auf die leere Flasche.

»Aber bitte! Bitte! Ist noch mehr da! Soviel Sie wollen!« warf der Graf jovial hin und läutete dem Diener. Bei der zweiten Flasche rülpste der Hernlochner bereits und lächelte in einem fort. Der Graf hielt es für angemessen, ins nebenanliegende Rauchzimmer zu gehen, und als man dort behaglich bei Zigarren und starkem Kaffee saß, fing er vom Hochwald an.

Der Hernlochner linste zweideutig aus seinen halbgeschlossenen Augendeckeln und ruckte ein paarmal mit dem schweren Kopf auf und nieder.

»Jaja, freili! So mog man ja nachher aa net sei'! Natürli, natürli! I hob's oiwei gsogt – recht dumm zwängt's sich nei' in Herrn Graf sein' Forscht, mei' Hoiz«, meinte er, »i hob's oiwei gsogt ...«

»Kurz und gut, die Sache bleibt also dabei, Hernlochner? Ich hol' Sie morgen ab, und wir fahren zusammen zum Notar nach Kergertshausen hinüber!« schloß der Graf aufgekratzt und siegessicher: »Dann ist alles gleich erledigt und macht nicht viel Umstände. Einverstanden?«

»Noja, es is ja wohr, an Herrn Graf sei ganzer Forscht is verschandelt durch mei Hoiz ... Dös sell hob i scho oiwei denkt«, nickte der Hernlochner abermals.

»Na also!« Sichtlich neubelebt atmete Graf Teiß auf und fragte wieder mit geradezu bestrickender Jovialität: »Schmeckt die Zigarre?«

»Jaja, hmhm ... Dös – dös is schon ganz wos Feins! ... Dös, moanert i, is schon direkt vom Ausland«, brummte der Bauer und schaute mit bescheidener Absichtlichkeit auf die offene, prunkvolle Schachtel: »Do wenn i a so dö Sunntags oane hätt'? ... Hmhm, wos kost jetzt a so a Zigarrn?«

Das letzte überhörte der Graf kulanterweise und erhob sich auffallend bereitwillig: »Na, Hernlochner, Ihre Sonntagszigarren sollen Sie haben! Der Wunsch kann erfüllt werden, bitte!« Er ging rasch an den Schreibtisch, nahm aus der obersten Schublade eine neue Schachtel und gab sie dem Hernlochner. Dieser erhob sich mit gelassener Devotion: »Aber i möcht an Herrn Graf fei nix wegnehma! Nana, dös sell möcht i net ...« Dabei hielt er die Zigarrenschachtel fest in einer Hand und rülpste dem Grafen ins Gesicht: »J-jüpp-ujüpp! ... Do kostert, moan i, schon d'Verpackung an Haufa Geld, wos?« –

Tief am Nachmittag kam der Hans auf seinem Einödhof an. Er lachte übers ganze Gesicht. Alert zeigte er der Bäuerin die Zigarrenschachtel und berichtete, was der Graf für ein ausnehmend legerer, freigebiger Mensch sei.

»Und nachher erst dö Pracht! *Dö* Pracht in dem Schloß druntn! ... Dös is ja ganz und gor aus, wos dös schön is!« schilderte er in der besten Laune.

Gegen Abend fing es zu regnen an. Die ganze Nacht goß es,

und in der Frühe war es noch immer das gleiche. Der Hernlochner tappte wie der gemütlichste Privatier in der Stube herum und brümmelte fort und fort: »A so a Regn is wos ganz wos Guats!« Er tat nicht im mindesten dergleichen, als ob er heute mit dem Grafen Teiß nach Kergertshausen fahren würde. Als das gräfliche Gespann von weitem sichtbar wurde, ging der Bauer in den Stall hinüber und machte den Kühen – rein so, um halt was zu tun – eine neue Einstreu. Ganz erstaunt kam der Graf aus der Stube zu ihm hinüber: »Na, Hernlochner? Machen Sie sich fertig! Wie ist's?«

Der Hans kratzte sich bloß an der Schläfe und schaute durch die dreckigen Stallfenster ins Regnen hinaus: »Ah! Es regnt gor so arg, Herr Graf! Es is gor a so a Dreckwetter heunt ...!«

»Aber Donnerwetter, Hernlochner, es ist doch abgemacht! Da-das geht doch nicht!« stotterte der Graf denn doch etwas konsterniert und bekam ein trostlos-langes Gesicht. Atemlos wartete er einige Augenblicke. Bald wurde er rot, dann wieder blaß. Der Hernlochner drückte sich ums Reden herum und kratzte sich ewig an der Schläfe.

»Also, Herr Graf«, lenkte er ab: »Also dös – dös is scho a ganz a feine Bewirtung gwen gestern! Do – do muaß i mi scho noch extra bedanka ...«

»Ja, kriege ich denn nun endlich das Holz oder nicht?« fuhr der Graf ungeduldig aus sich heraus und war drauf und dran, loszudonnern. Doch der Hernlochner schüttelte nur den Kopf bedächtig.

»Ah, i konn's net macha, Herr Graf ... Nana, dös geht net ... Es regnt aa gor a so! I möcht net«, lehnte er beharrlich ab und blieb dabei. Schimpfend und fluchend stürzte schließlich der Graf zum Stall hinaus, in seinen Wagen hinein. Der Hernlochner trat durch die offengelassene Türe und schaute dem umkehrenden Gefährt nach. Er hatte ein verhalten-zufriedenes Gesicht.

Es regnete noch immer. Der Bauer hob seinen Kopf und lugte in den grauen Himmel.

»Jaja«, brummte er in sich hinein, »jaja, a so a Regn is wos Guats! Wos ganz wos Guats!« Er tappte in den Stall zurück und ergänzte: »Und a so a Haus is wos Praktisch's.« Verkniffen lachte er in sich hinein.

Seit dieser Zeit ist der Graf Teiß bitterfeind mit ihm.

Der Rächer

I

Der Joseph Hirneis, oder wie er später geheißen wurde, der »Ferkelsepp«, kannte seinen Vater nicht. Von seiner Mutter, die mit ihm schon Jahr und Tag als Dorfarme im Gemeindehaus lebte, erfuhr er nur, daß derselbe durch einen Unglücksfall umgekommen sei. »Der Herr gib ihm die ewige Ruh'«, sagte sie dabei und setzte sich mit dem Buben an den Tisch, zündete ein geweihtes Wachs an, wickelte den beinernen Rosenkranz um die Finger, faltete die Hände und betete einen Rosenkranz. Nachdem sie damit fertig war, hielt sie eine Weile ein, schaute den Buben fast schmerzhaft an und seufzte schließlich: »Jaja, so ist's halt auf der Welt, so geht's halt, Sepp!« Dann richtete sie sich auf und arbeitete wieder. Dieses Rosenkranzbeten wiederholte sich in jedem Jahr an einem bestimmten Tag. Sogar die gleichen Worte sagte sie beim Abschluß jedesmal. Als der Bub einmal Genaueres über den Unglücksfall und Tod seines Vaters wissen wollte, sagte sie kurzerhand: »Besser ist's, du erfahrst es nie, basta!« Ungewohnt bestimmt, beinahe gereizt sagte sie das, und der Sepp fragte nicht mehr. Einmal aber – er mochte damals sieben oder acht Jahre alt sein – als er beim Heimgang von der Pfarrschule im Söllingerholz Schwammerl brockte, stieß die alte Beilhammer-Marie auf ihn, und die sagte weiberherzlich: »Soso, brockst Schwammerl, Sepperl? Schwammerl für d' Mutter? Soso!« Und weil die anderen Schulkinder den schwächlichen »Bettlmannsbuben« nicht mochten und er auch sonst nie etwas Gutes von den Leuten zu hören bekam, schaute sie der Sepp dankbar-zutraulich an. Da strich das alte Weib über seinen Kopf und sagte: »Armer Kerl, armer! Was kannst denn du dafür!« Und sie deutete hinüber aufs Dorf und erzählte ihm, daß sein seliger Vater leider Gottes ein arger Luftikus gewesen sei, und daß ihm einmal der Söllingerhof gehört habe, und »noja, er hat halt 's Bier gar gern mögen und an keinem Wirtshaus vorbeigehn können, Sepperl, und da ist ihm im Rausch halt was passiert ... Hmhm, ganz arg ist's gwesen ...«

»Arg? ... Was denn?« fragte der Bub. Die Alte drückte herum, aber soviel kam schließlich doch heraus, daß der Hirneis selig beim Heimgehn in der stockdunklen Nacht in den Bach gefallen und ertrunken sei. Offenbar merkte sie, daß sie zu weit gegangen sei, und milderte ab: »Nana, Sepperl, unrecht ist dein Vater nicht gewesen, durchaus nicht! Ein Lump wie sein Bruder Hans ist er nicht gwesen, durchaus nicht ... Der Hallodri ist ins Amerika, und wissen tut man seitdem nichts mehr, aber dein Vater – mein Gott, er hat halt 's Bier zu gern gehabt ... Und haufenweise Schulden hat er ghabt, und wie er im Gottesacker gelegen ist, hat der Söllinger deiner Mutter den Hof abghandelt ... Seitdem sitzt s' mit dir im Gemeindehaus, Sepperl ...« Der Bub hockte neben ihr und schaute sie fort und fort staunend und stumm an, und da sagte sie auf einmal: »Aber gell, Sepperl, sag nichts, wer dir das gsagt hat ... Gell!« Der Bub versprach es, und er hielt auch noch Wort, als viel später Dorfleute Andeutungen darüber machten. Sein Leben lang blieb er ein wortkarger, verschlossener Mensch mit seltsam bösen Augen, aus denen nichts als Abweisung und Mißtrauen schauten. Sogar seine Mutter schien er nicht zu mögen, und es sah stets aus, als seien ihm Weiberleute tief zuwider. Ob sie spöttelten oder schmeichelhaft zutraulich wurden, nichts wirkte auf ihn. Das einzige, was er einmal zu einer sagte, war: »Mit einem Weiberts einlassen macht bloß Umständ ... Ein Notschnapper wie ich ist besser dran, wenn er allein bleibt ...« Das traf ja auch zu, und sonst irgend etwas Einnehmendes hatte er auch nicht. Schon als Heranwachsender sah sein hageres, derbknochiges Gesicht alt aus.

Nach seiner Schulentlassung kam der Sepp als Knecht in den Reinalterhof. Es waren vier Knechte und zwei Mägde da. Fünf Jahre stählten den wachsenden Körper und ergossen offenen und versteckten Hohn auf den »Bettlmannsbubn.« Als er zwanzig Jahre alt war, auf Maria Lichtmeß, wechselte der Sepp seinen Dienstplatz und trat beim Söllinger ein, dessen Gehöft auf der runden Anhöhe vor dem Dorfe lag.

Rechts vom Söllingerhof, nah am Waldrand, hockte die baufällige Hütte des Gütlers Johann Pfremdinger, den man im ganzen Umkreis »den letzten Mensch« hieß, weil er die bigotte alte Pfanningerin zur Haushälterin hatte und im allgemeinen sehr schlecht auf die Weiber zu sprechen war. Wenn man ihn ärgern wollte, brauchte man bloß eine junge Dorfmagd oder Bauerstochter des Sonntags an seinem Haus vorbeigehen lassen. –

Rundherum lagen die Felder Söllingers, weit verstreut die zwei Tagwerk Pfremdingers, und oft, wenn der alte Häusler zur Erntezeit schwerfällig und mühsam auf den Fußwegen durch die Wiesen des Bauern ging, um auf seine Grundstücke zu gelangen, sagte der letztere mürrisch zu ihm: »Bist saudumm, Hans! – Wennst tauschen tät'st mit meinem Rainacker, hätt'st alles ums Haus ... aber mit dir kann man ja nicht reden!«

»Auf'm Rainacker wachst das nicht wie bei mir«, gab ihm der »Letzte Mensch« stets mit der gleichen Beharrlichkeit zurück und trottete weiter. –

Die Jahre vergingen, der Peter Söllinger wurde unterdessen zum Bürgermeister gewählt und kam eines Tages in den Stall zum Sepp, sagte: »Das geht jetzt nimmer, daß die Gemeinde deine Mutter aushält. Du bist ein mordsstramms Mannsbild geworden und kannst selber für sie aufkommen. Der ›Letzte Mensch‹ wird sterben. Alsdann kommt die Pfanningerin ins Gemeindehaus.«

Der Sepp nickte ohne ein Wort.

»Da draußen kann s' nicht bleiben, die Pfanningerin«, fuhr der Bauer fort, indem er eine verächtliche Geste in die Gegend des Pfremdingerhauses machte, »die alte Kalupp' paßt grad noch für einen Heustadel.«

Und wieder nickte der Sepp.

»Herrgott, bist dir du ein Hackstock!« stieß der Bauer heraus und ging kopfschüttelnd und brummend aus dem Stall. Die Knechte lachten.

Der Sepp ging nach Feierabend zu seiner Mutter ins Gemeindehaus und brachte ihr die Nachricht. Die Alte sah ihm nur in die Augen. Dann sagte sie: »Jaja, ist auch wahr, die alte Pfanningerin ist ja auch älter wie ich.« Spät, nachdem seine Mutter längst schlief, zählte Sepp sein erspartes Geld. Zählte, zählte, dachte, dachte, berechnete, berechnete.

Am andern Tag, während der Arbeit, hielt er manchmal ein und schaute ins Leere, öfters sah man ihn jetzt nach Feierabend in die Pfremdingerhütte gehen. »Was er nur immer beim ›Letzten Mensch‹ anfängt, der verschloffene Kerl!? Er möcht' wohl gar Häusler werden?« munkelten die Knechte, und der Söllinger schaute dem fast furchtsam Davonschleichenden mit finsterem Blick nach. –

Die Sterbeglocken klangen dünn durch die Luft. Mit dem alten Pfremdinger ging es zu Ende. Die Pfanningerin, der Pfarrer, die Hirneisin und ihr Sepp standen in der niederen Kammer um das Bett. Ganz zuletzt wälzte sich der Häusler nochmal herum. Schon drehten sich seine Augen.

»Er soll's haben, Hochwürden! Aber die Hälft gehört der Kirch« hauchte er röchelnd heraus.

»In Ewigkeit, amen«, murmelte, sich bekreuzigend, die alte Pfanningerin. Der Pfarrer sah den Sepp an und nickte. –

»Hab's denkt, daß er's kriegt, wenn er fleißig in die Kirch rennt und um den Pfarrer herumschlieft ... So was tragt immer was ein«, hieß es im Dorf, als verlautbarte, daß der Hirneis-Sepp das Pfremdingeranwesen von »Herrn Hochwürden zudiktiert« bekommen habe.

Acht Tage nach dem Begräbnis fuhr der Sepp auf einem Schubkarren die spärliche Habschaft seiner Mutter ins Pfremdingerhaus und am darauffolgenden Tag die Sachen der alten Pfanningerin ins Gemeindehaus. Hinter manchem Fenster stand ein Gesicht, das ungefähr ausdrückte: »*Der* hat's leicht. Der kann sein Zeug auf dem Schubkarren fahren.«

Gut ein Vierteljahr war Stille. Wenn die Mäher beim Morgendämmern auf die Felder gingen, sang immer schon die Sense Sepps unter dem flinken Wetzstein. –

Dann kam das Unglück. Die einzige Kuh im Hirneisstall ging ein. Notschlachtung mußte vorgenommen werden. Die Bauern kamen, musterten das Fleisch mißtrauisch, kauften, schimpften: »Weißt vielleicht nicht, narrischer Betbruder, daß d' Suppenbeiner Zuwaag sind!« und einige wieder sagten in beinahe mitleidigem Tonfall: »Ja, mein Gott, Bauer sein ist nicht so einfach! Sonst tät's ja jeder machen.«

Drei Wochen nachher begrub man die alte Hirneisin.

»Wärst Knecht blieben, wär gscheiter gewesen«, sagte der Söllinger zu seinem ehemaligen Knecht. »Wenn's einmal angeht, hört's so schnell nicht mehr auf.« –

Der Sepp stürzte sich in die Arbeit. Der Pfarrer kam ein paarmal ins Haus und sah nach.

»Eine Kuh halt, eine Kuh, Herr Hochwürden!« murmelte der Sepp hin und wieder dumpf.

»Der Herr hat's gegeben – der Herr hat's wieder genommen«, antwortete der Geistliche nur. –

Und der Sepp verkaufte Heu und die letzten zwei Säcke Korn. Droben auf dem schmalen Streifen über den Söllinger-Feldern hatte er das im letzten Jahr noch angebaut. Vom Rainalter lieh er sich damals den Fuchsen und den Pflug und ackerte. Seine Mutter humpelte hinterdrein und säte. –

Es war Ferkelmarkt in Greinau. Die ganzen Bauern aus der Umgegend standen gruppenweise auf dem Platz vor der Gastwirtschaft *Zur Post,* handelten hartnäckig herum mit den

Händlern und kauften endlich. Die eingepferchten jungen Ferkel machten einen Heidenlärm, die Pferde scharrten ungeduldig und wurden grob zurückgerissen. Die Wirtsstube war voll besetzt. Aus und ein ging man, redete, schmauste, und knarrend und knirschend, in scharfem Trab, rollten die Wägelchen davon.

Schüchtern kam tief am Nachmittag der Sepp an. Die Bauern stießen einander, als sie ihn sahen, zwinkerten, tuschelten spöttisch.

»Jessers! Jessers! Jetzt wird's besser, der Bettelmann-Sepp kauft Ferkel!« lachte der pralle Postwirt aus einer Gruppe, und alle richteten geringschätzige Blicke auf den Häusler. Schweigsam und scheu umschritt der die Ferkelsteigen. Es wurde schon leerer auf dem Platz.

»Paß fei auf, daß sie dir nicht im Sack dersticken, Sepp!« warf der Söllinger vom Wagen herab dem Sepp zu, als er sah, daß dieser zwei laut grunzende Ferkel in seinen Sack zog. Sein hämisches Lachen schnitt die Luft auseinander. –

Dämmer stieg schon von den Feldern auf. Nacht sickerte gelassen vom Himmel. Der Sepp schritt beschwerlich aus. Die Ferkel rumorten immerzu im Sack auf seinem Rücken. Er mußte fest zuhalten, daß ein Krampf langsam in seine Arme rieselte. Aber die bogen sich wie aus Eisen von der Brust über die Schultern. Die Schritte hallten vereinsamt. Es war weitherum still.

Jetzt waren auch die Ferkel still geworden, ganz still. Auf einmal merkte es der Sepp. Ein Schreck durchfuhr ihn. Jähe Mattigkeit fiel bleischwer in seine Kniegelenke. Er rüttelte den Sack vorsichtig, fast wie einer, der zwischen Hoffnung und Angst vor der Gewißheit schwankt und nicht mehr aus noch ein weiß.

Nichts.

Er rüttelte stärker.

Nichts. –

Inzwischen war er an der schmalen Brücke nahe vor dem Hügel angelangt, auf dem das Söllingergehöft mit gelben Augen hockte.

Der Bach murmelte gleichmäßig.

Schweißtriefend zerrte der Sepp den Sack auf die Brücke, wollte – in unseliger Verzweiflung an den Spott Söllingers denkend – nachsehen. Da – da – wupp! – fiel der Sack in die Tiefe. Es platschte. Breite Ringe warf das Wasser, und jetzt plärrten plötzlich die Ferkel heulend auf. Es gurgelte etliche Male und war jäh still.

Mit einem furchtbaren Aufschrei sprang der Sepp ins Wasser, tappte wie ein schwimmender Hund ungelenk auf der Oberfläche herum, weinte, hustete, tauchte, schrie, brüllte. – Am andern Tag fischten die zwei Bürgermeisterknechte den leeren, zerrissenen Sack mit den Heugabeln aus dem Wasser und spießten ihn auf einen Zaunpfahl vor dem Sepp seinem Häuschen. Dann klopften sie, aber niemand gab an.

Das ganze Dorf lachte knisternd.

Als man drei Tage niemanden aus und ein gehen sah beim Hirneis, schickte der Söllinger den Nachtwächter und Gemeindediener Peter Gsott hinaus. Der klopfte wieder und wieder, drohte mit wütenden Flüchen, als niemand angab, und holte dann den Schmied zum Türöffnen.

Die beiden fanden den Sepp in der Schlafkammer auf dem Bettrand hockend und wie irr ins Leere glotzend. Einen Augenblick zwang ihnen dieser Zustand Schweigen ab. Endlich sagte der Schmied: »Was hast denn, Sepp, daß du dich einsperrst?«

Aber der Angesprochene gab keine Antwort und machte nur mit der Hand einige lahme, wegwerfende Gesten.

»Dein' leern Sack haben die Bürgermeisterknechte gfunden! Die Ferkel selber sind ersoffen!« sagte alsdann der Peter Gsott im konstatierenden Gemeindedienerton. Als die beiden Männer endlich sahen, daß Sepp beharrlich mit der gleichen Apathie antwortete, gingen sie und meldeten dem Bürgermeister, daß der »spinnerte Kerl« schon noch lebe. Er sei, meinten sie, bloß ein wenig irr noch. –

Im Dorf ging daraufhin die Rede: »Der Sepp hat 's Spinnen angfangen wegen seiner ersoffenen Ferkln!« Von da ab bekam er den Spitznamen »der Ferkelsepp«.

Man sah ihn nur ganz selten nach diesem Vorfall. Er bog nur manchmal scheu ums Hauseck und ging einsam dem Wald zu.

Um diese Zeit kam einmal zum Bürgermeister Söllinger eine seltsame Nachricht aus Amerika, betreffend die Familie Hirneis oder deren Nachkommen. Der Bauer, der sich nicht recht auskannte, schickte zum Pfarrer, und dieser wiederum entzifferte, daß die Familie Hirneis (Überlebende oder Nachkommen) infolge des Todes eines Bruders des seligen Vaters vom Sepp zur Generalerbin einer außerordentlichen Hinterlassenschaft in barem Geld eingesetzt sei und den Betrag von einer Bank in Hamburg einverlangen könnte, sobald der Nachweis der Erbberechtigung erbracht sei. –

Als der Pfarrer dies dem Söllinger auseinandersetzte, erbleichte der Bauer sichtlich und blieb eine ganze Weile stumm.

»Ruhig beibringen ist 's beste ... Ich geh selber 'naus zum Sepp«, sagte der Geistliche nach einigem Schweigen, nahm seinen Hut, steckte das Papier zu sich und begab sich zum Hirneis-Sepp.

Ins Haus getreten, bemerkte er diesen dösig neben dem Herd hockend, und als der geistliche Herr in vorsichtigem Tonfall seinen Namen rief, sprang er plötzlich auf, schlüpfte, so schnell es nur ging, furchtgepackt in das rußige Holzloch unter dem Ofen und gab keinen Laut von sich. Eine Zeitlang stand der Geistliche ratlos da. Endlich fand er wieder zum Entschluß zurück.

»Geh 'raus, Sepp!« sagte er sanft: »Wir wollen wieder eine Kuh kaufen und Ferkel.« Der Sepp räkelte sich erst und schlüpfte dann vollends aus dem Loch. Seine Blicke waren mit einer schmerzvollen Bitthaftigkeit auf den Pfarrer gerichtet. »Und dein Häusl, Sepp, das werden wir auch wieder richten lassen. Es ist arg baufällig«, ermunterte dieser den Zögernden. Und als der Sepp endlich aufrecht stand, nahm ihn der Geistliche am Arm und zog ihn sacht hinaus ins Freie.

Frische Frühe lag über den Feldern. Die Wiesen dufteten schwer. Die Sonne stieg langsam in die Mittagshöhe.

Wie zwei Kranke schritten die beiden dahin. Der Söllinger wagte nicht herauszutreten, als sie vorbeikamen. Er lugte nur mißmutig durchs Fenster.

Im Pfarrhaus angekommen, sagte der Geistliche zum Sepp: »Du mußt jetzt eine Zeitlang bei mir bleiben ... Die Marie wird dir ein Zimmer einrichten, bis dein Häusl fertig ist. Bis dahin ist auch wieder Viehmarkt in Greinau.«

Als verstehe er von alledem nichts, als höre er nur einen erleichternden Ton aus den Worten, stand der Sepp da und schwieg. Allmählich glättete sich sein Gesicht.

Drei stille Wochen glitten dahin. Jeden Tag saßen die zwei zusammen in der Pfarrstube oder gingen manchmal im Garten umher. Langsam wurde der Sepp ruhiger. Aber von Zeit zu Zeit konnte man ein tückisches Aufblitzen in seinem knöcherigen, schweigend gefalteten Gesicht wahrnehmen. Doch die väterliche Arglosigkeit seines Pflegers machte ihn nach und nach etwas zutraulicher und offener. Manchmal des Abends, wenn der Geistliche aus einem Gebetbuch laut einige Stellen vorlas, hob der Häusler den Kopf und lauschte aufmerksam. Es schien, als falle Stück für Stück von dem Feindseligen ab, das hinter seinen frühen Falten brütete, und lebhafter kreisten seine Augen.

Endlich, nach einem Monat, eröffnete der Pfarrer seinem Pflegling die Nachricht aus Amerika.

Der Sepp begriff anfänglich nicht. Dies erkennend, legte der Geistliche das Papier auf den Tisch.

»Du bist jetzt ein reicher Mann geworden, Sepp ... Ein sehr reicher Mann«, sagte er. »Du kannst dir hundert Kühe kaufen, ein Haus und so viel Ferkel wie du willst. Es ist von jetzt ab keiner mehr im ganzen Umkreis, der nur ein Drittel so viel Geld hat wie du ... Begreifst du? ... Unser Hergott hat dir geholfen ... Es geht alles seinen gerechten Gang, wenn er es will.«

Der Sepp schien die letzten Worte nicht mehr zu hören. Eine Gier flackerte in seinen Augen, und der ganze Ausdruck seines Gesichtes war plötzlich völlig verändert.

»Ich ... ich kann also auch das Söllingerhaus ... und das vom Rainalter kaufen?« fragte er hastig und gedämpft.

»Das kannst du, wenn sie wollen«, nickte der Geistliche. »Du kannst zehn solche Häuser kaufen, wenn du willst.«

»Zehn?!« stieß der Sepp lauernd heraus und bohrte seine Blicke in die Augen des Pfarrers.

»Es ist sehr viel Geld«, gab der zurück.

»Und«, fuhr der Sepp fort, fiebernd vor Unruhe, aber scheu, als lausche an den Wänden irgendein ungebetener Gast, »und ich krieg' das ganze Geld in die Hand ... Ich brauch' nur schreiben lassen?«

»Ja, wenn du willst«, war die Antwort.

»Ja!! ... Ja, gleich! ... Gleich! ... Ich will!« keuchte der Sepp verhalten.

»Gut«, sagte der Pfarrer und ging an den Tisch, »ich schreibe.«

»Und – und die Häuser vom Söllinger ... Und – und vom Rainalter?« fragte der Sepp wiederum beharrlich.

»Die ...? Die werden kaum feil sein«, antwortete der Geistliche und stutzte kurz: »Was willst du denn mit so viel Häusern?« Scheinbar arglos schaute er dem Sepp in die unruhigen Augen, und der sagte nichts mehr. Mild lächelte der Pfarrer und schloß: »Jetzt schreiben wir erst einmal, daß du zu deinem Geld kommst.«

Stumm und verschlossen saß der Sepp da. Zitternd setzte er seinen Namen unter das Schreiben, das ihm der Geistliche vorgelesen und an manchen Stellen mit einfachen Erläuterungen verdeutlicht hatte.

II

Schnell wurde die Riesenerbschaft vom Ferkelsepp im Dorf und in der Pfarrei bekannt. Betroffen erzählten die Bauern davon, und seltsamerweise beschlich manchen eine unbehagliche Angst, ja fast eine dunkle Furcht. –

Der Baumeister von Greinau, Michael Lindinger mit Namen, wurde ins Pfarrhaus geladen. Der Sepp lächelte schräg, als der Mann eintrat, und beauftragte ihn, einen Plan für ein neues Haus zu bringen. Trotz der Einwendungen des Pfarrers wurde der Umbau des alten Anwesens abgelehnt.

Dem Sepp seine Rede war jetzt sicher geworden, fast bestimmt.

»Ein neues Haus muß her!« sagte er beharrlich.

Und der Baumeister erwiderte pfiffig: »Ja – schon lieber was Neues als Flickwerk ... Das taugt ein paar Jahre, dann geht's wieder von vorn an.«

Das entwaffnete den Geistlichen. Der Plan wurde gefertigt, der Auftrag gegeben. Die ehemalige Pfremdingerhütte krachte zusammen mit allem, was sie barg. So hatte der Ferkelsepp es gewünscht, steif und fest. Alles Dawider des Pfarrers nützte nichts.

Krachte zusammen.

Und die Dörfler standen herum, schwiegen, staunten, starrten. Vom Pfarrhausfenster aus überschaute der Sepp den Vorgang.

Auf einmal begann der Hausfirst zu wanken, bröckelte, krachte. Die Herumstehenden rannten auseinander, und zuletzt war minutenlang eine ungeheure Staubwolke. Dann, als es wieder lichter geworden war, lag ein riesiger Trümmerhaufen da.

»Das ist nicht recht!« rief der Pfarrer hinter ihm. Der Sepp hatte ihn nicht eintreten hören und riß sich erschrocken herum. Reglos standen sich die zwei gegenüber. Seitdem begegnete der Sepp seinem Pfleger mit verstocktem Schweigen. Er mied ihn. – –

Der Bau wurde begonnen. Ein ganz seltsames, unpassend protziges Haus mit einem breiten, vier Stockwerk hohen Turm mitten in der Vorderfront zeigte der Plan. Der Pfarrer schüttelte den Kopf und wurde verstimmt, als sich der Sepp diese Schrulle nicht ausreden ließ. Gegen dessen Hartnäckigkeit war nicht mehr aufzukommen.

»Es ist dein Haus und dein Geld, Sepp ... Ich wünsch' dir

bloß, daß unser Herrgott dir Glück und Segen bringt«, sagte er schließlich zu seinem ehemaligen Pflegling und vermied es seitdem, sich einzumischen. Er überließ den Sepp sich selber und kam kaum mehr in sein Zimmer. Jeden Abend kam Lindinger ins Pfarrhaus und berichtete über den Stand, machte Vorschläge, legte Rechnungen vor. Sein fast beteuerndes, sich immer wiederholendes: »Sie ist narrisch teuer, die Sach ... narrisch teuer!« ließ den Sepp lächeln.

»Macht nichts ... macht gar nichts«, versicherte er stets darauf.

»Tja ... Es ist gut, daß es wieder Arbeit gibt«, meinte dann der Maurermeister meistens und ging.

Kaum war er draußen, schrumpfte der Sepp im Lehnstuhl zusammen. Das Kinn schob sich vor, nur die Pupillen kreisten im Raum.

An einem der Abende, als eben der Lindinger das Zimmer Sepps verlassen hatte, trat der Pfarrer ein. Der Sepp stand auf und wandte ihm den Rücken zu. –

»Gelobt sei Jesus Christus«, brachte der Geistliche nach einigem Schweigen heraus.

Ohne sich umzuwenden, nickte der Sepp. Dann ging er ans Fenster, deutete in die Talmulde, die der erste Mond silbern bestrich.

»Hähähä – hä – hä, wird hoch, der Turm, hoch!« keuchte er, reckte den Kopf störrisch vor, nah an die Fensterscheibe: »Wenn man ganz droben ist, kann ich über jeden Hof schauen.«

Unschlüssig stand der Geistliche da und schwieg.

»Zum Söllinger kann ich 'nunterschaugn und aufs ganze Dorf«, redete der Sepp weiter, ohne ihn zu beachten.

»Die zwei Kirchenfenster?« fragte endlich der Pfarrer verschüchtert und hielt plötzlich im Wort inne, als sich jetzt der Sepp hastig umwandte.

»Zwei? ... Sechs!! ... Sechs Fenster! ... Und neue Glocken, damit ich's hör' in der Früh!« überflügelte dieser ihn. »Da muß die Luft zittern, wenn *die* läuten! Schafft sie an! ... Morgen! ... Gleich ...! Gleich! ... Und drei neue Meßgewänder! ... Müssen fertig sein zum Jahrtag meiner Mutter! ... Bestellts auch gleich! ... Gleich!«

Wie von einem wilden Strudel hochgetrieben, stürzten die Worte aus ihm.

Mit ernstem Gesicht verließ der Pfarrer das Zimmer. Lange noch hörte ihn die Marie im Zimmer auf und ab gehen und laut beten. –

Klare, kalte Märztage zeigten das hereinbrechende Frühjahr an.

Der Sepp ging manchmal aus. Selten suchte er den Bau auf. Nie beschritt er ihn. Immer bog er scheu ums Dorf. Und stapfte auf die Sandgrube zu, aus der man den Kies für das Haus holte. Es schien ihn dort etwas zu interessieren. Er stand meistens oben auf dem Rand und überschaute die zackige Mulde.

Böhmen und Italiener arbeiteten auf Taglohn dort und sprengten hin und wieder einen Felsen, wenn an einer Stelle der Kies ausging.

Eben lud man wieder. Der Sepp war ganz nah herangekommen, stand wie witternd, mit spähendem, vorgebeugtem Kopf da und sah aufmerksam auf jede Bewegung des Lademeisters.

»Und das – das reißt alles ein? Mit *einem* Krach?« fragte er den Sprengmeister gespannt. Der Mann nickte und murmelte ein paar unverständliche Worte. Dann entzündete er ein Streichholz und steckte die Zündschnur an. Alles rannte aus der Grube, wartete bis es knallte.

Als das geschehen war und die Leute wieder in die Grube zurückgingen, sah man den Sepp im Türrahmen des Werkmeisterhauses stehen. Er ließ sich das Pulver zeigen, rieb es merkwürdig lange auf seiner flachen Hand und sagte harmlos zum Werkmeister: »Und so ein Staub hat's drin, daß alles in die Luft fliegt? ... Hm-hmhm!« Er ging wieder. –

Der Nachtwächter Peter Gsott glaubte bemerkt zu haben, daß eine männliche Gestalt am Rand der Sandgrube auftauchte, sich schwarz vom bleichen Mondhimmel abhob, dann aber plötzlich, wie in den Erdboden gesunken, verschwand.

Der Werkmeister schimpfte die Sprenger, daß sie soviel Pulver brauchten. Es entstand ein Streit. Ein Italiener brüllte, daß die ganze Grube hallte. Auf einmal kam man ins Handgemenge. Ein furchtbares Raufen entstand. Der Werkmeister bekam einen Schlag auf den Kopf und mußte ins Krankenhaus gebracht werden. Am anderen Tag verhafteten die Gendarmen von Greinau zwei Böhmen und einen Italiener, der beim Söllinger auf der Tenne logierte. Er hatte sich im Taubenschlag verkrochen, und als man ihn herunterholte, stieß er furchtbare Drohungen auf den Bürgermeister aus, die aber niemand verstand. Anscheinend glaubte er, die Leute hätten ihn verraten.

Der Sepp begegnete der Haftkolonne und musterte die drei Burschen sehr genau, auffallend genau. Später kam er ins

Dorf, ging ins Bürgermeisterhaus und riß hastig die Stubentür auf. Der Söllinger war so verdutzt, daß er nicht gleich ein Wort herausbrachte. Ehe er sich's versah, stand der Sepp ganz nahe vor ihm und schaute ihn funkelnd an.

»Ich möcht' deinen Hof, Söllinger. Gibst ihn net her?« fragte er unvermittelt. Das erst weckte den Bauern aus seiner Bestürzung auf.

»Wos? ... Ich? ... Ich dir meinen Hof? ... Dir? ... Du spinnst wohl noch ärger, seitdem d' stinkst vor Geld?« höhnte er giftig zurück und wollte weiterschimpfen. Doch der Sepp grinste bloß und winkte so wegwerfend ab, daß ihm für den Augenblick das Wort abbrach.

»Also net? ... Er ist dir net feil, oder?« fragte er und ließ den gereizten Bauern nicht aus den Augen. Der kam jetzt völlig in die Wut und bellte ihn sackgrob an: »Was willst du denn auf amal bei mir? Ich hab net gschickt nach dir! ... Geh mir schon aus'm Gesicht, sag ich!« Drohend maß er den Ferkelsepp, aber der ging schon zur Tür und sagte nur noch hämisch: »Er paßt mir nämlich net vor meinen Turm, dein Hof ...«

Als er draußen war, hörte er den Söllinger noch laut fluchen. –

III

Richtig, der eine von den Böhmen hatte damals den Felsen geladen, erinnerte sich der Sepp, und der Italiener, der aus Söllingers Taubenschlag geholt worden war, stand neben ihm, als es krachte. *Dem* konnte man nichts nachweisen und mußte ihn nach vier Tagen wieder aus dem Amtsgerichtsgefängnis entlassen. Nun strolchte er mit finsterem Gesicht umher, und da bei den Bauern von alther der Aberglaube herrschte, daß solche Kerle mit ihren Verwünschungen, kraft einer ihnen innewohnenden dämonischen Macht, Schaden und Unglück anrichten könnten, wagte keiner etwas gegen sein Kampieren in Heustadeln und Tennen einzuwenden. –

An einem Aprilnachmittag traf ihn der Sepp auf der Waldstraße, ging entschieden auf ihn zu und redete ihn an.

»Habts keine Arbeit nimmer kriegt?«

Offenbar verstand der Angesprochene halbwegs, denn er nickte finster.

»Gehts zu meinem Bau ... Verlangts den Lindinger und sagts, ich hab Enk gschickt«, sagte der Sepp.

Am andern Tag schleppte der Italiener auf dem Bau Mörtel. Das Haus wuchs. Der Turm der Vorderfront bedurfte nur noch des Dachstuhls. Beim Söllinger wurde eingebrochen. Man nahm wieder den Italiener fest, obwohl ihn niemand angezeigt hatte. Da man ihm aber auch diesmal nichts nachweisen konnte, entließ man ihn wiederum. Der Sepp traf ihn im Pfarrhaus, nickte schon von weitem grüßend und hatte ein Lächeln wie ungefähr: gut so!

Und wieder arbeitete der Italiener auf dem Bau, finster gegen jedermann, verschlossen und wortkarg, nur etwas aufgeräumter zum Ferkelsepp. –

Die Kirche war nun jeden Sonntag drückend voll. Die sechs Fenster strahlten ihren vielfarbigen Prunk über die Köpfe der Betenden. Einen Monat später erschollen die neuen Glokken erstmalig. Und in der Luft schwang ein summendes Surren weithin.

Wenn man jetzt den Sepp sah, lag über seinem Gesicht etwas wie Sicherheit und Triumph.

Der April zerging in Regen, Schneegestöber und flüchtigen Sonnentagen. Die ersten Maitage ließen die grauweißen Wände des Neubaues sehr schroff leuchten. Man konnte den Sepp ab und zu mit dem Lindinger durch die Räume schreiten sehen. Die Schreiner brachten Möbel. Es ging auf das Fertigwerden zu. –

Es war wahr, was der erste Knecht vom Rainalter sagte, einen solchen Stall trifft man so schnell nicht mehr. Und: eine Lust muß es sein, dort zu arbeiten.

Aber der Söllinger warf verächtlich hin: »Was hilft ihm das schöne Haus und alles, wenn er kein Grundstück hat!«

Und aus dem Reden der Dörfler am Biertisch konnte man deutlich heraushören, daß keiner bereit war, auch nur ein Tagwerk von seinen Gründen abzugeben.

»Unser Heu bleibt unser Heu!« sagte der Gleim-Hans. Und alle nickten.

»*Dèr* kommt schon und will einen Grund! Aber da bleibt ihm der Schnabel sauber«, brummte der Rainalter.

Der Söllinger blickte düster drein und schwieg. –

Pfarrer und Ministrant gingen mit dem Sepp durch die Räume des neuen Hauses, beweihräucherten und besprenkelten alles. Eine Woche später trieben drei Viehtreiber wohl an die zwanzig Kühe auf der Straße von Greinau daher ins Dorf und lieferten sie beim Ferkelsepp ab. Zwei fremde Mägde, ein Knecht und jener fremde Italiener, den man von der Sandgrube davongetrieben und verhaftet hatte, waren da. Und große Heufuhren kamen an, ganz fremde Gesichter blickten von den leeren Wagen herunter, die nachher durchs Dorf ratterten.

»Wenn er jeden Pfifferling kaufen muß, der Ferkelsepp, wird die Herrlichkeit bald ein End haben«, brummten die Bauern. »Mit den paar lumpigen Wiesen kann er grad etliche Küh' füttern ...«

Nach etlichen Wochen kam eine Magd vom Sepp zum Rainalter und zum Gleim-Hans und richtete ihnen aus, die Bauern sollten zu ihm kommen.

»So – sonst nichts?« rief der Rainalter und schaute das dralle Weibsbild verächtlich an. »Sagts, er soll sich einen anderen Dummen suchen ...«

Und –: »Der hat grad so weit zu mir her!« fertigte der Gleim-Hans die Botin ab. –

Gleichsam, als hätte man sie ohne jeden Grund persönlich beleidigt, kam die Dirn zurück und berichtete dem Sepp das Verhalten der beiden Bauern.

»Geh! Ist schon gut!« schnitt dieser ihr das Wort ab, als sie gesprächiger werden wollte. Seine Züge veränderten sich nicht. Nur seine Augen glommen einmal funkelnd auf. –

In der Wirtsstube von Simon Lechl herrschte an diesem Abend ein belebteres Gespräch.

»Jetzt kommt er langsam gekrochen und will Grund«, brummte der Rainalter. »Da kann er alt werden«, erwiderte der Gleim-Hans. Und alle nickten.

»Mit seinem Geldhaufen ist's gar nichts! ... Gründ' machen den Bauern!« sagte der Lechlwirt.

»So ist's«, bestätigte der Söllinger. Und wieder nickten alle. –

IV

Einige Jahre verstrichen. Das kahle, grell-leuchtende Turmhaus am Waldrand nahm mehr und mehr eine verwitterte Farbe an. Bisweilen, wenn die Scheune leer war, sah man die schwarze Kutsche vom Ferkelsepp in scharfem Trab aus dem Dorf rollen, Greinau zu. Vorne auf dem Bock saß der Italiener mit finster gefaltetem Gesicht und schaute nicht nach links und nicht nach rechts. –

An den darauffolgenden Tagen knarrten dann meistens schwerbeladene Heufuhren auf der Greinauer Straße daher und fuhren durchs Hoftor vom Hirneis, in die »Ferkelburg«, wie die Leute den protzigen Bau nannten.

»Nette Wirtschaft!« brummten die Bauern: »Jeden Büschl Futter muß er kaufen!« Halb war es Mißmut, halb Schadenfreude, was auf ihren Gesichtern stand. Die Ernten in dieser Gegend waren überreichlich. Die Aufkäufer, welche aus der Stadt kamen, hatten es leicht und konnten anmaßend sein. Sie minderten die Preise, wo und wie es immer ging. Die Transportkosten bis zum Bestimmungsort mußten die Bauern tragen. Es kostete stets einen ganzen Tag Zeit, wenn ein Dörfler seinen verkauften Hafer, sein Korn oder Heu nach Greinau auf den Bahnhof fuhr und dort in den Waggon lud. In die »Ferkelburg« aber – wie man Sepps Haus nannte – fuhren fremde Heuwagen.

Der Sepp war fast nie zu sehen. Er saß in seiner Turmkammer und sann. Grübelte, als warte er auf etwas. Gleichmäßig und ereignislos verlief die Zeit. –

Durch irgendeinen findigen Kopf angeregt, waren die ganzen Dörfler um Greinau darauf gekommen, daß eine Eisenbahnlinie gerade in diese Gegend notwendig sei. Eine Vereinigung bildete sich, wurde »Lokalverband der Eisenbahn-Interessenten« genannt. Eine Eingabe um die andere bestürmte das Ministerium. Die Regierung nahm endlich Kenntnis davon, der Landtag sprach sich befürwortend aus. Die Eisenbahnlinie wurde genehmigt.

Der Ferkelsepp verfolgte die Berichte im *Greinauer Wochenblatt* eifrig. Man sah ihn jetzt öfters am Gemeindekasten vor dem Bürgermeisterhaus stehen und die Anschläge lesen. Vom Söllingerhügel aus konnte man das ganze hingebreitete Land übersehen.

Da stand er auch.

Und nicht selten. Oft sogar lange. –

An jenem Tag, als die amtliche Bekanntmachung von der Genehmigung der Eisenbahnlinie angeschlagen war, wandte er sich behend und überblickte die Weiten. –

»Hm! –Jetzt!« stieß er plötzlich heraus, nickte etliche Male und ging zuversichtlich von dannen.

Erst nachdem er in der Tür der »Ferkelburg« verschwunden war, trat der Bürgermeister aus seinem Haus und heftete die Bekanntmachung der großen Versammlung im Gasthaus *Zur Post* in Greinau in den Kasten.

Am darauffolgenden Sonntag war der Tanzsaal der Postwirtschaft zum Bersten voll. Die Bauern aus der ganzen

Umgebung waren zusammengeströmt. Die bejahende Entschließung der Regierung wurde bekanntgegeben. Die ganze Versammlung brüllte und klatschte begeistert. »Eine Bahn muß her!« erscholl es von allen Seiten. Es gab schwere Räusche. –

Schon nach einer knappen Woche erschienen die Vermessungsbeamten im Dorf und wurden mit ehrwürdiger Neugier empfangen. Sie durchschritten die Felder, steckten weißrote Fahnen auf, kamen immer näher an die Häuser heran, zogen eine Linie durch Rainalters Garten, über das Gehöft Söllingers hinweg.

Die Hände in den Hosentaschen, schweigend und gewichtig sahen ihnen die Bauern erst zu.

»Also, so ging's?« fragte der Gleim-Hans einen Vermesser.

»Jawohl, ganz so«, erwiderte dieser und war schon wieder weiter.

»Hm«, brummte der Gleim-Hans, hob den Kopf und sah den Rainalter verwundert an. »Müßt' also mein halber Garten weg?« sagte dieser und sah den Geometern nach. Die entfernten sich mehr und mehr. Weiter ging es. Über das Gehöft Söllingers hinweg.

»Hoho! Da wär' demnach das ganze Bürgermeisterhaus im Weg!« stieß jetzt der Rainalter fast entsetzt heraus und sah betroffen, mit offenem Maul, auf den Gleim-Hans: »Das wird sauber! Gibt's nicht!«

»Gibt's nicht!« schrie auch der Gleim-Hans.

»Und – schau nur – durch meine schönsten Gründ' ging's!« rief der Rainalter, als eben die Vermesser die Linie durch seine Weizenlende zogen, fäustete seine Hände drohend und polterte abermals: »Gibt's nicht!«

Und auf der Stelle gingen die beiden zum Söllinger hinauf und erhoben lebhaften Einspruch gegen dieses Vermessen.

»Dein Haus soll weg! ... Dein Anwesen, Söllinger! Und unsere schönsten Gründ' wollen s'«, schrie der Rainalter aufgebracht. Und der Gleim-Hans, der sich schon wieder ermannt hatte, sagte drohend: »Sollen nur kommen und mir durch meinen Acker bauen!«

Der Bürgermeister war wutrot bis hinter die Ohren, schlug gewaltig in den Tisch und rief ebenfalls: »Gibt's nicht! ... Gleich morgen fahren wir zum Bezirksamtmann!« Als die beiden Bauern aus dem Bürgermeisterhaus traten, stand der Sepp am Rand des Hügelrückens und sah den Vermessern gespannt nach.

»Hm! – Der Ferkelsepp ...?« brummte erstaunt der Rainalter.

»*Den* freut's, weil sie ihm keine Gründ' nehmen können!« rief der Gleim-Hans wütend und so laut, daß es der Sepp bestimmt hören mußte.

Das ganze Dorf war am nächsten Tag in Aufruhr. Man riß überall die weißroten Stangen heraus, zerbrach sie. In aller Frühe fuhren der Söllinger, der Gleim-Hans und der Rainalter nach Greinau zum Bezirksamtmann und verlangten schimpfend eine sofortige befriedigende Regelung der Angelegenheit. Sie schrien, fluchten und drohten zuletzt auf das gefährlichste. Der Bezirksamtmann rannte erregt in seinem Arbeitszimmer auf und ab, gewann aber dann die Ruhe wieder und zuckte mit den Schultern: »Ja, meine Herren, wenn keiner durch seinen Acker die Linie laufen läßt, dann gibt es eben keine Bahnstrecke!«

»Wir pfeifen auf eine!« riefen die drei Bauern zugleich.

Der Bezirksamtmann machte ihnen klar, daß der Beschluß der Regierung nicht rückgängig gemacht werden könne, daß doch angemessen entschädigt werde, und daß – die Herren der betreffenden Instanzen doch keine Kindsköpfe seien und doch – –

»Das ist ganz gleich! ... Uns ist's schon ganz gleich! ... Die Bahn kommt nicht! ... So nicht!« fuhr ihm der Söllinger völlig respektlos ins Wort. Und vertrat starrköpfig den Standpunkt seiner Begleiter.

Schließlich, nach langem Hin und Her, wurde beschlossen, eine Versammlung der Eisenbahninteressenten einzuberufen.

Bis auf die Straße heraus standen am nächsten Sonntag die Bauern, die sich beim Postwirt in Greinau zusammengefunden hatten. Zeitweilig entstand ein gefährliches Gedränge vor der Saaltüre. Stürmisch ging es zu. Ein Regierungsvertreter war erschienen. Er wurde niedergeschrien, als er betonte, daß – wenn die Abgabe der Gründe nicht gutwillig geschehe – einfach abgeschätzt werde.

»Einfach abgeschätzt! Einfach abgeschätzt! ... Was soll denn das heißen? ... Etwa gar, daß einem einfach die Äcker abgenommen werden?« hieß es.

Die Bauern wurden wild, standen auf, richteten sich drohend gegen die Tribüne. Die auf der Straße Stehenden zwängten sich gewaltsam herein.

»Gibt's nicht!« schrie der ganze Chor. Ein ungeheurer Lärm erhob sich. Alles machte Miene anzugreifen. Der Bezirksamtmann fuchtelte völlig ratlos mit den Armen. Der Assessor schwang wehrlos die Glocke. Es half alles nichts. Der Lärm wurde noch ärger.

»'naus! – 'naus! 'naus aus unserm Gau!« brüllte der ganze Saal. Saftige Grobheiten flogen den Herren da droben an den Kopf.

Als nichts mehr auf die tobende Schar einwirken konnte, schrie der Bezirksamtmann heiser: »Die Versammlung ist geschlossen!« und verschwand eiligst mit dem Herrn von der Regierung. Die rebellischen Bauern wurden allmählich wieder ruhig, betranken sich weidlich und hielten die Sache für gewonnen.

Ohne besonderen Zwischenfall verliefen die nächsten Tage.

In seinem Turmzimmer ging der Ferkelsepp auf und ab, blieb hie und da stehen, hob rasch den Kopf und lächelte schmal. Und früh am Morgen, hin und wieder, schritt er über die nebligen Felder.

Inzwischen wurde der Bau der Eisenbahn im Landtag zum Beschluß erhoben. So weit ließ man sich noch ein, daß man Söllingers Haus umkreiste. Dafür lief jetzt die Linie durch seine besten Getreideäcker. Und war beschlossene Sache!

Nächstes Frühjahr sollte die Strecke in Angriff genommen werden. Beim Söllinger liefen die amtlichen Schriftstücke über die abzutretenden Äcker und Felder ein. Die Bauern standen vor den Anschlägen mit verbissenen Gesichtern, brummten und fluchten. Eine furchtbare Erbitterung hatte das ganze Dorf ergriffen. Aber es half alles nichts. Alles nichts!

Und die Schätzpreise waren spottniedrig.

Es gab kein Zurück mehr. Mißmutig grollten die Bauern.

»Eine Bahn! ... Eine Bahn! hat alles geschrien! ... Jetzt haben wir's!« polterte der Gleim-Hans beim Lechl: »Ich habe immer schon gesagt, es kommt nichts Besseres nach. Wo man mit der Regierung zu tun hat, ist Schwindel.«

Und die anderen, die am Tisch saßen, sahen ihn finster an. Finster und besiegt, überlistet und ratlos.

»Müssen ja doch! ... Hilft uns alles nichts!« brummte der Rainalter und spuckte wütend aus. Und manchmal sagte ein Verärgerter: »Ach was – ich verkauf' mein ganzes Zeug dem Ferkelsepp und mach' ihm einen saftigen Preis! ... Der ist froh drum ... Und nachher kann der sich mit der Regierung 'rumstreiten!«

Kaum einer – so schien es – hörte darauf. Aber dann wiederholte es sich des öfteren. Schüchtern klang es erst. Allmählich erzeugte es nachdenkliche Gesichter, und dann – dann sah man eines Tages den Rainalter aus der »Ferkelburg« herausgehen. Keiner fragte nach dem Grund dieses Besuches. Zwei- oder dreimal wiederholte er sich, und wieder einmal fuhr die schwarze Kutsche aus dem Tor der »Ferkelburg«. Rainalter und der Ferkelsepp saßen hinten drinnen, der Italiener auf dem Bock. Es ging Greinau zu.

»Warum hast deine Alte nicht mitgenommen?« fragte der Sepp im Dahinfahren.

»Brummt und brummt bloß! ... Hat keinen Verstand für so was!« antwortete der Bauer mit leichtem Ärger.

»Hat's doch schön jetzt! ... Kann sich in d' Stubn hocken und privatisieren«, meinte der Sepp.

»Freilich! ... Das hab' ich ihr doch schon hundertmal gesagt! ... Aber sie meint halt immer: Der Feschl! Der Feschl – wenn er von der Fremd' kommt – könnt' er eine schöne Metzgerei aufmachen ... Und hat jetzt auf einmal keine Heimat mehr!« redete der Rainalter in die Luft, als spräche er mit sich selbst.

»Aber Geld hat er! ... Einen Batzen Geld!« erwiderte der Sepp darauf, und der Bauer nickte: »Das mein' ich eben auch!«

Nachdem sie das Notariat verlassen hatten, lag auf dem Sepp seinem Gesicht eine freudig erregte Farbe. Er lud den Rainalter sogar zu einem richtigen Schmaus ein, und der Bauer wurde schon nach dem zweiten Krug gesprächig.

»Wär'n noch andre im Dorf, Sepp, die ihr Zeug anbringen möchten, sag' ich dir ... Sind froh, wennst kommst ... Brauchst dich bloß dranmachen«, schwatzte er vertraulich über den Tisch. –

»Brauchen bloß zu mir kommen ... Alle nehm' ich!« gab ihm der Sepp zurück. Über Reinalters Gesicht huschte eine wohlige Röte. Offen und freundschaftlich betrachtete er seinen ehemaligen Knecht.

»Weiß dich noch, wie d' mein Knecht warst, Sepp«, erzählte er: »Hätt'st dir auch den Buckl krummgearbeitet, wenn dein Amerikaner nicht ins Gras bissen hätt'!«

Und der Sepp nickte und schloß mit einem: »Jaja ... so ist's auf der Welt hie und da!« Dann fuhren sie wieder ins Dorf zurück.

Der Rainalter durfte in seinem Haus bleiben und saß von jetzt ab Tag für Tag beim Simon Lechl in der Wirtsstube. Oft kam er angeheitert heim. Dann brummte sein Weib: »Wirst noch grad so wie der dersuffne Hirneis.«

»Haben's doch, Alte! ... Haben's doch!« grölte dann der Bauer bierselig heraus. –

V

Wie immer bei solchen Gelegenheiten, griff die Veränderung der Sachlage mehr und mehr in das Leben der Dörfler ein. Die Kleinhäusler fristeten hierzulande ein hartes Dasein. Ihre kärglichen Feldstreifen trugen nicht genug. Jeder von diesen Leuten war gezwungen, zur Erntezeit und während des Winters beim Holzen bei den Bauern auf Taglohn zu arbeiten. Dieser Verdienst war, wie man sich auszudrücken pflegte, »zum Leben zuwenig und zum Sterben zuviel.«

Diesen Häuslern kam der Bahnbau gelegen. Es gab erträgliche Löhne dort. »Da hab' ich mein'n Batzen Geld und brauch' nicht bitten und betteln bei den Bauern«, äußerte sich der Fendt, dessen baufällige Hütte am Dorfausgang stand. »Ich bleib' überhaupt nicht mehr da«, sagte der Rieminger, »ich verkauf' mein Häusl dem Ferkelsepp und mache eine Wascherei in der Stadt drin auf ... Da hab' ich auf keinen aufz'passen.« Und so geschah's auch. Kaum ein halbes Jahr rann hin, da hatte der Sepp auch das Fendthäusl und den baufälligen Reishof gekauft. Die beiden Häusler bekamen eine beträchtliche Summe und konnten in ihren Häusern bleiben. Der Sepp verlangte nicht einmal Mietzins von ihnen. Das trug sich umher von Ohr zu Ohr. Mit einer gewissen Achtung sprach man davon. –

Der Bahnbau war in vollem Gange. Durch dem Gleim-Hans seine Äcker trampelten die Arbeiter. Dicht hinter dem Söllingergehöft, in den Weizenlenden, wühlten sie den schwarzen Kot aus der Erde. Mit verbissenen Gesichtern schauten die Bauern auf ihre verwüsteten Äcker. Viel Fremdvolk war unter den Arbeitern. Italiener und Böhmen. Es gab Einbrüche, nächtliche Raufereien und Messerstechereien. –

Die Söllingerin bekam die letzte Ölung. Nach einigen Tagen starb sie. Das ganze Dorf und viele Bauern aus der Umgebung standen um das Grab. Die Glocken trugen ihr Läuten durch die Luft.

Der Rainalter sagte beim Leichenschmaus: »Was hast von deinem Leben, Bürgermeister? ... Deine zwei Söhn' sind ja doch schon städtisch, da will keiner mehr an den Pflug und an die Mistgabl!«

Finster sah der Söllinger ins Leere und erwiderte kein Wort. Seine zwei Söhne, der Martl und der Sepp, saßen da und schwiegen gleichfalls. Zwei flotte Burschen waren sie, sahen gar nicht mehr bäuerisch aus, studierten in der Stadt und hatten runde, selbstbewußte, überhebliche Gesichter.

Der Bürgermeister stand auf und ging.

Es war Erntezeit. Die Straße führte an den ehemaligen Rainalterfeldern vorüber und an der Breite des Ignaz Reis. Da arbeiteten die Knechte vom Ferkelsepp, und der Italiener beaufsichtigte sie. Er war ein schweigsamer, finsterer Geselle mit unheimlich tiefglimmenden Augen. Wenn er auftauchte, griffen alle hastiger zu.

Der Söllinger blieb einen Augenblick stehen, biß die Zähne aufeinander und schlug, weitergehend, den Hirschgriffstock fester auf den Boden. –

Den Sepp sah man jetzt tagsüber fast nie. Nur am Abend stelzte er über den Söllingerhügel, blieb manchmal stehen und sah prüfend der Bahnlinie nach. Gebückt ging er. Er trug meistens einen weiten Mantel und hielt einen Stock in der Rechten.

Manchmal, wenn ein Heimkehrender an ihm vorüberging, lag ein kleines, böses Lächeln auf seinen faltigen Zügen. Plötzlich aber verfinsterten sie sich, sein Kopf senkte sich, und hastig trottete er weiter.

Einmal traf es sich, daß er dem Söllinger begegnete. Er blieb stehen und sah dem Bauern lauernd in die Augen. Es war an der Stelle, wo der Bahndamm sich hob, nah am Bachbrücklein.

»Grad deine besten Äcker haben sie hergenommen«, sagte der Sepp.

»Hm!« nickte der Bürgermeister und wußte nicht, wo er hinschauen sollte.

»Wirst alt jetzt, Söllinger! ... Gib's her, dein Anwesen!« begann der Sepp wieder. Der Bauer schüttelte nur störrisch den Kopf und ging wortlos weiter. Aber dieses Mal sah der Sepp noch tief in der Nacht die Stubenfenster im Bürgermeisterhaus leuchten.

Einige Tage später geriet der Heustadel hinter dem Söllingerhof in Brand, und nur mit aller Mühe konnte die Feuerwehr verhindern, daß die Flammen aufs Bauernhaus übergriffen.

Der Italiener Rotti und der Böhme Zdrenka hatten es auf die Bürgermeisterdirn abgesehen. In einer Nacht erstach der Böhme den Italiener. Zwei Gendarmen von Greinau kamen, unruhig wurde es im Söllingerhaus.

Der Bürgermeister schrie auf einmal »Ich mag nimmer!« Und resolut rannte er zur Tür hinaus, geradewegs auf die »Ferkelburg« zu.

Der Sepp empfing ihn freundlich und ruhig. Er bot eine Summe, daß der Bauer seine Augen weit aufriß.

Der Handel kam zustande. Der Söllinger gab sein Bürgermeisteramt auf und zog zum Schmied.

»Verkauf deine Kalupp'«, sagten jetzt jeden Abend der Rainalter und er in der Lechlstube zum griesgrämigen Gleim-Hans.

»Hast deine Ruh und einen Haufen Geld ... Und der Ferkelsepp ist gar nicht so ... Er laßt dich drin, so lang wie du willst«, bekräftigte der Lechlwirt.

»Solang *ich* leb', nicht!« gab der Gleim-Hans einsilbig zurück und schüttelte den Kopf.

Der Sepp kaufte das Schmied-Anwesen. Der Schmied zog in die Stadt.

»Kauft das ganze Dorf«, knurrte der Gleim-Hans, »und hat uns z'letzt alle in der Mausfalln.«

»Soll er, wenn's ihm gefällt! Er kann sich's ja leisten ... Zahlt ja auch gut und ist nicht zwider«, verteidigten der Wirt und der Rainalter den Herrn von der »Ferkelburg«, und dumpf nickte der Söllinger.

Aber am nächsten Tag trat der Sepp ins Rainalterhaus. Der Bauer empfing ihn aufgeräumt und freundlich, ohne jegliches Arg.

»Im Frühjahr mußt 'raus! ... Hab' einen Pächter!«

Dem Bauern gab es einen Ruck. Er schaute ihn groß an.

»Bringt aber sein Zeug schon übernächsten Monat!« sagte der Sepp und wandte sich zum Gehen.

Der Rainalter wurde jäh bleich. Sein Kinn zitterte ein klein wenig. Seine Unterlippe rutschte etwas herunter. Hilflos und fast bittend schaute er den Ferkelsepp an.

»Geht's denn gar nicht, daß wir die paar Kammern hintn kriegen könnten und bleiben dürfn?« brachte er kleinlaut heraus.

Der Sepp schüttelte nur schweigend den Kopf.

»Gar nicht?«

Der Sepp drehte sich um, sah ihn kalt an: »Könntest ja am End zum Schmied einziehn ... Obenauf sind noch ein paar Kammern ... Nachher seids mit'm Söllinger beinand ... Überleg dir's und laß mir's wissen.«

Und eh der Bauer etwas erwidern konnte, war er draußen.

Eine Weile stand der Rainalter geschlagen da, dann ging er zum Lechlwirt hinüber. Der Gleim-Hans und der Söllinger saßen da. Schüchtern und ganz von außen herum erkundigte sich der Rainalter nach den Räumlichkeiten im Schmiedhaus.

»Muaßt eppa 'raus?« fragte der Lechlwirt.

Stumm nickte der Befragte.

»Ins Schmiedhaus?«

»Schier«, erwiderte der Bauer und setzte hinzu: »Hat ein'n Pächter fürs Frühjahr.«

Dem Gleim-Hans seine Augen glänzten listig. Er hob den Kopf und grinste schadenfroh.

»Vom Schmiedhaus ist's gar nimmer weit ins Gemeindehaus!« warf er boshaft hin.

Der Söllinger hob sein Gesicht.

»Ja –«, sagte der Gleim-Hans, ihn messend, »samt eurem Geld jagt er euch in die Mausfalln, wenn's ihm paßt!«

Die beiden andern Bauern sagten nichts und starrten in die Luft. Der eine erhob sich und der andere. Und beide gingen ohne ein Wort. –

VI

Wiederholte Male hatte der Sepp zum Gleim-Haus geschickt. Er selbst kam, der Italiener kam, die Dirn kam. Es half alles nichts. Der Bauer gab sein Anwesen nicht her.

»Wenn nochmal einer kommt, kann er seine Knochn vor der Tür z'sammholn« brüllte er das letztemal wild. Es kam keiner mehr.

Der Sepp hatte nach und nach das ganze Dorf aufgekauft. Die Gehöfte und Häuser lagen größtenteils brach und still da. Die ehemaligen Besitzer waren entweder fortgezogen, gestorben oder arbeiteten gegen Taglohn auf der Bahnstrecke. Die Grundstücke wurden von den Ferkelburgleuten bearbeitet, beackert, bebaut und bewirtschaftet.

Im ehemaligen Reishof logierte eine Hausiererin und führte einen Kramladen. In den sonstigen Häusern wohnten Arbeiter oder auch die früheren Besitzer, gingen in der Frühe heraus und abends hinein. Die Mauern bröckelten ab, die Gärten verwahrlosten, alles lag verödet und ruinenhaft da.

Der Sepp saß in seinem Turmzimmer, über die Protokolle und Urkunden gebeugt, die er beim jedesmaligen Kauf eines Anwesens vom Notariat ausgehändigt bekommen hatte. Nur die Dirn und der Italiener, seine nächsten Leibleute, sahen ihn.

Nachts, wenn der Mond silbern über die Talmulde glitt, stand er am Turmfenster und überschaute seinen Besitz. Dann glommen seine Augen, wenn sein Blick auf das Gleimanwesen fiel, und sein Gesicht verfinsterte sich.

Aus der Erde brach das Frühjahr. Die Dirn kam zum Rainalter und brachte die Botschaft, der Bauer sollte sich zum Ausziehen bereit machen.

»Jaja, in Gottes Namen! ... Sag nur, ich will ins Schmiedhaus!« gab ihr der Bauer als Antwort mit in die »Ferkelburg«.

Am selben Tag trottete der Ferkelsepp eilsam auf den Kramladen zu und verschwand rasch in dessen Tür. Die Kramerin schrak förmlich zusammen, als er so dastand. Aus einem zerfallenen Gesicht stachen verkohlte Augen auf sie.

»Gib mir zwei Kalbstrick, Irlingerin, aber gute!« sagte der Sepp kurz. Die Kramerin legte einen Packen Stricke hin.

Der Sepp prüfte sorgfältig einen um den andern.

»Die! ... Die!« stieß er hastig heraus, warf das Geld hin und nahm zwei Stricke.

»Tragen denn gleich zwei Küh' diesmal?« fragte die Irlingerin endlich. Aber der Sepp zuckte bloß die Schultern und ging.

Eilsam ging er durchs Dorf.

Als er die Tür seines Turmzimmers zuschloß, zog er die Stricke aus seiner Brusttasche, prüfte sie noch einmal und legte sie in den Schrank, schloß ab. Offenbar befriedigt, atmete er auf, trat an den Schreibtisch und las wieder die Urkunden.

Gegen Abend kam der Pfarrer, der lange nicht mehr dagewesen war, in die »Ferkelburg«. Mißtrauisch und verwirrt empfing ihn der Sepp.

»Das Kloster Sankt Marien möcht den Söllingerhof ...« sagte nach einer Weile Schweigens der Geistliche.

Der Sepp schüttelte den Kopf.

»Es ist nicht recht, wenn alles so tot daliegt, Sepp«, ermahnte der Pfarrer.

»So!« sagte der Sepp hartnäckig, und seine Falten zuckten höhnisch.

»Wirst ein alter Mann, Sepp!« meinte der Pfarrer: »Was tust mit den vielen Häusern und mit allem?«

»Mir müssen s' ghörn, mir! ... Weiter nichts! Bloß mir!! ...« stieß der Sepp auf einmal respektlos grob heraus und musterte den Pfarrer feindselig-herausfordernd. Dem verschlug es buchstäblich das Wort. Eine eiskalte Pause setzte ein. Luft schien der Geistliche dem Sepp zu sein. Ohne ihn anzuschauen, ging er ganz in sich verbohrt hin und her.

»Unser Herrgott wird dir Dank wissen, Sepp, wenn du den Söllingerhof dem Kloster gibst«, fand der Pfarrer endlich sein Wort wieder, aber es klang kleinlaut. Es wirkte nicht mehr. Wieder schaute der Sepp ihn frech an und grinste unverfroren: »Der Herrgott braucht kein'n Menschen danken, Herr Pfarrer! ... Umkehrt ist's! ... Aber es bleibt dabei, 's Kloster kriegt den Söllingerhof nicht! ... Der steht mir zu arg in der Sonn' und wirft den ganzen Schatten in meine unteren Stubn.«

Er stand steif da, der Sepp. Der Geistliche wurde plötzlich blaß, als er das böse Aufblitzen in den Augen seines einstigen Schützlings sah. Dürr, gelbgesichtig und unheimlich kam ihm der Mensch da vor. Er zwang sich und wollte was sagen, aber der Sepp kam ihm zuvor. Langsam, sehr deutlich, aber haßgiftig fing der zu reden an: »Er hat doch einmal meinem Vater ghört, der Söllingerhof, oder? ... Und der Söllinger hat ihn meiner Mutter seinerzeit abgepreßt, weil soviel Schulden drauf gwesn sind, ja? ... Windiger Kleinhäusler ist er damals gwesn, net wahr? ... 'rumgeschachert hat er mit allem, was ihm was einbracht hat ... Und 's Geld für den Söllingerhof, das hat ihm der Gleim-Hans geben ...«

Er hielt ein. Er zitterte und war weiß wie die Wand, bloß seine Augen funkelten, und seine trockenen Lippen bewegten sich.

»Und nachher haben sie meine Mutter selig ins Gemeindehaus«, redete er rostig weiter: »Und nachher haben sie's ausgeliert, und wie unsre Kuh eingangen ist, ist sie gstorben, d' Mutter ... Sie hat's nimmer überstandn, das ganze Elend ...«

Jetzt stockte er wieder. Wieder bohrte er seine mißtrauischen Blicke in das Gesicht des Pfarrers. Unruhig zuckten seine Falten ab und zu. Dann sagte er sehr sonderbar: »So dunkel ist's da unterm Turm wie im Gemeindehaus bei meiner Mutter dazumal ...!«

»Sepp!« rief der Pfarrer: »Denk an deinen Herrgott! ... Sepp! ... Wir sterbn allsamm und stehn vor seinem Richterstuhl! Denk dran!« Dann ging er.

Der Sepp stand eine Zeitlang in der gleichen Haltung da, dann brach er in seinen Lehnstuhl. Später rief er den Italiener. Es war schon Nacht draußen. Er machte Licht und zog die dichten dunklen Vorhänge zu.

»Hast immer gladn in der Sandgrubn, Giusepp, nicht?« fragte er den Italiener.

Der nickte.

»Bist krank, Giusepp! ... Mußt Ruh habn«, redete der Sepp gut auf ihn ein und ließ ihn nicht aus den Augen. Giuseppe stand verlegen und verständnislos da.

»Das Söllingerhaus da drüben, Giusepp, das ghört dir – wenn d' nochmal sprengst, bloß mehr dies einzige Mal!« sagte der Sepp aschfahl und hob drei Pulversäcke aufs Pult.

Der Italiener starrte ihn groß an.

Als dies der Sepp bemerkte, sprudelte er fast bittend und hastig heraus: »Habn dich nie erwischt, Giusepp, nie! ... Hast dich immer 'rausgemacht – wirst's auch diesmal z'sammenbringen!«

»Und«, schloß er und nahm den Italiener scharf aufs Korn: »Und, Giusepp, ich geb' dir die Hand drauf, es tragt sich aus für dich ... Was mir ghört, Giusepp, ghört einmal dir, verstehst mich?«

Giuseppe nickte. Endlich war es soweit. Jetzt setzte ihm der Sepp den Plan auseinander. Mitten im Reden horchte er auf einmal scharf auf. Aus dem Dorf her drang ein Wagengeratter, und »Hüa! Hüa!« war zu hören. Der Sepp wußte: Der Gleim-Hans fuhr die Habe vom Rainalter ins Schmiedhaus.

»So! So! ... Jetzt geh! Geh, und mach's richtig!« sagte er zu Giuseppe. Der nickte wiederum und ging mit den drei Pulversäcken aus dem Zimmer. Der Sepp tappte unruhig und gespannt im dichtverhängten Turmzimmer auf und ab, auf und ab. Von Zeit zu Zeit beugte er sich über den Schreibtisch und schrieb noch ein Wort oder einen Satz auf den aufgeschlagenen Bogen Papier. Es war eine windige stockdunkle Nacht. Manchmal trug eine Windwelle Laute und abgerissene Sätze durch die Luft. Der Gleim-Hans, der Söllinger und die Rainalter-Eheleute schleppten die Möbel in die wackeligen Kammern im ersten Stock vom Schmiedhaus. Die Kirchturmuhr schlug. Der Wind jagte die Schläge auseinander. Der Sepp schaute auf die Standuhr. Es war elf. Er tappte wie schleichend ans Fenster, hob die Gardine ganz schmal beiseite und lugte in die Gegend des Schmiedhauses. Im kleinen Lichtkreis der Wagenlaterne tauchten die zwei Rösser und der leere Wagen auf. Alles war abgeladen und im Haus, auch die Leute. Die kleinen Fenster im ersten Stock leuchteten gelb. Deutlich sah der Sepp die Rainalters, den Söllinger und den Gleim-Hans, wie sie müde bei den vollen Bierkrügen um den viereckigen Tisch hockten. Dann spähte er forschend ins Dunkel ums Schmiedhaus, spähte und spähte und wartete. Er fing vor Spannung zu zittern an, ging zurück zum Schreibtisch, nahm aus der aufgezogenen

Schublade den Strick, prüfte ihn ziehend und kam wieder ans hohe verhängte Fenster zurück. Er fing auf einmal mit mechanischer Hast an, den Strick an den metallenen Fenstergriff zu binden, knüpfte, zog, knüpfte nochmals und zog, stieg auf den bereitgestellten Schemel und legte seinen Kopf in die Schlinge. Da krachte es in der Nacht draußen furchtbar. Alle Fenster klirrten. Ein riesiger Feuerklumpen brach in der Gegend des Schmiedhauses schleudernd in die dunkle Höhe. Ein Grinsen lief über das Gesicht vom Sepp. Krachend stieß er den Fußschemel weg und ließ sich sackend fallen ...

Mit der grauenhaften Blässe, die oft Menschen befällt, die eine furchtbare Ahnung erschüttert, sagte der Pfarrer am anderen Tag vor der Leiche des Erhängten: »Der Allmächtige hat ihn gesegnet mit Glück, und er hat's zu seinem Unglück gemacht, mein Gott, mein Gott! So blind ist der Mensch!«

Auf dem Schreibtisch lag ein säuberlich geschriebenes Testament, das Giuseppe die ganzen Besitzungen und Hinterlassenschaften vom Hirneis-Sepp zuerkannte. Diesmal aber half ihm alles nichts. Die gerechte Strafe löschte auch sein Leben aus. –

Der Zipfelhäusler-Sepp

I

Es ist schon allerhand Unerklärliches in unserer großen Pfarrei vorgekommen: Die Finsterer-Fanny ist vor zwölf Jahren als blutjunges Ding vom Kirchturm heruntergesprungen und war auf der Stelle tot. Kein Mensch wußte warum. Der alte Schlemmlinger von Kergertshausen hat seiner einzigen Schwester seine Hinterlassenschaft nicht gegönnt, ist eines Tages hergegangen und hat sein Gütl von allen vier Seiten angezündet, hockte sich hinein und verbrannte mit. Endlich die Pfahlerin von Murling brachte man seinerzeit ins Irrenhaus, weil sie an einem Sonntag, mitten im Hochamt, auf den Pfarrer laut zu schimpfen anfing. Noch heute ist sie dort.

Aber das Rätselhafteste von allem ist doch die Geschichte mit dem Zipfelhäusler-Sepp von Buchberg, oder wie er in Wirklichkeit hieß, mit dem Gütler Joseph Gotzinger.

Beim Zipfelhäusler waren bloß er und die Resl, seine jüngere Schwester. Als vier Jahre nach dem Tod der alten Zipfelhäuslerin auch der Bauer starb, bekam der Sepp den Hof. Alles ging ohne Streiterei bei den Geschwistern. Die Resl heiratete den Meixner-Peter von Offelfing, und der Sepp gab ihr dazumal zu ihrem hinausgemachten Heiratsgut auch noch eine Kuh dazu.

Jetzt war er allein im Haus, und es blieb ihm nichts anderes übrig, als wie auch eine Hochzeiterin zu suchen. Das ging schwer, sehr schwer und dauerte schier zwei Jahre bei ihm. Er war ein arg menschenscheuer Patron, der Sepp, und wußte sich absolut nicht zu helfen bei den Weibsbildern. Endlich aber wurde es doch was mit der Bernbacher-Fanny von Furt, und der Zipfelhäusler-Sepp dankte unserm Herrgott, als alles glücklich vorüber war. Schier noch dankbarer aber war er der Fanny dafür, daß sie ihn genommen hatte.

Die Bernbachers von Furt, das sind keine gesunden Leute. Schon der alte Bauer und der zweite Sohn, der Martl, waren an der Lungensucht gestorben. Und auch die Fanny war ein recht speres Ding. Doch es schaute gerade nicht aus, als ob sie auch so was hätte.

Für den Sepp fing jetzt eine gute Zeit an. Sehr verträglich

lebten die beiden Eheleute zusammen. Die ganze Woche hörte man kein unrechtes Wort. Das lag vielleicht an allen zweien, aber doch mehr am Sepp, denn der war seit jeher kein lauter Mensch, ja, wenn man will, er war überhaupt nur ein halbes Mannsbild, wie man bei uns sagt, und mitunter konnte er seltsam kindisch sein. »Mammi« nannte er seine Fanny ihr Leben lang, und sie hat auch von Anfang an die Hosen angehabt. Das war auch ganz gut, denn mit dem Zipfelhäusler-Sepp hätte jeder Schindluder treiben können. Erwischte man ihn richtig und trug ihm was auf, er schüttelte nie den Kopf, zu allem sagte er »ja«. Er schaute dich verlegen an, nickte eigentümlich verwirrt und stieß mit seiner unreinen Stimme abgehackte Jaworte heraus.

Beispielsweise kann ich mich noch gut erinnern, wie ihn die Buchberger einmal als zwanzigjährigen Burschen zum »Klauwaufmachen« verleiteten. In unserer Gegend – ob es heute noch so ist, weiß ich nicht – kommt nämlich am Vorabend des Nikolaustages der »Klauwauf«. Das ist eine Art Teufel, der die Kinder streng ins Gebet nimmt. Er hat meistens einen Strumpf übers Gesicht gezogen, die Joppe verkehrt an, trägt einen großen Getreidesack mit sich und ist mit einem Reisigbesen und einer Kuhkette bewaffnet. Erst kommt er polternd in die Häuser, läßt sich von jedem Kind ein Vaterunser vorbeten und geht wieder. Draußen schlägt er noch einige Male an die Fensterläden mit der klirrenden Kette, und wenn er alle Häuser abgegangen ist, stellt er sich mitten auf den dunklen Dorfplatz, schlägt furchtbar um sich und schreit wie angestochen.

Natürlich kamen wir Kinder bald dahinter, was für eine Art Klauwauf das war, und wie der Zipfelhäusler-Sepp ihn gemacht hat, den haben wir sofort an seiner Stimme erkannt. Scheinheilig drückten wir unser Lachen zurück und machten die frömmsten Gesichter von der Welt. Hernach aber, als der Sepp auf dem Dorfplatz gelärmt und mit der Kette gerasselt hat, sind wir mit einem wahren Kriegsgeschrei hinaus und auf ihn los. »E–e–he–e! Klauwaufsepp! Zipfisepp – älabätsch! Älabätsch!« plärrten wir in einem fort und zupften ihn bald da, bald dort, daß er ganz und gar wütend wurde und immer noch wilder herumfauchte. Und da ist es passiert, daß ihm der Maurer-Feschl einen Schusterhammer auf den Kopf geschlagen hat. Der Zipfelhäusler-Sepp zuckte zusammen, taumelte und fiel dann in gestreckter Länge dumpf und stumm auf den Boden. Jäh stürzten wir auseinander und verschwanden in den Häusern. Am andern Tag erfuhren wir, daß der Sepp sofort ins Krankenhaus nach Edering gebracht werden mußte, weil er ein Loch im Kopf habe. Beinahe zwölf Wochen lag er darnieder, und anfangs sah es gefährlich aus. Er wurde aber Gott sei Dank wieder. Die Gemeinde Buchberg hat damals einen schönen Batzen Geld zahlen müssen für den Doktor, und den Maurer-Feschl haben wir Kinder von da ab immer »Mörder« geheißen. –

So also war der Zipfelhäusler-Sepp. Mit seiner Heirat änderte sich alles von Grund auf. Was er noch nie getan hatte, kam jetzt ab und zu vor. Sonntags ging er mitunter in die Wirtschaften, und wenn er auch gerade nicht viel redete, man sah es ihm im Gesicht an, daß er recht zufrieden war. Einmal, als man so auf die Weibsbilder zu schimpfen anfing, hatte er sogar eine höchst selbstbewußte Miene und lächelte beinahe spöttisch überlegen. Scheel schaute ihn der Bätzbacher an und sagte dann zu ihm: »Ja mei'! ... Du host leicht guat schaugn! ... Dei' Fanny is ebn aa a richtigs Leit, aba wiaviel gibt's denn scho solcherne? ... A dö Finga konnst as obzähln ...« Dem Sepp stieg eine Hitze auf, und über und über rot wurde er vor Freude und Stolz.

»Ja – ja – hja ... Mei' Mammi, dös is oane«, hastete er stokkend heraus und verzog seine Mundwinkel.

»Geh! ... Mammi, sogt er ...? ... Geh?! Du redst grod daher ois wia wennscht noch an ihrem Rockzipfi hängerst! ... Tha! ... Jetz so wos Kindisch's, ha! ... Mammi zu sein' Wei sogn ...?!« spöttelte da der Nerhofer, und alle machten hämische Gesichter. Der Sepp bezahlte und ging.

Spotten läßt sich ja schließlich leicht, und das kommt überall vor, aber sich so zusammenfinden wie er und die Fanny, das nicht. Es verging ein Jahr und noch ein halbes, und es tuschelte im Dorf herum, zum Kindermachen langt's nicht mehr beim Zipfelhäusler-Sepp, glucksend lachten alle dabei. Zweideutig musterte man die zwei Häuslersleute, und einmal warf der Bätzbacher einen Strohhansel über den Zipfelhäuslergartenzaun und rief der Fanny spöttisch zu: »Do, Zipfelhäuslerin, daß d' aa wos Kloans host ...!« Hingegen die Fanny war genau so schlagfertig und gab ihm ziemlich grob zurück: »Schaug no liaba, daß d deine zehn Dreckfratzn aufbringst, und kimmert di um di! Saukerl, dreckiger!«

Von da ab war man den Zipfelhäuslerleuten gegenüber zurückhaltend, und die kümmerten sich auch nicht weiter um die Dörfler. Einen schweigenden, ja, vielleicht sogar einen neidigen Respekt hatte ja doch jeder. Beim Sepp sah man nie ein

Loch in der Hose, und die Fanny war sauber, wo man hinschaute. Nicht anders war es auch im Zipfelhäuslerhaus selber. Es ging den beiden auch was von der Hand. Jedes Jahr hatten sie zu allererst ihre Ernte herinnen, und im Winter drangen die frühesten Dreschflegelschläge aus ihrer Tenne.

An einem Februartag, eben bei einem solchen Dreschen aber verkältete sich die Fanny. Geschwitzt hatte sie und war in den Zug gekommen. Das packte sie schnell. Etliche Tage schleppte sie sich noch herum, dann mußte sie sich niederlegen. Weiß Gott, sie war keine zimperliche Person, aber es wurde einfach immer schlechter mit ihr. Nach einer Woche holte der Sepp den Doktor Perlsahmer von Edering, und der machte schon gleich, als er in die Ehekammer trat und die großen, hitzigen roten Flecken auf dem Gesicht der Kranken sah, eine bedenkliche Miene. Dem Sepp entging das nicht. Er blieb trübselig stehen an der Wand und schaute während der ganzen Untersuchung unablässig mit hilflosen Augen auf die Fanny. Die Arme hingen ihm schlaff herab, seine Stirn war gefurcht, und auf alles, was der Doktor zu ihm sagte, nickte er mechanisch und wortlos. Tapsig begleitete er den Perlsahmer hinunter und kam dann wieder hinauf in die Kammer mit einem Gesicht, daß die Fanny selber erschrak.

»Wos host denn, Sepp? ... Is dir net guat?« fragte sie beunruhigt: »Wos sogt er denn, der Dokter ...? Sepp ...? ... Wos is's denn? ... Sepp ...?«

Der Sepp hatte sich auf den Sessel gesetzt, der vor dem Bett stand, und schaute noch verstörter drein. Dicke, ängstliche Falten standen auf seiner Stirn, und die Hände faltete er.

»Sepp ...? So red doch ...?« rief die Fanny schmerzvoller. Da rührte er sich und fing auf einmal wie ein Kind zu weinen an. Seine Lippen bewegten sich, und in einem fort wischte er sich die immer ärger hervorbrechenden Tränen aus den Augen. »Mammi – Mammi – Mammi – M–a–Mammi – Mammi ... Fanny-Mammi – Fanny ...!« plapperte er unablässig und immer verzweifelter, und zuletzt schluchzte er und brach mit dem Oberkörper kraftlos aufs Bett nieder.

»Mammi-Fanny – M–Ma–Mammi – Fanny – Fa-anny!« heulte er und streichelte mit seltsam linkischer Hast immerfort ihre heißen Arme, ihr Gesicht, ihre Brust. Die Fanny wurde selber hilflos und fing gleichfalls zu weinen an.

Etliche Tage sah es um das Zipfelhäuslerhaus aus, als ob überhaupt kein Mensch mehr darin lebte, und als am dritten Tag endlich der Doktor Perlsahmer wiederkam, fand er den

Sepp droben am Bett der Verstorbenen. Wie zerfallen hockte er da, hatte die Hände gefaltet und bewegte in einem fort mechanisch die Lippen. Etwas Verlöschtes war an ihm. Der Doktor ging schließlich persönlich zum Bätzbacher hinüber, dann begannen die Zinnglöcklein des Buchberger Kirchleins zu läuten.

Am Abend fuhr der Leichenwagen vor und brachte die Zipfelhäuslerin zum Pfarrkirchhof. Steif und mechanisch tappte der Sepp neben seiner verheirateten Schwester mit gefalteten Händen hinter dem Leichenwagen her. Er weinte nicht mehr. Dahinter schritten die Buchberger und beteten laut und gleichmäßig.

Zwischen den zwei Meixnerleuten stand am andern Tag der Sepp am Grab. Alles an ihm war wie abgestorben. Keiner getraute sich recht, ihn anzuschauen, so zerrüttet sah er aus.

II

Lang ging es her, bis der Zipfelhäusler-Sepp nach diesem Unglück wieder halbwegs ins Gleichgewicht kam. Der Alte war er nicht mehr. Das merkte man schon auf den ersten Blick. Leutscheu war er ja seit jeher gewesen, aber jetzt lief er geradezu vor jedermann davon. Und das mit seinem Arbeiten war schon ganz und gar seltsam. Er fing bald da an, dann wieder dort, und plötzlich wieder woanders. Nichts an ihm hatte mehr den richtigen Halt. Es sah aus, als wenn er bloß herumhetze, daß die Zeit vergehe, und er sich vor dem Stillstand fürchte. Ganz Buchberg schüttelte über ihn den Kopf.

Schön war es, daß sich seine Schwagersleute in Offelfing in der ersten schweren Zeit angelegentlichst um ihn kümmerten. Die Resl schaute fast jeden Tag herüber, und schließlich brachte man die alte, bigotte Lechnerin so weit, daß sie als Dirn und Haushälterin zum Sepp zog. Jetzt ging doch wenigstens alles wieder den gewöhnlichen Gang, die Stallarbeit geschah, und das Hauswesen wurde besorgt, wie es sich gehörte. Aber den Sepp selber änderte das alles nicht. Es lag ihm überhaupt nichts mehr daran, was um ihn herum vorging. Mürrisch und einsilbig lebte er gleichsam an allem vorbei, und die alte Lechnerin ließ ihn laufen, wie er eben lief. Denn wenn man einmal ins Achtzigste geht und schon mit einem Fuß im Grabe steht, was kümmern einen da die Menschen noch? Alle Wichtigkeiten auf der Welt haben so ziemlich an Sinn verloren, und man rührt sich eben, solang man sich rühren kann, und betet. Was wartet denn schon noch auf einen: der Sarg, und sonst nichts ...

Anfangs lief der Sepp fast jeden Tag in die Frühmesse. Ganz versteckt schlich er jedesmal am Bätzbacher seinem Hekkenzaun vorbei, und erst, wenn er aus dem Dorf draußen war, ging er etwas freier auf der Landstraße dahin.

»A richtiga Betbruada werd er jetz ... Der loßt mit der Zeit sei' ganz' Sach verkemma ...«, sagte der Bätzbacher einmal zu seinem Weib, als sie ihm nachschauten.

»Hmhmhm ...« meinte daraufhin die Bätzbacherin nachdenklich: »A so a gsunds Mannsbild! ... A so a Trumm Kärpa? ... Er geht ganz ein dabei ... Aufwecka konn er s' doch aa nimma, sei' Fanny! ... Hmhm! ... Do rennt er und laaft er jetz jeden Tog auf'n Gottsacker und bohrt sich grod no mehra in sei' Unglück nei' ... Dös is doch aa wieder net dös Rächte ...! Waar ja doch gscheiter, wenn er wieder heiratn tat ... Is doch in Gotts Nam' a ganz a schöns Sach, sein Häusl ... Und hausn lossert si doch aa leicht mit eahm ... hmhmhm ...«

»Ja mei'! Heiratn?! ... Der noch amoi heiratn? ... Dem müaßt ma ja 's Weiberts direkt ins Bett nei'legn. Der traut si doch net amoi oane o'schaugn, vui weniger wos anders ...«

Ganz recht hatten sie, die Bätzbachers. Man sah's ihm doch auf Schritt und Tritt an, dem Sepp, daß ihm ein richtiges Weib abging.

Alles hört schließlich einmal auf, und als so an die zwei Jahre vergangen waren, sah man auch den Sepp nicht mehr so oft in die Frühmesse laufen. Komisch war es direkt, mit was für eigentümlich gierigen Augen er manchmal so eine Weibsperson anschaute, und wie er verwirrt wurde, wenn ihn wer anredete. Er gab nie an, höchstens, daß er nickte, und dann schielte er auf einen und ging sehr rasch weiter, gleichsam ängstlich.

Zu damaliger Zeit versandte eine neu gegründete Zeitung aus der Hauptstadt wochenlang probeweise Freiexemplare, und der Postbote Lampl brachte sie in jedes Haus. Diese Zeitungen interessierten den Sepp seltsamerweise ausnehmend. Die alte Lechnerin bemerkte ihn einmal mitten am Tag in der Stube am Tisch. Er hatte das Tintenzeug, einen Briefbogen und die Zeitung vor sich. Den Federhalter hielt er in der zittrigen Hand und schien unruhig über etwas nachzudenken. Sie mußte durch die Tür, um sich eine gute Schürze zu holen, und da geschah etwas Sonderbares. Jäh hob der Sepp den Kopf und schaute mit erschreckten Augen auf sie, sein Gesicht war über und über rot und finster, und hastig breitete er seine großen Hände über Zeitung und Papier.

»Nacha moants, daß ma koa Gsott nimmer braucha heunt?... I geh auf Ogling 'nauf zum Grobrichtn ...«, sagte die Lechnerin beiläufig, und gleich erwiderte der Sepp mit einer fast auffordernden, groben Hast: »Jaja! Gehts no zua ...« Die Alte schaute nicht mehr weiter auf ihn und ging. Erst als sie am Fenster vorbeikam und durchs Gartentürl ging, wurde der Sepp wieder lebendig. Schwer schnaufte er, schaute wieder auf die Zeitung, tauchte abermals die Feder in die Tinte, legte sich massiger in den Tisch und fing zu schreiben an.

»Lüpes Frailen«, malte er mit aller Bedächtigkeit dick aufs Papier, und weil er zu stark eingetaucht hatte, gab es einen Batzen. Er stierte eine Zeitlang ganz entsetzt darauf, wußte gar nicht recht, was er anfangen sollte, drückte endlich erst vorsichtig und plötzlich fest den Daumen auf den Klecks und wischte ruckhaft gegen den oberen Papierrand. Aber diese Manipulation verdarb alles. Er war ratlos. Jetzt war das Papier sowieso schon versaut. Er probierte seine Feder aus und schrieb in einem fort mit aller Mühe »Lüpes Frailen«, machte bald ein Ruf-, dann wieder ein Fragezeichen dahinter und prüfte, was nun am besten ausschaute. »Lüpes Frailen? Intem tas ich in ter Zeudung glesen hap, daz es heuradn mächtz ...«, brachte er endlich fertig, musterte wieder und war offensichtlich erfreut über diese schöne Leistung. Er riß das erste Blatt vom Bogen und wollte nun endgültig mit dem Brief beginnen. Wie aber der Teufel sein wollte, rührte sich in diesem Augenblick etwas in der Küche draußen, und der Gemeindediener Loskarn tauchte in der Glasfüllung der Stubentür auf. Zu Tode erschreckt schnellte der Sepp vom Sitz auf und wischte mit einem hastigen Ruck das ganze Schreibzeug unter den Tisch. Zitternd und unschlüssig stand er da.

»Herrgott, bist du aba gschrecki! ... Do! Do, die ganz Tintn laaft dir ja aus«, sagte der Loskarn erstaunt und hob schnell das Tintenglas auf, stellte es auf den Tisch: »A so a Sauerei, hmhmhm ...«

»Wos is denn?« fragte Sepp hastig und rückte gleichsam schützend näher an den Tisch heran.

»Gemeinde-Umlag muaß i kassiern ... Zwoa Mark fufzig Pfenning kriag i, und do muaßt unterschreibn«, gab der Gemeindediener Auskunft und legte einen großen Bogen auf die andere Tischkante. Schnell beugte sich der Sepp nieder und hob den Federhalter auf, umständlich unterschrieb er, tappte ebenso hastig auf das kleine Milchkastl zu und holte eine Zigarrenschachtel hervor.

»Do – do is 's Geld ... Loß's no steh, dös mach i scho ...« schrie er fast, als der Loskarn unter den Tisch schaute und sich schon bücken wollte. Zittrig zählte er das Geld aus der Schachtel auf den Tisch. Und eilig kroch er, ohne sich um den gehenden Gemeindediener weiter zu kümmern, unter den Tisch, griff nach der Zeitung und nach dem tintenbespritzten Briefpapier. Mit klopfendem Herzen wartete er, bis er nichts mehr hörte. Als er endlich wieder aufrecht an der Tischkante lehnte, blickte er völlig mürrisch auf das Zeitungsblatt und knirschte schließlich. Immer wieder, immer wieder las er stumm und ganz selbstvergessen:

Fräulein, 38 Jahre alt, katholisch, Gütlerstochter, zur Zeit Köchin, fleißig, häuslich und sparsam, möchte gern in ein Gütl einheiraten. Ernstgemeinte Zuschriften unter »Gütlerstochter« Nr. 98160 an die Expedition des Blattes.

Jetzt quietschte das Gartentürl. Er zuckte zusammen und schob schnell das Zeitungsblatt in die Hosentasche. Die alte Lechnerin kam.

Am andern Tag, als der Postbote wieder die Zeitung brachte, lauerte der Sepp schon darauf. Gespannt suchte er nach dem Inserat. Richtig, da stand es wieder. Er las es einmal, zweimal, dreimal. Heiß und kalt wurde es ihm.

Kurz nach dem Mittagessen sahen ihn die Buchberger im Sonntagsgewand aus dem Haus gehen. Er lief förmlich am Bätzbachergarten vorbei und ging Edering zu. Von da aus fuhr er mit dem Dreiuhrzug in die Stadt.

III

Ganz einfach hatte er sich's ausgemalt, das mit seinem neuerlichen Heiratmachen, der Zipfelhäusler-Sepp. »Geh lieber nicht zu einem Schmiedl, geh schon gleich zum richtigen Schmied«, heißt es bei uns, und das hatte auch er im Sinne. In der Stadt wollte er kurzerhand zur Expedition der Zeitung gehen und sich dort nach einem gewissen Fräulein, einer Gütlerstochter, erkundigen, »die wo sich in die Zeitung habe setzen lassen und in ein Häusl einheiraten wolle.« Dort mußte man es doch wissen. Und das Weitere? Schließlich, wenn eine einmal schwarz auf weiß drucken läßt, daß sie heiraten will, da brauchte einer doch kaum noch viel Worte zu verlieren. –

Als er jetzt aber unter weiß Gott was für Leuten im dahinsausenden Zuge hockte, wurde der Sepp auf einmal wieder zaghaft, und sein Mut schmolz immer mehr, je näher man der Stadt kam. Vielleicht waren daran die drei schwatzenden, gutgekleideten und duftenden Weibsbilder schuld, die ihm gegenüber saßen und sich mit einem Herrn, der neben ihm in einem fort lachte, unterhielten. So fein und so schnell redete man ineinander, daß er gar nicht mitkam und das meiste nicht verstand, der Sepp. Wie eingepfercht saß er da und schaute mitunter benommen in die Gesichter der drei, verwirrt glitt sein Blick herab auf den Blusenausschnitt, über die gewellten Brüste, die sich füllig an den seidigen Stoff schmiegten. Er wagte kaum noch richtig zu atmen, schlug die Augen ganz nieder und bekam mit der Zeit ein trübseliges Gesicht. Jedesmal, wenn der Zug anhielt, hob er den Kopf wieder, und immer standen dann wieder die Brüste vor ihm. Er verfiel momentweise in ein Glotzen und drückte schließlich die Augen ganz zu.

Als man endlich ausstieg in der Stadt, wartete er bis zuletzt und tappte wie traumwandlerisch aus dem Coupé, ging hinter den vielen geräuschvollen Menschen her und erschrak wie ein ertappter Dieb, als ihn der Beamte an der Sperre anhielt und die Fahrkarte verlangte.

Dann stand er mitten auf dem belebten, weiten Bahnhofsplatz, ging unsicher dahin, mürrisch über sich selber, ärgerlich auf dieses ganze Stadtfahren und überhaupt auf seine saudummen Heiratsabsichten, kurz und gut auf alles, was er angefangen hatte. Er konnte doch nicht so mir nichts, dir nichts auf die Zeitungsexpedition gehen und zu völlig fremden Menschen sagen: »Sie, ich möcht' heiratn ... Geh, san S' so guat, wo is denn dös Frailein? ... Ich möcht glei redn damit ... i bin a Gütla ...« Das ging doch nicht. Womöglich kamen da die größten Kalamitäten heraus. Womöglich setzte man es dann in die Zeitung, und die ganzen Buchberger erfuhren es. Es wurde ihm furchtbar unbehaglich zumute, dem Sepp. Es war auch schon spät. Wo wollte er denn eigentlich hin in diesem Getriebe, in dieser Fremde? Er kannte sich auch gar nicht aus. Dreimal war er in seinem ganzen Leben in der Stadt gewesen, einmals als siebenjähriger Bub mit seinem Vater, einmal als Firmling und das letztemal, vor jetzt ungefähr vier Jahren, mit dem Bürgermeister Loßlinger als Zeuge beim Schwurgericht, als man den Mutz-Anderl verurteilte, weil er den Bärenwirt von Kergertshausen gestochen hatte.

Er war froh, als er jetzt vor sich einige Arbeitsleute

bemerkte, die nicht so fremd ausschauten, und trottete hinter ihnen drein. Er hörte sie reden, und das heimelte ihn auf irgendeine Weise an. Diese Leute redeten Buchbergerisch, das verstand er wenigstens.

»Mi leckst am Orsch mit dem Schinagln, verstehst! ... Mei' ganzer Hois is wia ausbrennt ... I leg mir a poor Maß üba, gehts weita«, sagte einer von ihnen und riß die Tür einer Wirtschaft auf, aus der eine breite, schmetternde Blechmusik drang. Die drei Arbeiter gingen in das volle, lärmerfüllte Lokal, und der Sepp folgte. Der dichteste Menschentrubel empfing ihn. Er kam gar nicht vom Fleck vor lauter Leuten, schaute hinum und herum und hockte sich an irgendeinen vollbesetzten Tisch.

Sonderbar, mit seiner Menschenscheuheit war es gar nicht so arg, wie es auf dem Dorf immer ausschaute, hier zwischen ganz fremden Leuten löschte sie ein einziges Wort aus.

»Do, bleibts no bei üns! ... Hockts Enk no zuawa, Baur ... Do is's zünfti«, sagte ein ganz passabel aussehendes, barköpfiges Weibsbild und lachte den Sepp wie einen alten Bekannten an. Und gleich rückte es näher und schrie der dicken Kellnerin zu: »Fanny, do! Gib a Maß her!« Ganz gerührt war der Sepp, daß man so aufmerksam und hilfsbereit zu ihm war, und er lebte sichtlich auf. Arglos legte er seinen ledernen Zugbeutel auf den Tisch und bezahlte.

»Do gehnga schon no verschiedene Maßn«, meinte ein Mann neben ihm und blickte auf das Geld vom Sepp. Im Handumdrehen war man im schönsten Gespräch.

»Hobts guate Gschäfta gmacht in der Stadt?« fragte der Mann wieder, und der Sepp nickte, ohne sich lang zu besinnen.

»Dös siehgst ja ...«, erwiderte das Weib für ihn: »Bauernleit fahrn doch net umasunst in d' Stadt rei' ... Oder net? ... Hob i net recht?«

»Jaja, freili ...« sagte der Sepp.

»Seids vo der Näh oder vo weiter weg?« erkundigte sich der Mann wieder.

»Vo Buchberg«, gab der Sepp zurück.

»Soso, vo Buchberg? ... No, dös is aa a schöne Streck, bis ma do 'reinkimmt a d' Stodt ... Drei Stund guat?« meinte das Weib und schaute ihn leger an, griff nach seinem Maßkrug: »Gell, i derf scho amoi trinka ...?«

»Jaja, trinkts no ...« erwiderte er und schob ihr bereitwillig den Krug hin. Sie nahm einen tiefen Zug.

»Ös seids a guata Mensch«, sagte sie mit einer Art dankbarer Wärme: »Enker Bäurin, moan i, hätt's schö bei Enk ...?« Und wieder schaute sie den Sepp offen an. Der wurde einen Moment rot, als er ihren Blick auffing. Er brachte nicht gleich die Antwort heraus. Sie kam ihm zuvor.

»Oda hobts gor koane ...?« fragte sie.

»Gstorbn is s' ma vor zwoa Johr ...« erwiderte er etwas bedrückt, und der Mann neben ihm stand auf. Das schien dem Weib und dem Sepp ganz recht zu sein. Sie unterhielten sich jetzt viel interessierter miteinander. Die Kellnerin brachte Bier und wieder Bier. Der Sepp bestellte für seine Bekanntschaft und für sich je vier Dicke mit Kraut und machte ein zufriedenes, ja, fast heiteres Gesicht beim Essen. Seine Augen hatten einen Glanz, und er schaute in einem fort mit einem seltsam verlegenen Lächeln auf sie.

Und das war ein Anschauen, genauso wie damals, als er zur Fanny selig gekommen war, um sie zur Heirat zu bewegen ...

»Fanny, geh weita, zoin! ... Geh her! Wir müassn geh!« schrie jetzt das Weib der Kellnerin zu. Die zwängte sich zwischen den Leuten hindurch und kam. Der Sepp zog seinen vollen Zugbeutel und bezahlte mechanisch. Dann gingen sie.

Es war schon dunkel auf den Straßen. Die Lichter brannten gelb, die Automobile hupten langgezogen, die Straßenbahnen surrten, die Menschen wälzten sich wie ein geräuschvolles, dunkles Gemeng dahin und plapperten geschäftig. Der Sepp torkelte neben dem Weib, rülpste mitunter und lächelte dann wieder. Alles vor seinen Augen schwamm unwirklich ineinander, er hörte seine Begleiterin manchmal reden und spürte dann wieder seinen Arm in dem ihren. Schwerfällig gab er jedesmal nach, wenn sie eine Wendung machte und ihn mitzog. »A – a – a guats Weiberl bischt ... a – a – a guats Weiberts ...«, plapperte er ab und zu heraus. Man landete schließlich in einer unaufgeräumten, ziemlich kahlen Kammer, in der es nach Heringen und verdorbenen Kartoffeln roch. Auf dem wachstuchüberdeckten Tisch standen leere Bierflaschen, Zigarettenasche lag herum und Brotreste, das Bett in der Ecke war ungemacht und schmutzig, das Gaslicht fiel grell über einen zerschlissenen Diwan, auf den der Sepp schwer niedersank. Er glotzte dösig auf das Weib, das sich vor ihm auszog. Als sie endlich neben ihm auf dem Diwan saß und sich an ihn drückte, stöhnte er schwer. Auf einmal aber, nachdem sie ihren nackten Arm um sein Genick legte und ihn niederzog, ruckte er mit dem Körper herum, sein Gesicht zerfiel förmlich, sein Mund brach auf, und wie ein Sack warf er sich auf sie ...

– – –

Die alte Lechnerin stopfte ziemlich lange in dieser Nacht an den zerrissenen Socken Sepps, sie schlief dabei ein und wachte erst wieder auf so um die Mitternacht. Eine Zeitlang blieb sie nachdenklich sitzen, nahm dann die Kerze, zündete sie an und schaute in Sepps Kammer hinauf, und als sie sah, daß der Bauer immer noch nicht da war, schlurfte sie schließlich in ihre Schlafkammer und legte sich nieder. Am andern Tage wurde es ihr doch ein wenig unheimlich, und sie fragte beim Bätzbacher drüben und erzählte dem Kratelfinger auf der Straße von der sonderbaren Sache. In jedem Haus beredete man das Vorkommnis und zog allerhand Schlüsse. Die alte Lechnerin ging gegen Mittag, als immer noch nichts vom Sepp zu sehen war, zum Meixner nach Offelfing hinüber.

»Jetz – jetz dö is guat! ... Ja – ja, wos is denn jetz do wieda? ... Er werd si doch nix to hobn ...?« sagte die Meixnerin beunruhigt und ging mit der alten Lechnerin auf der Stelle mit. Als die beiden Weiber zum Dorf hereinkamen, sagte der Banzer: »Jetz is er scho do ... Vor a hoibn Stund is er beim Bätzbacher sein Gaßl auffa und hintn eini ...«

Die beiden gingen schneller und trafen den Sepp in der Küche auf dem Kanapee hockend.

»Ja, Sepp? ... Wos is denn?« fragte die Meixnerin und blieb stocksteif stehen. Er drehte den Kopf nach ihr und schaute sie an. Er senkte das faltige Gesicht und brummte einsilbig: »I hob ... I hob bloß an Zug versaamt ...«

»An Zug ...?

»Ja ...« Er richtete wieder sein Gesicht auf sie.

»Wo bischt denn gwen? ... A da Stodt ...?« fragte die Meixnerin verwundert. »Worum bischt denn nei'gfahrn ...?«

Es vergingen einige Minuten, dann sagte der Sepp: »Geh nur wieda hoam, Resl ...«, erhob sich und tappte, ohne sie noch einmal anzuschauen, in den Stall hinüber. Die Meixnerin blieb einen Augenblick stehen. »Hm ... Jetz dös is scho seltsam ... ha-hm«, brümmelte sie vor sich hin und schüttelte den Kopf. Und während sich die Lechnerin, die mit gefalteten Händen und unablässig bewegten Lippen dagestanden hatte, bekreuzigte, tauchte sie den Finger in das Weihwasserfäßchen, machte ebenfalls schnell ein Kreuz und ging ...

Mit dem neugierigen Argwohn, der bloß danach trachtet, daß die bösen Mäuler was zu reden haben, verfolgten die

Buchberger seit diesem sonderbaren Zwischenfall alles, was der Zipfelhäusler-Sepp tat. Aber man sah nicht recht viel. Auffallend war bloß, daß der Sepp von Tag zu Tag schlechter aussah. Gelb und verbraucht war sein Gesicht und merkwürdig trüb seine Augen. Auch sein Gang hatte etwas recht Mühsames, Dahergezogenes. Schwer schien er seine Füße zu schleppen, und wenn man genauer aufpaßte, konnte man bemerken, daß er bei jedem Schritt die Backen einzog und die Zähne aufeinanderbiß, grad als wie wenn er einen Schmerz verbeiße.

Die alte Lechnerin brauchte aber doch nicht nach Offelfing zum Meixner hinübergehen. Gar freundlich war er ja nie zu ihr gewesen, der Sepp, und daß er seit dem Stadtfahren ein noch griesgrämigeres, ja, fast gehässiges Gesicht machte, kümmerte sie weiter nicht. Das meiste, was er redete und brummte, hörte sie sowieso nicht.

Vierzehn Tage waren schon verlaufen. Am Samstag in der Frühe trank der Sepp keinen Kaffee, und als ihn die Lechnerin doch ziemlich mißtrauisch anschaute, weil er sein Sonntagsgewand anzog, schrie er sie auf einmal grob an. »Brauchst net so schaugn und glei auf Offelfing numlaaffa! ... I geh bloß zum Beichtn und zu der Speisung ...!«

Die Alte war zufrieden damit und sagte nichts darauf. Durch das Fenster schaute sie ihm nach. Er ging wirklich nach Ogling hinauf. Beruhigt machte sie sich wieder an die Arbeit. Der Tag verging wie jeder andere. Am Nachmittag, beim G'sottschneiden auf der Tenne, schaute der Sepp öfters die verschiedenen Balken des Dachstuhls an und stieg, nachdem man fertig war, auf den Getreideboden, anscheinend, um nachzusehen, wo das Ziegeldach undicht war. Nach ungefähr einer guten halben Stunde kam er wieder herunter und hatte zum erstenmal wieder ein ruhigeres Geschau. Wie es sich gehörte, betete er nach dem Nachtessen noch eine ganze Weile stumm für sich. Das war der alten Lechnerin immer recht. Eine Zeitlang blieb auch sie noch mit gefalteten Händen sitzen und betete ebenso. Dann ging sie ins Bett.

Der Sepp schaute furchtsam im Raum herum, drückte dann mit der Hand in die vordere Körpermitte, die ihn anscheinend schmerzte, mit der anderen auf sein Kreuz, biß die Zähne zusammen und erhob sich mit einem schnellen Ruck. Schwerfällig harpfte er erst an das eine, dann an das andere Fenster und spähte in die Dunkelheit hinaus. Wieder lauschte er. Dann holte er das Tintenzeug aus der nebenanliegenden dunklen Stube. Plumpsig ließ er sich endlich in das Kanapee fallen und hockte lange über einem Stück Briefpapier, malte zittrig und mühsam Buchstabe um Buchstabe.

Als die Lechnerin am andern Tag, nach dem Gebetläuten, in die Küche herunterkam, stand das Tintenzeug noch immer so da, ein Briefbogen lag daneben, und einige Sätze standen darauf. Sie achtete nicht weiter darauf und legte alles auf den Küchenkasten.

Seltsam, heute kam der Bauer nicht herunter wie gewöhnlich. Es verging eine gute halbe Stunde, und sie hatte den Kaffee schon längst fertig. Sie schrie schließlich hinauf, hörte aber keine Antwort. Sie schrie wieder und horchte angestrengt. Wieder nichts.

Sie humpelte schließlich in die Kammer hinauf und klopfte. Als niemand antwortete, holte sie den Kerzenleuchter und ging in die Seppkammer. Das Bett war genau noch so, wie sie es am Tag vorher gemacht hatte. Der Sepp war verschwunden.

Die Alte ging zum Bätzbacher hinüber, und Bauer und Nachbarsleute kamen. Das ganze Dorf lief zusammen. Man schrie im Zipfelhäuslerhaus herum und suchte.

Nach einiger Zeit fand der Bätzbacher auf der Tenne etwas Sonderbares. Der Körper Sepps hing vom Dachgerüstbalken herunter. Schlaff und schief in die linke Schulter gezogen lag der Kopf in der Schlinge. Die Augen waren schrecklich herausgequollen, aus dem Mund hing die Zunge geschwollen und grauenhaft ...

Später, als die Meixnerin kam, sagte die alte Lechnerin etwas von dem Tintenzeug und einem Zettel, die sie in der Frühe auf dem Tisch gefunden hatte. Die Meixnerin langte auf den Küchenkasten nach dem Briefbogen und las:

»Ich habe eune Krangheid von der Stadt heimprachd. Die Sach ghörd der Resl. Ich mächt nepen der Fanni eingraben werten. Ammen. Joseph Gotzinger.«

Ein Bauer rechnet

I

Es war eine frische, mondhelle Märznacht. Ganz ausgesternt wölbte sich der blanke Himmel, rundum auf den schneefreien, aufkeimenden Feldern stand ein dünner Dunst, und es roch kräftig nach Dung und feuchter Erde.

Auf dem schmalen, ausgefahrenen Feldweg, der von Weimberting nach Besenberg durch leicht hügelige Äcker führt, ging der baumlange Amrainer-Sepp, mit seinem richtigen Namen Joseph Lederer, torkelnd heimwärts. Allem Anschein nach war er sehr ärgerlich, denn er stieß oft und oft seinen dicken Weichselstecken fest auf den Boden und knurrte dabei grimmig vor sich hin: »Und grod mit Fleiß mog i it! Grod mit Fleiß it!« Er war beim Unterbräuwirt in Weimberting gewesen und hatte ihm ein schlachtbares Kalb angeboten. Ein zäher und schandmäßig schlechter Handel war daraus geworden. Der knickrige Wirt nämlich war immer und immer wieder von der eigentlichen Sache abgewichen, hatte dem Sepp eine Maß Bier um die andere aufgeschwatzt und dabei den Preis des Kalbes unglaublich tief heruntergedrückt. Die Amrainers von Besenberg aber waren von jeher weit und breit als sehr geldgierige, äußerst sparsame Leute bekannt, und der Sepp galt als der knauserigste von ihnen. Er mußte in einem fort an das sinnlos ausgegebene Geld denken. Sein Kopf war bierschwer, sein Hirn dumm und stumpf, sein Magen rumorte, er rülpste mitunter und verfluchte den erbärmlichen Stand des Bauern in jetziger Zeit, verfluchte das Kalb, die ganze heutige Weltordnung, aber die meiste Wut hatte er doch auf diesen fetten schlitzäugigen Unterbräuwirt. Während des ganzen Schacherns nämlich hatte dieser ewig so verfängliche, spöttische Fragen an ihn gerichtet, zum Beispiel, warum er – der Sepp – mit seinen vierunddreißig Jahren noch immer keine Courage zum Heiraten habe, wo er doch einziger Sohn und Erbe des fast schuldenfreien Hofes sei? Wo es doch rundherum schwergeldige Bauerntöchter grad genug gebe, und wo doch die alte Amrainerin gottesfroh wäre, wenn sie endlich übergeben könnte.

»Jetzt hot dir doch d' Brandversicherung scho dein' neuen

Stodl herbaut! ... Und wennst jetz an Batzn Geld derheiratst, kunntst doch dei' Anwesen leicht richtn lassen!« hatte der neugierige Wirt einmal beiläufig hingeworfen und ganz frech und noch viel spöttischer dazugesetzt: »Du wartst gwiß, bis dir 's Haus aa no niederbrennt, daß dir d' Versicherung dös aa no neu baun muaß?« –

Der Sepp kam jetzt auf der Besenberger Höhe an und blieb stehen. »Sauwirt, windiga!« brummte er mürrisch und schaute rundum. Alles war tot und still. Der hohe Mond verbreitete eine ungewöhnliche Helligkeit, und drunten auf der flachen Mulde tauchte das weitläufige Dorf Besenberg auf. Gleich das erste Bauernhaus mit dem neuen Stadel daneben, das war der uralte Amrainerhof. Er lag ungefähr wurfweit vom eigentlichen Dorf entfernt, langhingestreckt stand er auf dem freien Feld, kein Zaun umgab ihn.

Der Sepp hob sein stoppelbärtiges, hageres Gesicht, prüfte noch einmal wie ein witternder Hund die Umgebung und wurde ruhig. Er sah scharf, immer schärfer auf den neuen Stadel, dann wieder auf das Haus, und seine etwas herausgequollenen, leichtglotzenden Augen wurden belebter. Ein zerschlissenes Lächeln glitt über seine Züge. Er schnaubte, und endlich fuhr er mit dem Daumen und dem Zeigefinger in seine linke Westentasche, fingerte eine Weile darin herum und zog nacheinander vier Fünfmarktaler heraus. Nachdenklich wog er sie in seiner Handmuschel und schien sehr zufrieden zu sein. In diesem Augenblick aber schlug die Besenberger Kirchenuhr drei Viertel zwölf. Das erschreckte ihn ein wenig. Schnell ließ er die Taler wieder in die Westentasche gleiten und ging hastig weiter. Erst kurz vor dem Amrainerhof verlangsamte er seine Schritte. Hinten beim Leerbacher bellte der Hund auf. Der Sepp knirschte und trat von der Straße auf den weichen Feldrain. Vorsichtig ging er dahin, und als er an der feuchten, abgebröckelten Stallwand des Hauses stand, lauschte er angestrengt. Der Leerbacherhund bellte nicht mehr. Alles schlief. Der Sepp ging schmal an der Wand etliche Schritte weiter und drückte sein Gesicht an das kleine, verschmierte Fenster der Knechtkammer, die neben dem Stall zu ebener Erde lag. Etliche Augenblicke überlegte er. Sein Herz schlug. Er spürte es sogar in den Schläfen. Er gab sich einen kurzen Ruck und klopfte sacht an die Fensterscheiben.

»Wastl? He, Wastl!« keuchte er unterdrückt und klopfte schließlich stärker. Drinnen räkelte sich jetzt jemand im Schlaf.

»Wastl! He! Aufmach! I bin's, der Sepp!« wiederholte er dringlicher, und endlich bekam er Antwort. Der Knecht kroch mühselig aus seinem Bett und kam auf das Fenster zu.

»Geh weita, mach!« drängte der draußenstehende Sepp.

»J-jaa, ja ja! Wos is denn scho wieda?« wimmerte der Knecht und öffnete den einen Fensterflügel. Ihm war schon etliche Tage nicht recht gut, und gestern mußte er sich hinlegen, so schlecht war's geworden. Elendiglich jammerte er, der Sepp sollte ihn doch in Ruh lassen mit seinem Zeug, das komme ja doch einmal auf, und dann ...

»Ah! Red doch it! Mach auf! Geh weita!« ließ der Sepp nicht locker, und nach einigem Hin und Her kam der Knecht dann doch an die hintere Stalltür und ließ den jungen Bauern hinein zu sich.

Gutding eine Stunde hockte der Sepp am Bett des jammernden Knechtes. Mit einem Fünfmarktaler fing das Handeln an. Beim dritten Taler noch meinte der kranke Wastl, er möge nicht mehr, wenn es aufkomme, komme er ins Zuchthaus und – überhaupt, ihm sei so miserablig schlecht, wenn das nicht besser werde, gehe er in das Krankenhaus. Beim vierten Taler endlich bekam der Sepp das Übergewicht.

»Dei' Kranksei' is ja doch dös best Alibi!« sagte er zum Wastl, und wenn er erst einmal auf dem richtigen, neugebauten Haus Bauer sei, er wisse, was Pflicht und Schuldigkeit sei. Alle vier kalten Taler drückte er dem fiebernden Knecht in die heiße Hand.

»Wastl, i vergiß dir's nia! Deiner Lebtog it!« schloß er warm und einnehmend. Alsdann schlich er durch den Stall in seine Schlafkammer hinauf. –

In der darauffolgenden Nacht – in Besenbach und beim Amrainer schlief alles ruhig und tief – fing auf einmal hinten in der Tenne das Knistern an. Schnell schlug das Feuer durch das dürre Dachgebälk, die erhitzten Ziegel zersprangen und fielen krachend herab. Als dann die hellichte Flamme zum Dachstuhl hinausloderte, plärrte der Leerbacher durch das offene Ehekammerfenster: »Brenna tuat's! Brenna tuat's!« Die Leute schreckten aus dem Schlaf und rannten daher. Ganz Besenberg lief zusammen. Die Kirchenglocken fingen an zu läuten und bekamen allmählich Antwort von den umliegenden Dörfern. Die Feuerwehr rückte aus und war machtlos. Ein Höllenlärm umfing das brennende Haus. Mit der Nachtjacke, im Barchentunterrock, mit zerzaustem Haar und verschrecktem Gesicht kam die alte Amrainerin auf den Hof gelaufen, die

Dirn sprang von der Altane herab und verstauchte sich den Fuß, mit knapper Not konnte man den kranken Knecht aus seiner qualmenden Kammer retten, denn irgend jemand hatte die Stalltüren aufgerissen, das Vieh abgehängt, und dieses rannte wie wild geworden ins Freie. Die Rösser jagten in die weite Dunkelheit, die Kühe liefen brüllend ins Dorf, die Säue sausten verängstigt in die Nachbargärten und versteckten sich in Büschen und Winkeln. Alles ging drunter und drüber. Die aufgeschreckten Hühner flogen gackernd in der hellen Nacht herum, die Weiber schrien und weinten, die Männer stritten und reagierten kopflos, und als endlich die Weimbertinger, die Freiselbacher und Trostinger Feuerwehren auf den Platz kamen, war der ganze Hof nur noch ein lohender Feuerhaufen.

»Ja, Himmikreizherrgott, wo is denn eigentli der Sepp! Der Sepp?« schrie der Besenberger Feuerwehrhauptmann Lochbichler die weinende Amrainerin an, und auf einmal fragten alle so stürmisch, auf einmal wollte es jeder wissen, als hänge davon alles ab. Und da erfuhr man, der Sepp sei heute nachmittag nach Freising, um ein Roß zu kaufen.

»Z' Freising? ... Und dahoam brennt 's Sach!« schimpfte der Lorinser: »Der is guat!«

Und der Bernlochner meinte: »No, do kunnt er doch scho lang zruck sei' ... Hm, ausgerechnet wenn's brennt, is er beim Roßkaaffa!« Es war zwar weiter nicht argwöhnisch gemeint, es kam bloß von der allgemeinen Aufregung, aber einige faßten dabei doch ein Mißtrauen. Als aber der Sepp später dann ankam mit einem fetten Grauschimmel, war's dann doch viel anders, denn der junge Bauer wurde ganz verstört über das Unglück. Er fing sogar zu weinen an, und jeder Mensch hatte ein aufrichtiges Erbarmnis mit ihm. Der Lochbichler war der erste, der zu ihm sagte: »Noja, Sepp, es werd in Gottes Nama scho wieda werdn! ... D' Besnbacha hobn no nia an Besnbacha an Stich lossn!«

Der Sepp faßte sich wieder ein wenig, aber er war wie zerbrochen. Er, seine alte Mutter und die Ehhalten nahm man beim Leerbacher auf. Das Vieh wurde eingefangen und in den Nachbarställen untergebracht. Die Feuerwehren spritzten noch alles halbwegs zu Asche, zogen endlich ab und machten der Üblichkeit entsprechend in Weimberting beim Unterbräu Einkehr. Da gab es Freibier, ein ganzes Faß. Durst hatten die Leute, massig Durst. Und selbstredend wurden sie mit der Zeit auch lustig. Bei dieser Gelegenheit ließ der Unterbräuwirt Worte fallen, die allgemein als sehr unangebracht empfunden wurden. Er sagte etwas vom guten Versichertsein beim Amrainer und warf ziemlich hämisch hin, jetzt, wenn alsdann der Hof neu aufgebaut würde, heirate der Sepp sicher. Das verstimmte.

»Pfui Teifi!« schrie der Lochbichler mannhaft und warf dem Wirt etliche Grobheiten ins Gesicht: »Pfui Teifi ... I tat ma Sündn färchtn, a so daherzredn! I tat mi schama, wenn anderne a solchers Unglück hobn, no schlecht davo z' redn!« Und er hatte sofort alle für sich. Der Wirt kam schier in Bedrängnis.

Ob er vielleicht ein schlechter Kerl sei, der Amrainer-Sepp, meinten etliche, und wiederum der Hoazbaur von Freiselfing fragte, ob er vielleicht von Freising das Feuer hätte herblasen können, der Sepp? Am Nachmittag sei er weg, und um zehn Uhr in der Nacht hätt's zu brennen angefangen?

Kurzum, recht ausfällig wurde man gegen den vorlauten Unterbräuwirt, und da erzählte der, wie der Sepp vorgestern beim Kälberhandel komisch dreingeschaut habe, als er – der Wirt – ganz beiläufig sagte, ob er vielleicht gar mit dem Übernehmen und Heiraten warten wolle, bis das alte Haus auch noch niederbrenne und von der Versicherung neu gebaut würde.

»I red net einfach daher, aba wos i siech und här, dös sell hob i gsehng!« wehrte er sich, der Wirt. Und da freilich wurden etliche nachdenklich. Jeder in der Stube beruhigte sich. Keiner hingegen verlor ein ehrabschneiderisches Wort über den Sepp. Bloß der Hebersberger von Trosting meinte nebenher: »Noja, 's Knausern und 's Geizigsei' is ja scho ewi dahoam beim Amraina z' Besenberg!« Das war alles.

II

Es ging alles in seiner Ordnung. Die Versicherung zahlte ihre runden neunundzwanzigtausend Mark aus, und der Amrainerhof erstand neu. Der Sepp half überall mit und war in einem Eifer. Die Besenbacher taten ein übriges. Der Leerbacher fuhr ihm billigen Sand aus seiner Sandgrube her, vom Lindl'schen Sägewerk in Trosting kam das Holz in Brettern und Balken, zu dem der Lochbichler und der Pointner beigesteuert hatten. Nach kaum zwei Monaten war dann eine fidele Hebefeier, und dabei zeigte sich der Amrainer-Sepp einmal nicht knauserig. Er stiftete einen halben Hektoliter Bier. Er selber war fast der Munterste dabei.

Als das Haus neu und frisch dastand, ließ schließlich der Sepp auch mit sich reden.

»Jaja, Muatta, i heirat scho, aba nur langsam ... So wos loßt si doch net über's Knia o'brecha«, meinte er, wenn ihm die alte Amrainerin solcherart zuredete. Er schien auch langsam herumzuschauen nach einer passenden Hochzeiterin.

Um dieselbige Zeit kam endlich der Wastl, der eine Lungenentzündung bekommen hatte, aus dem Krankenhaus und konnte selbstredend wieder einstehen beim Amrainer. Indessen, der Knecht nahm sich jeden Tag mehr heraus, und da kam er zur alten Amrainerin unrecht. Nach etlichen Streitereien sagte sie ihm kurzerhand den Dienst auf. Das verwirrte sonderbarerweise den Sepp sehr. Der Amrainerin war es auffällig, daß er dem Knecht so beistand und absolut gegen das Ausstellen war. Doch die alte Amrainerin hatte von jeher einen eisernen Kopf. Sie gab nicht nach. Starrköpfig blieb sie dabei, am anderen Sonntag könne der Wastl gehen.

»Herr auf'm Hof bin oiwei no i ... Und i sog, der Lackl konn geh!« wies die Altbäuerin den Sepp zurück, als er's ein letztes Mal mit dem Einlenken versuchte. Scharf sah sie ihm in die Augen und meinte: »Schaugt ja nett aus, wennst du für den Hallodri bist und eahm mehra glaabst ois wia mir ... 'naus muaß er, sog i! 'naus, auf der Stell!« Der Sepp zog, wie man sagt, den Schwanz ein und sagte gar nichts mehr.

In der Frühe am Sonntag ging der Wastl ins Hochamt nach Weimberting, hernach suchte er ein Wirtshaus um das andere auf, soff sich einen hübschen Rausch an und kam zuletzt zum Unterbräu in die Stube. Er hockte sich keck zwischen die ruhigen Bauern und tat sehr laut. In das aufsässigste Fluchen kam er mit der Zeit und stieß ab und zu unverständliche Drohungen heraus. Einige verbaten sich dieses saudumme Geplärr.

»Hoho! Hoho!« schrie der Wastl jetzt erst recht: »I bin no koan was schuidi bliebn! I zoi mei' Bier wia jeda andre und brauch auf gor koan aufpassn!«

»'s Mäu hoit, bsuffers Wogscheitl, bsuffers!« kam der Hegerl-Peter in Harnisch und machte fuchtige Augen: »Dein' Schnobl hoit, sünst hau i di glei außa aus dein' persern Rökkei!« Alle rund um den Tisch wurden immer aufgebrachter, und als der Unterbräuwirt den frechen Knecht wegschieben wollte, stand der hart auf und schrie laut: »So! So, Baurn, jetz geh i auf Freiselfing umi auf d' Schandarmerie, und morgn hoin s' an Amrainer-Sepp, daß ös wißts! Guat Nacht, beinand!« Er schwankte, rülpste, und alle starrten ihn einen Moment lang sonderbar an. Ehe aber einer was dagegen sagen konnte, drängte sich der Wastl aus dem vollbesetzten Tisch und ging. Stockstumm blieb es noch eine ganze Weile. Jeder glotzte.

Alsdann sagte der Unterbräuwirt doch ein wenig unterirdisch triumphierend: »No, i glaab oiwei, i hob doch recht ghabt ... Paßts nur auf, wos ma do no für a Sauerei derlebn ... Jetz geht's um Haut und Krogn beim Amrainer-Sepp!«

»Holla! Holla! A so is oiso de Gschicht!« begriff der Lochbichler, und jetzt fing jeder zu reden an.

Am andern Tag wurde der Amrainer-Sepp verhaftet. Das gab im ganzen Gau ein Aufsehen. Etliche Monate später fand die Verhandlung vor dem Schwurgericht in München statt. Der Sepp und der Knecht, alle zwei waren geständig. Der eine blieb im großen und ganzen sachlich, der andere benahm sich kläglich, wimmerte und weinte und beteuerte in einem fort. Viele Leute aus der Besenberg-Weimbertinger Pfarrei waren im Gerichtssaal, und man rechnete es dem Sepp hoch an, daß er mit solchem Nachdruck betonte, seine alte Mutter habe mit der ganzen Geschichte nichts zu tun, sie sei ganz und gar unschuldig. Fast aufdringlich oft wiederholte er in einem holperigen Schuldeutsch: »Ich möcht' schon sagen, Herr Richter, meine Mutter hat nie nichts gewüßt von ünserer Lumperei! Radikal gor nix!« Er hätte es gar nicht so hitzig zu machen brauchen. Es stellte sich sowieso einwandfrei heraus.

Wegen Brandstiftung bekam also dann der Knecht Sebastian Kögl, wie sich der Wastl schrieb, ein Jahr und neun Monate Zuchthaus und drei Jahre Ehrverlust. Der Amrainer-Sepp erhielt drei Jahre Zuchthaus und ebensolang Ehrverlust.

»Versicherungsbetrug aber«, hieß es in der Urteilsbegründung, »kann deshalb nicht in Frage kommen, weil die derzeitige Besitzerin des Amrainerhofes, die Brandleiderin und Mutter des Angeklagten Joseph Lederer, Bauerswitwe Kreszenzia Lederer von Besenberg, von dem Werk der beiden Angeklagten nichts wußte.«

Nachdem der Sepp diesen Satz gehört hatte, schnaufte er sichtlich auf, und sein bis dahin etwas benommenes Gesicht wurde ruhig. Er schaute flüchtig nach seiner alten weinenden Mutter und schien weiter nicht erschüttert zu sein. Um den mitangeklagten Knecht kümmerte er sich nicht im geringsten. Er war für ihn völlig Luft. Sicher überschlug er sich als knauserig rechnender Mensch insgeheim alles genau und war zufrieden: Für vier Fünfmarktaler hatte er einen neugebauten Bauernhof erwirkt. *Der* blieb ihm ja doch zum Schluß. Ein solcher Handel war besser wie der damalige mit dem Kalb beim Unterbräuwirt in Weimberting. Deswegen wünschte der Sepp auch das Wort nicht mehr am Schluß. Aber als ihn der Polizist abführte, sagte er zu diesem fast keck: »Noja, drei Johr san aa koa Ewigkeit.« Er konnte warten. –

Die Puppen

I

Da hatte man's jetzt wieder mit diesem verdammten Zigeunergesindel! Da hatte man den Schaden wieder!

Glücklicherweise war endlich der alte Gemeindearme Joseph Kragerer, der »Bettelsepp«, gestorben. Der unnütze, mißliebige Brotesser war in der Ewigkeit, man hatte diese Last los und konnte das Gemeindehäusl an die Hupfauer-Agnes verpachten. Der Pachtzins war zwar recht niedrig, aber wenn man die nunmehr wegfallenden Unterhaltskosten für den »Bettelsepp« selig dazurechnete, ergab sich doch die schöne Aussicht auf eine Herabsetzung der Gemeindeumlagen – und da, da ausgerechnet mußte diese dumme, widerwärtige Sache passieren! Jetzt war alles wieder zuschanden gemacht, obendrein gab es noch Scherereien, und ein neuer Brotesser war auch wieder da!

Ganz recht hatte er, der Irschenberger, absolut recht: Dieses unsichere Zigeunergesindel, das ewig im Land herumfuhr und nichts als Kalamitäten machte, sollte man überhaupt nie über die Gemarkung der Gemeinde Pfremding gelassen haben! Vor jetzt gutding drei Jahren, als der Rederer von Tuttling von einem Gang zum Bezirksort Mangling nicht mehr heimkam, ja, da waren auch grad Zigeuner da. Die Gendarmerie nahm zwar die ganze Sippschaft auf der Stelle fest, suchte und suchte in der ganzen weiten Umgegend herum, aber den Rederer fand man nicht mehr, und – wie später herauskam – den Zigeunern konnte nichts nachgewiesen werden, der Rederer blieb verschwunden, die Sache schlief ein.

Und jetzt? Jetzt! Nichts hatte dem Irschenberger sein Schimpfen geholfen, gar nichts! Die Zirkusspielereien, das Kasperltheater und all die sonstigen Gaukeleien der Zigeuner waren allem Anschein nach wichtiger!

Jetzt hatte sich der einschichtige Zigeuner Windel erhängt. Steif hing sein Körper an der Wand des verwitterten Planwagens, blaugefroren und steif. Und aus dem Innern des Wagens schrie ein ungefähr einjähriges Kind aus einem Berg von alten Lumpen. Wieder kam die Gendarmerie, aber weder sie noch der Teufel brachten etwas über die Herkunft und die Familienverhältnisse des Erhängten heraus. Er wurde vor der

Gottesackermauer eingescharrt, basta. Und was blieb anderes übrig, als das Kind »auf die Gemeinde zu nehmen«. Es lag in einem Waschkorb in der Bürgermeisterstube, am andern Tag beim Reifler, am dritten beim Irschenberger, und so machte es die Runde. Keiner wollte es haben, aber schlicht und schließlich – einfach aussetzen, wegschaffen oder abschlagen konnte man es denn doch nicht. Das gehörte sich doch nicht!

Der Bürgermeister Kranzler berief eine Gemeinderatssitzung ein. Da wurde gebrummt und geschimpft, Grobheiten flogen hin und her, und zu einem Resultat kam man nicht. Und das fremde Kind wanderte vorläufig von Haus zu Haus. Zwei volle Wochen ging das so, bis endlich die Hupfauer-Agnes zum Bürgermeister kam, das Kind aus dem Korb nahm und resolut sagte: »Noja, wenn's keiner will, das arme Würmerl, nachher nimm's halt ich!«

Die Bürgermeistersleute waren ein bißchen betreten. Verlegen und ein wenig schuldbewußt schauten sie in das strenge, gefaltete Altweibergesicht der Agnes, und endlich sagte der Kranzler: »Man tät's ja gern behalten, wenn's schon ausgewachsen wär', wenn's arbeiten könnt' ...! Aber so! Bei uns hat doch keiner Zeit, daß er auf den Schrazen aufpaßt!«

Und die Kranzlerin faltete ihre wulstigen, kurzen Finger auf dem runden Bauch und meinte ebenso: »Da tust ein gutes Werk, Agnes! ... Und wenn's soweit ist, daß aus dem Kind ein handfester Kerl wird, alsdann nimmt ihn ja jeder Bauer gern ...«

Die Agnes sagte nichts darauf. Sie wickelte das Kind in ihr Umschlagtuch und ging davon. Als sie die Dorfstraße hinunterging, traf sie den Irschenberger. Zu dem sagte sie grob und bündig: »Du kannst dem Bürgermeister sagen, die Milch muß mir die Gemeinde liefern, weiter will ich nichts – soviel kann ich alsdann doch verlangen!«

Der Irschenberger kam zum Kranzler und sagte ihm das auch. Wiederum wurde eine Gemeinderatssitzung einberufen, und erst nach einem hartnäckigen Hin und Her kam es soweit, daß jede Woche ein anderer Bauer die Milch für das fremde Kind kostenlos lieferte.

Damit war die brenzliche Angelegenheit fürs erste immerhin geregelt. Die Hupfauer-Agnes hatte ja sowieso nicht allzuviel zu tun und Zeit für das Kind. Sie stand schon hoch in den Fünfzigern, hatte ein bißchen Geld auf der Sparkasse und war noch rüstig. Ihr Mann war seinerzeit vom Baugerüst heruntergefallen und tot liegengeblieben. Seitdem arbeitete die

Wittiberin in der Erntezeit bei den Bauern auf Taglohn, strickte im Winter, flickte Kleider und versorgte die Gemeindewaage. Kind hatte sie keins, na also!

»So hat also unser Herrgott doch alles wieder in die Ordnung 'bracht«, sagte die Kranzlerin, und es läßt sich denken, daß die Bauern mit dieser Regelung zufrieden waren.

Da man vom Herkommen des Findlings nichts weiter wußte, als daß es eben im Planwagen des erhängten Windel gelegen hatte, und da nun einmal ein menschliches Wesen erst ein Mensch ist, wenn es einen Namen hat, drang der Pfarrer darauf, daß es getauft würde. Man hieß den Buben Peter – Peter Windel.

Die hinterlassene Habschaft des Erhängten wurde auf dem Pfremdinger Dorfplatz öffentlich versteigert. Den Wagen erstand der Irschenberger, die zwei ausgehungerten Rösser der Reifler. Das erlöste Geld wurde für den Buben auf die Sparkasse gelegt. Das Sparbüchlein bekam die Agnes zu treuen Händen. Das sonstige Gerümpel, das im Planwagen gelegen hatte, lag nach der Versteigerung als Haufen auf dem Rasen vor der Dorfwirtschaft *Pfremdinger Hof*. Zufällig sah die Agnes ein paar Figuren vom Kasperltheater und nahm sie mit. Es waren ein Kasperl und eine Prinzessin. Diese zwei Figuren baumelten von nun ab über dem Korb des Kindes die ganze Zeit. Der Bub griff manchmal danach. Dann schlenkerten sie hin und her, und es war, als lache das Kind dabei.

Große Mühe machte der Findling wirklich nicht. Schwächlich war er, aber krank nicht. Er schlief sehr viel und schrie fast nie, und wenn er wach war, beschäftigte er sich mit den Figuren. Das schien ihm vollauf genug zu sein. Erst nach ungefähr eineinhalb Jahren konnte er unbeholfen herumkriechen, und auch das schien ihm noch einige Mühe zu machen. Meistens kauerte der kleine Peter in der Ofenecke, spielte mit Flecken, mit Kasperl und der Prinzessin. Die hatte die Agnes an eine Schnur gehängt, die quer von einem Eck zum andern lief.

Die Agnes konnte ruhig ihrer gewohnten Arbeit nachgehen. Es war was recht Leichtes mit dem Kind. Sein Geplapper klang wie ein murmelndes Singen, und es war nie laut, nie schreiend. Irgendwelche Worte kamen dabei nie heraus, aber schon beim drittmaligen Anleiten der Agnes faltete der Peter bereits ganz manierlich die winzigen Hände und schaute aufmerksam auf die Ziehmutter, wenn sie ernst betete.

Am Weihnachtsabend dieses Jahres weinte der kleine Peter zum erstenmal ärger als je. Die Agnes hatte ihm eine Puppe gemacht, ein plumpes Ding aus Barchent mit fast unbeweglichen Gliedmaßen und einem aufgenähten Porzellankopf. Mit sichtlicher Freude ergriff der Bub das Geschenk, lachte und plapperte lauter und schneller als sonst, preßte die Puppe mit den Händen fest zusammen, lachte erneut und watschelte geschäftig in die Ofenecke. Diesmal achtete er kaum auf die neueingekleideten Figuren des Kasperls und der Prinzessin, die über ihm baumelten. Sie hingen ja in der Luft. Diese Puppe aber hielt er in den Händen! Er zog die Zigarrenschachtel, in der seine bunten Flecken lagen, vor sich hin, bog die Puppe ab und setzte sie drauf. Aber kaum hatte er sie losgelassen, da fiel sie steif zu Boden. Blieb liegen, ausgestreckt und starr, mit unverändertem, ausdruckslosem Gesicht. Und unbeweglich glotzten die gläsernen Augen auf das bestürzte Kind. Kein Wimmern, kein Weinen, nichts! Rätselhaft hilflos und hölzern lag das Ding aus Barchent und Porzellan da. –

Peter erbleichte plötzlich, seine Wangen zuckten wie von einem jähen Schmerz berührt, und schreiend schnellte er auf, rannte zur Agnes an den Tisch, verbarg seinen kleinen Kopf in ihrem Schoß. Weinte und weinte ganz sonderbar erschüttert.

Als die Agnes die Puppe vom Boden aufnahm und sie dem Buben geben wollte, wandte er den Kopf wie von einer großen Furcht geschüttelt weg und klammerte sich hilfesuchend an ihren Rock. Er schrie so schreckhaft, so schmerzlich auf, als stecke er am Messer.

»No! No, jetzt! Geh, du Patscherl!« sagte die Agnes, streichelte über seinen Kopf und legte die Puppe schließlich in die Kommodenschublade, nachdem sie merkte, daß der Bub das Ding fast fürchtete und nichts mehr mit ihm zu tun haben wollte.

In dieser Nacht schlief der Peter unruhig, und am Morgen war er blaß, hatte blutleere Lippen, und seine Augen starrten tief verängstigt aus dem verstörten Gesicht. Die Agnes nahm das nicht weiter wichtig, wahrscheinlich schrieb sie alles dem Umstand zu, daß das Kind nach und nach Zähne bekam, was ja meistens solche Unruhigkeiten hervorruft. –

Er war ein merkwürdiges Kind, der Peter Windel. Als er sechs Jahre alt geworden war, also im schulpflichtigen Alter stand, benahm er sich noch wie ein Vierjähriger. Erst mit acht Jahren taugte er endlich für den Schulbesuch. Aber er kam noch jeden Tag heim, legte den Schulranzen hin, machte seine Aufgaben mit einer sichtlichen Hast und legte sich wieder in die Ofenecke zum Kasperl und der Prinzessin, ließ sie hin und her schaukeln wie seit eh und je. Die anderen Dorfkinder mochten ihn nicht. Er war scheu, furchtsam und blieb ihnen fremd. Manchmal liefen sie ihm nach, weil er sich stets so absonderte. Sie pufften ihn und hießen ihn »Zigeunerbub«. Sie umringten ihn und kujonierten ihn auf alle mögliche Art, ermutigt dadurch, daß er sich nie im geringsten zur Wehr setzte. Er stand nur da, schaute hilflos drein und hatte ein schmerzliches Zucken auf den Wangen. Er bewegte sich nicht vom Fleck, gab keinen Laut von sich und ertrug alles, was auf ihn eindrang. Erst wenn sich der Haufen verlaufen hatte, rannte er wie von Furien gejagt heim. Aus Furcht, so etwas könne ihm öfter passieren, blieb er von da ab jeden Tag eine lange Weile im Abort des Schulhauses und wartete, aus dem Fenster spähend, bis kein Schulkind mehr auf der Straße war. Einmal auf seinem einsamen Heimweg traf er die kleine, leicht verzwergte, hinkende Zauner-Vev, die ein lahmes Bein hatte und im gleichen Alter stand wie er. Aus irgendeinem dunklen Grund verlangsamte der scheue Bub seine Schritte, ging eine kurze Strecke mit der Hinkenden und sah sie dabei fortwährend schweigend, beinahe bang an. Die Vev plapperte auch ab und zu etliche Worte, aber er antwortete nicht darauf, er schien nichts zu verstehen oder nichts zu hören. So ein Zusammentreffen kam öfter vor, und es war stets das gleiche. Mühsam bewegte sich das Mädchen von der Stelle, doch der Peter wagte nicht, sie anzurühren oder ihr zu helfen. Es machte fast den Eindruck, als fürchte er sich vor jeder Berührung, als ängstige er sich, die Vev könnte plötzlich zusammenfallen und liegenbleiben. Liegenbleiben – hölzern und grauenhaft wie damals jene Weihnachtspuppe. Mit der Zeit sagte er aber doch hin und wieder »ja« oder »nein«, wenn die Vev so redete, plötzlich aber – mittendrinnen – rannte er wie von einem wilden Schreck befallen auf und davon. Das Mädchen blieb dann stehen, schaute ihm eine Weile nach und schritt noch unbeholfener weiter. Es erging ihr wohl, wie es den meisten gebrechlichen Menschen bei solchen Gelegenheiten ergeht, sie empfand ihre Hilflosigkeit doppelt schwer und bekam einen Zorn auf Peter.

An einem Tag aber ereignete sich etwas Furchtbares. Der Peter war vom Lehrer im Abort entdeckt worden, bekam Prügel von ihm und lief eben aus dem Schulhaus auf die Straße, als er zu seinem Entsetzen eine dichte Rotte Kinder um die Zauner-Vev versammelt sah. Die Hinkende mußte entweder hingefallen oder umgestoßen worden sein und versuchte vergeblich, wieder auf die Beine zu kommen. Das belustigte die

Kinder. Sie schrien und lachten, pufften sie und spöttelten grausam. Der Peter blieb einen Augenblick in einem kleinen Abstand stehen und überlegte offenbar, wie er unbemerkt und schnell vorbeiflüchten könnte. Kaum aber hatte er zum Laufen angesetzt, als die tobenden Kinder ihn bemerkten und umringten. Sie drängten ihn auf die Mitte zu. Er sah die Vev daliegen und schrie auf einmal fast tierisch auf, schleuderte wie von Sinnen die Arme in die Höhe und wollte aus dem Ring brechen. Da traf ihn ein fester Stoß vom Reifler-Michl, so fest, daß er auf die Liegende fiel. Die Kinder johlten, lachten und spöttelten noch mehr. Mit einem wilden, verzweifelten Satz sprang der Peter plötzlich auf, schlug wie rasend um sich und erwischte mit den Zähnen die Hand vom Reifler-Michl, biß mit wahrer Tollwut in dessen Finger, daß es krachte und das Blut in seinen Mund spritzte. Gell schrie der Michl auf, riß an und rannte heulend und erschrocken mit den anderen Kindern davon. Der Peter hatte ihm den kleinen Finger abgebissen, stand schlotternd und mit schäumendem Mund da und hörte das stöhnende Wimmern der Vev nicht. Grauenergriffen spuckte er den Finger aus und lief mit einem schrillen Schrei davon. Die Agnes sah ihn nur eilig ins Haus laufen. Dann war er verschwunden. Der Reifler, der gleich darauf daherkam und furchtbar fluchte, erzählte das Vorgefallene. Man schrie und pfiff, aber niemand gab an, und endlich fand man den Peter im dicken Heckenzaun des Kranzlergartens. Er war zusammengerollt wie ein Igel und gab keinen Laut von sich. Sinnlos und ohne Unterlaß schlug der Reifler auf ihn ein, belferte etwas von »räudigem Zigeunerblut« und ließ erst ab vom blutiggeschlagenen Buben, als die Agnes und der Kranzler dazwischentraten. Die paar Schulkinder, die herumstanden, freuten sich über die gerechte Strafe. Die Agnes aber schrie dem davongehenden Wüterich nach »Schäm dich, du elendiger Schinder!« und trug den zerschlagenen Peter ins Haus. Sie wusch ihn und legte ihn ins Bett. »Beißen? Geh! Das tut man doch nicht! ... Bist ja wie ein Hund!« brummte sie den verstockt schweigenden Buben an. Dann ging sie wieder an ihre Arbeit.

II

»Faul, boshaft und hinterhältig«, so kennzeichnete der Lehrer seit dem Fingerabbeißen den Peter. Im Dorf gab es eine richtige Empörung. Die meisten wiederholten das mit dem

»räudigen Zigeunerblut« vom Reifler, und von da ab begegneten die Leute dem Peter stets mit finster drohenden, bösen Blicken. Die Kinder aber fürchteten ihn und liefen sofort auf und davon, wenn er auftauchte.

»Agnes? Hie und da durchhauen, wenn er was macht, wird ganz gut sein«, riet der Bürgermeister Kranzler der Gemeindehäuslerin, denn, meinte er, wenn sie den Peter weiter so »verzärtle«, wachse er ihr bald über den Kopf. Die Agnes wurde auch wirklich strenger zu ihrem Zögling. Aber sie schlug ihn nicht. Sie hatte ihre eigene Art der Züchtigung. Zornig schaute sie den Buben an und brummte mit ihrer männertiefen Stimme: »Dich kann man bloß mit Verachtung strafen, wennst so weitermachst!«

Dieses verächtliche Anschauen, diese lieblose Wortkargheit, die sie oft eine ganze Woche beibehielt, wirkten niederdrükkend auf den Peter. An solchen Tagen schlich er geduckt herum und wagte kaum richtig zu atmen. Eine schrecklich angstvolle Traurigkeit lag auf seinem blassen Gesicht, und bittend und hündisch hingen seine Blicke an der Ziehmutter. Kam dann endlich wieder ein weicheres Wort über ihre Lippen, sagte sie am Abend wieder ihr gewöhnliches: »So, jetzt geh schön ins Bett und bet dein Vaterunser, bevorst einschlafst!« dann verschwanden mit einem Male die dünnen Falten auf der sommersprossenüberzogenen, runden Stirne des Buben, eine schnelle Röte überhuschte seine Wangen, und in seinen Bewegungen war eine undefinierbar freudige Eilfertigkeit. –

Im übrigen redete man überhaupt nicht viel im Gemeindehaus. Der Bub und die Agnes verstanden sich sozusagen mehr durch die stumme Geste. Alles in allem schien's doch, als ob die Häuslerin den Peter ganz gern habe. Mit der Zeit sagte sie sogar: »Mein Bub« oder »Mein Peter«, und das war schon viel bei ihr, das war mehr als nur Gewohnheit. –

Was Wunder also, daß der Peter die paar Arbeiten, die sie von ihm erwartete, stets mit einer sichtlichen Beflissenheit tat und ihr ohne viel Gerede folgte. Nein, er machte auch jetzt noch nicht die geringsten Umstände. Und schön war es, daß er seit dem Vorfall mit dem Fingerabbeißen ganz und gar für sich blieb, ganz still, als sei er überhaupt kaum da. Am wohlsten fühlte er sich daheim in der Gemeindehausstube. Wenn er die Milch geholt, das Heizholz hereingetragen hatte, lag er wie seit eh und je in der Ofennische und ließ den Kasperl und die Prinzessin baumeln. Es schaute aus, als seien diese zwei leblosen Dinge seine einzigen wahren Freunde.

Zu Maria Lichtmeß, als der Bub bereits ins dritte Schuljahr gekommen war und schon elf Jahre alt war, kam der Bürgermeister Kranzler einmal ins Gemeindehaus zur Agnes.

»Jetzt, Agnes, jetzt könnt' ich den Bubn schon brauchen«, sagte er und maß den hageren, etwas zu schnell aufgeschossenen Peter abschätzend. Der war erschrocken aufgeschnellt, als der Bauer zur Türe hereingekommen war, und stand stumm und scheu da.

»No, wennst glaubst, nachher nimmst ihn halt!« sagte die Agnes drauf zum Bauern und musterte »ihren« Peter ebenfalls mit einem seitlichen, genauso abschätzenden Blick. Bei diesem Anschauen wurde der Bub brandrot, insonderheit weil es eine Weile dauerte. Endlich aber sagte der Bürgermeister doch: »No, aufgeschossen ist er ja, aber ich glaub', es ist doch besser, wir warten noch bis ins Frühjahr ... Jetzt im Winter ist ja sowieso noch nicht viel Arbeit bei uns ...«

»Noja, du mußt es selber wissen«, antwortete die Agnes knapp, und der Bürgermeister ging wieder. Später, als sie mit dem Buben allein war, sagte die Häuslerin zum Peter: »Jetzt hört sich die Puppenspielerei auf ... Hast es ja ghört, der Bürgermeister will dich ... Bei fremde Leut kannst nicht mehr spielen.«

Offenbar nahm sich der Peter das zu Herzen, und die Agnes freute sich insgeheim darüber, denn von dem Tag an waren Kasperl und die Prinzessin verschwunden. Die Häuslerin fing an, dem Buben für den kommenden Dienst Socken und einige Schürzen zu machen. Recht einsilbig verliefen die Tage und Abende.

»Beim Kranzler hat's keiner schlecht, Peter«, sagte die Agnes einmal, als sie strickend am Tisch hockte, während der Bub seine Schulaufgaben machte. Es klang wie eine schüchterne Ermutigung. –

Februar, März und April verstrichen. Der Bürgermeister Kranzler ging mit dem Peter den kleinen Buckel hinauf, in seinen weitläufigen Hof.

Die Agnes saß an diesem Feierabend merkwürdig nachdenklich am Tisch in ihrer kleinen Stube. Sie vergaß das Lichtanzünden, und als es auf einmal zum Gebet läutete, zuckte sie beinahe erschrocken zusammen, betete ein Vaterunser mehr, und am Schluß sagte sie mechanisch: »Herr, begleit seine Weg' ...«

Um Arbeit war man beim Kranzler nie verlegen, und der Peter zeigte sich soweit ganz anstellig. Er mußte zu den paar

Herrschaften, die rund in der Gegend Sommervillen hatten, die Milch hintragen, im Stall mithelfen, Häcksel wegräumen beim Schnitt und Streu machen bei den Pferden. Der Bauer, die Knechte und die Dirn fanden nichts zu klagen.

Aber dann wurde doch etwas sonderbar. Oft mitten in der Arbeit, wenn der Peter etwas alleinig zu machen hatte, schaute er lauernd herum und war plötzlich weg. Man konnte schreien und pfeifen, soviel man wollte, er gab nicht an. Man konnte ihn fragen und prügeln, wenn er ebenso plötzlich wieder auftauchte – nichts war aus ihm herauszubringen.

Ganz hinten in einer verwachsenen Ecke des weitläufigen Kranzler-Obstgartens hatte er ein Loch ausgehoben, es sorgfältig mit Stroh ausgepolstert, einige Bretter darübergedeckt und auf diese wieder Grasstücke gelegt, so geschickt, daß niemand merkte, was hier vorgegangen war. In diesem Versteck lagen der Kasperl und die Prinzessin friedlich nebeneinander, genau so noch, wie er sie damals von der Ofennische herabgenommen hatte, mit der Schnur, an die sie einst gebunden gewesen waren. Dann und wann kam der Peter – er war ungemein aufgeregt, atemlos – und griff mit seinen zitternden Händen vorsichtig hinab in die Tiefe. Er holte die zwei Puppen herauf, verkroch sich im Heckenzaun, band die Enden der Schnur an je einen Ast und ließ seine Lieblinge baumeln. Hin und her, her und hin.

Als er die Gefahr, entdeckt zu werden, witterte, trieb es ihn bis ins dichte Jungholz, das sich knapp hinter dem Kranzlerhof über den Hügel hinaufzog. Und da lag er dann, schaute mit seltsam strahlenden Augen auf seine leicht schlenkernden Puppen, ließ schreien und pfeifen und bekam einen haltlosen Gesichtsausdruck. Erst lange nachdem es still geworden war, band er seine Kleinode wieder ab und versteckte sie abermals sorgfältig. Wenn ihn endlich ein Knecht oder der Bauer sah und fluchend und schimpfend auf ihn einschlug, drehte er sich wortlos, ohne Weinen und Jammern herum, hielt den steifen Rücken hin und ließ die Hiebe auf sich niedersausen, bis der Schlagende aufhörte und ihn an den Ohren zur Arbeit zog.

Diese verstockte Art stumpfsinnigen Ertragens jeglicher Züchtigung steigerte die Wut der Leute beim Kranzler noch mehr. Bauer, Bäuerin, die Töchter, der Sohn, die Knechte und die Dirn fingen an, dem Buben kein gutes Wort mehr zu geben. Bei der geringsten Gelegenheit stießen sie ihn unbarmherzig, schlugen ihn und schrien dabei die unflätigsten Schimpfworte heraus. Der Peter wurde nur immer verschlossener, sonderbarer und scheuer. Sein Gesicht bekam mit der Zeit einen geradezu alternden Zug, aus seinen kalten, unergründlich verschreckten Augen schaute tiefer Haß. Aber er sagte so gut wie nichts, wenn er sonntags zur Agnes kam. Sie redete von den Klagen, die der Kranzler bei ihr vorgebracht hatte. Auch darauf wußte der Peter keine Antwort. Sie schaute ihn fragend und besorgt an.

»Hm«, meinte sie, »gar so mager bist du ... Beim Bürgermeister essen s' doch ganz gut ... Kein Dienstbot hat noch klagt drüber ...«

»Essen gibt's genug«, bestätigte der Peter und schwieg wieder. Sie schüttelte den Kopf. Und da sie nichts weiter anzufangen wußte, griff sie wieder zu ihrem Strickzeug und sagte: »Naja, jetzt tut dir halt die Arbeit noch ein bißl weh, Peter ... Aber wennst du's einmal gwöhnt bist, wird's schon besser.« Bald ging der Peter wieder.

Als er den Buckel hinaufging, dem Kranzlerhof zu, begegnete ihm die Zauner-Vev. Er hatte sie lange nicht mehr gesehen. Sie war größer geworden, aber es schien ihm, als ginge sie noch mühseliger dahin mit ihrem lahmen Bein. Sie hatte in jeder Hand einen Milchkübel und stellte sie hin. Sie schnaufte keuchend. Der Peter wollte schnell an ihr vorbei. Da sagte die Vev: »Geh, so hilf mir doch, fauler Tropf, fauler!« Mit einem Ruck drehte sich der Peter ihr zu. Sein Körper zitterte. Ratlos und sonderbar schaute er auf das Mädchen.

»Jaja. *dich* mein' ich!« stieß die Vev ungut heraus, als wolle sie den Verdutzten aus irgendwelchen abwegigen Gedanken reißen: »Hilf mir doch ... Du siehst doch, daß ich's nicht dermach ...«

Da glotzte der Peter noch einmal kurz. Er trat linkisch und wie furchtsam an das Mädchen heran, nahm die Kübel und ging mit der Hinkenden über den Dorfbuckel hinunter, bis an ihr Haus.

Die alte Zaunerin stand am Gartenzaun und nahm die Kübel ab. Sie lobte den Peter dankend und sagte: »Bist doch ein guter Kerl auch!«Der Bub schaute sie kurz und fremd an, drehte sich um und ging. Es schien diesmal, als schreite er ein klein wenig leichter dahin.

Aber war nicht die Zaunerin einmal beim Dreschen dabeigestanden, als der erste Knecht ihn windelweich schlug, dabeigestanden und hatte schadenfroh gelacht: »So verstockte Kerl muß man gradklopfen, bevor sie groß werden ...« Sie war auch nicht besser als alle andern. –

III

Es ging in den Winter hinein. Etliche Kinder sahen den Peter einmal auf den Heckenzaun des Kranzler-Obstgartens zugehen. Es schien, als mache er sich dort in aller Eile etwas zu schaffen. Als die Kinder nach seinem Verschwinden am Garteneck herumstöberten, entdeckten sie das leere Erdloch im weißen Schnee, und die Tritte Peters führten auf die Heutenne zu. Dort war er verschwunden. Als er später in die Kranzlerküche trat, hing er um und um voller Spinnwebenhäute.

»Wo kommst denn du schon wieder her, du Kraten, du elendiger!« fuhr ihn der Bürgermeister drohend an. Diesmal zuckte der Bub zusammen. Aber er sagte wie gewöhnlich kein Wort.

»Für dich ist mir meine Hand zu schad, Hundsknochen, miserabliger!« polterte der Bauer und schickte ihn in den Keller zum Kartoffelwiegen.

»Der wird nimmer anders! ... Da hilft das ganze Schlagen nichts!« meinte der verärgerte Bauer.

Es war auffallend. Manchmal flogen jetzt die Tauben wie verschreckt aus dem Schlag, oben im Hausgiebel, und gurrten eine Weile verängstigt. Dann aber, an einem Tag, rührte sich da droben auf einmal nichts mehr, und als man, nachdem die Tauben nicht mehr zum Futterplatz kamen, hinaufstieg, lagen sie alle tot im Schlag. Das war kein Marder gewesen. Einigen Tauben war der Kopf zertreten, anderen der Hals umgedreht. Die Tiere mußten arg herumgeflattert sein vor ihrem Ende, denn überall lagen Federn herum.

Wem konnte denn so was eingefallen sein? Nur diesem verstockten, hinterhältigen Rotzbuben, dem Peter.

»Bist du's gewesen oder nicht! Sag's, du Lump, du gräußlicher!« brüllte der Bürgermeister und stürzte sich auf den Buben. Der wandte sich ohne ein Wort mit dem Gesicht zur Wand, zog den Kopf tief in die Schultern und krümmte den Rücken wie immer. Das ließ den Bauern einhalten. Er stutzte kurz und riß den Peter herum.

»So sag's doch, in Gottes Namen!« schrie die Kranzlerin zwischenhinein. Aber Peters Lippen blieben fest geschlossen.

»Derschlagen tu ich dich noch, du Zuchthauspflanzn, du niederträchtige!« stieß der Bauer heraus und warf den Buben wie ein Stück Holz an die Wand. Es krachte. Bauer und Bäuerin erschraken kurz, aber der Peter erhob sich schließlich und wankte zur Tür hinaus.

Oberhalb des Taubenschlages lagen jetzt der Kasperl und die Prinzessin. Ihre Kleider waren verschimmelt, denn in das Erdloch im Garten war der Schnee gefallen. Hier oben lagen sie wenigstens trocken. Der Peter wagte lange nicht, zu ihnen hinaufzuklettern. Man beobachtete ihn jetzt zu genau. Er war verwirrt und vergeßlich. Sein sonderbares Benehmen beschäftigte mit der Zeit die Leute beim Bürgermeister. Es mußte in dem Buben etwas von unausrottbarem Zigeunerunheil sein. Man witterte nichts Gutes in all seinem Verstocktsein, seinem Schweigen, und als die Kinder gar noch erzählten von dem Erdloch im Garten, da hielt es die Kranzlerin denn doch für ratsam, einmal zum Pfarrer zu gehen und eine Messe lesen zu lassen. Beim Heimgehen traf sie die Agnes, ging auf sie zu und meinte gedämpft: »Agnes, das mit dem Buben, das ist nicht mehr recht ... Der muß verhext sein! Wenn jetzt meine Meß nichts hilft, tun wir ihn weg ...«

Die Agnes aber schaute sie nur feindselig an und sagte herausfordernd höhnisch: »So was paßt ganz zu euch ... Jetzt habts ihn rein dumm gschlagen ... Jetzt gebts ihn weg! Pfui Teufl!« Und ohne sich weiter um die Bäuerin zu kümmern, ging sie in ihr Häusl. Die Kranzlers schlugen den Buben nicht mehr. Ganz offenbar mußte die Messe doch geholfen haben. Der Peter magerte zwar sichtlich ab, und ein fast unheimlich zehrendes Feuer brannte in seinen Augen, aber er verschwand jetzt kaum mehr und tat seine Arbeit. Nur an den Sonntagnachmittagen, wenn's still auf dem Hof war, kroch er hinauf zum Taubenschlag unter dem hohen Hausgiebel und schaute wehmütig auf seine geliebten Puppen. Vergilbt war ihr Glanz, verschossen und zerfranst ihre bunten Kleider, feuchter, moderiger Schimmel lag auf dem Stoff. Er streichelte sie, er wischte sie ab, er schluckte schmerzhaft, als würge er das Weinen hinunter. Traurig kam er nach längerer Zeit wieder zum Vorschein und schlich sich zur Agnes hinunter. Die gab ihm einen warmen Malzkaffee und eine Schmalznudel, aber er nahm nur ein paar Schluck Kaffee.

»Geh, so iß doch!« sagte sie leicht enttäuscht. »Ich hab diesmal doch extra ein neues Schmalz genommen!« Aber er schien weder Hunger noch Appetit zu haben. Sie wickelte ihm die Nudel ein und steckte sie in seine Joppentasche.

– – –

Das Frühjahr kam wieder herauf, der Sommer reifte aus und verging. Der Herbst lag ruhig über den abgeernteten Stoppelfeldern und Wiesen.

Aus der schwerseidenen Sonntagsschürze der Bürgermeisterin war ein Viereck herausgeschnitten, aus Frauenhemden und grellfarbenen Ober- und Unterröcken, Sacktücher vom Bauern fehlten und etliche silberne Knöpfe von seiner samtenen Weste. Einmal in der Sonntagsfrühe weinte die Oberdirn ganz verzweifelt auf, weil von ihrem erst kürzlich gekauften Umschlagtuch die seidigen Fransen abgetrennt waren. Das Bürgermeisterhaus kam wieder in Unruhe. Es gab Streitigkeiten, denn anfänglich dachte man an ganz grobe Knechtswitze. Schließlich aber fiel der Verdacht wieder auf den Peter, und Prügel gab es so viel für ihn, daß er einmal eine ganze Woche mit zerschundenem, verquollenem Gesicht herumging. Da grad Zeit zum Kuh-Austrieb war, wurde er zum Hüten geschickt.

»Sonst taugst ja sowieso zu nichts mehr!« sagte der Bauer, und er war jetzt soweit, den Buben wegzutun. Er wußte bloß noch nicht recht, wohin.

In den ersten Tagen waren die Kühe noch übermütig. Es hieß aufpassen auf sie. Dann aber gewöhnten sie sich an die Luft und ans Gras und lagen nach etlichen Stunden schon gesättigt und friedlich herum. Ihre Glocken klangen vereinzelt und winzig in der großen Stille der weiten Felder.

Solange hielt der Peter aus. Jetzt aber nahm er eines Tages seine Puppen vom Taubenschlag herunter, stopfte seine Hosen- und Joppensäcke mit den ergatterten bunten Flicken, Knöpfen und Fransen voll und nahm die gestohlene Schere mit auf die Weide. Lange forschte er spähend den weiten Umkreis ab, der sich hier, vom abschüssigen Hang, leicht überblicken ließ. Vorsichtig kroch er an den nahen Wald heran, versteckte sich hinter einer dichten Jungtanne und fing an, seine Lieblinge neu einzukleiden. Nach langer Zeit zog über sein verbittertes Gesicht eine glückliche Glätte, mit jedem Handgriff wurde er erregter, Hitze stieg in ihm auf, und seine Wangen brannten dunkelrot. Wie gelenkig sie waren, diese Puppen! Wie zärtlich nachgebend bei jeder Berührung! Wie ihre hölzernen, dünnen Glieder lustvoll klapperten und schlenkerten, wenn Peter die Schnur, an der sie nun wieder hingen, auseinanderzog. Ach, und in welch überirdischer Pracht strahlten diese Wesen in den neuen, bunten, grellen Kleidern! Der Bub schien alles zu vergessen. Er starrte gebannt, völlig hingerissen mit seinen glänzend-feuchten Augen auf diese unnennbar-seltsamen Wundergeschöpfe und verfiel nach und nach in ein Zucken, das er noch nie erlebt hatte. Es war ihm, als brenne alles in und an ihm, und eine unsagbare Wollust stieg in seinem Innersten auf ...

Auf einmal hörte er irgendeinen groben Laut und fuhr entsetzt zusammen. Fliegend, aber ganz mechanisch griff er nach der Schnur und riß die Puppen herab.

»He! He, Peter! ... Paß auf deine Küh' besser auf! ... He, siehst denn nicht, wie sie in unsern Kleeacker laufen!« verstand er jetzt und sah, wie die hinkende Zauner-Vev den Hang heraufkam, näher und näher. Zuerst war er wie erstarrt. Dann plötzlich fing sein Herz wild zu trommeln an, so sehr, daß ihm die Schläge fast weh taten. Schweiß brach aus allen seinen Poren. Eine jähe Schwäche überrieselte ihn. Er nahm seine ganze Kraft zusammen, packte in aller Schnelligkeit Puppen und Flecken, rannte höher hinauf in das Hochholz, stieß an Dickicht, warf sich bäuchlings nieder und kroch weiter.

»He! Peter, stinkfauler Tropf! Peter!« hörte er wiederum die klanglose, gereizte Stimme der Zauner-Vev. Er besann sich kurz, legte Puppen und Flecken unter eine Jungtanne und warf in aller Hast Tannennadeln drauf. Wiederum schrie es, und diesmal näher. Er schlug sich seitwärts, um an einer anderen Stelle des Waldes herauszukommen, und erreichte eine verwachsene Mooslichtung. Noch einmal lauschte er, hörte wieder seinen Namen rufen, richtete sich halb auf und rannte weiter. Da – plötzlich gab der Boden unter seinen Füßen nach, er stolperte und sank kopfüber mit einem jähen Aufschrei in die Tiefe. Wurzeln gaben nach und kratzten ihm Gesicht und Hände blutig, und nach einigen Augenblicken fiel er auf etwas Schwabbliges, Weiches, das wie eine riesige, stinkende Blase aufplatzte. Er raufte und arbeitete mit der Kraft der Verzweiflung herum, hörte noch wie von ganz fern die Stimme der Zauner-Vev und versank immer tiefer in den schauerlichen Matsch. –

Die Zauner-Vev war nach einigem vergeblichen Suchen ins Dorf zurückgehumpelt, die Kühe kamen auch schon ohne den Peter daher, und da ging man ans Suchen. Als der erste Kranzlerknecht im Jungholz die Puppen und Flecken zufällig aufstöberte, hob er sie in die Höhe und sagte: »Jetzt da schau her! Da schau, jetzt stellt sich 'raus wo er die Fleck her hat!« Da ihm aber in der Aufregung niemand zuhörte, meinte er: »Da kann er nimmer weit weg sein ... Da! Da lauft a Spur ...« Man folgte ihr, viele schrien Peters Namen, aber wenn der Irschenberger-Michl nicht mit einem Fuß selber in das Loch gesackt wäre, wer weiß, ob man den Buben überhaupt gefunden hätte. Als man ihn herausholte, war er voller stinkendem Matsch, und Stoff-Fasern klebten an ihm. Er war ohnmächtig, aber er schnaufte noch. Indessen, bei dieser Gelegenheit kam noch etwas viel Grauenhafteres heraus: Der Peter war auf die längst verweste Leiche vom Rederer von Enzhofen selig gefallen, wie sich am andern Tag nach der polizeilichen Untersuchung ergab. Auf welche Art und Weise der Bauer zugrunde gegangen war, wurde dennoch nie ermittelt.

Gewaschen, aber immer noch nicht ganz bei sich, lag der Peter im Bett bei der Agnes, und öfter kamen die Leute daher. Der Pfarrer und Doktor hatten nichts mehr anfangen können. Durch die Abschürfungen und Kratzwunden war Leichengift in Peters Körper gedrungen. Er lief nach und nach blau an, keuchte rasselnd und ging elendiglich zugrunde. Auf dem Nachttisch lagen der Kasperl und die Prinzessin und die bunten Flecken. Als üblicherweise alle um das Bett standen und die Sterbegebete hergeleiert hatten, hob die Häuslerin den Kasperl und die Prinzessin wie beiläufig auf, betrachtete sie nachdenklich und sagte: »Hm, die sind ihm immer lieber gewesen als jeder Mensch ... Hmhm ...« Eine Zeitlang blieb es stockstumm in der Runde. Dann besprenkelte jeder den Toten mit einem Spritzer Weihwasser und ging davon ...

Die Agnes ließ den Buben in das Familiengrab der Hupfauers senken, und auch der Name »Peter Windel, Findelkind« steht auf der Platte des Grabsteines. Alle Jahre zu Allerseelen richtet die Agnes das Grab her, pflanzt Tagundnachtschatten auf das Erdgeviert und steckt die zwei bunten Puppen daneben hin ...

Das Ende von Bildstöckl

Bildstöckl war nicht so ein Einödhof, wie man sie vielfach in unserem oberbayrischen Flachland antrifft: Breitfrontig, langhingestreckt, mit einem Stall, wo fünfzehn oder zwanzig Kühe, etliche Rösser und ein Dutzend Säue zu finden sind, mit umfänglichem Wald-, Wiesen- und Ackergrund dazu.

Bildstöckl war nur ein einstöckiges, ziemlich minderes, einschichtiges Gütleranwesen auf den welligen Höhen westwärts des Pfarrdorfes Allkirchen und ostwärts von dem großen, echten Einödhof Heimhausen. Es stand geduckt und abgebröckelt am Waldrand, von Allkirchen gut an die drei viertel Stunden entfernt und von Heimhausen noch weiter weg.

Seitdem seine Bäuerin gestorben war, lebte der Bildstöckler allein und recht sonderbar dahin. Kinder hatte er keine, und mit seinen Verwandten war er die meiste Zeit zerkriegt. »Mit Freund- und Verwandtschaften«, meinte er meistens, »da zahlt man bloß drauf.« Er hielt sich bloß eine Dirn, und *die* schaute er sich, eh' er sie in den Dienst nahm, jedesmal sehr genau an. Vor allem mußte sie mitteljährig sein, also so an die Vierzig und schon über die weiberhaften Faxen und Dummheiten hinausgewachsen. Alsdann mußte sie eine gesunde, kräftige Person sein, die von der Arbeit was verstand und keinen Wert auf vieles Essen und guten Lohn legte, denn der Bildstöckler war ein arger Geizkragen und außerdem ein Mensch, der das Rackern von früh bis spät erfunden zu haben schien. Das erste, was er eine Dirn, die sich bei ihm bewarb, fragte, war: »Und wia is's denn nachher ... Host eppa an Loder?« – »Worum ...?« fragte alsdann so eine Dirn meistens leicht verdutzt und musterte den alten, zusammengebukkelten Häusler verborgen abweisend und verächtlich, als wollte sie sagen: »Reflektierst etwa gar du auf mich?« Aber von dem war durchaus nicht die Rede, der Bildstöckler schüttelte ein bißchen dünn grinsend den alten, hageren Kopf und sagte: »Nana, net wos du moanst ... Ich brauch koa Bäuerin ... Dö mei', selig, is mir Sach gnua gwen ...«

Er wollte ganz woanders hinaus. Er beschnüffelte das Weibsbild scharf mit seinen kleinen, listigen, mausgrauen Augen, und nichts übersah er dabei. So schaut man ein Stück Vieh an, das man von einem gewitzten Händler kaufen will. Aber unfreundlich war dieses Anschauen nicht im mindesten, ganz im Gegenteil, die reine Freundlichkeit glänzte auf dem verhutzelten Nußknackergesicht vom Bildstöckler, wenn er arglos vertrauensselig weiterforschte: »Mi geht dös ja weiter nix o ... I moan ja bloß ... A so a fests Weiberts braucht doch so was ... Beim Hirn konnst es doch aa net außischwitzn, oder?«

Und das, natürlicherweise, verscheuchte auch die Schüchternheit der Dirn. »Jaja, hobn tua i scho oan, aber ob er mi heirat, dös woaß i noch net«, gestand sie schließlich blankweg. Auf das hin aber wurde der Bildstöckler sofort grundanders.

»Nana, nana ... Nachher schaug nur, daß d' boid heiratst«, sagte er kurzerhand. »Du bist mir a z' jung. Und i brauch oane, dö wo koan O'hang hot ...«

Er nahm die Dirn nicht. Mit den Weibsbildern hielt er es so: Die Beste schien ihm zu schlecht, der Ehrlichsten traute er nicht, die Fleißigste hatte immer noch Fehler und die Bravste verstellte sich bloß. Da hieß es aufpassen wie ein Wachhund.

Und zu bewachen hatte der Bildstöckler nicht wenig. Im ganzen Gau war bekannt, daß er schuldenfrei dastand. Von hübsch vielen blanken, guten, goldenen Zwanzigmarkstücken noch vor dem Ersten Weltkrieg und allerhand Bargeld, das er hatte, munkelten die Leute, aber niemand wußte Genaueres, denn der alte mißtrauische Häusler hatte weder etwas auf der Sparkasse im Pfarrdorf noch auf der Bank im Bezirksort Edersdorf. In seine Verhältnisse ließ er sich nicht hineinschauen. »Trau, schau, wem«, sagte er sich, und entsprechend verhielt er sich auch. Wenn er beispielsweise zum sonntäglichen Hochamt nach Allkirchen kam, war er beieinander wie der schäbigste Armenhäusler, und nie ging er nach der Kirche auf eine Halbe Bier in die Postwirtschaft. Aufs Steueramt nach Edersdorf ging er und schaute aus, daß der Beamte fast Mitleid mit ihm bekam.

»Herr Assesser, i kenn mi do absolut net aus«, fing er treuherzig-bieder zu jammern an und legte die Bogen hin: »I bitt gor schön, wia sollt i denn Steur zoin, wenn i kaam selber 's Lebn hob ...« Und wenn ihm der Beamte entgegenhielt, daß er doch immerhin eine Dirn habe, ein Roß und vier Kühe, einen Wurf Ferkel und schließlich auch guten Ackergrund und fünf Tagwerk schlagbares Holz, dann wurde er wie das bitthafte Elend selber.

»A Dirn ...?« beteuerte er: »Ja, i bin doch nimmer der Jüngste ... Heiratn konn i doch aa nimmer ... Jaja, wia mei' Bäurin selig noch glebt hot, do is's noch besser umganga, aber den Lohn, den wo i jetz meiner Dirn gebn muaß, der kimmt mi scho arg hart o ...« Endlich, endlich errechnete der Beamte die niedrigste Steuer, und mit Pfennigen und Fünferln zahlte der Bildstöckler, als habe er das ganze Jahr gebettelt.

»Und wia i jetz meiner Dirn ihren Lohn z'sammkriagn soll, dös woaß i nimmer«, schloß er jammernd und ging.

Thekla hieß seine damalige Dirn, und fünf Mark bekam sie in der Woche. Das war eine Dirn nach dem Bildstöckler seinem Gusto: Kräftig wie ein Zugochs, breit wie ein Mannsbild, grob und gradan, aber fleißig und willig wie kaum eine andere. Sie kochte, backte das Brot, hielt das Hauswesen instand, sie wusch und flickte an den Sonntagnachmittagen das zerrissene Zeug. Die Feld- und Stallarbeit ging ihr ebenso flink von der Hand, und von einem »Loder« wollte sie nichts wissen, denn sie stand schon in den Vierzigern.

Im vierten Jahr ihrer Dienstzeit beim Bildstöckler, an einem nebeltrüben Novembernachmittag, kam einmal ein spitzbärtiger Hausierer vor die Tür. Die Dirn und der Häusler standen grad von der Brotzeit auf und wollten auf die Tenne zum Gsottschneiden. Draußen riß der bissige, wachsame Tyras an der Kette und bellte wild auf. Der fremde Mensch aber ließ sich nicht schrecken davon. In einem fort redete er dem Hund gut zu, und der wurde nach und nach ruhiger.

»Siehgst es, Baur! Den Oberlochner schreckt koa Hund und koa bös's Weiberts, weil er a ruahigs Gwissn hot«, redete der Hausierer lustig drauflos, als der Bildstöckler die Tür aufmachte, und fing sogleich das Anpreisen an: »Schöne scharfe Rasiermesser hätt' i ... Ausgezeichnete Schuhwichs oder vielleicht an Hosenträger, der wo di weit überlebt ... Geht nix ob, Leutln? ... Vielleicht an Kamm für di, Weiberl, hm? .... Ganz guate, schöne Rosenkränz hob i und Sterbkreuzl aa ...«

Ganz und gar unzugänglich blieb der Bildstöckler in der Tür stehen, sagte fort und fort: »Nana, i hob koa Geld net, nana, mir braucha nix!« und schüttelte den Kopf. Hinter ihm stand die Thekla und machte es genauso. Doch mit seiner hartnäkkigen Beharrlichkeit brachte es der Hausierer doch so weit, daß sich der Häusler für einen Hosenträger interessierte, denn sein alter war wirklich schon zum Wegwerfen.

»Und bloß a Mark achtzge! ... Woanderst kriagst so wos Guats net unter zwoa Mark fufzge«, pries der Hausierer das Ding, das der Bildstöckler genau prüfte: »Bloß oa Mark und achtzge! Do hob i grod a Zehnerl dro ... Ganz gwiß is's wohr,

Baur ... Der Oberlochner verkaaft koan Schund net. Der will, daß sei' Kundschaft zfriedn is und wieder wos kaaft, Baur ...«

Der Bildstöckler hörte nicht hin auf dieses Geschwätz, er prüfte und zog an dem Hosenträger, und schließlich sagte er: »No, für a Mark fufzg is er zoit gnua ...« Der Hausierer redete und jammerte, aber endlich gab er doch nach. Der Bildstöckler ging in die Stube und kam nach einer Weile mit einem ganz veränderten Gesicht wieder. Er wollte auf einmal durchaus nichts mehr von dem Kauf wissen, und das brachte den Hausierer fast in Harnisch.

»No, jetz dös is scho guat«, fing er leicht beleidigt an: »Wenn mir scho handlsoans gwen san, willst aufamoi nimmer ... so wos is doch net der Brauch unter ehrliche Leut ...!« Nicht ließ er locker. So was – erst fest zu- und jetzt absagen – das bringe dem Häusler kein Glück nicht, meinte er bettelnd, und das wirkte. Freilich nützte der Bildstöckler das noch so aus, daß er nur mehr eine Mark und dreißig bot.

»In Gotts Nam', daß a Ruah is!« gab sich der Hausierer nach einigem Herumfeilschen zufrieden: »Aber dös is mei' letztes Wort jetz, Baur ...« Er fixierte dem Bildstöckler sein Gesicht, und das war sonderbarerweise unsicher.

»Host eppa net sovui Geld, Baur?« fragte er leicht verdutzt und wollte schon nach seinem Hosenträger greifen, und da endlich meinte der Häusler recht unbehaglich, »Nana, dös net, dös net, aber i hob grod koa Kloageld ...«

»Wenn's bloß dös is, do is's net gfehlt«, schnappte der Hausierer gleich ein und griff in seine Hosentasche nach dem Zugbeutel »Wiavui soll ich dir denn wechseln? ... Wos host denn?« Zögernd zeigte der Bildstöckler einen Fünfzigmarkschein und musterte den redseligen Menschen mißtrauisch. Der aber achtete nicht weiter drauf und zählte achtundvierzig Mark und siebzig Pfennig auf das Gangfensterbrett, indem er fidel weiterredete: »Waar ja noch schöner, wenn i net wechseln kunnt, wo i scho dö ganz Woch 'rumlaaf ... So, zähl's noch .... Stimmt's, ja?« Genau und umständlich zählte der Bildstöckler das Geld, und erst jetzt gab er dem Hausierer den Schein. Nach einigen lustigen Freundlichkeiten wandte sich der zum Gehen. Der Tyras schlug wieder heftig an. Bildstöckler und Thekla hörten hinter der zugeriegelten Tür das plappernde Zureden des Hausierers, lugten kurz durchs niedere Gangfenster und sahen, wie er im nebelverhängten Allkirchner Holz verschwand.

Etliche Tage darauf, in der stockdunklen Nacht, bellte der Hund auf. Ein wilder Wind trieb draußen, peitschender Regen mischte sich drein, die laubleeren Bäume im Obstgarten ächzten, die Dachschindeln flogen, und die Fensterscheiben zitterten leicht. Das Bellen riß ab und setzte wieder ein. Der Bildstöckler wachte auf, stieg aus dem Bett und spähte durchs Fenster. Aber es war schon wieder still. Am andern Tag, als die Thekla ihm die volle Schüssel hinstellte, hatte der Tyras ganz ausgeglommene Augen. Traurig stand er da, schlotterte wie frierend, auf seiner Rückenmitte standen die Haare spitz in die Höhe, und er fraß nichts.

»No, no, Tyrasl, wos is denn? ... Do, do!« ermunterte die Dirn den Hund und schob ihm die dampfende Schüssel näher hin, aber er starrte sie nur an.

»No, nachher loßt es bleibn«, schimpfte die Dirn gutmütig: »Werst scho fressn, wennst Hunger kriagst!« und ging wieder ins Haus zurück. Nach einer Weile hörten sie und der Bildstöckler ein abgehacktes, gottesjämmerliches Bellen, das schon fast wie ein schmerzhaft-hilfloses Brüllen klang. Als sie nachschauten, streckte sich der Hund auf dem nassen Boden, fing auf einmal an, sich wie rasend zu wälzen, fletschte seine Zähne, und der Schaum trat auf seine zitternden Lefzen. Er wimmerte und brach wieder in ein klagendes Bellen aus.

Der Sattler Windseder, der gegen Mittag auf die Stör gekommen war und hinten im Stall die Pferdegeschirre ausbesserte, kam vor die Tür. Der sich wild wälzende Hund hatte sich in der Kette verwickelt und reckte zuckend die Beine. Sein Bauch war schrecklich aufgebläht. Heiser hustete er ein paarmal, und es war, als wollte er etwas aus sich herausbrechen, aber es kam nichts aus ihm. Als der Windseder auf ihn zuwollte, fletschte er wieder die Zähne, schlug noch mehr um sich, bellte langhingezogen, wieder lief ein zitterndes Zucken über ihn dann streckte und reckte er sich und blieb starr liegen. Der Bildstöckler und die Thekla waren von der Tenne heruntergekommen. Baff schauten sie mit dem Sattler das tote Vieh an.

»Hmhm, jetz so was«, brummte der Sattler Windseder: »Dem muaß oaner wos Unrechts geben hobn ... Den hot oaner vergift' ...« Die Thekla beugte sich nieder und streichelte über das kalte Fell des Hundes: »Armer Tyras! Armer Hund ...! Maustot is er, maustot ...«

»Hm«, überlegte der Bildstöckler mißtrauisch: »Wer konn mir denn jetz dös o'to hobn ... A so a Lumperei, a so a schlechte ...« Scharf dachte er nach, während der Sattler den toten Hund abgriff und meinte, das schaue ganz so her, als wie wenn es dem Vieh den Magen zersprengt hätte.

»Paßts auf, daß i recht hob«, schloß er, sich aufrichtend: »Den untersuch i heunt auf d' Nocht ...« Er hatte ja sowieso noch den ganzen anderen Tag zu tun und blieb beim Häusler über Nacht. Der Bildstöckler aber hörte kaum hin, ihn beschäftigte ganz was andres.

»Vom Hundumbringa alloa hot oaner doch nix«, kalkulierte er: »Der Lump hot doch wos anders im Sinn damit ghabt ...«

»Jaja, i glaab, do hoaßt's aufpassn«, stimmte ihm der Windseder zu. »Es treibt si jetz lauter so landfremds Gsindl 'rum ...« Der Verdacht versteifte sich noch mehr, als er nach Feierabend den toten Hund ausnahm und aus dem geplatzten Magen Reste von einer Wursthaut und einen aufgequollenen Schwamm zum Vorschein brachte.

»Do, wos i denkt hob«, erklärte er fachgerecht: »D' Wurst frißt er, und der Schwamm geht auf im Mogn drinna, aus is's ...«

Der Bildstöckler lud seinen alten Armeekarabiner, blieb in den darauffolgenden Nächten meistens sehr lang auf und ging öfter in der stockigen Finsternis ums Haus herum. Auch die Thekla schreckte öfter aus dem Schlaf und griff nach dem Hammer, den sie sich hingelegt hatte. Angestrengt horchte sie. indessen – weit und breit blieb es still. Nichts Verdächtiges zeigte sich. Aber der Bildstöckler ließ sich von seinem Argwohn nicht abbringen. Von jetzt ab schickte er die Thekla allein zum Hochamt nach Allkirchen. Er blieb daheim in der Stube hocken, das Gebetbuch vor sich und das Gewehr daneben.

So vergingen etliche Wochen. Das bitterkalte Winterwetter setzte ein, dick fiel der Schnee herab und stieg bis zu den Stubenfenstern hinauf. Der Windseder, der versprochen hatte, einen anderen scharfen Wachhund aufzutreiben, kam nicht. Es tauchte auch sonst kein Bekannter oder irgendein einschichtiger Bettler in Bildstöckl auf. Dirn und Häusler wurden wieder ruhiger. Ein Tag verlief wie der andere. Schon am allerfrühesten Nachmittag fing es an, dunkel zu werden. Soviel Petroleum brauchte der Bildstöckler, der sich in seinem Geiz immer noch das Elektrische nicht einrichten hatte lassen, daß er jetzt doch ernsthaft überlegte, ob's mit einer solchen Neuerung nicht doch besser und billiger wäre. –

In einer rabenschwarzen Nacht zwischen Weihnachten und Neujahr klopfte es sehr oft und sehr dringlich an die hintere Haustüre. Bauer und Thekla wachten fast gleichzeitig auf und streckten den Kopf zum Fenster hinaus. Der Bildstöckler war schnell in die Hosen geschloffen, hatte seinen Karabiner in der Hand und fragte abweisend barsch: »Wos gibt's denn? Wer is do? ... Obacht, i schiaß!« Aber von drunten herauf kam ein elendigliches Wimmern und Bitten, und als die zwei Aufgewachten sich etwas an die Finsternis gewöhnt hatten, bemerkten sie zwei Gestalten, ein Weibsbild und ein Mannsbild.

»Um Gotteshimmelwillen, Leut, machts auf! Ums Herz Jesu willen, habts a Barmherzigkeit, Baur! Mei' Oite konn jedn Augenblick ihr Kind verliern! Machts auf, i bitt enk gor schö ...!« flehte der fremde Mann herauf, und sein Weib weinte und jammerte wie in der letzten Stund'. Die Thekla warf ihren dickwollenen, roten Unterrock über und schlüpfte in ihren Spenzer, der Bildstöckler kam in die Kuchl und zündete das Petroleumlicht an. Er riß die Tür auf, der hohe Schnee fiel herein, und ein großmächtiger, bärtiger, hagerer Mann half seinem nudeldicken, hochschwangeren Weib in die Kuchl treten. Die Thekla stand hilfsbereit da.

»Mir san arme Leut ohne a Hoamat ... Gleich, gleich konn's losgehn, Baur! Um Himmels willn spann ei', sei so guat ... Mir müassn d' Hebamm vo Allkirchen kriagn ... Mei' arms Weib geht ma sunst z'grund!« bettelte der fremde Mensch und rang die Hände ganz verzweifelt. Sein Weib kauerte auf dem blanken Boden und wand sich in den ersten Wehen.

»Mir hobn gmoant, mir komma noch bis auf Allkirchen, aber es geht nimmer!« jammerte der Mann und fing noch mehr zu drängen an: »Geh! Geh weita! Gehng ma an Stoi 'num ... I hilf dir gern ... I bitt di gor schö! Unser Herrgott werd's dir vergeltn ... Geh weita, i hilf dir beim Ei'spanna ...« Als er und der Bildstöckler endlich aus der Türe und über den dunklen Gang gingen, wimmerte die Schwangere noch furchtbarer. Sie schrie schon, preßte die Hände ineinander und schlotterte so, daß ihre klappernden Zähne zu hören waren.

»Spann ei', Baur, spann nur ei'! I mach ihrer derweil an warma Kaffee«, rief die Thekla den zwei Männern nach und machte sich am Herd zu schaffen. Dumpf fiel die Stalltüre zu. Draußen rührte sich das aufgeschreckte Roß und prustete, die Kühe murrten kurz, etliche Hennen gackerten dünn auf. Die Schwangere am Boden weinte schmerzwild.

»Glei, glei ...!« tröstete sie die Thekla und versuchte in aller Schnelligkeit ein Feuer anzumachen. Grad reckte sie sich wieder in die Höhe und griff nach der rußverkrusteten Kaffeekanne, da hörte sie einen sonderbaren Klatscher aus dem Stall und gleich darauf einen unterdrückten Schrei. Sie warf einen geschwinden Blick auf die Schwangere am Boden – und in einem Augenaufschlag wich alles Blut aus ihrem gesunden Gesicht. Das Weibsbild war auf einmal aufgesprungen, hatte sich die Bluse heruntergerissen, ein dicker Lumpenballen fiel auf den Boden, und jetzt – war die Hochschwangere plötzlich mager, riß den Rock herunter und war ein Mann, der ein gezogenes Stilett zum Stoß ansetzte. Blitzschnell aber faßte sich die Thekla und warf ihm mit einem jähen Schrei die volle Kaffeekanne an den Kopf. Das Messer fiel ihm aus der Hand. Er fuhr sich mit den Händen ins Gesicht, aber eh' er sich fassen konnte, hatte die Thekla den eisernen Schürhaken erwischt und schlug wie eine Furie auf ihn ein, daß er plärrend hinfiel.

»Baur! Baur!« brüllte die Dirn, hörte aber keine Antwort, schrie nochmal kurz auf und rannte, so wie sie war, aus dem Haus, durchs hochverschneite Allkirchner Holz und kam lang nachher schweißdampfend beim Mesner im Pfarrdorf an. Vor lauter Schnaufen und Weinen konnte sie kaum noch was sagen und nur: »Helfts, der Baur is umbrocht ...« herausbringen. Der Mesner, sein riesenlanger Sohn, der Vestl, und die Mesnerin schrien es in den Nachbarhäusern herum. Das ganze Dorf wurde rebellisch, und auf dem Wirtsschlitten ging's in jagendem Galopp nach Bildstöckl. Aber es war zu spät. In der Kuchl fanden sie die zurückgelassenen Weiberkleider und Lumpenballen, im Stall vor dem Roßstand lag der Bildstöckler in einer Blutlache. Sein Kopf war gespalten, das Hirn herausgequollen. Kalt und starr war er schon.

In der Stube und in allen Kammern war alles durcheinandergewühlt und herausgerissen. Die Mörder waren weg. Die Spuren führten rechter Hand auf die Heimhauser Straße. Aber es schneite dick und unausgesetzt. In Heimhausen hatten sie nichts weiter gesehen und gehört. So lang die aufgeregten Leute auch in derselbigen Blutnacht herumsuchten, die Lumpen erwischten sie nicht. Der Postwirt telefonierte später die Edersdorfer Gendarmerie an. Die verhaftete nach ungefähr einer Woche zwei Burschen, die beim Lechlwirt in Berbing ihre Zeche mit einem Fünfzigmarkschein bezahlten und über Nacht bleiben wollten, obgleich sie gar nicht nach Geldhaben ausschauten. Einer davon hatte sein Gesicht und den Kopf noch verpflastert. Den erkannte die Thekla auf der Gendarmerie als die »Schwangere«. Nach eingehenden Verhören gestanden sie, daß ihnen ihr Komplice, der Hausierer Oberlochner, Bildstöckl avisiert und gegen die Hälfte der Beute den

Tyras beiseite geschafft hatte. Fast an die zweihundert Friedensgoldstücke und noch bare vierzehntausend Mark heutiges Geld hatten die Lumpen erwischt.

»Seit derer Zeit hob i mit koan Menschen mehr a Mitleid«, sagte die Thekla, die nach der grausigen Tat in Bildstöckl bei uns Dirn wurde, und immer, wenn sie drauf zu sprechen kam, schüttelte sie nachdenklich den Kopf und meinte: »Hmhm, ha, der Bildstöckler? ... Wos hot's eahm jetz gholfa, daß er ewig so notig to hot, daß ma eahm am liabern wos geschenkt hätt? ... Dö Lumpn hobn sei' Geld grocha ...«

Doktor Joseph Leiberer seligen Angedenkens

Vor etlichen Tagen hat mir mein langjähriger Freund, der Postwirt Stiesinger von Rappoldsberg, wieder einmal geschrieben. Eigentlich wollte er bloß Auskunft über eine notarielle Angelegenheit, die ich seinerzeit für ihn besorgt habe. Zum Schluß aber kam er auf den verstorbenen Doktor Joseph Leiberer, unseren gemeinsamen Tarock- und Stammtischkameraden, zu sprechen und hat damit wieder alle Erinnerungen an die damalige Zeit und hauptsächlich an diesen wunderbaren Mann in mir aufgerührt.

»Erinnerst du dich noch, lieber Oskar, jetzt sind's schon wieder zehn Jahre her, seitdem der Leiberer tot ist. Selig hab' ihn Gott, aber ewig schad' ist's um ihn, und wenn ich zurückdenk' an ihn, das ist schon was sehr Schönes gewesen, wenn wir beieinandergehockt sind. Neulich war der Jahrtag für ihn. Da haben sich die Alten wieder alle getroffen, und jeder hat was gewußt über den Doktor«, hat es in dem Brief vom Stiesinger geheißen.

Ja, ich erinnere mich wieder. Mein Gott, der gute Doktor! Ich sehe ihn heute noch in der Ofennische sitzen, die ewig qualmende Tabakspfeife im Mundeck, breit und gemütlich in den Tisch gepflanzt, den massigen Kopf tief zwischen den mächtigen Hügeln seiner Schultern, einen zerzausten Seehundsbart über die wulstigen Lippen herabhängend, die grauen, unverblüffbaren Augen halb offen, drüber die dichten Brauen und eine fast viereckige, vielfaltige Stirne.

Und ich höre ihn noch wie heute, wenn beispielsweise der Apotheker Greindl wieder nicht aufhören will, mit seiner Fistelstimme über die verdrehte Welt zu schimpfen, oder wenn der Bader Neuchl in einem fort über die Schlechtigkeit der Weiber zetert – ich höre den guten Doktor Leiberer, wie er langgedehnt, fast ein wenig schläfrig ungeduldig anhebt: »Meine Herrn!« und dabei das Wort »Meine« so seltsam betont. –

Das war meistens, wenn kein Tarock zusammenging oder wenn man sich schon so langsam überlegte, wie es mit dem Heimgehen wäre. Die Karten lagen da. Ausgespielt war. Draußen sauste und schnaubte unausgesetzt der Schneewind.

Die Fenster zitterten ab und zu leise. Die Luft um uns herum war zum Schneiden. Jeder paffte auf Hautsdrein.

Da möcht' ich doch einmal wissen, was es für einen größeren Genuß geben kann, als so mollig und warm in einer Winternacht um einen heimeligen Wirtsstubenofen zu hocken. Besonders, wenn man schon halb im Begriff ist, sich zu erheben und auf den Heimweg zu machen. Wie das so zwischen Zögern und endlichem Entschluß wunderbar wechselt, wie man da wartet, ob nicht der Nebenmann zuerst aufstehen will und immer wieder sitzen bleibt. Draußen der widerwärtige Winterwind! Dich überrieselt es eine Sekunde lang kalt, dann aber wird dir die Wärme so vom Rücken herauf erst recht gewiß. Du fühlst dich geborgen wie nie, fast wie eingewickelt in eine wohltuende Watte. Wirklich – gegen so eine Behaglichkeit sind die Schätze Indiens, die Pracht des Paradieses und weiß Gott was noch alles wahrhaftig nichts, gar nichts.

Der selige Doktor Leiberer hat einmal bei einer solchen Gelegenheit gesagt: »Meine Herrn, jetzt ist's wie in der Früh', wenn ich aufwach' ... Vom Schlaf hat man gar nichts. Der ist bloß saudumm. Du machst die Augen zu und bist weg! – Aber wenn man aufwacht oder vielmehr vom Aufwachen bis zu dem Augenblick, wo man wirklich aus dem Bett steigen will, *das* ist die eigentliche Wohltat ... So was Wunderbares ist schon fast wert, daß man lebt! ... Aber bei den Menschen ist's schon so: Sie werkeln herum und machen sich weiß der Teufel was vor, und das Beste kennen sie nicht, weil sie keine Geduld haben, die Rindviecher! ... So was Stieselhaftes! Man möcht' es nicht für möglich halten!«

Und wenn er so ins Betrachten gekommen war, hat er jedesmal zum Schluß gesagt: »Herrgott, und was sind wir denn zu guter Letzt? ... Ein Haufen Dreck, sonst nichts!«

Das war eigentümlich an ihm. Er hat immer beim Leben angefangen und beim Tod aufgehört. Ewig hat er an dieses Aufhören gedacht. Seltsam! Und war doch ein so lebenslustiger Mensch, ein Kerl voller Fidelität!

Herrgott, und wie hat er erzählen können! Oft und oft hab' ich ihm gesagt: »Mensch, Doktor! Schreib doch die Geschichten auf! Schreib sie so hin, wie du sie jetzt erzählt hast, das ist besser als tausend so spinnerte Romane!« Aber er hat stets dabei lachen müssen und den Kopf geschüttelt. »Nein – nein, Oskarl, dös loß i dir! Es is zuviel Konkurrenz do!« Gut also, so erzähle ich für ihn.

Haß

»Haß und Hader hab' ich viel auf der Welt gesehen«, fing er einmal an, weil sich's grad so gab: »Aber so einen Haß, wie Anno sechzehn einmal auf dem Münchner Hauptbahnhof, *den* hab' ich nimmer erlebt.«

Er legte sich mehr in den Tisch und blies die dicke Rauchwolke weg: »Das war so im September neunzehnhundertsechzehn. Im Westen haben sie massenhaft Truppen gebraucht. Alles, was stehen und gehen hat können, hat an die Front müssen. Ich bin damals freiwillig als Arzt eingerückt und hab' mit so einem Truppenteil mitmüssen. Auf dem Bahnhof war ein Mordswirbel. Wo du hingeschaut hast, allweil die gleichen Bilder, die gleichen Auftritte. Das Heulen und Jammern der Angehörigen, das Trösten der Krieger – kurzum, wie es halt da so zugeht.

Endlich schreit's: ›Einsteigen! Fertig! Einsteigen!‹

Jetzt wird's noch wilder. Man umarmt sich noch einmal, drückt sich zum letztenmal die Hand, die Soldaten reißen sich los, steigen ein, bleiben an den offenen Coupéfenstern stehen, lachen, winken und reden noch dies und das.

Bloß einer steht noch heraußen bei seinem Weib und redet und tröstet. Ein hagerer, baumlanger Mensch mit einem gutmütigen Bartgesicht. Er schaut wehleidig auf seine viel kleinere Alte und – so scheint's – er kann sich gar nicht mehr helfen, weil das Weiberts so heult und gaustert. Ganz steif ist er dagestanden und hat sie ab und zu gestreichelt.

›Christian! Christian! Mei' Chrischtl!‹ hat die Frau ewig geplärrt und nicht mehr losgelassen: ›Chrischtl, mei' arma Chrischtl!‹

Und er sagt in einer Tour: ›Jaja, Fanny! Fanny, reg di doch net so auf! Es muaß ja jeda furt! Sei stad, Fanny! I kimm scho wieda! Sei nur stad, Fanny!‹

Da kommt der Feldwebel noch einmal dahergestürzt und schreit barsch: ›Einsteigen! Himmelherrgottsakrament! Einsteigen! Marsch!‹ Der Christian reißt sich endlich los und rennt auf die Plattform vom Eisenbahnwagen. Seine Alte fährt zusammen, wirft die Arme und schreit noch ärger: ›Chrischtl! Mei' Chrischtl!‹ Es ist schon fast widerwärtig. Der Zug macht einen Ruck und fährt langsam an. Alle winken und laufen ein Stück nach, ›Chri-i-ischtl! Chri-i-ischtl, mei' Chri-i-ischtl!‹ plärrt die Frau wie besessen und rennt dem Zug auch noch nach. So fürchterlich hat sie immerfort geschrien, daß direkt alle erschrocken sind. Außer Rand und Band war sie. Ich hab' schon gemeint: Jetzt lauft sie und wirft sich unter die Räder.

Und da – wie er nun endlich sieht, der Zug saust, Einhalten gibt's keins mehr, da reckt sich der Christian und schreit wie von einem Ekel gepackt: ›Ja, Fanny! Ja! – Schrei nur zua! Jetzt konn i dir's ja sogn: Froh bin i, daß i furtkimm vo dir, du Mistfetzn! Jetzt hot's a End mit üns! I kimm nimma!‹

Sein Weib ist starr stehngeblieben, ist blaß geworden, und weil sie geschwankt hat, hat sie einer auf dem Bahnsteig aufgefangen. Alles hat auf den Christian geglotzt, aber der Zug war schon weg. Der und der machte sich an den Christian heran, aber es war nichts mit ihm anzufangen. Auf der ganzen Fahrt war er einsilbig und mürrisch. Man hat ihn schließlich gehen lassen.

Einen Monat später – ich hab' vollauf zu tun gehabt in einem Kriegslazarett – ist mir ein Mann unter die Finger gekommen mit drei schweren Rückenschüssen.

Er hat ein steinhartes Gesicht gemacht, ganz ruhig und schweigsam ist er gewesen.

›Wollen Sie nicht an Ihre Frau schreiben – oder an Ihre Angehörigen?‹ fragt ihn die Schwester. Das hat ja meistens soviel geheißen wie: Es hilft nichts mehr. Ich stehe dabei und schau den Mann an. Unrettbar, sag' ich mir. Ich schau nochmal auf den Menschen. Es ist der Christian. Keine Wimper hat er gerührt, stockstumm ist er geblieben.

›Ich schreib' schon‹, hat die Schwester gesagt. Aber der Christian hat bloß sein Gesicht finster verzogen und ganz leicht den Kopf hin und her geschüttelt: ›Nana, nix schreibn! Gor nix!‹ Und hat in die Luft gestarrt.

Zwei Tage darauf war es aus mit ihm. Ich habe ihn sterben sehen. Nicht einen Laut, keinen Stöhner hat man gehört. ›Gott sei Dank!‹ sagte er, und weg war er.

Herrgott, mein Lieber, da ist's mir wirklich kalt über den Buckel hinabgelaufen ...«

Jeder Feigling ist ein Teufel

Er würd' grad nicht bös' sein, der Leiberer wenn er diese Geschichte von sich hier lesen würde. Sie hat ja zu damaliger Zeit ganz Rappoldsberg aufgeregt und hat auch in der Zeitung gestanden, aber niemand hat sich's genau erklären können.

Wir schon, wir vom Stammtisch »Die mistigen Brüder«, denn uns hat der Doktor selig alles geschildert.

Vierzehn Jahre ist der Leiberer Krankenhausarzt in Trosteldorf, gutding drei Stunden weit weg von Rappoldsberg, gewesen.

»Da hat man einmal den Rocher-Peter von Rappoldsberg eingeliefert«, erzählte er und fuhr fort: »Er hat eigentlich bloß eine starke Influenza gehabt ... Ich sag' auch zum Rocher: ›No, so arg ist das nicht. Das hätt' der Peter daheim auch auskurieren können ... Warum bringst'n denn daher?‹ Aber der alte Bauer hat den Kopf etliche Male herumgewackelt und gesagt: ›Herr Dokta, er gfoit mir aa nimma do drobn ... Er muaß nimma recht an Hirn sei' ...‹

›So‹, sag' ich. ›Ja, nacha ist's was anders‹ und laß also den Peter da. Gut, ich untersuch' ihn. Influenza ist's, weiter nichts. Der Bursch war bloß heiligmäßig schüchtern und zerfahren.

›No, Peter‹, sag' ich nach der Untersuchung zu ihm: ›Die Sach ist gar nicht arg ... Da legst dich jetzt amal a Wochn schön warm ins Bett bei uns, nachher bist gesund.‹

Der Kerl kriegt unruhige Augen, lacht sonderbar und fragt auf einmal zweiflerisch: ›So, so ... So, nacha muaß i ma nix o'toa, Herr Dokta? Nacha brauch i it sterbn? ... So – ha – soso, nacha kimm i no zu mein' Sach ...?‹

Aha, denk' ich, der alte Rocher hat also doch recht gesehen, der Bursch spinnt, und frag' ganz ruhig: ›Sterbn, Peter? Ah, woher denn? ... Du kimmst schon zu dei'm Sach ...‹ Da wird der Peter lebendig und fragt schneller: ›So – ha – soso, wirkli ... Du moanst, daß i d' Gretl kriag?‹

›Die Gretl? ... Ja, wer ist denn dös?‹ will ich wissen, aber da ist's schon wieder 'rum mit der Zutraulichkeit des Burschen. Gleich wird er wieder mißtrauisch. Er fängt wieder zu grinsen an und schüttelt in einem fort den Kopf.

›Nana, nana!‹ sagt er. ›Nana, He-herr Dokta, i kenn di scho ... Nana, du bischt aa it stad ... I sog nix, nana! I hob's scho gsehng wiast mit mein' Vodan dischpatiert host ... Nana, mi kriagts ös oisam net dro! ... I spann's scho!‹

Mein Herumfragen hat mir nichts geholfen. Ich hab' den Kerl derber angeredet und ihn ins Bett geschickt. Am andern Tag bin ich zum Rocher 'nübergefahren und hab' mir die ganze Sache erzählen lassen. Der alte Bauer – er wird so an die Sechzig gewesen sein – ist aber lang nicht mit der Sprache herausgerückt, endlich hat er mir's gestanden. Er war steif und fest dabei, seine Dirn Gretl, ein volles, kerngesundes Weibsbild in den Dreißigern, zu heiraten. Auf die aber hat's auch der Peter abgesehen gehabt. ›Aba sie wui eahm gor nix ... Und i bin jetzt schier zwanzig Johr Wittiba, Herr Dokta, i möcht aa amoi mei' Ordnung an Haus ... Und – und d' Gretl is a richtigs Leitl‹, hat der Rocher mich aufgeklärt.

Der Dickschädel von einem Peter – er mag vielleicht fünfundzwanzig Jahre alt gewesen sein – aber hat nicht nachgegeben. Raufereien zwischen dem Alten und dem Jungen sind vorgekommen, und einmal sogar eine zwischen der Gretl und dem Peter. Der Bursch ist ein magerer Mensch ohne Saft und Kraft gewesen und ewig unterlegen. Da wollt' er das Haus anzünden und hat gedroht, er tut sich was an, er bringt sich um. einer muß hin werden, er oder der Vater oder alle zusammen.

Der Rocher ist trübselig geworden, und geklagt hat er mir wie ein altes Weib. Sagt er zu mir: ›Und nacha is er krank wordn, und jetzt moant er, mir hobn an vergift', i und d' Gretl ... A so geht's doch nimma weita, Herr Dokta!‹

Ich hab' mir genug gehört gehabt und bin nach Trosteldorf zurück.

Am andern Tag habe ich mit dem Peter ernsthaft geredet. Er ist zeitweise zutraulicher geworden. Ich hab' zu ihm gesagt, sein Vater lebt ja so nimmer lang, er soll sich kein graues Haar drüber wachsen lassen, und ob er denn kein anderes Mädl weiß. Auf einmal ist der Bursch wieder mißtrauisch geworden.

›Ha – ha – aha – ha – ha, aha, aha! Bischt drent gwen bei mein' Vodan, Herr Dokta, aha!‹ hat er angefangen: ›Aha, i hör die Gschicht scho ... Nana, i sog nix mehr! I mog it‹ Ich hab' es mit dem Schimpfen versucht. Es hat nichts geholfen. Der Bursch ist einfach dagestanden und hat dumm gegrinst.

›Peter!? ... Herrgott! Peter!‹ fang ich wiederum an. Er schaut mich an, er wird unsicher, er schwankt ein wenig und fängt auf einmal zu weinen an. Zu weinen, aber schon so, daß einen grausen hat können.

›Na-na-nacha muaß i hoit doch sterbn, He-he-herr Dokta! Na-nacha huift oiß nix mehr!‹ jammert er ganz zerstoßen.

Ein Bauernkerl und so feinnervig, denk' ich und mach' mir so meine Gedanken über das Geschwätz der studierten Herrschaften, die immer von der Ursprünglichkeit und weiß Gott was dahersalbadern, wenn's um die Landleute geht.

›Sterbn, Peter! Dös gibt's net! Dumms Zeug, dumms!‹ will ich schimpfen und fang' vom Herrgott an und heisse den Burschen einen Feigling. Wegen einem Weibsbild sterben, mein' ich, das sei ein Unfug.

Der Peter ändert sich nicht. Er wird ein paar Tage kränker. Schließlich aber ist er doch wieder gesund geworden. Ganz mannhaft hat er das Krankenhaus verlassen. Der alte Rocher ist selber dagewesen und hat ihn abgeholt. Alles war gut.

Es sind zwei Jahre vergangen. Grad da, wie ich von Trosteldorf gehen hab' wollen, ist der Peter wieder eingeliefert worden. Er hat sich einen Finger abgehackt gehabt, hat nicht aufgepaßt, es ist Blutvergiftung dazugekommen.

Ich hab' eigentlich die ganze Sache mit dem alten Rocher und seiner Heiratsabsicht schon vergessen gehabt. Es war auch nicht darnach, als wenn zwischen Altem und Jungem was gespannter geworden wäre inzwischen.

Der Peter ist wirklich elendiglich drangewesen. Lang hab' ich überlegt, ob man nicht den Unterarm abnehmen soll. Er ist aber wieder geworden. Er hat sich tapfer gehalten. Kaum aber ist's ans Gesundwerden gegangen, da fängt er auf einmal wieder zu spinnen an.

Das ist mir denn doch zu dumm worden. Der Rocher hat die Sache eigentlich ganz feinspinnig angefaßt gehabt. Er hat die Gretl zu ihren Leuten über der Isar drüben heimgeschickt, seinerzeit, wie der Peter aus dem Krankenhaus gekommen ist. Er ist bloß hie und da hinüber, und inzwischen hat er ewig probiert, den Peter an eine Bauernstochter zu verheiraten. Freilich, geworden ist's nie was.

Also gut, der Peter ist wieder halbwegs gesund und geht im Krankenhaus herum. Ich treff' ihn öfters. Er sagt nichts, er schaut dumm drein, er macht einen ruhigen Eindruck. Ich red' leger mit ihm, er brümmelt irgendwas und lacht saudumm.

Einmal wieder sag' ich: ›Na, Peter, jetzt geht's bald wieder heim ... Gsund san ma!‹

Da hat er unruhige Augen gekriegt.

›No, wos is denn Peter?‹ frag' ich. Er schaut noch trübseliger drein.

›Peter? ... Red doch ... Geht's schlechta?‹ frag' ich.

›Na, na, dös net, Herr Dokta‹, sagt er weinerlich: ›Aba jetz hot er d' Gretl doch wieda dahoam ghabt, mei Vodan ... Er hintergeht mi ja doch!‹

›Himmlherrgott, damischer Kerl, damischer!‹ fang' ich zu schimpfen an: ›Wos is denn jetzt dös! ... Dei' Vodan hat doch d' Gretl wegto ... Phantasier net oiwei so saudumm daher!‹

Der Peter hat seinen Kopf ein wenig vorgestreckt und mich angeglotzt wie ein dummer Fisch.

›Schaug net so dumm!‹ fahr' ich ihn an.

Er grinst und sagt ganz trocken: ›Nacha tua i mir hoit an Tod o! Nacha hat er's, mei' Vodan ... I schreib scho an Zettl, daß i's bloß wega eahm to hob ...‹

Es mag sein, daß ich an dem Tag aufgeregt und müd war. Weiß der Teufel, ich bin noch ärgerlicher geworden. Und überhaupt, hab' ich gedacht, wer schon so lang vom Umbringen daherredet, der tut's nicht. Kurz und gut, ich hab' den Peter recht zusammengeschimpft.

›Du bringst dich schon net um, du damischer Kerl, du damischer! Du hast ja doch d' Schneid net dazua ... Recht durchhaun sollt man dich!‹ erinnere ich mich, daß ich dabei gesagt hab'. Nachdem ich mich richtig ausgeschimpft gehabt hab', hab' ich den Peter stehenlassen.

Die Krankenschwester hat mir einmal erzählt, der Peter hätt' gesagt, wie ich mit der Visit' fertig war: ›Wart nur, dem Herrn, dem zoag i's scho no! ... Der kriagt no an Denkzettel vo mir, an den er ewi denkt ...‹

Ich hab' mich nicht weiter dran gekehrt. Vierzehn Tage drauf, es mögen auch drei Wochen gewesen sein, bin ich nach Rappoldsberg in mein Häusl gezogen. Der Peter muß schon daheim gewesen sein. Mir sind andere Sachen im Kopf herumgegangen. Was beim Rocher passiert ist, weiß ja jeder. Der Bauer ist einmal zwei Tag weg gewesen. Drüben, bei der Gretl.«

Mir steht es noch deutlich vor Augen, wie der Leiberer jetzt aufschnaufte. Er schaute finster drein. Er nahm seinen Stammkrug und tat einen tiefen Zug.

»Dös sell hätt' i it gsogt, daß oana, der wo oiwei von Umbringa red't, net Ernst macht damit«, sagte der Stiesinger in die stockende Stille hinein.

Der Doktor selig hat ihn angeschaut, fast feindselig. Nämlich der Rocher-Peter hat sich in seinem Garten, zwischen den dichten Thujen, aufgehängt. An einem Knopf von seinem Gilet hing ein Zettel, drauf stand linkisch geschrieben: »Der Toktor Leiperer isd schult. Had gesagd, ich hap geine schneid nücht Zum umpringen. Mid fleis Peter Rocher« ...

Wo alles endlich gerecht wird

Ich hab' dem Leiberer seine »letzte Geschichte« gehört. Das war schon beinah' grausig.

Der Doktor ist schon über vierzehn Tag' gelegen. Öfters haben wir ihn aufgesucht. »Noch einmal tarocken wär' schön«, hat er jedesmal gesagt, aber es ist nicht mehr gegangen. »Ja«, sagt er, »jetzt geht's halt schön langsam dahin ... Hilft nichts!«

Der Wirt Stiesinger ist am vorletzten Tag dahergekommen und hat ein elendiges Gesicht gemacht.

Leiberer ist Junggeselle gewesen. Die alte Marie, seine Köchin, hat ihm den Haushalt gemacht. Vor Rappoldsberg, auf einem kleinen Buckel ist sein nettes Häusl gestanden. Gerichtet hat er nie was dran, sein Lebtag nicht. Das größte Interesse hat er an Altertümern gehabt. Alle seine Stuben und Kammern sind voll gewesen davon. Wie in einem Antiquitätenladen.

Wie der Stiesinger die Botschaft gebracht hat, bin ich noch einmal zum Doktor hinaus. Die alte Marie hat mich traurig empfangen. Ich frag' sie, wie's dem Doktor geht. Da fängt sie zu zittern und zu weinen an und führt mich in die obere Kammer zu ihm. Seine Verwandten sind schon dagewesen, zwei ältere Schwestern von ihm und ein jüngerer Bruder mit einem unsympathischen Beamtengesicht, dem seine Frau und der Mann von der einen Schwester, ein dicker, großkopfiger Zigarrenhändler.

Wie mich der Kranke gesehen hat, ist seine Miene besser geworden. Er hat ein wenig gelacht und mich fast brüderlich angeschaut.

»Das ist schön, daß ich dich noch seh', Oskar«, sagt er matt, aber schier noch gemütlich: »Setz dich nur gleich her zu mir ... Da, da, gleich daher ... Es dauert sowieso nimmer lang – die da« – und damit hat er eine leichte Handbewegung auf seine Geschwister zu gemacht – »die warten sowieso schon drauf.«

»Joseph! Aber Joseph!!« haben in dem Augenblick die zwei Schwestern gewimmert. Ich hab' vor Verlegenheit auf den Kranken geschaut und gemerkt, wie dem sein Gesicht auf einmal frischer geworden ist. Es hat boshaft in seinen Mundwinkeln gezuckt.

»Soweit geht's mir ganz gut, aber es ist halt alles aus ... Aber siehst du, so einen Tod, den hab' ich mir immer gewünscht ... Bis zuletzt wissen, was los ist«, hat jetzt der Doktor wiederum gesagt. Ich wollt' eigentlich auch was reden, hab' aber kein Wort herausgebracht und nur immer den Kopf geschüttelt. Recht trübselig war mir zumut.

»Mensch!« sagt da der Doktor schier spöttisch: »Mannsbild!« ... Was schaust denn so?! ... Was ist denn das schon? So geht's doch jedem! ... Vielleicht zwei, drei Stunden noch, alsdann zieh'n sie mir das Totenhemd an, die schwarze Wichs drüber und legen mich in einen Sarg, aus ... Die da wimmern und weinen, und jeder erzählt, was für gute Eigenschaften ich gehabt hab', was ich für ein netter Mensch gewesen bin ... Und nachher verteilen sie meine Sachen und raufen sich drum ... Der will das, der andere das ... Gestritten wird, na ja, wie's eben so zugeht auf der Welt ... Marie? ... Ist's nicht so? ... Sag's selber?« Er hat auf die alte, traurige Köchin geschaut, die grad hereingekommen ist und ganz zermürbt dreingeblickt hat. »Ja, ja, jaja, Herr Dokta«, wimmert sie demütig und wischt sich die Augen aus. Die Geschwister hockten herum, sagten gar nichts und seufzten.

Offen gestanden, ich wär' am liebsten davongelaufen.

»A-ber Joseph! Joseph? ... Wer wird denn an so was denken? ... Joseph, denk doch an deinen christkatholischen Glauben! ... Joseph!« hat endlich die eine Schwester, eine gute Fünfzigerin mit einem verhutzelten Gesicht, gewimmert. Es war fast was Zurechtweisendes in dem Ton.

Und der Bruder hat gemurmelt: »Du stirbst nicht, Joseph.« Wirklich – alle sind sie dagesessen wie geprügelte Hunde.

Der Doktor Leiberer ist noch lebendiger geworden und hat versucht, sich aufzurichten. Die alte Marie und ich halfen ihm, auch die Geschwister wollten es. Ich hab' meinen Arm um den Rücken des Kranken gelegt und ihn gehalten. Er hat hart und zornig auf seine Verwandten geschaut.

»Glauben?« sagt er scharf: »Glauben?« ... Ich kenn' mich da nicht recht aus! ... Was drüben passiert, wird sich schon herausstellen ... Mir ist nicht angst davor ... Ich geh' in der besten Ordnung aus der Welt. Meine Antiquitäten gehören zur Hälft' euch, alles andere muß der Marie bleiben, basta ... Ihr könnt mir bloß einen Gefallen tun. Rauft nicht um jedes Trumm ... Ich glaub' euch sogar, daß ihr euch grämt, weil ich sterben muß ... Warum auch nicht? Es ist ekelhaft, nicht wahr, sehr ekelhaft, wenn einer so daliegt, der dran erinnert, daß man auch mal so daliegt ... Hm, dumm so was, saudumm ... Aber meine lieben guten Leute« – er sagte das so aufdringlich spöttisch, so boshaft, als wenn er mitten im Leben stünd' – »gell, wenn ich als Lump und Habenichts gestorben wär', das wär' euch doch zuwider gewesen, nicht? Ihr habt es mir zwar euer Lebtag gewünscht, macht nichts, macht gar nichts! ... Aber so scheinheilig sein, das ist nicht schön! – ... Gar nicht schön! ... Ich wenn so an einem Totenbett hocken würd' und könnt noch dazu den Kerl nicht leiden und wüßt', wenn er hin ist, krieg' ich das und das – ich würd' mich, aufrichtig gestanden, ein bißl freuen ... Stellt's euch doch vor ... So unverhofft was Schönes kriegen!? ... Stellt's euch doch vor!« Er war blaurot vor Anstrengung. Die Schwestern machten immer trübseligere Gesichter und wimmerten fort und fort: »Aber Joseph! Joseph!« Er fing zu husten an. Die alte Marie weinte und betete flüsternd. Wir haben den kranken Mann wieder aufs Kissen niedergelegt. Ich spürte, wie Leiberer meinen Ärmel faßte, und hab' mich zu ihm hingedreht.

»Doktor, wos is denn?« hab' ich gefragt. Er ist dagelegen, hat wieder regelmäßig geschnauft, und ganz traurig sind seine Augen gewesen. Er hat starr zur Decke geschaut, grad so, als wollte er warten auf den endlichen Tod. Bloß sein Atmen hat man gehört, und alsdann – das war, wie wenn's schon sein Geist erzählen würd' – hat er mit einer seltsam leichten Stimme zu erzählen angefangen:

»Mein Gott«, sagt er, »jeder muß ja fort. Keiner bleibt. Das – das hab' ich einmal so haargenau erlebt, daß mir schon beim Drandenken wohl wird ... Ja – ja – ja, jeder muß fort, keiner bleibt, gar keiner ... Das ist in Rußland gewesen. Wir sind in ein zerschossenes Dorf eingezogen. Da haben die Leute, die noch dageblieben waren, ihren Gutsherrn auf dem Friedhof begraben ... Bloß etliche alte Bauern, Weiber, massenhaft polnische Juden und verwahrloste Kinder sind aus dem Gottesacker gekommen, wie wir ankamen ... Es ist von jedem erzählt worden, was der Verstorbene für ein unmenschlicher Rohling war ... Alles hat ihm gehört, die Menschen, das Schloß, das Dorf, die Wälder und Felder.

›No‹, sag' ich zu einem kleinen Juden, ›jetzt seid ihr aber wohl froh, daß der Hund tot ist, was?‹ Aber der zerwutzelte Mensch hat den Kopf geschüttelt und traurig gesagt: ›Abärrr fui, fui, Panje, fui fui! ... Derrr is tot und in den Grab, abärrr mirrr missen auch stärrben, genau so stärrben!‹«

Der Doktor packte jetzt meinen Arm fester. Seine Augendeckel fielen mehr und mehr zu, er rührte sich kaum noch, und ganz hellstimmig hat er auf einmal herausgehaucht: »Auch ste-e-rben, verstehst du! *Auch* – –« Er schnappte nach Luft. Die alte Marie hat sich über ihn gebeugt. Die Verwandten sind ans Bett. Der Doktor machte noch einmal die Augen zuckend weit auf. Es war schon nichts mehr von Leben in ihnen. Er hat den Kopf gerührt. »Aa–au–auch – auch st–ster –« plapperte er, und mittendrin ist ihm das Wort abgebrochen. Er war tot. Auf seinem gelben eingefallenen Gesicht war was wie eine klare Ruhe ...

So hab' ich keinen mehr aus der Welt gehen sehen. –

Der bestrafte Geizhals

I

Ehemals war das einschichtige, mächtige Bauernwirtshaus Langhamm weiter nichts als ein ansehnlicher Hof mit einer uralten Schank-Gerechtsame darauf und hat dem Peter Werlin selig gehört. Die schöne, breite Staatsstraße, die vorbeiführt und, ziemlich abwärts fallend, nach einer guten halben Stunde in das Pfarrdorf Zehring hineinläuft, war damaligerzeit noch schauderhaft verwahrlost. An die paar Fuhrleute, die manchmal vorüberkamen, verkaufte der Werlin im Sommer Flaschenbier, aber auch das hatte er die meiste Zeit nicht, denn er blieb sein Lebtag ein Bauer und legte keinen Wert auf so ein nebenherlaufendes Geschäft, das bloß von der Arbeit abhielt. Er stand schon im Siebzigsten, der Werlin, war Wittiber und hatte keine Kinder. Kurz nach dem Ersten Weltkrieg hat er in die Ewigkeit müssen, wahrscheinlich, weil in den damaligen Zeiten kaum noch Dienstboten aufzutreiben waren und überhaupt alles recht unsicher wurde. Er hat seinen zwei Schwestern, die in der Stadt drinnen lebten, seinen Hof vermacht, aber die kümmerten sich nicht weiter darum oder stritten sich vielleicht in einem fort um ihre Erbanteile. Schließlich verkauften sie in der Inflationszeit das heruntergekommene Anwesen an den ungefähr vierzigjährigen Metzger und Gastwirt Otto Bichler aus Gfellersdorf im Niederbayrischen, dem jetzigen Langhammer. Weitum hieß es, er hat das Sach' um einen Pappenstiel bekommen. Der Bichler war ein sehr energischer, umsichtiger Mensch, aber durchaus leutselig und umgänglich. Er war bärenstark und wog selbigerzeit schon weit über zweieinhalb Zentner, und er nahm's den Leuten nicht weiter übel, daß sie ihm alsbald den Spitznamen »der wamperte Ottl« gaben. Ihm kam's vor allem drauf an, schnell allseits beliebt zu werden und die Wirtschaft in die richtige Ordnung zu bringen, was gar nicht lang herging und ihm überall Respekt einbrachte. Schon ein Jahr nachdem er in Langhamm eingezogen war, heiratete er die schwerreiche Bauernstochter Amalie Loringer von Weidling.

»Zum Geldhaufa is noch a größerer dazuakemma«, sagten die Leute, doch das war ein Vorteil und Segen für die Bauern.

Jetzt legte der Ottl einen schönen, schattigen Biergarten mit einer guten Kegelbahn an und baute seine Metzgerei fachgemäß aus. Da brauchte kein Bauer mehr seine ausgemolkene Menzkuh, seine Mastsäue und das sonstige Schlachtvieh auf gut Glück drei Stunden weit zum Markt nach Bolwang bringen. Der neue Langhammer kaufte jedes Stück, holte es selber ab, zahlte stets bar und sofort, wenn auch knapp, recht knapp. Das hinwiederum führte dazu, daß die Bauern von da ab – weil ja immer eine Hand die andere wäscht – an den Sonn- und Feiertagen in seine Wirtschaft kamen, schon deswegen, weil das Bier dort gepflegt, das Essen gut und billig war und die Kegelbahn eine schöne Unterhaltung abgab. Der Gumpenwirt in Zehring drunten konnte da nicht mithalten und kam schnell ins Hintertreffen. Nicht zum Wundernehmen also, daß er seinen Konkurrenten bitter anfeindete und bloß mehr drauf aus war, die Langhammerleute herabzusetzen und ihnen zu schaden. Dem Ottl und der Amalie aber konnte er nicht an. Die wußten, was sich gehörte und wie man was geschäftlich anpacken muß, damit der Gumpenwirt leer ausging. Dem sein Herabmindern und schandmäßiges Fluchen halfen ihm gar nichts, im Gegenteil, bloß noch mehr Schaden hatte er davon. Der Ottl und seine Amalie nämlich waren neben allem anderen auch noch fromm, sehr fromm. Bei jeder Messe, bei jedem Hochamt oder Trauergottesdienst knieten sie andächtig in den vordersten Stühlen, für jeden sichtbar. Wenn sonntags der hochwürdige Herr Pfarrer nach der Predigt die Sterbefälle oder kommenden Verehelichungen von der Kanzel herunterlas, hörten sie genau hin. Im Lauf des Nachmittags kamen sie in ihrer blankgewichsten Bauern-Chaise – heute natürlich haben sie längst einen soliden Opel – vors Haus der Leidtragenden oder der zukünftigen Brautleute, um ihr aufrichtiges Beileid oder den üblichen Glückwunsch vorzubringen.

»Jajaja, jetz so was, ha!« jammerten sie und bekamen nicht selten nasse Augen dabei: »Hmhm, so schnell hot er jetzt fortmüassn, dein Hansgirgl, Lippenbäurin, so schnell! ... Wia is denn dös aufamoi so schnell ganga? ... Hmhmhm, so a Unglück, hmhm ...« Ganz von selber kam man alsdann aufs Leichenmahl zu sprechen, und die Langhammerischen sagten zum Schluß: »Nana, Lippenbäurin, um dös brauchst du dich net aa noch kümmern ... Mir richtn dös scho oiß ...« So ein rührendes Bekümmernis zahlte sich jedesmal aus, und ein Geschäft hinten lassen, das gab es beim Ottl und der Amalie nicht. »Bigottisch wie oite Betschwestern, und aufs Geld aus wia der

Teifi auf dö arme Seel, so mog i's! ... Pfui Teifi!« fluchte der Meitler, der Gumpenwirt, und spie wie angeekelt aus. Und, meinte er noch lästerlicher, vor lauter Neid und Geiz und Scheinheiligkeit bringen sie nicht einmal Kinder zusammen, die zwei miserabligen »Ruach«. So niederträchtige Schlechtigkeiten sagte er den Langhammerischen nach, daß ihn diesmal sogar seine Marie, die allerhand Arges von ihm gewohnt war, grob anschrie: »Jetz zwickst aba o, Saukerl, dreckiger, gell!« Da schlug er fluchend die Wirtsstubentür hinter sich zu und rannte etliche Male ums Haus herum, wie er es immer tat, wenn er sich vor lauter giftiger Wut nicht mehr halten konnte.

Wegen dem Ausbleiben des Kindersegens litten der Ottl und die Amalie nicht wenig, und sie sagten es auch bei jeder Gelegenheit, seitdem die Amalie im vorigen Jahr eine Fehlgeburt gehabt hatte, bei welcher es ihr fast ans Leben gegangen wäre. »Mei' Gott, mei' Gott, wos konn ma do macha! Mittndrin bet' i oft a poor Vaterunser, daß ünser Herrgott doch noch amoi gnädi is, aba i bin hoit it gsund ...« jammerte die Amalie mitunter eine Bäuerin an, und ein demütiges Gesicht machte sie dabei. Gelübde und Bittgänge machten sie und der Ottl, kein Geld und kein Doktor verhalf ihnen zum erwünschten Glück. Überhaupt, der Meitler hätte gar nicht so niederträchtig daherzureden brauchen, die Frömmigkeit der Langhammerischen hatte schon einen echten und ernsthaften Grund. Auch der Ottl litt seit langer Zeit an seinem Asthma und an argen Magenverstimmungen. Auch ihm konnte kein Doktor helfen. Was liegt da näher, als daß sich Leute wie er und seine Amalie bloß noch dem Allmächtigen im Himmel droben zuwenden? Das war immer noch das Richtige, das Billigste und das Beste. Es zeigte sich auch oft, daß es half, wenn er sich vor lauter Luftschnappen hinlegen mußte und glaubte, er ersticke jeden Augenblick. Da fing die Amalie an seinem Bett zu beten an, und nach und nach wurde der Kranke ruhiger, faltete auch die dicken Wurstfinger und lispelte mit. Das schwere Schnaufen ließ nach, die Magenschmerzen verflüchtigten sich langsam.

Im vierten Jahr nach ihrer Verheiratung packte es den Ottl einmal besonders arg. Das kam hauptsächlich davon, weil er sich so aufregte. Im selbigen Frühjahr nämlich wurde auf einmal die verlotterte Staatsstraße vollkommen umgebaut, verbreitert und spiegelglatt geteert, und, hieß es, der Autobusverkehr von München über Zehring bis ins Gebirg hinein werde eingeführt. Haufenweis' kamen die Arbeiter in die

Gegend und hielten jedesmal Brotzeit und zum Mittagessen Einkehr in der Langhammerwirtschaft. Außer einem neuen Metzgergesellen mußten sie dort auch eine zweite Kellnerin einstellen, und der resoluten Amalie wuchs das alles schier über den Kopf ohne ihren Ottl. Der aber lag elendiglich droben im Bett, und jeden Tag mußte der Doktor Penzl zu ihm kommen, indessen all seine Spritzen und Tabletten halfen blutwenig.

»Und an dö Köstn, an sei' Rechnung mog i gor net denka«, jammerte der Ottl schier verzweifelt und warf seinen schweißdampfenden Körper hinum und herum im Bett: »Mei' Gott, Amalie, wo soll denn dös noch hinführn, um Gotteshimmelchristi willen!?« Ganz blau lief sein fetter, dicker Kopf an, die kugelrunden Augen drückte es ihm heraus, und er kreischte und rang nach Luft, rein zum Erschrecken.

»Liaba, guata Ottl, reg di bloß net so auf!« redete ihm die Amalie gut zu und plagte sich, die Fassung nicht zu verlieren: »Es werd scho, Ottl, es werd in Gotts Nam' scho wieder besser werdn!« Sie machte ihm einen nassen Umschlag um den Kopf und um die schlotternde, haarige Brust und fing alsdann inständig zu beten an. Der Ottl schaute dabei fort und fort auf das große Holzkreuz, das in der Kammerecke hing, und nach einer Weile keuchte er auch schmerzhaft heraus: »Liaba, guata Himmivater, steh mir doch bei, helf mir in meiner Not! I bitt di gor schön, allmächtiger Herrgott, loß mi boid gsund werdn! Du siechst doch, daß d' Amalie nimmer firti werd mit der ganzn Arbat!«

Ob das nun der Behandlung vom Doktor Penzl oder dem beharrlichen Anflehen des Himmlischen zuzuschreiben war, läßt sich nicht mit Sicherheit sagen, jedenfalls aber war *eins* unabstreitbar: Nach etlichen Wochen wurde es mit dem Ottl zusehends besser, und wiederum nach vierzehn Tagen konnte er wirklich und wahrhaftig vom Bett aufstehen. Auf das hin stifteten die Amalie und er zwei schöne Altarkerzen für die Zehringer Pfarrkirche, und der hochwürdige Herr Pfarrer Aumüller ließ es sich nicht nehmen, dieses am darauffolgenden Sonntag nach der Predigt von der Kanzel herunter zu verkünden. Selbstredend machte das allseitig den besten Eindruck.

Schnell rappelte sich der Ottl völlig auf und regierte wieder herum. Das war auch notwendig. Schließlich, mit den Dienstboten und Gesellen war die Amalie noch immer schlecht und recht fertig geworden, hingegen der Verdruß, der jetzt daherkam, dem war auch so eine resolute Weibsperson wie sie nicht mehr gewachsen. Dazu gehörte schon ein Mannsbild wie der wamperte Ottl, der all seine Energie aufwenden mußte. Kurz gesagt nämlich, es wurde von der Zentrale der Überlandbusse in München nach der Fertigstellung der Staatsstraße beschlossen, die Haltestelle für den dorthin laufenden Autobus auf den Zehringer Kirchenplatz, direkt vor die Gumpenwirtschaft, hinzuverlegen.

Das versetzte den wamperten Ottl und seine Amalie buchstäblich in einen fast panischen Schrecken.

»Do zoagt sich wieda, Amalie, wie undankbar d' Leut san!« klagte der Ottl und wurde brandrot im Gesicht: »Jeds Stückl Viech kaaf i dö Baurn o, an Schützn- und an Kegelverein, dö wo bei üns verkehrn, hob i was gstift und jetz wieda dö zwoa sündteurn Kerzn für d' Pfarrkirch! ... Nix is derkennt! Net amoi der hochwürdige Herr Pfarrer red't für uns und loßt zua, daß dö landfremde Bagasch aus der Stodt direkt vor der Pfarrkirch aussteigt, womögli jedn Sunnta noch'n Hochamt ... Pfui Teifi!« Auf der Stelle ließ er einspannen, und mitten am Werktag fuhren sie und er zum Pfarrer hinunter. Sie redeten und redeten auf den alten geistlichen Herrn hinein, als wär' er an der Festlegung der Haltestelle schuld gewesen.

Alle Register zogen sie auf. Gottselig zerknirscht weinte die Amalie sogar mit der Zeit, und der Ottl fragte in einem fort hinum und herum, ob man ihnen vielleicht als Pfarrkinder, als Gemeindebürger oder geschäftlich auch bloß das geringste nachsagen könnte?

»Aber, aber, Herr Bichler, wer spricht denn davon?« wehrte der geistliche Herr geduldig ab: »Ich bin doch da vollkommen inkompetent, meine lieben Bichlerleut ... Zuständig ist doch da der Herr Bürgermeister Lochmair, und da weiß ich nicht genau, ob der was machen kann ... Das Ganze ist doch Angelegenheit des Verkehrsamts in München!«

»Tja, wenn da ünser Herrgott koa Einsehng hot, Hochwürdn, nachher woaß i net!« jammerte die Amalie wiederum, und da meinte der Aumüller denn doch, solche weltlichen Sachen sollt' man nicht mit dem Himmlischen in Verbindung bringen. Schließlich gingen die Langhammerischen verdrossen aus dem Pfarrhof. Der Bürgermeister Lochmair machte es viel kürzer und ziemlich kaltschnäuzig.

»Soso, hm«, sagte er und schaute den wamperten Ottl ein wenig spöttisch an: »Jaja, dös sell glaub i scho, daß dös gschäftli für di net grod guat is, Bichler, aber umbringa werd enk dös net ... Ös hobts d' Langhammerwirtschaft so schön hochbrocht, daß jeder Mensch gern einkehrt ...« Das machte den Ottl leicht giftig.

»Vo selber is dös net kemma«, warf er hin. »Vo lauter Rakkern hobn mir oi zwoa ünser Gsundheit ruiniert ...« Schon schnaufte er wieder schwerer.

»Überhaaps, wos braucha mir denn an Autobus? ... Bis jetzt san ma mit der Bahnstation z' Bolwang noch ganz guat auskemma!« knurrte er, doch da zuckte der eiskalte Lochmair bloß die Achsel und meinte: »Noja, dös san hoit dö neuen Zeitn ...« Schließlich erinnerte er den Ottl, daß er ja Mitglied des Gemeinderats sei und bei der nächsten Sitzung beantragen könne, daß eine entsprechende Eingabe ans Münchner Verkehrsamt geschrieben wird.

»Guat! Do drauf besteh i, Bürgermoaster ... Und glei morgn oder übermorgn muß dö Sitzung sei!« forderte der Ottl, und der Lochmair nickte und sagte grundgemütlich, daß nichts von seiner Spitzigkeit daraus zu hören war: »Und natürli hoitn mir dö glei bei dir im Nebenzimmer, Langhammer! Is aa wieder a Gschäft für di ...«

»Ums Geschäft is mir net, aba um a kloans bißl Gerechtigkeit«, schloß der Ottl gereizt.

Bei der Sitzung drang er auch durch. Die Eingabe wurde durchgesprochen und abgeschickt. In seiner Hitzigkeit und vor allem deswegen, um bloß ja nicht leer auszugehen, fuhr der Ottl sogar noch nach Bolwang hinüber zum Rechtsanwalt Sterneiser und ließ von dem eine eigene Eingabe schreiben, die überaus ausführlich und geharnischt war. Nach ungefähr vier Wochen erhielt sowohl er als auch die Gemeinde den Bescheid vom Verkehrsamt, daß für Langhamm eine sogenannte »Bedarfshaltestelle auf Widerruf« eingeführt werde.

»No, siechst es, dö Herrn hobn ja mit sich handln lossn«, sagte der Bürgermeister Lochmair zum Ottl und spöttelte: »Do host du dir jetz ganz und gor umasunst noch Extraköstn gmacht mit deiner eigna Eingab.« Er wußte, daß das den Ottl ärgerte und freute sich insgeheim. Als der funkelnagelneue Autobus anfangs ein paarmal nicht vor Langhamm anhielt, wurden Ottl und Amalie ganz giftig, und beim nächsten Mal stellte sich der Langhammer in seiner ganzen Feistheit mitten auf die Straße und winkte energisch. Der Autobus hielt, und die schwere Tür öffnete sich mechanisch.

»Einsteigen, bitte!« sagte der Chauffeur, aber der Ottl tat nicht dergleichen und fragte bloß ungut: »Worum hoitn Sie denn bei uns net, ha?«

»Ist doch bloß Bedarfshaltestelle ... Steigt doch keiner aus oder ein«, warf der Chauffeur hin, und die Tür klappte zu. Wirklich, fürs erste verschlug es dem Ottl einfach das Wort. Alsdann knirschte er durch die zusammengebissenen Zähne: »Lumpn, lauter Lumpn sans ... Der Bürgermoasta, der Sterneiser und dö vom Verkehrsamt ... Lumpn, ganz niederträchtige Saulumpn!«

Aber er hätte sich durchaus nicht zu ärgern brauchen. Nachdem die Staatsstraße fertig war und das wärmere Wetter einsetzte, kamen haufenweise Autos und Motorradler daher und machten, schon wegen dem schönen Biergarten und der Aussicht, in Langhamm halt. Bald stiegen auch aus dem täglichen Autobus allerhand Gäste und kehrten ein. Essen und Trinken waren gut, und so was spricht sich schnell herum. Für den Ottl und die Amalie schlug alles zum Besten aus. Langhamm wurde mit der Zeit eine sehr stark frequentierte Sommerfrischler- und Autoeinkehr, eine wahre Goldgrube. –

II

Das Bolwang-Zehring-Weidlinger Viertel ist waldreich und überaus fruchtbar. Die weiten Gebreiten werden oft durch runde, wellenartige Hügel unterbrochen, das Gold der Getreidefelder, das wogende Grün der Wiesen wechseln lieblich ab mit dem satten Dunkel der Waldungen, und es gibt darin etliche umfängliche Weiher, die verlassen daliegen wie silberblaue riesige Spiegel. Der größte davon liegt ungefähr vier, fünf Steinwurfweiten von Langhamm entfernt, rechter Hand von der Straße, in einer flachen Mulde mit vielen Birken, die erst tiefer in der Waldung von Fichten abgelöst werden. Am Anfang versuchte der wamperte Ottl es mit einer Fischzucht, aber nach altem Gewohnheitsrecht trieben die Bauern im Sommer dort ihre Rösser in die Schwemme, die Kinder badeten, und an den Sonntagen auch manchmal etliche Knechte und Bauernburschen. Das verscheuchte selbstredend die Fische. Die ganze Zucht verdarb dem Ottl, aber er und seine Amalie verbissen ihren kranken Ärger darüber und schauten mit süßsauren Mienen dem allen unwidersprochen zu. Verfeinden wollten sie sich deswegen nirgends. Womöglich nämlich, wenn sie was gegen Rösserschwemmen und Baden gemacht hätten, wären die Leute falsch und tückisch geworden und bloß noch zum Gumpenwirt gegangen.

Jetzt aber, mit dem lebhaften Auto- und Sommerfrischlerverkehr, entdeckten die städtischen Leute den Weiher, und da gab's auf einmal kein Halten mehr.

Vom goldenen Himmelssegen ging es jetzt für den Ottl und die Amalie schnurstracks in den schwarzen Höllenfluch hinein. Das fing an den heißen Sommersamstagen meistens kurz nach der Mittagszeit an und riß nicht mehr ab bis zum ersten Dunkelwerden am Sonntag. Dutzendweise ratterten Motorräder und vollgepfropfte Autos aller Art daher, vorbei an der Langhammerwirtschaft surrten sie und weiter unten rechts in den ausgefahrenen Feldweg hinein, bis unter die Birken am Weiherufer. Wahre Menschenschwärme schlugen dort ihre Badelager auf, sogar Zelte brachten sie mit, ihr eigenes Essen hatten sie dabei und kochten oder brieten es über dem offenen Feuer, und kaum einen buckligen Pfennig brachten sie dem Langhammer ein, denn die ersten, die da ganz ungeniert in Badehosen daherkamen und etliche Flaschen Bier oder Limonaden wollten, wurden vom Ottl und der Amalie so sackgrob und drohend abgefertigt, daß keiner mehr kam. Die Langhammers kochten vor Wut und verloren schier den Kopf vor soviel unverschämter Frechheit. Zum erstenmal fluchte der wamperte Ottl.

»Kreizmillion und drei Teifi!« belferte er: »Dös Huarngsindl, dös ausgschamt!« Aber die Amalie warnte ihn noch zur rechten Zeit: »Bsinn di, Ottl, und denk an dei' Gsundheit!« Er würgte seinen Ingrimm hinunter und sagte irgendwas von der Gendarmerie. Gleich am andern Montag beredete er sich mit dem Bürgermeister, und der sagte: »Z'erscht muaßt es verbieten. Ehvor konnst nix macha.« In aller Schnelligkeit mußte der Dekorationsmaler Fahrnbichler drei großschriftige Tafeln malen. Die eine mit der Aufschrift *Privatgrund, Zutritt verboten* setzte der Ottl mit dem Knecht eigenhändig quer über den Feldweg, und die andern zwei *Baden verboten* richteten sie am Weiherufer auf. Das aber hinwiederum machte die Kinder, die Burschen und sonderbarerweise auch die Bauern rebellisch, und wenn auch der Ottl und seine Amalie in einem fort beteuerten: »Für enk gilt doch dös net! Ös kinnts d' Roß unscheniert in d' Schwemm reitn und d' Kinder kinna bodn, souvi s' mögn! Bloß dö Saubagasch, dös Stodterergsindl wolln mir vertreibn!« – sie machten alles bloß ärger. Schon am zweiten Tag waren die Verbotstafeln umgerissen und schwammen im Weiher. Niemand wußte, wer dieses Lumpenstück begangen hatte, und gegen die Einheimischen die

Gendarmerie aufbieten, das wagte der Ottl nicht. Es war rein zum Aus-der-Haut-Fahren! Sechzig Mark hatten die Tafeln gekostet. Wo das schnell wieder hereinbringen? Seinen ganzen Appetit verlor der Ottl. Für die Burschen und Bauern nämlich hatte sein Höllenfluch eine recht schöne Seite. Sie waren durchaus nicht gegen das Lagern und Baden der vielen Stadtleute, im Gegenteil: Sie füllten von jetzt ab an den Samstagen und Sonntagen den schattigen Langhammergarten vollzähliger als je zuvor und vergaßen sogar das übliche Kegeln, denn das Zuschauen beim lauten, bunten Badetreiben war viel unterhaltlicher, schon deswegen, weil ihnen da oft ganze Rudel ausnehmend gut gewachsener Weibsbilder mit fast gar nichts an in die Augen kamen.

»A so a miserabliger Saustoi!« knurrte der Ottl schnaufend, und die Amalie sekundierte ihm: »So wos Ausgschamts! ... Mannsbilder und Weiber untereinand und sogor vor de Kinder scheniern sie si net ... Religion hot dös Gschwerl überhaupt net ... Sündn muaß ma si fürchtn, wenn ma hischaugt!« – »Muaßt hoit net hischaugn!« schrie der freche Edinger-Wastl: »Schafft dir's doch koana!« Wandblaß wurde die Amalie und ging ins Wirtshaus zurück, aber die meisten Bauern und Burschen lachten ihr nach. Wutverkniffen stand der Ottl da und stellte sich taub, als jetzt der Vogginger-Silvan laut vom Burschentisch her schrie: »Herrgott, do schaugts ... A so a frisch's Koibfleisch wia dö Rote do druntn, dös waar wos ...!«

Und noch unverfrorener meinte der Edinger-Wastl: »Jetz mir waar wos Kernigs liaba ... Mir gfoit dö an greaner Badeanzug besser ... Bei dera is Hoiz vorm Tor! Dös Duttlzeig konn si sehng lossn ...« Wiehernd lachten die Burschen auf.

So konnte es nicht weitergehn. Zermürbt und zerknirscht überlegten der Ottl und die Amalie. Einen hohen Drahtgitterzaun um den ganzen Weiher zu ziehen, schier an die acht- bis neunhundert Meter, das kostete Geld, kaum noch zum Ausrechnen. Und außerdem – da hätten Burschen und Bauern noch grober rebelliert. In ihrer Bedrängnis gingen der Ottl und die Amalie wieder zum hochwürdigen Herrn Pfarrer Aumüller nach Zehring hinunter. Als sie über den Kirchplatz kamen, fiel ihnen auf, daß der Gumpenwirt sein Haus neu hatte streichen lassen. Alle Fenster glänzten blitzsauber, Blumenstöcke standen davor, und frischgedeckte Tische standen vor der Wirtschaft. Mißgünstig brummte der Ottl: »Hm, do schaug! Für den rentiert si scheint's dö Haltestelle, und die ünsrige macht bloß Verdruß ...« Noch schlechter wurde sein

Gesicht, als jetzt die Gschwendtner-Liesl, hübsch rund um und um, aber gelenkig und adrett in ihrem Dirndlgwand, aus der Tür kam und Bestecke und Teller auf die Tische stellte.

»Und dös Luader hot er ois Kellnerin!« schloß er: »Aufmacha tuat sie si scho wia dö Stodtmenscher, dö wo bei üns bodn ...« Die Liesl war die dritte Tochter vom Gschwendtner, der hinterhalb Zehring seinen Hof hatte. Ihm gehörte die Fichtenwaldung, die sich weit ins Flachland hineinzog, und auch in dieser Waldung gab es einen Weiher, der aber so versteckt im verhangenen Baum- und Buschwerk lag, daß ihn bloß Einheimische wußten. Kein Mensch machte ein Gerede aus ihm, und der Gschwendtner am allerwenigsten, weil er ihn für ziemlich überflüssig hielt. Der Gschwendtnerhof war ein mittleres Anwesen mit nicht genug Wiesen- und Ackergrund und einem schwachen Viehstand. Da ging's hart her mit der Arbeit, und weil grad immer soviel herauskam, daß es halbwegs auslangte, mußten sich die Töchter um einen anderen Verdienst umschauen, und zum Glück waren die zwei älteren schon verheiratet, so daß bloß noch der Wastl und der Christl daheim waren. Der Wastl bekam einmal den Hof, und der Christl mit seinen sechzehn Jahren lernte seit einem Jahr die Metzgerei beim Haslinger in Weidling. Die Liesl machte im Sommer eine Kellnerin, und weil sie ein lustiges, ansprechendes Ding war, warf mancher Bursch ein Aug' auf sie. Sie aber rechnete sich bei jedem genau aus, ob er das Heiraten wert sei und was dabei für sie für Vorteile in Aussicht standen, hielt jeden hin und hielt sich die Besten zur Auswahl. Die Gschwendtnerischen waren alle handfeste, rechnerische Leute. »Hmhm, und der? Da Gschwendtner? Den lossn s' in Ruah mit sein' Weiher!« fiel dem wamperten Ottl jetzt ein.

»Noja, an den is ja aa net zum Zuawikemma ... Der is z'weit im Holz drin«, meinte auf das hin die Amalie und tröstete ihren verdrießlichen Alten: »Jetz loß üns no amoi mit'm hochwürdign Herrn redn, Ottl ... Der steht ganz sicher zu üns.«

Das stimmte auch. Dem Pfarrer waren allerhand abscheuliche Dinge über das Badetreiben in Langhamm zu Ohren gekommen, die ihm als Seelsorger Verdruß machten, aber er war kein hitziger Eiferer. Er war ein Pfarrer wie ein andrer ein Metzger, ein Bäcker, ein Wirt oder ein Bauer ist. Er tat seine kirchlichen Pflichten und Schuldigkeiten unverändert in den dreißig Jahren, da er in Zehring Geistlicher war, und verließ sich in schwierigen Fällen auf seinen gesunden, sicheren Hausverstand, der mit dem zunehmenden Alter alles Dafür und Dawider einer Sache so fein abwog wie eine präzise Apothekerwaage.

»Langhammer«, sagte er darum auch gleich, als der Ottl und die Amalie mit ihren bitteren Klagen daherkamen, »Ihr brauchts mir nichts zu erzählen. Mir is alles bekannt ... Ich denk schon die ganze Zeit nach,was da zu machen is ...«

»Hm«, meinte der Ottl ein wenig baff:: »Jaja, Hochwürdn, mir glauben's gern, aber dös ganz Arge san net amoi dö ausgschamtn Stodterer! ... Bei derer Saubagasch is ma ja so wos direkt scho gwöhnt. Aber daß unserne Burschn und Baurn do gor nix dro findn, ja, daß eahna dö sündhafte Sauerei direkt scho gfoit, dös, moan i, derf doch a christkatholische Pfarrei net zualossn ...!«

»Jaja! ... Jaja, das ist's eben«, stimmte der Pfarrer zu und veränderte auf einmal seine Tonart: »Aber, mein Gott, wir habn eben jetzt eine ganz neumodische Zeit, und die Sittenverderbnis nimmt überall zu, da hilft mein Predigen kaum mehr was ...« Der Ottl und die Amalie mußten zugeben, daß er in der letzten Zeit sehr scharf darüber gepredigt hatte, hingegen, daß der geistliche Herr gar kein anderes Mittel wußte. das machte sie ganz verzagt und hoffnungslos. Leere Augen machten sie, wie abgestochne Kälber.

»Hm«, meinte auf das hin der Aumüller: »Man muß eben schaun, daß die ganze Sach a halbwegs anständigs Gsicht kriegt, Langhammer –«

»Anständigs Gsicht?« stutzten der Ottl und die Amalie gleicherzeit. Aber gleich fuhr der alte Geistliche zusammengenommener fort: »Das tät' natürlicherweis auch an euch liegen, Langhammerleut ... Ihr müsserts halt eine ordentliche Badeanstalt herrichten lassen ...«

»Ba-Bade-anstalt? ... Mir?« stotterte der wamperte Ottl und wurde rot bis hinter die kleinen, fetten Ohren: »Mir solltn üns wegn dem abscheulichn Zigeunergsindl aa no in woaß Gott wos für Köstn stürzn?« Seine mächtige, kugelrunde Wampen zitterte, er schnaufte schon wieder kurz, und die Augen drückte es ihm heraus.

»Bloß net gleich aufregen, Langhammer!« versuchte ihn der Pfarrer zu besänftigen: »Wollen wir's uns einmal überlegen ...« Und alsdann schlug er vor, die Langhammers sollten vielleicht im Verein mit der Gemeinde eine Badeanstalt mit getrennten Kabinen für Frauen und Männer errichten, und man könnte alsdann von jeder Person Eintritt verlangen, und mit der Zeit kämen die Kosten schon herein.

»Und nachher tät' sich so was auch rentieren, Langhammer, und es wär' eine Ordnung hergestellt«, schloß er. Noch eine Zeitlang redete er dem Ottl und der Amalie so zu, aber – soviel merkte und roch er schnell – die hatten ihren Kopf nur bei den drohenden Kosten und hielten alles fast für eine grobschlächtige Zumutung. Recht einsilbig verabschiedeten sie sich diesmal vom hochwürdigen Herrn Pfarrer, und auf der Heimfahrt in der wackligen Chaise redeten sie nicht mehr allzu ehrerbietig über ihn.

»Hm, der is ja guat«, konnte sich der Ottl nicht mehr zurückhalten: »Jetz solltn mir aa noch ünser guats, saur verdeants Geld nei'stecka, daß sich dös Saugschwerl vo der Stodt drin verlustiern kunnt! ... Der hot leicht z' redn! Er braucht ja nix hergebn! ... Und dö Gemeinde? Der Lochmair, zu dem kaam i do grod recht ... Der tat höchstens recht spottn und sogn, sie hobn koa Geld, und eahnetwegn konn do bodn wer mog ... I woaß net, Amalie, mir, weil mir oiwei guate Katholikn san und für jedn dös Best' wolln, mir san jedsmoi dö Ausgschmiertn! ... Wenn dös noch a Gerechtigkeit is, nachher woaß i net!«

Und: »Ganz recht host, Ottl, absalut recht! ... Arg nochlossn tuat er jetz, der Aumüller! Waar besser, er gang mit seine vierasieberzg Johr in d' Pension und tat's an Jüngern überlossn«, stimmte ihm die Amalie zu. Kein »hochwürdiger Herr« war der Pfarrer mehr für sie, sondern ein ganz gewöhnlicher Mensch und ein recht wenig sympathischer auch noch dazu. Zornfinster und rachsüchtig schaute der Ottl drein.

»Ausgschlossn! I mog einfach net! I hob doch mei' Geld net gstoin!« stieß er heraus, als sie oberhalb vom Zehringer Berg ankamen: »I kimm dem Huarngsindl scho noch bei, wart nur!« Grimmig schlug er den ledernen Zügel seinem feisten Fuchsen auf den Rücken, daß das Roß zu laufen anfing. Recht vermufft kamen sie in Langhamm an und ließen ihre Mißlaune an den Dienstboten aus.

Das schandbare Treiben am Weiherufer wurde an jedem Wochenende lauter und ärger. Lawinenartig, wenn man's hochdeutsch sagen will, nahm diese Sittenverderbnis zu. Jetzt badeten auch schon die Zehringer Kinder mit, und keiner hatte was dagegen. Ja – dem Ottl und seiner Amalie blieb schier der Verstand stehen – nach und nach kamen auch die Bauernburschen dazu und machten den schamlosen Unfug mit. Ganz zertrümmert und schwer schnaufend hockte der wamperte Ottl oft eine geschlagene Stunde allein in der sommerheißen Wirtsstube, wenn's draußen im Garten lustig zuging. Ein Gesicht machte er her, wie wenn ihm der Ochs hineingetreten wäre.

»Glosscherben sollt ma hinfahrn!« fluchte er einmal heraus: »Fuaderweis Glosscherbn!« So laut klang es, so daß er wie ein ertappter Dieb zusammenschreckte und geschwind rundherum schaute. Glasscherben, hm? Aber wie und wo denn gleich so einen Haufen herbringen? Und außerdem, was das wieder für Verdrießlichkeiten mit den Burschen und Bauern geben konnte! Ächzend stand er auf, lugte vergrämt in den Garten hinaus, gab sich einen resoluten Ruck und ging ohne Nachtessen ins Bett. Das war noch nie vorgekommen.

III

Ein Pfarrerwort bleibt ein Pfarrerwort, und es wurmt sich oft wie ein schlechtes Gewissen in so einen gut katholischen Menschen wie den wamperten Ottl hinein. Gott sei Dank ging es jetzt schon langsam dem Herbst zu. Die Birken drunten am Weiher gilbten, dicke, feuchte Nachtnebel gab es, das Wasser wurde kälter, und die Badenden wurden weniger.

»Und aufs Johr passiert mir der Saustoi nimmer!« sagte der Ottl an einem leicht nieselnden Tag und fuhr insgeheim zum Zimmerer Hunterer nach Weidling hinüber. Den Emmeringer in Zehring überging er, weil's da gleich bekannt werden konnte.

Blitzbaff war der Hunterer, als der Ottl vor ihm in der Werkstatt stand und, eh er noch zum Wort kam, halblaut und dringlich sagte: »I hätt' wos Wichtigs z' redn mit dir, Hunterer ... Gehn mir liaber in d' Stubn eini.« Erst nach einer guten halben Stunde fuhr der Ottl wieder heimzu, und am andern Tag kam der Hunterer mit dem Motorradl zu ihm. Es nieselte immer noch, und im Wirtsgarten tropften die Holztische. Kein Mensch war zu sehen, als die zwei zum Weiher hinuntergingen. Wirklich gräuslig sah das Ufer aus. Leere Flaschen und zerschlagene Tassen, haufenweise Papierfetzen, Zigarettenstummeln und verrostete leere Ölsardinenschachteln lagen herum, abgenagte Fleischknochen und dreckige Kinderwindeln.

»Do! Do siechst es selba!« warf der Ottl bloß hin: »Wia dö Hottentottn hausen s', dö Drecksäu!« Aber gleich kam er zum Eigentlichen und deutete hinum und herum: »Do a Stuckerer zehn oder fufzehn Kabinen für d' Weibsbilder, und do drenten dö für d' Mannsleut ... In der Mitten, do! Do, wo's so seicht is, kinna d' Kinder bodn ... Do glangert a Holzhüttn, wo sie si ausziagn kinna, und vorn vielleicht a lange Planka, verstehst mi? Daß ma net vo überoi hersiecht«, erklärte er dem Hunterer, und der überlegte und rechnete schon.

»Und – und – mach's gnädi, Hunterer, mach's gnädi«, verfiel der Ottl ins Wehleidige und wollte wissen, auf wieviel sich das ungefähr belaufe, aber der Zimmerer ließ sich da nicht weiter aus, denn, meinte er, wenn sie halten und sturmsicher werden sollen, die Kabinen, dann müßten sie Betonsockel kriegen, und das sei dem Maurer seine Sache.

»Wos? Wos, dös aa no?! ... Dös aa no?! ... Tja, do konn i mi ja rein dappi zoin!« jammerte der Ottl noch schmerzhafter: »Und du woaßt doch, daß dös a reins Verlustgschäft für mi is, daß i's bloß wega ünsern Glaabn tua!« Der Hunterer roch schon, daß er's mit seinem bigottischen Daherreden bloß auf die Billigkeit abgesehen hatte, lobte ihn ein wenig und versprach ihm, einen rechtschaffenen Kostenvoranschlag zu machen. Gleich schwang er sich wieder aufs Motorradl, als sie vor der Langhammerwirtschaft ankamen, aber dummerweise hockte in der Stube der Käser Meindl, und der fragt so lang und so hinterlistig, bis dem anderen das Reden wie ein schlechtes Essen herausbricht. Dem hielt der wamperte Ottl nicht stand.

»Soso? Soso, hm, der hochwürdige Herr Pfarrer hat dich draufbracht, Langhammer?« sagte der Meindl und bekam eine gewichtige Miene. Er war weitum bekannt als luchsschlauer, pfiffiger Geschäftemacher, redete halbwegs hochdeutsch und hörte faktisch das Gras wachsen.

»Das is, meiner Ansicht nach, meinem Ermessen nach, ein sehr ein ausgezeichneter Vorschlag, Langhammer«, redete er weiter: »Soso, und die Gemeinde und der Lochmair, die wolln nix wissn und net mitmachen? ... Das ist, meiner Ansicht nach, meinem Ermessen nach, eine ganz eine große Dummheit –«

»A Dummheit? ... Wia dös?« staunte der Ottl interessierter. Wenn der Meindl das sagte, dann mußte so was Hand und Fuß haben. Da hieß es aufpassen. Vielleicht brachte er ihn auf einen Vorteil.

»Nämlich, meiner Ansicht nach«, fing der Meindl wiederum an und legte sich tiefer in den eschenen Tisch: »Meinem Ermessen nach is natürlicherweis allerhand Risiko damit verbunden, aber eine Badeanstalt, so was hat Zukunft, meiner Ansicht nach, Langhammer ... Und wer heutzutag nix riskiert, der kommt zu nix ... Bauernleut verstehn so was nicht. Da gehörn, meiner Ansicht nach, meinem Ermessen nach, Langhammer, Gschäftsleut her wia du und i, verstehst mich?«

»Hm, Gschäftsleut?« sagte der Ottl leicht ungut: »I woaß bloß oans, für mi kost dös an Haufa Geld, sonst nix! I hob bloß Köstn davo ... I, ganz alloa!«

»Du, ganz alleins!?« meinte auf das hin der Meindl noch aufgekratzter: »Du alleins, Langhammer? ... Wer sagt denn das? ... So was muß, meinem Ermessen nach, durchaus net sein, durchaus nicht!« Und er fing von einem Konsortium zu reden an, von einem Badeverein, der, seinem Ermessen nach, gegründet werden sollte und alles sozusagen in »Regie« nähme.

»Badeverein? Konsortium?« Mißtrauisch schaute der Ottl auf den Meindl und fragte: »Und dem soi nachher i mein Weihrer überlossn, wos?« Er witterte nicht sehr viel Günstiges für sich, aber der Meindl verstand es ausnehmend gut, ihm die Sache auszudeutschen.

»Falsch, ganz falsch, Langhammer!« bestritt er: »Ganz und gar das Gegenteil ist da, meiner Ansicht nach, der Fall ... Vom Weiherüberlassn kann doch, meinem Ermessen nach, durchaus net die Red sei ... Das Konsortium, der Badeverein übernimmt doch bloß den Betrieb und schaut, meiner Ansicht nach, daß in die ganze Gschicht eine Ordnung hineinkommt ... Du kommst da, meinem Ermessen nach, durchaus zu deinem Geld, Langhammer ...«

Das hörte sich schon reeller an.

»Überhaupt, meiner Ansicht nach, meinem Ermessen nach, Langhammer, kann das für dich doch mit der Zeit ganz lukrativ werdn, wenn's so gmacht wird, wie ich's mir vorstell ...« wurde jetzt der Käser noch deutlicher und erklärte, vier oder fünf Hauptmitglieder, von denen jeder soundso viel Geld investiert, seiner Ansicht nach »Aktien« sozusagen, die fünf lassen den Strand herrichten, bauen die Kabinen, die Duschen und Wasserklosetts und machen die Badeordnung, und am Ende der »Saison« wird Bilanz gemacht und der Gewinn untereinander je nach der Höhe der Geldeinlage verteilt.

Der wamperte Ottl musterte den gewiegten Käser staunend und fragend gleicherzeit und überlegte mit seinem ganzen Verstand. Herrgott, daß er an so was nie gedacht hatte! Er kratzte sich an den Schläfen und machte ein paarmal: »Hmhm, hmhm ... Dös hot Hand und Fuaß, Meindl, dös is dös Bescht ...«

»Und wennst du, meinem Ermessen nach, überhaupt kein

Risiko haben willst, Langhammer, alsdann verpacht uns doch den Weiher!« schoß jetzt der Meindl heraus.

»Uns? Wem denn?« Der Ottl war baff.

»Naja, dem Badeverein.«

Ob denn der schon beieinander sei, wollte der Ottl wissen, und ob denn bereits – kurzum, der Meindl sagte bloß noch: »Das laß nur meine Sach sei', Langhammer. Überleg dir's, meinem Ermessen nach, ob du auch was investiern oder uns, meiner Ansicht nach, alles pachtmäßig überlassen willst ... Jetzt, wo die Saison aus ist, haben wir ja Zeit. Laß mir's bloß bald wissen, Langhammer.« Schon zahlte er seine Brotzeit und seine Maß Bier. Als er mit seinem alten Opelwagen weg war, schrie der Ottl der Amalie, und zum Schluß schauten sie einander schier gottselig dankbar an.

»Samtdem, daß der Aumüller üns net guat grotn hot, is's jetz doch wos Rechts wordn ... Ünser Herrgott hot a Ei'sehng ghabt mit üns«, meinte die Amalie, und der Ottl nickte nach langer Zeit wieder einmal mit einem kleinen Aufschimmern im Gesicht: »Er woaß hoit, Amalie, daß bei ünsern Glaabn nia wos fehlt ...«

»Gelobt sei Jesus Christus«, wisperte die Amalie und machte ein geschwindes Kreuz, und das »In Ewigkeit, amen« vom Ottl klang genau so lammfromm.

Es läßt sich leicht denken, daß ihm all das, was der Meindl vorgebracht hatte, arg im Kopf herumging. Er und die Amalie redeten und rieten hinum und herum. Schließlich – »Investieren«, Bargeld hergeben? Fürs Einnehmen, ja, da waren sie immer, die Langhammerischen; aber fürs Hergeben? So was tat ihnen faktisch fast weh. Am dritten Tag schickte der Hunterer auch seinen Kostenvoranschlag, der sich auf fast dreieinhalbtausend Mark belief. Und da waren die Betonsockel noch gar nicht mit einberechnet, und – wie der Ottl erst vom Meindl erfahren hatte – also zwei Wasserklosetts und Duschen sollten auch noch dazukommen.

»Tja! Tja!« stieß er abweisend höhnisch heraus: »I bin doch koa Geldscheißer! ... Wos si der Hunterer oiß ei'buid't, ha!« Und damit zerriß er den Kostenvoranschlag und kam auch in bezug auf den Meindl zu dem Schluß: »I wui überhaaps mit der ganzn Gschicht nix mehr z' toan hobn! ... I gib'n eahna in Pacht – und basta! ... A guata Katholik laßt si net ei' auf so Sauereien ...«

Als der Meindl am andern Tag daherkam, war der Oberstleutnant a.D. von Kemmersbacher bei ihm. Die zwei hatten schon alles für einen Pachtvertrag fixiert. Sie wunderten sich nicht im mindesten, daß der Ottl nicht als Aktionär eintreten wollte, und waren recht angenehm überrascht, als er den ziemlich niedrigen Pachtzins als zufriedenstellend empfand. Außer dem Oberstleutnant hatte der Käser auch noch den Oberapotheker im Ruhestand Dr. Windseder, der außerhalb von Zehring eine Villa hatte, gewonnen. Dazu kamen der Bäckermeister Bracht und der Oberingenieur Poldinger vom Elektrizitätswerk in Bolwang, der eine Brachtltochter geheiratet hatte. Mit diesem Konsortium schloß der Ottl in der darauffolgenden Woche beim Advokaten Sterneiser in Bolwang den Pachtvertrag, und er war so gut aufgelegt darüber, daß er den Herrschaften sogar ein gemeinsames Gratismahl gab.

»Dösmoi is's der Müah wert, Amalie. Bloß si net lumpn lossn, jetz!« sagte er: »Der Meindl hot mir nämli fest zuagsogt, daß er an Bod druntn a Bierbudn aufmacht und daß er d' Leut zu üns zum Essn 'raufschickt ...«

»Der woaß ebn, wos si unter Gschäftsleut ghört«, lobte sie: »Der is net a so a Hammi wia der Lochmair und dö auf der Gemeinde ... Dö wenn jetz wieder daherkemma mit eahnern Schlachtviech, Ottl, do taat i mi nimmer auf deine oitn guaten Preis ei'lossn ...«

»Ja, und beim Essen? ... Du derfst aa d' Portionen a weni kleaner macha«, riet er ihr. Sie besprenkelten sich mit Weihwasser und legten sich ins Bett. –

IV

Es ging nicht lang her, da reute es den wamperten Ottl, daß er mit dem Meindl und dem Oberstleutnant samt ihrem Anhang so unüberlegt geschwind den Pachtvertrag geschlossen hatte. »Amalie«, sagte er und schaute ihr mit stockfinster mißtrauischen Augen ins Gesicht: »Amalie, mir is net woi bei dem ganzn Handl ... I glaab, da Meindl und der Kammersbacher, dö san scho lang auf mein Weihrer aus gwen ... Dös san zwoa ganz durchtriebne Lumpn. Dö und eahna sauberer Badeverein, dö hobn mi richti ausgschmiert ... Und unterschriebn hob i! Oiß is avikatisch gmacht wordn, macha konn i nix mehr! ... Ünseroans ois ehrlicha Mensch denkt doch, dö andern san genauso, und derweil hobn dö nix ois wia an Schwindl und d' Lumperei im Kopf ... Mei' Gott, mei' Gott, nix ois wia Verdruß und Schodn hot ma, wenn ma so guat is ...«

Was der Meindl und der Oberstleutnant in etlichen kurzen Wochen fertigbrachten, war wirklich zum Erstaunen, und für den Ottl und die Amalie war es zum Erschrecken. Und das Allerärgste war – es ging nicht anders –, sie mußten bei allem auch noch gute, freundliche Gesichter hermachen. Als erstes stand schon etliche Tage nach dem Abschluß des Pachtvertrages im *Wochenblatt für Bolwang und Umgebung* ein schwungvoller Artikel, der ankündigte, daß der neugegründete »Badeverein Zehring und Umgebung« mit den ärgerniserregenden Zuständen am Langhammerweiher ein für allemal Schluß machen werde. Alsdann folgte eine ausführliche, sehr einnehmende Beschreibung vom Ausbau und den Einrichtungen der zukünftigen Badeanstalt, und zum Schluß wurde jedermann aufgefordert, dem Badeverein im Interesse des guten Rufes der Landbevölkerung und zur Wahrung der »brauchmäßigen« christkatholischen Sittlichkeit als Mitglied beizutreten. Unterzeichnet war der Artikel vom hochwürdigen Herrn Monsignore Joseph Pfleiderer in Bolwang und Pfarrer Aumüller in Zehring und den Gründern des Badevereins. »Vor allem aber«, hieß ein Satz darin, »hoffen und erwarten wir insbesondere von der verehrlichen Burschenschaft, daß sie mit gutem Beispiel vorangeht und dem Verein vollzählig beitritt«. Als Jahresbeitrag waren zwei Mark angesetzt, die zum Bezug einer verbilligten Dauerbadekarte berechtigten, und zugleich war eine große öffentliche Gründungsfeier mit Tanz beim Langhammer und ein alljährlich stattfindender Schlußball im Herbst angekündigt, zu welchem Mitglieder freien Eintritt hätten. Die Wirkung war großartig. Von Feierabend bis lang in die Nacht hinein hatten der Hauptlehrer Feigenmoser als Schriftführer und der Bader Menglein als Kassier schon die ganze Woche zuvor zu tun, um den Burschen die provisorischen Mitgliederzettel auszuhändigen, die nicht auslangten. Der Hilfslehrer Zunzer mußte in aller Schnelligkeit immer neue schreiben. Die Badekarten mit den Statuten auf der Rückseite waren noch nicht gedruckt. Bei der Feier faßte der große Langhammersaal die Besucher nicht, auch die Wirtsstube war gepfropft voll, und sogar im dunklen Garten draußen tummelten sich die lustigen Paare. Die markige Rede, die der Oberstleutnant am Anfang hielt, wurde mit schmetterndem Beifall aufgenommen, weil gerade wieder eine Zeit war, wo man für das Kriegerisch-Militärische eingenommen war. Gesottenes und Gebratenes, Bier, Schnaps und Wein konnten die Langhammers kaum genug herbringen. Ein Geschäft machten sie wie schon lange nicht mehr. Warum also das seltsame Mißtrauen vom wamperten Ottl?

»Dö Herrn laaffa s' noch, dö Burschn ... Dö trogn s' eahna Geld zua ... I wett mein Kopf, i wenn von dem Spitzbuam, an Hunterer, a Bod gmacht hätt', mir waar koana beigstandn ... I hätt' oiß ganz alloa mit mein' guatn Geld sündteuer zoin müassn, und wenn i an Eintritt vo eahna verlangt hätt', waarn sie meine Gäst nimmer gwen«, jammerte er in die Amalie hinein: »I sog dir, Amalie, der Meindl und der Oberstleutnant, dös san Lumpn ... Do, moan i, werdn mir noch oiahand derlebn ...«

Das letztere ließ auch nicht lang auf sich warten. Das warme, trockene Herbstwetter hielt sich noch von Mitte September bis lang in den Oktober hinein, und die Leiter vom Badeverein betrieben den Auf- und Ausbau am Weiherufer mit Hochdruck. Um noch vor der kalten Regenzeit mit dem meisten und Gröbsten fertig zu werden, dazu brauchten der Maurermeister Neuchl und der Zimmerer Emmeringer von Zehring mehr Mithelfer als ihre Gesellen und die paar Taglöhner, die sie hatten. Kleinhäuslerssöhne, die sich gern mit irgendeiner Hilfsarbeit was verdienten, gab es in Zehring und der Umgebung weit über ein Dutzend, aber das lief eben zu schnell ins Geld, wenn man die einstellte. Es ging unter den Leuten auch schon insgeheim ein Munkeln herum, ob sie sich mit ihrer allzu großzügigen Planerei nicht gar übernähmen, diese hochnasigen Herren Leiter vom Badeverein. Das kam daher, weil der Meindl bereits an den Bürgermeister Lochmair und an etliche Großbauern herangetreten war, um sie als »Aktionäre« zu gewinnen. Die Bauern aber interessierten sich durchaus nicht dafür, ja, sie waren sogar dagegen, und der Banzer von Zehring sagte es dem Meindl recht grob ins Gesicht.

»Üns hobn dö Stadtleut mit eahnern Bodn net scheniert ... San aa Leut und möchtn eahnan Sunnta hobn ... Und ünserne Roß? ... Wo treibn mir jetz dö in d' Schwemm? ... Vui Freundschaft machts enk net mit enkern neumodischen Zeug, mei' Liaba!« Er drehte sich um, und ließ den Meindl einfach stehen.

Die Hauptaktionäre vom Badeverein hielten eine Sitzung im Nebenzimmer vom Langhammer ab. Ihre dasigen Gesichter gefielen dem Ottl und der Amalie nicht, und noch verdächtiger war, daß sie jedesmal, wenn die Kellnerin oder der Ottl ins Nebenzimmer kamen, mit dem Reden kurz stockten und dann ganz nebensächliche Sachen sagten.

»Holla«, wisperte der Ottl seiner Amalie zu: »Du, i glaab,

bei dö spukt's. Vielleicht hobn sie si verspekuliert, und jetzt glangt eahner 's Geld nimma ... I bin bloß froh, daß sie an Pachtzins vorauszoit hobn ...«

»Wenn s' nimmer weitermacha kinna, nachher müssn s' ganz einfach oiß üns überlossn«, meinte die Amalie ebenso.

»Ja, aba eahnerne Schuidn übernimm i net«, sagte der Ottl wiederum, und seine Miene verriet, daß er sich insgeheim schon ausrechnete, was für Vorteile für ihn dabei herausschauten. Die langen Reihen der Badekabinen für Männer und Frauen, der An- und Auskleideschuppen standen schon fertig da, die zwei Duschen montierte der Spengler von Bolwang bereits auf den Betonsockel, und an den Aborthäusln im Buschwerk arbeitete der Emmeringer auch schon.

»Wos hobn s' gsogt, wos?« fragte er die alte Kellnerin, die Fellner-Marie, als sie aus dem Nebenzimmer herauskam: »Soso ... So, hm, an Kredit möchtn sie aufnehma bei der Bolwanger Genossenschaftsbank? ... No, guat!« Er schaute seine Amalie an und wisperte noch einmal geschwind: »Du siechst es, i hob wieder amoi recht ghabt ... Vo mir kriagn sie nix ...« Seltsam aber – sie ließen ihn von der Marie nicht rufen, sie wollten keinen Beistand von ihm. Das gefiel ihm auch wieder nicht und machte ihn recht unruhig. Schließlich, nachdem er durch das allgemeine Herumreden halbwegs erfuhr, daß sie wirklich einen Kredit von der Bolwanger Bank bekommen hatten, knurrte er ärgerlich in seine Amalie hinein: »Werst es schon sehng, dö macha einfach Schuidn und Schuidn, und nachher hob s' i auf'm Hois ...« Die Sache wurde ihm unheimlich. Acht Burschen aus der Umgegend arbeiteten auf Taglohn, darunter auch der Gschwendtner-Wastl, und noch vor den ersten November-Regentagen war das Bad fertig. Ein breiter Strand mit feinem Sand war angelegt, die hohe Planke im Halbrund verdeckte die Sicht vom Langhammerschen Biergarten her, eine Verkaufsbude für Bier und Würste gab es, und am Ende der Zufahrtsstraße, direkt neben der Planke, war ein kleines Holzhäusl mit einem Schalterfenster für die Ausgabe der Eintrittskarten. Als der Meindl und der Oberstleutnant den Ottl und die Amalie herumführten, konnten die Wirtsleute bloß alles loben, schon deswegen, weil verabredungsgemäß das Bier und die Würste von ihnen bezogen wurden.

»Dös is sehr schön von dö Herrn, sehr schön«, rühmte der Ottl und bedankte sich aufs beste: »Do zoagt si wieda, daß Gschäftsleut a Herz füranander hobn. Auf unser Entgegnkemma kinna S' rechna, Herr Oberstleutnant ... Du, Meindl, kennst üns ja, daß mir's do net fehln lossn ...«

»Tja-ja, meiner Ansicht nach, meinem Ermessen nach, Langhammer, is das grad das richtige Wort«, sagte da der Käser, und er und der Oberstleutnant kamen damit daher, daß nach dem bisher erlebten Andrang der vielen Badenden im Sommer natürlicherweis' auch noch ein Parkplatz für die Autos und Motorräder notwendig wär', den hätten sie leider im Pachtvertrag zu erwähnen vergessen.

»Aber, wir nehmen an, wir glauben, Herr Langhammer, daß Sie dafür ein volles Verständnis haben«, meinte der Kemmersbacher ganz unmilitärisch kulant: »Sie haben ja schließlich auch allerhand Nutzen davon ...«

»Nutzn? ... I liefert doch bloß 's Bier und d' Würst«, stellte sich der Ottl sofort dumm und redete gleich weiter: »Mei' Pachtzins is doch gwiß billi gnua ... Do, auf dera guatn Wiesnlenden, do möcht i jetzt nachher oiwei meine Erdäpfi o'baun ...«

»Hm, aber heuer, meiner Ansicht nach, meinem Ermessen nach, Langhammer, da liegt die Wiesen noch da wie bisher?« hielt ihm der Meindl entgegen, doch der Ottl sagte recht schnell: »Ja, no, weil baut wordn is, hob i's vorläufig liegnlossn für enkerne Bretter und dös Zeug ... Wenn i drauf aus gwen waar, hätt' i ja wos verlanga kinna, aber – gell, Amalie, du woaßt es, daß i's zu dir gsogt hob, gell! – gsogt hob i, den Platz loß i eahna gern, bis s' firti san, do verlang i nix ... Dös is doch gwiß schö gnua gwen vo mir ...«

»Hm«, machten der Meindl und der Oberstleutnant und schauten einander kurz an. Alsdann fragte der Kemmersbacher gradzu: »Sie wären also nicht bereit, uns das Grundstück als Parkplatz zu überlassen?«

»Bereit? ... Vo dem is koa Red net, Herr Oberstleutnant«, gab ihm auf das hin der Ottl zurück: »Aba nachher müaßt i meine Erdäpfi vo dö Baurn kaaffa ... Drobn an Anger, wo is' bis jetzt ghabt hob, werdn s' nix ... Do san s' oiwei so kloa wie a schlechts Hennaoar wordn ...«

»Hm«, machten der Meindl und der Oberstleutnant wiederum und wußten nicht gleich weiter. Dummerweise fingen sie alsdann dringlicher zu reden an, und da sagte der Ottl ganz unschuldig: »Nana, nana, mir möchtn durchaus net, daß dö Herrn net zu eahnern Sach kemma ... Ganz gwiß net! Aba dös mit dö Erdäpfi, dös wui gnau überlegt sei' ...« Und dabei blieb er. Leicht verstimmt und einsilbig stiegen die zwei Herren in den alten, wackligen Opelwagen vom Meindl, und als derselbe fauchend vom Wiesenweg auf die Hauptstraße einbog, meinte der Ottl: »Dö hobn mi bloß oamoi ausgschmiert mit den billign Pachtzins, auf den wo i ei'ganga bin, a zwoatsmoi passiert mir dös nimmer.«

Und er schwor sich, beim Überlassen der Wiese als Parkplatz einen Pachtzins zu verlangen, der für ihn alles doppelt, wenn nicht gar dreifach ausglich. Abschätzend überschaute er noch einmal das ganze Bad, und wahrscheinlich überlegte er dabei allerhand für ihn Günstiges, aber zur Amalie sagte er im Weitergehen bloß: »Zeit lossn ... Dö feina Herrn werdn scho woach ...«

Es vergingen etliche Tage. Es verging eine Woche. Zufällig kam der Meindl einmal zum Bürgermeister Lochmair und zahlte den Fuhrlohn für die Bretter. Dem erzählte er die Geschichte mit der Wiese. Wie alle Bauern war der Lochmair schon lange nicht mehr gut auf den wamperten Ottl zu sprechen. So niederträchtig und schundig wie der in der letzten Zeit den Preis beim Kauf eines Schlachtviehs herabdrückte, das verärgerte jeden. Der Lochmair lachte sein schelches Lachen und sagte fast schadenfroh: »Jaja, i hob mir's scho oiwei denkt, daß enk der bigottische Schundniggl noch amoi richti ausschmiert! Jetz hobts es! ... Der ziagt enk noch d' Haut übern Kopf ...« Und als der Meindl wieder sein umständliches Reden anfing, fuhr er ihm ungeduldig übers Maul: »Ah, du oiwei mit dein' ewign Ermessn und deine Ansichtn! ... An wamperten Ottl muaß ma ganz anders beikemma ...« Alsdann riet der Lochmair ihm etwas und sagte zum Schluß bloß noch: »Werst es sehng, dös huift! ... Do werd er vielleicht dasi, der Ruach, der abscheulige ...«

Das windige Regenwetter verzog sich. Es klarte auf, und an einem mildsonnigen Tag kehrte der hochwürdige Herr Pfarrer Aumüller nach seinem üblichen Spaziergang beim Langhammer ein. Der Ottl und die Amalie bezeigten ihm die schönste Ehrerbietigkeit. Die Amalie bediente ihn selber und stellte ihm den besten Weißwein und einen goldfrischen Schinken hin. Sie kamen ins Reden und natürlicherweis' bald aufs Bad.

»Jetzt hat unser Herrgott Euch doch vom Verdruß geholfen, Langhammer«, sagte der Geistliche bedächtig: »Jetzt ist's ein für allemal aus mit dem schamlosen Treiben im Sommer ...« Er lobte die Herren vom Badeverein überaus herzlich. Jeder Mensch müßt' ihnen dankbar sein für die Opfer, die sie gebracht haben, meinte er zwischenhinein. So – und auf einmal war er bei der Wiese. Wie überrumpelt, wie zwei erschreckte

Mäuse, die in die Falle gegangen sind und auf einmal merken, es ist kein Herauskommen mehr, schauten ihn der Ottl und seine Amalie an.

»Jaja, ja – jaja, Hochwürden«, stotterte der Ottl: »I-i geb eahna mei Wiesn scho, jaja, aba – mei' Gott –« Weiter kam er nicht mehr.

»Aber ein recht hoher Pachtzins ist Euch mehr wert als ein gutes Werk, net wahr?« nahm ihm der Pfarrer das Wort und wurde strenger: »Unser Herrgott laßt sich nichts vormachen, Langhammer. Er belohnt bloß den, der für'n Glauben – wenn's sein muß – auch Opfer bringt ... Ich will mich da gwiß nicht einmischn ... Als Seelsorger sag ich bloß, wem sein Geld mehr gilt als die himmlische Gnad und Barmherzigkeit, der braucht sich net wundern, wenn's ihm einst in der Ewigkeit schlecht geht ... Und in die Ewigkeit, net wahr, da könnts net einmal Enker Totengewand mitnehmen, Langhammer ...«

Die Amalie schlug ihre Augen nieder und wurde kalkweiß, und dem Ottl stieg das Schwitzen ins Gesicht. Er schnaufte schwer und traute sich kaum noch, dem Geistlichen in die Augen zu schauen. Um es kurz zu machen, wenn's um den Glauben und um ein gutes Werk geht, da will er ganz gewiß nicht zurückstehen, versprach er windelweich und demütig, der wamperte Ottl. »Dö Herrn solln nur kemma ... I tua, wos i konn, Hochwürden«, schloß er, aber als der Pfarrer draußen durch den öden Garten auf die Straße ging, schaute er wie zertrümmert auf die Amalie, und schlotternd vor Wut weinte er schier heraus: »Dö Lumpn, dö hundsmisrablign, dö Saulumpn! ... Beim Pfarrer hobn s' üns schlecht gmacht, pfui Teifi!« Sein feister, kugelrunder Kopf lief dunkelrot an, und Augen machte er her, als wollte er auf der Stelle jeden einzelnen vom Badeverein abwürgen. Watschelnd und schnaufend stapfte er zur Tür hinaus und schlug sie krachend zu. Er verwünschte den Weiher, das Bad und alles, was damit zusammenhing. Ärger, Verdruß und nichts als in einem fort Schaden hatte man damit. Immer schlechter und schlechter schaute alles für ihn aus, denn – seltsam, die Herren vom Badeverein hatten es auf einmal gar nicht mehr eilig, sie wurden nicht weich, aber er wurde deswegen unruhig – es verlief wieder eine Woche und noch eine, und nicht *sie* kamen zu ihm, *er* mußte schließlich am Sonntag nach dem Hochamt den Meindl anreden und noch dazu ganz freundlich sagen: »I hob mir jetz dö Sach mit meiner Wiesn gnau durch'n Kopf geh lossn, Meindl ... I glaab, mir kunntn einig werdn.«

»So, hm«, stellte sich der Käser auffallend hochnasig: »Das ist, meinem Ermessen nach, meiner Ansicht nach, für die anderen Herrn sicher passend ... Sagn mir, am Mittwoch, nach Feierabend, ja?«

»Guat, mir richtn nachher 's Nebnzimmer für achte«, versprach die dabeistehende Amalie. Und als der Ottl endlich mit den Herren zusammenhockte und einen ganz passablen Pachtpreis nannte, da passierte das Allerärgste.

»Zweihundertfünfzig Mark, Herr Langhammer?« sagte der Oberstleutant von Kemmersbacher: »Vollkommen untragbar für uns ... Hundert ist das Äußerste.«

»Wo-wos? ... Hu-hundert?« verschlug's dem Ottl fast das Wort: »Hundert? ... Do werd nix draus ... Ausgschlossn, daß do wos werd!«

»Dann möcht ich Ihnen bloß sagen, Herr Langhammer, daß der Turn- und Sportverein, der jetzt geschlossen unserm Badeverein beigetreten ist, seinen diesjährigen Ball beim Gumpenwirt abhält ...« erklärte auf das hin der Oberstleutnant ein wenig militärisch schnarrend, und da glotzte ihn der Ottl bloß noch an wie ein abgestochener Ochs.

»Bei-beim Gumpn –« wollte er endlich anfangen, aber der Meindl redete bereits über ihn weg: »Geschäft, Langhammer, ist meiner Ansicht nach, meinem Ermessen nach, eben Geschäft ...«

Dem wamperten Ottl half alles nichts, sein Beleidigtsein nicht, sein Hinundherjammern nicht: Statt weich, waren die Herren hart, steinhart geworden. Der Ball vom »Turn- und Sportverein Zehring und Umgebung« war seit eh und je der einträglichste im ganzen Winter, und die Turner hatte der Oberstleutnant in der Hand.

»Ja no, ja no, nachher«, mußte der Ottl schließlich nachgeben, »no, um Gottes-Chrischti willn, also guat nachher ... I zoi schwaar drauf bei derer Handlschaft, schwaar, aba i hoff nachher dann doch scho, daß ma z' Langhamm seine Bäll hoit' ...« Die Herren klatschten mit lautem »Bravo«, und jeder drückte ihm die Hand. Er nickte zwar, aber er japste nach Luft und klagte arg über sein aufsteigendes Asthma, richtete sich auf und wünschte allen eine gute Nacht.

Droben in der Ehekammer mußte ihm die Amalie beim Ausziehen helfen, so mitgenommen war er.

»I konn's nimmer o'schaugn, dö Lumpngsichter, do gräuslign«, brachte er gerade noch heraus, als sein fetter Körper ins Bett sackte. Sein Asthma nahm im Liegen so zu, daß auch der

Amalie ihr Handhalten und Beten nichts mehr halfen. Wahrscheinlich stiegen ihr und dem Ottl in einem fort recht unfromme Gedanken über den Pfarrer auf, der ihnen diese ganze elendige Suppe eingebrockt hatte. Wo da die richtige Andächtigkeit hernehmen?

Noch in derselbigen Nacht mußte der Doktor Penzl von Bolwang herüberkommen. Es trieb schon den ersten dicken Schnee herab, als der Ottl wieder aufstehen konnte ...

V

Außer den zwei mageren Christbaumfeiern für die Schulkinder und die »Katholischen Jungfrauen« ergatterte der Gumpenwirt kein weiteres Geschäft, alle großen Bälle und sonstigen Veranstaltungen wurden in Langhamm abgehalten. Die Herren vom Badeverein zeigten sich als verläßlich und machten sich immer besser.

»Und jetzt, Langhammer, meiner Ansicht nach«, sagte der Meindl einmal: »Jetzt, wo kein Feuer mehr im Bad gmacht werden darf, hat sich die Kocherei aufgehört, meinem Ermessen nach ... Da kommen, meinem Ermessen nach, die meisten zum Essen 'rauf ...« Das war ein Wort mit Verstand. So umsichtig und findig wie der Oberstleutnant aber war nicht leicht einer. Sein Turn- und Sportverein, den er wie eine Kompanie Soldaten drillte und bei jeder Gelegenheit aufmarschieren ließ, ebnete und teerte im Frühjahr an vier Feierabenden freiwillig die Wiese, und bloß an die fünfundzwanzig Maß Bier kostete der ganze schöne Parkplatz. Die Maiblüten wehten vom Buschwerk und von den Bäumen, und jeden Tag lachte die Sonne. So – und dann kamen in der Junimitte die ersten heißen Tage. Schon ratterten wieder dutzendweise Motorräder daher, volle Autos surrten den Feldweg hinunter, und Rudel von Badelustigen stiegen aus jedem ankommenden Überlandbus. Wichtig und hochbereit hockte der Bader Menglein hinter dem offenen Schalterfenster des Eintrittshäusls vor den aufgeschichteten Billetten. Aber was war denn das? – Kopf an Kopf stauten sich die Stadtleute und schauten verdutzt auf die sauber gemalte lange Tafel mit der Überschrift »Vereinsbad Zehring« an der Planke. Schauten, lasen und schüttelten den Kopf, denn da war in untereinanderstehenden Reihen zu lesen:

»Eintrittspreis für Erwachsene 50 Pfennig, für Kinder 20 Pfennig. Badezeit zwei Stunden, jede weitere Stunde

15 Pfennig. Parkgebühr für Autos pro Stunde 25 Pfennig, ganztägig 1.– Mark. Für Motorräder pro Stunde 15 Pfennig, ganztägig 60 Pfennig; für Fahrräder 5 Pfennig die Stunde, ganztägig 20 Pfennig.«

Die Dreieckshosen bei Männern und die zweiteiligen Badeanzüge bei Frauen, das Mitnehmen von Hunden und das Zelten und Kochen auf dem Badeplatz waren verboten.

Fürs erste schaute der Menglein gespannt und schier schadenfroh auf den dichten Menschenhaufen, aber recht schnell bekam er ein langes Gesicht.

»Hoho! Hoho!« hörte er und allerhand Spöttisches und Abweisendes dazu, und auf einmal kam eine Bewegung in die Leute, umkehrten sie, gingen zum Parkplatz und fuhren davon. Bloß ein schwaches Dutzend blieb und redete recht ungut daher. Nach knappen zwei Stunden brachen sie wieder auf. Und so ging's den ganzen Samstag und Sonntag. Zudem kam noch was Ärgerlicheres dazu: Die einheimischen Kinder sollten statutengemäß fünf Pfennig und die Mitglieder vom Bade- und vom Turnverein die Hälfte vom Eintritt bezahlen, aber keiner hatte das gelesen. Die Kinder hatten kein Geld dabei, und die Burschen wurden rebellisch.

»Wos? ... Mir zoin? Mir?« plärrte der Hengersbacher-Peter den gausternden Menglein an, und er und der Edinger-Wastl gingen einfach an seinem Schalterfenster vorbei, indem sie spottfrech schimpften: »Mir, wo an Parkplotz hergricht hobn für nix! ... Ha, jetz do schaug her! Dö feina Herrn waarn ja net gschleckig! ... Nur her do! ... Girgl, Silvan, Hans! Gehts weita!« Die meisten Turner tummelten sich schließlich im Wasser und lagen im heißen Sand neben den paar Stadtleuten, und nach und nach kamen auch einheimische Kinder dazu, denn der Bader Menglein hatte sich nicht mehr anders zu helfen gewußt, hatte das Schalterfenster heruntergeschoben, das Häusl versperrt und war zum Meindl geradelt. Nach einer schwachen halben Stunde ratterten er, der Meindl und der Oberstleunant im Opelwagen daher, und jetzt wurde es erst richtig wild.

»Wos? Ob mir dö Statutn net kenna? ... Es hot üns doch koana gsogt, daß do was drinsteht!« fing der Edinger-Wastl zu streiten an, und sein Freund Peter, der beste Turner, plärrte noch ausfälliger: »Da pfeiffa mir aufs Turna, Herr Oberstleutnant ... Überhaaps – mir hobn früahrer do bod't. und bodn jetz gnauso ... Da Weihrer ghört doch an Langhammer und net Enk!« Der Kemmersbacher richtete nichts aus mit seinem militärischen Daherreden, noch weniger der Meindl, dem der Wastl saufrech ins Gesicht schrie: »Du mit deine Ansichtn und dein' Ermessn konnst di aufhänga! ... Jetz do schaug her, ha! ... Wenn's a recht a harte Dreckarbat gebn hot, do san mir guat gnua gwen, ha? ... Und jetzt soitn mir noch zoin aa dafür ... Pfui Teifi!« Er spie einen dicken Rotzbatzen in den Sand, und weil das Streiten immer giftiger, lauter und gefährlicher wurde, verzogen sich auch die paar Fremden. Da schlug der Oberstleutnant als Kriegsheld und honoriger Mensch einen Ton an, der die Burschen doch ein wenig einschüchterte. Wenn sie nicht auf der Stelle das Bad verließen, hole er die Gendarmerie, sagte er, und sie sollten erst lernen, was Zucht und Sitte sei. »So? ... Hm ... No oiso, mir gehnga! Mir gehnga, Herr Oberstleutnant ... Mehrer sog i net«, schloß auf das hin der Hengersbacher-Peter zweideutig finster, und ein Gesicht machte er dabei, das nichts Gutes verriet.

»Gehts weita ... Lossn mir dö Herrn alloa«, sagte er zu seinen Kameraden, und sie trollten sich. Der Oberstleutnant, der Meindl und der Bader schauten ihnen ärgerlich nach, und schließlich sagte der Oberstleutnant mannhaft: »Die Sache muß sofort in einer Sitzung geklärt werden, meine Herren! Herrgott nochmal! Wo bleibt denn da die Autorität?!«

In Langhamm droben machten die Burschen dem Ottl einen mordialischen Krach, und, verlangten sie, wenn er nicht gleich hinuntergehe ins Bad und »die staubigen Brüder zusammenschimpft, daß ihnen Hören und Sehen vergeht«, dann seien sie seine Gäste gewesen, und er würde noch allerhand erleben. Der Ottl watschelte auch wirklich hinunter ins Bad. Aber es war nur noch der Bader Menglein da. An den war nicht hinzuschimpfen. Er klagte selber ganz verstört und sagte, er lege sein Amt als Kassier nieder.

In der darauffolgenden Woche ging es in Zehring hochdramatisch zu. Zum allerersten berief der Oberstleutnant eine Vollversammlung des Turn- und Sportvereins ein, um, wie er zum Meindl sagte, »die Kerls zur Räson zu bringen«. Er hatte sich auch schon eine streng militärisch-markige Rede aufgeschrieben. Aber »die Kerls« kamen nicht. Er verwartete eine volle Stunde vergeblich in Langhamm und mußte sich die jammernden Einwände vom Ottl und der Amalie anhören. Zum zweiten hielt der Vorstand des Badevereins am Tag darauf eine Sitzung ab, bei welcher man lang und breit herumredete, bis man sich schließlich einigte, den Eintrittspreis von fünfzig Pfennig für einen ganzen Tag festzusetzen und die Parkgebühren um die Hälfte zu verringern. Trotz allem war keinem ganz wohl dabei. Jedem wurde langsam angst um sein Geld. Die Preisherabsetzung wirkte halbwegs.

»Es tröpflt, es tröpflt«, sagte der Bader Menglein, und schließlich konnte er auch sagen »es tropft«. Die Urlaubszeit war angebrochen. Indessen: dem Ottl sein schöner, schattiger Biergarten blieb an den Samstagen und Sonntagen ziemlich leer.

»Dös is ebn – mir hobn jetz koa lustigs Zuaschaugn mehr«, verriet ihm der Lochmair einmal boshafterweise: »D' Schwemm host üns aa versperrt, und kegeln kinna mir jetz beim Gumpenwirt aa besser ... Der hot a schöne neue Kegelbahn baut ...« Das gab dem Ottl einen so scharfen Stich, daß er sich mit allen zwei Händen am Sessel einhalten mußte. Er machte ein gottesjämmerliches Gesicht und klagte: »I konn doch nix dafür ... I bin hoit z' guat gwen.«

»Z' guat? ... Du konnst nia wos dafür, wenn's ums Geld geht«, spottete der Lochmair und freute sich. Für zehn Jahre nämlich hatte der Ottl seinen Weiher dem Badeverein verpachtet, stellte sich dabei heraus.

Sehr arg wurmte es den Oberstleutnant, daß sein Turn- und Sportverein einfach einschlief. Aber weil sich die Burschen überhaupt nicht rührten, sagte er doch: »Na, klein beigegeben haben die Kerls recht rasch. Ihr ganzes Drohen war bloß eine freche Maulaufreißerei.« Das sollte er vielleicht nicht gesagt haben, denn unter Bauersleuten heißt es: »Protz di net voreh – vielleicht tuat's dir spaater weh.«

Die Burschen, allen voran der Hengersbacher-Peter, der schon lang mit der Gschwendtner-Liesl ein »Gschpusi« hatte und darum oft beim Gumpenwirt verkehrte – die Burschen aber ließen nichts auf sich sitzen. Nicht umsonst blieben sie seit dem Krach im Bad unsichtbar. Sie schwitzten und rackerten seither fast jede Nacht wie die Wilden, und unerwartet kam ihr Gegenschlag. Ihre Rache war wohlüberlegt. In der mageren Wiese vom Hengersbacherhäusl, das seitab von der Hauptstraße, gutding eine Viertelstunde vor Langhamm im Flachland steht, sahen die städtischen Motorradler und Autofahrer in einer Frühe eine fast meterhohe, schön gemalte Tafel auf zwei festen Pfählen, und drauf war zu lesen:

»Achtung! Touristen, Auto- und Motorradfahrer,
kommt alle ins neue FREIBAD GSCHWENDT
Kein Eintritt oder sonstige Gebühren. Lagern, Zelten, Kochen erlaubt. Jedermann willkommen. Großer Weiher im Tannenwald mit Parkplatz. Ideale Erholung für Familien und Kinder.«

Und die genaue Wegrichtung war neben diesem Text zu sehen.

Die Langhammers und die am Weiher drunten wunderten sich. Alles, was da heranratterte und -brauste, fuhr weiter. Nicht ein Badegast bog in den Wiesenweg ein, und dabei war doch dieser Samstag brutheiß wie kaum einer zuvor.

»Tja, tja, wos is denn jetz dös? ... Tja, tja, wos is denn do passiert?« fragten sich der Ottl und die Amalie und witterten nichts Gutes: »Hobn s' eppa schon wieda wos recht wos Dumms gmacht, der Oberstleutnant und der Meindl?« Seitdem nämlich die Bauern und Burschen kaum mehr einkehrten in Langhamm, zitterten sie alle zwei vor jedem geringsten Verlust. Jetzt, weil im Bad drunten der Bier- und Wurstverkauf schon ganz nett florierte, auf einmal wieder so ein verdrießlicher Zwischenfall. Der Ottl ging hinunter zum Weiher. Dort saß der Bader Menglein schwitzend im Schalterhäusl und schüttelte bloß in einem fort den Kopf: »I versteh die Welt nimmer! ... I versteh die Welt nimmer!« Er ging aus dem Häusl und schaute hinüber auf die Straße: »Worum fahrn s' denn weiter? Wo fahrn s' denn hin?«

Erst nach etlichen Tagen erfuhren sie, was geschehen war. Nicht umsonst war der Gchwendtner-Liesl ihr Zukünftiger, der Hengersbacher-Peter, der beste Freund von ihrem Bruder Wastl und mit den alten Gschwendtnerleuten so speziell. Die sechzig Burschen vom ehemaligen Turn- und Sportverein hatten die Waldung um den Gschwendtnerweiher sauber ausgeholzt und etliche Stege ins Wasser gezogen. Auf dem weiten Platz tummelten sich Hunderte von lustigen Stadtleuten, zelteten und kochten wie voreh beim Langhammer, und in der Mitte stand eine umfängliche Bude, wo es Bier, Limonaden und Würste vom Gumpenwirt gab. Die resche Liesl stand drinnen und hatte oft so viel zu tun, daß ihr der Peter helfen mußte. »No«, lachten alsdann die Burschen, »do hobts ja boid a hübsch's Heiratsguat beinand.«

Damit war es aus mit der Herrlichkeit des Badevereins in Langhamm. Noch vor dem Herbst machte er bankrott, und im *Wochenblatt von Bolwang und Umgebung* stand die Ankündigung der öffentlichen Versteigerung. Jeder von den siebengescheiten, hochnasigen Herren im Vorstand büßte einen ziemlichen Batzen Geld ein. Der Ottl und die Amalie fuhren fast aus der Haut. Sie hatte jeden Tag ein verweintes Gesicht, und er schnaubte in einem fort heraus: »Mir san ruiniert! ... Mir san glatt ruiniert!«

Bei der Versteigerung war die ganze Bauern- und Burschenschaft zugegen, und jeder schmunzelte schadenfroh: »Schaugts'n o, den Geizkrogn, den windign, den Schundniggl, den bigottischn! Jetzt huift eahm koa Betn und koa Herrgott nimmer! Jetz muaß er 'rausrucka mit sein' Geld!« Der Gumpenwirt als einziger Interessent nämlich bot und bot, und dem wamperten Ottl blieb nichts anderes übrig, als ihn zu überbieten. Auf das hin wurde er von seinem Asthma so hergenommen, daß die Amalie oft meinte, er ersticke ihr, und wenn er auch die Tafel an der Planke sofort überstreichen und drauf malen ließ: »Baden und Parken für die Gäste von Langhamm frei. Vorzügliches Essen zu jeder Tageszeit und gepflegtes Bier vom Faß«, das zog nicht mehr.

Bei den Stadtleuten hatte sich das ungezwungene Baden im Gschwendtnerweiher so vorteilhaft herumgesprochen, daß Langhamm nicht mehr dagegen aufkam. Der Zulauf dort wuchs und wuchs, wenngleich es schon in den September hineinging, und so blieb es auch im nächsten Sommer. Seitdem kränkelt der Ottl in einem fort und ist recht kleinlaut. Bloß, wenn ihn wer auf die Herren vom ehemaligen Badeverein bringt, wird er zorngiftig und läßt an keinem ein gutes Haar. »Lumpn, ganz elendige Saulumpn« sind sie alle für ihn. –

Oskar Maria Graf

Bayrische Dorfgeschichten

aus früheren
und heutigen Zeiten

Inhalt

Kleine Dorfbegebnisse aus früheren und heutigen Zeiten

Anno 1866 oder »Deutscher Krieg in grauer Vorzeit«

So war's damals, wie der Bismarck aufgekommen ist. Der Postillion der täglich von Pfriembach über Riemling und Flechting nach Rauschenbach fuhr und immer bei unserer Posthalterei anhalten mußte, brachte eines Tages königliche Erlasse für den Bürgermeister Hirlinger mit. »Dringend! Zur sofortigen Bekanntmachung!« stand in großen, fetten Lettern auf den langen braunen Umschlägen. Der Posthalter Renkmair musterte sie interessiert.

»Z' Rauschenbach sogn s', an Kriag gibt's! An Bundesrat san s' inanand kemma«, sagte der Postillion.

»Soso ... Jaja, dös werd schon so wos sei'«, meinte der Renkmair und deutete auf die Umschläge. Gleich darauf ging er zum Bürgermeister ins Oberdorf hinauf.

»Do, dös is vom Ministerium kemma ... Häng's no glei 'naus a's Kastl«, sagte er zum Hirlinger. Der öffnete die Briefschaften. Interessiert besahen sich die beiden die auffällig gedruckten Verordnungen, die die sofortige Mobilmachung im ganzen Lande verkündeten. Der Gendarm Blinzlinger, der eben in die Stube eintrat, war beinahe beleidigt, als man ihm diesmal so wenig Aufmerksamkeit entgegenbrachte. »Kriag is erklärt! Brauchts es net länger lesen! Hängts es no 'naus, dös is d' Mobilmachungsorder«, sagte er darum unvermittelt und sehr laut. »Wos sogst ...?« rief in diesem Augenblick die Hirlingerin, die im Türrahmen auftauchte, und ging vollends in die Stube.

»Da Kaisa und da König vo Preißn hobn si z'kriagt ... Da Preiß wui nimma pariern ... Drum geht's o gegn dö Hammin«, erzählte der Blinzlinger und setzte, befriedigt über den schönen Eindruck, hinzu: »Oiß muaß einrucka, wos militärpflichti is ...« Er hatte seinerzeit im Dänischen Krieg als Freiwilliger gedient und bei Düppel mitgefochten. Der Posthalter, die Hirlingerin und der Bürgermeister schauten ihn an.

»Wegn Schleswig-Holstein werd's hoit hergeh«, meinte der Renkmair jetzt, »i hob scho oiwei so wos ghärt ...«

»Und weil dö Saupreißn oiwei dös erst' Wort redn mächtn an Reich!« ergänzte der Gendarm.

»Dö Sauteifin, dö greislinga! ... Kriagn net gmua, ha ...? Fanga oiwei wieda o!« bekundete die Hirlingerin.

»Aba dösmoi san ma nimma so dappi und lossn üns d' Köpf derschlogn wegn eahnern notinga Schleswig-Holstein, eahnan lumperten Gmüasgartn, eahnan lumpertn – dösmoi gibt's a strengs Gricht!« erläuterte der Blinzlinger.

»Ja – na häng's no glei 'naus, dö Verordnunga«, meinte die Hirlingerin in bezug auf die Ministerialerlasse zum Bürgermeister, und der ging aus der Stube, vor ans Gartentürl, zum Gemeindekasten und heftete die Blätter hinein. Der Kragerer fuhr gerade vorbei mit einem gebogenen Mistwagen und trieb die Ochsen an.

»Kriag is!« schrie ihm der Bürgermeister zu.

»Kriag? ... Noja, solln no a so furtmacha!« brummte der mißmutig und kümmerte sich nicht weiter um den Schreier.

»Dei' Franzl muaß doch furt!?« rief, ärgerlich über diese Gleichgültigkeit und zutiefst in seiner Bürgermeisterwürde verletzt, der Hirlinger.

»Freili ...! Waar ja net ganz, wenn's net oiwei daherkemmertn, wenn dö meist' Arbat do is, dö Hammin, dö großgschellten ...!« gab der Kragerer zurück und schrie seine Ochsen an: »Hüa! Hüa! Kratn, verreckte! Hüa ...!«

Beleidigt schlug der Bürgermeister das Kastentürl zu und tappte ins Haus zurück. –

Hingegen als Zeichen, daß es diesmal keine Flausen mehr gab, gingen der Raffinger-Feschl und der Franzl in Sonntagsgewändern mannhaft die Dorfstraße herauf, auf die Bätzwirtschaft zu.

»Gib uns a Bier, Bätz! ... An Krieg geht's!« schrien sie schon von weitem, und der Wirt, der gerade das nasse Laub zusammenfegte, drehte sich um und fragte neugierig: »Wos? ... An Kriag? ... Ja, do hot ma doch nia wos ghärt? ... Und ös müaßts jetz furt? ... Ja, wia kimmt denn jetz dös ...?«

»Gegn dö Preißn geht's!« erwiderte der Franzl fidel. »Dö kriagn amoi richtig Prügl.«

»Soso – soso ... Soso, gega dö Preißn ... soso-soso ...« sagte der Bätz und ging mit den zwei Burschen in die Wirtschaft hinein.

Sichtlich zufrieden, mit gelassenem Schritt, ging kurz darauf der Posthalter aus dem Bürgermeisterhaus. Vor dem ehemaligen Baurhammerhaus, das schon seit langer Zeit einem

Konrektor Kernaller gehörte, blieb er stehen und schaute auf ein offenes Fenster im ersten Stock. Mit aller Hast stieß Kernaller eine große schwarze Fahne heraus und band sie – so schnell es nur ging – ans Fensterkreuz. »Dö deitsche Rindviecha, dö deitsche ...!« knurrte er boshaft, und sein verbissenes Gesicht grinste verzerrt hinter dem Glas. Flugs reckte er seine zwei Fäuste und verschwand wieder. –

Kernaller war Schwabe, war 1848 nicht weit von der Hekkerschen Richtung gestanden und dazumal nur mit knapper Not dem Hochgericht entwichen. Man sah ihn oft wochenlang nicht, und das Baurhammerhaus schien ständig unbewohnt zu sein. Einen düsteren, ruinenhaften Eindruck machten die dunklen, dickverstaubten Fenster.

»Politikus« hieß man aus einem unbekannten Grund den Konrektor im Dorf. Er rannte höchstenfalls einmal scheu ums Haus in die Holzhütte und verschwand dann wieder. Ständig trug er einen schwarzweiß karierten, sehr zerschlissenen Schlafrock, riesige Pantoffeln, und tief in seinem Genick saß ein rotes Türkenkäppi mit einer schwarzen Quaste. Den ganzen Tag schrieb er Traktate gegen die Bundesverfassung, die er aber nie drucken ließ. Nach seinem Tode fand man sie, vom Boden bis zur Decke reichend, aufgestapelt in seinem Schlafzimmer. –

Der Posthalter schaute die schwarze Fahne an, schüttelte den massigen Kopf und ging weiter. Lachend brummte er in sich hinein. »A so a narrischer Teifi, a so a narrischer ...!«

Der Krieg war wirklich ausgebrochen. Der Renkmair allein hatte eine Zeitung. In seine Wirtschaft, die zur Posthalterei gehörte, kamen jeden Sonntag die ganzen Bauern. Da wurden Schlachten geschlagen. Man sah förmlich die Preußen vor den ungestümen Bayern und Österreichern wie Fasanengockel bei der Treibjagd herlaufen.

»Derwischn wenn s' 'n, an König vo Preißn und sein plärrmaulerten Bismarck, na werden s' oi zwoa aufghängt!« erzählte der Schmied Banzer.

»Jaja, dös loßt si denka, daß's do streng hergeht, wenn s' dö zwoa kriagn«, bekräftigte der Müller-Silvan.

»Noja! ... Was müassn s' aa o'fanga, dö vorlautn Hammin, dö vorlautn!« drauf der Renkmair gelassen.

»I wenn a so o'schaffa kunnt«, räsonierte der Kragerer, der noch immer ärgerlich war über dieses Kriegführen so mitten in der ungelegensten Zeit, »I wenn a so Herr waar ... I tat dö hoha Herrn oisam vor mein' Mistwogn spanna, und an Trab müassertn s' laaffa, daß eahna Zunga bis as Knie obi 'raushängert! ... Do vergangertn eahna glei dö Meis mit dera Kriagfüahrerei ...!«

»Jetz do hoscht aa wieda net rächt .. A so konn ma aa wieda net redn! ... Solcherne Sachen hobn eahnerne politischen Hintertürn ... Do kinna mir net mitredn«, meinte daraufhin der Posthalter und setzte mit Nachdruck hinzu: »Aba dös is gwiß, daß's dösmoi um richtige Intressn geht, wenn amoi da Kaiser oiß Militär ausrucka loßt! ... I sog amoi sovui, wenn si dös ganz Deitschland gega dö gschroamaulertn Preißn stellt, nachha is's ernst ...«

»Ja no ... dös loßt si denka ... dös loßt si denka ...« murmelte der Hirlinger sachlich.

Der Raffinger stellte den Krug hin: »Mei' Feschl hot gsogt: oiß bringen s' um! Koan Pardon gibt's.«

»I hob mir's scho oiwei denkt ... Mit dera Bundesratsstreiterei kimmt's no amoi richti zum Kracha ... Jetzt hobn mir's scho aa ...«, sagte der Bürgermeister abermals.

»Foische Hund san s' doch, dö Preißn«, bekundete der Renkmair. »Hobn einfach o'gfangt und Hannova und Sachsn überfoin und nacha erst d' Kriegserklärung gschickt! ... Haha ... host jetz so wos scho gsehng ... hmhm.«

»Hinterfotzige Luada, hinterfotzige ... dös san richti Luthrische«, brummte der Kragerer.

»Der oit König selig, *der* hätt' koan Kriag gmacht! ... Der hot 's Streitn nia ming«, warf der Müller-Silvan hin.

»Na waar er a Rindviech gwen, daß d' es woaßt«, alterierte sich der Raffinger sofort, »aufs Mäu 'naufscheißn loß ma üns nacha vo dö Saupreißn, vo dö windign! ... Do konn ma net gmua umbringa, vo dö Polacken, dö luthrischn! ... Dö hobn überhaaps koan Glaabn, dö habn bloß a Fotzn!«

»Dös sag i ebn aa ... den ganzn Glaabn hobns o'gschafft ...« beschloß der Schmied Banzer die Debatte.

So ging es alle Tage.

Langsam aber kamen in Renkmairs Zeitung ausweichendere Notizen. Da hieß es immer »die achte Bundesarmee konzentriert sich und steht in fester Abwehrstellung«. Man hörte nichts von einer richtigen Schlacht. Mehr noch, der Posthalter kam einmal aus der Stadt und sagte: »Schlächt soi's steh, hob i ghärt ...«

Dann erfuhr man von Schlappen der achten Bundesarmee. Von »taktischen Notwendigkeiten« schrieb die Zeitung etwas.

Kein Mensch verstand es, aber ein Mißtrauen fing langsam an.

»Dös is's ebn! ... Dö Hundspreißn, dö verreckt'n, dö frogn überhaaps net noch'n Rächt! ... Dö schiaßn einfach, dö Lackln«, schimpfte der Raffinger. –

Hingegen einige österreichische Generalstabsberichte waren so gehalten, daß man wieder allgemein mutig wurde.

»In d'Foin locken sie s' jetz ... Und na wui ma oisam massakriern«, erläuterte der Posthalter. »Der Feldzeigmoasta Benedek is koa Dumma! ... Der hot a ganz' Johr hinstudiert an den Schlachtplan ...«

Und immer wieder sah man die Preußen umzingelt und nahe an der Vernichtung. Berlin wurde in der Renkmairstube schon gebrandschatzt.

Wie das schon von jeher, früher und jetzt noch ist bei uns, man läßt sich nicht so leicht irritieren. –

»Waffenstillstand is erklärt! ... Dös hot a schlauch gmacht, der Benedek ... Do loßt er jetzt dö Preißn 's Feir einstelln, nacha schiaßt er, wos der Zeig hoit«, erklärte der Renkmair. »Dös werd der letzt Schlog ... Do gehnger s' oisam z'grund, dö Preißn ...«

Aber man hörte nichts dergleichen. Der Benedek schoß nicht. Die Flechtinger wurden kleinlauter. Kleinlauter wenigstens in bezug auf das Siegen. Desto grimmiger aber gegen die Preußen. –

Nichtsdestoweniger begann man scharf zu schimpfen auf die »Führung« der Bayern, überhaupt auf das ganze Kriegführen, das keine Resultate zeigte. –

Beim Konrektor Kernaller hing noch immer die schwarze Fahne heraus. Einige sagten schon ganz offen: »Ganz rächt hot er ghabt, der Politikus! ... Der hot's voreh gsehng, daß's schiaf geht mit'm Kriag ...«

Zerfetzt vom Wind, durchnäßt vom Regen, wie ein trauriger Strunk hing die Fahne herab. Eines Tages fiel sie dem Gendarm Blinzlinger auf. Das sei ja der reinste Hochverrat, meinte er, als ihm der Bürgermeister Hirlinger so halbwegs klarmachte, wie man in Fiechting über dieses Fahnen-Heraushängen denke. Und strammen Schrittes ging er durch das Vorgärtl auf die Haustür Kernallers zu. Scheu und lauernd schauten einige Dörfler zu.

»Auf da! Auf, he ... He!« schrie der Gendarm, und mit grämlicher Miene öffnete der Konrektor.

Jetzt sammelte man sich vor dem Baurhammerhaus. Wie

die heilige Hermandad in eigener Person kam der Blinzlinger wieder heraus.

Bald darauf sah man, wie der Kernaller schnell die Fahne hineinzog und hinter dem Fenster grimassierte.

»Isch no viel z'wenig für dö deitsche Rindviecha, dö deitsche ...!« entfuhr es seinem zähnefletschenden Mund.

»Jaja ... rächt hoscht! ... I hob's owei gsogt!« schrie der Kragerer hinauf, und als er nichts mehr sah, wandte er sich griesgrämig um und murrte abermals: »Oiwei hob i's gsogt ... Dö hoha Herrn ghärertn aran Mistwogn gspannt ... na waarn ma net in den Scheißkriag kemma ...!«

Es brennt wo.

In Atzing wachte eines Nachts die Riedl-Theres auf und sah in der Offelfinger Strichweite Feuerflammen. Sie weckte den Adam. Man schaute eine Zeitlang in die Gegend und kam überein, daß das in Offelfing sein könnte. Der Adam zog sich vollends an und weckte den Schmalzinger-Pauli und schlug dann allgemein Lärm im Dorf.

Um es kurz zu sagen, es kamen also im Verlaufe von ein und einer halben Stunde die meisten Feuerwehrmannen zusammen und schauten in die Gegend.

»Dös is z' Offelfing! Spannts ein, Pauli!« sagte endlich der Adam, und der Brittinger-Anton tat sich besonders wichtig. Er war fünf Jahre bei der Marine und hat überhaupt immer ein großes Maul, wenn was los ist.

»Dös is doch seiner Lebtag net z' Offelfing! ... Ah! Dös is doch, meiner Schätzung nach, seine acht Stund weg! ... Dös is z' Ampfelberg drobn, sog i!« erklärte der Pauli.

Und alle schauten wieder in die Gegend.

Im Pfarrdorf Allkirchen fing es inzwischen zu läuten an. Sonst war es weit und breit still.

»Härts ös denn net! ... Dös is z' Offelfing, sog i!« rief der Brittinger-Anton und setzte hinzu: »Wenn's z' Allkirchen läut, muß's doch in der Näh sein!« Aber der schwatzt viel, wenn der Tag lang ist.

Es entwickelte sich nun im Verlaufe der nächsten Stunde folgendes Gespräch zwischen den Atzinger Feuerwehrmannen.

Nachdem der Schmalzinger-Pauli den Anton einmal gründlich zurechtwies, ob er vielleicht glaube, daß seine Rösser überhaupt nicht zu rasten brauchten, sagte der Arglsberger gelassen: »Ha, wia so wos an Himmi färbt, hmhm! ... Dös muaß scho a hübscher Hof sei' ...«

Darauf der Penzinger: »Do, moan i, brennert dös ausdroschn Korn aa mit, weil's gor so speibt, 's Feir!«

»Jaja, es siecht ganz danoch aus«, antworteten einige gemütlich.

»Dös is überhaupt viel weita weg! ... Dös is an Gebirg droben, sog i! ... I wett mein Kopf, daß's an Gebirg droben is!« warf hierauf der Schmalzinger-Pauli wieder ein.

»I möcht doch o'nehma, daß, wenn's z' Offelfing brennt, daß nachher dö Heimertshauser Feierwehr z' härn oder z' sehng waar«, warf der Penzinger hin, und alle nickten.

»Freili, freili! So mir nix, dir nix treibt man doch bei der Nocht seine Rösser net 'raus«, rechtfertigte sich der Pauli.

Der Argelsberger lauschte nachdenklich in die Nacht und brummte: »Hmhm, wenn's a so stad is bei der Nacht ... und läutn auf amoi d' Glockn a so, du, wia dös feierlich is ...«

Und alle hörten dem Läuten zu.

»Muaß, scheint sich, doch in der Näh sei'«, wagte der Riedl-Adam einzuwerfen.

»Haha, hmhm, es brennt ... Es brennt wirkli«, brümmelte der Ampletzer-Andres vor sich hin.

»Aufpaßt werdn s' hoit wieder net hobn! Mit'n offern Licht werden s' hoit wieder in Heustadl nei'ganga sei'!« rief der Penzinger etwas schmetternd, und der Pauli wiederholte, daß die Brandstelle mindestens acht, wenn nicht gar zehn Stunden weit weg sei.

»Ja Kreizmillion und drei Teifi! Werd jetzt ei'gspannt oder net! ... I stell mich doch net dö ganz Nocht bei dera Kältn 'raus!« donnerte der Brittinger-Anton plötzlich und rief damit eine Erregung hervor, die man sonst nicht gewohnt ist in Atzing. Ein richtiges Streiten ging an.

»Du hoitst ganz dei' Maul, du host noch net amoi d' Feierwehrabgab zoit«, führte der Pauli ins Treffen, und alle waren auf seiner Seite.

»Do! Do! Härts ... Dös is d' Heimertshauser Feierwehr!« schrie mittendrin der Riedl-Adam, und tatsächlich hörte man ein Wagenrollen und Trompetenblasen den Allkirchner Berg herunter. Immer lauter klang es.

»I moan, spann ma doch ein, Pauli?« sagte jetzt der Arglsberger, und endlich holte der Schmalzinger-Pauli den Fuchsen und den Rappen und spannte ein. Endlich, endlich fuhr die Atzinger Feuerwehr zum Dorf hinaus. Es war stockdunkel. Man fuhr vorsichtig und im Schritt. Man unterhielt sich eifrig.

»Ha-hm, hm! Wirklich brennt's! Ha-hm, pfeilgrod brennt's!« brummte der Ampletzer-Andres in einem fort für sich.

»Wenn's z' Offelfing is, worum gibt ma üns denn dös net z' wissn?!« räsonierte der Pauli: »Dö kunntn doch wissn, daß ma seine Rösser rastn lossn möcht bei der Nocht! ... Aber i sog amoi soviel – – es is net z' Offelfing! ... Dö Heimertshauser fahrn ja wega jedn Scheißdreck, dö protzertn Hengl, dö protzertn! ... Mit eahnern neu'n Feuerwehrwogn do konn s' ja der Teifi noch derhoitn!«

»Jetzt, i sog amoi soviel, so wos muaß bei der nächstn Gemeindeversammlung aufs Tapett kemma!« forderte der Arglsberger, und der Penzinger stimmte ihm bei.

»Werds ös scho sehng, daß i recht ghabt hob! ... Mir fahrn auf Offelfing, und an Gebirg droben brennt's!« rief der Pauli beharrlich, und als man bereits in die Riechweite des Feuers kam und der Brittinger-Anton triumphierend schrie, wer jetzt recht gehabt hätte, wurde der Schmalzinger derart wütend, daß er ihm nahelegte, wenn er jetzt nicht bald das Maul halte, kehre er ganz einfach um. –

Als man auf der Brandstätte ankam, hatten die Flammen bereits den ganzen Hof eingeäschert. Wütend sprang der Pauli vom Wagen und rannte auf den geschädigten Fridlbauern zu.

»So wos gibt ma üns doch z' wissn, beim Teifi nei'! ... Host denn ganz und gor 's Hirn verlorn!« schimpfte er den jammernden Fridl, und weil dieser nichts erwiderte, wandte sich der Pauli an die Atzinger Mannen und kommandierte: »Antreten! Spritzen!«

Es dröhnte über allen Lärm hinweg. Dummerweise aber hatte man die Schläuche vergessen. Als der Pauli dies sah, schlug er mit aller Wucht dem Brittinger-Anton eine ins Gesicht und brüllte wie ein Irrsinniger herum. Die beiden gerieten in ein Handgemenge und mußten mit Gewalt auseinandergerissen werden. Der Gendarm von Rauschenbach, der zugegen war, wollte sich einmischen und drohte mit »Aufschreiben«.

»Wos! Wos willst?« schrien mit einem Male die zwei Raufer und nahmen sofort eine drohende Haltung gegen ihn ein.

»Wos?! Du? *Du* möchtst an einer solchernen Stelle dös größte Wort füahrn, *du? Du*?!!!!« bellte der Pauli, und der Beschimpfte hielt es schließlich für ratsam, in der Dunkelheit zu verschwinden.

Die Sache endete damit, daß der Pauli bekanntgab, so was, daß ein Gendarm bei einem Brand dabei sei, dürfe unter keinen Umständen mehr vorkommen.

Und nachdem man allgemein zur Ansicht kam, daß hier nichts mehr zu retten sei, fuhr man wieder schiedlich und friedlich nach Atzing zurück.

»I hob's ja glei gsogt, daß's brennt! I hob's glei gsogt«, war das letzte Wort vom Ampletzer-Andres, als man in tiefer Nachtstunde auseinanderging ...

Die verheimlichte Erbschaft

Am zwanzigsten Sonntag nach der Predigt, welche sich auf das Thema »Wenn ihr etwas in meinem Namen bitten werdet« bezogen hatte, schloß der Pfarrer eine schwerkranke Person ins Gebet ein. Droben auf der Boulabn (Empore unter dem Chorgestühl), wo sich stets die alten Bauern aufhielten und üblicherweise neben ihren frommen Verrichtungen Neuigkeiten und Handelschaften beredeten, lugte jeder auf den leeren Platz vorne in der ersten Reihe, und während sich jetzt alle schwerfällig und geräuschvoll von ihren Sitzen erhoben, sagte der Ehringer von Reinmoos zu seinem rechten Stuhlnachbarn, den Siemserer von Aining: »Jetz wui er, glaab i, doch sterbn, da Hintermoar.«

»Soso, reißts'n jetz glei gor, an Barthl«, gab der Siemserer Antwort. Drunten im Kirchenschiff leierten die Weiber und Kinder das Vaterunser herunter, darum konnte man sich hier heroben legerer unterhalten. Die Köpfe beugten sich zusammen, und rundherum redete man vom sterbenskranken Austrägler Bartholomäus Mangst, Hintermeierbauer von Reinmoos.

»Noja, er hot mir scho lang nimmer gfoin«, meinte der Grodler in bezug auf den Kranken: »Waar ja aa koa Wunda, wenn er sterbn taat, der Barthl. Dö Junga lossn 'n ja frehling derhungern ... Do is's gescheita, er stirbt.«

»Ganz gelb is er scho, und hebn und trogn muaß ma'n«, erzählte hinwiederum der Ehringer: »Lang, moant da Dokta, macht er's nimma ... Hmhm, um nix kümmern sie si, dö Junga ... Wia er si noch net Sündn fürcht', der Maxl ... Net amoi so viel is er, daß er sein' krankn Vater a Stückl Fleisch oder a warme Suppn auffischickt ... Pfui Teifi!«

»Der?« warf der Hufnagl hin: »Da Maxl? ... Der, glaab i, bind't si, wenn's amoi a Fleisch gibt, frehling an Brocka a Gobi hi und schlickt's obi und reißt's wieda 'rauf, daß er an Geschmoch hot und doch nix braucht.«

Eben wollte der Siemserer wieder was sagen, aber jetzt hörten die Weiber drunten mit dem Vaterunser auf, und die Mannsbilder kamen daran mit dem »Gegrüßt seist du, Maria«. Langsam fielen die brummigen Bässe rundherum ein.

»– und bist voll der Gnaden«, erfüllte das monotone Männerbeten den Raum der ganzen Kirche.

»Glück bringt eahm der Geiz aa it, an Maxl«, warf der Ehringer seinem Nachbarn hin, und der nickte mit seinem dicken Kopf.

»Der Herr ist mit dir. Du bist gebenedeit unter den Weibern, und gebenedeit ist die –«, murmelte es weiter.

»I glaab schier, daß er si aus lauter Irga z'tod gsuffa hat, da Barthl ... Er und sei Oite san oiwei guate Leutln gwen«, meinte der Siemserer, während er weiterplapperte: »Frucht deines Leibes, Jesus. Amen.«

Ja, es war wirklich ein Elend, seitdem die alten Hintermeiersleute übergeben hatten. Oberhalb der Stube hausten sie. Die darunterliegende Stube war sowieso im Winter geheizt, im Holzplafond war ein Loch.

»Do kimmt Hitz gmua auffi«, meinte der Jungbauer sackgrob. Zitternd und schlotternd hockten die Altbauersleute droben um dieses Loch, um und um waren sie eingewickelt, und wenn es gar nicht mehr zum Aushalten war, kamen sie scheu in die Kuchl hinunter. Die Altbäuerin versuchte sich nützlich zu machen, legte die Kinder trocken und wiegte sie in den Schlaf, spülte ab und kochte den Sautrank auf, der Alte tappte ohne ein Wort in den Stall und kratzte den Mist aus den Viehständen oder ging in die Holzhütte hinter und spaltete Scheite, bloß um nicht zu frieren, bloß um auch wieder was zu tun, bloß um die Zeit herumzubringen.

»Nana, mir braucha enk it«, verbat sich die muffige Jungbäuerin solche Mithilfen oft und oft, weil sie fürchtete, den Alten was zu essen geben zu müssen, aber mein Gott, wenn man ein ganzes Leben lang von früh bis spät gerackert hat, verträgt man eine solche Untätigkeit nicht. Ebenso offen sagten die Alten zu den Jungen: »Os brauchts ja nix z'essn gebn ... Drobn bei uns is's gor so langweili ...«

Die Langeweile, ja, das war's, was den alten Hintermeier umbrachte. Zweiundzwanzig Mark mußte der Jungbauer jeden Monat den Austräglern in bar bezahlen. Dieses Geld nahm der Alte – und versoff es stets ohne Rücksicht auf das Gejammer seiner Alten. Aber es war auffällig, daß er auch sonst die stärksten Räusche heimbrachte. Woher, witterten die mißtrauischen Jungbauern, hat der Planer das Geld? Die alte Hintermeierin barmte auch und fragte bei den Wirten rundherum, ob er denn auch immer alles bezahle, ihr Barthl.

»Ja, ja, do feit si nix bei eahm«, gab der Bruckenwirt Auskunft.

»Nana, Schuidn macht er nia net«, sagte der Unterbräu von Aining genauso. Jetzt, weil es offensichtlich ans Sterben ging, kam auch einmal der Maxl in die Kammer hinauf, ans Bett des Kranken. Seltsam, sehr seltsam war das, wie er auf einmal interessiert und fast warm fragte: »Wia geht's dir denn, Vata?« und ihm zwei frischgelegte Eier brachte.

»Mir? ... Mir geht's zwida, Maxl«, sagte der Alte und schnaufte schwer. Seine Augendeckel waren meist halb zugeklappt, und ewig standen dicke Schweißperlen auf seinem tausendfältigen, wachsgelben, eingefallenen Gesicht. Diesmal aber schielte er einige Sekunden lang auf seinen scheinheiligen Sohn.

»Nana«, keuchte er: »Nana, ös brauchts it 'raufkemma ... I hinterloß enk koan rotn Pfennig ... I hob nix.« Soweit war er immer noch bei sich, daß er spannte, weswegen sich's der Junge auf einmal so angelegen sein ließ. »Ei'grobn is ja dei' Pflicht und Schuidigkeit ... Dös muaßt scho du zoin«, sagte er wiederum. Auch die alte Hintermeierin verstand jetzt und sagte genauso: »Nana, gor nix hobn ma – gwiß wohr.« Sie log nicht. Der Maxl ging wieder und machte ein ziemlich benommenes Gesicht.

Und dann, drei Tage vor Pfingsten, starb der alte Hintermeier. Der Maxl mußte notgedrungen zum Pfarrer und wollte das einfachste und billigste von einem Begräbnis erhandeln. Aber der hochwürdige Herr Pfarrer ließ sich gar nicht weiter darauf ein und sagte ziemlich spöttisch: »Das, Hintermeier, is scho gmacht.« Eine prachtvolle Leich' gab's. Der Veteranenverein marschierte auf, die große Glocke läutete, und der Gesangverein sang den Sarg ins Grab. Die jungen Hintermeierleute waren nach der Messe gleich wieder heimgegangen. Mit bittersüßen Gesichtern. Der Bruckenwirt zog die alte Hintermeierin nach dem Mittagessen in die geräumige Küche und sagte fidel: »So, Hintamoarin, an Kaffee und Kuacha gibt's aa no ... Oiß hot er no zoit, da Barthl ... Und do, dös, sogt er, soit i dir gebn noch der Leich, aba s' Mäu soist hoitn.« Er übergab ihr einen vieleingewickelten Strumpf. Ganz baff wand die Alte das Packl auf. Vierzehn Friedensgoldstücke und an die dreihundert Mark waren drinnen. Ein Zettel lag dabei, drauf stand: »Ich hape es nücht Sagen mögen. Du wärst zerscht nicht stad gwen ... Jetzt ist es gleich, awer küb den Jungen nix. Ewigkeit amen, Barthl.«

Die alte Bäuerin glotzte etliche Augenblicke dumm drein. Der Wirt und die Wirtin lasen den Zettel.

»Ja, da Barthl!« riefen sie zugleich: »Is oiwei a gmüatlicha Mensch gwen ... Hintamoarin, aba du sogst fei' nix, gell!«

Sie schwieg sich auch wirklich aus, die Hintermeierin. Sie lebte genau noch so weiter wie zuvor, bloß, daß sie öfter wallfahrten ging und sich's dabei gutgehen ließ.

Wie die Kohlhäusler-Traudl kuriert

Das ist ganz recht und schön – zum Doktor zu gehen, wenn einem was fehlt, aber gegen den Tod haben diese studierten Herren auch noch kein Kraut gefunden, und was inwendig bei einem Kranken nicht in der Ordnung ist, das sehen sie die meiste Zeit nicht. Samt dem, daß sie jetzt sogar einen Körper durchleuchten, finden sie das Leiden nicht. So was findet bloß die Kohlhäusler-Traudl von Walchstadt heraus. Da brauchst du nicht mitten in der Woche neugewaschenes Zeug anzuziehen und dich überall extra zu waschen.

Überhaupt diese feinen Herren Doktoren! Was die nur grad immer mit ihrem ewigen Waschen haben! Die müssen ja richtige Säue sein!

Bei der Kohlhäusler-Traudl von Walchstadt, da gibt es das alles nicht. Die macht keine solchen Fisimatenten. Die untersucht auch nicht so damisch. Da mußt du auch, wenn du keine Zeit hast, gar nicht hingehen. Da brauchst du bloß deinen Urin zu schicken und die Sach' hat sich gehoben.

Einige natürlich, die gehen auch hin zu der Traudl, so zum Beispiel der Haunreder von Muglfing. Der hat die Traudl aufgesucht. Von Muglfing nach Walchstadt geht man ja bloß knapp eine halbe Stunde.

Der Haunreder brachte ein Bierflaschl voll Urin mit und hat sich mit der Traudl über sein Leiden unterhalten.

»Also, Traudl«, hat er gesagt, der Haunreder, »Traudl, wenn i dir's sog – i woaß überhaupts nimmer, ob ich an Mogn hob! Wenn i wos iß, dös is grod, als wia wenn i zum Fenster 'nausschaug ... I woaß überhaupt net, ob i wos gfressn hob oder net ... Koan Appatit und koan Gschmoch hob i net, und wennst du mir dös Best hinstellst ... Es rutscht obi, und i woaß net, hob i an Dreck gfressn oder an Koibsbrotn ...«

Ein Gesicht hat er dabei gemacht, der Haunreder, genau wie einer, der wo aus dem letzten Loch pfeift. Die Traudl hat beiläufig hingehört und derweil den Urin in ein Limonadenglas gegossen, sie hat dasselbige gegen das Licht gehalten und fachgerecht durchgeschaut.

»Gelb«, hat sich dabei der Haunreder in bezug auf seinen Urin ausgelassen, »gelb is er jedesmoi wia a Oardotterling ...« Aber solche Jammereien interessieren die Traudl nie. Sie geht drüber weg und gibt nicht an auf so was.

»Wia oit bist du denn jetzt?« hat sie den Haunreder nebenher gefragt und ihn schnell gemustert.

»Anno neunundsechzig geboren«, gibt ihr der zurück.

»No«, sagt die Traudl wieder so nebenher: »No, dös is doch noch gor koa Oiter ...«

»Dös moan i ebn aa«, meinte der Haunreder. Und auf das hin hat ihm die Traudl zwei Maßflaschen voll Medizin mitgegeben mit folgender Vorschrift: Ein Quart in der Früh' nach dem Kaffeetrinken, ein Quart mittags nach dem Essen und ein letztes Quart vor dem Zubettgehen. Zum Schluß hat sie gesagt: »Dös werdn mir gleich heraußn hobn, obs du koan Gschmoch host.«

Der Haunreder ist schon bedeutend besser aufgelegt nach Muglfing zurückgekommen. Gelobt hat er die Traudl über den Schellenkönig. Am andern Tag hat er mit dem Einnehmen angefangen. Genau nach der Vorschrift von der Traudl hat er sich gehalten, und die Wirkung der Medizin war unglaublich. In der Früh' hat er den Kaffee herausgespien und auf den Abtritt laufen müssen, los ist es gegangen von hinten und von vorn, oben und unten, in einem fort. Er ist überhaupt kaum noch aus dem Abtritt gekommen. Wenn er gemeint hat, es ist zu End', wenn er aufgestanden ist, um seine Hosen hinaufzuziehen – da, da hat's schon wieder von vorn angefangen. Zu Mittag war es das gleiche, und in der Nacht hat es ihn schier zerrissen.

»Ja Herrgott! Herrgott, dös is ja dös reinste Gift! Dös reinste Höllnwasser!« hat er gejammert, der Haunreder. Geschwitzt hat er und sich kaum noch grad halten können.

Gewissenhaft aber, wie er ist, hat er das letzte Quart hinuntergesoffen, und am andern Tag ist er kreuzelendig zur Traudl nach Walchstadt gegangen.

»Traudl!« hat er gewimmert, und schon wieder ist's in großem Bogen aus seinem Maul herausgebrochen.

»Traudl«, hat er noch gottsjämmerlicher geklagt: »Dö is dös reinste Gift! Direkt a Höllnwasser host du mir do verschriebn! Herrgott! Herrgott, mei' Mogn! Mei' Mogn! ... So was Schlechts! So was Gräusligs!«

Die Traudl hat ihn ruhig speien lassen und sich mannhaft hingestellt. Saukalt kann sie dreinschauen, die Traudl, hundsmiserabel grob wie ein echter Doktor.

»So«, hat sie alsdann, wie der Haunreder sich erfangt gehabt hat, gesagt: »So ... Also an Gschmoch host wieda ... Und a so ist's aa nimmer, wennst wos frißt, daß du moanst, du schaugst beim Fenster 'naus? ... Also! ... Jetz frißt nachher an Koibsbrotn und sogst mir, ob's a Dreck gwesn is ...«

Der Haunreder hat sie bloß wehleidig angeschaut und nichts mehr gesagt. Er hat seine vier Mark hingelegt, wie es ausgemacht war, und ist gegangen ...

Ein anderes Mal ist der Lochmannbauer von Griesing – hübsch weit muß man da fahren – zur Traudl gekommen. Vom Lochmannbauern weiß man weitum, daß er Geld und Sach' hat wie nicht leicht wer, aber jedem ist auch bekannt, daß er grundgeizig ist. Drum vielleicht ist er so zaundürr und hat obendrein noch eine Gicht, daß er ganz verzogen ausschaut. Er hat der Traudl zuerst seine Schmerzen erzählt. Schmerzen müssen das gewesen sein, ganz grausam. Aber bevor die Traudl was geredet hat, hat er mit ihr den Preis ausgemacht, und trotzdem, daß ihm die Traudl anvertraut hat, daß Gicht arg schwierig zu behandeln ist, hat er den Preis von fünf Mark auf vier heruntergehandelt.

»In derer Hinsicht«, hat die Traudl nachdem gemeint, »in derer Hinsicht bist du noch recht gsund beinand, Baur ...« Der Lochmannbauer hat scheinheilig dreingeschaut und von seiner Gicht angefangen.

»Hm«, sagt die Traudl nach dem Urin-Anschauen: »Hm, dös is was Chronisches! Dagegen hilft bloß a Radikalkur, Lochmannbaur ...« Im Überlegen ist sie auf ihren großen Medizinkasten zugegangen, hat ein kleines Notizbücherl herausgenommen, die Brille aufgesetzt und irgendwas studiert. Geduldig hat der Lochmannbauer gewartet.

»Tja! Jaja, i hob's schon«, sagt alsdann die Traudl und meint, er soll heimfahren, der Bauer, soll sich eine ganze Woche lang ein hübsch heißes Badwasser in einem großen Waschzuber herrichten und jedesmal genau zwei Pfund Hennenmist ins Wasser tun.

»Es stinkt a bißl«, sagt die Traudl, »aber es ziagt dö ganzn Schmerzen aus dein' Körpa ... Es ist dös oanzige, wos hilft ...«

Der Lochmannbauer ist heim und hat sich dran gehalten. Gestunken haben seine Bäder, kaum zum Aushalten. Seine Bäuerin, die Töchter und die Dienstboten sind dem Patienten aus dem Weg gegangen, weil er genauso gestunken hat. Aber geschworen hat er auf die Kur, der Lochmannbauer. Es vergehen zwei, drei und vier Tag', es vergeht die ganze Woche. Er wartet noch etliche Tag', aber Besserung spürt er keine. Im Gegenteil, eher noch ärger ist seine schmerzhafte Gicht. Schließlich läßt er fuchsteufelswild einspannen und fährt nach Walchstadt zu der Traudl. Kaum richtig bei ihr in der Stube, fängt er mordsmäßig zu schimpfen und zu fluchen an. Da aber kommt einer bei der Traudl zur Unrechten.

»Soso! ... Soso, a Schwindl is dös, sogst du?« fährt sie dem Lochmannbauern grob übers Maul: »Soso? ... Host du dich vielleicht ganz gnau an mei' Kur ghoitn?« – »Gnau ...? Haargnau hob i den Dreck jedesmoi gwogn ... Gnau zwoa Pfund!« keift der Bauer sie an.

»I red doch net vom Gwicht!« gibt die Traudl hinaus: »I frog dich, ob dös jedesmoi a Hennendreck gwesn is.« Fest ist sie dagestanden.

»Hennendreck?« stutzt der Lochmannbauer: »Hm, selbstredend! Wos denn sonst? ... Ich hob'n doch extra allweil 'raus aus der Hennensteign ...«

»Ja, aber daß do a Gockldreck aa drin gwesn is, dös host du net gmerkt, saudumms Mannsbild, saudumms!« ist da die Traudl grob geworden, und aus war es ...

Aus dem Obigen kann man gewiß sehen, daß die Traudl ihr Geschäft aus dem Effeff verstanden hat. Neben ihrer Schlagfertigkeit, mit welcher sie den unzufriedenen oder aufsässigen Patienten jedesmal begegnet ist, könnte ich Hunderte ihrer Heilerfolge erzählen. Die Leute in unserem Gau haben auf sie geschworen, und geheißen hat es überall, sie stirbt überhaupt nie, denn sie hat jedes Mittel dagegen in der Hand. Und was passiert da? – An einem Tag, in der Früh', wie sie aufsteht, trifft sie der Schlag, und tot ist sie gewesen, maustot!

Selbstredend hat – wenn man sich hochdeutsch ausdrücken will – dieses unerwartete Ereignis in unserer ganzen Pfarrei und weit darüber hinaus die allergrößte Bestürzung hervorgerufen. Und undankbar, wie die Leute schon sind, haben sie gleich recht herabmindernd und zweifelnd über sie herumgeredet: »Ha, do! Gell, hot man gmoant, die Traudl ist der reinste Professor! ... Und do, do – samt ihrer Wunderbarkeit hat sie doch sterben müassn, und so schnell aa no!«

Über zweieinhalb Zentner ist die Traudl schwer gewesen, und man hat sie kaum in den großen Sarg hineingebracht. Erster Klasse ist sie in unserem Pfarrdorf begraben worden, und Leute sind dagewesen, nicht mehr zum Zählen. Nämlich, sie ist immer eine christkatholisch fromme Person gewesen, die Traudl, und ihr Geld hat sie der Kirche vermacht. Deswegen die Pracht bei ihrer Leich' und die schöne Grabpredigt vom hochwürdigen Herrn Pfarrer Ederer. Eine Hand wäscht ja schließlich die andere.

»Der Herr in seiner Barmherzigkeit hat ihr einen schmerzlosen, milden Tod gegeben, und so wird ihre Seele leicht wie eine Feder zum Himmel auffliegen«, hat er dabei gesagt. Da haben viele Weibsbilder zu weinen angefangen, aber der saugrobe Schreiner Mauslinger, der wo überhaupt keine Heiligkeit nicht kennt, hat nachher beim Postwirt recht dreckig gesagt: »No, also wia a Feder auffifliagn zum Himmi, wenn ma fast drei Zentner schwaar is? ... Also do, moan i, hot der hochwürdige Herr Pfarrer doch übertriebn ...«

Es stirbt wer

Auf einem Bauernhof, wo es jahraus, jahrein haufenweis' Arbeit gibt, hat man für kranke Leute nicht viel übrig, und am allerwenigsten für solche, die zu ungelegener Zeit krank werden. Wer soll sich denn da schon noch viel mit einem Bettlägerigen abgeben? Allgemein heißt es: »Wenn einer für die Arbeit nichts mehr taugt, der gehört unters alte Eisen.«

Es läßt sich also leicht denken, daß der Zeiselberger von Buchberg unbeschreiblich ärgerlich wurde, als sich die Bäuerin mitten in der Erntezeit hinlegen mußte und jeden Tag schlechter wurde. Es wäre ja vielleicht noch nicht so schlimm gewesen, hätte man die Ernte unter Dach und Fach gehabt oder wäre wenigstens eine Tochter da gewesen. Aber so? Drei Mannsbilder – der Bauer, der Ottl ùnd der Michl – im Haus? Und zu dieser Zeit, wo keine Dirn aufzutreiben ist und kein Mensch im ganzen Dorf daheimbleiben kann, noch weniger bei anderen Leuten den Haushalt zu führen und ein Krankes zu pflegen! –

Wie gesagt, der Zeiselberger war über dieses Kranksein direkt beleidigt. Und auch der Bäuerin war es höchst zuwider. Sie war nicht im mindesten so zimperlich, daß sie sich wegen jedes Bauchwehs niederlegte. Im Gegenteil, seitdem der Ottl auf die Welt gekommen war, hatte sie zwei offene Kindsfüße, die sie Jahr und Tag »fatschen« mußte. Aber an ihrer Arbeit kannte man nichts von ihrem Leiden.

Die Zeiselbergerin versuchte es darum schon am dritten Tag, aufzustehen. Sie mußte sich aber gleich wieder niederlegen. Es half nichts. Der Ottl mußte mitten am Nachmittag nach Iffelfing zum Hofrat Eberdinger hinüberfahren und ihn holen. Der Eberdinger kam und sagte zum Zeiselberger nach der Untersuchung: »Rotlauf! ... Da müßts schon schauen, daß immer wer am Bett bleibt! ... Aufstehen gibt's nicht.«

»So ... Rotlauf? ... Tja, mir hobn aba net recht vui Zeit, daß ma do oiwei a Kamma 'naufstehna«, murmelte der Bauer: »Dös geht it rächt, Herr Hofrat, wenn sovui Arbat auf'n Feld is ...«

»Tja ...! Das müßts eben einrichtn«, meinte der Doktor achselzuckend und fuhr wieder ab. Diese Auskunft erboste den Zeiselberger bis ins Innerste. Unschlüssig blieb er vor dem Bett sitzen und machte ein Gesicht, als ob ihm ein Ochs hineingetreten wäre.

»Der hot leicht z' redn, der damisch Kerl, der damisch!« räsonierte er: »Der hot ja koa Arbat! ... Der sitzt si in sei' Wagl nei', fahrt 'rum und schaugt dein' Haxn o und kommandiert! ... So mächt i's aa amoi hobn ...« Und noch verbißner fuhr er fort: »Missn sich einrichtn!? ... Missn sich einrichtn!! ... Wia ma nur so dappi daherredn konn! ... Der tuat ùnser Heu net eina, der lappert Teifi, der lappert! ... Herrgott, i woaß's net, daß's gor a so trapfte Leit gibt, so trapfte ...!« Beiläufig stocherte er mit dem Zeigefinger seine Zehen aus, schlüpfte dann wieder in die Pantoffeln und fragte die Bäuerin: »Brauchst mi denn ...? I moan, im Bett liegst doch guat ...?«

»Gehts no 'naus ins Feld ...« erwiderte diese, scheinbar als wollte sie selber Ruhe haben, und brummend ging der Zeiselberger aus der Kammer und wieder aufs Feld. Bis in die Nacht hinein werkelten die drei herum, und jedesmal, wenn sie eine Fuhre daheim hatten, schaute einer zur Kranken hinauf. Der Ottl brachte ihr ein Bierkrügl voll Zuckerwasser, weil es sie so dürstete. Vor der letzten Fuhre keuchte sie, und der Zeiselberger richtete ihr das Kissen höher hinauf und gab ihr ein nasses Handtuch für über den Kopf.

»Jetzt san ma ja glei fürti ... Jetz brauchst üns ja vorläufi nimma, oda?« fragte er wieder, und sie schüttelte nur schwach den Kopf und hauchte: »Gehts nur zua ...«

Nach Feierabend, als der Michl in die schon dunkle Kammer trat, rührte sich nichts mehr. Er ging gleich wieder heraus und zog vorsichtig die Tür zu.

»Schlafa tuat s'«, sagte er in der Stube drunten. Man hockte sich hungrig um den großen Tisch und löffelte die Brotbrocken aus dem Milchweigling.

Erst als kurz nach der Stallarbeit der Zeiselberger ins Bett ging und mit der Kerze über die Kranke leuchtete, merkte er, daß sie tot war. Er blieb einen Augenblick ganz stockstarr stehen und riß die Augen weit auf.

»Tha! ... Jetz is dö tot ...? Tha ... jetz dös is guat, tha!« murmelte er mehr erstaunt als erschüttert: »Tha! ... Ja ... jetz is dö tot? ...« Benommen schüttelte er den massigen Kopf. Dann ging er und holte den Michl und den Ottl.

»Jetz hob i s' doch owei gfrogt, ob s' üns braucht ... Tha! ... Und jetzt stirbt s' auf amoi a so dahi ... tha-ha-hm«, brummte er unablässig, und als die Buben zu weinen anfingen, wurden auch seine Augen naß. Er faltete die Hände, besprenkelte die Verstorbene mit Weihwasser und schüttelte noch immer den Kopf: »Jetz – stirbt – dö – auf amoi a so dahi ... tha – hm – ha – hm ...«

Was uns das Wegrainerbasl einmal erzählte

Um die Zeit des Burenkrieges – mein Gott, wie lang ist das her! – sind meine jüngere Schwester Nanndl und ich einmal in den Schulferien etliche Tage zu Besuch bei unserem geliebten Basl in Hirschenreuth gewesen. Das Basl war eine Schwester unserer verstorbenen Großmutter väterlicherseits und hat mitten in dem großen, weitläufigen Dorf ein nettes, kleines Häusl gehabt, das ihm sein seliger Mann, der Sattler Georg

Wegrainer, samt einem spärlichen Vermögen schuldenfrei hinterließ. Da lebte die gute Alte still und gemütlich dahin, in den Achtzigerjahren schon, aber immer noch leidlich wohlauf, mit jedem Menschen Freund und am meisten von den Kindern geliebt.

Uns zwei Geschwister hat das Wegrainerbasl besonders gern mögen, und wenn wir bei ihm waren, vergaß es oft die wenige Hausarbeit, spielte mit uns und erzählte uns die schönsten Geschichten.

Damals nun – es war ein wunderschöner Septembertag – hat es in Hirschenreuth grad einen sogenannten Rekrutenabschied gegeben, der besonders stürmisch und lärmend war. Die kürzlich ausgemusterten Burschen sind in großem Zug, allesamt toll und voll besoffen, buchstäblich hüpfend durch das Dorf gezogen, haben gesungen und gejohlt und mit ihren Stöcken herumgefuchtelt, daß man meinen konnte, es komme eine Prozession Irrenhäusler. Und dann und wann schoß so ein Übermütiger mit dem Terzerol in die Luft, daß die Fensterscheiben der benachbarten Häuser zitterten. Wenn sich wo eine dralle Bauernstochter oder Dirn sehen ließ, ging ein wildes Verfolgen an. Zum Glück aber erwischten sie keine davon. Kurzum, die wilde Kohorte machte das ganze Dorf rebellisch.

Nanndl und ich lagen unter den dickbewachsenen Weinbeerstauden im Vorgärtl des Wegrainerbaslhäusls und schmausten nach Herzenslust die süßen Beerln, als der Zug sich daherwälzte. Wir sprangen halb erschrocken und halb neugierig auf und liefen ans Gartentürl. Krachen und Lärmen, Soldaten und dergleichen haben wir gern gehabt. »Ah, ah, do schaug, do schaug!« schrien wir zugleich und wollten auf die Straße, um noch mehr zu sehen. Unser Basl aber kam auf einmal aus dem Haus und holte uns zurück. Vielleicht ängstigte sich die Alte, wir möchten uns in dem Trubel ein Leid antun, vielleicht konnte sie das Schießen nicht leiden, jedenfalls fiel uns beiden auf, daß sie diesmal ziemlich energisch unsere Hände nahm und uns ins Haus führte. Es schoß auch grad wieder etliche Male und roch rundherum nach Pulver. Das Basl zuckte zusammen und schüttelte mürrisch den Kopf. »Saulackln!« hörten wir sie brummen.

»Dö müassn an Krieg ... Dös werdn Soidatn, Basl!« sagte ich, und ich erinnerte mich dabei an all die lustigen und traurigen Kriegsgeschichten, die uns mein Vater oft erzählte, und die schönen, bunten Bilder, welche wir zu Hause in langen Winternächten in dem Buch *Der große Krieg 1870/71* immer anschauten, kamen mir in den Sinn. »Dö bringa oi Franzosen um«, sagte ich wiederum keck. Es war doch so schön auf den Bildern zu sehen: Die blauen Bayern stürmten immerfort vorwärts, die Franzosen mit ihren roten Hosen liefen allemal wie Wiesel davon. Herrgott, dachte ich mir, wenn ich einmal groß bin, ich geh' gleich zu den Soldaten und zieh' in den Krieg.

Meine Schwester war in die niedere Stube gelaufen, kniete bereits auf der Bank und schaute durchs Fenster auf die Straße. Er krachte abermals donnernd, und der wilde Lärm wurde noch dröhnender.

»U-u-und die Franzosen müssen's sehen,
daß wir Deutsche-e-e Sie-eger-er si-i-nd ...«,

grölte es aus den rauhen Kehlen der Rekruten, die nunmehr in die nebenanliegende Humpelbräuwirtschaft einzogen.

»Ah! Ah! Jetz san s' weg! Jetz san s' bein Wirt drin!« plapperte Nanndl fast enttäuscht: »Ah, schod, schod!«

Auch ich war ans Fenster gelaufen, aber ich sah nichts mehr. Wir zwei Geschwister setzten uns endlich auf die Bank und fingen zu fragen an: »Gell, Basei, dös werdn lauters Soidatn, gell?«

»Is scho boid wieda a Kriag, Basei, ha?«

»Gell, dö kriagn schöne Roß und große Seebin und Gewehra, Basei?«

Während wir so voller Eifer fragten, bemerkten wir auf einmal, daß unser gutes Basl auf der Ofenbank Platz genommen hatte und – den Rosenkranz um ihre verwutzelte Hand gewunden – still betete. Wir mußten erst noch einmal hinschauen, um diese plötzliche Ernsthaftigkeit zu begreifen, und bekamen alsdann auch ernste Gesichter. »Basei?« fragte ich schüchtern, aber die Alte gab nicht an. Uns zwei erfaßte jetzt auf einmal eine merkwürdige Schamhaftigkeit, wir wußten nicht, was wir tun sollten und falteten schließlich auch die Hände. In einem fort aber schauten wir dabei fragend auf unser Basl, und so blieb's eine gute Weile. Endlich rollte die Alte ihren Rosenkranz wieder zusammen und steckte ihn ein, machte ein Kreuz und schnaufte seufzend.

»Ja-ja, Kinderln, ja-ja ... Woaß's ob s' wieda hoamkemma, dö Burschn«, sagte sie mit ihrer langsamen Stimme: »So san s' anno sieberzg aa furt, enker Vata und ünsa Hansgirgl, grod so ... Ja-ja, Kinderlen ...«

Wir erinnerten uns, der Wegrainer-Hansgirgl war bei Orleans gefallen.

»Und da sell schwarz Peta, der wo sellmois bei enkern Vata

Bäckergsell gwen is, is aa nimma hoamkemma ...«, erzählte das Basl weiter. Die Stimme klang gar nicht mehr. Die Alte hockte gebuckelt da und schaute ins Leere. So hatten wir unser Basl noch nie gesehen. Stockstumm war's in der Stube, bloß die Katze auf dem Ofen hörte man murren.

»Und oi Roß hobn s' braucht sellmois ... Hot ma kaam no ackern kinna ... Hot ghoaßn, der Krieg daurt bloß a poor Wocha, und nacha is's a ganz' Johr herganga ... Hot ma nix mehr gsehng a der Kirch und auf'n Feld als Weiberleit und Kinda und a poor oite Mannerdn ...«, murmelte die Alte wieder so vor sich hin. Sie holte einen tiefen Schnaufer aus sich heraus. Vom Humpelbräu herüber klang das plärrende Singen der Rekruten, stoßweise Schreie durchgellten den Lärm ab und zu.

»Do is amoi ünsa Herrgott auf a'ra so a Dorf kemma, Kinderlen«, fing jetzt das Basl etwas belebter an: »Und dös is gwen, grod wia si d' Franzosen mit üns z'kriagt hobn ... Sogt der Herrgott zu dö Bauern an Dorf, ob s' an Kriag ming, und glei hobn s' gsogt: ›Jawoi, wir mächtn an Kriag! ... Dö Lumpn, dö Franzosn ghärn ghaut!‹ Do hot ünsa Herrgott gsogt: ›Baurn, enker Nutzn is's it und woaß's, wer no hoamkimmt vo enk.‹

Und do is oana dabei gwen unta dö Baurn, a recht a frecha Kerl ... Hot ausgschaugt wia a Jaga und hot an Stutzn umghängt ghabt und a Hüatl mit a'ran Gamsbart, und der hot in oan furt gschrien: ›Gehts ma zua, den Bazi do, der is höchstens vo dö Franzosn oana, weil er a so wehleidi daherred't!‹ D' Baurn hobn glei auf eahm ghärt und hobn ünsern guatn Herrgott recht z'sammgschimpft. Gsogt habn s', wenn er it glei macht, daß er weiterkimmt, derschlogns'n. Aba ünsa Herrgott hot koa Angst it ghabt und hot wiederum zu dö Baurn gsogt: ›Do schaugts, Baurn, es is mittn unter der Arnt, und oiß steht so schö da ... Waar gscheita, ös tats enk um enka Sach kimmern ois um dö Franzosn ... Wennd's an Kriag müaßts, geht oiß z'grund auf dö Felda ...‹

Aba der frech Kerl, der Jaga, der hot grod gschimpft und ghetzt und hot koa Ruah it gebn. ›Gehts weita, Mannerdn!‹ hat er in oan furt gschrien: ›Auf und an Kriag! ... Dös werd schö und lusti!‹

Aba der Herrgott hot'n scho kennt, den Kerl mit sein' frechn Mäu und hot aa gsehng, daß er an Goaßfuaß hat, der Bazi. Der Teifi is's gwen, koa anderer, Kinderlen! Der alloa freit si, wenn si d' Leit streitn und raaffa ... Er hot an Profit davo ...

Ünsa Herrgott aba hot nix gsogt zu dö Baurn, wer dös is mit sein' frechn Mäu. Wia aba jetzt dö Baurn auf ünsern guaten Herrgott los hobn wuin, do is's eahm z' dumm wordn, und er hot an rechtn Zorn kriagt. Und do hot er sei' allmächtige Hand aufghebt und hot gschrien: ›So, Baurn, also ös mächts an Kriag!? ... Guat, nacha zoag i'n enk!‹ Und er hot auf dö schöngwachsna Kornacker zoagt ... Is oiß mannshoch gstandn, wunderschö, so weit wia ma gsehng hot ...

Und do sogt der Herrgott auf amoi: ›Marsch, du! Du gehst voro' ... Marsch!‹ zum Teifi. ›Und ös laafts oisamm hint noch! Nur weita! Marsch!‹ schreit er dö Baurn o, und wia er's sogt, ünsa guata Herrgott, do hobn si oi Stoitürn aufto und d' Küah, d' Säu, d' Roß und d' Ochsn – oiß is rausgrennt, wia wenn a jeda Hof brennert, und nacha hot der Herrgott gsogt: ›So, jetza, marsch, nix wia üba oi Acka! Oiß muaß hi sei'! Oiß muaß dertretn werdn, marsch!‹

›Wos?‹ hobn d' Baurn derschrocka gfrogt: ›Mir soitn ünserne Felder dertrampeln? Geh, du bischt ja narrisch!‹ Aba der Herrgott hot nimma Pardon gebn, und oisam, dö ganzn Viecha und dö ganzn Baurn samtn Teifi hobn üba dö schöna Acka stampfa müassn, daß nix mehr überbliebn is ... Koa grode Echern nimma ... Drüba is's ganga wia der ärgst Schaur ... Gschnauft und gjammert hobn d' Baurn, und weh hot's eahna to, daß oiß a so unsinni z'grund geh muaß, aber stampfa hobn s' müassn ... Koa Pardon hot der Herrgott gebn, bis oiß weit und broat hi gwen is ... Und d' Weibertn und d' Kinda san dogstandn und hobn gwoant und gschrien: ›Um Gotts wuin! Um Gotts wuin, oiß geht z'grund!‹ Aba d' Viecha und d' Baurn samtn Teifi hobn it stehbleibn kinna ... Grennt san s', bis z'letzt oiß a zerstampfte Broatn gwen is ... Bis s' umgfoin san wia d' Fliagn, so lang hobn s' laaffa müassn ... Do hat a arms Weiberts d' Händ aufghebt und hot zum Himmi auffigschrien: ›Heiliga, guata Herrgott, erlös uns von dem Übl!‹ Und do hot der Herrgott wieda seine zwoa Arm ausgstreckt, und auf oamoi san d' Viecha und d' Baurn stehbliebn, ganz weit weg. ›Doher! ... Jetzt kinnts hoamgeh!‹ hot ünsa Herrgott übers Land gschrien, und oiß is wieda z'ruckkemma – die Viecha san a d' Ställ z'ruck, und d' Baurn san aa wieda as Dorf kemma ... Der Teifi laaft heunt no a so in der Welt umanand und hetzt d' Leit auf zum Kriagfüahrn. – Zu dö Baurn aba – sie hobn oisam gwoant, weil oiß hi gwen is – hat der Herrgott gsogt: ›Do schaugts umi üba enkerne Acka! ... Koa Echa steht nimma! Wer will denn dös? Wer denn?‹

Und do hobn d' Baurn 'rumgschaugt und hättn gern an Teifi, der wo z'erscht a so ghetzt hot, derwischt, weils'n derschlogn hättn woin, aba koana hot'n mehr gsehng ... Und do san s' bitthaft hinkniaglt und hobn d' Händ aufghebt zum Himmivata ... Aba wia s' schaugn, is aa der weg gwen ...«

Diese seltsame Geschichte hat uns das Wegrainerbasl erzählt, damals bei der Rekrutenfeier in Hirschenreuth. Ich hab' selbige Nacht fort und fort von den wild dahintrampelnden Kohorten der Menschen und Tiere geträumt, und geweint hab' ich im Schlaf vor Schrecken.

Aber um wieviel mehr und bitterer haben seitdem Millionen Menschen auf der Welt mit mir weinen müssen!

Das Donnerwort

Unser hochwürdiger Herr Pfarrer Mayr, der jetzt schon gutding an fünfundvierzig Jahr seine christkatholische Geistlichenpflicht und Schuldigkeit in unserer umfänglichen Pfarrei Petersbrunn tut, ist bekannt als saugrob und sprachgewaltig im Predigen. Er stammt aus einem mittleren niederbayrischen Bauernhof und ist schon weit über siebzig; großmächtig von Figur ist er, seine Haare sind schlohweiß, aber er liest noch ohne Brille, er geht noch daher wie ein urgesunder Fünfziger, das übliche Geistlichenbäuchlein fehlt ihm vollkommen, wenngleich er gern gut ißt und nach Feierabend, wenn er beim Postwirt seinen gewohnten Tarock spielt, noch mit Leichtigkeit drei oder vier Maß Bier hinunterstellt, und überhaupt – er mag das Ehrwürdige absolut nicht. Er ist durchaus ein Bauernmensch geblieben, und heute noch würde er am liebsten etliche Kühe, ein Roß und Säue halten, weil zum Pfarrhof vierzehn Tagwerk Wiesen- und Ackergrund gehören, die seit ewiger Zeit der Mesner in Pacht hat. Dem hat er's nicht wegnehmen wollen und alles beim alten belassen. Darum hat sich der hochwürdige Herr auf Bienenzucht und Obstbau verlegt, und die wunderbaren Alexander- und Weinäpfel, die pfundgroßen Bergamottbirn' und zuckersüßen Zwetschgen, die Trauben und saftstrotzenden Pfirsich' aus seinem weitläufigen Garten sind im ganzen Gau berühmt. Er hat schon viele Preise auf Ausstellungen dafür bekommen und ist seit langer Zeit der Vorstand unseres hochangesehenen Obstbaumzüchtervereins. Vom Frühjahr bis zum späten Herbst werkelt er – sobald er Zeit dazu hat – in seinem Garten herum, der hochwürdige

Herr. Er grabt die Beete um, er mistet und odelt, er schneidet die Hecken, veredelt die Rosen und jungen Obstbäume und macht sie fachgerecht mit Sackleinwand ein, bevor die Winterkälte einsetzt. Einen ausgebleichten, breitrandigen Stroh- oder einen zermanschten alten Filzhut hat er dabei auf, hemdärmlig ist er, eine grobe, dreckige Militärhose und halbhohe, derbe Militärstiefel hat er an – »geistlich« schaut er da wirklich nicht aus, und bigotte Betschwestern oder bessere Leute würden sicher ein ganz und gar konsterniertes Gesicht kriegen, wenn er beim Odln manchmal einem vorbeikommenden Bauern lustig zuschreit: »Der hot's in sich! Der stinkt wie zehn Scheißhäusln!«

So was mögen Bauernleute, das heimelt sie an, und weil jeder Mensch auf den ersten Blick merkt, daß der hochwürdige Herr auch *die* Arbeit aus dem Effeff versteht, darum haben sie auch in dieser Hinsicht Respekt vor ihm. Der ganz große Respekt aber kommt sofort über jeden, wenn der Pfarrer Mayr beim Hochamt vor dem Altar steht. Da ist er wieder die echte Gottseligkeit selber. Und wenn er hernach mit seinem dicken Meßbuch auf die Kanzel hinaufsteigt, da wird jeder und jede gespannt, weil keiner weiß, was er da wieder für eine Überraschung daherbringt. Predigten hält er, da ist noch nicht eine einzige langweilig gewesen; zu predigen versteht er, daß man noch lang darüber redet. Er fangt an, ganz gemütlich schier, nach und nach aber wird er lebhafter und bringt die meisten sogar zu einem versteckten Lachen, was freilich die allzu Heiligmäßigen oft recht geniert, doch auch die kommen alsdann schnell auf ihre Rechnung. Der Pfarrer Mayr hat nicht bloß das füllige Organ des echten Predigers, er weiß vor allem ganz genau, wie er seinen Zuhörern etwas todsicher wirksam eintrichtern muß. Weil er selber ein Bauer geblieben ist, hat er keine langjährige Erfahrung gebraucht, um da immer das Richtige zu treffen. Und wie er's mitunter trifft, da staunen die Leute oder sie werden – lustig dabei und erzählen es noch jahrelang in den Wirtshäusern. Damaligerzeit zum Beispiel, wie er bei uns in Petersbrunn als junger Pfarrer angefangen hat, haben ihn der bigotte Mesner Neuchl und der Kooperator Wenhauser gleich darüber aufgeklärt, wie aufreizend locker es die jungen, unverheirateten Weibsbilder mit der ordentlichen christkatholischen Sittlichkeit nehmen.

»Soso, hmhm!« macht der neue Pfarrherr: »Auch in diese gutchristliche Bauerngegend schlagt die neumodische Sittenverderbnis schon aus? ... Abscheulich, wie das überhand nimmt, hmhm.« Und was erfragt er da?

Abgesehn davon, meint der Kooperator beflissen, abgesehn davon, daß die meisten bessergestellten Bauernstöchter schon nichts mehr wissen wollen von der echten, guten alten Bauerntracht und meistens »ganz ausgschamt neumodisch ausstaffiert zu Mess' und Hochamt kommen«, sogar die minderste Bauerndirn schämt sich nicht mehr, an den Sonn- und Festtagen ein Veilchen- oder Nelkensträußerl im Mieder zu tragen, das sie von ihrem Burschen kriegt. »Und an Hois trogn s' offa! Ausgschnitten san s' obenrum, Hochwürdn, i mog gor net hinschaugn, wenn s' daherkemma, dö Luaderweiber!« hat es der Mesner deutlich gemacht, und gemeint hat er, grad da, wo der Ausschnitt in der Miedermitte spitz zuläuft, grad da tragen sie die »unkeuschen« Sträußerln.

»Soso, also grad in der Mittn vom Duttlzeug, wo d' Mannsbilder am meisten hinschaugn?« sagt auf das hin der Pfarrer Mayr, und diese direkte, bauernmäßige Benennung der weiblichen Busengrube hat den Kooperator und den Mesner fast geschreckt. Letzterer ist im Gesicht ganz rot angelaufen. Aber alle zwei haben doch genickt und fast gleichzeitig gesagt: »Ja, grod da!«

Da hat der neue Pfarrer kurz gradaus geschaut, wie wenn er sich was überlegen will, und alsdann hat er resolut gesagt: »No, dös werdn wir gleich hobn ... Dös is eahner schnell austriebn, dö Saumenscher!«

Am drauffolgenden Sonntag hat er am Anfang seiner Predigt von nichts anderem geredet als von der Vergänglichkeit aller irdischen Eitelkeit und zwischen hineingeflochten, daß sich das insbesondere die Weiber und christlichen Jungfrauen zu Herzen nehmen sollten, aber arg streng hat er das absolut nicht vorgebracht, ganz im Gegenteil, er ist vom Ernst auf einmal in eine auffallende Mildigkeit geglitten, indem daß er fast einschmeichelnd gesagt hat: »Als euer neuer Seelsorger, christliche Zuhörerinnen, möcht' ich euch gleich sagen, daß ich durchaus nichts dagegen hab', wenn sich jede Bäuerin und Dirn zum heiligen Hochamt schön anzieht und feierlich aufmacht. So was gehört sich auch. Dagegen hat sicher auch unser Herrgott im Himmel droben nichts ...« Alle Weibsbilder im Kirchenschiff drunten schauten sich kurz und zufrieden an, und alsdann schauten sie hinauf zur Kanzel, als wie wenn sie dem guten neuen Pfarrer danken wollten. Der hat sich jetzt weit über die hohe Kanzelwand gebeugt und sogar recht einnehmend auf sie heruntergelächelt.

»Natürlicherweis«, hat er alsdann hinwiederum gesagt, »hat

so was seine Grenzen, und wo die Hoffart das Regiment führt, da fangt auch schon der Sündenfall an. Über den freut sich bloß der Teufel. Freilich, meine lieben im Herrn versammelten christkatholischen Zuhörer und Zuhörerinnen, gibt's da verschiedene Menschen, die wo dummerweis' durchaus dagegen sind, daß sich die Weibsbilder zum heiligen Hochamt schön aufmachen und zieren. Das sind halt Leute, die wo's zu genau nehmen und gleich hinter jedem Pfifferling eine höllenmäßige Todsünd' sehn, so zum Beispiel unser lieber Kooperator und der brave Mesner Neuchl. Die zwei regen sich – wie sie mir verraten haben – schon seit Jahr und Tag auf, weils ihr Weibsbilder zu jedem sonntäglichen Hochamt Veilchen- oder Nelkensträußerln ins Mieder steckts, und wissen nicht, wissen nicht, die zwei kreuzbraven Männer – –« Da hat er ein ganz klein wenig ausgesetzt und alle die baffen Weibsleute, die zu ihm heraufgeschaut haben, ganz in seine lustigen Augen genommen.

»... und wissen nicht, meine christkatholischen Zuhörerinnen, daß jede so ein Sträußerl bloß ansteckt, weil sie so nach Kuahdreck stinkt!« hat er auf das hin den Satz grundgemütlich geschlossen, und im Nu ist jedes Weibergesicht brandrot worden und hat sich schämig gesenkt. Die Mannsbilder aber haben pfiffig gegrinst und überall genickt. Von da ab ist kein Weibsbild mehr mit einem Sträußerl im Mieder zum Hochamt gekommen.

Noch unvergessener aber wird die Predigt bleiben, die er im letzten Herbst, nach der Obstreife gehalten hat. Da ist zuvor etwas passiert, was den grundgemütlichen alten Hochwürden wirklich zornig gemacht hat, wenn er es auch schlauerweise bis zum nächsten Hochamt nicht im mindesten gezeigt hat. Es sind ihm seine drei Bäume voll Alexanderäpfel gestohlen worden, die weitum berühmt waren. Ganz besonders geärgert hat das den geistlichen Herrn auch deswegen, weil er beim Religionsunterricht einem Schüler oder einer Schülerin meistens zwei oder drei solcher Prachtäpfel geschenkt hat, wenn sich dieselben besonders ausgezeichnet haben. So, als ob da weiter gar nichts dahinter wär', hat er leicht gelächelt und diesmal zu den Kindern gesagt: »Ich kann euch leider bloß mehr Fleißbillettln geben, meine Alexanderäpfel sind sündhafterweis' in andre Händ' übergegangen.« Aber der Zorn kochte inwendig in ihm. Und wenn er einmal zornig ist und predigt, dann zittert buchstäblich die ganze Beterschar im Kirchenschiff drunten, denn da fahrt sein Donnern über die Köpfe weg wie ein peitschender Hagel übers heimgesuchte Land. Da zieht er alle Register auf, und seine Bauernderbheit, sein pfiffiger Witz und Humor, sein verwilderter Zorn und sein unbarmherziges Verdammen klingen dabei so großmächtig zusammen, daß sie reine Wunder vollbringen. Dieselbige Predigt hat das auch gezeigt.

Es war die sechsunddreißigste Woche im Jahr und der sechzehnte Sonntag nach Pfingsten, an dem, der Liturgie entsprechend, das 14. Kapitel des Lukas »Von der Heilung des Wassersüchtigen« das Motto und Grundthema der üblichen Predigt bildet.

Ruhig und seelsorgerisch mild hat also der Pfarrer Mayr aus seinem Meßbuch den Text gelesen: »Und es begab sich, daß Jesus in ein Haus eines Obersten der Pharisäer auf einen Sabbat kam, das Brot zu essen; und sie hielten auf ihn. Und siehe, da war ein Mensch vor ihm, der war wassersüchtig. Und Jesus antwortete und sagte zu den Schriftgelehrten und Pharisäern und sprach: ›Ist's auch recht, auf den Sabbat heilen?‹ Sie aber schwiegen stille. Und er griff ihn an, und heilte ihn, und ließ ihn gehen. Und antwortete und sprach zu ihnen: ›Welcher ist unter euch, dem sein Ochse oder Esel in den Brunnen fällt, und er ihn nicht bald herauszeucht am Sabbattage?‹«

Auf das hin schaute der hochwürdige Herr einen sehr ernsten Augenblick lang hinab auf die im Gestühl sitzenden Zuhörer und Zuhörerinnen. Er überflog das weite Kirchenschiff und musterte schier wie ein Kriminaler Gesicht für Gesicht, klappte das dicke Meßbuch zu und schneuzte sich ausgiebig. Er legte sein Schnupftuch umständlich zusammen, und all dieses lange Aussetzen wirkte sonderbar aufregend. Kein Räuspern und Husten waren mehr zu hören, stockstumm verharrten die Beter drunten, und plötzlich beugte sich der magere, fast einen Meter und neunzig lange Pfarrer Mayr weit über den Kanzelrand, daß es fast so gefährlich ausschaute, als wollte er sich hinunterfallen lassen und fing scharf zu reden an: »Wenn also unser Herr und Jesus den Feiertag hergenommen hat, um den Pharisäern zu zeigen, daß auch an dem Tag die Heilung des Wassersüchtigen keine Sünde ist, geliebte Zuhörer und Zuhörerinnen – alsdann will auch ich vermelden, daß ich bis heut gewartet hab' um dem elendigen Apfeldieb seine höllische Sünd' auszutreiben!« Er reckte seine Arme, sein hagerer Kopf schwoll dunkelrot an, er donnerte, daß schier die wunderschönen Kirchenfenster zitterten.

»Pharisäer oder Apfeldieb! Ganz gleich! Das Aug' unseres Herrn und Heilands und das meinige als seines Stellvertreters auf Erden sieht den miserabligen Kerl, den Höllschwanz, den schlechtn!« schrie er und wurde auf einmal so fuchsteufelswild wie noch nie.

»Mit meinem heiligmäßigen Meßbuch derwirf ich ihn!« brüllte er und schwang schon das dicke Buch zum Wurf: »I wirf!« Ob aus Zufall oder Verdacht oder aus sonst einem Grund, er schaute dabei wahrhaftig furchterregend in eine ganz bestimmte Richtung im Mannsbildergestühl und schrie noch mordialischer: »I wirf!«

Und da – alle drunten im Kirchenschiff schauten rein zerschmettert zum erzürnten Hochwürden hinauf – bloß zwei duckten den Kopf.

»Toni, lauf davo! Lauf, der wirft!« plärrte es plötzlich durch die beängstigende Stille, und wie aus einer Kanon' geschossen rannten der Reblechner-Toni und der Irlinger-Wiggl aus der Kirche.

»A–aah! Aha!« machte der wortgewaltige Pfarrer Mayr, der sich vielleicht selber wunderte, und alsdann schallte die ganze Kirche vor Lachen ...

Der Held

Das ist nicht immer gesagt, daß einer, der im Krieg draußen das Eiserne Kreuz erster und zweiter Klasse erworben hat, viel taugt. Im Gegenteil, der Sterzinger-Irgl war nichts als ein rechter Maulaufreißer, und mehr oder weniger hat die ganze Pfarrei Lermbach auf ihn mit Verachtung herabgeschaut. Was ist er denn auch schon geworden, samt dem, daß er's beim Militär bis zum Vizefeldwebel gebracht hat? Vom Krieg kam er heim. Er war der einzige Sohn. Der alte Sterzinger lag längst unter der Erde, die Sterzingerin verstarb im vorigen September. Der Irgl bekam das Gütl in die Hand. Gleich wollte er heiraten. Zu der Schmauseder-Fanny ist er gekommen, hat sich aufgespielt als weiß Gott was, und als die Fanny ihm nichts wollte, ging er her und packte sie am Kirchweihsamstag im Rheintrinkler-Wirtsgarten an. Aber sie war flinker als er und schlug ihm eine saftige herunter. Sicher wäre was passiert, wenn nicht der Wirtsmetzger die Sache gesehen hätte. Und der hat dann den großen Metzgerhund auf den Irgl gehetzt. – Von da ab ging das Gespött an. Und so was kann natürlich ein Mannsbild nicht vertragen, und einer, der beim Militär »Vize« war, schon gleich gar nicht. Der Irgl wollte sich sozusagen rehabilitieren vor der Öffentlichkeit und wurde zum Wirtshausherumsitzer. Es verging kein Veteranenball, kein Kirchweihtanz – immer machte der Irgl Spektakel, und jedesmal gab's eine Rauferei. Meistens bekam er seine richtigen Prügel, aber er hörte nicht auf, absolut nicht! Er wurde immer noch großmäuliger.

Da hockte er, beim Unterwirt oder beim Rheintrinkler, in der Postwirtschaft in Lermbach droben, bestellte eine Maß nach der anderen, und wenn's ihm gerade einfiel, zahlte er die Zeche für einen ganzen Tisch, bloß weil ihm einige beiläufig zustimmten. Mit der Zeit natürlich verkaufte er sein Gütl, versuchte noch ein paarmal sein Glück bei einigen Bauerntöchtern außerhalb der Pfarrei, keine ließ sich zum Heiraten bewegen, ja, und so langsam ging es eben immer mehr abwärts mit dem Irgl. Ab und zu arbeitete er als Tagwerker; hatte er wieder was, so hockte er in den Wirtschaften herum.

Der Bürgermeister Schmauseder schimpfte ihn einmal höllenmäßig.

»Beim Militär!? ... Gehts mir zua mit'n Militär! ... Do werdn bloß d' Failenzer wos! An andrer net, daß d' es woaßt, Lakl, elendiger! Scham di, Hammi versuffna! ... Dei' Güatl host verwirtschaft', und z'letzt muaß di d' Armakass' hobn!« schrie er beim Unterwirt über den Tisch hinweg.

Der Irgl sagte nicht viel darauf. Jeder, der da saß, war gegen ihn. Das ärgerte ihn. Er zahlte auf einmal und ging.

»I huif enk scho no! Warts no ...!« brummte er beim Hinausgehen.

»Ja, du ...?! Dir braucht ma ja grod an Hund nochhetzn, nacha derrennst di!« spöttelte ihm der Schmauseder nach, und alle lachten darüber.

Zum Löfflfinger, den er auf dem Heimweg traf, sagte der Irgl verbissen: »Paßts no auf, ös großkopferte Saubaurn, i hoaz enk schon noch ei' ...!«

»Wia dös?« fragte der Löfflfinger: »Schaugst ja wia neun Täg Regenwetta, Irgl?«

» Ja, der sell hochgfotzert Bürgermoasta, den stopf i sei' Mäu scho!« räsonierte der Irgl und erzählte.

Der Löfflfinger und der Schmauseder, die waren schon seit Jahr und Tag nicht gut aufeinander zu sprechen. Warum viel reden darüber! Der Löfflfinger schlug der Löfflfingerin einmal mit dem Gabelstiel den Kopf blutig, und sie wußte nichts

Eiligeres zu tun, als davonzulaufen. Lief also zum Schmauseder hinüber und flennte und jammerte und wollte um alles in der Welt nicht mehr heimgehen. Am anderen Tag brachte sie der Bürgermeister und schimpfte und drohte. –

»Soso, ünsa Bürgermoasta? ... Ja, der! ... Der hot ja überoi dös groß' Wort! Ganz recht host, Irgl! ... A Mannsbuid, wie du? ... Beim Militär Vize gwen und si wia an Lausbuabn z'ammschimpfa lossn? ... Den taat i kemma, wenn i wia du waar!« sagte also der Löfflfinger zum Irgl.

Und: »Himmiherrgottsakrament, der soit's gspürn, was a Vize is! ... Vor oi Leit!« knurrte der Irgl verbissen und ging weiter. –

Etliche Tage darauf hatte der Bürgermeister mit dem Rheintrinkler wegen der Gemeinde-Umlage was zu reden, kam in die Wirtsstube, setzte sich hin und zündete sich die Zigarre an, die ihm seinerzeit der Major Berchtaler beim Veteranentag geschenkt hatte. Der Bierführer Rehm von Rauschenbach, der Wagner Neuner und der Schwengler-Peter von Petersbrunn saßen am Tisch. Am anderen, ganz allein, hockte der Irgl. Kein Mensch kümmerte sich um ihn.

»Herrgott, dös is aba a Zigarrn! ... Dö riacht!!« meinte der Wagner Neuner: »Dö, moan i, waar scho von a'ran ganz feina Herrn ...?«

»Ja, dö is aa von a'ran feina Herrn. Dö is von Major Berchtaler«, sagte der Bürgermeister Schmauseder und lachte zufrieden.

»Drum ... Dös kennt ma«, bestätigte der Bierführer Rehm.

Da – auf einmal, mir nichts, dir nichts – stand der Irgl drüben auf und ging auf den Schmauseder zu. Was war denn jetzt das? Alle schauten verdutzt auf ihn.

»Gib mir a Zigarrn!« stieß er heraus.

»Tha! ... Geh weg, sog i!« darauf der Schmauseder wegwerfend.

»A Zigarrn gib mir, sog i!«

»Jetz?! ... Jetz verziag di, sog i!« wies ihn der Schmauseder bestimmter ab. Und die andern rückten schon die Stühle herum und schauten drohend auf den Irgl.

»A Zigarrn gib mir, oder i zünd dir dein Stodl o!«

»Tha! ... Du? ... Geh weg, sog i, sünscht derlebst was!« rief der Schmauseder verächtlich und schob ihn zurück.

Und der Rheintrinkler drängte ihn noch weiter weg, »Geh weg! ... Wos is denn jetz net dös! Bist ja doch ganz und gor verruckt!«

»A Zigarrn mächt i! Gibst mir koane?« schrie der Irgl abermals. Alle wurden ungeduldig.

»Ja, Herrgottsakrament ...!« schrie der Bierführer Rehm.

»Sauhammi ...!« der Wagner Neuner.

»I zünd'n o, wenn i koa Zigarrn kriag! I zünd'n o!« bellte der Irgl.

»Zünd o sovuist wuist! Dös werdn mir scho sehng, Du Herrgottsakrament! Jetz hoit 's Mäu oder es passiert was!« schnellte der Schmauseder auf.

»'naus bei der Tür! 'naus! Aber sofort!« drohte der Wirt ebenso. Da ging der Irgl.

»Also, du gibst mir koane!« schrie er noch einmal zurück.

»Weiter! 'naus!«

Draußen war er. Erregt und verärgert brummten die Zurückgebliebenen ineinander. Allmählich wurden sie wieder gemütlicher.

»Is ja doch a Schand und a Spott mit dem Lakl!« schloß der Rheintrinkler die Debatte über den Irgl. Man redete von was anderem.

»Dö Hitz heunt!« sagte der Wagner Neuner und trank sein Bier aus. Der Bierführer Rehm stand auf. Auf einmal riß der Irgl die Tür wieder auf und ging abermals auf den Schmauseder zu: »Jetz brennt er! Gibst mir jetz a Zigarrn oder net?!«

Der Bürgermeister schaute flüchtig durchs Fenster, auf seinen Stadel hinüber. Kein Rauch, gar nichts war zu sehen. Der Löfflfinger stand auf der Tennenbrücke und ging in die Tenne.

»Kriag i oane?!« keifte der Irgl. Da war's mit der Geduld der fünf zu Ende. Der Bierführer Rehm reckte den Arm und – patsch – hatte der Irgl eine, daß es ihn direkt drehte. Der Rheintrinkler packte ihn, schlug und stieß, riß die Tür auf und schutzte ihn hinaus.

»Is net der Müah wert, daß ma si d'Arm müad macht wega dem Sprecha, dem wehleidigen!« sagte der Schmauseder mit aller Verachtung.

»Derschlogn ghärert er!« fluchte der Bierführer.

Da – plötzlich schlug der Rauch auf, und mitten am hellichten Nachmittag fingen drüben im Kirchlein die Zinnglocken zu läuten an. Den Schlemmerknecht sah man laufen, die Lehrbergerin und noch einige Weibs- und Mannsbilder: »Brenna tuat's, brenna tuat's! Huj! Es brennt!! Brenna tuat's!!«

Der Schmauseder rannte zur Tür hinaus, der Wagner Neuner hinterher, der Wirt, der Schwengler-Peter und der Bierführer Rehm.

»Gell, i hob's gsagt, daß's brennt! Gell, weilscht ma koane gebn host!« bellte der Irgl den Schmauseder an und flog an die Wirtshauswand, daß es krachte.

Heute sitzt er im Zuchthaus Straubing, samt dem, daß er »Vize« war und das Eiserne Kreuz erster und zweiter Klasse hat.

Dorfpolitik einst

1918

Beim Ausbruch der Novemberrevolution in München war in Argelsberg der Schmauseder Bürgermeister, heute ists der Nerlinger. Im Grunde genommen ist das ganz gleichgültig, wer und wann einer bei uns der Gemeindevorstand ist. So ein Amt läuft für den, der es laut Wahl übernommen hat, meistenteils nur so nebenher, und die Tätigkeit bleibt immer dieselbe. Das übliche ministerielle Verordnungsblatt für die Landgemeinden liest man nicht, und die Zuschriften vom Bezirksamt hängt man in den Gemeindekasten.

1918 stand unter diesen Schriftstücken, die da aushingen, der Name Schmauseder, heute steht »Nerlinger Christian, Bürgermeister« darunter. Und daneben prangt der blaue Gemeindestempel. Das ist alles.

Hineinschauen in den Gemeindekasten, das tut höchstens einmal ein Fremder.

Aber nicht, daß man etwa glaubt, bei uns habe man kein Interesse für Politik! Das ist ganz und gar unrichtig.

1918 zum Beispiel, nachdem die ersten Zeitungsbotschaften von der Revolution aus der Stadt kamen, saßen der Loringer, der Rengerlhammer, der Schmauseder und der Nerlinger einmal in der Postwirtschaft vom Simon Reblechner beisammen und redeten allerhand.

»Jetzt hobn s' ünsern König aa zum Teifi ghaut ... Jetz hobn mir Revalution«, leitete der Loringer gewissermaßen die Debatte ein.

»Is aa scho hübsch oit gwesn ... Hätt's a so nimmer lang gmacht«, meinte der Nerlinger in bezug auf den König.

»Jaja, jetz hobn mir Revalution! ... Jetz hobn mir Revalution! ... Revalution hot er gsogt«, murmelte der Rengerlhammer mechanisch.

»Is aa so nimmer zum Saufa gwesn, dös Saubier!« brummte der Loringer und schüttelte nachdenklich seinen Maßkrug.

»Mit dö Preißn sollt er si hoit net einlossn hobn, ünser König«, warf der Schmauseder hin.

»Do is bloß d' Königin schuld gwesn! ... Dö hot ja sowiaso d' Hosn o'ghabt«, ließ sich der Reblechner vernehmen.

»Ja mei'! Wos willst macha mit dö Weiba?« meinte der Loringer: »Host as amoi, nachher hobn s' aa überoi d' Fotzn drin ...«

»Ebn! Eben«, murmeln die anderen.

»Herrgott, *den* Ghoit vom König? ... Wer *den* jetzt kriagt?« sagte der Rengerlhammer und man sah ihm an, daß er darüber nachdachte.

»*Den* ... Den tuat si scho oana richtig auf d' Seitn! Mir sehn ja doch nix davon«, erwiderte der Nerlinger, und alle nickten.

»Mit lautern Politisiern und mit lautern Politisiern hobn si sich jetz z'kriagt«, sagte der Wirt.

»Woaß der Teifi, wos jetz nachher die neu'n Herrn für Muckn hobn«, warf der Schmauseder hin.

»Üns konn's ja gleich bleibn! ... Aber dö Sauwirtschaft derf scho amoi aufhörn!« brummte der Loringer.

»Richtig ausramma sollt ma!« rief der Rengerlhammer, und solche mannhafte Worte wirken bei uns immer.

»Mannsbilder ghörn her!« meinte der Wirt bekräftigend.

»Dö Streiterei muaß aufhörn! Richtig 'nei'ghaut ghörert! D'Franzosn sollt ma zum Teifl haun! Der Bismarck hot's oiwei gsogt!« räsonierte der Schmauseder.

»Uns konn's ja gleich bleibn ... Mir hobn ja doch nix davon«, schloß der Loringer.

Am andern Tag kamen vom Bezirksamt die großletterigen Aufrufe der Eisner-Regierung. Wie immer hing sie der Schmauseder, gestempelt und unterschrieben, in den Gemeindekasten ...

1923

Nach dem bekannten Hitlerputsch in München. Ein Gespräch zwischen dem Kurbel-Christian, der eben aus der Stadt gekommen ist, zwischen dem derzeitigen Bürgermeister Nerlinger, dem Loringer und dem Ring-Silvan vor Nerlingers Haus.

Kurbel bleibt stehen, lächelt: »Hm, der Spitakl in der Stadt drinna!«

»Macha s' schon wieder amoi Revalution?«

Kurbel: »Und dö Haufa Leut auf der Straßn!«

»Gebn koa Ruah, dö damischn Hund, dö damischn!«

Kurbel wiederum: »D' Judn wolln s' 'naushaun und an König möchten s' wieder ...«

»Hm, du kimmst direkt net vom Fleck drinna, soviel Leut san s'!«

Der Loringer stereotyp: »Mit lautern Politisieren und mit lautern Politisiern z'kriagn sie sich oiwei wieder ...«

Kurbel: »Grod ois wia auf der Oktoberfestwiesn geht's zua drinna, z' Minka ... A so an Haufa Leut, ha! A so an Haufa Leut ...!«

Nerlinger: »Ja no! Dös loßt sich denka! Die Prinzn und die früahern Minister, dö möchtn hoit eahnerne Postn wieder ...«

Kurbel abermals: »Thm! Direkt d' Trambahn konn nimmer fahrn ...«

»Ausgraamt ghörert richtig, nachher waar gei a Ruah!«

Kurbel: »Und *dös* Gschrei in oan furt!«

»Ja no! Z' toan hobn s' hoit den ganzn Tog nix, und do falln eahna dö saudumma Gschichtn ein!«

Alle: »Ebn, eben!« Sie nicken allseits und schauen einige Sekunden in die abendliche Luft.

Der Loringer: »Mir hobn d' Judn meiner Lebtag nix to ...«

Nerlinger: »Ja no, es san hoit Judn ...«

»Der Saustoi muaß aufhörn!« der Silvan.

Kurbel: »Ja, also dö *Leut!!* Dö Haufa Leut ...!«

Der Silvan: »D' Judn und an Hitla und an Ludendorff und dö ganz Bagasch sollt man zum Teifi haun! Nachher waar glei a Ruah!«

Eine kleine Pause. Alle schnupfen.

Nerlinger nach einer Weile: »Soso! ... Nacha macha s' jetz wieder Revalution? ... Üns geht's ja nix o! ... Werdn schon wieda aufhörn, dö narrischen Hengl, dö narrischn!«

Der Kurbel schüttelt noch immer den Kopf. »Hmhmhmhm, man möcht's net glaubn, wos a solcherne Stodt für an Haufa Leut faßt ... Hmhm, direkt aus is's mit an solchern Haufa ...«

Der Leberkäs

Der Maunzinger-Feschl von Argelsried hat die Gewohnheit, jedesmal, wenn er nach Wachelberg zum Viehmarkt fährt, beim Unterwirt oder beim Moderbräu gehörig einzukehren, bis er die richtige Bettschwere hat. Sein Weib, die Genovev, ist, mit Respekt gesagt, eine Beißzang' wie sie im Buch steht. Aber mag sie auch noch so höllisch schimpfen, wenn der Feschl mit seinem Rausch heimkommt, dem macht das weiter nichts aus.

»Nana-na, Vev! Sei stad, sei stad! ... Ganz gwiß sauf i nimmer! ... Ganz gwiß, Vev! ... Do, schaug!« plappert er jedesmal bierschwer, wenn er in der Nacht in die Ehekammer kommt, und dann zieht er aus seiner Brusttasche so ein Pfund Leberkäs heraus und gibt es ihr.

»A Sauhammi bist, daß d' es woaßt! ... A bsuffens Wogscheitl bist!« zetert die Genovev noch, aber der Leberkäs beruhigt sie dann doch. Sie ißt ihn nämlich für ihr Leben gern. –

Daß der Feschl jedesmal, wenn er beim Unterbräu oder beim Moderbräu einkehrt, in seiner Überziehertasche sein Pfund Leberkäs drinnen hat, das weiß jeder. Lustige Leutln kommen da immer zusammen, wenn Viehmarkt ist in Wachelberg, fidele Leut! Da hat jeder so seine Finessen im Kopf, und zu gern macht man einen saftigen Witz.

Kurz und gut, wie der Feschl einmal wieder so sauft und sauft und langsam schon gläsrige Glotzaugen kriegt, zu plappern und zu rülpsen anfangt, da steigt dem Fingerer der Übermut ins Hirn.

»Geh!« spöttelt er den Feschl aufmunternd an: »Geh, Feschl, du vertragst aa scho gar nix mehr! Bei der fünften Maß Bier hot's di scho! ... I versteh dös gar net! A rechter Krauterer wirst jetz scho! Schaug mi o! I hob jetz mei' achte Maß – kennst du mir vielleicht wos o? I mach dir, wenn's sein muaß, jetzt noch an Parademarsch vor!«

So eine gemütliche Anspornung wirkt immer. Der Maunzinger-Feschl besoff sich ärger als jemals. Und bei dieser Gelegenheit haben ihm der Fingerer und der Loitlberger von Buchwies den Leberkäs aufgefressen, ganz insgeheim. Und wie das geschehen war, ist der Fingerer unverdächtig aufgestanden, hat das fettige, leere Papier genommen und dem Moderbräuwirt schnell zugewispert: »Jetz paß auf, jetz füll i'n eahm wieda, den Leberkäs ...« Der Wirt hat gezwinkert und es den andern lustig zugewispert. Der Fingerer ist in den Abtritt hinausgegangen. – –

Hinaufheben haben sie ihn dieses Mal müssen auf sein Sauwägerl, den Feschl, so einen Brandrausch hat er gehabt. Und – naja, sein Roß, der Fuchs, kennt ja den Weg auch ohne ihn – heimgekommen ist er wie immer.

»Jajaja, jetz do hört sich doch oiß auf! Du Saukerl, du abscheulicher! Du Dreckhammi, du unappetitlicher! Schamst di denn gor nimmer!« hat ihn die Genovev empfangen, denn in der Nacht ist sie noch auf gewesen und hat es mitgemacht, wie der Feschl vom Sauwagerl heruntergeplumpst ist. Aber gleich ist er wieder auf, und das Keifen von seiner Alten hat ihn sofort halbwegs nüchtern gemacht. Schnell hat er in seine Überziehertasche gegriffen und das Packl herausgezogen.

»Do-do! Do schaug, Vev! Do schaug! ... üjupp ... üjupp ... üjupp-jupp ... I hob'n net vergessn, dein Leberkäs ... Do, Vev, ganz warm is er noch!« stottert er sie an und gibt ihr das Mitgebrachte. – –

Wenn du ihn heute noch fragst, was dann alles passiert ist, er kann sich's absolut nicht erklären, der Feschl. Er weiß bloß noch, daß ihm die Genovev den Leberkäs ins Gesicht geschmissen hat und daß er alsdann gestunken hat wie ein ganzer Misthaufen. Seitdem aber kauft er keinen Leberkäs mehr. Unerfindlich ist ihm bloß, warum der Fingerer und der Moderbräuwirt jedesmal, wenn er einkehrt, so hinterlistig verschmitzt fragen, ob er vielleicht den Leberkäs für seine Genovev vergessen hat.

Er tut ganz arglos, wird aber alsdann doch ein bißl verlegen und sagt meistens: »Sie mog koan mehr! ... Sie hot si überfressn dro ...«

Alles zu seiner Zeit

Wie verschiedene Langkirchner Burschen übt auch der Sterzinger-Loisl, seitdem sich nach dem letzten Krieg das schöne Gebirgsdorf zu einem vielbesuchten Fremdenort entwickelt hat, im Sommer den Beruf eines Bergführers aus. Da ist, je nachdem, was man für eine »Kundschaft« hat, mitunter ein schöner Batzen Geld zu verdienen, und überdies kann einem dabei allerhand Unterhaltliches unterkommen. Um es auch gleich zu sagen, der Loisl macht seit jeher das beste Geschäft, und das kommt daher, weil er alles an sich hat, was die Weiberleute, ganz besonders aber die fremden, schier schon höllisch gern an einem jungen Mannsbild mögen. Gewachsen ist er wie ein Tannenbaum, sehnig und flink wie ein Gamsbock, kohlschwarze Haare hat er und genau so schwarze, pfiffige Luchsaugen in seinem couragierten, fast kastanienbraunen Gesicht, und gewitzt ist er wie keiner von seinen Kameraden. Allgemein heißt es in Langkirchen von ihm, er kann mit der zimperlichsten, zaundürren Geiß von einem Weibsbild, das bei jedem unrechten Schritt einen Angstkrampf kriegt, genau so gut umgehen wie mit der feinsten Dame.

»Is oane wia dö andre«, ist dem Loisl seine Ansicht: »Wennst gnau aufpaßt, kimmt's eahna meistens gor net auf dö Berg o, sondern auf ganz wos anders ...« Über dieses »andere« läßt er sich nicht weiter aus, aber seine Kameraden wissen genau, was er damit meint, und sie zwinkern dabei mit den Augen wie der Loisl selber.

Kurzum, in diesem Sommer ist eine noch recht junge Fabrikantenwitwe aus dem Rheinischen beim Wernthaler gewesen, der wo seine umfängliche ehemalige Bauernwirtschaft der Zeit entsprechend modernisiert hat und dieselbige seither *Alpenhotel zur Post* heißt. Stramm um und um, einladend von hinten und noch mehrer von vorn, appetitlich und anweigerisch in ihrem weitausgeschnittenen, wunderschönen Dirndlgwand, hat sie ausgschaut, daß es jedem Mannsbild gleich die Augen 'rausgetrieben hat; immer lustig und leutselig freundlich zu jedem Menschen ist sie gewesen, und wenn sie auf ein handfestes Mannsbild gestoßen ist, da ist ihr der Schnabel gegangen wie einem jungen, hungrigen Star. »Mimi«, hat sie gesagt, heißt sie, und gewünscht hat sie, daß man sie allerseits so anreden soll. Wie sie dem Loisl zum erstenmal in den Weg gelaufen ist, hat sie außerdem noch so rheinländisch singend, wie sonst bei keinem, gesagt: »Wissen Sie, ich bin nämlich, so wie ich vor Ihnen steh', ein rheinisches Mädl und genauso spritzig wie unser rheinischer Wein ...« Alsdann hat sie den Loisl mit ihren überschnellen Witwenaugen rundum gemustert und ist mit ihm handelseins geworden, daß sie morgen zusammen eine Tour auf den Windberg machen.

»Guat«, hat der Loisl gesagt: »Is mir ganz recht ... Für morgn hob i aa noch koa Kundschaft sunst, do bin i frei ...« Und da hat sie ihn wieder in ihre Augen genommen und bloß noch halb so laut gesagt, das möchte sie sich auch ausbitten, daß er sie allein führt, und hat ihm das Doppelte, was er sonst kriegt, geboten.

Am andern Tag, die Sonne ist noch kaum heraußen gewesen, sind also die zwei beim Windberggaßl hinten aus dem Dorf und langsam aufwärts gestiegen. Die Mimi ist sehr gebirglerisch hergerichtet gewesen und hat gleich wieder mit ihrem Reden angefangen, aber das ist ihr sehr schnell vergangen, denn der Loisl hat sich recht maulfaul und fast muffig gegeben, vielleicht, weil er's mit seiner Pflicht absolut ernst genommen hat. Selbstredend hat das der feschen Mimi gar nicht gefallen.

»Na«, sagt sie, bleibt stehen und schaut ihn an: »Na, Herr Loi-iisl, Sie sind doch heut so ganz anders als gestern ... Ich hab' mir so eine Bergpartie mit Ihnen viel netter vorgestellt.«

»Noja«, hat der Loisl darauf gemeint, »beim Steign red't ma net sovui. Do hoaßt's aufpassn ... Redn konn ma, wenn ma sich hinhockt und ausrast'.«

»Gut«, sagt sie wiederum: »Ist mir auch recht ... Sie haben schließlich auch Ihre Erfahrungen oder ...?« Aber der Loisl hat sie nicht angeschaut und ist bloß stockstumm weitergestiegen. Es läßt sich denken, daß sie das ein bissel gewurmt hat. So feine Damen, besonders wenn sie viel mehr zahlen und auf ganz was anderes wie auf das Bergsteigen aus sind, die haben oft recht empfindliche Nerven. Und natürlicherweis' macht sich bei einer solchen Gelegenheit auch ihre schwächere Konstitution bemerkbar, denn der pflichttreue, muffige Loisl ist gestiegen und gestiegen, und sie ist kaum mehr nachgekommen, sie hat zu schnaufen und nach und nach wimmernd zu japsen angefangen, hat geschwitzt und schließlich schier ungut energisch gekeucht: »Hören Sie, Loi-iisi, ich kann nicht mehr! Ich bin doch so was nicht gewohnt! Wir *müssen* jetzt haltmachen und uns ausruhen, bitte!«

»Guat, meinetwegn«, murrt drauf der Loisl, und sie hocken sich hin auf einen flachen Bergvorsprung.

»Gott sei Dank!« japst sie und erfangt sich: »Wir haben's doch nicht so eilig, Herr Loi-iisi! Ich möcht' am liebsten so mit Ihnen sitzen in der schönen Natur und mich mit Ihnen unterhalten ... Für mich sind Sie doch nicht einfach ein x-beliebiger Bergführer, verstehn Sie?« Dabei hat sie sich an ihn herangewandelt und ihren enganliegenden Spenzer oben aufgeknöpft, daß ihr runder, kerniger Busen schier ganz in all seiner Pracht herausgequollen ist, und gesagt hat sie, sie kann sich nicht helfen, sie muß das tun, sie schwitzt so, sie *muß* sich ein wenig abkühlen! Da hat sie erlurt, daß der Loisl schnell über diese Pracht geschaut hat, und gesagt: »Ich hoffe, das ist Ihnen nicht unangenehm, Herr Loi-iisi, oder? ... Sie haben mich ja überhaupt noch nicht angesehen? Gefalle ich Ihnen vielleicht nicht?«

»Gfoin? Vo dem is koa Red«, sagt er auf das hin: »Aber ich woaß, wos mei Pflicht und Schuldigkeit is ...«

»Geh, tun Sie doch nicht so! ... Wir sind doch allein, Herr Loi-iisi!« wird sie drauf zudringlicher, aber wenn sie auch noch so einladend lacht, der Loisl ist nicht zu erweichen. Er schaut weg, kaut sein Trumm Brot und ißt seinen Speck dazu und tut, als wie wenn ihn bloß die Gegend da drunten interessiert.

»Wollen Sie nicht was von mir? ... Bitte, greifen Sie ungeniert zu! ... Da! Vielleicht einen tüchtigen Schluck Kognak? Haben Sie Ölsardinen gern? Bitte, Sie sehn doch, ich hab' reichlich, bitte!«

Es ist nichts zu machen mit dem Stoffel von Loisl. Nicht einmal zugreifen tut er, weil er meint, bevor man nicht absteigt, soll man sich den Bauch nicht so vollessen. Eiskalt bleibt er, nimmt aus seiner alten Feldflasche einen Schluck kalten Tee und steht wieder auf.

»Was? Schon?« jammert sie und schaut ihn an wie eine demütige Betschwester ihren Heiligen: »Schon! ... Ich bin doch noch so müd! Wie lange haben wir's denn noch?«

»A Stund, guat noch! ... Und wenn ma so lang 'rumziagn, werd's unbandi hoaß«, sagt er und mustert insgeheim die Sitzende, die sich langsam und recht unlustig den Spenzer wieder zuknöpft. Alle zwei Augen voll Busen nimmt er, ohne daß sie was davon spannt. Er hilft der winselnden Mimi auf, und sie zumpeln wieder weiter aufwärts. Er hat nichts dagegen, daß sie sich, wenn der Weg breiter wird, an ihn hängt und dabei mitunter recht süßlich lobend sagt: »Mein Gott, sind Sie aber stark, Herr Loi-iisl! So ein Mann, das wäre das Rechte für mich!« Er lacht sie endlich ein wenig an und sagt zweideutig: »Soso ...« Alsdann aber geht er gleich wieder fester weiter und sagt schließlich nüchtern: »Wenn mir üns dro'hoitn, hobn mir's ja boid!« Da bleibt nichts weiter übrig für die geplagte Mimi, als mitzuhalten, so gut und schlecht wie es halt geht. Oft aber, wenn sie hinter diesem stoffligen Kerl geht, schüttelt sie ihren rothaarigen Kopf, und man sieht es ihrem schwitzenden Gesicht an, daß sie grundfroh ist, wenn dieses zuwidere Herumsteigen vorbei ist.

Endlich, endlich also ist man oben und kann ordentlich ausrasten, kann sich verschnaufen und weiß, daß es von jetzt ab leichter wird. Sonderbar, jetzt ist auch der Loisl auf einmal wie verwandelt.

»So«, sagt er lustig und wischt sich mit der Hand die nasse Stirn ab: »So, jetzt pressiert's nimmer, Frau Mimi ... Jetz loßt si aa anders redn miteinander ... Jetz mog i an Kognak und oiß, wos S' ma gebn ...« Das elektrisiert sie, und gleich hockt sie bei ihm, ganz eng bei ihm. Er hat auch gar nichts mehr dagegen, durchaus nicht!

»Frau Mimi?!« fangt sie ein bissel schmollerisch zu reden an: »Sag doch Mimi zu mir ... Mimi! Bitte!« Jedes ausgewachsene Mannsbild, das wo kein Hackstock ist, kennt ja, wie so ein anbieterisches Zureden inwendig in einem wirkt.

»Also guat, Mimi! Mimerl, wenn's dir recht is ... Geh her zu mir, Mimerl!« hat der Loisl gesagt, und was weiter passiert ist, das ist gewiß nicht schwer zu erraten.

Wie die zwei aber nachher aufgefrischt und lustig beieinandergehockt sind, da hat sich die Mimi doch nicht halten können und den Loisl gefragt: »Sag einmal, Loi-issilein, hast du dich jetzt am Anfang bloß so verstellt, oder was sonst? Ich hab' wirklich gemeint, du liebst mich nicht, und jetzt auf einmal – jetzt hast du mich fast auffressen wollen? Wieso denn auf einmal das?«

»No«, hat auf das hin der Loisl schief lachend gesagt, indem er auf die Stelle gedeutet hat, wo das ist, was ein Mannsbild von einem Weiberts unterscheidet: »Noja, jetz hot's einfach sein müßn! Der Kerl hot mi ja schon bei der ganzn Steigerei gor zu arg geniert ...«

Holde Eintracht

Auf dem Einödhof vom Lufflinger ist man seit jeher bigott oder, wie es bei uns heißt, »betert« gewesen. So betert wie nicht leicht rundum in der weitläufigen Haunzersdorfer Strichweite. An das hat sich auch die Dirn, die Gollinger-Gretl, gehalten, wenngleich sie nicht danach hergeschaut hat. Festknochig ist sie, aber doch, wo es sein muß, weibsmäßig rundlich, ein Gesicht hat sie, dem man absolut noch nicht ansieht, daß sie schon an die Vierzig geht, ihre pfiffige Lustigkeit hat freilich hübsch nachgelassen, aber sie ist um so resoluter geworden durch das, was sie durchmachen hat müssen, bis sie endlich Lufflingerbäurin geworden ist. Und, wie gesagt, das »Beterte« hat sie sich zugelegt, weil es notwendig gewesen ist, um zum Ziel zu kommen, und jetzt paßt es zu ihr wie zugewachsen.

Jeder muß zugeben, daß die Gretl es verdient hat, daß der Peter, wie er glücklich vom zweiten Weltkrieg heimgekommen ist, sie geheiratet hat. Wenn sie auch ein blutarmes Weiberts gewesen ist, schlecht ist er mit ihr nicht gefahren, das sieht und spürt man mehrer noch wie voreh. Sie hat nicht vergessen, was für eine arge Fretterei das gewesen ist, den Hof mit dem alten, kranken Bauern und dem noch älteren, stocksteifen Haunigl-Girgl, der schon als Stallbursch zum Lufflinger gekommen und jetzt ein mitgehaltener Austrägler ist, so ordentlich durchzuhalten für den Peter. Es mag ja schon was dran sein am Gerede der Leute, daß sie, für den Fall, daß der Peter gefallen wäre, darauf spekuliert hat, das Anwesen mit allem Drum und Dran zu erben, aber seit sie Lufflingerbäuerin ist, hört man kein Wort mehr davon. Verschiedene Berblfinger und Haunzersdorfer wissen es auch, daß der alte, todkranke Bauer, bevor es mit ihm in die Ewigkeit gegangen ist, gesagt hat: »Peter, du konnst nix Bessers macha, als wia dö Gretl heiratn ... Sie is a kreuzbrave Person, und an unsern Herrgott glaabt s' gnau so fest wia mir ... I rot dir zu ihra, Peter, und i glaab, i rot dir dö guat ...« Der Peter hat es alsdann auch so gemacht. Und daß der alte Lufflinger, selig hab' ihn Gott, recht gehabt hat, das hat sich auch alsbald aufs schönste erwiesen. Die Gretl hat schon lang keinen Vater und keine Mutter mehr gehabt, aber zwei jüngere Schwestern, die wo im Niederbayrischen drunten Stalldirnen gewesen sind. Wie sie als Lufflingerbäuerin ins erste Kindbett gekommen ist – und das ist, wie man weiß, in ihrem Alter grad nicht mehr so einfach – da hat sie zu ihrem Peter gesagt: »Peter, mir teana a guats Werk, und der Himmivater werd's üns net vergessn, wenn mir meine zwoa Schwestern, d' Fanny und d' Zenzl, ois Dirn zu üns nehma ... Du siechst es ja, der Knecht ist üns von oan Tog zum andern auf und davo ... Mit dö junga fremdn Leut is's nix mehr ... d' Fanny und d' Zenzl san ordentli und wissn, wos Arbeitn hoaßt, und billiger san s' aa ... Und ma konn ja net wissn, wos an zwoatn Kindbett mit mir werd, Peter ... I glaab, es is guat und schö, wenn ma d' Fanny und d' Zenzl nehma ... Nacher bleibt oiß unter üns ...«

Der Peter hat sie lammfromm angeschaut, hat ein bißl an

seinen kleinen, dünnen, roten Schnurrbart gezupft und ist einverstanden gewesen. Das war auch gut, denn wie die Fanny und die Zenzl angekommen sind, ist grad das »Kindei« von der Gretl gestorben, was eine große Traurigkeit mit sich gebracht hat und natürlicherweis' eine noch eifrigere Beterei. Dabei zeigten die zwei jüngeren Schwestern aufs vorteilhafteste, was für sie Religiössein heißt. Jedesmal nach dem Nachtläuten knieten sie sich auf den hartgepflasterten Kuchelboden und beteten, ohne daß sie der Bauer oder die Bäuerin dazu angehalten hatten, einen Rosenkranz, jeden Sonntag brachten sie eine große Flasche Weihwasser vom Hochamt mit, gingen damit nach dem Mittagessen von Kammer zu Kammer, von der Stube in die Kuchel und vom Stall in die Tenne und versprenkelten ihr Wasser. Und bei jedem Spritzer machten sie ein Kreuz. So was gefiel dem Peter ausnehmend gut, noch besser gefiel es ihm, daß die zwei flinken, immer lustigen Dinger arbeiteten wie ausgewachsene Knechte, und am allerbesten gefiel ihm, daß sie mit ihrer älteren Schwester Gretl, der Bäuerin, so gut auskamen und mit ihm selber Tag für Tag gleicherweise schmeichelfreundlich waren. Deswegen verlor sich auch die Traurigkeit wegen dem verstorbenen »Kindei« langsam, und weil die mitgenommene Bäuerin noch immer arg herumkrebste und nicht wohlauf werden wollte, sagte der Peter einmal im späten Herbst zu ihr: »Jetz woaßt wos, Gretl, ma siecht's ja, der Doktor konn dir aa net recht helfa ... I glaab, es waar net schlecht, wenn i mit der Fanny auf Gobertsried wallfahrten geh ... Der Himmivater und d' Muattagottes hobn oiwei no besser gholfa ... Do hot d' Fanny a Freud, und für di is's aa recht guat, Gretl ...«

Nämlich Heu und Grummet, Korn und Weizen, der Haber und die Erdäpfel waren unter Dach und Fach, das Ackern mit dem Traktor verstand die Zenzl ausgezeichnet, da hatte man ein bißl Zeit. Der Peter fuhr mit der Fanny in seinem Volkswagen nach Gobertsried. Der weltberühmte Wallfahrtsort ist seine guten sechs Autostunden von Haunzersdorf entfernt, an einem Tag hin und her war schon deswegen nicht richtig, weil die zwei ja auch durch ihr frommes, ausgiebiges Fürbitten wirklich eine Besserung für die Bäuerin erreichen wollten. Darum kamen sie erst am übernächsten Tag beim Dunkelwerden wieder heim. Der Bäuerin brachten sie eine schöne, gipserne Muttergottes mit und der Zenzl einen doppelt geweihten, silbergefaßten Rosenkranz, und ganz alert hat der Peter gesagt: »Werst ös sehng, Gretl – wia mir zwoa bet' hobn, dös muaß dir helfa ...« Die Fanny, die dabei stand, lachte gottselig und sagte fast schämig: »Ganz leicht is's mir o'kemma, Gretl ... A Gelübde hob i aa gmacht wegen deiner ... Wunderschö is's gwen.«

Und damit auch die fleißige Zenzl nicht leer ausgehen sollte, hat sie der Peter in der nächsten Woche mit nach München zum »Tag der ehemaligen bayrischen Frontsoldaten« mitgenommen. Von dort brachte er seinen Kriegskameraden, den Wemblinger-Toni von Gfellersbach aus dem Oberfränkischen mit, der von jetzt ab Knecht war. Das war auch notwendig, denn wenn, der Zeit entsprechend, auch auf dem Lufflingerhof viel von der Bauernarbeit schon maschinell gemacht wurde – jetzt, wo die Bäuerin nicht mehr recht zugreifen konnte und im Haus bleiben mußte – für die zwei Schwestern und den Peter war's zuviel. Und der Toni, wenn er auch mit den Bauern sehr speziell war, ließ sich bei der Arbeit nichts nachsagen. »Betert« wie die auf dem Lufflingerhof war er freilich nicht, aber er wußte als guter Katholik, was religiöse Pflicht und Schuldigkeit ist. Überdies war er ein recht umgänglicher Mensch, den jeder gern hatte, insbesondere aber die Zenzl. Die zwei machten bei der Arbeit oft allerhand Spaßetteln, und komischerweis' hatte der Bauer gar nichts dagegen, im Gegenteil! Einmal, als er allein mit der Zenzl in der Kuchel stand, hob er schnell den Kopf, horchte, musterte die Dirn von oben bis unten geschwind und sagte halblaut zu ihr: »Der Toni waar koa unrechts Mannsbild für di, Zenzl ... Und wenn's soweit kemmert, daß er di nimmt – i taat enk scho unter d'Arm greifa. Es braucht's ja koaner z' wissn ...«

»Noja, Baur, du siechst ja, i tua scho dazua«, sagte die Zenzl darauf genauso und verzog ihr gesundrundes Gesicht zweideutig. Wieder schaute der Lufflingerbauer sie um und um an, zwinkerte mit dem rechten Aug', wie's eigentlich einem so frommen Menschen nicht recht ansteht, und meinte noch drängender: »Ma mirkt ja noch nixn, Zenzl, und wennst voreh mit'n Toni handlsoans werst, san mir oi zwoa aus der Kalamität ...«

Wiederum nickte die Zenzl und meinte: »Mir brauchst so was net sogn, Baur ...« Weil grad die Bäuerin hereinkam, machte sie ein Kreuz, und der Peter tauchte beim Hinausgehen seinen Finger ins Weihwasser, bespritzte sich und bekreuzigte sich auch schnell.

»Tja, mei'«, klagte die Bäuerin an ihre Schwester hin: »Ünser Himmivater verlangt dösmoi scho recht vui Geduld vo üns ... Besser wui's net werdn mit mir ...« Die Zenzl schaute sie mitleidig an und tröstete sie noch kurz vor dem Hinausgehen: »Noja, ma tuat hoit, wos ma konn, Gretl ... Es is ja aa, weil's da Baur so gern siecht ...« Im Umdrehen wurde ihr Geschau auf einmal fast frech und windig, und auch der Bäuerin ihre Augen schauten anders drein, als sie sagte: »Noja, ganz unter üns, Zenzl, solang i wos aufgsteckt hob, is ja d' Beterei ganz guat gwesn, aber jetzt werd's ma scho öfter z'vui ... Guat is's, daß i mi dro gwöhnt hob und daß ös dös glei gspannt hobts, du und d' Fanny ...« Das hat sich für die Zenzl nicht schlecht angehört. Sie verstanden sich also insgeheim. Die Dirn blieb vor ihrer Schwester gradwegs stehn und beschloß diesen Diskurs resoluter: »Du host es bis jetz richti deichselt, Gretl, und du werst es a weita recht macha ... Wenn mir drei Gschwistert z'sammstehn, konn nix fehln ...«

Diese Aussprache war auch notwendig. Im Januar wurde es der Fanny in der Nacht auf einmal so schlecht, daß sie noch am darauffolgenden Tag etliche Male brechen mußte. Die Bäuerin fixierte sie und fragte unumwunden: »Is denn eppa glei gor wos los mit dir?«

Und dummerweise gestand ihr die Fanny, indem daß sie zu weinen anfing und verdattert nickte, daß sich das vom Wallfahrten herschreibe.

»Soso? ... Hmhm, ja do schaug«, sagte auf das hin die Bäuerin ganz und gar nicht mehr lammfromm und betert: »Jetz, do schaug'n o, den Saubärn, an Peter! Und do tuat er in oan furt, wia wenn er nix kennert und sehchert ois wos Heiligmassigs ... Här dei' Flennerei auf, Fanny, dappige Gans, und hoit dei' Mäu, verstehst mi? ... Dös andere loß no mei' Sach sei' ...«

Alsdann hat sie ihrem Bauern unter vier Augen die Leviten gelesen, daß ihm alles Bigottische vergangen ist, wenngleich er in einem fort windelweich gewinselt hat, er tut so was Sündhaftes seiner Lebtag nicht mehr, und sie kann verlangen von ihm, was sie will.

»Red net und lüag di net 'naus, Hammi, dreckiger!« hat ihn die Bäuerin angefahren: »D' Hauptsach is, daß koa Mensch wos davon erfahrt!« Und – sonderbar! – das hat den Peter wieder aufgerichtet, und zu allem, was die Bäuerin noch sagte, hat er genickt und ja und amen gesagt.

Kurz darauf – gut ist's ja, daß der Lufflingerhof so weit weg von Berbershausen und Haunzersdorf ist und die Leute kaum je was davon erfahren, was dort passiert – kurz darauf also ist der Bauer mit der Fanny auf etliche Tag fortgefahren und allein wiedergekommen. Und da haben ihn seine Bäuerin, ihre Schwester Zenzl und der Toni damit überrascht, daß sie ihm sagten, nach Mariä Lichtmeß heiraten sie, der Knecht und die Dirn. Ganz alert waren sie, und der Bäuerin ist es gar nicht aufgefallen, daß ihr Bauer so wenig verwundert darüber war und daß er diesmal, statt ein Kreuz zu machen und zu beten anzufangen, bloß einverständlich und zufrieden gesagt hat: »No, do hot ja ünser Herrgott oiß recht gmacht ... I wünsch enk zwoa Glück und Segen ...« Er hat dem Toni fest die Hand gedrückt, und der Zenzl auch. Wie er sie aber anschaut, hat er ganz dünn gelacht und wiederum so aufgefrischt gemeint: »Und dir, natürlicherweis, wünsch i recht schöne, brave Kinder, Zenzl.«

Dieser Wunsch ist auch im Sommer drauf in Erfüllung gegangen. Mit einem festgewachsenen, über acht Pfund schweren Buben ist die Zenzl niedergekommen, und der hat dem Lufflinger 'runtergerissen gleichgesehen.

Um diese Zeit ist auch die Fanny niedergekommen. Ein Mädl hat sie mitgebracht, das die Bäuerin und der Bauer zum Auffressen gern mögen. In Berbershausen und Haunzersdorf ist wohl eine Zeitlang ein Munkeln herumgegangen, aber die Lufflingers erzählten es einem jeden voller Mitleidigkeit, daß die arme Fanny einen Hochzeiter gehabt, der sie alsdann als Schwangere einfach sitzengelassen hätte. Und schön haben es alle Leute gefunden, daß die auf dem Lufflingerhof sie wieder aufgenommen haben, denn über ein lediges Kind bei einer Dirn, darüber hält man sich heutzutag schon lang nicht mehr auf. Schiedlich und friedlich leben sie alle seitdem auf dem Hof zusammen. Wenn auch die Lufflingers sowieso keinen Nachwuchs mehr erhoffen können, so rechnet man es ihnen doch hoch an, daß sie die kleine Liesl von der Fanny wie ihr eigenes Kind behandeln und ihm sogar einmal ihr Sach hinterlassen wollen. – –

Das Riegelberger Scheiteln

I

Jetzt, seitdem unsere ehemaligen Feinde und Besieger, die Amerikaner, so ausnehmend stark am Aufschwung bei uns interessiert sind, haben sich auch unsere Bauerngegenden fast überrumpelnd schnell verändert. Überall hat sich das Dorfleben modernisiert, vor allem im Maschinellen und was den Verkehr anbelangt. Fast jeder Kleinhäusler hat heutzutag ein Motorradl oder einen Volkswagen und macht an den Sonn- und Feiertagen lange Ausflüge damit; die großen Bauern haben nicht selten teure Auslandsautos und fahren damit nach Italien oder ins Französische hinüber, und du siehst couragierte Altbäuerinnen und Stalldirnen mit ihren Mopeds mit fliegenden Röcken auf dem Kirchweg dahinsausen; kein Bursch und kein Knecht, der nicht Jazz und Rumba tanzt und amerikanische Schlager kennt; haufenweis' englische Wörter wissen sie und kommen oft daher wie waschechte Cowboys. Es gibt kaum noch ein Dorf ohne Tankstelle, Coca-Cola-Stände stehen daneben, und in jeder See- oder Waldgegend gibt es Campingplätze, jeder Marktflecken hat eine »American Bar« oder einen »Night Club«.

Fremde oder unsere alten Leute meinen, es gibt überhaupt nichts Bauern- und Brauchmäßiges mehr in unserem Bayernland. Hinwiederum kommt das bloß daher, weil die Hitlerischen zu ihrer Zeit jeden windigen Volkstrachten-Verein militärisch aufgezogen haben und weil uns alles spektakelhaft Unechte seit eh und je zuwider ist. Meistens greifen wir überhaupt bloß auf einen uralten Brauch zurück, weil er momentan vorteilhaft oder notwendig ist. Bloß aus dem Grund haben beispielsweise die Riegelberger Burschen vor vier Wochen den Jagdgehilfen Adolf Schulze, der erst kurz beim Grafen Bromberg auf Schloß Höfering in Dienst steht, gescheitelt. Was darunter zu verstehen ist, geht für einen Einheimischen schon aus dem Wort hervor. »Scheiteln« kommt nämlich in diesem Fall von Holzscheit, und nicht etwa, wie ein Landfremder annehmen könnte, vom Scheitel der Frisur.

Indessen ich will mich nicht länger mit Erklärungen aufhalten und das betreffende Vorkommnis rein faktenmäßig erzählen. Ursache und Wirkung liegen darin weit auseinander, und – genaugenommen – eigentlich ist der Schulze gar nicht für *das* gescheitelt worden, was er und die Richter angenommen haben, welche die beteiligten Burschen wegen Körperverletzung verurteilten. –

Ungefähr eine gute halbe Stunde weit weg vom Schloß Höfering, knapp an der Brombergschen Forstwaldung, steht der kleine Einödhof von Joseph Sedlmaier, genannt beim Kramer. Der Kramer-Sepp ist ein pflichttreuer Kirchgänger. An keinem Sonntag fehlt er beim Hochamt in der Riegelberger Pfarrkirche, und hernach kehrt er stets und ständig dortselbst beim Postwirt ein. Er trinkt nicht grad viel, es geht bloß sehr langsam damit. Bis er seine acht bis zehn Maß Bier drunten hat, ist es meistens schon stockdunkle Nacht. Nach dem Gebetläuten endlich macht sich der Sepp auf den Heimweg. Er bleibt nicht lang auf der Landstraße im Forst, weil da oft plötzlich ein spätes Auto oder ein Motorradler dahersaust, daß er kaum schnell genug ausweichen kann. Er biegt alsbald in den ausgetretenen Fußweg ein, den er genau kennt, und durchschneidet den Forst quer. Ehvor der Schulze zum Grafen Bromberg hingekommen ist, war der Geltner-Toni Jäger dort. Er ist aber ganz unverhofft schnell entlassen worden, weil er nicht immer jeden geschossenen Rehbock oder Fasan gemeldet hat. Dieses aber bloß nebenbei.

Der Toni und der Kramer-Sepp sind die besten Spezln zueinander gewesen, und jedesmal, wenn der Sepp mit seinem leichten Bierrausch nachts auf den pirschenden Toni gestoßen ist, hat er ihn voller Fidelität laut angeflucht: »Du elendiger Hundsbazi, du ganz schlechter! Du Schlawinerhund, du windiger! ... Do siecht man's jetz wieder, du Höllteifl, du nackerter, wiast du umananderschnuffelst! Hob i di jetz, du Saulump, du ausgschamter!« So eine spaßhafte, krachlaute Schimpferei hat der Toni gern gehabt. Herzhaft haben sich die zwei gefreut, haben gemütlich geschnupft, schließlich ihr Wasser abgeschlagen und noch eine Zeitlang lustig miteinander geredet, und wenn der Kramer-Sepp weitergetorkelt ist, hat ihm der Toni kreuzlustig nachgeschrien: »Guate Nacht jetz, bsuffers Wogscheitl, bsuffers! Und derrenn di fei' net, gell! Sunst hoaßerts womögli glei gor, i bin schuld dro ...«

In einer Sonntagnacht aber, als der Sepp wieder so schimpfgrob aufschreit, dreht sich der Jäger vor ihm scharf um und plärrt ihn kurz an: »Halt, wer da!?«

»Am Orsch leckst mi, du Dreckschlawiner, du windiger!« gab der bierschwere Kramer-Sepp wie gewöhnlich zur Antwort: »Dir gib i glei a ›Halt, wer da!‹« Und indem er mit seinem Gehstock herumgefuchtelt hat, belfert er weiter. »Derstecha tua i di pfeilgrod mit mein' Stecka, du Saubazi, du hundsheiderner!« Spaßhaft hat er auf den Jagdgehilfen loswollen. Der Mond ist grad aus den Wolken gekommen und hat durch Zweigwerk geschienen. Der Sepp hat noch so etwas wie ein scharfes »Halt!« vernommen und – bum! – kracht es. Ssss-ss pfiffen die Schrotkugeln an seinem Kopf vorbei. Er taumelt; ganz schwarz wird ihm, und er kann sich mit knapper Not noch aufrecht halten. Er holt schnaufend die Luft ein und glotzt auf den andern.

»Ja, Kruzitürkn! Wos is denn jetz dös? Toni? ... I bin's doch, der Sepp!« schreit er verschreckt und wird ganz ernst.

»Na, aber Mann? Mann?! Was sind denn das für Dummheiten?« hört er da auf einmal die fremde Stimme des Jagdgehilfen Schulze, der sein Gewehr sinken läßt: »Hm, ich kann doch nicht wissen –« Stotternd kommt das letzte aus ihm, er bricht mittendrin ab, und er und der Kramer-Sepp glotzen sich etliche Huscher lang unbestimmt an.

»Hm, dös hätt' ja saudumm 'nausgeh kinna«, brummt der Sepp und redet gefaßter weiter: »I bin nämli der Kramer-Sepp, Herr Nachbar ... I hob gmoant, der Toni is do noch Jaager ...« Das Gesicht vom Schulze schaute im Mondschein ziemlich dumm und verdutzt aus, und endlich sagte auch er: »Na, entschuldigen Sie, bitte! Es tut mir furchtbar leid ... Nichts für ungut, Herr Kramer-Sepp ...«

»*Herr* Kramer-Sepp, sogt er, *Herr* Kramer-Sepp!?« hat der Sepp spöttisch hingeworfen und den Burschen arg herabmindernd gemustert: »Du, moan i, kimmst aa vo ganz weit weg wo her.« Das »Du« muß dem humorlosen Burschen offenbar nicht gepaßt haben, denn er machte schon wieder ein verwichtigtes Gesicht und sagte fast militärisch knapp: »Aus Thüringen! ... Ostflüchtling ...«

»Soso ... Noja, zu üns kemma ja jetz haufaweis so Fremde daher«, meint auf das hin der Sepp wiederum, dreht sich um und torkelt brummend weiter. Ärgerlich ist ihm der sture Kerl vorgekommen, und langsam wurde sein Ärger zum Gift. Als er daheim ins Ehebett stieg, faßte er seinen Bericht ungut zusammen, indem daß er zu seiner Zenzl sagte: »Hm, ha-hm, schiaßt der Hammi einfach! Wenn's a bißl schiaf geht, bin i a Leich, hmhm ...« Er hielt ein und brummte nochmal: »A so a Hammi, ha-hm! ... Aber wart nur, Bürscherl, wart nur! An dös denkst no ...« Dann legte er sich nieder.

Es läßt sich denken, daß sich dieser Vorfall schnell herumgesprochen hat. Sogar im *Riegelberger Wochenblatt* stand er unter dem Titel »Noch gut abgelaufen«. Auch der Kramer-Sepp hielt nicht hinten mit dem ausführlichen Erzählen, und wie das schon geht, jedesmal hörte sich das unüberlegte Drauflosschießen vom Schulze ärger an. – –

Einmal hockten der Heinigl-Silvan, der Weber-Barthl, der Hengersbacher-Peter und der Bader Himsel beim Postwirt beieinander. Lauter ledige Burschen und echte Riegelberger sind das. Zufällig kam der Kramer-Sepp dazu. Zuerst disputierte man bloß so über das Wetter und verschiedene Neuigkeiten, alsdann aber rückten alle enger zusammen, und das Reden wurde gedämpfter.

»Sepp«, sagte der Barthl halblaut und schaute vorsichtig rundum, ob auch nicht ein andrer zuhört: »Sepp? ... Der Hundling werd sei' saudumms Schiaßn boid gspürn ...«

Der Kramer-Sepp linste ihn an, nickte und meinte, auf zwanzig Maß Freibier komme es ihm diesmal nicht an. Der Hengersbacher-Peter warf nach dem bloß noch hin: »Und der Liesl steigt er aa noch, der Krippi, der windige ... Do hobn ma glei a Alibi ...«

Die Liesl, die Kellnerin beim Postwirt, war Gott sei Dank grad in der Kuchl draußen. Sie war eine stramme, rundliche Person mit brandroten Schneckelhaaren, auf die jeder Bursch gern ein Aug' warf. Unzugänglich war sie auch weiter nicht. –

II

Der neue Jagdgehilfe Schulze zeigte sich schon in den drauffolgenden Wochen auffällig oft in der Postwirtschaft, und die Liesl war ungemein interessiert an ihm. Seither verhielt sie sich recht patzig und abweisend zu den einheimischen Burschen. Der Hengersbacher-Peter sagte ihr einmal gradzu ins Gesicht: »Du glaabst gwiß, der windige Schulze is wos Bessers, ha? ... Du, moan i, wart'st umasunst, daß d' Jägerin werst, dumms Luader, saudumms! ...« Aber die Liesl blieb ihm nichts schuldig und schaute ihn von da ab nicht mehr an.

Die Burschen kamen jetzt ganz insgeheim öfter beim Bader Himsel in seiner hinteren Stube zusammen und beredeten allerhand. An einem der drauffolgenden Sonntage hockte der Kramer-Sepp nach dem Hochamt wie gewöhnlich unter dem Herrgottswinkel am großen Bauerntisch beim Postwirt. Drüben um den Burschentisch hockten diesmal bloß der Hengersbacher-Peter und der Weber-Barthl. Das war sonderbar. Sonst ging's dort doch immer recht laut und lustig zu.

Einmal stand der Peter langsam auf, ging am Bauerntisch vorbei, beugte sich zum Kramer-Sepp nieder und wisperte ihm ins Ohr: »Jetz is's soweit, Sepp ... Heunt pack ma's ...«

Der Sepp änderte seine Miene nicht im geringsten. Er klappte bloß seine schweren Augendeckl etliche Male auf und zu, und alsdann zog er fester an seiner Weichselpfeife. –

So um fünf Uhr herum kam der Schulze in die Postwirtsstube und setzte sich, wie er's von Anfang an frecherweise zu halten pflegte, an den Burschentisch. Der Barthl und der Peter waren durchaus nicht unfreundlich zu ihm. Es machte ihnen auch gar nichts aus, daß der Schulze gleich mit der herankommenden Liesl, die ihm sein Bier hinstellte, zu spenzeln anfing. Im schönsten grünen Sonntagsstaat war er beieinander, der Schulze, den dünnen Schnurrbart hatte er pomadisiert und aufgedreht, und ein unternehmungslustiges Gesicht machte er her, daß ihn der Peter fast schmeichelhaft respektvoll fragte: »Hoho, Jaager, heunt host gwiß noch oiahand vor, wos?«

»Na, ist doch Sonntag«, sagte der Schulze wieder so kurzangebunden wie immer. Das »Du« genierte ihn immer noch, aber er tat recht aufgeräumt, und als jetzt die Liesl an den Tisch kam, lächelte er zweideutig, und sie lächelte ihn genau so an. Er schaute zu ihrem vollen Busen hinauf und sagte: »Na, Fräulein, heute strahlen Sie aber wieder wie eine Rose aus dem Süden ...«

»So?« meinte sie und stellte sich stramm hin, indem sie ihn noch einnehmender anlächelte: »Wenn's Ihnen gfallt, Herr Jaager, mir soll's recht sein.«

»Do schaug«, warf da der Barthl spöttisch hin: »I hob no gor net gwißt, daß du so schö hochdeutsch schnobln konnst ...«

»Ah, du!« sagte die Liesl bloß noch und ging wieder zur Schenke. Der Peter beugte sich auf den Schulze zu und blinzelte vertraulich: »Dö is aber interessiert, Jaager ... Dö, moan i, gaab a guate Jaagerin o' ...« Dieser fast kameradschaftliche Ton gefiel dem Schulze ausnehmend. Er machte eine recht geschmeichelte Miene und sagte: »Naja ... Pflücke die Rose, wenn sie am Wege steht, so heißt's doch!«

»Großartig!« lobten ihn der Barthl und der Peter gleicherzeit, und das machte den Schulze noch zutraulicher. So ging das Reden hin und her in der besten Freundlichkeit. Langsam wurde es schon dunkler. Vorne am Bauerntisch tarockten die Bauern und kritisierten den einen oder anderen, wenn er eine falsche Karte zog: »Herrgott, bist denn ganz vo Gott verlassn, Schofzipfi, saudummer!« oder so, und einmal, als der Wallberger mit seinen Trümpfen in der Hand alle Stiche einheimste und schmetternd herauslachte, belferte ihn der Oberholzer verärgert an: »Ja no, mit der volln Hosn is leicht stinka!« Ihn reute jeder verspielte Pfennig. Es war schon Zeit zur Stallarbeit. Die meisten brachen auf, zahlten und gingen. Bloß der Kramer-Sepp, der nie spielte, blieb hocken. Er lugte geschwind auf den Burschentisch, und der Peter zwinkerte ihm unvermerkt zu. Nach einer Weile ging auch der Sepp. Kaum war er aus der Wirtsstube, da hörte er schon was. »Aha! ... Guat«, brummte er zufrieden in sich hinein und tappte schneller auf der Straße weiter. Er hatte sich nicht verhört oder getäuscht, wie sich später herausstellte. Der Hengersbacher-Peter nämlich hatte – ob absichtlich oder unvorsichtigerweis', steht dahin – mit seinem Arm einen Rucker gemacht und dem Schulze sein Bierkrügl umgestoßen. Patschend ergoß sich das Bier auf die schöne neue Uniform, und ganz empört schnellte der Schulze in die Höhe: »Na aber, zum Donnerwetter! Schweinerei, so was! Was sind denn das für Dummheiten!?« Vollkommen unschuldig hingegen schaute ihm der Peter in die Augen und sagte: »Hm, ja saudumm, entschuidi –« aber der Schulze bellte so, daß der Barthl auf einmal sagte: »Hoho! Hoho, Herr, mir san doch net auf'n Kasernhof!«

»Wasss? ... Überhaupt –« schrie der begossene Jagdgehilfe noch grimmiger, doch weiter kam er nicht mehr, schnell fiel er samt seinem Sessel um und lag gestreckterlängs auf dem Stubenboden. Er plärrte und fuchtelte wie am Messer und wollte auf, aber schon fing ein Durcheinander an. Die Liesl hörte man schreien, und der faßdicke Postwirt watschelte schnaufend daher, hingegen das Hinausschmeißen vom Schulze ging recht schnell und ohne weitere Störung. Als er sich draußen aus dem Straßendreck aufrichten wollte, pfiff es da und dort scharf, und schon flogen surrend Holzscheite von allen Seiten daher. Erschreckt rannte er gradaus, direkt in das dreieckig zulaufende Webergaßl, das durch die Holzhüttenwand vom Rutterer abgeschlossen wird, doch da erwartete ihn erst der richtige Scheiterhagel aus der Dunkelheit. Beim vierten Volltreffer fiel der schreiende Kerl glatt hin. Hilflos und wimmernd blieb er so, und als nochmal ein paar Scheite daherflogen, schrie er mordsmäßig auf. Alsdann aber gab er keinen Muckser mehr. Etliche Minuten blieb es stockstill, dann pfiff es wieder irgendwo. Der halbtote Schulz hörte Knacksen,

Schnaufen und Getrampel, ehe es ihm schwarz vor den Augen wurde. –

Beim Postwirt in der Stube hockten bloß noch etliche alte Austragsbauern, die sich um den Krawall draußen nicht weiter kümmerten. Etlichen ging es nicht in den Kopf, warum die Liesl so gottsjämmerlich flennte. Indessen dem Bätz, dem Wirt, wurde das bald zu dumm, und ungut fuhr er sie an: »Här scho auf jetz, beim Teifi nei'! ... Dös hätt'st dir doch denka kinna, daß dös net guat ausgeht mit dein' landfremdn Loder! ... Do host as jetz, saudumms Weibsbild, saudumms!« Und der Much von Pentendorf meinte, so schandmäßig hätte er sein Maul nicht aufreißen brauchen, der damische Kerl, der Schulze. »Scho ganz und gor net, wo er kaam rei'gschmeckt hot bei üns«, schloß er.

Draußen in der Finsternis rannte die Kurbel-Vev aus der Richtung vom Webergaßl daher und klopfte aufgeregt beim Bader Himsel ans Fenster, er sollt' doch gleich kommen, bei ihnen hinten liegt einer halbtot. Nach einer Weile kam der Himsel auch zum Vorschein und tat seine Pflicht. Er und der Postillion fuhren den arg zugerichteten Jagdgehilfen, notdürftig verbunden, schließlich ins Krankenhaus nach Kofelberg hinüber. –

»So, jetz hot er's, der Hundling, für sei' saudumms Schiaßn auf mi!« brummte der Kramer-Sepp seine erwachende Alte an, bevor er ins Bett stieg: »Der schiaßt so schnell nimmer ...«

»Mei' Ruah loß mir, bsuffers Wogscheitl, bsuffers!« fuhr sie ihn wie gewöhnlich an, wenngleich der Sepp heute keinen Rausch hatte. Umdrehte sie sich und schlief gleich wieder ein ...

Der Kramer-Sepp ist keiner von der splendiden Seite. Von »Gebenhausen«, wie man sagt, ist er nicht her. Aber die zwanzig Maß Bier, die er den Burschen versprochen hat, um die hat er sich nicht herumgedrückt. Insgeheim hat er das Geld auf Heller und Pfennig dem Bader Himsel am darauffolgenden Sonntag gegeben. Es macht ihm gar nichts aus, daß die Burschen erst zu ihrem Bier kommen, wenn sie ihre Strafen abgesessen haben.

»Dös san Mannsbilder«, belobigte er die Burschen nach dem Urteil mit herzhaftem Respekt: »Dös san Männer! ... Koana hot a Wörterl über mi foin lossn ...«

Der Martl

I

Der Amplezer-Martl – zweiter Sohn des seligen Joseph Amplezer und der noch lebenden Ehefrau desselben – der Amplezer-Martl – wie er mit gewissem Nachdruck manchmal betonte und stets unterschrieb: »Ökonomssohn von Berfelfing« – erkannte eines Tages: So geht's nicht mehr weiter.

Er erkannte es nicht nur. Er sagte es plötzlich an einem Tag während des Mittagessens zu seinem älteren Bruder Sepp, zu seiner Schwester Rosl und zu seiner Mutter direkt und ohne jede weitere Erklärung.

»So geht's nimma weida!« sagte er ganz einfach und ließ es dabei bewenden. Der Tag verlief zwar genau wie jeder andere, die ganze Woche haspelte sich ab wie jede andere Woche. Der Martl hatte nun einmal gesagt: »So geht's nimma weida!« und damit war's genug. Er war jetzt siebenundzwanzig Jahre alt, hatte den Krieg überstanden – und der Ederer-Girgl und der Mehringer-Feschl, das waren nichts als hinterlistige Konsorten. Nicht im mindesten war auf sie Verlaß. Überhaupt, die ganze Sache mit der Polterer-Fanni von Naunzing – die zweiten fünf Mark hatte der Martl jetzt dem Girgl und dem Feschl schon gegeben, immer hatten sie ihm die Ohren vollgeredet mit ihrem: »Ganz gwiß ist's wohr! ... Mir hobn gred't mit ihr, ganz gwiß! ... Du brauchst bloß amal richtig redn mit ihr ...« Und wenn er dann wirklich an einem Sonntagnachmittag zum Polterer hinüberkam und mit der Fanni ein richtiges Wort reden wollte, was war's dann? Erstens war sie nie allein daheim. Und zweitens: Sie verzog recht vorlaut ihr Gesicht, sagte, als wie wenn gar nichts sei: »Soso ... Der Feschl und der Girgl? ... Dö zwoa? ... Soso! ... O mei' Gott, Martl, dö zwoa ...!« Und wenn er dann so von hinten herum vom Heiraten zu reden anfing, meinte sie: »Soso ... heiraten möchst, Martl? ... Soso?« und lachte recht spöttisch. Überhaupt! Kurz und gut, die Sache mit der Polterer-Fanni war unsicherer als unsicher. Der Feschl und der Girgl, die hatten es bloß aufs Geld abgesehen, auf sonst aber schon radikal nichts. – –

Trotzdem, mit der den Amplezers eigentümlichen Gründlichkeit beschäftigte sich der Martl mit der Angelegenheit.

Schließlich und endlich: Zehn bare Mark? Die wirft man doch nicht so mir nichts, dir nichts zum Fenster hinaus! Und immerhin: die Fanni hatte doch hin und wieder recht zweideutig gelacht. Und überhaupt: Heiraten? So was geht nicht von heut' auf morgen! – Am Ende hatten der Feschl und der Girgl doch nicht unrecht, wenn sie zu ihm sagten: »Rindviech, Martl! ... Du muaßt ihra doch wos schenka, wennst a Weibsbuid 'rumkriagn wuist ...!«

Herumhorchen, die anderen reden lassen und sich aus allem für seine Zwecke das Beste heraussuchen, diese Gewohnheit war seit jeher bei den Amplezers heimisch. Der Martl ließ sich die Anregung seiner Kriegskameraden mit der größten Ernsthaftigkeit durch den Kopf gehen. Hartnäckig überlegte er hin und her. Die ganze Woche dachte er über eine einigermaßen günstige Lösung dieser Frage nach und kam endlich zu einem guten Schluß.

»Kaufst ihr was, kost's einen Haufen Geld, und heirat s' dich nachher doch nicht, bist du der Ausgschmierte! ... Zurückverlangen? ... So was hat seinen Haken«, sagte er sich.

»Schenkst ihr nichts, beißt s' nicht an! ... Ob du magst oder nicht: du mußt ihr also was schenken«, schloß er und war mit sich einig.

Am Samstag, nachdem die Amplezerin und die Rosl zum Rosenkranzbeten in das kleine Dorfkirchlein hinübergegangen waren, schlich er sich in die Kammer seiner Mutter, machte den Glasschrank auf, in welchem die verschiedenen geweihten Wachsstöcke, Sterbkreuze, die porzellanenen Teller, Tassen und Krüge, der Familienschmuck und die verschiedenen Uhren lagen, und nahm das schwarze Schächtelchen mit den zwei schweren Ohrringen seiner Mutter heraus, steckte es in seine Hosentasche und ging wieder hinunter in den Stall.

Er war aber doch ein wenig im Zweifel, als er sich alles nochmal überlegte, und ging nach Feierabend zum Ederer-Girgl hinüber, zeigte ihm die Ohrringe und erkundigte sich, ob dieser meine, daß so was genug wäre für die Fanni.

Um neugierigen Blicken zu entgehen, zog ihn der Girgl in den Stall hinüber, schüttete die Ohrringe in seine Handhöhle und wog sie nachdenklich prüfend unter dem elektrischen Licht.

»Host dö kaaft, z' Auzhofen drent?« fragte er nach einer Weile den Martl und sah ihn genau an.

»Glaabst, daß sie si do weita herbeiloßt, d' Fanny?« erkundigte sich der Martl statt jeder Antwort.

»Dös is doch Gold? ... Oda?« forschte Girgl weiter und musterte den Martl abermals.

»Ja, ja! – – Hobts ös nochmoi gred't mit der Fanni?« fragte dieser und lächelte verlegen.

»Wos hobn denn dö zwoa Ohrringl kost?« wollte der Girgl wissen.

»Gib mir's«, sagte der Martl jetzt ein klein wenig ängstlich und griff nach den Dingern.

Der Girgl zog seine Hand weg und prüfte die Ohrringe noch genauer.

»Dös san ja oite ... Dö host doch deiner Lebtag net kaaft«, sagte er jetzt fast triumphierend und musterte den Martl noch schärfer: »Wo host denn dö her ...?«

»Gib mir's ... Geh weida!« wiederholte dieser und wich ihm aus mit den Blicken. Er wurde auf einmal angstrot und wagte nicht mehr recht, nach Girgls Hand zu greifen.

»Dö host gstohln, gell ...?« fragte dieser aufdringlich. »Dö san vo deina Muatta, gell?«

Der Martl war jetzt ganz verlegen und versuchte mit Gewalt zu lächeln. Aber es gelang ihm nicht. Er war wirklich der Gewalt des anderen ausgeliefert.

»Sauba! Sauba! ... Do host es«, sagte der Girgl endlich und gab ihm die Ohrringe zurück. »Stehln tuast ...? Sauba! Dös wenn i an Feschl verzoi ...?«

Der Martl schwitzte schier vor Angst und Scham, und wie das immer geht, wenn man bei einer üblen Sache ertappt wird und nicht mehr aus und ein weiß – er versprach dem Girgl wieder fünf Mark Schweigegeld. Die ganze Nacht drückte er sich im Bett herum, und in aller Frühe am Sonntag kam er zum Ederer in den Stall hinüber und brachte dem Girgl das Versprochene. Selbstbewußt und herablassend steckte der das Geld ein und brummte geringschätzig: »Noja, i wui stad sei ...« Er sagte auch wirklich niemandem was davon, nicht einmal dem Mehringer-Feschl. Einen Augenblick nur blieb er stehen, schnalzte dann mit der Zunge und machte bei den Pferden die Streu zurecht.

Im Berfelfinger Dorfkirchlein war nur alle heilige Zeit eigene Messe. Gotzing ist der Pfarrort. Dort kamen jeden Sonntag die Bauern und die Weiber der ganzen Umgebung zusammen.

Da ging man also auch heute paarweise und in Gruppen oder schließlich auch einzeln aus dem Dorf. Eifrig unterhielt man sich über die Ernte, über das Kuhkälbern, über die neuen Steuern und dergleichen. Und was sich so die ganze Woche an Neuigkeiten angesammelt hatte, erfuhr man da.

Dem Martl war es gar nicht recht, daß der Ederer-Girgl, der Haunigl-Wiggl und der Mehringer-Feschl auf ihn warteten, als er aus dem Dorf kam. Weiß der Teufel, was die wieder im Sinn hatten mit ihm. Er schnitt aber doch ein freundliches Gesicht und lachte, wie man so sonntags lacht. Schon während er sich den Burschen näherte, legte er sich einen rettenden Einfall zurecht und griff scharf aus mit seinen langen Füßen.

»Wett ma, daß koana vo enk Schritt hoitn ko mit mir?« sagte er. »Wett ma ...?« Und ging in solchem Tempo dahin, daß die anderen überhaupt nicht zu Wort kamen.

»Derenn di, Rindviech« riefen ihm schließlich die drei Burschen nach und ließen ihn laufen.

»Mei' Liaba ... dös is a so a Arschloch!« brummte der Feschl und verlangsamte den Schritt.

»Dös? ... Dös is a ganz a Hinterfotziger!« meinte der Wiggl. »Der gstellt sich bloß recht saudumm ...«

Bei diesem Ausspruch sahen der Feschl und der Girgl einander verschmitzt in die Augen und meinten dann gleichgültig: »Ah! ... Er spinnt hoit a bißl ...«

Dann redete man wieder von was anderem.

Diesmal war der Martl nicht im Burschenbetstuhl auf der Empore. Die drei fanden ihn erst nach einiger Zeit drunten im Kirchenschiff neben dem alten Lufflinger. Auch nach dem Hochamt, draußen auf dem Platz vor der Kirche, trafen sie diesmal Martl nicht, obwohl sie es gerade heute auf ihn abgesehen hatten. Der Haunigl-Wiggl ja weniger. Er ging nach dem größten Gespräch mit dem Lufflinger nach Hause. Der Girgl erzählte auf dem Heimweg dem Feschl die Geschichte von den gestohlenen Ohrringen, sagte aber nichts weiter vom Geld.

Hellauf lachte der Feschl. »Herrgott! Ist dir dös a Rindviech! Na, na, so was ...!« stieß er in einem fort belustigt heraus und schüttelte dann den dicken Kopf. Und genau wollte er es wissen, ganz genau, wie Angst der Martl gehabt hatte.

»Paß auf, den müassn ma schon noch an richtign Postn spuin, ehvor er's kennt, daß eahm d' Polterer-Fanni nix wui«, meinte er, als die beiden auseinandergingen.

»Aba richti ...« rief der Girgl zurück und ging lachend weiter. – –

Der Martl war nicht nach Berfelfing zurückgegangen. Als alles sich aus der Kirche zwängte, verschwand er, lief aus dem Gottesacker und bis an die Naunzinger Waldlende. Dort watete er in das hohe Korn und lauerte auf die Fanni. Er wußte, hier mußte sie unbedingt allein vorbeikommen, denn der

Poltererhof lag etwas abwärts vom eigentlichen Dorf, und außerdem hatte er heute beobachtet, daß außer der Fanni niemand von den Polterers im Hochamt war.

Er stand gebückt und lauschte angestrengt. Er hielt sogar von Zeit zu Zeit den Atem an. Er griff in seine Hosentaschen, zog das Schächtelchen heraus, öffnete es und besah sich die blinkenden Ohrringe, steckte sie wieder ein und horchte von neuem. Er hörte die fernen Gespräche durch die linde Luft dringen. Sie kamen näher und verschwammen dann wieder. Er hörte einige Hunde anschlagen im Dorf drüben und einen Hahn krähen. Der Rücken tat ihm schon weh. Schon wollte er sich wieder hinsetzen. Da dumpften Schritte in der Nähe, und er spähte durch die Halme. Ja, es war die Fanni. Er ging schnell aus dem Korn und lachte verlegen, als er sah, daß die Bauernstochter ein wenig zusammenschrak. Er fand das Wort nicht gleich und hustete gewaltsam.

»Ja, Martl ...? Was tuast denn jetzt du im Korn drin ...?« fragte endlich die Fanni und schaute ihn an.

»I moanat, zu zwoat geht's si bessa ... Moanst net, Fanni?« erwiderte der Martl unbeholfen und ging neben ihr her.

»So ...? Noja, wennst moanst! ... Konnst ja mitgeh, meinatwegn«, sagte diese gleichgültig. Sie ging nur ein wenig schneller.

»A neie Gsottmaschin hobn ma jetzt«, wollte Martl eine Unterhaltung aufnehmen.

»So ...?«

Das Gespräch stockte ein wenig.

»Hm, hm! ... Gch-gchchck!« räusperte sich Martl, hüstelte wieder und lachte abgehackt.

Beharrlich versuchte er, Fannis Blicke aufzufangen. Ebenso hartnäckig sah diese an ihm vorbei und lächelte. Inzwischen war man schon am großen Heckenzaun des Poltererhofes angekommen, und der Martl wurde unruhig. Er schwitzte fast, gab sich auf einmal einen Ruck und stellte sich soldatisch stramm vor die Fanni, daß sie mit ungewisser Verwunderung fragte: »Ja, was soll denn jetz dös ...?«

»Ich meune ... Ich meune«, zwang der Martl stockend in jenem Hochdeutsch, das er beim Militär gelernt hatte, aus sich heraus, »ich meune, wennscht meune Braut wärerscht, Fanni?«

Benommen glotzte er auf das Mädchen und verzog vergeblich seine dicken Lippen. Aus Verlegenheit ließ er bald den rechten, dann wieder den linken Fuß etwas vorrutschen, zog die eine, dann wieder die andere Schulter ein wenig zuckend nach oben und probierte immer wieder ein anzügliches Augenzwinkern.

Die Fanni hatte nun ihre Fassung wiedergewonnen. Deutlich glänzte der Spott in ihren stahlgrauen Augen.

»Hobn«, sagte sie unverhohlen verächtlich, »hobn dir dös der Feschl und der Girgl o'glernt, Martl, ha ...? Hobn s' di 'rausgsuacht für eahnare Faxn?« Und noch spitziger setzte sie hinzu: »Konnst as eahna ausrichtn ... ich geh net auf eahnern Leim, gell ...! Und jetzt loß mi geh, traamhapperter Lattierl, traamhapperter ... Geh zua!«

Der Martl aber wollte absolut nichts wissen davon. »Nana, Fanni! ... Nana! ... Ich muaß's wissn jetzt!« hastete er heraus und zog seine Ohrringe aus der Hosentasche. Nicht wich er aus. »Do ... Do ... Ich hob dir aa was kaaft ... do!« sagte er und faßte plötzlich Fannis Arm: »Do! ... Nimm's ... Ohrringl san's ... Do!«

Da wurde die Fanni aber denn doch ärgerlich und riß sich mit aller Gewalt los von ihm. Die beiden rangen buchstäblich einige Minuten. Grob packte der Martl an und versuchte in einem fort, der Fanni das Schächtelchen ins Mieder zu stecken. Aber sie war flinker, entwischte ihm, schlug ihm mit aller Wucht eine ins Gesicht und lief davon.

»Saudummer Stier, saudummer! ... Loß di nur nimma sehng!« schrie sie zurück und verschwand im Gartentürl. Einen Augenblick stand der Martl wie ein begossener Pudel da, schaute nach links, nach rechts, zwang sich wieder zu einem Lächeln, schob hastig die Ohrringe wieder in die Hosentasche, hustete und lief Hals über Kopf über die Felder, auf das Naunzinger Gehölz zu.

Er war ein seltsamer Konsort, der Martl. Zwischen den Bäumen blieb er auf einmal stehen, hob den Zeigefinger, lächelte in sich hinein und murmelte immer wieder: »Is a Rasse, d'Fanni! ... Is a Rasse ... muaßt as anderscht probiern.«

Als er jetzt das Schächtelchen aus der Hosentasche herausnahm und die Ohrringe betrachtete, verzog er wohl das Gesicht ein wenig. Er schien auch an die verlorenen fünf Mark, die er dem Girgl gegeben hatte, mit Unbehagen zu denken und brummte: »A Bazi! ... A rächta Bazi!«

Aber er kam heim, nicht im mindesten anders als sonst.

II

Es gibt kein Geschlecht, das nicht irgendeine Eigenheit hat. Bei den Amplezers war es eine in Fleisch und Blut übergegangene Geizigkeit, die sich fort und fort vererbte. Schon vom Vater des verstorbenen Amplezer erzählte man sich, er habe fast sein ganzes Leben mit seinen vier Geschwistern herumprozessiert, weil er sich stets und ständig weigerte, ihnen ihr Vermögen auszubezahlen. Von den alten Berfelfingern wird sogar behauptet, er sei buchstäblich verhungert aus Geiz.

Und vom Amplezer pflegte man zu sagen: »Der fressert am liebsten seine eigenen Kinder z'samm, so hungrig ist er.«

Die Amplezerin war so, und Sepp, Martl und Rosl waren nicht um ein Haar anders. Man konnte das am besten sehen, wenn die vier essend am Tisch saßen. Nicht etwa, daß man einander gierig die größten Brocken wegschnappte. Das nicht. Es standen meistens sowieso nur acht gleich große Schmalznudeln und zwei Schüsseln Zwetschgentauch, die gleiche Anzahl Dampfnudeln mit Birnbrühe oder für alle Sonntage knapp dreiviertel Pfund zähes Fleisch mit Kohlrabi auf dem Tisch. Es war immer so eingeteilt, daß kein Streit herauskam. Man stritt überhaupt nicht beim Amplezer. Griff aber eins hastiger als sonst zu beim Essen, trafen ihn die Blicke der anderen dermaßen vorwurfsvoll, daß er ein zweitesmal nicht mehr so zugriff. Und meistens sagte dann irgendeiner an der Tischrunde: »Geh! ... Scham di doch, Ruach! ... Is ja grod, ois wia wenn nix do waar! ... Tuast scho glei, ois wia wenn ma da's net gunnt.«

Und das war alles.

Es läßt sich also leicht denken, wie dem Martl zumute war wegen dem Geld, das er so zwecklos dem Ederer-Girgl gegeben hatte. Er legte die Ohrringe wieder in den Glaskasten und vermied es ängstlich, mit seinen beiden Kriegskameraden noch einmal näher zusammenzukommen. Er wollte scheinbar überhaupt nichts mehr wissen von der ganzen Heiraterei. Vielleicht hatte er sich's auch anders überlegt mit der Polterer-Fanni. Weiß Gott, so eine glänzende Partie wäre das ja doch nicht gewesen, mit der Fanni. Den Poltererhof bekam ja doch der Toni. Und dann war außerdem noch der Alois da.

Der Martl dachte hin, der Martl dachte her. Der Martl ließ sich nicht mehr sehen, nirgends mehr. Traf ihn wirklich wer, wich er aus mit Blick und Wort, fing allen möglichen Unsinn zu reden an und lachte sein räusperndes Lachen.

»Freili Freili! ... Jaja – jaja – jaja–!« war seine ganze Antwort, wenn man mit ihm zu reden anfing. Er schielte einen zeitweise zweifelnd an und lachte wieder. Der Vorfall mit der Polterer-Fanni sprach sich – man wußte nicht wie – herum in Berfelfing und in der ganzen Pfarrei. Man dichtete noch viel mehr dazu. Überall verzog man spöttisch die Mundwinkel, wo man den Martl sah. Und gerade deshalb, weil er so offensichtlich auswich, versuchte man es mit um so größerer List, ihn in ein Gespräch zu ziehen, und fing von dieser und jener Bauernstochter an.

»I sog dir, Martl ... d'Polterer-Fanni? ... Wos derheiratst dir denn do scho gor? ... Dös lumpert Heiratsguat, dös wo dö scho kriagt! ... A so a Mannsbuid wia du, dös ghärt doch in a'ran richtinga Hof nei'! ... A Bauersuh, der wo heint heirat, muaß an Hof hobn oder oan derheiratn«, fing der Fingerer einmal an, als er den Martl zufällig in der Frühe zum Mähen hinausgehen sah.

»Jaja – jaja – jaja ... freili, freili!« wollte der Martl ausweichen, aber der Fingerer ließ nicht locker.

»Red doch net so deppert daher, Martl ... Här mi o, sog i! ... Do nimmst 's Radl und fahrst zu da Nerlinger-Leni auf Furt 'num ... i sog dir, do werd's wos! ... I wett mein Kopf ... Brauchst bloß sogn, i hob di gschickt«, fuhr er fort und erzählte von der Nerlinger-Leni mehr. Die einzige Tochter sei sie. Den Riesenhof bekäme sie.

»Und a Weiberts, Martl! ... Du triffst koane mehr in der ganzn Pfarrei! ... Dö arbat üns oi zwoa an Bodn nei' ... Und a stads Leit, sog i dir! ... A richtigs Leit! ... Und a stramms Weiberts!« schloß er.

So eindringlich redete er, daß der Martl wirklich schwankte und einen Augenblick stehenblieb.

»No ja! ... Freili, freili! ... Jaja – jaja, waar net dumm! Freili, freili!« hastete er alsdann wieder heraus und ging eilig weiter.

»Freili ... Freili! ... Rindviech, lapperts!« bellte ihm der Fingerer nach und ging in den Stall zurück. In einem fort schüttelte er den Kopf und brummte geärgert vor sich hin.

Der Martl hielt diesmal oft und oft vom Mähen inne und wetzte immer wieder seine Sense. Er schien irgend etwas zu denken.

»Waar net ohne ... Waar net ohne!« brümmelte er dann und wann kaum hörbar und ruckte seinen Kopf hin und her.

Scheu und unbemerkt fuhr er am nächsten Sonntagnachmittag aus dem Dorf, Furt zu. Nur eine Angst hatte er: daß ihn wer treffen könnte, der ihm die ganze Rechnung verpfuschte. Nur einen Gedanken hatte er: Wie pack' ich's am besten an?

Wie aber der Teufel sein will – wenn man's recht austüftelt, geht's gewiß schief. Um es ja nicht so erscheinen zu lassen, als ob er gerade ausgerechnet zur Nerlinger-Leni wolle, fuhr er vorerst beim Nerlinger vorbei und auf die Wirtschaft zu, die seit vorigem Jahr dem Simon Reblechner gehörte.

Ohne besondere Fährnisse gelangte Martl in die geräumige Wirtsstube. Es saß auch weiter kein Bekannter an einem der Tische. Es sah überhaupt bloß der Wirt nach ihm und der Bäcker Limmerl, der die Amplezers zwar kannte, aber nur so von der Weite, wie man sagt.

Der Martl hockte sich hin. Der Wirt erhob sich mit seiner ganzen Dicke, schnaufte, hustete geräuschvoll und sagte so von der Seite: »A Hoibi oder a Maß ...? Und als er »A Hoibi!« als Antwort erhielt, brachte er's. Er beugte sich tief auf den leeren Tisch, an dem der Martl allein saß, so daß das Fett seines Bauches auseinanderquoll und über die Kanten hing, und fragte mit der gewohnten Land-Legerität: »Wo seids denn jetzt Ös her, daß's Enk gor so alloans sitzts ...?«

Der Martl linste ihn mißtrauisch an und antwortete: »Vo Berfelfing ... von Amplezer ... ja – ja ...«

»Vo Berfelfing ...? ... Von Ampleza? ... Soso, von Amplezer seids Ös? ... Soso?! ... Jaja, der Ederer-Girgl und der Mehringer-Feschl, dö san hie und do herent ... Na seids Ös gwiß der Martl?« wurde der Unterwirt jetzt gesprächig und ließ sich auf die Bank nieder: »Jetz dös is guat ... Ja, jetz hob i amoi so was ghärt, daß's Ös heirats?«

Der Martl ruckte unbehaglich auf der Bank hin und her und wußte absolut nicht, was er anfangen sollte vor Verlegenheit. Am liebsten wäre er auf und davon gegangen, aber er antwortete schließlich doch: »Ja – ja – jaja ... heiratn! ... Dös waar net ohne! ... Waar net ohne!«

Der Wirt wurde noch zutraulicher und drückte seinen listigen, massigen Mondkopf aus dem Hals.

»Waar net ohne! Waar net ohne? ... Wia dös? ... I moanat, jetz gaab's doch Bauernstöchter gmua?« rückte er dem Martl unwiderstehlich zu Leibe. Er schien richtig in seinem Element. Er war *ein* Interesse. Er war ein echter Wirt. Man sah es. Mit geradezu erdrückender Vehemenz machte er die Sache seines Gastes zur eigenen. Der Martl kam kaum mehr zu Wort. Er konnte höchstenfalls hin und wieder nicken, ein wenig lächeln oder sein gewöhnliches »Jaja – jaja« herausstoßen.

»Soso, na seids Ös von Amplezer ... Von Amplezer seids Ös ... soso? ... Ja, jetz wia gsogt, do herent hobn der Feschl und der Girgl in oan furt verzoit, Ös heirats? ... Ja – und jetz här i vo Enk, daß's erst oane suachts«, begann der Wirt von neuem, nahm eine Prise Tabak, schnupfte rasselnd mit der Nase und fuhr mit vertrauenerweckender Bedächtigkeit fort: »Ja ... jetz loßts mi amoi nochdenka ... Wos waarn jetz do für Heiratn z' macha?« Er besann sich ein wenig und glotzte in die rauchige Stubenluft, nahm seine rechte Faust unterm Tisch herauf, legte seinen dicken linken Zeigefinger an den rechten Daumen und begann nacheinander an den Fingern zu zählen: »Do waar also jetz amoi d' Langerer-Afra z' Murling drent ... waar d' Harpfernist-Ogl z' Staffelberg drent ... nacha bei üns do d' Lochmo-Zenzl, d' Zingerl-Liesl und d' Amlochner-Christina.«

Er hielt inne und besann sich abermals. Der Martl war jetzt aufmerksam geworden. Was war denn das? Die Nerlinger-Leni war ja gar nicht dabei.

»Sunst koane mehr ...?« fragte er schüchtern.

»Jaja ... loßts mi nur nochdenka!« erwiderte der Wirt hastig. Er schien wirklich zu grübeln.

»Und wia is's nacha? ... Do kriagert a jede an Hof, oda?« fragte der Martl interessierter zwischenhinein.

»Nana, dös net ... Bloß d' Amlochner-Christina, sovui i woaß«, gab der Reblechner Auskunft und fuhr auf einmal auf: »Ja ... jetzt hätt' i ja boid dös wichtigst vergessen! ... Ja freili, freili ... D' Nerlinger-Leni! Dö kriagt aa an Hof ... aba bei dera is's net so leicht ... Do muaß oana scho a Gwiefter sei' ... Dö, moan i, geht net so mir nix, dir nix her ... Und nacha, sovui i woaß, is ja schon der Langerer-Peter dahinta ... Scharf aa no ... Der hot an Zingerl-Hans scho a Loch in' Kopf gschlogn, deswegn ...«

Der Martl bekam ein trostloses Gesicht und trank schnell aus. Der Wirt griff geschwind nach dem Glas und wollte aufstehen. Aber der Martl bezahlte. Er war nicht mehr zu halten. Der Wirt walkte sich aus der Bank, als jetzt aus einem der nächsten Tische nach Bier gerufen wurde. Martl nahm sein Rad bei der Lenkstange und drehte sich nicht mehr um, als der Reblechner ihm mit aller Freundlichkeit »Pfüat Gott beianand« sagte. Mißmutig schwang er sich auf sein Rad, der Martl. Geradewegs wollte er nach Hause, und da – da kamen der Ederer-Girgl und der Mehringer-Feschl die breite Dorfstraße dahergeradelt. Schon von weitem schrien sie und schienen höllisch erfreut zu sein.

»Absteigen!« brüllte der Girgl kommandomäßig.

Die beiden fuhren heran und stiegen ab, aber der Martl kam ihnen glücklicherweise zuvor, trat mit aller Kraft auf die Pedale, und ehe sie sich's versahen, war er beim Dorf draußen.

»Paß auf! Paß auf! Der suacht da herent wieda noch oana! ... Paß auf, ob i net recht hab«, sagte der Feschl, und beide lachten wiehernd.

»Dös ...? ... Dös werd ma glei heraus hobn, wos den do 'rumtreibt«, sagte der Girgl, und beide fuhren auf die Reblechner-Wirtschaft zu.

Der Martl war bereits an der Furter Anhöhe angelangt und stieg jetzt, nachdem er sich nicht verfolgt sah, vom Rad, um sich ein wenig auszuschnaufen. Langsam trottete er den bewaldeten Hügel hinan und schaute immer vor sich hin. Wohl tat ihm die Kühle des Schattens. Er schwitzte und rieb sich mit der blanken Hand die Nässe aus dem Gesicht. Erstmalig in seinem Leben schien er ungemütlich zu sein. »Sauwirt! Sauwirt!« knurrte er von Zeit zu Zeit vor sich hin, und dann dachte er wieder an die verschiedenen Bauernstöchter, die der Reblechner aufgezählt hatte, an den Langerer-Peter und an die Nerlinger-Leni, an das Loch im Kopf vom Zingerl-Hansl und sagte schließlich ganz laut: »So geht's nimma weida!« Ganz entschlossen sagte er es und richtete sich fester auf. Er schrak richtig zusammen, als er auf einmal die Dirn vom Löffelbauern von Furt vor sich sah, die ihm freundlich ins Gesicht lachte.

Er warf sich sofort wieder in Positur und fing ebenfalls zu lachen an. Im Nu war er wieder obenauf, und, vielleicht aus Ärger über das Mißlingen seiner wiederholten Freiersfahrten, vielleicht auch, weil ihm nun endlich die Geduld ausgegangen war und er nun wirklich einmal Klarheit haben wollte mit einem Frauenzimmer, er packte die Gelegenheit so gut es nur möglich war beim Schopfe. Im Augenblick schien es ihm wirklich gleichgültig zu sein, ob er nun einen Bauernhof erheiraten würde oder nicht. Er dachte jetzt einfach nur: Jetz will ich doch, zum Teufel, einmal sehen, ob ich keine Hochzeiterin krieg', basta. –

Die Löffelbauerndirn, von der wußte jeder: Mannsbild war ihr Mannsbild. Begegnete man ihr, fing sie zu lachen an, dann ging es auch weiter. –

»Wally, waar net ohne ... hjä-hjä ... wo gehst denn hin?« fing also der Martl an und blieb, sich über das Rad lehnend, stehen.

»Der Nosn noch ... Aber wennst moanst, Martl, i konn ja a bißl mit dir geh«, schien die Dirn ihm zu helfen, packte den anderen Griff von der Lenkstange, und beide gingen weiter, hügelhinan. Den Martl hatte ein Prickeln erfaßt. Er schnaubte unregelmäßig und wagte kaum, die Dirn richtig anzusehen.

»Heirat'st jetzt eigentli, Martl?« fragte die Wally keck.

»I mächt scho«, erwiderte der Martl und schielte auf die Dirn.

»Is's mit der Polterer-Fanni nix?« darauf diese.

Aus Martls Lachen konnte man leicht das »Nein« herauslesen. Wally blieb stehen und beugte sich entgegenkommend über das Rad. Ihren warmen Atem fühlte der Martl. Was wollte er tun, er mußte auch stehenbleiben.

»Woaßt, Martl, dö Weiberleit in dera Gegend, dö san oisam protzi«, fing Wally wieder an. »Dö teana oisam, ois wia wenn s' woaß Gott wos waarn ...« Einschmeichelnd klang es. Martl nickte.

»I ...? I tat ünseren Herrgott danka, wenn i an soichan Mo kriagat wia du«, machte es die Wally noch deutlicher. »Schaug mi o! ... Zu der Polterer-Fanni und zu dö Bauernstöchter, dö wo do umanand san, konn i mi oiwei noch hinstelln! ... Glaabst?«

»Ja – ja«, brachte Martl endlich heraus und schaute sie mit unsicheren Blicken an, in denen schon ein Glanz war.

»Hoaß is's, Martl ... narrisch hoaß ... geh weita, hock ma uns a bißl hin do«, sagte die Wally und lenkte das Rad an den Straßenrand, ins Gebüsch. Willenlos tappte Martl daneben her. Eine Hitze, die unablässig seinen Körper auf und ab rieselte, tobte in seinen leicht zitternden Gliedern, als er sich neben Wally ins weiche Moos niederließ. Er war auf einmal todernst geworden und völlig verstummt. Weich fühlte er Wallys runde Schenkel an den seinen. Er hörte nicht mehr, was sie sagte. Er fiel auf einmal plump mit dem Oberkörper auf sie, umklammerte zitternd den ihren und begann zu stöhnen.

»Wally! ... Mei' Wally! Wally – Wally!« hauchte er in einem fort und hatte sein heißes, schwitzendes Gesicht auf ihren Backen, und mit einem Ruck riß ihn die Dirn zu sich nieder ...

Erst nach langer Zeit, nachdem er längst wieder ruhig neben ihr hockte, kam es ihm vor, als wäre jetzt die Luft klarer und leichter. Viel deutlicher sah er jeden Baumstamm, viel näher war alles in seinen Blick gerückt. Eine große, freie Wohligkeit empfand er. Seine schwielige Hand hatte ihre nackten Schultern umklammert. Ihr Gesicht lag auf dem seinen. Backe an Backe lagen eng aneinander.

»Mei' liaba Martl ... Martl!« sagte die Wally, hörte er öftere Male. Plötzlich aber, als er jetzt zu sprechen versuchte, kam die Verlegenheit wieder und von allen Seiten wieder etwas wie Feindschaft und Härte.

»Na, na ... ja, ja ... na, na müaß ma scho heiratn jetz, Wally ... hm, ja, ja!« stotterte er wie immer, und argwöhnisch, ängstlich und hilflos setzte er mit aller Hast hinzu: »Derfst aba koan wos sogn, Wally! ... Nix sogn.«

»Dös spannt koa Mensch, Martl! ... I geh jetz nacha auf Furt eini und du fahrst hoam ... Mei' Fensta is ja hinten 'raus, da konnst ja jede Nacht kemma, wennst wuist«, tröstete ihn die Wally. Und man erhob sich.

»Oiso, Martl ... heiraten tuast mi?« sagte Wally jetzt bestimmt. »Gsogt host es?!« Wieder nickte Martl. Wieder lächelte er verlegen und schlug die Augen nieder.

»Schod is's ja, daß d' koan Hof host ... aba schliaßli – mir bringa's ja zu oan! ... An richtinga Batzen Geld wirst ja hobn ...?« meinte die Dirn sachlich, gab ihm einen Kuß und lief den Hügel hinunter.

Verwirrt und erschöpft schob der Martl sein Rad vorwärts. Halb war es Unlust, halb war es Ratlosigkeit, was auf seinen Zügen lag.

Seit diesem Vorfall war er ein völlig anderer Mensch. Man sah ihn nur selten lachen. Und immer tappte er fast schleichend herum. Es konnte vorkommen, daß er wie von einem Schrekken erfaßt plötzlich zu laufen anfing, wenn ihn der Ederer-Girgl, der Mehringer-Feschl oder der Fingerer sah. Zu Hause war er die meiste Zeit auf der Tenne und suchte recht sonderbar herum. Die Rosl entdeckte ihn einmal sogar in ihrer Kammer. Er blieb erstarrt stehen, wurde ganz blaß und rannte dann ohne ein Wort durch die Tür. Aus einem Grund, der ihr selber nicht gleich klar war, öffnete Rosl hastig ihren Schrank, begann in den Strümpfen herumzuwühlen und suchte die Schachtel mit ihren Goldstücken. Nur die Masche des Bindfadens, mit dem diese zugebunden war, war gelöst. Von den Goldstücken fehlte nicht eines. Die Rosl hielt es aber doch für ratsam, ihren Schatz woanders zu verstecken und verfolgte von da ab den Martl auf Schritt und Tritt mit offensichtlichem Argwohn. Sie ließ zwar von dem sonderbaren Vorfall nichts verlauten, aber sie war auf der Hut. Und beim Martl war es, als habe er eine Höllenangst vor ihr. Er konnte ihr nicht mehr gerade ins Gesicht schauen.

Zitterig, tölpisch und unsicher war der Martl jetzt. Er schien in eine Sache verstrickt, aus der er nicht mehr herauskam. Er ließ sich bei der Wally nie sehen. Er wollte nichts wissen von dem Vorgefallenen. Er versuchte, alle Erinnerungen daran mit Gewalt wegzulöschen; aber plötzlich kam ihm wieder die Angst, die Wally möchte reden und erzählen. Gott sei Dank, er schlief allein, hinten im Kammerl. Nach langem Ueberlegen stieg er eines Nachts aus dem Fenster und ging nach Furt hinüber zum Löffelbauern. Eine gute Stunde umschlich er das weit auslaufende Dorf und gelangte unbemerkt an Wallys Fenster. Das leuchtete noch. Er atmete auf. Auf den Zehenspitzen tappte er an die Hausmauer heran. Plötzlich schlug beim Reblechner drüben der Hund an.

Das Herz blieb ihm stehen. Angstschweiß brach aus allen seinen Poren. Er hielt den Atem an und drückte sich an die Mauer.

»Wally! Wally!« flüsterte er nach einer guten Weile, als es wieder still war, und griff nach dem Fenstervorsprung, klopfte etliche Male an das Blech, wartete atemlos. Er mußte es gut erraten haben, denn sogleich öffnete die Dirn geräuschlos das Fenster und beugte sich heraus.

»Wally! ... Wally! ... I bin's, der Martl«, antwortete er von unten leise. Die Wally streckte wie gewohnt ihren nackten Arm herunter, der Martl faßte, ein Ruck und – durchs Fenster verschwand er. Das Fenster schloß sich wieder und verlosch dann. – –

Der Mond stand bleich am Himmel und zeichnete die Schatten scharf auf die Flächen, als der Martl aus Furt herausschlich. Weit und breit war es still.

Martl lief jagend über die Stoppelfelder und verschwand im dunklen Gehölz. Er wagte nicht auf der Straße zu gehen. Er ging zwischen den hohen Fichten dahin und schrak bei jedem Astknistern zusammen. Auf dem Gipfel der Anhöhe blieb er stehen und sah nach Berfelfing hinein. Jedes Hausdach musterte er und endete schließlich beim Amplezerhof mit dem Blick.

»Herrgott! Herrgott! ... Soi's der Teifi hoin ... Herrgott! Herrgott!« stieß er schwer heraus. Er mußte sich an einen Baum lehnen, so durcheinander tobten seine Gedanken. Furchtbar mußte es gewesen sein in der Wally ihrer Kammer.

Furchtbarer aber noch schien all das zu sein, was in ihm herumfuhr.

So weit war es noch nie gekommen, daß er mit einem Weibsbild mehr gemacht hatte, als man sozusagen immer noch ansehen konnte. Diese schlaue Dirn aber hatte ihn vollkommen aus seinem bisherigen Leben gerissen. Sein ganzer Körper brannte. Sein Blut jagte. Er konnte keinen festen Gedanken mehr fassen. Alle seine Kräfte mußte er zusammenraffen, damit er weitergehen konnte.

Am andern Tag hatte er ein schlafverquollenes Gesicht und schreckte manchmal mitten in der Arbeit zusammen wie ein furchtsames Kind ...

III

Das mußte man ihr lassen, der Wally, sie war schweigsam wie ein Grab. Niemand in der ganzen Umgegend wußte etwas von ihrer Liebschaft mit dem Martl. Die beiden kamen auch nur ganz selten zusammen. Sonntagnachmittags höchstens, irgendwo tief im Gebüsch des Waldes.

Der Herbst lichtete bereits die Bäume. Die Felder waren leer. Eine Weite stand rings um die Dörfer der Pfarrei. Der Ederer baute eine neue Beton-Mistgrube. Beim Mehringer wurde das Haus heruntergestrichen. Der Amplezer-Sepp kaufte sich einen Dynamomotor und ließ sich das »Elektrische« einrichten. Mit seltsam benommener Neugier verfolgte der Martl all diese Veränderungen. Er verfolgte auch noch etwas anderes mit größerer Aufmerksamkeit. Das *Arzhofener Wochenblatt* las er jedesmal vor vorne bis hinten aus. Besonders die Inserate interessierten ihn. Es gab dann Sonntage, an denen er weit über Land fuhr und sich den oder jenen Bauernhof ansah, der zum Verkauf angeboten worden war. Das Seltsame aber war, daß er nie etwa hineinging in ein solches Haus und sich erkundigte nach Preis und Art des Objekts. Unverrichteterdinge kam er stets nach Berfelfing zurück, und niemand wußte, was er gemacht hatte.

Einmal sah man lang in der Nacht noch Licht im Martlkammerl. Martl hockte auf dem Bettrand und zählte sein Geld, zählte und zählte und schien dann zu rechnen. Sein ganzer Körper war gespannt. Hin und wieder hielt er inne, breitete beängstigt seine großen, harten Hände über die Taler und Banknoten und lauschte angestrengt, und als er jetzt in der

Nähe einen Hahn krähen hörte, löschte er schnell das Licht aus und legte sich vorsichtig ins Bett. Er schlief nicht. Er hörte seine Mutter über die Stiege hinuntertappen, hörte, wie es allgemein laut wurde im Dorf, und erhob sich.

Den ganzen Tag fuhr er Mist auf die Felder, und da begegnete ihm der Fingerer. Es war unmöglich, ihm auszuweichen.

»Wos is's jetz, Martl? ... Jetz härt ma ja gor nix mehr, daß du heiratn wuist?« fing der Fingerer an. »Worum bist denn zu der Nerlinga-Leni nia 'numganga?«

»Dö Weiba, dö Weiba ... dö soit da Teifi hoin ...!« antwortete Martl nur hastig und trieb seine Ochsen an.

»Dummer Teifi, dummer ... Beim Nerlinga hätt'st doch an Hof derheirat ... und a so? ... A so konnst schaugn, daß d' erst amoi oan z' kaaffa kriagst ...!« rief ihm der Fingerer nach; aber der Martl nickte nur beiläufig und hieb ein paarmal wütend mit der dicken Peitsche auf die straffen Rücken seiner Ochsen ein, daß sich die Tiere erschreckt in den Kummet warfen und schier zu traben begannen.

Die Woche verging. Der Martl traf sich wieder im Furter Forst mit der Wally. Sie schaute ihn ein wenig verlegen an, lächelte ebenso und sagte auf einmal: »Martl ...? I bin in der Hoffnung vo dir ...!«

Der Martl wurde angstblaß und brachte kein Wort heraus.

»Du muaßt fei' dei' Wort scho hoitn, Martl«, sagte Wally abermals, »sünst muaß i's oi Leit ehvor scho sogn ... Jetz siecht ma ja no nix.« So wie sie es immer getan hatte, versuchte sie, seinen Arm zu nehmen und drückte sich an ihn, lachte wieder.

Aber der Martl blieb stocksteif, daß sie ein wenig erschrak.

»Wos host denn, Martl ...?« fragte sie.

»Wally, Wally ...? I konn fei' koan Hof kaaffa ... nana, dös geht net«, erwiderte der Martl endlich.

»Noja! ... Von dem sogt ja aa koa Mensch was ... aba heiratn muaßt mi!« sagte die Wally jetzt bestimmter. Unverblüfft und resolut blickte sie drein. Und als der Martl nicht antwortete, zog sie ihn weiter ins Gebüsch, auf den Boden nieder und meinte: »Noja! ... Vorläufi siecht ma ja no nix bei mir ... Geh weita, hock di her ...«

Wieder befiel den Martl die Hilflosigkeit. Wieder stieg ihm die Hitze auf.

»Konn ma denn dös net wegmacha ...?« fragte er plötzlich mit dumpfer Kraft, aber es zerglitt. Es ging unter in ihrer gelassen-lächelnden Widerrede.

»Aba sogn tuast nix ... Gwiß net?« murmelte Martl, als er

sie umklammert hielt. Seine Augen funkelten wild. Er drückte sie, daß die Dirn kaum noch zu Atem kam und sich plötzlich dagegen wehrte.

»Loß aus, sog i! ... Martl! ... Loß aus! ... I schrei sunst!« keuchte die Wally erschreckt und rang mit beiden Armen.

Der Martl ließ nach und sank neben sie aufs weiche Moos.

»So wos ...?! Tjhä ... du spinnst ja!« stieß sie geärgert heraus und richtete ihre Kleider und ihr Haar.

»Martl?«

Sie rüttelte an ihm.

»Jaja! ... Ja, Wally! ... I heirat di scho! Ganz gwiß, jaja!« stotterte er abgehackt und glotzte geradeaus. Er war verstrickt in irgend etwas. Ganz merkwürdig war er. Die Wally konnte nichts mehr sagen und stand auf.

»Jaja, Wally! ... Ganz gwiß heirat i di ... ganz gwiß, aber stad muaßt sei', Wally!« wiederholte der Martl und erhob sich gleichfalls. – –

In dieser Nacht glaubte die Amplezerin wen in der Tenne gehört zu haben. Als der Sepp in der Frühe das Gsott herunterwerfen wollte, hörten Martl und die Rosl im Stall auf einmal einen furchtbaren Schrei, dann einen dumpfen Fall. Erschrocken lief die Rosl auf den Holzverschlag des Häckselbehälters zu und riß die Schiebetür auf.

»Ö-ö-öchh-öchh!« stöhnte es grauenhaft und war dann still.

»Um Gottes willen! Um Gottes willen, der Sepp is obagfoin, helfts, helfts!« plärrte die Rosl und rang die Hände. Der Martl stand benommen daneben und glotzte in die finstere Höhlung, und plötzlich, als die Rosl aus dem Stall lief, gab er sich einen Ruck, stieg hastig in das Gsottloch und zog den toten Sepp heraus. Zusammengeknickt und zerschunden war der Körper des Verunglückten, schwer sackte sein blutender Kopf in die Brust, schlaff hingen die Arme herab. Er mußte sich das Genick gebrochen haben beim Herunterfallen. Es hatte wer am Abend vorher den Deckel nicht auf das Häckselloch gelegt, und in der Dunkelheit war der Sepp hineingetappt und durchgefallen. – – –

Der Martl hielt den Toten zitternd mit beiden Händen und zuckte jetzt ein wenig zusammen, als die Amplezerin und die Rosl jammernd in den Stall gelaufen kamen. Die drei trugen die Leiche in die Kammer hinauf und legten sie aufs Bett. Verzweifelt heulten die beiden Weiber. Steif stand der Martl da und murmelte in einem fort: »Jaja ... der is tot! ... Der hot si derfoin!« –

Die Rosl lief endlich aus der Kammer und holte Leute aus der Nachbarschaft. Der Martl stieg auf sein Rad und fuhr zum Doktor nach Arzhofen hinüber.

Am übernächsten Tag gab es eine Beerdigung, wie sie die Pfarrei Gotzing schon lange nicht mehr gesehen hatte. Der halbe Friedhof war voll von Leuten. Jeder Mensch sah auf die drei Amplezerleute mit aufrichtigem Mitleid. Ganz verzweifelt weinten Rosl und die Amplezerin, und auch dem Martl rannen dicke Tränen über die Backen. Er schlotterte wie ein nasser Hund. Beharrlich rieb er sich die Augen aus und sah immerzu starr ins Grab hinunter. Als er einmal den Kopf hob, traf ihn der Blick der Wally, die ihn seltsam ängstlich ansah. Er fing aber sogleich wieder zu weinen an und senkte den Kopf. – –

Von diesem Tage ab wurde es stiller um das Amplezerhaus herum. Die Dorfleute besprachen noch lange den Unglücksfall. Man war wirklich ergriffen davon. Kein Mensch kümmerte sich mehr um den Martl. Er sah auch aus, als ginge ihm der unerwartete Tod seines Bruders arg nach. Er lachte nicht mehr, er war ein ganz anderer. Sein Blick hatte etwas Unstetes. Er arbeitete für drei jetzt.

Der Mehringer-Feschl und der Ederer-Girgl natürlich, die konnten ihr vorlautes Maulwerk nicht halten und meinten einmal: »Jetzt hot er an Hof, der Martl! ... Is grod, ois wia wenn's der Teifi so wolln hätt'!« Trotzdem wagte niemand mehr, Martl zu hänseln. Es schien auch, als sei ihm durch den Unglücksfall das Heiraten vergangen. Man sah ihn sonntags in keiner Wirtschaft mehr, man sah ihn nur manchmal aus dem Dorf gehen, auf den Furter Forst zu.

Um jene Zeit – es war inzwischen schon Spätherbst geworden, unwirtliches Wetter herrschte seit etlichen Wochen – um jene Zeit redete man in der Pfarrei Gotzing und sonntags in den Wirtschaften viel von der schwangeren Löffelbauerndirn und machte sich darüber lustig unter den Mannsbildern. Man kannte ja die Wally. Beim Reblechner in Furt erzählte man allerhand.

»Dö ...?« meinte der Reblechner einmal, als man wieder bei diesem Thema war, »dö ...? Do muaß, wenn's soweit is, daß a Kind kimmt, ausglost werden, wer da Vata is! ... Und paßt's auf, der Dümma muaß d' Alimentn zoin ...«

Furter und Berfelfinger Bauernburschen saßen beisammen. Jeder fast zog den Kopf ein und lachte verkniffen in sich hinein.

»Jaja! ... Wer mog, scho!« brummte der Mehringer-Feschl hämisch und wieder lachte man.

Das Merkwürdigste war, daß die Wally selber nicht im mindesten bedrückt war wegen ihrer Schwangerschaft. Im Gegenteil, keck und schlagfertig gab sie den jeweiligen Spöttern heraus und ließ sich absolut nicht in die Enge treiben. Nach der großen Kirchweih trat sie beim Löffelbauern aus dem Dienst und fuhr in die Stadt, und man sah und hörte nichts mehr von ihr.

Einigen nur fiel es auf, daß der Amplezer-Martl von jetzt ab öfter in der Stadt zu tun hatte und einmal sogar erst am anderen Tag wieder heimkam. Es verging ein Monat und noch einer. Tief in der Adventszeit war es schon, als der Martl einmal den Ederer-Girgl beim Holzheimfahren anredete und ihn unvermittelt fragte, ob er nicht heirate.

Der Girgl war so verblüfft, daß er ganz ernst wurde. Er wußte nicht einmal eine Antwort darauf und gewann erst die Fassung wieder, als der Martl ihn zerschlissen anlächelte.

»Jetz dös is doch amoi a ganz seltsame Frog, Martl ... Wia kimmst denn jetz do drauf?« fragte endlich der Girgl und schaute Martl in die Augen.

»I moan hoit ... D' Rosl, moan i, waar grod rächt für di, Girgl«, sagte der aufgeräumt und ruckte ein paarmal mit dem Kopf hin und her.

»D' Rosl? ... Wia dös?«

»Noja, i moan hoit«, wich der Martl aus und lächelte zweideutig. Dem Girgl schien auf einmal ein Licht aufzugehen. Es trat jäh ein Mißtrauen in seinen Blick. Er musterte den Martl scharf, beinahe durchdringend. Er schwieg einen Moment und bekam wieder seine abgefeimte Miene.

»So! ... D' Rosl? Hm ... jaja, i kunnt's ja amoi vosuacha, wennst moanst«, sagte er mit jener trockenen Listigkeit, die ihm eigen war.

»Werert ma Schwogasleit, Girgl! ... Waar net ohne!« meinte der Martl und lächelte unbeholfen.

»Hm, ja ... ja! ... I wui ma's überlegn«, erwiderte Girgl und trieb seine Ochsen an.

Der Martl tat das gleiche. Und, merkwürdig, er fing auf einmal ganz gemütlich zu pfeifen an. Er pfiff, als sei ihm die beste Sache von der Welt gelungen. Der Girgl drehte sich um und sah ihm kopfschüttelnd und argwöhnisch nach.

»Hm! ... Oiso *so* laaft der Hos!« brummte er für sich. »So ... so!« und verfiel in ein Nachdenken ...

Er überlegte sich vielleicht wirklich, ob er die Amplezer-Rosl nicht heiraten sollte. Wußte er doch, da kam was ins Haus, Gut wie Bargeld. Und für so etwas war der Ederer-Girgl immer zu haben. Er dachte vielleicht noch an viel mehr. Beim Ederer waren fünf Geschwister. Er hatte das Kreuz, mit allen einmal fertig zu werden. Nun, das ging immer noch, aber wenn er so bedachte, der Amplezerhof – und das Edererhäusl dagegen? –

Er wurde plötzlich kreuzfidel und begann ebenfalls zu pfeifen, schlug kräftig auf die Ochsen ein, schritt straffer dahin und pfiff, pfiff genauso lustig wie der Martl.

IV

Was noch nie vorgekommen war bis jetzt, ereignete sich nun manchmal im Amplezerhaus. Seit der gerichtlichen Entscheidung, daß ihm das Haus gehöre, war der Martl schier unerträglich. Lauten Streit gab es zwar nie, aber die Amplezerin – keine gesprächige Person sonst – klagte jetzt manchmal über ihre Kinder. Recht betrübt sah sie drein dabei.

»Jetz hobn mir doch seiner Lebtog garbat ... da Joseph selig, der Sepp und i! ... A jeds hot sich plogt gmua früah und spaat ... aber der Martl, den konnst ja überhaaps nimma arbatn gmua ... den ganzn Tog treibt er«, jammerte sie bei der Hauniglin. Und bei jedem Mittagessen brumme er, der Martl, erzählte sie. Ständig sei ihm alles zu viel, was auf den Tisch komme.

So was von der Amplezerin, die die Sparsamkeit in Person war, zu hören, gab gewiß zu denken. Die Berfelfinger redeten allerhand.

»Dös is ganz einfach«, meinte der Fingerer, »dös is haarklar ...! *Alloa* mächt er hoit sei' auf sein' Hof, der Martl! ... Dös is a ganz a hinterfotziga! ... Jetz kuniert er s' recht, seine Weiba ... Dö Oit, daß' boid verreckt, und dö Jung, daß' boid heirat!«

Und jeder gab ihm recht. Man munkelte auch so was, daß der Ederer-Girgl es auf die Rosl abgesehen habe. Etliche Male hatte man ihn schon aus dem Amplezerhaus herausgehen sehen, und mit dem Martl schien er ein Herz und eine Seele zu sein. Das war überhaupt eine recht seltsame Geschichte! Woher hatte der Girgl denn auf einmal die Kapitalien, daß er überall herumfragte, ob der und der Acker, der und jener Hektar Holz zum Kaufen sei?

Er tat sich auf einmal groß, der Ederer-Girgl. Und fragte man ihn dann: »Ja, zu wos wuist denn jetz auf oamoi absalut a Großbaur werden, Girgl? ... Host denn dös groß Los zogn? ... Host denn sovui Geld? ... Kunnst es denn glei zoin?« dann verzog er hämisch seine Lippen und meinte: »Dös kriagert ma scho! ... Dös waar dös wenigste ...!«

Direkt unheimlich wurde es zuletzt mit ihm. Seine ganzen Brüder und Schwestern waren gegen ihn. Mit ärgerlichen Blicken verfolgten sie ihn auf Weg und Steg. In ganz Berfelfing ging schließlich ein unterdrücktes Mißtrauen herum. Selbst der Mehringer-Feschl war nicht mehr gut auf den Girgl zu sprechen. – –

Der Haunigl-Wiggl kam einmal von Furt nach Hause und erzählte, daß die Wally einen Abgang gehabt habe. »Der Reblechner moant, voreh hätt' sie's scho gwißt, daß' koan Bankertn auf d' Welt bringt ... drum soi s' so lusti gwesn sei', wia ma s' derbleckt hot mit ihran dickn Bauch«, berichtete er weiter.

»Hm, hm! ... Dös Saumensch, dös gräusli ... hm, hm!« brummte die Hauniglin und drehte sich um. »Vo wen soi s' nacha in da Hoffnung gwesn sei' ...?«

»Dös woaß ma net ... sie is bloß beim Löffelbauern drent gwesn und hat gsogt, daß sie in der nächsten Zeit heirat'«, gab der Wiggl zur Antwort.

»Dö ...? ... *Heiratn?* ... Wer nimmt denn dö ...?«

»Do sogt s' nix, hoaßt's ... hoam is s' jetz, über d' Isar 'num zu ihrane Leit! ... An großen Bauern, hot s' gsogt, kriagt s'«, wußte der Wiggl weiter.

Die Hauniglin schüttelte in einem fort den Kopf und brummte: »Dö größtn Menscha hobn dös größt' Glück!«

Kurz nach dieser Kunde sah man den Martl einmal im Sonntagsgewand nach Arzhofen gehen. Er fuhr in die Stadt und blieb wieder über Nacht aus. Mürrischer noch kam er zurück. Er drückte herum und drückte herum und sagte plötzlich beim Mittagessen zur Rosl: »Jetz derfast scho amoi schaung, daß d' heirat'st! ... Bist ja do scho oit gmua ...!«

Er wollte es – wenigstens merkte man das – eigentlich nur so hingesagt haben, aber er machte ein verlegenes Gesicht dabei, so verlegen, als wisse er selber nicht mehr aus noch ein. Die Augen hatte er niedergeschlagen. Er war rot um und um.

Die Rosl sagte gar nichts darauf. An ihrer Stelle antwortete die Amplezerin einsilbig über den Tisch hinweg: »Heiratn is oiwei no früah gmua! ... Du kümmerst di scho gor arg jetz oiwei ... Wos host denn in oana Tour ...?«

»So geht's aa nimma weida!« brummte der Martl mißvergnügt und verschlang mit benommener Hast seine Schmalznudel.

»Is dir dös wos mit enk ...!« meinte die Amplezerin zum Schluß und verzog wehleidig ihr Gesicht. Man schwieg. Man stand vom Essen auf wie immer.

Kurz vor dem Auseinandergehen aber ereignete sich etwas Ungewöhnliches. Die Rosl, die sich bis jetzt still verhalten hatte, stemmte auf einmal ihren Körper drohend gegen den Martl und fragte ihn, was er denn damals in ihrem Kasten gesucht habe, als sie ihn in ihrer Kammer ertappte.

Der Martl wurde jäh kreidebleich und geriet in sichtbare Verwirrung. Steif stand er da, mit offenem Mund und glotzenden Augen. Die Amplezerin wollte der plärrenden Rosl ins Wort fallen, aber die war nicht mehr zu halten. Jetzt schon gar nicht mehr, weil sie sah, daß ihr Bruder unterlag.

»Und wos host denn nachha mit'n Ederer-Girgl ausgmacht, ha, du Saukerl, du dreckiger! Ha?« stieß sie kläffend heraus und gemahnte an eine leibhaftige Furie, als sie jetzt mit geschwungenen Armen auf Martl zurannte und ihm mit den kratzenden Fingern ins Gesicht fuhr.

»Ha? Du Lump, du mistiga, ha?« bellte sie. »Ha? ... Goldgeld hast ihm versprocha, wenn er mi überfoit und in d' Hoffnung bringt, du Hundskerl! ... Ha?!« Sie schlug mit aller Gewalt auf den verstörten Martl ein, sie kratzte, sie schäumte vor Wut und schrie wie eine Irrsinnige, daß die Amplezerin sie erschreckt zurückriß und fassungslos zur Höhe sah, während der Martl aus der Küche stürzte und sich nicht mehr blicken ließ.

»Der Hund, der nackert! ... Der Saulump, der schlächt! ... Der Huarnteifi!« schrie die Rosl schlotternd und fing vor Wut zu weinen an. Alles erzählte sie. Der Ederer-Girgl sei einmal nachts in der Stube drunten gewesen und habe in einer Tour gesagt: »I mach's, Martl! ... Aba z'erst muaßt ma dö zwanzg Goldstückl geben ... sünscht mog i net, sünscht sog i's!«

Die Amplezerin fing schließlich auch zerknirscht zu weinen an und wehklagte unablässig: »Um Gottes willen! ... Um Gottes willen! Jetz so wos! So wos!!« – –

Der Martl stand zitternd im Stall und lauschte mit angehaltenem Atem.

»I woaß noch vui mehra! ... Vui mehra!« hörte er jetzt die Rosl schreien und rannte plötzlich wie von einem furchtbaren Grauen erfaßt auf die Tenne, versteckte sich wie ein ängstlicher Schulbub im Heu. Immer wieder lauschte er, immer wieder bohrte er sich tiefer in den dichten, festen Haufen, bis es stumm und still um ihn war. Lang lag er so. Er hörte verschwommene Rufe und gab nicht an. Es wurde wieder totenstill.

Er war gefangen. Er hatte sich selbst verraten. Es gab kein Zurück mehr. Was sollte er nur tun?

Er rang auf einmal die Hände hilflos ineinander und versuchte zu beten; aber es ging nicht. Wie sollte es jetzt weitergehen?

Was war denn das, was die Rosl mit »noch viel mehr« meinte? Was denn, was?!

Eine rasende Angst befiel ihn. Er konnte seine Gedanken nicht mehr zusammenhalten, mochte er sich auch noch so anstrengen. Alles wirbelte durcheinander. Er drückte fest die Augen zu und biß die Zähne aufeinander, stieß den Kopf noch tiefer, noch verzweifelter ins Heu. Alles war vergebens.

Sollte er jetzt auf und davon laufen? Sein Geld mitnehmen und einfach verschwinden? Einfach nichts mehr hören lassen? Was war dann mit seinem Hof?

Sollte er zur Wally hinüberfahren über die Isar und ihr einfach sagen: »Do host mei' ganz' Goldgeld, aber heiratn konn i di net, sunst kimmt oiß auf! ... Do nimm's! Aber sei stad, sog nix!«

Nein! Nein, das ging nicht. Die Wally wartete ja schon. Die ganze Zeit hatte sie gedroht. »Martl! Mach jetz amoi, sunst sog ich's!« hatte er immer wieder hören müssen.

Martl schwitzte. Er zitterte, er wimmerte. Herrgott, warum mußte auch alles so saudumm gehen. Warum mußte er auch die Wally damals getroffen haben?! Warum hatte er auch den Ederer-Girgl wieder anreden müssen?!

Er preßte seinen Kopf fest mit beiden Händen zusammen, so als wollte er ihn zerdrücken zu lauter Mus.

Aber das Bild wich nicht in seiner Erinnerung. Da – da, in der Dunkelheit, vor ihm stand der Girgl.

»Jetz ghärt da Hof dir, Martl, ha? ... Da Sepp liegt unter der Erdn?« fragte der Girgl. Genauso hämisch lächelnd wie damals bei den Ohrringen sah er ihn an.

Und wehrlos gab der Martl drauf Antwort: »Ja! ... Der is obagfoin durchs Gsottloch ...« und schaute am Girgl vorbei.

»Weil der Deckel net drobn glegn hot, gell, Martl? Gell?« fragte es wieder aus der Dunkelheit, und dem Martl stiegen die Haare zu Berge vor Grauen.

»Ja! ... Ja!« schrie er auf einmal grell. »Ja!« Er keuchte wie ein Sterbender.

Jetzt war es heraußen, das schreckliche Wort. Jetzt war ihm leichter. Er arbeitete sich aus dem Heu. Es half ihm kein Überlegen mehr. Er war verloren.

»Wenn ich's sag ... eingesperrt werd ich vielleicht, aber nachher bleibt mir der Hof doch und mein Goldgeld!« dachte er flüchtig, während er sich durchs Dunkel der Tenne tastete, zur Tür hinein, die in den oberen Gang führte.

Als er jetzt die eiserne Klinke in der Hand hielt, blieb er noch einmal stehen. Sein Herz jagte. Der kalte Schweiß stand auf seiner Stirn.

»Und nachher ... nachher ko mir d' Wally a nimma o! ... Nachher is oiß gleich!« brummte er gedämpft, wie im Banne eines grausigen Traumes und öffnete.

Er stand auf dem Gang. Er lauschte. Es war still, ganz still. Hitze und Kälte stürzten auf einmal auf seinen Körper. Das Blut drohte durchs Hirn in einem peitschenden Strahl hochzuschnellen. Sein Kopf trommelte.

Er machte jäh einen Satz auf die Tür der Kammer seiner Mutter zu und klopfte.

»Muatta! ... Muatta, hoits an Schandarm! ... I hob an Sepp durchs Gsottloch obifoin lossn, Muatta!« keuchte er hastig. »I hob an Sepp umbrocht, Muatta! Hoits an Schandarm!» rief er lauter, und als Rosl und die Amplezerin endlich erschreckt die Tür öffneten, lehnte er an der Wand und wimmerte immerzu das gleiche ...

Und auf einmal rannte er die Stiege hinunter. Man hörte die Haustür zuschlagen. Knirschende Schritte tappten und entfernten sich. Still war es.

Erschüttert sanken die Amplezerin und die Rosl auf die Knie, falteten die Hände und jammerten kläglich: »Um Gottes willen! ... Der Herr sei ihm gnädig!« – –

Am andern Tag kam der Gendarm von Arzhofen und erzählte, daß der Martl sich selber bei der Polizei gestellt habe.

Den Rosenkranz sollte er mitbringen, richtete er aus, und einen schönen Gruß, sie sollten nur alles zusammenhalten und beten für ihn.

Auf der Dorfstraße hatten sich die Leute in Gruppen zusammengestellt und redeten eifrig ineinander.

»I hob's ja glei gsogt! ... I hob's oiwei gsogt, dös is a ganz a Hinterfotziga!« brummte der Haunig-Wiggl. »I hob's enk oiwei gsogt, der bringt di um um a Goldstückl, wenn's sei' muaß ...!«

Und alle schimpften über den Ederer-Girgl, der nicht zu sehen war.

»Is's wia's mog!« sagte der Lehrbacher resolut. »Ös hobts gnau so vui Schuld! ... A jeda hot auf den narreten Lattierl eingredt, und do kimmt nia wos Gscheits 'raus!«

Und betroffen sahen ihm alle nach. In jedem war ein gewisses Unbehagen der Schuld ...

Der arme Reiche

I

Auf der weithin sichtbaren Anhöhe zwischen Lankendorf und Tiefenbrunn, mit der Längsseite direkt an der vielbefahrenen Staatsstraße, steht die großmächtige Wirtschaft vom Aushammer. Eigentlich heißt man's einfach Aushamm. Ein echtes, wunderbar breites, langhingestrecktes oberbayrisches Bauernwirtshaus ist das. Der große, musterhaft gewölbte Stall beherbergt gut an die dreißig Stück Vieh, die riesige Tenne mit der Auffahrt von der Lankendorfer Seite her nimmt über die Hälfte des ganzen Gebäudes ein. Dann kommt vorne das eigentliche, dreistöckige Wohn- und Wirtshaus ohne Altane, wo zu ebener Erde die geräumigen Gastlokalitäten sind. Drüberhalb der Straße, auf dem Wiesendreieck, an dem der schmale Haglfinger Gemeindeweg vorbeiläuft, steht ein kleiner hölzerner Eiskeller mit einem glatten Blechdach, das von einer ungefähr meterhohen geschnitzten Planke umzäunt ist. Da droben spielen im Sommer bei Festlichkeiten die Blechmusikanten. Als Abschluß des Wirtsgartens, den dichtkronige Kastanienbäume beschatten, streckt sich weiter hinten eine lange alte Kegelbahn gemütlich ins grüne Feld. – –

Prachtvoll wäre die Sicht auf das Anwesen von der Tiefenbrunner Straßenseite aus. Leider aber wird sie gerade da von einem ziemlich baufälligen, uralten, einstöckigen Back-, Wasch- und Austragshäusl verstellt, das, wegbreit entfernt, quer davor im Obstgarten steht. Diese elendige Nothütte verschandelt alles. Aber einfach abreißen läßt sie sich auch wieder nicht.

Da drinnen, im ersten Stock, in zwei modrigen, feuchten Kammern, haust nämlich seit Jahr und Tag der Bruder vom alten Aushammer selig, der Georg Rechberger, oder, wie man ihn eben nach dem Hausnamen heißt, der Aushammer-Girgl. Der alte Aushammer hat sich Johann Rechberger geschrieben. Er hat damaligerzeit als Ältester das Anwesen gekriegt, drei Schwestern waren noch da, alle haben gute Partien gemacht, bloß der Girgl als Jüngster ist auf dem Haus geblieben und hat ewig den Knecht gemacht. Da ist ihm dann einmal – er war selbigerzeit schon ein Vierziger – bei der Holzarbeit im Winter etwas Arges passiert. Ein abgesägter Stamm fiel krachend um, der Girgl wollte wegspringen, rutschte aus und kam drunter hinein. Gott sei Dank war bloß der rechte Arm bis weit über den Ellbogen hinauf kaputt. Im Tiefenbrunner Krankenhaus hat man ihn abnehmen müssen, sonst wär' der Brand dazugekommen.

Die Kosten für Doktor, Operation und Krankenhausbehandlung hat der Aushammer-Hans seinerzeit übernommen, aber als der Girgl bresthaft heimgekommen ist, hat der Hans zu ihm gesagt: »Ja mei', Girgl, jetz muaß i di hoit deiner Lebtog hobn! ... Vo a'ran Krippi is nix mehr zon Verlanga ... No ja, i tua's ja gern, aber gell, do unterschreibst mir, nacha san ma quitt.« Mit einem Wort, selbigerzeit ist der Girgl um sein Geld gekommen. Überall hat sich's herumgesprochen, daß das vom Hans nicht »reinlich gemacht« worden sei, und der Girgl hätte diese Machenschaft seines Bruders leicht anstreiten können, aber er war von jeher keiner von den Hellen und tat es nicht. Zufrieden gab er sich, basta. Ja, in gewisser Weise war er dem Hans sogar dankbar. »I muaß sterbn, Hans«, sagte er, »und du muaßt aa sterbn ... Do is's ja gleich, wer 's Geld hot ... I bin hoit a Krippi, do loßt si nix mehr macha ... D'Hauptsach is, daß i meiner Lebtog versorgt bin und a Hoamat hob, solang ois i leb.«

Gerechtigkeit ist nicht immer die beste Sache. Der Frieden ist mehr wert. Der Girgl hat es bei seinem Bruder nicht schlecht gehabt. Es war ein gutes Auskommen.

Ein Jahr und viele Jahre vergingen. Der Hans war damals schon Vater von zwei strammen Buben – die Moderegger-Kreszenz von Tiefenbrunn, eine schwergeldige Wirtstochter, war sein Weib – und grad warteten die Wirtsleute auf das dritte Kind. Das aber kam tot auf die Welt, ein Mädl war's. Und vier Tage drauf mußte auch die Rechbergerin in die Ewigkeit. Eine Leich' war's, wie selten eine. – –

Wiederum verlief Zeit und Jahr. Die Buben wurden groß und Mordstrümmer Mannsbilder. Der Aushammer ging mittlerweile schon ins Sechzigste. Er überlegte langsam, ob er das Sach' nicht dem Ältesten, dem Hans, übergeben sollt' – da brach der Erste Weltkrieg aus. Alle zwei Aushammerbuben – der Hans und der Vestl – mußten fort. Einer war schon dreißig, der andere sechsundzwanzig Jahr' alt.

Kein Wunder, daß der alte Aushammer über diesen Gang ärgerlich war.

»A so a schöns Macha hätt' er jetzt ghabt, der Hans! ... Und der Vestl hätt' si mit sein' Heiratsguat a schwaare Bauernstochta nehme kinna ... Oiß waar so guat ganga, und do, auf amoi, fanga dö mit eahnan Scheißkriag o!« brummte er oft und oft in der verlassenen Wirtsstube an den Girgl hin. Der wiederum schaute schläfrig auf, tat eine Zeitlang nicht Gick und nicht Gack, endlich aber murmelte er: »Ma konn nix macha, Hans ... Wia ma's macht, is's foisch ... Es kimmt oiwei anderscht.«

Und, weiß der Teufel, er hatte recht. Es kam ganz unerwartet anders. Der älteste von den Aushammerschen bekam bei der militärischen Ausbildung Lungenentzündung und starb nach wenigen Wochen im Militärlazarett in Neuburg an der Donau, der jüngere, der vorlaute Vestl, kam nach vier Jahren unversehrt vom Krieg heim, und das Anwesen fiel ihm zu. Die größten Bauern- und Wirtstöchter in der ganzen, weiten Umgebung lauerten sozusagen auf ihn, aber er heiratete wie mit Fleiß eine Städtische. Das war auch dem alten Aushammer nicht recht. Was Fremdes kam ins Haus.

Ein Jahr drauf senkte man auch den Johann Rechberger, ehemaligen Aushammerwirt, im Tiefenbrunner Gottesacker in die Erde ...

Und der Girgl?

Ja so, der Aushammer-Girgl! Der war immer noch gesund und rüstig. Jetzt aber – auf einmal paßte er nicht mehr ins Haus. Die nunmehrige Aushammerin konnte sein Tabakrauchen nicht leiden. Und überhaupt – er hockte bloß den ganzen Tag in der Wirtsstube, hinten und vorn zu nichts nutz und noch dazu stets sternvoll Dreck. Kurzum, mit einem kleinen Benzen fing es an, allmählich wurde die adrette Wirtin immer aufsässiger, und schließlich mußte der Girgl in die Kammern, drüben im Back- und Waschhäusl.

An dem Tag, da er aus dem großen Haus ausziehen mußte, sagte er zum Vestl mit einer fast spöttischen Stimme: »Noja, an oitn Krippi konn ma leicht außiwerfa ... Dös is ja weiters koa Kunscht it ... Aba i trog dir weita nix noch, Vestl ... D' Weiba san oiwei no irga gwen wia der Teifi ... Do kann ma nix macha. Aba gell, dös sell woaßt scho, daß bei dem, dös wo heunt oiß dir ghärt, aa hübsch wos vo mir dabei is? ... I mog it streitn, Vestl, aba sovui derf i nacha doch scho no verlanga, daß i z'lebn hob ...«

Dem Vestl wird es bei diesen Worten vielleicht in den Sinn gekommen sein, daß er ein richtiger Pantoffelheld sei, am End' schämte er sich sogar ein wenig, aber um's nicht zu zeigen, fing er vorlaut zu poltern an. »Dei' Essn und Trinka kriagst wia bei'n Vata, selig, Girgl, und jede Woch konnst zehn Mark hobn, daß a Ruah is! Aba du paßt ganz einfach nimma in mei Wirtschaft eini, aus!« Die schmale Holzstiege, die außen an der Hausmauer herunterlief, knackte, ächzte und bog sich buchstäblich unter seinen schweren Schritten, denn der jetzige Aushammer war ein ungeschlachter Riesenkerl und wog trotz seiner dreiunddreißig Jahre schon gutding zwei Zentner. Seit seiner Heirat ging's bei ihm städtisch her. Der Wirt und die Wirtin gaben zuviel auf Wohllebigkeit. Es war ja auch die Zeit darnach. 1921 schrieb man, und mitten in der schönsten Inflation war es. Das Geld war nichts, der reale Besitz alles. Erst so um neun Uhr in der Frühe standen die Wirtsleute auf. In der Küche standen eine Köchin und einige Helferinnen, die Ökonomie und Landwirtschaft hielt ein Verwalter in Gang, dreifach soviel Knechte und Dirnen wie beim seligen Aushammer waren jetzt da. Der Wirt ging höchstens einmal auf die Jagd, fuhr mit seiner gespreizten Frau spazieren und hockte jeden Abend zwischen den lauten Tarockern am Ofentisch. Mitunter kam's auch vor, daß die Aushammers gleich volle zwei Tage in der Stadt blieben und das unsinnigste Zeug zusammenkauften. Dann wieder machten sie mitten unter der Woche eine mehrtägige Gebirgspartie. Anfangs fuhr man noch mit der Bahn, eines Tages aber war ein viersitziges Auto in der Wagenremise.

»Herrschaftenwirt« hieß man den Aushammer in der Umgegend. Er lachte darüber. Er war reich und mächtig und lebte – wie man so sagt – drauflos wie Gott in Frankreich. Als dann die Inflation langsam dahinschwand und die Bauern überall lange Gesichter zogen, lachte er noch mehr. Er hatte sein Geld in Dollars angelegt, seine sämtlichen landwirtschaftlichen Maschinen waren neu, schuldenfrei war das riesige Anwesen, und schlauerweise hatte er für windiges Papiergeld die besten Gründe rundherum aufgekauft.

Eines Tages suchten ihn einmal zwei ehemalige Kriegskameraden aus der Simbacher Gegend auf. Der eine war ein Wachtmeister und der andere ein Viehhändler. Sie kamen in die geräumige Wirtsstube und rissen Maul und Augen auf, als sie den Aushammer sahen.

»Wos? ... Ja – ja, du bischt ja der reinste Bierbanzn wordn!« sagte der Viehhändler erstaunt. Wirklich, er war kaum mehr zum Kennen, der ehemalige Unteroffizier Silvester Rechberger.

»Ja ... Jaja! Du bischt ja wia a Luftballon!« lachte der

Wachtmeister fidel und musterte den aufgeschwemmten Wirt: »Du, moan i, tat'st aa fressn vo der Früah bis auf d' Nocht ...? Dir, moan i, gang's arg schlächt, wos?«

Der Aushammer lachte halbwegs und bewirtete sie aufs beste. Die Wirtin kam, und es wurde kreuzfidel.

»Bloß hoit – mit mein' Mogn bin i nimma recht z'friedn ... Ganz gesund bin i nimma«, sagte der Aushammer während der Unterhaltung einmal. Er klagte über Magenbrennen und Kreuzschmerzen.

»Er geht mir ja zu kein' richtign Arzt«, meinte die Wirtin und schaute auf die zwei Kriegskameraden. Die lachten wiederum.

»Jetz – i wissert do an ganz an guatn Dokta, Vestl«, spöttelte der Viehhändler und blinzelte mit dem linken Aug': »Oi Tog an Klofta Hoiz hacka oda Kornmahn ... Dös waar der best' Dokta.«

»I konn's nimma macha ... Wer an Kriag mitgmacht hot, hot a Leidn hoambrocht«, gab ihm der Aushammer wehleidig zur Antwort: »Jetz zoagt si dö Gschicht erscht schö langsam ...« Er schaute fast trübselig drein und rieb sich in einem fort mit der einen Hand die linke Buckelhälfte: »Do hintn sitzt der Wehdam ...« Dabei schnaufte er schwer.

»Dö Herrn mächtn gwiß aa was sehn von der schön' Gegnd«, sagte die Wirtin wieder so halb hochdeutsch: »Fahr s' a bißl spaziern, Vestl ...«

Und also fuhr sie der Aushammer in der Gegend herum. Immer wieder zeigte er dabei auf seine Felder, auf seine Waldungen, und von jedem Stück Grund wußte er zu erzählen.

»Unheimli vui host, Vestl ... Herrgott, host du Sach ...«, meinten alsdann die zwei Kameraden immer wieder. Als das Auto lang nach dem Haglfinger Gebetläuten wieder am Wirtshaus anhielt, schaute der alte Girgl aus seinem schwachbeleuchteten Fenster.

»Wer haust denn a dera Kaluppen drobn?« fragte der Wachtmeister beiläufig den Aushammer.

»Dös is a bresthafta Bruada von mein' Vata selig ... Der hot do sein Austrog«, gab ihm der Auskunft. Wachtmeister und Viehhändler schauten ein wenig staunend auf das baufällige Häusl und alsdann zum gelben Girglfenster empor. Der Aushammer lenkte währenddessen den Wagen in die Remise.

»Hm-hm ... A Bruada vo sein' Vata selig? ... Und den loßt er so armselig wohna?« murmelte der Viehhändler: »Hm-hm.«

Und die zwei Kriegskameraden schauten sich stockstumm an. Aus der Wirtsstube hörte man das Reden etlicher Gäste.

Rrr-r-r-rr machte das Auto, r-r-rr ratterte es wiederum und schwang sich unter das Gewölbe der Remise, etliche Male knatterte es noch und wurde still. »Dös is aa it grod schö, daß er den do drobn a so armselig hausn loßt ... Aba no, üns geht's nix o«, murmelte der Wachtmeister seinem Kameraden in bezug auf den Girgl noch einmal schnell zu, dann gingen die zwei auf die hellerleuchtete Haustüre zu. »Gehts nur eini! I kimm glei noch!« schrie der Aushammer: »Und sogts zu meina Frau, Hunga hobn mir!«

Lachend verschwanden die zwei im Haus.

II

Eigentlich aber – wenn man's recht anschaute – der alte Girgl war weiter gar nicht unglücklich über sein Los. Im Gegenteil! Wenn er nach Tiefenbrunn oder nach Haglfing sonntags zum Hochamt ging und nachher etliche Halbe Bier beim Bruckenwirt oder beim Schmulinger trank, summten ihm die wohlmeinenden Leute oft die Ohren voll, was denn das für eine Art und Manier von den protzigen Aushammerleuten sei, ihn – den alten, bresthaften Mann – derartig in der Armseligkeit hausen und leben zu lassen.

»Hintn und vorn hat ma di ausgschmiert, Girgl! ... Scho dei' Bruada selig hot dir dei' Geld o'gstoin!« schimpfte der und der. Indessen, der Girgl gab auf dieses hetzerische Gesurms gar nichts.

»Dö Totn muaß ma in Ruah lossn!« sagte er alsdann gewöhnlich in bezug auf seinen seligen Bruder Hans, und vom jetzigen Aushammer meinte er bloß, es sei ihm wohl vergönnt, sein Reichsein, mit ins Grab nehmen könnt' er doch auch nichts. Basta. – Der alte Girgl war schon in der ersten Achtzigerhälfte. Da will man nicht mehr recht viel von der Welt und denkt eigentlich bloß noch ans ruhige Sterben. Und überhaupt – es ist so eine Sache mit dem Reichsein und mit dem Armseligsein. Es kommt doch hauptsächlich darauf an, wie einer sich dabei kommod fühlt.

Der Girgl war pumperlgesund, und zu klagen hatte er nichts. Sein Essen brachte ihm jeden Tag das Küchenmädl, im Winter konnte er sich seinen Ofen heizen wie er wollte, und kein Mensch redete ihm was ein. Im Sommer richtete er sein kleines

Pflanzgartl her, hie und da machte er Botengänge, besuchte dabei alte Bekannte und unterhielt sich gemütlich mit ihnen, oder er brockte Schwammerl und legte sich in eine schattige Wiese. Wenn es draußen kalt wurde, wenn's schneite, hockte er brühwarm in seiner molligen Stube, schaute sich die paar Bücher und Hefte an, die ihm der Baumeister und die Knechte brachten, oder las auch einmal an heiligen Zeiten im *Goffine* (ein weitverbreitetes, religiöses Erbauungsbuch) und wünschte sich gar nicht mehr. Bloß halt – das Backhäusl wurde immer baufälliger, und der Aushammer ließ es nur ungern richten. Jedesmal, wenn das Gemäuer geflickt werden mußte, wurde er grantig.

Sein Haus, ja, das ging ihm ewig im Kopf herum. Er ließ es neu herunterweißen. Hinten draußen baute er einen großen neuen Stadel, und weil der Autoverkehr auf der Staatsstraße immer mehr zunahm, weil die durchfahrenden Herrschaften in Aushamm meist anhielten, was zu sich nahmen oder auch übernachteten, drum überlegte der Wirt nicht lang und ließ eine umfängliche Fremdengarage bauen. Fünf Wagen konnten drinnen Platz finden. Alle diese Unternehmungen kosteten haufenweise Geld und machten viel Ärgerlichkeiten – aber schließlich und endlich, es war doch wieder schön auch, so nach Herzenslust bauen zu können und all den Notschnappern in der Umgegend zu zeigen, was eine richtige Großzügigkeit ist. Der Aushammer schaute die Gebäulichkeiten ringsherum an – sie freuten ihn. Er war voller Pläne. Der alte Eiskeller gefiel ihm schon lang nicht mehr. Im Frühjahr kam der Baumeister Finsterwalder von Tiefenbrunn. Lang redete der Wirt mit ihm, dann gingen die zwei hinten, auf dem Platz neben der Garage, hin und her. Der alte Girgl schaute ihnen vom Fenster aus zu. Der Finsterwalder zeigte dahin und dahin. »Tja, guat ... I überleg mir's no a poor Täg«, sagte endlich der Aushammer: »I kimm nacha eini zu dir und sog dir's ...« Und damit war er sich so gut wie schlüssig. Ein neuer Eiskeller mußte her.

Wie sie um den Stadel herumgingen und auf die Wirtschaft zu wollten, musterte der Finsterwalder das armselige Girglhaus. Er blieb stehen.

»Du, Aushamma«, sagte er, »dö oit Kaluppn verschandelt dös ganze Anwesn ...«

Der Aushammer bekam ein ärgerliches Gesicht. »Dös woaß i scho«, sagte er und dämpfte seine Stimme brummig. »Dö muaß weg, wia der Girgl an Grob liegt . . .«

Der Baumeister Finsterwalder hörte das Richtige schon heraus, drum lenkte er eilsam ab und meinte bloß noch: »Tjaja, für'n Girgl wos Neu's herz'baun, is nimma der Müah wert ...«

Aushamm also, wie gesagt, vergrößerte sich direkt großartig. Leider aber, der Wirt war schon seit einem ganzen Jahr nicht mehr gut beieinander. Sein Magen war nicht mehr recht, das Zehnte durfte er nicht essen. In den besten Jahren stand er, und tausend Pläne hatte er, inwendig aber war bei ihm was nicht in der Ordnung. Er magerte sichtlich ab, faltig wurde sein Gesicht, ewig hatte er so ein malefizisches Sodbrennen und durfte bloß noch Mineralwasser trinken.

Der Doktor Mangst von Tiefenbrunn kam hin und wieder, in die Stadt fuhr der Wirt und suchte einen Spezialisten auf. Heim kam er mit einem Gesicht wie neun Tage Regenwetter. Es war ganz einfach nichts mehr mit ihm.

Die Arbeiter hoben die Grundmauern zum neuen Eiskeller aus. Ein Lastkraftwagen brachte Zementsäcke und Ziegelsteine. Schnell ging es vorwärts, denn jeder Tag war schön.

Der alte Girgl stand öfters, bevor er sich ans Spazierengehen machte, am Bauplatz und schaute zu. Der Aushammer kam einmal dazu.

»Bei mir braucherts aa a bissel herrichten ... Auf der Wetterseitn hot d' Wand scho wieda zwoa Riß«, sagte der Girgl. »Jetz waarn grod d' Maura do ... Do gang's an oan hi ...«

Dies brachte den Wirt auf einmal in Harnisch. Mir nichts, dir nichts fing er laut zu schimpfen an, eine derartige Wut bekam er, daß er auf kein Wort mehr aufpaßte. »Himmiherrgottsakrament!« schrie er giftig: »Du kimmst aa no oiwei daher mit deina Kaluppn! ... Wos mi dö scho Geld kost hot für nix und wieder nix, do bau i ja an ganzn Baurnhof ... Du freili! Di geht's ja nix o ... Himmikreizherrgottsakrament! ... I mächt bloß wissn, wia lang ois dös mit dir no a so furtgeht ...«

Der Girgl schaute ihn bloß stockstumm an und ging weiter. Das aber giftete den Wirt noch mehr.

»Du host as schöna wia jeda Mensch auf da Welt, du oita Fäulenza!« plärrte er noch ärger. »Und wennscht wos brauchst, na kimmst einfach ewi zu mir! ...«

Einen solchen Lärm machte er, daß die Arbeiter innehielten und verwundert gafften. Der Girgl tappte schon auf dem Fußweg, der durch die Wiese lief, auf das untere Holz zu. Er hatte den Kopf eingezogen, grad so, als wollt' er nichts hören und sehn. Jetzt, weil er merkte, dem Alten machte die Schimpferei nichts, wurde der Wirt auf einmal auf die Arbeiter wütig und plärrte auf die los, daß sie fast erschreckt wieder zu schaufeln anfingen.

Seit dieser Zeit gab der Aushammer dem Girgl die zehn Mark Wochengeld nicht mehr. Die ersten Monate rührte sich der Alte nicht drum. Er brauchte sie ja nicht. Von dem bereits erhaltenen Geld hatte er sich schier an die hundert Mark erspart und das langte allemal noch zu etlichen Halben Bier. Einmal richteten ein paar Maurer alsdann doch ein kleines Gerüst am Backhäusl auf und verputzten die Risse. Der Girgl machte das Fenster auf und fragte gemütlich: »So, loßt er's jetz doch flicka ... Ja, ja, es braucht's scho ...«

Die Maurer lachten ein wenig und meinten ebenso freundlich: »Ja, ja, Girgl, mir richtn dei' Häusl scho auf'n Schwung her ... Feit si nix!«.

»Tja – hja, mi dertrogt's no oiwei«, gab der Alte zurück und machte das Fenster wieder zu. Der dicke Nebel auf den Wiesen stieg langsam ins Hohe, die Sonne kam durch. Ein wunderschöner Tag fing wieder an. Der Girgl hockte sich auf den Sessel am anderen Fenster und schaute hinüber auf das großmächtige Aushammeranwesen. Da rührte sich alles. Auf dem Gerüst des neuen Eiskellers hantierten die Maurer flink, zu ebener Erde rührten etliche Burschen in der Mörteltruhe hin und her. Hinten, beim Misthaufen, luden die zwei Dirnen Dung auf die Wagen, und ein Odlfuhrwerk stand unter der Pumpe, die ein Knecht hurtig hin und her riß.

»Hm – hm – hm, oiß is lebendi ... Oiß werd neu und schö ... Baun, nix wia baun tuat er, der Veschtl«, murmelte der alte Girgl, so wie eben alte Leute sich mit sich selber betrachtlich unterhalten. »Jaja, do hobn d' Leut an Arbat und verdeana was ...«

Der frische Tag strahlte schon goldhell. Auf den Wiesen lag der leichte Dampf des auftreibenden Keimens. Drüben, auf der Lende, ackerte der Straußhuber, dahinter riß der Muggenthaler seinen Mist vom Wagen. Das Backhäusl fing ein wenig zu zittern an, die Fensterscheiben klirrten leicht. Zwei schwerbeladene Lastautomobile fuhren Sand zum Bauplatz.

Jetzt kam der Aushammer vorne bei der Haustür heraus. Er hatte einen Gehstecken und ging elendiglich matt daher. Ein Gesicht hatte er wie angegilbt. Er fuhr immer mit dem einen Arm auf seinen Rücken und rieb das schmerzende Kreuz. Er fing zu hüsteln an und blieb schwankend stehen. Es würgte ihn. Er spie gallig aus, aber das Würgen schien nur noch ärger zu werden. Er kehrte mißmutig um und wankte wieder ins Haus zurück.

Der Girgl schaute eine Zeitlang auf den Fleck, wo der Wirt gestanden hatte. Er furchte ein klein wenig seine Stirn und schüttelte alsdann den Kopf langsam. Die dralle Küchenmagd kam aus der Haustür und brachte dem Alten den dampfenden Kaffee und das Trumm Hausbrot. Sie stieß die wackelnde Kammertür heftig auf und verzog ihr gesundes, rotes Gesicht zu einem leichten Lachen: »Do, Girgl, da Kaffee ... Heunt hob i dir extra vui Haut aufghoitn ... Do schaug ...«

Sie stellte die große blecherne Tasse auf den schmierigen Tisch und legte das Brot dazu. Der Girgl lachte auch und tappte auf das Weibsbild zu.

»Jaja, Marie! ... I sog ja, du bischt a guats Leit ...« sagte er. »Ünsa Herrgott moant mir's scho gor z'guat ...« Er setzte sich an den Tisch und fing das Umrühren an.

»I woaß it ... Wos is denn mit'n Aushamma los ... Der schaugt ja hundsmisrabi aus?« erkundigte er sich.

Und gleich erzählte das lustige Weibsbild: »Ja, denk dir's nur grod, Girgl ... Der hot dö ganz Nacht Mognkrämpf ghabt, und in oan furt bricht er Goi ... Heunt is er aufgstandn, und jetz hot er sich schon wieda higlegt ...«

»Mognkrämpf? ... Und Goibrecha?« fragte der Girgl interessierter. »Ja, wo hot er denn jetz dös her?«

»Ja mei' ... Er is schlächt beinand, ganz schlächt ...« gab die Magd Antwort. »Und grod jetz, wo wieda so baut werd, gunnt er si übahaaps koa Ruah ...«

»Ja, mei', wenn er krank is, muaß er si scho schona ... Do huift oiß nix«, murmelte der alte Girgl wiederum, und wie für sich setzte er hinzu: »Hm – hm – hm ... Goibrecha und Mognkrämpf? ... Hmhm! Und a dö junga Johr ...? ...Hmhm – hm, jetzt so wos ...«

Er nahm das Trumm Brot und biß ein Stück herunter. Während er kaute, murmelte er kopfschüttelnd: »Hm – hm ... und mir fehlt 's ganz Johr nix, hmhm ... I glaab, i wer vo ünsern Herrgott vergessn mit'n Sterbn ...«

Aber als er sich umdrehte, war die Magd schon draußen. Auf der Stiege stand sie und machte Spaßettln mit den Maurern. Hell plapperte sie daher, gurgelnd lachte sie mitunter auf.

Der alte Girgl hockte kauend und schlürfend in seiner Kammer und fiel hie und da ins Nachdenken. Die Sonnenstrahlen leuchteten breit durch das Fenster und füllten alles mit Licht ...

III

Es half alles nichts – von dem Tag an mußte sich der Aushammer hinlegen. Der Doktor Mangst von Tiefenbrunn kam jeden Tag mit seinem Auto angefahren und blieb oft über eine Stunde. Schließlich brachte er eine Krankenschwester mit. Dem Wirt ging es immer schlechter. Er hatte schreckliche Schmerzen auszustehen. Mitunter schrie er gottesjämmerlich auf, dann wieder schlug er fürchterlich um sich oder lag, nachdem ihm der Doktor oder die Schwester eine beruhigende Einspritzung gemacht hatten, stundenlang wimmernd und sich windend da, bis er endlich einschlief. Er lag am Fenster der großen Ehekammer im ersten Stock, grade gegenüber vom alten Girgl seinem Kammerfenster. Er ließ sich halb aufrichten untertags, um auf den Garagenbau schauen zu können. Der Kranke und der alte Girgl sahen sich jetzt jeden Tag auf die gleiche Weise: Der Wirt lag schmerzlahm in den weißen, weichen Kissen, und der einarmige Alte drüben hockte traurig da und schaute hinüber. Hin und wieder bewegte er seine Lippen betend.

Wie es der Brauch ist, wollte auch der alte Girgl in der ersten Woche den Aushammer »heimsuchen«. Die Wirtin aber ließ es nicht dazu kommen. Sie stand gerade im weiten, gepflasterten Hausgang, machte ein griesgrämiges Gesicht, als der Girgl hereinkam, und musterte ihn unfreundlich von unten bis oben. »Wos? ... Bsuacha? ... Nana, der Vestl konn jetz koan Bsuach hobn«, sagte sie ungut, nachdem der Alte sein Begehren vorgebracht hatte. »Er muaß absalut sei Ruah hobn ... Geh nur wieda 'num in dei' Kaluppn ...« Und weil der Girgl unschlüssig stehenblieb, wurde sie auf einmal ärgerlich und meinte böse, so lang hätt' er jetzt nicht herumgeschaut, und da auf einmal tät's pressieren, er könnt' ja doch nichts helfen, und überhaupt – er sollte sich schämen, so stinkdreckig daherzukommen! Ob das vielleicht eine Art und Manier sei? Er solle sich erst einmal richtig waschen, der alte Saubär! –

Das verdroß den Girgl. Seine Kinnladen zitterten ein wenig, er brachte kein Wort heraus, schluckte etliche Male und ging wieder. Todtraurig setzte er sich drüben in seiner Kammer ans Fenster, und mit der Zeit wurden seine alten Augen naß. Beim Küchenmädel, das ihm das Essen brachte, beklagte er sich bitter über die gespreizte Wirtin. Das gutmütige Ding hatte Mitleid mit ihm, redete ihm gut zu, aber helfen konnte sie ihm auch nicht. Am Nachmittag ging der Girgl zum Pfarrer nach Haglfing hinein und beschwerte sich ebenfalls über die Aushammerin. Mein Gott aber, wahrscheinlich nimmt man das Daherplappern von einem Menschen, der schon wieder so alt ist, daß er bereits kindisch wird, nicht so ernst – der geistliche Herr sagte gar nichts gegen die Wirtin. Im Gegenteil, er mahnte den Girgl zum Frieden und meinte, die Aushammerin würd' jetzt halt auch den Kopf voller Sorgen haben und bei so einem großmächtigen Hauswesen manchmal kritisch sein. Wahrscheinlich aber wird der Herr Doktor Mangst die Anweisung gegeben haben, daß der Kranke keine Besuche haben dürfe.

Es blieb also dem alten Girgl nichts andres übrig, als sich darein zu schicken. Trübselig kam er heim, und von jetzt ab hockte er sich trotz dem schönen Wetter jeden Tag an sein Kammerfenster und schaute ewig zum kranken Wirt hinüber.

Vier große Fenster, an denen rechts und links feine, gelbliche Mullvorhänge bis zum Boden herabhingen, hatte die geräumige Aushammer-Ehekammer. An schönen Tagen floß das Sonnenlicht durch und durch und machte den Raum noch heller, glitzerte irritierend auf der großen Fläche des breiten Spiegelschrankes, der fast die ganze hintere Wand einnahm, und glänzte auf den glatten, unpassend modernen Mahagonimöbeln, die der Wirt in der Inflationszeit in der Stadt gekauft hatte. Dicke echte Teppiche lagen auf dem Boden, Polsterstühle und ein breiter Diwan mit einem protzigen Tigerfell standen da, und die zwei breiten, seltsam luxuriösen Betten, flankiert von dunkel gehaltenen Nachttischchen, machten einen schlechten Eindruck.

Indessen, der Girgl sah das alles gar nicht, er suchte mit seinen Augen bloß immer den kranken Wirt, der, ungeachtet seines Zustandes, in besseren Stunden immer auf den Garagenneubau hinüberblickte, ab und zu seine Arme bewegte und zur danebensitzenden Krankenschwester etwas sagte. Er bekam dabei manchmal ein kritisches Gesicht und schien zu schimpfen. Die Schwester mußte hinuntergehen zur Wirtin und allerhand ausrichten. Von ungefähr schaute er dann – wenn er so allein gelassen war – kurz in die Gegend des Girglfensters, erspähte den Alten, konnte nicht recht viel anders, als ihm in die Augen sehen, wurde aber aus irgendeinem Grund grantig darüber und wandte seinen Kopf nach der anderen Seite.

Vielleicht ärgerte er sich über die sinnlose Fügung unseres Herrgotts, der Aushammer. Er war doch schließlich ein junger, nützlicher Mensch und mußte so hundselendiglich daliegen – der einarmige, untaugliche Alte da drüben aber, zu was war der eigentlich noch auf der Welt? Wär's denn nicht richtiger, der Girgl, an dem kein Mensch und kein Haus hing, käm' so ins Kranksein? – –

Nein, er sinnierte nicht mehr weiter, der Wirt, er schaute lieber wieder zum Neubau hinüber. Auch die Krankenschwester war schon wieder da. Ihm war auch ein wenig wohler seit gestern.

Besser aufgelegt fragte er die Schwester: »Wos moant er denn, da Dokta Mangst? ... Wia lang wer i denn no liegn müassn?«

»Tja, hm ... Gfährli is's nimma, Aushamma ... Schona muaßt di hoit no«, gab ihm das gute Weibsbild zurück. Der Wirt spürte auf einmal was von Hunger in der Magengegend und sagte noch heiterer: »Jetzt bring mir no glei mei' Muas ... Jetz kimmt der Appatit, dös is dös best' Zoacha ...«

Und das freute auch die Schwester. Gleich brachte sie ihm das Mehlmus, und mit wahrem Heißhunger verzehrte er zwei ganze Teller voll. Er schnaufte immer mehr dabei, der Schweiß stieg ihm auf, dicke Perlen sammelten sich auf seiner Stirn. Er wurde matt, fing zu hüsteln an und fiel zurück in die Kissen.

»Herrgott, matt bin i ... Matt wia a auszuzlta Haaring ...« stammelte er und schloß die Augen. Schwer ging seine Brust auf und ab. Er schlief ruhig, und als er aufwachte, brannte das elektrische Licht. Draußen war es schon dunkel, aber wieder fiel ihm das gelbe Fenster vom Girgl drüben in die Augen.

»Herrgottsakrament – sakrament!« knirschte er bissig. »Der geht ja übahaaps nimma weg vo sein Fensta ... Grod spekaliern tuat er, ois wia wenn er auf mein' Tod wart! Dös leid i nimma! ... Himmelkreizsakra ...!« Die Schwester erschrak fast.

»Nono – no!« warnte sie gutmütig. »Aba Aushamma, wer werd denn glei a so wüati sei' ...!« Sie ging ans Fenster und zog die Vorhänge übereinander.

Er wurde wieder ruhiger. Und er spürte eigentlich gar keine Schmerzen mehr.

»Hm, aba mei' Garasch werd schö!« sagte er ein wenig lächelnd. »Übahaaps, – do konn oana 'rumschaugn weit und broat, ob er wieda a so a schöns Sach find't wia dös mei' ...« Man sah es ihm an, er hatte noch haufenweise Pläne im Kopf und schaute glücklich vor sich hin. Jetzt bewegte sich der Schatten vom Girgl drüben im verhängten Fenster. Der war aufgestanden, sein Schatten stand und stand im Aushammerfenster.

»Himmikreizherrgott!« knurrte der Aushammer keuchend. »Jetz dös werd ma na doch scho z' bunt ...!« Und in derselbigen Nacht noch ließ er sein Bett umstellen.

So, jetzt lag er derart, daß er ins Zimmer schaute, und grad in den großen Spiegel des Schranks an der Wand. Und wenn er den Kopf herumdrehte, konnte er immer noch schräg durchs Fenster auf den Neubau sehen.

Eine harte Nacht folgte. Zeitweise phantasierte der Kranke sogar, und die Schmerzen kamen wieder. Er brüllte wild, er schlug so um sich, daß die fest gewachsene Krankenschwester samt der Wirtin keine Gewalt mehr über ihn hatten. Erst als der Verwalter und der Knecht ihn festgriffig hielten, konnte ihm die Schwester eine Spritze geben. Er fing eine Zeitlang zu schlottern an, stieß hie und da kurze Laute heraus und schlief endlich ein. Unruhig träumte er. Oft und oft zuckte er mit den Armen, einmal reckte er sogar die Faust und knirschte hörbar.

Als der Doktor Mangst am anderen Tag so um elf Uhr kam, schlief der Aushammer immer noch.

»Heunt is gar a schwaare Nocht gwen, Herr Doktor«, berichtete die Schwester und erklärte, warum der Kranke auf einmal das Bett anders gestellt haben wollte. Der Doktor schaute durchs Fenster.

»Wer is dös eigentli, Schwesta?« fragte er, als er den hokkenden Girgl erspähte.

»Dös ... Dös is a Bruada von Aushamma sein' Vata selig ... Der oit Girgl is's ... Er hot bloß no oan Arm ... Er is invalid«, flüsterte die Schwester schier ängstlich. Sie wollte weitererzählen, aber auf einmal schlug der Aushammer die Augen auf und röchelte tief, zuckte wie erschreckt zusammen, riß den Mund auf, wollte schreien und konnte nicht. Er hatte hilflos weite Augen und starrte gradaus.

»Aushamma! Aushamma, wos is denn?« fragte die Schwester und beugte sich hastig über ihn. Auch der Doktor Mangst trat ans Bett. Der Kranke bewegte seine Lippen, auf und zu gingen seine Kiefer, sein gelbes, zerfallenes Gesicht verzerrte sich, er schnappte hart nach Luft und verdrehte die Augen.

»Aushamma! Aushamma!?« fragte die Schwester wiederum. Der Wirt schrie auf einmal grauenhaft stockend: »Teats'n weg! Weg, den Tei-eifi!« Und er glotzte dabei wie geblendet in die glitzernde Spiegelfläche des Schrankes: »W-weg! Weg damit!« Jetzt sahen's auch die Krankenschwester und der Doktor, die hockende Gestalt des alten Girgl saß im Spiegel –

ganz schwarz und umstrahlt vom flimmernden Licht – hockte da und schaute unentwegt auf den kranken Wirt.

Der Kranke riß derart an der Flaumdecke, daß sie in Fetzen ging. Die Federn wirbelten auf wie eine dichte Schneewolke. Er stieß seine weißen haarigen Füße streckend aus dem Bett, ein Polsterstuhl krachte um. Der Doktor packte ihn endlich und preßte seinen Oberkörper fest auf das Bett nieder. Auf einmal gurgelte der Kranke und blieb, schräg aus der verwüsteten Bettstatt hängend, starr liegen.

»U-um Gotts willn, is er scho g-g-gstorbn?« schrie die Aushammerin, als sie zur Kammertür hereinkam. »Nein!« sagte der Arzt fast barsch und hob den starren Aushammer in die Kissen. Er nahm sein Hörrohr und behorchte die Brust des Kranken.

»Wo-os is's denn?« wimmerte die Aushammerin: »Wos denn, Herr Doktor?«

»Nichts weita! ... A Anfall! ... Es geht scho wieda 'rum.«

Die Schwester fing an, ein wenig Ordnung zu machen. Die Wirtin stand ratlos da und wimmerte irgend etwas. Auf einmal brach ihr jedes Wort ab, sie streifte mit ihren verweinten Augen die Spiegelfläche und sah auf den hockenden Girgl vom drüberen Fenster da drinnen. Sie schaute weg, und als sie wiederum in den Spiegel schaute, war der Girgl nicht mehr drinnen.

Wirtin und Doktor gingen aus der Kammer. Drunten im gepflasterten Hausgang trafen sie den einarmigen Alten.

»Wos mächst denn?« fragte die Aushammerin.

»Is er scho gstorbn?« murmelte der Girgl und senkte den Kopf.

»Na! Jetz konn koana zu eahm« meinte die Wirtin wiederum. »Aba ans Fensta brauchst di net oiwei hocka und 'rumschaugn ...«

Der alte Girgl brümmelte bloß trübselig: »Ja no, wenn i it 'rum derf aa ...« Er drehte sich um und tappte aus dem Haus.

»Du derfst nacha scho, wenn er wieda besser is«, rief ihm die Wirtin weinerlich nach.

Der Doktor Mangst beredete noch allerhand mit der Aushammerin und fuhr endlich weg. –

Als die Krankenschwester nach einiger Zeit von der Ehekammer in die Küche hinunterkam und erzählte, daß der Kranke sehr schön schlafe, überlegten die zwei Weiber lange hin und her, wie man's denn nun mit dem großen Spiegelschrank machen sollte.

»I woaß wos«, sagte die Schwester auf einmal, und wirklich war sie auf einen gescheiten Gedanken gekommen: Sie verhängte einfach die Spiegelscheibe mit einem großen braunen Tischtuch.

Indessen, Menschen, die sterben müssen, haben ein anderes Denken als Gesunde. Nachdem der Aushammer spät am Nachmittag aufwachte und diese dunkle, leere Fläche vor sich sah, drehte er sich ohne ein Wort um und schaute schräg durch das Fenster zu den emsigen Bauleuten auf das Garagengerüst hinüber. Er bekam nach und nach ein wehmütiges Gesicht und schwieg und schwieg. Die Schwester rührte sich nicht, sie betrachtete den absterbenden Mann nur sehr aufmerksam. Es schien ihr, als plage ihn eine bittere Angst, dann wieder kam es ihr vor, als sei er seltsam friedlich. Er lag reglos in den Kissen, schaute und schaute, blieb stumm die ganze Zeit.

Man sagt – und weiß Gott, vielleicht ist das wahr – daß einer, wenn er einmal so dran ist, nach einer schrecklichen Angst und allem Grauen, plötzlich eine Art bittere Leichtigkeit in sich spürt, die dann so lange dauert, bis er auf ewig die Augen zumacht.

Die Nacht verlief. Am andern Tag – es war wieder ein wunderbares Sonnenwetter – hauchte der Wirt mitten drinnen matt heraus: »Sie soin 's Baun aufhörn ... E-e-es is oiß dumms Zeigs ...«

»Wos?« fragte die Schwester, aber er gab nicht mehr an. Er lag gerade im Bett und hatte die braune Fläche vor sich. Die Sonne schien drauf, und durch die winzigen Poren des Tuches schimmerte das Silbrige des Spiegels. Wenn man lang hinschaute, war es fast wie braune, naßglänzende Erde.

Der Aushammer sagte nach langer Zeit ganz ruhig: »Wo is denn der Girgl ... I-i-i siech'n gor nimma ...«

Die Schwester fand nicht gleich eine Antwort.

»Der Girgl?« fragte sie endlich stockend.

»J-j-ja«, gab der Wirt noch müder zurück. Die Schwester überlegte herzklopfend, was sie tun sollte.

»Wo-wo-so-i-i-is – –« lallte der Wirt abgerissen, und in ihrer Verwirrung zog die Schwester das Tuch vom Spiegel. In der strahlenden, weißen Helligkeit ragte der Girgl auf und schaute mit den ewig gleichen, traurig-guten Augen auf den Wirt. Und der verzog ein ganz wenig sein Gesicht zu einem Lächeln. Seine Lippen waren aufeinander, sein abgemagertes Kinn zitterte schmerzlich, gar nichts mehr sagte er.

Von da ab konnte er nicht mehr reden, er rührte sich auch

nicht mehr und schien keinen mehr zu kennen. Selbst als der alte Girgl leibhaftig vor ihm stand, wandte er keinen Blick vom Spiegel. Er war – wie man so sagt – schon im anderen Leben ...

Der Tiefenbrunner Gottesacker faßte kaum die vielen Leute, die zur Leich' vom Aushammer gekommen waren. Neben der städtisch aufgeputzten, verschleierten Wirtin stand der alte Girgl in seinem armseligen Gewand. Er schaute unentwegt in das frischgeschaufelte Grab hinunter. Alles an ihm war noch gesund, aber er machte ein ernstes, demütiges Gesicht her. Bald trifft's dich auch, wird er sich gedacht haben, und vielleicht ging ihm auch beiläufig durch den Kopf, was es denn schon sei um so ein bißl Menschenleben – der Aushammer zum Beispiel – was war's jetzt mit all seinem Reichsein? Alles und doch nichts hat er gehabt zu guter Letzt, gar nichts, als dieses eine Loch in der Erde.

Falsch gestohlen

I

Die zwölf oder fünfzehn niederen, zum Teil schon gefährlich in den Boden eingesunkenen Häuser, die, weit verstreut, in einem unregelmäßigen Halbrund um den ausgetrockneten Ellwang-Heimhauser Torfstich stehen, heißt man seit ewiger Zeit »im Moosgrabn«, und die Leute dort haben, weiß Gott warum, keinen allzu guten Ruf. Das kommt wahrscheinlich daher, weil keiner von den Häuslern Grund und Boden hat, höchstenfalls einen kleinen Vorgarten oder einen mageren Wiesenstreifen am Rand vom Torfstich und weil es noch keiner von ihnen je zu mehr gebracht hat. Darum lernen die Jungen irgendein Handwerk, gehn schnell in die Welt hinaus und kommen bloß ganz selten einmal wieder. Die Alten aber arbeiten wie eh und je im Bezirksort Tuttenwang in der Färberei, der Schuhfabrik oder als Taglöhner bei einer dortigen Baufirma. Ihre Weiber versorgen daheim die Kinder und den Haushalt, waschen und flicken für andere Leute und helfen im Sommer auf den Bauernhöfen beim Einernten mit. Etliche Hennen, Tauben oder Stallhasen halten sich die Moosgrabner, und wenn einer eine einzige Sau oder gar eine Kuh hat, sagt man in der Nachbarschaft schon: »Hoho, der gibt's aber großmassig!« In jedem Moosgrabenhäusl aber gibt es zwei, drei oder vier Ziegen, »Goaßn«, wie man dortzuland' sagt. Das hört man nicht bloß, wenn man vorbeikommt, das riecht man schon vom ersten Haus an, und natürlicherweis' riechen auch die Moosgrabner so. Deswegen heißt es auch überall, sie »goaßln«, was schon oft zu einer blutigen Rauferei geführt hat, denn herabmindern läßt sich ein Moosgrabner nicht, und gar gut steht keiner mit den reichen, protzigen Bauern rundherum. Und umgekehrt ist es selbstredend genauso. Der uralte Bauernspruch: »Wer zu nichts kommt, ist selber schuld, und wer nichts hat, dem kann man nicht trauen«, ist heute mehr als eh und je im Ellwang-Heimhauser Viertel im Schwang.

Vom letzten Weltkrieg nämlich hat man dort kaum was zu spüren gekriegt. Die siegreichen Amerikaner sind bloß durch die verschiedenen Dörfer marschiert und nicht weiter aufsässig gewesen. Wie aber alsdann die vielen Bomben- und anderen

Flüchtlinge überall aufgetaucht sind, das hat gar nicht schön ausgeschaut. Eine Zeitlang ist die ganze Gegend unsicher geworden. Einbrüche, Überfälle und recht zuwidere Kalamitäten hat es gegeben, aber schließlich haben es die Bürgermeister rundherum im Verein mit dem Tuttenwanger Bezirksamtmann – Landrat sagt man jetzt zu ihm – doch so weit gebracht, daß die Regierung die Flüchtlinge in etlichen weiter abgelegenen Lagern untergebracht hat. Langsam hat sich alles, was noch halbwegs an den Krieg erinnerte, aus der schönen Gegend verzogen, und schnell ist es bei den Bauern wieder aufwärts gegangen, so schnell und so leicht, daß man überall in den Wirtshäusern, wenn die Einheimischen unter sich gewesen sind, hören hat können: »No, wos hobn s' jetz mit eahnan Siegn, die narrischn Amerikaner? Jetz hobn s' an Russn auf'n Gnack, und oiß, wos s' bei üns z'sammgschossn und z'grund gricht hobn, müssn s' selber wieder aufbaun und zoin ...« Sie haben gar nichts gegen die Amerikaner, die Bauern in der Tuttenwanger Strichweite, schon deswegen, weil man von ihrer Besatzung kaum was gemerkt hat. Mit der Zeit ist es ganz besonders in der wunderschönen Gegend um Ellwang und Heimhausen ganz anders geworden wie früherszeiten. Die besten und feinsten Leute sind mit ihren Autos dahergekommen und haben Grundstücke gekauft, haben sich Villen bauen lassen und leben heute mit ihren Familien oft hochherrschaftlich allhier. Der goldene Segen hat die Bauern rundherum noch hochnasiger und – wie man jetzt sagt – durchaus »zeitentsprechend« gemacht. Elektrisch betreiben sie ihre Milchwirtschaft, die neuesten Erntemaschinen und Traktoren haben sie, und es gibt kaum noch einen Hof, wo nicht wenigstens ein Volkswagen da ist, die meisten Ellwanger haben schöne Opel- oder Benzautos, und die zwei größten Bauern von Heimhausen, der Bürgermeister Neuchl und der Hinterhofer, haben sogar amerikanische Buickwagen. Bäuerlich geht's durchaus nicht mehr zu auf so einem Bauernhof. Die Jungen und die Alten machen oft lange Autoreisen nach Österreich oder weit hinunter nach Italien. Daheim arbeiten die Dienstboten inzwischen und hokken nach Feierabend um den Fernsehapparat oder lassen sich lustige Radiomusik vorspielen.

Der einzige Fleck in der dortigen Strichweite, wo es fast noch ganz wie seit eh und je hergeht, ist der Moosgrabn. Freilich hört man auch aus manchem Häusl Radio, wenn man vorbeikommt, aber es goaßlt noch immer; noch immer arbeiten die Mannsbilder in Tuttenwang, bloß hat der eine oder andre jetzt ein Moped oder sonst ein Motorradl, statt wie früher ein einfaches Radl; die Weiber sorgen daheim für alles, waschen und flicken für andre Leute wie früher, und die Jungen gehn in die Welt hinaus.

Aber auch über den Moosgrabn ist ein Segen gekommen, natürlicherweis' kein goldner, wie über die Bauern, sondern ein ganz und gar andrer, man kann fast sagen ein urlustiger. Nämlich, dort haust seit jetzt ungefähr fünf Jahren in der schandmäßig verwahrlosten »Villa Chlothilde«, die seit ewiger Zeit linker Hand vom Torfstich auf einem breiten Hügelbuckl neben der Staatsstraße München-Tuttenwang-Tölz steht, der Baron Kurt von Kefel. Die Villa hat ihm, als dem einzigen Überlebenden derer von Kefel, seine verstorbene Tante vermacht, eine Betschwester und ein geiziger Drachen, wie man so was nicht leicht wieder findet. Ihrer Lebtag hat die zaundürre Baronin den Leiminger vom Moosgrabn als Hausmeister und Diener und die faßdicke Messingerin von Tuttenwang als Köchin gehabt, und für die zwei hat der hochwürdige Herr Pfarrer Mair von Ellwang bei der Baronin erwirkt, daß sie laut Testament auf dem Haus bleiben dürfen und vom Kefel übernommen werden müssen. So hat das geduldige Aushalten der zwei Leute bei dem Drachen von einer Baronin also doch noch eine Belohnung erlebt. Das hat sich schon vom ersten Tag oder vielmehr von der ersten Nacht an, wie der Baron Kurt dahergekommen ist, aufs beste gezeigt. Nämlich, es ist so um halb zehn Uhr in der Nacht im Frühherbst gewesen, und der Leiminger und die Messingerin haben grad ins Bett gehen wollen, da ist das Mietauto vom Lerberger von Tuttenwang surrend und brummend und scharf hupend vor die alte Villa gefahren, daß die zwei ganz verschreckt aus der Tür gekommen sind. Noch ungemütlicher ist ihnen geworden, wie es aus dem Auto fast militärisch-schnarrend geschrien hat: »Na, wat denn, wat denn? ... Schläft man da etwa schon, he? He!« Sie sind auf den Wagenschlag zu, den aber der Lerberger schon aufgerissen gehabt hat, und ganz verdattert wollten sie sich behilflich machen, weil der Herr im dunklen Taxi offenbar nicht gleich vom Sitz aufgekommen ist, aber der Lerberger hat dem Leiminger schnell zugewispert: »Sternhoglbsuffa is er! ... I kriag'n scho außa!«

»Holla! ... Sauber, sauber!« hat auf das hin der Leiminger der Messingerin zugemurmelt, aber zum weiteren Sinnieren ist keine Zeit gewesen. Auf den Lerberger gestützt und in einem fort irgendwelche Beller herausstoßend, hat sich der um und um nach Schnaps stinkende, glotzaugige Baron die zwei Leute angeschaut, ist auf einmal durchaus handsam geworden, hat gesagt: »Na, ich seh schon, ordentliches Personal ... Jutn Taach, die Herrschaften ... Nu, kommen Sie man 'rin in die jute Stube ... Einzug will doch noch n' bißchen bejossn werden ... Nehmen Se den Stoff mit, die Pullen, verstehn Sie?« Und sie sind ins Haus.

Um es kurz zu machen, sie sind schließlich im mollig warmen Wohnzimmer von der Baronin gesessen, der Lerberger hat sich nicht mehr aufhalten lassen und ist davongefahren, und von den mitgebrachten Schnaps-, Wein- und Champagnerflaschen sind verschiedene leer geworden, weil der lustige, laute Baron den Leiminger und die Messingerin in einem fort aufgemuntert hat: »Nu geniern Sie sich man nich, Herrschaften ... Nu, wolln wa mal 'n Prösterchen trinken uff jedeihliches Zusamm'nlebn ...« So was haben Leiminger und Messingerin ihr Lebtag nicht mitgemacht, und es läßt sich denken, daß sie das gleich für den Baron eingenommen hat. Wie sie ihn viel später, nachdem er schon stocksteif auf dem Teppich gelegen ist, mit aller Müh' ins Bett gebracht haben, da hat die Messingerin, die noch nicht so knieschwach wie der Leiminger gewesen ist, zufrieden gesagt: »Silvan, dös schaugt für üns net schlecht aus ... Saufa tuat er wia a Loch, aber lescheer is er, der neue Herr. Do loßt si guat weitermacha, do geht's nimmer so gnau wia bei der Baroneß selig ... So, und jetz machn mir üns noch an guatn Kaffee in der Kuchl, Silvan ... Geh nur weiter, der richt' üns wieder auf.« Auf das hin ist ihnen auch wirklich besser geworden, und sie haben sich ausgiebig über den neuen Herrn unterhalten. Nüchtern, haben sie gemeint, ist der vielleicht ganz anders, und wer weiß, was er für Sekten hat. Da heißt's vorerst einmal aufpassen, wie er sich anlaßt. Augen haben sie gemacht am andern Tag, Augen wie verschreckte Stare, wie der Baron so um elf Uhr im Wohnzimmer aufgetaucht ist: Frisch rasiert und hochelegant angezogen war er, fast geckenhaft und ganz nach der neuesten Mode. Direkt Respekt hat man haben müssen, weil er so ernst und wichtig dreingeschaut hat, aber schon nach dem Kaffee hat er drei Wassergläser voll Kognak zu sich genommen, ist auf einmal mit einem militärischen Ruck aufgestanden und hat sich vom Leiminger das Haus und die heruntergekommene Hühnerfarm zeigen lassen, die die verstorbene Baroneß noch ein Jahr vor ihrem Tod angefangen hat. Drei Weiber vom Moosgrabn haben die Hennen versorgt, wenn es gleich bloß noch knapp an die hundert gewesen sind. Und was passiert da? Der Baron hat sich mannhaft stramm vor den Leiminger hingestellt und kurzerhand gesagt: »Hundert? ... Is doch Nonsens! ... Koofn Sie man schnell drei- bis fünfhundert dazu! Kapiert?« So, als wie wenn das gar nichts ist, hat er dem verdutzten Hausmeister bare siebenhundert Mark gegeben. Selbstredend sind da auch die drei Moosgrabner Weiber ganz baff geworden. Aber später, wie sie heimgekommen sind, haben sie gesagt: »Dös loßt si guat o ... A Knauser is er, scheint's, durchaus net, der neue Herr Baron.«

Ungefähr eine Woche drauf – statt fünfhundert, hat der Leiminger sechshundertfünfzig Hennen erhandelt, und komischerweis' sind jetzt auch in jedem Moosgrabnhäusl die Hennen mehr geworden; wer vier und fünf gehabt hat, bei dem sind es jetzt zehn und zwölf geworden – eine Woche drauf ist schon wieder was recht Auffälliges passiert. Zweiundzwanzig mordsgroße lederne Koffer hat der Spediteur Wenglinger von Tuttenwang auf seinem Lastkraftwagen gebracht, und was ist drinnen gewesen? Haufenweise nagelneue, hochmoderne Mäntel und Anzüge, die feinsten Hemden und Schuhe und Stiefel in jeder Fasson. Der Messingerin und dem Leiminger hat es das Wort verschlagen. Schließlich aber hat sich der letztere doch wieder auf seine Pflicht besonnen und zum Baron gesagt, er weiß beim besten Willen nicht, wie und wo er all dieses »feine Sach« unterbringen soll.

»Ja, sagen Sie mal«, fangt da der Kefel an: »Jibt's denn in Tuttenwang keine Möbeljeschäfte? ... Na, also ... Koofn Sie, koofn Sie die nötige Portion Schränke, basta!« Nichts hat's geholfen, daß der Leiminger fast bitthaft gemeint hat, da müßt aber doch der Herr Baron selber dabei sein.

»Jehn Se, fahren Se, meinetwejen fliegen Sie ... Jehn Sie nach Tuttenwang und erledigen Sie die Schose, vastandn? ... Ab nach Kassel, Mann Jottes!« Weiter hat sich der Baron keine Zeit mehr gelassen. Wie an jedem Tag hat er sich zum Rundgang in die verschiedenen Wirtshäuser aufgemacht, denn – auch das war was Auffälliges an ihm – er ist ein großer Marschierer gewesen. Autos sind ihm höchst zuwider gewesen, und warum er sich eigentlich keinen Reitgaul gehalten hat, ist nie ergründet worden, das heißt, recht schnell hat sich's jeder Mensch rundherum denken können. Nämlich oft und oft hat ihn tief in der Nacht der Lerberger von Tuttenwang heimgefahren, und die Leute schüttelten zwar wie angeekelt den Kopf, aber sie wunderten sich nach und nach durchaus nicht mehr, wenn der »narrische Baron« – um und um besudelt und arg ramponiert – in der Frühe gestreckterlängs auf der Straße lag. Eigensinnig wie so Saufbrüder schon sind, wehrte er sich jedesmal hartnäckig, wenn ihm ein handfestes Mannsbild, das vorbeikam, aufhelfen wollte, und plärrte heiser heraus: »Aber, hören Sie, das is doch einfach Quatsch! ... Hab doch bloß meine Taschenlaterne vajessn! ... Kann doch keen Mensch bei so 'ner Stockfinsternis 'n Weg findn ...« Schließlich richtete er sich langsam auf, kam auf die Füße und torkelte heimzu.

Mögen aber die Herrschaften und die protzigen Bauern von Ellwang und Heimhausen auch noch so minder über den Baron daherreden, die Moosgrabner wissen, was sie an ihm haben. Und – nicht, daß man meint, er ist vielleicht nicht ganz recht im Hirn – er selber weiß das genauso.

Nicht einmal, dutzendmal hat er schon zum Leiminger gesagt: »Hm, ich weeß nich, ich vasteh det nich, die Leute respektieren schon rein überhaupt nichts mehr! ... Sie stehlen wie die Raben, und dann kommen sie wieder daher und jammern mir die Ohren voll: ›Herr Baron, bei uns geht's nich mehr weiter. Bitteschön, Herr Baron, wir brauchen Geld!‹ ... So was Unverfrorenes, so was Charakterloses, pfui Deibl! Solltn sich was schämen, die Biester! ... Schämen, hören Sie, Leiminger, schämen!«

Das ist alles. Noch nie hat er einen Dieb zur Rede gestellt. Er hört sich bloß an, wie der Leiminger ihm grundbieder zustimmt und zum Schluß hoch und heilig verspricht, daß das jetzt anders wird, er paßt von jetzt ab auf wie ein Wachhund. Ändern tut sich aber nichts. Die Hühnerfarm hat der Baron aufgegeben, ein Stück Wiesengrund um das andere und schließlich den Waldstrich hinter der Villa verkauft, weniger, immer weniger wird alles – hinwiederum der Kefel bleibt unverwüstlich. Jeden Tag ist er noch elegant angezogen und macht die beste Figur, wenn er aus dem Haus geht. Rosig, wenn auch ein wenig gedunsen sieht sein rundes Gesicht aus, die herausgedrückten Kugelaugen glänzen, das kleine Bärtchen ist sorgfältig gestutzt, und stramm geht er dahin. Die fünfundfünfzig Jahre sieht ihm kein Mensch an. Marotten hat er noch genug, aber die sonderbarste davon ist bestimmt seine ausgesprochene Liebhaberei für feine Schuhe und Stiefel. »Is mir bejreiflich, wenn sich die Leute was klauen ... Armut schützt vor Unrecht nicht«, hat er beim Leiminger schon öfter verlauten lassen, bloß von seinen Schuhen sollten sie die Finger weglassen.

Deswegen hat er sich darüber den Kopf sehr ernsthaft zerbrochen, und das ganz für sich. –

Und, wie man bald sehen wird, nicht ohne Erfolg.

II

Nämlich in einer stockdunklen, nebelreißerischen Herbstnacht ging der Löffler vom Moosgrabn, von Tuttenwang kommend, aus dem Forst und rannte beim Einbiegen auf den Fußweg in der Finsternis auf einen jäh dahinstürzenden Menschen, der ihn sofort grimmig anbellte, ob er vielleicht besoffen sei. Dem Löffler kam es vor, als sei das seinem Nachbarn, dem Hammerschuster, seine Stimme. Er sagte auch so was, hingegen der davonhetzende Kerl gab nicht mehr an, und im Nu war er verschwunden. Der Löffler hielt ein, besann sich und brummte irgendwas verärgert in sich hinein. Alsdann ging er dem Moosgrabn zu. Am andern Tag fragte er seinen Nachbarn, aber der Hammerschuster schaute ihn recht abweisend an und warf spöttisch hin: »Wos? ... I ...? Do muaß dir dengerscht scho traamt hobn oder du host an Rausch ghabt, daß d' nimmer aus dö Augn gsehn host ... Ha, jetz do schaug! I sollt dös gwesn sei'! I bin doch schon um achti in dö Federn glegn.«

Kurzum, nachdem der Löffler hartnäckig dabei blieb, ihn täuscht einer nicht so leicht, die Stimme sei unzweifelhaft Hammerschusterisch gewesen, und als er sich gereizt dagegen verwahrte, als »bsuffner Hammi« betitelt zu werden, kamen die zwei ins Streiten. Verfeindet trennten sie sich voneinander, und so blieb es seither.

Jetzt – dieselbige Herbstnacht vor zirka drei Monaten war schon vergessen, und haufenweis' Schnee fiel vom Himmel – jetzt lag der Hammerschuster schon über vier Wochen zwischen Leben und Tod in seiner kleinen Austragskammer. Er hatte schon lang übergeben. Sein Jakl arbeitete in der Sägemühle in Tuttenwang und kam, weil es in diesem Winter kaum noch zum Durchkommen war vor lauter Schnee, immer erst am Ende der Woche heim. Die junge Häuslerin, seine Zenzl, pflegte den Kranken, bei dem der Bezirksarzt Lienhardt schon dreimal gewesen war. »Aufs Ernsteste«, hatte er den jungen Hammerschusterleuten das letztemal verraten, »aufs Ernsteste müssen Sie gefaßt sein.« Der hochwürdige Herr Pfarrer Mair von Ellwang, den die Zenzl insgeheim darum angehalten hatte, kam in den Moosgrabn, ins Hammerschusterhaus, aber der alte Häusler wollte durchaus nichts von den Sterbsakramenten wissen. Zorngiftig wehrte er ab: »Nanana, Hochwürdn, nanana, soweit is's mit mir noch lang net ... Nanana, dös braucht's ganz gwiß net!« Der Pfarrer Mair redete eine Zeitlang recht eindringlich auf ihn ein, aber es half nichts. Schließlich ging er wieder.

Die Zenzl kam wieder in die Krankenkammer zum Alten. Der schaute sie arg windig an.

»An Pfarrer host du bstellt, wos?« fing er zu schimpfen an und wurde noch ausfallender: »Ös warts gwiß scho, daß's gor werd mit mir, wos?« Die Zenzl fing schier zu weinen an und leugnete mit dem unschuldigsten Gesicht, indem daß sie sagte, der Hochwürdige sei zufälligerweis' beim Kefel vorbeigekommen und mit ihr ins Reden gekommen.

»Noja, und do is's mir bloß amoi so 'rausgrutscht, daß du scho so lang krank bist«, log sie weiter.

»Soso, hm ... Soso!« brummte der Kranke mißtrauisch. Die Hitzen stiegen ihm wieder auf, er schwitzte und keuchte elendiglich, und als er jetzt einen schmerzhaft-mitleidigen Blick von der Zenzl auffing, sagte er auf einmal unvermittelt: »Geh zum Löffler umi und hoi'n ... Sog, i hob wos z' redn mit eahm ...«

»Zum Löffler ...?« staunte die Zenzl und wußte nicht gleich weiter. »Red net lang, sog i! ... Geh zua!« knurrte sie der Kranke grob an. Zaghaft ging die Zenzl aus der Kammer. Recht geniert kam sie zum Löffler. Der war baff, und ziemlich ungut sagte er: »Hm, no, jetz dös is guat! ... Wos will er denn ausgrechnat vo mir?« Hinwiederum die Zenzl, die ließ nicht mehr locker und fing das Weinen an, und, sagt sie, ein Todkranker hat halt so seine Mucken, und wenn es einmal soweit ist, da kann man nicht mehr bocken. Da hat schließlich der Löffler umgesteckt und ist mit ihr gegangen. Als er zum alten Hammerschuster in die Kammer kam, ist sein finsteres Gesicht im Handumdrehn anders geworden. ›Den‹, ist ihm wahrscheinlich durch den Kopf gegangen, ›den nimmt der Tod vielleicht schon in der nächsten Viertelstund'.‹ Aber er kam nicht weiter.

»Geh du außi«, hat der Hammerschuster zu der Zenzl gesagt, und als die Tür zufiel, hat er sich ein wenig aufgerichtet und den Löffler gottesjämmerlich angeschaut.

»Xaverl«, sagt er matt: »Xaverl, gib mir dei' Hand drauf, ehvor i in d' Ewigkeit muaß ...« Der Löffler sträubte sich nicht. Er spürte wie die heiße Hand vom Kranken zitterte.

»I bin dir nimmer feind, Xaverl«, brachte der Hammerschuster wieder aus sich heraus und schnaufte schwer. Da war was in seinem Aug', daß der Löffler bloß noch sagen konnte: »I dir aa nimmer, Sepp ...« Indessen, gespannt war er doch, weil er merkte, den Hammerschuster drückt noch was. Mitleidigerweis' wollte er schon fragen, da aber sagte der Kranke mittenhinein und ziemlich hastig: »In derselbigen Nocht an Hirbscht nämli, Xaverl – dös bin i gwesn! I hob mi bloß gschamt ...«

»Gschamt? Worum denn, Sepp?« fragte jetzt der Löffler doch. Hingegen der Hammerschuster ächzte bloß noch elendiglich: »I will bloß koa Feindschaft, Xaverl, wenn i furt muaß –« Weiter kam er nicht mehr. Er sackte ins bauchige Kissen zurück und murmelte bloß noch, der Löffler sollte ihm die Zenzl 'raufschicken. Nachdem derselbige draußen war, packte der Kranke seine ganze letzte Kraft zusammen.

»Zenzl, schnell, schnell! ... Schnell!« keuchte er heraus, als die Junghäuslerin hereinkam und geschwind ans Bett lief. Seine Brust ging auf und nieder, fliegend sagte er was und schnaufte schmerzhaft Luft ein.

»Jaja, Vaterl, jaja! ... Glei geh i, glei!« gab die Zenzl Antwort, und schon rannte sie davon. Ihren kleinen Hansgirgl schickte sie auf der Stelle zum Pfarrer, und sie selber sahen die Nachbarn mit einem Paket aus dem Moosgrabn, auf die Baronvilla zu laufen. Wie ein Wiesel lief sie auf dem schmalen, ausgeschaufelten Fußweg den Buckel hinauf und erwischte den wintermäßig elegant angezogenen Baron gerade noch, bevor er weggehen wollte.

»Gott sei Dank, Gott sei Dank, Herr Baron!« keuchte sie zerfahren und schwitzend heraus: »Do! ... Do!« – und warf ein Paar bloß provisorisch in ein Zeitungspapier eingewickelte glänzende Schaftstiefel hin: »Do! ... Vom Hammerschuster bin i ... Unser Vater will net ois Diab sterbn!«

Doch, was war denn jetzt das? Der stramm dastehende Baron lachte! Er lachte sein verquollenes, sonderbar grinsendes Lachen, als er auf die Stiefel schaute, und hob sie vom Boden auf: »Da! ... Da, Frau ... äh, Frau – zwei Linke, zwei Linke, sehn Se? ... Hähähä, Diebstahl danebengegangen ... Hähähä ...«

Weit riß die Zenzl die Augen auf, glotzte wie nicht ganz recht im Hirn und brachte kein Wort mehr heraus. Wirklich – es waren zwei *linke* Stiefel! Um sich nämlich vor Schuhdieben zu schützen, war der Ba n auf die pfiffige Idee gekommen, in eine Stellage stets die rechten und in die andere die linken Stiefel und Schuhe zu stellen.

»Sehn Se, total dane–« hörte die Zenzl bloß noch, als sie Hals über Kopf auf und davon rannte. Triumphierend stand der Baron da und wiegte die glänzenden Stiefel in der Hand ...

Die lästigen Tippelbrüder

Zwei Tippelbrüder trafen sich an der Murlinger Straßenkreuzung. Der eine kam von Sesselbach her, der andere von Attenkofen. Es war tief am Nachmittag, und die Hitze ließ schon ein wenig nach.

»Wo machst hin?« fragte der Ältere, ein hagerer Mensch mit verwegenem Bartstoppelgesicht und etwas stechenden Augen.

»Der Nosn noch und zwischen die Ohrn durch, wennst es genau wissen willst«, lachte ihn der Jüngere, ein gedrungen gebauter Bayer, an: »Geh weiter, wenn mir net ins Wetter 'neikomma wolln ... Die Gegend ist ganz handsam soweit ...« Er schaute ins Hohe und schritt kräftig aus. Am Himmel zogen sich dunkle Wolken zusammen. Als sie den Forst erreichten, fielen schon die ersten dicken Tropfen.

»Kreuzherrgott, jetz sitzn mir schon in der Patschn«, fluchte der Junge. Es donnerte krachend, donnerte und fing zu blitzen an. Etliche Autos jagten vorüber. Peitschender Regen setzte ein. Die zwei liefen, was sie konnten und erreichten am Ende des Forstes einen einsamen Heustadel. Dort verkrochen sie sich. Sie schüttelten sich wie nasse Hunde.

»So ein Mist, Mensch!« knurrte der Hagere und lugte im Halbdunkel herum: »Besser, wir bleiben ...«

»Wenn uns der Baur net aufscheucht, schon«, meinte der Bayer. Durch die Ritze des Stadeltores drangen die breiten Streifen der Blitze. Es trommelte unausgesetzt aufs Dach. Es donnerte, daß schier die Holzwände zitterten. Sie fingen an, ihre nassen Joppen auszuziehen und sich's gemütlich zu machen. Das frisch aufgestockte Heu und Grummet, das sich links und rechts von der freigelassenen Einfahrt bis zum Dach hinauf türmte, roch schwer. Ein leerer Leiterwagen stand da mit herausgezogener Deichsel. Sie hockten sich drauf und verzehrten das Eßbare, das sie sich erbettelt hatten.

»Wird sowieso gleich Nocht sei«, meinte der Bayer und lugte durch das runde, spinnwebüberzogene kleine Luftloch im hinteren Tennentor: »'s beste ist's, mir haun uns ins Heu und wartn bis morgn ...« Geruhig kauten und schmatzten sie. »Die Gegend hat den Krieg überhaupt nicht gerochen«, sagte der Ältere zwischenhinein: »Gibt nicht viel Flüchtlinge hier ...«

»Glück und Verstand muaß ünseroans ebn hobn ... Je weiter weg vo der Stodt, je besser«, meinte der Junge ebenso, reckte sich ein wenig und redete munter weiter: »So, jetz 's Bett gmacht, und nachher ›Herr, gib eahm de ewige Ruah‹ ...« Er sprang vom Leiterwagen, und sein Kumpan tat das gleiche. Sie rissen Heu aus dem Stock und machten ein Lager.

»So, jetzt noch eine Zigarette zum Magenschluß«, sagte der Ältere und räumte behutsam das Heu weg. Auch der Bayer richtete sich halb hoch mit dem Oberkörper, indem er sich auf seine flachen Hände stützte. Mitten drinnen aber sagte er: »Oha! ... Wos greif i denn do?«

»Was denn ...?«

»Zünd amoi her do ...« rief der Junge unwillkürlich gedämpfter. Als das Streichholz aufflammte, entdeckten sie etwas sehr Sonderbares. Auf dem Boden, scharf am Rand der meterhohen Holzplanke, hatte jemand unter einem verdeckenden Heubüschl zwei Kerzen aufgestellt, und drum herum lagen fein säuberlich kleingeschnittene Holzspäne.

Verblüfft schauten die zwei einander an. Das abgebrannte Streichholz fiel dem Älteren aus den Fingern. Schnell drückte er es aus.

»Hm ... Wart mal«, raunte er hastig und zündete ein neues an.

»Huit! ... Jetz do schaug ... Hmhm« machte der Bayer: »Do möcht sich oana selba obrenna –«

»Und sich von der Versicherung gesund machen«, ergänzte der andere. Wieder verlöschte das Streichholz, wieder drückten sie es vorsichtig aus. Stockdunkel war es. Der Regen draußen hatte fast aufgehört, nur noch fern grollten einige dumpfe Donner, kein Blitz folgte mehr.

»Hm, wos machn mir jetz ...?« überlegte der Bayer: »Wenn's wirkli brennt, sind's mir gwen ...« So still war's, daß man nur noch ihr Schnaufen hörte.

Hin und her, her und hin dachten sie eine Weile. Einfach auf und sich davonmachen, sei vielleicht das beste, meinte der Junge, aber der Ältere gewann schließlich doch die Oberhand mit seinem Vorschlag, auf der Stelle zum Bürgermeister zu gehen und es zu melden.

»Guat, mir ist's gleich«, stimmte der Bayer zu, wenn er auch allerhand Zweifel hatte. Eine Zeitlang horchten sie gespannt und erwogen wiederum genau. Endlich machten sie sich fertig, schloffen aus dem Stadel und fanden nach einigem Herumsuchen das Haus des Bürgermeisters. Als sie etwas schüchtern im Hausgang auftauchten, kam der Bauer aus der Kuchltür und fuhr sie unfreundlich und mißtrauisch an. Barsch fragte er nach ihrem Begehren. Sie erzählten gedämpft, was sie gesehen hatten, und beschworen es. Der riesige Bauer musterte sie immer noch ungläubig.

»Hm«, machte er endlich und fragte eindringlich: »Hobts es ganz gwiß gsehng? ... Ist's net derlogn?« Und als die zwei Burschen mannhaft bejahten, schaute er kurz gradaus und murmelte wie für sich: »Hmhm, do schaug ... A so möcht's der macha, hmhm ... Sauber, sauber ...« Dann lugte er durchs Gangfenster in die stockdunkle Nacht hinaus, ließ die zwei stehen, ging in die Kuchl zurück und kam nach einer ganz kurzen Weile wieder. »Geht's weiter«, sagte er bloß, und wie auf Schleichwegen wanderten sie zum Heustadel.

»So«, fing er, nachdem er alles mit der Taschenlaterne abgeleuchtet und genau untersucht hatte, flüsternd zu erklären an: »Jetz paßts auf ... Ös seids direkte Tatzeugn ...« Durchaus wollte er, daß sich die zwei Burschen im Heu verstecken und abwarten sollten, bis der Brandleger angezündet habe.

»Mei' Verdacht ist richti«, wisperte er weiter: »Dös ist der Remscheider selba ... Ös brauchts nix macha, ois glei 'rausrenna und schrein ... Nachher hobn mir den Bazi ...« Mit diesem Vorschlag aber stieß er bei den zwei Tippelbrüdern auf heftigsten Widerspruch. Erst nach einem hartnäckigen Hin und Her verstanden sie sich soweit, beim Bürgermeister im Stall oder auf der Tenne über Nacht zu bleiben und nach der Brandlegung auszusagen. –

Das Dorf schlief langsam ein. Klar und sternhell wölbte sich der Himmel. Die zwei Tippelbrüder schliefen im Bürgermeisterstall recht schlecht. Stunde auf Stunde verrann. Immer wieder stand einer von ihnen auf und lugte durch das dreckigtrübe Stallfenster. Allen zweien war nicht ganz wohl bei der Sache, obgleich der Bayer meinte, das Nachtessen sei's wert gewesen. Elf Uhr schlug's.

»Und wenn nichts wird, was dann? ... Dann sind wir die Blamierten«, murrte der Ältere und wälzte sich unruhig hin und her.

»Saudumm«, knurrte der Bayer ebenso und warf gleichgültig hin: »Ah, wos konn üns scho weiter passiern ...« Endlich schnarchten sie. Plötzlich weckte sie ein wildes Plärren vor dem Bürgermeisterhaus. Benommen sprangen sie aus dem warmen Stroh.

»Brenna tuat's! Brenna tuat's ... Auf, Bürgermoasta, auf!« schrie es, und unter den gelbleuchtenden Dorflaternen tauchten viele Schatten hin und her laufender Leute auf. Die Fenster der Nachbarhäuser flammten auf. Immer lauter und rebellischer wurde das Dorf.

»Burschen, 'raus! ... Weiter, mit!« schrie der Bürgermeister, der zugleich Feuerwehrhauptmann war, in den Stall. Sein gelber Helm blinkte, voll ausgerüstet und martialisch stand er da. Als sie in den Hausgang kamen, drückten sich die Leute schon Kopf an Kopf und redeten wirr durcheinander.

»Nix werd gmacht, Leut ... Dös is der Bazi, der Remscheider selber gwen!« überbrüllte der Bürgermeister alle. Und schnell wurde es still. Und viel gedämpfter, in aller Hast, berichtete er den verdutzten Nachbarn. Ganz genau hatte er sich den Kampfplan überlegt.

»Glei werd er z'sammpackt, der Lump, der elendige!« sagte er zum Schluß, bahnte sich mit den zwei »direkten Tatzeugen«, dem Gemeindediener Hingerl und dem Beigeordneten Wopfner einen Weg durch die Leute, und kaum waren sie auf der Straße, fingen sie zu laufen an. Direkt auf das Remscheiderhaus rannten sie zu.

»Aufgmacht, do! ... 'raus, Remscheider!« brüllte der Bürgermeister, und ohne viel Umstände packten sie den halbangezogenen Bauern und zerrten ihn zum Bürgermeisterhaus. Es half der Remscheiderin und ihren zwei Töchtern gar nichts, daß sie schreiend und schimpfend hinterher wollten. Die dichtgedrängten Neugierigen überschimpften sie sackgrob, und kein Mensch hatte Mitleid mit ihnen. Noch mehr. Das ganze Dorf leuchtete lichterloh, weil der Heustadel prasselnd in die hohe Sternennacht flammte. Niemand tat dergleichen, als ob die Feuerwehr ausrücken wollte. Vor dem Bürgermeisterhaus rotteten sich die Leute zusammen, und wie ein Napoleon kam der Bürgermeister an der Tür zum Vorschein und schrie breit und hallend: »Der Saubazi ist dingfest ... Glei werd der Schandarm daherkemma ... Für solcherne Lumpn gibts nix wia an kurzen Prozeß!« Und richtig, schon nach einer knappen Viertelstunde brauste der Lippenbauern-Gustl, den der Bürgermeister mit dem Motorradl nach Sesselbach hinübergeschickt hatte, mit dem Gendarm Hirlinger hintendrauf daher. Gebieterisch schritt der Hirlinger durch die auseinanderweichenden Leute und verschwand im Bürgermeisterhaus. Alles drückte die Gesichter auf die Fensterscheiben. Drinnen verhörte der Hirlinger die Handwerksburschen und den Remscheider, der in einem fort wild aufschimpfte. Der erste Knecht vom Bürgermeister mußte einspannen und vorfahren.

»Jaja, Leut, jaja, so löschts doch! ... Leut, helfts doch! ... Jaja, Hansgirgl!« schrie die verzweifelte Remscheiderin wie nicht mehr ganz recht im Hirn, als ihr Mann vom Gendarm herausgeführt wurde, und laut weinten ihre zwei Töchter auf. Die zwei Tippelbrüder mußten mit einsteigen in die wacklige Chaise, und der Knecht fuhr schneidig an.

»Nix werd glöscht ... Soll's nur z'sammbrenna enker Kaluppn ... So geht's solcherne Lumpn!« schrie der mordsmäßige Bürgermeister von der Türe aus in die aufgeregten Leute hinein, und als jetzt von Attenkofen her ein Sturmläuten kam, als man schon die dortige Feuerwehr vom Berg herunterfahren sah, brüllte er noch unbarmherziger: »Dös gibt's net! ... Do muaß Botschaft gebn werdn, daß dös koa richtigs Brenna is ...« Aber die Attenkofer kamen doch – bloß war der Stadel schon niedergebrannt bis auf die niederen Zementmauern, als sie zu spritzen anfingen. Dabei gab es, weil der Bürgermeister und viele Murlinger es ihnen verwehren wollten, ein heftiges Streiten, das fast zu einer Rauferei gekommen wäre, wenn nicht einige herzhafte Weiber zwischen die ergrimmten Mannsbilder gesprungen wären und die Hitzköpfe davongezerrt hätten. Kurz und schlecht – das war nicht bloß die bewegteste, es war auch die folgenschwerste Nacht, die Murling je erlebt hatte. Trotz der übereinstimmenden eidesstattlichen Aussagen vom Bürgermeister Hosp und den zwei Tippelbrüdern über ihre Wahrnehmungen im Remscheiderstadel mußte der Remscheider bereits nach acht Tagen aus dem Polizeigefängnis in Sesselbach entlassen werden. Mehrere rasch aufeinanderfolgende Brände in der Umgegend ließen nämlich die Vermutung aufkommen, daß ein verbrecherischer Lump am Werke sei. Die Polizeistationen nahmen Spuren auf, und bald darauf wurde der ehemalige Knecht vom Leitnerbauern in Waldwies verhaftet. Der gab auch nach einem harten Kreuzverhör all die Brandstiftungen zu. Bloß deswegen, sagte er störrisch, weil ihn sein Dienstherr so saugrob behandelt, mitten im Jahr davongejagt und noch obendrein bei allen anderen Bauern schlecht gemacht habe, sei er auf eine solche Rache verfallen. –

In Murling sah es, nachdem der Remscheider heimgekommen war, direkt nach Mord und Totschlag aus. Das ganze Dorf war in ständiger Aufregung und schlug sich sofort auf die Remscheiderseite. Der Bürgermeister Hosp verschloff sich und gab sein Amt auf, auch Feuerwehrhauptmann war er nicht mehr. Aber es kam noch viel ärger. Wegen Amtsanmaßung, schwerer Verleumdung und – weil er den Remscheiderstadelbrand nicht löschen ließ – absichtlicher Sachbeschädigung wurde ein Verfahren gegen ihn anhängig gemacht. Beim Prozeß sagten alle gegen ihn aus. Er konnte noch von Glück sagen, daß er mit sechs Monaten Gefängnis davonkam, aber die Geldstrafe, die er leisten mußte, war viel schlimmer für ihn. Er war ein geschlagener Mensch. –

Schließlich aber – wer war an allem schuld? Jeder in Murling sagt es heute noch: »Bloß dö zwoa windigen Handwerksburschn! ... Was müssen sich denn solcherne Lumpen ins Gsetz einmischn? ... Lump bleibt Lump und bringt bloß die rechtschaffnen Leut durcheinander ...«

Seitdem wird jeder Bettler, der vor eine Murlinger Haustür kommt, saugrob und unbarmherzig davongejagt. –

Der furchtsame Flickschuster

I

Die folgende Geschichte wird in meiner Heimat noch manchmal erzählt. Ich habe nie herausbringen können, ob sie wirklich passiert ist. Die einen sagen, sie sei bloß ein Witz vom Scherfanger-Much selig gewesen, der solche Sachen dutzendweise im Kopf gehabt habe, die anderen wiederum behaupten steif und fest, sie sei ganz und gar wahr. Mir hat sie seinerzeit der Wegwart Sterzinger von Haslach erzählt. Der ist vorige Woche gestorben. Bei dieser Gelegenheit ist sie mir wieder eingefallen. –

Früherszeiten war in unserer weitläufigen Pfarrei der Brauch, daß, wenn einer gestorben ist, ihm sein Nachbar das Grab hat graben und die Totenwache hat halten müssen. Die Totenwache, wohlgemerkt, über Nacht neben dem offenen Sarg, im Leichenhaus unseres Pfarrdorfs.

In Matzling – dem größten Dorf unserer Pfarrei – gab es damaligerzeit zwei Häusler, den Flickschuster Wenwieser und den Joseph Leitner. Sie waren Nachbarn, aber schon seit Jahr und Tag stockfeind. Ihre Feindschaft ist so gekommen:

Dem Flickschuster sein niederes Häusl stand linker Hand am Dorfeingang, an der Pettenwanger Distriktsstraße, und es hat einen kleinen Pflanz- und Obstgarten gehabt. Das Leitnerhäusl stand drüberhalb der Straße, ungefähr hundert Meter wieseneinwärts, und es haben noch zwei Tagwerk Grund drumherum dazugehört. Das Gras und Heu davon langte für die einzige Kuh, und ein schmaler Streifen gab Kartoffeln her fürs Haus. Der Schuster hat zwei Kinder – einen Buben und ein Mädel – gehabt und jahraus, jahrein seine geregelte Arbeit. Beim Leitner waren sechs Kinder da, und es ging immer knapp an der Not vorbei, denn er arbeitete als Taglöhner, einmal beim Zimmerer Haslacher, einmal auf einem Bau und im Winter meistens im Staatsforst. Fleisch gab es bloß alle heiligen Zeiten beim Leitner, hin und wieder Schmalznudeln mit Birnen- oder Zwetschgentauch, die gezwiebelte Brotsuppe wechselte jede Woche mit einer Brennsuppe, und eine umfängliche Schüssel Kraut kam dazu, sonst aber, sonst gab es Tag für Tag Erdäpfel mit gestöckelter Milch. Um all das halbwegs aufzubessern, fing die Leitnerin schließlich an, Hennen zu halten. Mit vier fing sie an, und mit der Zeit hat sie's bis zu dreißig gebracht. Unglückseligerweise aber kam einmal der Rehpinscher vom Wenwieser über sie, erwischte eine Henne und fraß sie radikal auf. Der Wenwieser und der Flickschuster kamen ins Streiten, und wenn nicht der Bürgermeister Hanslinger zufällig dazugekommen wäre, der grad vom Feld heimfuhr, wäre es sicher ärger geworden. Der Wenwieser mußte die Henne ersetzen und seinen Hund anhängen, aber das Vieh bellte und winselte den ganzen Tag und die halbe Nacht gottesjämmerlich, und die zwei Schusterkinder ließen ihn öfter von der Kette. Eine Zeitlang jagte der Hund im Garten herum, auf einmal aber setzte er über den Zaun, und wieder kam er über die Leitnerhennen. Die zwei ältesten Leitnerbuben warfen ihn mit Steinen halbtot, und als er nicht mehr vom Fleck kam, erschlugen sie ihn ganz. Zuerst schaute es ganz so her, als gebe es deswegen eine mordsmäßige Gerichtsverhandlung. Wiederum aber brachte es der Bürgermeister so weit, daß die zwei Nachbarn einen sogenannten »Sühneversuch« bei ihm machten, und nach einem langen Hinundherschimpfen und Zureden des Bürgermeisters und der Beisitzenden gingen Leitner und Wenwieser verfeindet auseinander. Verhandlung gab es keine, aber die zwei redeten seither nicht mehr und grüßten sich nicht mehr. Die Feindschaft blieb.

Indessen, im Winter darauf, an einem eiskalten Februartag, passierte dem Leitner ein Unglück. Beim Holzhacken im Staatsforst – die Scheite waren stocksteif gefroren – glitt seine Hacke aus und sauste tief in sein Schienbein. Der baumstarke Mann knurrte nur ein wenig und brach um. Der Ederinger-Xaverl und der Lermoser-Beni, die mit ihm arbeiteten, brachten ihn mitten am Nachmittag heim. Sie schwitzten dampfend vom langen Tragen. Mit der größten Mühe brachten sie und die Leitnerin es fertig, ihn auszuziehen und ins Bett zu legen. Er blutete schrecklich. Alles dicke Einbinden half nichts. Auf der Stelle mußte der Älteste, der Hansl, den Doktor Perlsamer von Pettenwang holen.

Der kam und brachte das Bluten erst nach zwei Einspritzungen und einem dicken Verband zum Stillstand. Endlich machte er am andern Tag einen Gipsverband und fing das Kurieren an. Jedesmal, wenn er kam, sagte er: »Naja, das wird schon wieder, das wird. Wegnehmen müssen wir den Fuß nicht, Frau Leitner.«

Und die sagte bloß immer: »Mein Gott, mein Gott, Herr

Jesus Christ ...!« Sie faltete ihre zerarbeiteten Hände dabei und schaute den Doktor traurig an. Aber mit dem Leitner wurde es jeden Tag schlechter. Schmerzen und wieder Schmerzen hatte er, und der Doktor Perlsamer richtete mit all seinem Kurieren nichts aus. Als er den Gipsverband abnahm und erneuern wollte, machte er kein gutes Gesicht. Blutvergiftung hatte sich dazugeschlagen.

»Rotlauf hot er kriegt ... Hundsheidern is er beinand, der Leitner«, erzählte der Windl dem Bürgermeister einmal. Im Leitnerhaus war's tagaus, tagein traurig. Man kann sich's ja leicht ausmalen: Der Vater schwerkrank im Bett und vorn und hinten nichts als Kummer und Not. Und dabei wurde aus dem Februar der März, und jetzt fing schon der April an.

Gut war bloß, daß damals die Matzlinger viel Barmherzigkeit zeigten. Der Bürgermeister schickte seinen Drittknecht mit einem Sack Kartoffeln und einem Fünfpfundkübel mit Schmalz ins Leitnerhaus. Die Kramerin Heimlinger gab dem Hansl den Malzkaffee, die Suppennudeln, den Zucker, die Erbsen und das Salz umsonst, und ausrichten ließ sie der Leitnerin, wenn sie was braucht, sie soll ungeniert schicken. Der Müller Haderegger spendete einen halben Zentner Mehl, und der Wirt Lechner zehn Pfund Rinderfett und eine geselchte Sauripppe. Die Pfarrerköchin schickte durch die Schulkinder vier Pfund Honig und eine Flasche Rotwein vom hochwürdigen Herrn selber. Schließlich wurde sogar eine Gemeindeversammlung einberufen, und der erste Beigeordnete, der Windl, beantragte, daß den bedauernswerten Leitnerleuten etliche Ster Holz und ein Fuder Torf geliefert werden sollten. Jeder stimmte für den Vorschlag. Besonders der Flickschuster Wenwieser zeigte bei dieser Gelegenheit sein mildtätiges Herz, und das wurde allerseits sehr gut aufgenommen, weil man doch wußte von der unausgetragenen Feindschaft zwischen ihm und dem Leitner.

»Wennst es du net gsogt hätt'st, hätt's i vorgschlogn«, sagte er zum Windl und belobigte die Gemeinde. Von ihm kann er eingemachte Birnen und Zwetschgen haben, der Leitner, meinte er, und fürs Schuhflicken verlangt er nichts.

»Sei' Fuaß werd ja in Gotts Nam' doch wieder werden«, sagte er und machte ein wehleidig-bekümmertes Gesicht dabei.

»Ja schon ... Vielleicht«, meinte der Windl drauf: »Aber 's Rotlauf? ... 's Rotlauf, mei' Liaba! ... Dös hot an Teifi! ... Do geht's oft schnell dahi ...« Aufgeschreckt schaute ihn der Flickschuster an.

»Er is doch a baumstarks Mannsbild, der Leitner, und gsund is er allweil gwen«, sagte er: »Er werd doch, um Gottes willn, net sterbn ...« Der ganze spindeldürre Mensch zitterte dabei wie Espenlaub. Wissen kann man das nie, meinten etliche am Tisch, und wenn ihm sein Fuß abgenommen wird, dem Leitner, ob das vielleicht recht viel besser sei?

»Noja, schon! Schon, aber er hot doch sei' Lebn und d' Kinder an Vata«, sagte der Wenwieser.

»Hm, hmhm, so ein Unglück! So ein Elend«, setzte er wiederum hochdeutsch dazu und schüttelte dabei in einem fort den Kopf. Nachdem gemeindlicherseits nichts mehr zu bereden war, ging er gleich heim. Recht unruhig und fahrig fanden ihn die anderen, die noch bei ihrem Bier sitzen blieben. Seltsam war es mit ihm, seitdem es seinem Nachbarn immer schlechter ging. Oft in der Nacht, mitten aus dem tiefsten Schlaf schreckte er auf und etliche Male schrie er sogar kurz.

»Wos host denn, Xaverl?« fragte die Zenzl, seine faßdicke Alte: »Host an schlechtn Traam ghabt?« Die Kartoffelknödel drücken ihn, meinte er, die sind zum Nachtessen zu schwer. Er setzte sich im Bett auf, bis er rülpsen konnte.

»Herrgott, Zenzl, sterben wenn er taat, der Leitner, dös waar arg«, sagte er nach einer Weile wieder, und seine Zenzl setzte dazu, ganz arg sei's alsdann mit der Leitnerin und den sechs Kindern. Sehr schnell schnarchte sie wieder, aber der Flickschuster konnte nicht mehr einschlafen. Mitten am Vormittag hinwiederum warf er plötzlich den Hammer hin, schnellte wie eine gesprungene Matratzenfeder von seinem Hocker auf und ging zum Leitner hinüber. Seine feiste, langsame Zenzl schaute ihm leicht verwundert durchs Fenster nach und brümmelte schließlich: »Noja, is ganz guat ...« Es war ihr vom Gesicht abzulesen, daß sie schon das Richtige dachte.

»Jaja, um Gotts willn, Leitnerin, jaja, dös Unglück! ... Jaja, so was! 's Rotlauf hot si dazuagschlogn und – u-nd net besser will's werden!« stotterte der aufgeregte Flickschuster verlegen und achtete nicht weiter drauf, wie die Leitnerin das aufnahm. Gleich stapfte er über die Stiege hinauf, und als er in der Kammer, vor dem fiebrigen, halb schlafenden Kranken stand, redete er genauso hastig weiter: »Jaja, Leitner, jaja, Sepp? Wia geht's dir denn? Wos sogt denn der Dokta? ... Sepp? Nana, net daß d' moanst, i trog dir noch wos noch, nana! Gor net aa, Sepp! ... Wia is's denn, Sepp? Geht's gor net besser? Gor net?« Hastig, wie ein altes Ratschweib plapperte er fort und fort und sah die Leitnerin kaum, die ihm nachgekommen war.

Auch daß der Kranke durchaus kein freundliches Gesicht machte, genierte ihn nicht. Er redete, redete, erkundigte sich, gab Ratschläge, jammerte und nörgelte über den Doktor Perlsamer: »Kümmert er sich denn aa richti um di, Sepp? ... Wos sogt er denn ... Hm, er konn so wos doch net so leicht nehma!« Fast das Schnaufen ging ihm aus, aber als er jetzt doch Luft schöpfen mußte, sagte der Kranke ziemlich ungut: »Mit dein' Jammern werd mei' Hax net besser ... Hätt'st net kemma braucha ...«

»Leitner? ... Sepp?« Fast schmerzhaft wimmernd kam das aus dem Flickschuster, und noch verstörter jammerte er: »I bin dir nimmer feind, u-und i hoff doch –«

»Mei' Ruah loß mir mit dein' wehleidigen Gsurms!« fuhr der Kranke dazwischen. Er war seit jeher als grober, kantiger Mensch bekannt. Streitbeutel war er gewiß keiner, aber wenn ihn etwas ärgerte, konnte man Angst kriegen, und wenn er einmal wem feind war, dem blieb er's.

»Sepp? Leitner! Loß doch redn – –« Weiter kam der verdatterte Schuster nicht.

»Mei' Ruah will i, sog i!« knurrte der Kranke noch bissiger: »I hob net gschickt noch dir! Bleib nur drent bei deine Schuach!« Sein schweißiges, schon gelbgefleckte Gesicht lief rot an, und Augen machte er wie dazumal, als er nach dem ersten Streit auf den Schuster loswollte. Hart warf er sich auf die andere Seite, wenngleich er arge Schmerzen hatte. Der Wenwieser schaute stockstumm und geschlagen auf seinen breiten Rücken und schluckte. Alsdann warf er noch einen kurzen, hilflosen Blick auf die traurige Leitnerin und tappte aus der Krankenstube.

»Der damisch' Kerl, der damisch'! ... Wos host'n denn 'rauflossn? Der soll bloß dahoambleibn!« grantelte der Leitner seine Alte an, und die sagte bloß: »Ja, mei' Gott, er is auf oamoi dogwen! ... Ich hob'n net gholt.« Wie zufällig schaute sie dabei durchs Fenster und sah, wie der Schuster durch das Vorgärtl lief, davon wie ein Dieb und hinein in sein Haus. Verstört, rein wie zertrümmert schaute er aus, schnaufte und zitterte am ganzen Körper, als er vor seiner Alten stand.

»Wos is denn? Wos host d' denn? Is er eppa gstorbn?« fragte die erschrockene Wenwieserin.

»Gstorbn!« schrie der Schuster ganz seltsam und starrte sie an und keuchte zerfahren: »Nana, nana! Gstorbn is er net, nana!«

»Nananana, nanana!« hastete er weiter aus sich heraus:

»Nananana ...!« Mit dem Kopf und seinen Armen wehrte er sich gegen dieses »Gestorben«.

»Worum bist denn auf oamoi 'num zu eahm?« fragte die fette Schusterin, und das brachte ihn doch wieder halbwegs ins Gleichgewicht.

»Ja no«, meinte er, wenn einer einmal so dran sei, man will doch da keine Feindschaft mehr.

»Und? ... Wos hot er denn gsogt, wiast auf oamoi daherkemma bist?« fragte sie ein wenig ungut, wahrscheinlich weil ihr der saugrobe Nachbar und der totgeschlagene Hund wieder in den Sinn kamen.

»Nix, gor nix«, gab ihr der Schuster zur Antwort. Recht verzagt klang es. Ganz kurz starrte er wieder in ein Loch und erfing sich schließlich.

»Arg steht's mit eahm, ganz arg ... Ganz gelb is er scho«, plapperte er wie für sich, aber seine Alte sagte bloß noch: »Hmhm, und dös dritte Monat liegt er jetz scho, hmhm ...« Sie drehte sich um und ging wieder an den Herd. Noch einmal schaute er wie jäh geschreckt gradaus, hockte sich endlich auf seinen Schemel, packte den angefangenen Schuh, klemmte ihn zwischen seine spitzen Knie und fing zu hämmern an. Sonst ging ihm bei der Arbeit das Maul in einem fort, diesmal hämmerte er bloß, hämmerte und hämmerte unausgesetzt ...

Am anderen Tag kam der Pfarrer ins Leitnerhaus. Der Schuster wollte ihn nicht sehen und mußte doch durchs Fenster schauen, sah den hochwürdigen Herrn hinein- und nach einer ziemlichen Zeit wieder herausgehen und wurde blaß wie ein Bleichsüchtiger. Schweißfeucht wurde seine Stirn dabei.

Bald darauf kam der Leitner-Hansl in die Schusterwerkstatt und leierte wie auswendig gelernt: »Ünser Vater hot gsogt, er is dir nimmer feind, Schuaster.« Sagte es hin und war schon wieder weg.

»Wos hot er gsogt?« fragte die Wenwieserin aus der Kuchl.

»Nix weita ... Guat is er üns wieder, hot er ausrichtn lossn, der Leitner«, gab der Schuster geschwind zurück und konnte kaum mehr seinen Hammer halten.

»Auweh! ... Nacha, moan i, stirbt er glei gor«, hörte er seine Alte sagen, »Sunst taat er dös net ...«

»Jaja, den reißt's ... der stirbt ... der stirbt«, sagte er halblaut vor sich hin und hatte ein Gesicht dabei wie ein Mensch, dem eine lange, bange Hoffnung wegrinnt wie Butter an der heißen Sonne. – –

II

In der nächsten Frühe läuteten die Zinnglöcklein der Matzlinger Dorfkirche, und jeder wußte es: Der Leitner ist gestorben.

Kurz vor dem Mittagessen kam der Pfarrer mit den zwei Ministranten und der Totenwagen. Der Haderegger und der Windl trugen den schweren Sarg von der Kammer herunter und luden ihn auf. Das ganze Dorf stand bereits da. Zerstoßen weinte die Leitnerin, und die Kinder heulten. Der Zug setzte sich langsam in Bewegung.

»Vater unser, der du bist im Himmel ...« huben die tiefen Stimmen der Mannsbilder an, und wenn sie fertig waren, klangen die helleren Weiberstimmen auf: »Gegrüßt seist du, Maria ...« Gleichmäßig hielten die zwei Rösser vor dem Totenwagen Schritt, ernst und traurig folgte ihm der Zug der Betenden.

Der Wenwieser trottete knapp hinter dem Bürgermeister Hanslinger und dem Windl her. Klein und zaundürr war er ja seit jeher, aber jetzt schaute er schier noch dürrer aus. Er schien sogar hin und wieder ein wenig zu wanken. Er verplapperte sich oft im Beten, schnaufte schwer, riß sich zusammen und machte einige schnellere Schritte, bis er merkte, daß er dem Bürgermeister auf die Absätze getreten war. »Hoit doch an Schritt!« mahnte ihn der Hanslinger halb umdrehend. Der Schuster nickte. Elendiglich mitgenommen sah sein hageres Gesicht aus. Dicke Schweißtropfen standen auf seiner käsbleichen Stirn.

Als endlich die ganze Traurigkeit vorüber war und die Leute vor dem Leichenhaus auseinandergingen, sagte der hochwürdige Herr Pfarrer zum Schuster: »No also, was jetzt noch bis morgen zu tun ist, Schuster, dafür sorgen ja Sie.«

»Jaja, Hochwürden, jaja«, antwortete der Wenwieser schnell und nickte hölzern. Es war erst gegen ein Uhr, und es war ein heller, warmer Tag. Die meisten Bauern setzten sich noch auf eine kurze Viertelstunde zum Postwirt hinüber, und tranken etliche Halbe Bier. Bloß die Weiber gingen gleich heim, und auch der Flickschuster ließ sich nicht aufhalten. Die Kramerin Heimlinger wollte sich ihm anschließen, aber er hatte einen so schnellen Schritt, daß sie ihn laufen ließ.

»Geh nur zua, Schuaster ... So pressiert's mir net«, sagte sie schließlich, und als er weiter weg war, brummte sie in sich hinein: »Spinnerter Teifi, spinnerter, derenn di meinetwegn!« Die

Hadereggerin, die inzwischen herangekommen war, schaute auch auf den eilsamen Schuster und meinte: »Jaja, hot's kreuznotwendi heunt ...« Dann fingen sie vom verstorbenen Leitner zu reden an, lobten ihn und fanden die besten Worte dabei. Und vom Toten kamen sie zu den Lebenden. Die Leitnerin, mein Gott, was das für ein Kreuz sei – sechs Kinder und eine »alleinige Wittiberin«. Das Herz ging ihnen vor Mitleid über. – –

Der Schuster kam heim und zog schnell sein Sonntagsgewand aus. Die saure Lunge mit den Knödeln, die er seit eh und je gern hatte, schmeckte ihm nicht im mindesten. Seine Zenzl ärgerte sich, weil er mitten drinnen den Löffel hinlegte und anfing, noch schnell der Kramerin ihren Schuh zu flicken. Er hörte ihr Brummen nicht. Er nähte und hämmerte wie blindwütig. Als die Zenzl nach dem Geschirrabspülen in den Garten ging und die Wäsche aufhängte, schaute er hastig auf, spähte durchs Fenster und steckte geschwind den Hammer in seine Hosentasche. Dann wickelte er die Schachtel mit den Holznägeln und eine Stranitze mit Eisennägeln mit dem Windl seinen Gummistutzen in ein Zeitungspapier und band seinen Schusterschurz drumherum. Zitterig und hastig tat er das alles, aber als er aus der Tür kam und durch den Vorgarten ging, sagte er ganz ruhig: »So, ich geh jetz zum Grobgrobn und bleib glei bis zu da Totenwacht ... I iß a poor Würst beim Postwirt ...«

Schnell ging er davon und – seltsam – scheu und geniert lugte er auf der Dorfstraße herum, als betreibe er eine Heimlichkeit und fürchte, dabei überrascht zu werden. Erst draußen auf der freien Landstraße schnaufte er sichtlich auf.

Die Frühjahrsluft war glasklar und immer noch hell, wenn auch die Sonne schon westwärts hing. Auf den dreckbraunen Feldern lag noch hie und da ein dünner Streifen kranker Schnee. Drüben, weit weg, auf dem Hang fuhr der Bürgermeisterknecht Mist übers Feld. Sein langgedehntes »Eh-eeha!« klang auf die Straße herüber. Er hielt die zwei Rösser an und kratzte jedesmal einen Haufen Dung vom dampfenden Wagen. Sonst war nirgends ein Mensch zu sehen. Ohne daß ihm einer begegnet war, kam der Flickschuster auf dem weitläufigen Holzhauser Gottesacker an, legte, ohne auf den aufgebahrten Toten zu schauen, sein Packl ins Leichenhaus, holte aus dem nebenanliegenden Gerätraum Pickel und Schaufel, suchte das Leitnersche Familiengrab auf und fing gleich an zu graben. Er pickelte und schaufelte auf Hautsdrein und schien bloß ans schnelle Fertigwerden zu denken. Er schwitzte und schnaufte von der ungewohnt schweren Arbeit, aber er hielt nicht ein. Als die Kirchenuhr anschlug, schrak er leicht zusammen, grub aber um so eifriger weiter.

Dämmrig war es schon, und die mächtig in die Höhe strebende Pfarrkirche schattete bereits dunkel über all die Gräber, als er aus der tiefen, länglichen Grube stieg. Er lehnte Pickel und Schaufel an den Grabstein, wischte sich mit dem großen roten Schnupftuch den Schweiß aus dem Gesicht und verkeuchte kurz. Ein arges Ziehen spürte er im Rükken, und es tat fast weh, als er sich gerade aufreckte, um seine Knochen wieder ins Gefüge zu bringen. Aber er gönnte sich keine Rast. Gleich ging er an den kleinen Brunnen, der rechts vom Eingang des Gottesackers war, und wusch sich die kotigen Hände.

Er merkte, daß es schon dem Feierabend zuging. Von daund dorther hörte er aus einer offenen Stalltür die Kühe dumpf murren. Zwischenhinein klang auch ein kurzer Anschrei von einer Dirn oder einem Knecht, die wahrscheinlich ausmisteten und eine neue Einstreu machten. Ein Roß wieherte und stampfte, dann wieder drang das Quietschen von einem Mistkarrenrad durch die Luft. –

Der Wenwieser spürte ein flirrendes Schwachsein, aber das kam bestimmt von seinem leeren Magen. Sonderbar unruhig und aufgeregt überlegte er, ob er nicht doch schnell heimgehen und seine Lunge essen sollte, aber deswegen eine halbe Stunde hin- und eine halbe zurücklaufen, dazu war er zu müd und abgerackert. Unschlüssig schaute er eine Weile um und um. Der dicke, feuchtkalte Nebel mummte schon langsam die Häuser, Bäume und Büsche ein und vermischte sich mit der Dunkelheit. Den Schuster fror. Er zog die Achseln hoch und steckte seine Hände in die Hosentasche. Im Schulhaus drüben, zu ebener Erde, wo der Lehrer wohnte, flammte Licht auf. Rechter Hand, im Pfarrhaus, auch. Ja, sagte sich der Schuster, zum Postwirt hinübergehn, ist das Gescheiteste. Er drehte sich herum und bemerkte, daß auch im Leichenhaus zwei rotgelbe Lampen leuchteten, und es überlief ihn auf einmal ein Schauern. Geisterhaft sah dieses rotgelbe Leuchten zwischen den schwarzen Fensterstäben der Eingangstüre aus. Er schaute starr hin und gleich wieder weg, gab sich einen Ruck und lief fast aus dem Gottesacker. Ungewohnt pumperte sein Herz, aber als er jetzt die hellen Fenster der Postwirtsstube vor sich sah, fiel ihm wahrscheinlich ein, daß ja im Leichenhaus tagaus, tagein das Ewige Licht leuchte. Zwei kleine rote Ampeln, die von der Decke herunterhingen, waren das, mit geronnenem Wachs und einem Docht, der brannte.

»Hmhm, dumms Zeug, dumms!« knurrte der Schuster ärgerlich und trat in die mollig erwärmte Wirtsstube, wo der vorlaute Roßhändler Straußeder von Buchberg, der Postbote Hirlinger, der Glaser Fendt, der Wegwart Sterzinger und der faßdicke Wirt um den runden Ofentisch hockten.

»Jessas, der Wenwieser! ... Der Schuasta!« rief der Straußeder und machte Platz: »Wo kimmst denn du her?« Er kam von weither, aus dem Niederbayrischen, war die meiste Zeit unterwegs und hatte nur zufällig beim Postwirt haltgemacht.

»Noja, mei' Nachbar, der Leitner, is doch gstorbn«, klärte ihn der Wenwieser ein wenig abweisend auf: »Sei' Grob hob i eahm grobn, und über Nocht muaß i eahm d' Leichenwacht hoitn, wia's bei üns der Brauch is.«

Das wußte der Straußeder nicht. In seiner Gegend gab es so was nicht. »Hm, seltsame Bräuch gibt's«, sagte er leicht erstaunt und schaute den Schuster an: »A saubers Gschäft dös, dö ganze Nocht nebn an Totn hocka ...!«

»Ja no! ... Überoi is's net gleich!« meinte der Wirt aufstehend und brachte dem Wenwieser sein Tellerfleisch. Hunger und Appetit hatte er, der Flickschuster, wie ein Drescher. Er trank auch hübsch schnell das Bier hinein. Nach kurzer Zeit hatte er schon die fünfte Halbe, was man bei ihm nicht gewohnt war. Noch dazu war weit und breit bekannt, daß er es nie mit dem Geldausgeben gehabt hatte.

»Hoho«, sagte der Glaser Fendt und schaute ihn schief an: »Host du aba an Durscht heunt ...«

»Grob du amoi zwoa und a hoibe Stund«, knurrte ihn der Schuster ungut an: »Du sauferst noch vui mehra ...«

»Noja, i sog ja grod ...« lenkte der Fendt ein: »Mir gfoit's, wenn an Menschn 's Essn und Trinka schmeckt.«

Seltsamerweise reizte das den Flickschuster. Vielleicht fiel ihm jetzt erst selber auf, wie schnell er hineingetrunken hatte. und er ärgerte sich über die hohe Zeche. Fast geschreckt schaute er sein leeres Halbekrügl an und warf streitsüchtig hin: »I iß und trink, wos i mog!« Wie um das zu beweisen, ließ er sich eine neue Halbe geben.

»Host recht, Schuasta«, ermunterte ihn der Wirt, das volle Krügel hinstellend: »Dös muaß ja aa die ganz Nocht glanga ...« Gleich nahm der Wenwieser wieder einen langen Schluck. Der Wirt blinzelte den anderen zu, und die begriffen. Jeder wußte, wie schnell der Schuster hinaufzutreiben war, und das war unterhaltlich. Wie es in unserer Gegend der Brauch ist, fingen sie langsam zu hecheln an.

»Hmhm, jetz is er gstorbn, der Leitner, hmhm!« brümmelte der Postbote wie für sich: »Hmhm, mit oanafufzg Johr, hmhm ...« Alle schüttelten den Kopf und machten ernsthaft nachdenkliche Gesichter.

»Kaam zum glaubn, kaam zum glaubn!« ließ sich der Sterzinger vernehmen und setzte dazu, wenn man ihn so angeschaut hat, den Leitner in seinem Sarg, gemeint hat man, er schlaft bloß, er lebt noch und steht jeden Augenblick auf. »Der steht nimmer auf. Der is maustot«, sagte da der Schuster: »Da Dokter hot's doch gsogt!« Er hatte schon leicht glasige Augen.

»Noja, vo dem is ja koa Red ... Ma sogt ja bloß«, meinte der Wirt, und der Postbote wiederum war der Auffassung, wenn er schon nicht gestorben wäre, der Leitner, was hätt' er schon davon, bloß den einen Fuß noch, und sein Leben lang wär er ein Krüppel. »Do is's wirkli besser, daß's dahinganga is mit eahm«, schloß er. Sie merkten, wie der Flickschuster immer kribbliger wurde, und weil er wieder und wieder eine Halbe verlangte, platzte der vorlaute Straußeder auf einmal heraus: »Du trinkst dir wohl a richtige Schneid o, Schuaster, wos? ... Du stirkst di für dei' gfährlichs Gschäft, ha?«

»Gfährli? ... I hob koa Angst net!« fuhr ihn der Wenwieser grob an, aber sein Gesicht sagte das Gegenteil. Der Mesner läutete drüben das Gebet.

»Zoin!« schrie er, wenngleich der Wirt neben ihm stand und sagte: »Hoho, schrei doch net so! I hör ganz guat!«

»Is ja wohr aa!« belferte der Wenwieser giftig und warf einen Taler hin: »Sauhammeln seids ... Net amoi sei' ewige Ruah loßts eahm, an Leitner!«

Hinterlistig zufrieden schauten sich die anderen an und sagten nichts mehr. Der Wenwieser ging auch schon auf und davon. Er stieß auf den Mesner, der grad aus der Pfarrkirche kam.

»So«, sagte der: »Kimmst zu da Leichnwacht, Schuster? ... I hob noch amoi nochgschaugt ... Schön liegt er drin, der Leitner. Arg hot er leidn müassn, jetz hot er sei' Ruah.« Und, meinte er, die Nacht sei ja bald vorüber, in der Früh' um fünf Uhr läute er schon, da könnt' er ruhig heimgehn, das andre richte er schon. Alsdann wünschten sie einander »Gute Nacht« und gingen auseinander. Dem Schuster war arg schwer vom vielen Bier. Er rülpste ab und zu, und wahrscheinlich war sein Hirn auch nicht mehr ganz standfest. Der rötliche Lampenschimmer im Leichenhaus spielte jetzt ins Violette, und es war ihm, als bewege sich dieses Schimmern wie schwimmend. Er riß gewaltsam seine Augen auf und trat fest auf den Boden. Er biß sogar die Zähne aufeinander, riß die Türe auf und schlug sie zu, daß die Scheiben ein wenig klirrten. Der eingeschlossene Geruch der Kranzblumen, vermischt mit Moder- und kaltem Weihrauchgeruch, stieg ihm in die Nase. Er glotzte bierbenommen auf die kahlen Wände und war auf einmal ganz nüchtern. Kühl war es, fast kalt. Es überrieselte ihn, er schlotterte ein wenig, als ob ihn friere. Da mußte er wieder rülpsen und – komisch – das gab ihm die Ruhe wieder. Er zündete die zwei Kerzen rechts und links vom Sarg an, ohne auch bloß einen einzigen Blick auf die Leiche zu werfen. Es fiel ihm auf einmal ein, daß er den Hut noch auf hatte, und er nahm ihn schnell vom Kopf, fast wie bei etwas Verbotenem ertappt. Hastig bekreuzigte er sich, kniete auf den gepflasterten Boden und betete ein stilles Vaterunser. »Herr, gib ihm die ewige Ruhe«, schloß er, und machte wiederum ein Kreuz. Ganz leicht spürte er ein Zittern in den Knien, als er aufstand. Er beugte sich nieder und packte seine Schustersachen aus, band die pechige Schürze um, nahm den Gummistutzen vom Windl, hockte sich auf den braunen, viereckigen Holzstuhl und fing zu arbeiten an. Hastig hantierte er herum, und keinen Augenblick lang hielt er ein. Zuerst nähte er, dann hämmerte er. Er kam ins Schwitzen, aber jedesmal, wenn die Kirchenuhr anschlug, zuckte er zusammen, und alsdann wurde ihm eiskalt. Einmal als es wieder so schlug in der stockstummen Nacht draußen, fiel ihm vor Schreck der Hammer aus der Hand und schlug etliche klappernde Purzelbäume. Bis an den Rand der Holzbastei, auf der der Sarg stand, kugelte er und blieb kerzengerade, mit dem Stiel nach oben, stehen. Nach einem alten Schusteraberglauben soll das nichts Gutes bedeuten, und es läßt sich denken, wie schauderhaft das auf den Wenwieser einwirkte. Seine Knie brachen zitternd auseinander, der Windlstutzen rutschte nieder auf den Boden, er griff nach ihm und rutschte selber nieder und kroch auf allen vieren eilsam weiter, erwischte endlich den Hammerstiel und richtete sich mit aller Kraft in die Höhe. Wie nach der schwersten Arbeit keuchte er dabei und merkte, daß er direkt vor dem Sarg stand, so nah, daß die steifen Kranzblätter an seinem Schurz raschelten. So verdattert und verschreckt war er, daß er sich nicht mehr rühren konnte. Er wollte die Augen zudrücken, aber es ging nicht. Sie schauten wie von selber starrglotzend auf den

Toten, und da – heiliger Herrgott! – passierte etwas Unglaubliches. Dem toten Leitner seine Augen bewegten sich, ganz deutlich schnaufte er und hob auf einmal seinen Kopf aus dem Kranzgewirr. Der Wenwieser glaubte auch, irgendwas zu hören, das wie geredet klang, aber er verlor die Fassung. Er schrie, er plärrte und – weiß Gott, wie das zuging! – er schwang auf einmal den Schusterhammer und schlug wie ein Irrsinniger auf den Kopf, auf das Gesicht da vor ihm. Patsch – krach! tat es, und mit einem stumpfen Aufschlag plumpste der scheintote Leitner in den Sarg zurück.

Der Schuster rannte aus dem Leichenhaus, jagte über die Gräber und brüllte derart, daß das ganze Pfarrdorf aufwachte. Erschauernd stürzten sie in den Gottesacker, und der Mesner, der Postbote Hirlinger und der Wirtsknecht erwischten endlich den herumjagenden, blutigen, höllisch plärrenden Flickschuster. Wie ein Tobsüchtiger schlug er herum, auf seinem Bartmaul stand dicker Schaum, bald weinte er, dann lachte er wieder schrill wie kein richtiger Mensch mehr. Um und um war er zerkratzt und zerrissen, wahrscheinlich war er immer wieder an die kantigen Grabsteine gerannt. Augen hatte er wie der leibhaftige Teufel, einmal flackerten sie, dann wieder glotzten sie wie blind, und immerzu plapperte er laut aus sich heraus, aber zu verstehen war davon nur ungefähr so was wie »tot is tot!« Die drei Mannsbilder mußten ihre ganze Kraft zusammennehmen, um ihn zu halten. Er schlug, stampfte und schrie, bis er nicht mehr konnte. Noch in derselbigen Nacht wurde er ins Krankenhaus nach Pettenwang gebracht und später ins Irrenhaus, wo er schon im dritten Jahr verstorben ist.

Den auf so fast unglaubliche Weise zweimal gestorbenen Leitner haben die Leute nicht mehr sehen können. Gleich mußte sein Sarg zugenagelt werden, denn sein Kopf war bloß noch eine blutige, breiige Masse. Noch nie hat es eine so zahlreiche, feierliche Leich' in der Pfarrei gegeben.

Die Wenwieserin hat bald drauf das Häusl verkauft und ist weggezogen. Ihre zwei Kinder sind viel später »ins Amerika« hinüber. Sonst hat man nichts mehr von ihnen gehört.

Seiner groben, witzigen Auffassung entsprechend, hat der Scherfanger-Much selig das immer bloß so erzählt: »›Wos tot is, bleibt tot‹, hat der Schuasta Wenwieser gsogt und hot an wieder aufgwachtn Leitner an Kopf einghaut.«

Ich aber glaub' doch, daß es eher so gewesen ist, wie es mir der Wegwart Sterzinger erzählt hat. Dem hab' ich es, so gut es ging, nacherzählt. –

Die Ballade vom Peter Greiner

Weit außerhalb Darching, wo der lehmige Feldweg in den dunklen Wald rinnt, stand, baufällig und verwittert, dem alten Greiner-Peter seine Hütte. Sie stand da – was man heute dort noch sieht, gleicht einer zerbröckelten Ruine.

Mit Judenstricken waren die morschen Gartenpfähle zusammengebunden, dahinter sah ein verwildertes Pflanzgärtlein heraus, bewachsen mit üppigem Unkraut, Königskerzen und etlichen Brombeerstauden. Die gucklochartigen Fenster waren fast alle demoliert, mit Zeitungspapier verklebt und hinten im Stall, wo eine einzige Ziege meckerte, mit Stroh verstopft. Rundherum breiteten sich die einstmaligen Greinerfelder aus, wohlbestellt und friedlich. Sie und der breit auslaufende Hof, dort am Ausgang des Dorfes, gehören jetzt dem Ignaz Leitner.

Ja, alles hatte einmal dem Witwer Peter Greiner gehört. Ihm und seinen zwei Söhnen, dem Sepp und dem Jakl. Die Felder, ein ziemliches Stück Wald und der nunmehr adrett hergerichtete, frischgetünchte Leitnerhof.

Dort hausten sie, die drei, stumm und ein wenig eckig zueinander, fleißig ein jeder und alle fromm, sehr fromm, beinahe bigott.

1914 mußten Jakl und Sepp fort. Der eine fiel kurz darauf in Frankreich und der Sepp später vor Verdun. – Droben im Pfarrort Leimberg, auf der Kriegergedenktafel, stehen ihre Namen an erster Stelle. –

»Oana loßt si ja verwindn, schliaßli, Greiner! ... San sovui draußn ... Und der Sepp, in Gotts Nam', den werd's net aa noch treffa«, meinte damals, als die Nachricht von Jakls Tod eintraf, der fettköpfige, asthmatisch schnaufende Leitner, musterte erst das klapperige Greinermännchen, dann den umfänglichen Hof wie prüfend und ging dann seinem Haus zu. –

Den Jakl verwand er noch, der Greiner. Er ließ drei Messen für den Gefallenen lesen und betete von da ab außerdem noch abends zwei Vaterunser nach dem Rosenkranz, damit dem Sepp nichts zustoße. Die einzige Dirn, die er seit Kriegsanfang eingestellt hatte, sah ihn während des Betens manchmal an. Er hatte die dürren Hände eng aneinandergelegt, den Hals gestreckt. Sein Gesicht sah ohnmächtig zur Höhe.

Aber als der Sepp fiel, war es aus mit dem Greiner. Wie immer zwar ging er in die Seelenmesse für den Gefallenen. Er kniete sich hin, zog seinen Rosenkranz heraus und sein Gebetbuch. Er sah auf die Leute um ihn herum, auf den Altar, auf den Priester, er landete mit dem Blick endlich bei den hohen, leuchtend farbigen Kirchenfenstern, die Ministranten schellten ihre Glöcklein. Er erhob sich auf einmal und tappte wie traumhaft aus dem Betstuhl, ging aus der Kirche. Die Leute meinten, es wäre ihm schlecht geworden. Der Leitner ging ihm nach und fragte ihn draußen vor der Kirche auch so etwas. Aber der Greiner gab nicht mehr an. Er schüttelte nur stumm den Kopf, schritt weiter, aus dem Gottesacker und heimzu. Als die Dirn vom Mähen heimkam, traf sie ihn in der niederen Küche. Er hockte auf der hölzernen Bank. Lahm hingen seine Arme herunter, und starr sah er ins Leere. Er rührte sich nicht und gab nicht an. Der Dirn wurde es unheimlich, als sie nach der Stallarbeit wieder in die Küche kam und ihn noch immer so dasitzen sah. Benommen ging sie an den Herd, nahm den dampfenden Kartoffeltopf und stellte ihn auf den Tisch. Sie brachte zwei Weigling saure Milch und setzte sich hin.

»So eßts doch wenigstens was, Baur!« sagte sie nach einer Weile. Der Greiner aß nichts. Der Dirn blieb der Brocken im Munde stecken. Sie trug ab und ging zum Häusler Leitner hinüber. Sie erzählte und erzählte. Die Leitners hörten aufmerksam zu.

»Er hockt und hockt wia a Hackstock do! ... I woaß gor net, wos er hot! I fürcht mi schier!« sagte die Dirn und sah recht unglücklich drein. »Wos soit i denn no grod toa? ... I trau mi fei' nimma 'num heunt.«

Da wurde der Leitner ein wenig ungeduldig.

»Geh! ... Jetzt dö schaug net o!« brummte er und stand auf. »Mei' Gott, er is hoit a oita Mo, beim Teifi nei'! ... Der frißt di doch net ... Geh weita jetz! ... Nacha geh i hoit mit in Gotts Nam', daß a Ruah is!«

Und Dirn und Häusler gingen zum Greiner hinüber. Die Küche war dunkel. Als sie Licht machten, war der Greiner nicht mehr da. Der Leitner ging in die Kammer hinauf und fand den Bauern im Bett. Er war nicht einmal verwundert, als er seinen Nachbarn mit erhobener Kerze vor sich stehen sah. Er drehte sich nur um, der Wand zu. Benommen machte der Leitner kehrt und verließ die Kammer.

»Noja, do siechst es jetz, lapperte Goaß, lapperte!« fuhr er die zitternde Dirn ärgerlich an: »Wia i gsogt hob! ... Er hat sich niedergelegt, dös is oiß!« Brummend ging er. Die Dirn schlich sich auf ihre Kammer, lauschte und horchte mit klopfendem Herzen, zog sich endlich aus und ging zu Bett. –

Am andern Tag schien auf dem Greinerhof wieder alles wie immer zu sein. Nach der Stallarbeit ging er mit der Dirn hinaus aufs Feld zum Mähen. Er fing an, machte einige Schwünge mit der Sense, hielt inne, fing wieder an, hielt wieder inne. Plötzlich schwang er die Sense über die Schulter und tappte ohne ein Wort durchs nasse, hohe Gras, ging heim. Schreckbleich blieb die Dirn stehen. Bis tief im Vormittag blieb sie auf dem Feld. Sie hatte Angst, heimzugehen. Am selben Abend noch lief sie davon und ging in das zwei Stunden weit entfernte Furt zu ihren Leuten hinüber.

Der Greiner arbeitete nun allein auf seinem Hof. Er sprach mit keinem Menschen. Er ließ alles um sich herum laufen, wie es lief. Er arbeitete eigentlich nur, weil er noch lebte. Er fing an, hielt auf einmal inne, wie um einen Gedanken zu fassen, und machte wieder etwas anderes. Die Nachbarsleute hatten ein Einsehen, sie halfen ihm da und dort. Besonders beim Leitner ließ man sich's angelegen sein um ihn. Der Leitner gar, der war jetzt manchmal mehr im Greinerhof drüben, als bei sich zu Hause. »An soichan oitn Mo ... an soichan Menschen, den muaß ma beisteh ...« sagte er bei jeder Gelegenheit, und es schien auch wirklich, als habe der Greiner zu ihm am meisten Vertrauen. Man konnte hin und wieder beobachten, daß der Häusler auf den Bauern einredete. Im Stall standen die beiden oder im Hof. Leitner redete und redete, und der Greiner schob hin und wieder seine halb geschlossenen Augendeckel hinauf, sah ihn an und nickte.

So verging ein knappes Jahr. Es redete sich in Darching herum, das Leitnerhäusl kaufe ein Schuhmacher aus der Stadt. Man sah den Käufer mit seiner umfänglichen Frau auch etliche Male beim Leitner aus und ein gehen.

»Thm ... Komisch! Der verkaaft jetz? ... Wos er nur grod im Sinn hot ...?« fragten sich die Darchinger: »Dö Massa Kinda! ... Und nacha, wos er aa schon kriagt für sei Kaluppn ...« Und sechs Kinder waren da beim Leitner und er und sie. Auffällig auch, daß sie's gar so heimlich machten mit dem Hausverkauf, die Leitners. Der Häusler fuhr manchmal nach Regelberg hinüber und anscheinend von da aus in die Stadt, denn er war jedesmal sonntäglich gekleidet.

»Wos teants jetz nacha, wennts verkaaft hobts? ... Will er wos pachtn? ... Wos Größers am End?« wollte der Lingl die

Leitnerin einmal ausforschen, aber die wich aus und zuckte nur die Achseln, sagte so nebenbei: »Ja mei' ... i woaß no gor net ... Er redt ja nix!«

Diese Unklarheit hellte auf einmal ein Vorfall auf. An einem Morgen saß der alte Greiner neben dem Leitner auf dem Brückenwägelchen. Scharf trieb der Häusler den Gaul an.

Die Wanningerin sah durchs Fenster und brummte betroffen: »Hmhm! ... I moan oiwei, do derlebn ma wos ganz wos Dreckigs! ... Dös gfoit mir scho gor net!«

Das war zwei Tage vor dem Einzug des fremden Schuhmachers ins Leitnerhäusl. In der Nacht erst kamen der Häusler und der Greiner zurück. Den Darchingern ging ein Licht auf.

Der Lingl als Beigeordneter und der Lermoser gingen schnurstracks am andern Mittag zum Leitner ins Haus. Einen mannhaften, fast erregten Schritt hatten sie. Der Leitner empfing sie ruhig und selbstsicher.

»Du werst doch net den oitn Mo sei' Sach obstehln woin ... Wos host denn um Teifls willn im Sinn?« fragte der Lingl geradeheraus.

»Von Obstehln is koa Red ...!« gab der Leitner kurz zurück und ging mit den beiden Bauern zum Greiner hinüber. Der Bauer hockte dösig in der Küche und blickte immerzu auf das Zeitungsblatt, das die Liste der Toten von Verdun enthielt. Er hob kaum den Kopf, als die drei eintraten.

»Greiner? ... Is's dein Willn, daß der Leitner dein Hof hobn soit?« fragte der Beigeordnete Lingl beinahe amtsmäßig und schaute den alten Bauern fest an. »Jaja – ja!« brummte der Befragte gleichgültig und nickte. »Bist dir denn gewiß? ... Host dir's denn richti überlegt, Peter?« fragte der Lingl abermals.

Immer wieder nickte der alte Mann interesselos. »Jetz mächt i nacha do scho wissn, Himmiherrgottsakrament Kruzifix-Herrgottsakrament! ... Jetz möcht ich doch wissn, wos enk dös ogeht, wenn's der Notar schwarz auf weiß gmacht hot ...!« begann jetzt der Leitner mit einem Male kühn und musterte die beiden Bauern von oben bis unten. »Erkundigts enk, wenn's enk net paßt, sog i! ... Kreizherrgottsakrament, höha geht's doch scho nimma! I hob mei' Sach zoit, und aus is's! ... Der Hof ghärt mir jetz, basta! ... Und der Peter bleibt ja sowiaso do! ... Wos wollts denn eigentli ...?«

»A Schand is's, daß d' es woaßt!« schrie der Lingl nur mehr und verließ mit dem Lermoser das Haus. Ganz Darching murrte. Aber es war gemacht. Der Schuhmacher zog ins Leitnerhaus, und die Häuslerfamilie siedelte zum Greiner über. Das einzig Beruhigende für die Dörfler war, daß der Bauer auf seinem Hof bleiben durfte.

Nichts Auffälliges ereignete sich mehr. Der Tag bricht an und vergeht, die Wochen verlaufen, die Monate, Sommer und Winter wechseln ab, und man vergißt. Das Gewesene zerrinnt. Die Leute kümmerten sich nicht mehr um den alten Greiner.

Ignaz Leitner brauchte keinen Knecht. Er hatte handfeste Kinder und wußte mit den Gründen, mit der Waldung Greiners was anzufangen. Heute ist er der zweitgrößte Bauer in Darching. –

Mit dem alten Greiner wurde es immer sonderbarer. Eines Tages war er nicht mehr da. Man suchte herum und fand ihn draußen vor dem Dorf, in der baufälligen Wanningerhütte. Er ging nicht mehr heraus. Und der Leitner hatte ein Herz. Er einigte sich mit der Wanningerin, kaufte für den Alten die Hütte und ließ sie vom Maurer-Feschl ein wenig instand setzen.

Seltsam, der alte Greiner hockte Tag für Tag in der Ecke. Die Leitnerbuben brachten ihm das Essen. Er ließ sie den Kübel hinstellen, und wenn alle weg waren, aß er etwas.

Eines Tages – niemand wußte woher – hatte er eine Ziege. Von da ab war er meistens im Stall hinten, wenn wer zu ihm kam.

Die Spinnwebenhäute setzten sich mit der Zeit an die Wände und wurden dick und dicker. Überall roch es nach Ziegendreck, Staub und Moder, in der ganzen Hütte.

Die Leitner-Sephi putzte hin und wieder beim alten Peter heraus. Auch sonstig nahm man sich beim Leitner des alten Mannes an. Man wusch ihm die Wäsche und fuhr ihm jeden Herbst eine Fuhre gehacktes Prügelholz hinaus. Man warf es über den morschen Zaun, in den verschimmelten Gemüsegarten. Es blieb liegen und wurde allmählich weniger. Im Winter quoll spärlicher Rauch aus dem niederen Kamin der Hütte. Das war alles, was man vom Peter Greiner sah.

Im Frühjahr 1920, an einem Mittwochmorgen, als die Sephi zum Putzen kam, fand sie den Alten scheinbar eingeschlafen am Tische sitzend, den Kopf auf den dünnen, starren Armen, darunter das Zeitungsblatt mit den Toten von Verdun. Sie ging hin, redete ihn an, faßte ihn an, wollte ihn aufwecken. Sein Körper war starr und kalt.

Die hungrige Ziege meckerte unablässig hinten im Stall ...

Der glückliche Brauch

I

Im Egling-Kaltenbacher Viertel tragt man dem Hitler nichts nach, durchaus nicht! Im Gegenteil, da sagen sie heute noch: »Der hot schon dös Rechte ghabt.« Wenn zum Beispiel jetzt von der Regierung auch wieder verordnet worden ist, daß von Amts wegen und vor allem vom Landrat Sterzinger über den Hitler gesagt werden muß, derselbige hat ein Schandregiment geführt und durch seinen unsinnigen Krieg Deutschland ruiniert, im Egling-Kaltenbacherischen sagen sie: »Üns hot dös net scheniert«, und sie bleiben dabei: »Der hot schon dös Rechte ghabt.« Und das hauptsächlich deswegen, weil der und seine Leute die alten Bräuche wieder zur Geltung gebracht haben. Für die waren die Egling-Kaltenbacherischen immer, und sie sind es auch heute noch, wenn auch die wirbligen Zeiten in ihre Strichweite hineingewirkt und manche äußeren Neuerungen mit sich gebracht haben. Die Leute selber haben sich durch solche Umstände nicht ändern lassen. Sie halten sich an das Alte, und damit basta. Andernorts wird ja über so scheinbar zurückgebliebene Weltwinkel gelacht und hämisch gespottet. Das kümmert die Egling-Kaltenbacherischen nicht im mindesten. Sie wissen genau, daß ihre Bräuche einen Sinn, einen Zweck und einen Wert haben, und grad das letztere gibt bei ihnen seit eh und je den Ausschlag. Nicht umsonst heißt es bei ihnen: »Wos mir guat tuat, dös is recht – und wos mir net guat tuat, dös is schlecht.« Wert ist selbstredend bloß das, was einen handgreiflichen Nutzen abwirft.

Späte Heiraten sind dort die Regel, und als neulich die dreißigjährige Jungfrau Anna Maria Geitinger, genannt die Banzer-Annamarie, den um etliche Jahre älteren »ehrengeachteten Jüngling« Franz Xaver Wimmer geheiratet hat, ist allgemein gesagt worden: »Herrgott, dö pressiert's aber mit'm Ehstand!« Miteinander *gegangen* sind zwar der Franzl und die Annamarie schon gutding ihre sieben oder acht Jahre. Aber »Erst guat ausprobiert – nachher wird kopuliert«, heißt es seit ewig im Egling-Kaltenbacherischen.

Der einzige Häusler in Egling, der Hupfauer-Georg, der »Hupfauf-Girgl« wie er lustigerweis' geheißen wird, der geht jetzt schon in das einundachtzigste Jahr, aber er ist noch um und um gesund wie seine achtundsiebzigjährige Alte, die Zenzl. Das einzige, was die zwei von der neuen Zeit angenommen haben, ist, daß sie radlfahren, und das in ihrem Alter noch wie Junge. Erstens ist das praktisch, und zweitens kostet es nicht haufenweis' Geld wie etwa ein Motorradl oder ein Volkswagen. Wenn der Hupfauf-Girgl einen Burschen oder Bauern in so einem Vehikel daherbrausen sieht, schüttelt er bloß den Kopf und brummt: »Hmhm, wia ma bloß so dumm sei' konn und überoi herzoagt, wos ma hot! Dös derspecht doch s' Steueramt glei ...« Für irgendwas Geld hergeben, kommt ihm nicht bloß unnütz und saudumm vor, sondern schon fast sündhaft. Und Steuern überhaupt?! Die windigen Faulenzer von Steuerbeamten schnüffeln dich doch sogar schon so verdächtig an, wenn du öfter neues Zeug anhast. Da schaun sie aber beim Girgl ganz umsonst. Sein schwerer Mantel ist noch von seinem Vater selig, und die zwei Radl im Haus sind noch aus der Inflationszeit in den zwanziger Jahren.

Beim Hupfauf sind zwei Kinder da – die Walli, die jetzt ins Vierzigste geht, und der um fünf Jahre ältere Wastl – und es ist jetzt soweit, daß die Alten mit gutem Gewissen dem letzteren das Sach' übergeben und die Walli gern heiraten lassen möchten, nachdem die zwei bisher wie Dirn und Knecht daheim gearbeitet haben. Hinwiederum, in so einer reichen Bauerngegend wie um Egling-Kaltenbach, da reißt sich ein Bursch nicht so schnell um eine Häuslmannstochter, und der Wastl hat auch noch keine passende Hochzeiterin. Infolgedessen redet der alte Hupfauf-Girgl seit einiger Zeit ganz gegen seine Gewohnheit überall herum, daß seine Walli einen schönen Batzen Geld als Heiratsgut mitkriegt und daß diejenige, die den Wastl nimmt, in ein schuldenfreies Anwesen hineinkommt. Da ist – wenn die Leute sich auch wundern darüber – kein Wort gelogen. Der Hupfauer steht sich gut in allem, und wie er so weit gekommen ist, das verdankt er einem uralten, man kann schon sagen glücklichen Egling-Kaltenbacher Brauch.

II

Vor jetzt einem Vierteljahr, an einem vernebelten Mittwoch gegen Ende Oktober ist der Häusler in aller Frühe aus seinem dämpfigen Federbett gesprungen und schier wieselgeschwind in die daneben liegende dunkle Kuchl gelaufen, indem er noch schnell hingesagt hat: »Jetz is's aber Zeit ... Heunt pack i's ...«

»Wos denn?« fragte seine Zenzl und richtete sich verschlafen auf. Ihr Girgl stand schon im grobleinenen Hemd unterm elektrischen Licht am eschenen Kuchltisch und blätterte hurtig im *Bayrischen Bauernkalender*.

»Wos is denn? Herrgott, hörst denn net, ha?« fragte seine Zenzl grober und lauter, und da kratzte er sich an seinem struppigen, eisgrauen Schläfenhaaren und sagte wiederum: »Jetz werd's aber Zeit ... Jetz muaß i's packa ...«

»Schaug, daß d' a Kaffeesuppn herbringst!« knurrte er sie an, als sie in der ausgewaschenen, geblümelten Nachtjacke und dem dicken wollenen Unterrock in die Kuchl kam: »I muaß macha, daß i weiterkimm!«

»Daß d' weiterkimmst? ... Ja, wos host denn jetz auf amoi mittn in der Woch?« staunte sie ihn an: »Is ja noch schier gschlogne Nocht?«

»Gschlogne Nocht, ha! ... Bis i aus'n Haus kimm, werd's scho heller! Geh weita, sog i ...! Kaffeesuppn mach warm!« raunzte er sie noch unguter an, lief wieder in die Ehekammer zurück und zog sein gutes Gewand an: »A Weiberts hot doch nia a Hirn! ... Woaßt denn net, daß dös jetz boid fufzg Jahr san, daß mir gheirat hobn? ... Konnst denn net rechna?«

»Ja so«, sagte die Zenzl, und jetzt ging ihr ein Licht auf: »Jaja, an dritten Januar Anno zehne is's gwen. Aber dös hätt'st mir doch glei sogn kinna!«

»Sogn? ... Sogn!!« schimpfte er weiter: »Drodenka hob natürli i wieda müassn, lapperts Weiberts, lapperts!«

»Host denn nachher aa oi Papiera beinand?« fragte sie ungeschmerzt und war ganz bei der Sache.

»Na! Mit dö laarn Händ wer i furtfahrn«, belferte er sie an, hockte sich hin, brockte das Brot in die dampfende Schüssel und fing zu löffeln an: »Herrgott, i sog ja, i sog ja, a Weiberts! A Weiberts ...!«

Sie machte sich am Herd zu schaffen und schaute beiläufig durch das Fenster, in den milchigen Nebel hinaus.

»'s Wetter bleibt ja«, meinte sie und fragte: »Nimmst 's Radl?«

»Na, oblaffa tua i dö ganz Gegnd wia a gstutzter Hund, Schofkopf, saudummer!« Er stand auf und schlüpfte in seine schwere Joppe. Sie ging an den Weihwasserkessel an der Tür, besprenkelte ihn und machte ein geschwindes Kreuz. Auch sein Faltengesicht wurde jetzt friedlich.

»I hoff, du host vui Glück, Girgl«, sagte sie fast andächtig.

Gleich darauf schob er sein Radl am Kuchlfenster vorbei, kam auf die nebelfeuchte Straße und schwang sich in den Sattel wie ein Junger. Etliche erleuchtete Stallfenster blinkten durch den Nebel, Kühe muhten und Rösser wieherten, an dem und dem Zaun rannte ein bellender Hund entlang, aber kein Mensch war noch auf der Straße. Dem Hupfauf-Girgl war das ganz recht. Nur sich nicht aufhalten lassen, wenn man was Ernsthaftes im Sinn hat. Kräftig trat er auf die Pedale, und weil es ihm nach und nach wärmer wurde, lebte er mehr und mehr auf. Seine flachen, stahlgrauen Augen wässerten, und er mußte sie oft auswischen, aber sein faltiges Nußknackergesicht mit dem drahtigen, dicken, grauen Schnurrbart schaute drein, als sei ihm allerhand Aussichtsreiches eingefallen.

»Dö kloana Brunzer nimm i z'letzt«, brümmelte er: »Dö und dö geizign Schundniggl! ... Z'erst müassn dö Großn dro ...«

Die Nebelschwaden stiegen aufwärts und wurden dünner, und als er auf der nudelbrettflachen Landstraße zwischen Hengelbach und dem Baron von Auerbachschen Gut, das weit weg in den abgeernteten Feldern lag, dahinfuhr, wurde es langsam taghell. Die Sonne brach durch und wärmte die frische Herbstluft. Gar zu früh, rechnete sich der Hupfauf-Girgl aus, das ist auch wieder nicht das Rechte. Da sind die Leute noch nicht mit der Stallarbeit fertig und hocken noch nicht bei ihrer Kaffeesuppn. An der Walpertsberger Wegkreuzung, in die er jetzt einbog, steht die Sankt-Josephs-Kapelle, die der alte Muggenthaler, selig, damaligerzeit hat bauen lassen, wie sein einziger Sohn, der Sepp, der jetzige Muggenthaler, gut und gesund vom Ersten Weltkrieg heimgekommen ist. Der Muggenthaler ist der größte und reichste Bauer von Walpertsberg, und beim Alten ist die Hupfauerin bis zu ihrer Heirat mit dem Girgl Dirn gewesen. Zwanzig rechtschaffene Jahre lang. Da hat sie den Sepp und seine zwei Schwestern aufwachsen sehn, von den Windeln bis zum Großwerden und Heiraten. Heute noch, wenn man von Egling nach Walpertsberg wallfahrten geht, kehrt die Hupfauerin beim Muggenthaler jedesmal ein und wird immer gut aufgenommen und ausgespeist.

»Dös san Leut ... Dö wissn, wos si ghört«, brümmelte der Hupfauf-Girgl wiederum, stieg ab und ging in die Kapelle. Daß er beim Muggenthaler zuerst haltmachen und sein Anliegen vorbringen wollte, läßt sich leicht denken, und das nicht bloß, weil dem sein Hof gleich am Dorfeingang, auf einem flachen Hügelbuckel lag: Wie der Muggenthaler eine Sache aufnahm, das galt. Und außerdem waren die Walpertsberger nicht umsonst überall als »Protzenbauern« bekannt. Da hatte jeder seinen eisernen Stolz und ließ sich nicht von seinen Nachbarn überbieten. Da machte dieser Bauernstolz sogar den größten Geizkragen splendid.

Trotzdem – als kleiner Häuslmann hat man ein andres Hirn – der Hupfauf-Girgl ging in die Kapelle, kniete hin, betete etliche Vaterunser und beschloß dieselbigen aufs dringlichste: »Noja, lieber Herrgott, und du, guater heiliger Joseph, wenn sich die Walpertsberger auch net lumpn lossn – allmächtiger Himmelvater und heiliger Joseph, i bitt inständigst um enkern Beistand! Gell, sorgts fei' für mi und loßts net zua, daß oaner saumassi schäbig is und gibt net gnau sovui wia der Muggenthaler ...«

Nach ungefähr einer knappen Viertelstunde lauft die Walpertsberger Straße in den Forst und fängt ziemlich zu steigen an. Alsbald mußte der Girgl sein Radl schieben, und jetzt meldete sich auch langsam der Hunger bei ihm. Infolgedessen kehrte er in der alten Forstwirtschaft, die gleich drauf kommt, ein, bestellte sich zwei warme Dicke und trank eine Maß Bier dazu.

»Is der Wirt noch net auf?« fragte er die rundliche Kellnerin beiläufig.

»Na, worum?«

»Worum? ... Noja, ma frogt hoit«, warf er ihr ziemlich abweisend an den Kopf, schaute in die Richtung aufs Schiebfenster der Kuchl: »Aber d' Wirtin hör i scho, ha?« und war froh, daß er nicht weiter disputieren mußte, weil die faßdicke Wirtin schon aus der Tür kam und die Kellnerin barsch anfuhr: »Schaug daß d' 's Gschirr herricht'st und steh net 'rum ... Geht dir heunt wieder gor nix von der Hand, ha?« Auf das hin stemmte sie die zwei Fäuste in ihre feisten Hüften und sagte mit ihrer Mannsbilderstimme: »Tja, dös is ja glei gor der Hupfauf-Girgl, ha? ... Wos treibt denn jetz di scho in oia Früah zu üns 'rum?«

»Ja no«, fing der Girgl gleich mit dem richtigen Ton an: »Wos mi 'rumtreibt ...? ... Fufzg Johr san ma jetz verheirat', mei' Zenzl und i! ... Do muaß i dazuatoa, daß i a bißl wos z'sammbring ...« Und mit zwingender Bitthaftigkeit setzte er dazu: »Man werd ja doch, moan i, a Herz hobn für an arma Häuslmo ...« Aber die saukalte Wirtin interessierte ganz was andres.

»Soso, fufzg Johr?« sagte sie interessierter und musterte ihn: »Tja, hm, wia oit bischt denn nacha jetz scho, Girgl? ... Wos? Oanadachzg scho? ... Du bischt ja noch beinand wia a Fufzger ... Pumperlgsund schaugst aus, um und um ...«

»Ha! ... Pumperlgsund! ... Bei üns leidt's scho koa Kranksei'! ... Wenn ma dös ganz Johr nix ois rackern muaß, do hot ma koa Zeit dazua«, meinte er um einige Grade wegwerfender, denn die Harthörigkeit von dem fetten Weibsbild war ärgerlich.

»Is denn der Wirt noch net auf?« fragte er wiederum, setzte kurz aus beim Wurstessen und schaute sie arg schelch an.

»Na«, sagte sie: »Den is scho dö ganz Wocha net guat ... Wasser, moant der Doktor, hot er in dö Füaß, weil er so jammert, daß s' eahm so schwaar san ...«

»So? ... Soso!« meinte auf das hin der Girgl und fing wieder zu essen an: »Jaja, dös kimmt vom guatn Lebn ...« In der ganzen Umgegend war ja bekannt, daß es keinen verfresseneren Menschen gab als den Forstwirt, und dem Girgl war das lange Herumreden schon zuwider.

»Do«, sagte er und gab ihr sein amtliches Erlaubnis-Schreiben mit der darangehefteten Sammelliste, das nach uraltem Brauch jedes ortsansässige Ehepaar in der Egling-Kaltenbacher Strichweite ausgestellt bekommt, wenn es nach fünfzig Jahren goldene Hochzeit feiern will. Verfaßt, unterschrieben und gestempelt vom hochwürdigen Herrn Pfarrer Aurbacher und vom Bürgermeister Hosp in Egling und beglaubigt und befürwortet vom Landrat Sterzinger und vom Bezirksamt Kaltenbach, heißt es darin, daß es dem »ehrengeachteten Häusler Hupfauer Georg, wohnhaft in Egling, Gemeinde und Pfarrei dortselbst, und seiner Ehefrau Kreszenzia, geb. Buchbichler aus Walpertsberg aus Anlaß ihrer bevorstehenden goldenen Hochzeit verstattet ist, in den Ortschaften der Gemarkung des Bezirksamtes Kaltenbach entsprechende Gaben zu sammeln.« Und besagt dasselbige zum Schluß: »Die verehrlichen Anwohner werden infolgedessen gebeten, genanntem Hupfauer Georg bei Vorweisung dieses Schreibens nach altem, christkatholischen Brauch je nach ihrem Vermögen die Spenden auszuhändigen, was ihnen von Gott, dem Allmächtigen, einst gnadenvoll vergolten werden wird.«

»I taat hoit nachher doch schön bittn um a milde Gab«, schoß er aus sich heraus, eh' die Wirtin mit dem Lesen fertig war, und schaute sie fest an. »Hm, ja, hm«, drückte sie herum: »Hm, dös is jetz dumm, ha! ... Mei' Peter konn oft dö ganz

Nocht net ei'schlafa ... Erst in der Früah bringt er oft d' Augn zua. Do mächt i'n net aufwecka ... Und – und i alloa konn dös net macha, Girgl ... Hmhmhm ...« Grundverlegen stellte sie sich.

»So? ... No, nachher kimm i hoit rei', wenn i von Walpertsberg hoamfahr ... Was bin i denn schuidi?« sagte der Girgl eiskalt und zog seinen Geldbeutel. Das verstand sie endlich, und schnell wehrte sie ab: »Nana, dös loß nur geh, Girgl!« Genau so geschwind schob er seinen Geldbeutel wieder ein und stand auf: »Nachher sog i hoit 'gelt's Good und Pfüad Good aa glei ...« An der Tür nahm er einen Spritzer Weihwasser und machte ein Kreuz, ehe er hinausging.

»Schundige Matz, geizige!« knurrte er und schob sein Radl aus dem Gang. Das war kein guter Anfang. Vermurrt tappte er neben seinem Radl den Walpertsberger Berg hinauf. Öfter mußte er einhalten und verschnaufen.

»Hm, gor net einiganga soit i sei' in dö Sauwirtschaft!« grantelte er verdrießlich in seinen Bart: »Dö poor windign Würscht und dö Maß Bier san's net wert gwesn ... Hm, an helliachtn Tog schlaft er noch, der zeckafoast Wirt! Wia er si nur net schamt! ... Krank is er, krank? Der hot scho dö recht Krankhat! Überfressn hot er si hoit amoi wieda ... Den trifft schon amoi a schneller Schlog ...«

Erst als er droben aus dem Forst kam und das neugestrichene, breite Muggenthalerhaus aus dem weitläufigen Obstgarten leuchten sah, wurde sein Gesicht besser. Jetzt natürlich hieß es schneidig sein. Ein verbrummter Bittsteller hat nicht recht viel Aussichten, zu seinem Sach' zu kommen. Um hinwiederum nicht lang herumzureden und gleich das Beste zu verraten: Bare 2340 Mark brachte der Girgl bei den Walpertsberger Protzenbauern zusammen, und der Rederer versprach ihm, bei der nächsten Gelegenheit etliche Sack Winteräpfel hinüberzubringen, der Schmauß sagte ihm durch Handschlag zu, bei der Feier der goldenen Hochzeit ein Faß Bier zu zahlen. Zu all diesem unerwarteten Glück hatte ihm einzig und allein der Muggenthaler verholfen, der sich gleich mit hundert Mark als erster in die Spendenliste eintrug, indem er sagte: »Und wenn a poor recht Geizige 'rumdrucka, Girgl, nachher sogst, i hätt' eigentli zwoahundert Mark gebn wolln, aber i mog net, daß si wer blamiert und weniger gibt ...« Der Muggenthaler nämlich hat es gern, seine Nachbarn in Verlegenheit zu bringen und freut sich, wenn sie sich darüber ärgern. Er schaut aus wie der alte Bismarck. Genau denselben dicken platterten Rundkopf mit etlichen kurzen, grauen Stichelhaaren an den Schläfen, dieselben dicken Augenbrauen und den gleichen Schnurrbart hat er, und auch seine Figur ist danach. Jeder Mensch weiß, daß man ihm am leichtesten beikommen kann, wenn man ihm das bei einer Unterhaltung öfter sagt. Natürlicherweis' bildet sich der Muggenthaler auch ein, daß er nicht bloß die Figur und den Kopf vom Bismarck hat, sondern auch das, was derselbige in seinem Kopf drinnen gehabt hat. Darum sagte der Hupfauf-Girgl nach der Bemerkung vom Bauern gleich: »Herrgott, Muggenthaler an Verstand host du! A Minister hot net leicht sovui Vernunft ...« Auf das hin schenkte ihm der Bauer ein Glasl Taubeerenschnaps ein.

»So, Girgl, und jetz wünsch i dir hoit vui Glück bei üns ... Mei' Peter muaß mi heunt auf Wimberting an Roßmarkt umifahrn. Vielleicht derwisch i do an Haflinger Hengst«, schloß der Muggenthaler alsdann. Seit eh und je hat er es mit den schönen Rössern, wenn er sie auch gar nicht mehr braucht, und am meisten ist er auf einen echten Haflinger Hengst aus. So nämlich ist es in der reichen Bauerngegend um Egling und Kaltenbach heutzutag' nicht mehr, daß die geldigen Bauern sich scheuen, die neuesten landwirtschaftlichen Maschinen zu halten, und auch sonst sind sie für die Annehmlichkeiten der jetzigen Zeiten durchaus eingenommen. Wenn auch außer dem Muggenthaler bloß noch der Schwinglinger einen guten Mercedes-Benz hat, Autos und Motorräder gibt es auf jedem Bauernhof. Sogar viele Bäuerinnen fahren auf leichteren Motorrädern nach Egling in die Kirche. So eine fette Wohlhäbigkeit hebt den ganzen Stand, und es läßt sich denken, daß sich jeder gern mitleidigerweis' herabläßt, wenn so ein Notschnapper wie der Hupfauf-Girgl daherkommt. Freilich stutzte der Schwinglinger, als er die hundert Mark vom Muggenthaler auf der Sammelliste las, aber er ließ sich nicht lumpen, insbesondere, nachdem der Girgl den Spruch vom Muggenthaler vorbrachte. Und so ging es noch öfter in dem umfänglichen, schönen Bauerndorf mit seinen sechzig Häusern. Leute wie der Rederer und der Schmauß selbstredend, die ihrer Lebtag nie fürs Geldhergeben waren, die sagten bloß: »Hoho, dö protzn aba mit eahnern Geld ... Mir hobn nix, aber, natürli, wos der Brauch is, is der Brauch.« Und der Rederer machte ein recht saures Gesicht, als er seine zwanzig Mark hergab. Am liebsten hätte er es bei den Winteräpfeln gelassen. Der eiskalte Schmauß hinwiederum, der klagte gradheraus: »Hm, dö Herrn Protznbaurn! ... Dö wissn freili net, wia ma si schinden und plagn muaß, daß's umgeht ...« Da aber kam der Hupfauf-Girgl mit seinen achtzig Jahren daher und fragte, ob man vielleicht meint, er müßt' sich nicht noch heut schinden und plagen wie nicht leicht wer.

»Und wia lang werd i 's Lebn noch hobn, Schmauß? ... Do moan i, kunntn Leut, dö wo besser gstellt san, doch an oanzigs Moi a Herz hobn«, redete er richtig wehleidig daher. Das stimmte schließlich auch den Schmauß um. Mehr als fünfzehn Mark gab er nicht. Wie ihn aber der Girgl anschaute, so anschaute, daß er nicht mehr ausweichen konnte, da versprach er das Faßl Bier dazu.

Der Hupfauf-Girgl war recht zufrieden, als er kurz nach der Drei-Uhr-Brotzeit aus Walpertsberg herausfuhr und den Forstberg hinuntersauste. Auch unternehmungslustig war er, und am liebsten hätte er auch noch Hengelbach auf dem Heimweg mitgenommen, aber er sagte sich, da wird's Nacht, und bei dem feuchten Nebel ist es kein gutes Fahren. Darum machte er bloß noch beim Forstwirt Halt. Der hockte mit dem Gendarmeriekommandanten Lochbichler am runden Tisch in der Stube und jammerte dem über sein Leiden vor. Ein elendiges Gesicht machte er her, aber das genierte den Girgl durchaus nicht. Er grüßte, hockte sich hin, bestellte bei der Kellnerin seine Maß Bier und fragte mitten in den Wirt seine Jammerei hinein: »So, do bin i ... Hot dir d' Wirtin nix gsogt, Lechner?«

»Gsogt? ... Wos denn?« stellte sich der dumm.

»Noja, wega meiner goldernen Hochzeit ... Vo Walpertsberg kimm i ... Do«, wurde auf das hin der Girgl deutlicher und gab ihm sein Schreiben und die volle Liste auch gleich.

»Ja so, ja«, gab jetzt der Wirt endlich zu, und es war ihm vom Gesicht herunterzulesen, daß er sich über die Spenden schreckte.

»Hoho, hoho, dö gebn's aber nobl!« verriet er sich alsdann auch noch, aber der Girgl hatte schon das richtige Wort drauf.

»Nobl? ... Dö wissn hoit noch, was der Brauch is und hobn an Ostand«, sagte er fast herausfordernd frech: »Ich hoff ja, daß du net hintenbleibst, Lechner ... D' Wirtin hot ja gsogt, sie konn do nix macha, aber gebn tuast mir du ganz gwiß wos ...«

»Hm, jaja, hm ... Aber mit dö Walpertsberger Protznbaurn konn i net mit, Girgl! ... I bin bloß a windiger Geschäftsmo«, drückte der Wirt herum. Der Girgl ließ ihm ruhig Zeit und bestellte sich einen kalten Aufschnitt. Zu zwanzig Mark verstand er sich schließlich, der schundige Wirt. Dem Girgl sein »Vergelt's Gott« klang arg nebenbei.

»Und«, fragte er, als er den Aufschnitt drunten hatte. »Mei' Zech geht noch drei', wos?« Da konnte der Wirt schon nicht anders, als zu allem ja und amen sagen. Auf das hin hielt sich der Girgl nicht mehr auf und fuhr schnurstracks heimzu. »No«, brümmelte er, kurz nachdem er die Forstwirtschaft aus den Augen verlor: »No, zwanzg Mark und a guate Brotzeit is aa net in d' Hosen gschissen ...« So ist's schon, wenn einem das schnelle Glück in den Kopf steigt. Windig kam ihm die Spende vom Forstwirt schon vor. –

III

Fast bis in die Novembermitte hinein ließ sich diesmal das Wetter gut an. »Dös muaß ma ausnutzn wia beim Erdäpflklaubn«, sagte der Girgl zu den Seinigen und war kreuzfidel dabei. Tag für Tag radelte er die Gegend ab. Kein Haus ließ er aus. Aber bloß noch der Baron von Auerbach spendete einen Hunderter und gab ihm eine Flasche Kornschnaps aus seiner Brennerei. Sonst waren zwanzig und fünfundzwanzig Mark schon das höchste. Es läßt sich ausrechnen, was für ein hübscher Batzen Geld zusammenkam, wenn man bedenkt, daß die weitläufige Gemarkung des Bezirksamts Kaltenbach an die dreiundzwanzig größere und kleinere Dörfer und ungefähr ein Dutzend Einöden hat. In Anbetracht dessen verschwieg der Girgl auch nicht mehr, daß dieser goldene Segen eigentlich gar nicht mehr für ihn und seine Zenzl, sondern für die Walli und den Wastl was Richtiges bedeute.

»Mei' Gott, mir san zwoa oite Leit und hobn höchstens noch a poor Johr z' lebn!« sagte er von jetzt ab überall herum: »Aber ma mächt doch seine Kinder net in der Not hintnlossn ...« Und *wie* er das sagte, das wirkte entsprechend. Da und dort, wenn er aus einem Haus ging, meinten die Leute: »Hmhm, Respekt vorm Hupfauf-Girgl! Auf sei' Familie schaugt er! ... Do loßt er net aus, samt seine oanadachzg Johr ...« Das stimmte aufs Haar. Seit eh und je hielten die Hupfauerischen zusammen wie Pech und Schwefel, und knauserisch, rackerisch und juchtenzäh waren die Alten wie die Jungen. Auch als der kalte Wind und der Regen einsetzten, ließ sich der Hupfauf-Girgl nicht schrecken. Er sammelte. Hingegen als es auf einmal haufenweis' Schnee herunterwarf, da war es aus mit dem Radln, da war es überhaupt nicht mehr zum Durchkommen. Der Girgl war froh, daß er bloß noch die kleine Ortschaft Schaffelberg vor Kaltenbach und den Bezirksort selber zu machen hatte. Schaffelberg ist ein ziemliches Notschnapperdorf, wo hauptsächlich Arbeiter wohnen, die in der Schuhfabrik, in der Färberei und anderen Kaltenbacher Betrieben arbeiten. »Do is 's Gschwerl dahoam«, heißt es bei den Bauern, und auch der Girgl sagte voll Verachtung: »Do klopf i liaba bei koan Haus o ...«

Und Kaltenbach, der große Marktflecken, der erst kürzlich zur Stadt erhoben war? Da ging es schon recht neumodisch zu. Da wußten höchstens der Landrat Sterzinger, der Amtsrichter Kegelbacher, der alte Forstrat Ederer, die zwei Pfarrer, der weitbeliebte, sackgrobe Bezirksarzt Fahlbaur und noch etliche alteingesessene Geschäftsleute etwas von einer brauchmäßigen Pflicht und Schuldigkeit. Den Fahlbaur und den Amtsrichter Kegelbacher kannte der Girgl halbwegs, aber sonst keinen von den besseren Leuten. Das macht unsicher. Deswegen drückte der Girgl lang herum, ob und wann er dort sein Glück versuchen sollte. Verbrummt hockte er in der Kuchl und schimpfte über das Sauwetter. Immer wieder schaute er durch die eingeschneiten, kleinen Fenster. »Auslossn sollt man's doch net ... Und wenn aa bloß fufzg Markln 'rausschaugn«, meinte er einmal. Aber es schneite und schneite Tag für Tag, geschlagene zwei Wochen lang. Der Advent fing schon an. Die Überlandbusse, die von München über Kerglbach, Egling nach Kaltenbach laufen, mußten ihren Verkehr einstellen. Die Bauern spannten wieder ihre Rösser vor die Schleifschlitten, wenn sie wohin kommen wollten.

Um dieselbige Zeit kam einmal der Schuster Pichler, der als boshaftes Spitzmaul in der ganzen Gegend bekannt ist, auf der Dorfstraße daher, als der Hupfauf-Girgl gerade den Schnee vor seinem Häusl wegschaufelte, und sagte lustig: »So mog i's! ... Dös is amoi wieder a richtiger Winter, wia ma's früherszeitn ghabt hot ...«

»Jetz du gfreust mi!« murrte ihn der Girgl ungut an: »Dir freili, dir macht a so a Wetter nix aus! ... Du hockst an ganzn Tog in deiner warma Werkstott und schaugst beim Fenster 'naus ...« Der Pichler grinste und verzog dabei sein Bartmaul bis zu den Ohren: »Ja no! ... I hob mir ebn dös recht Gschäft 'rausgsuacht.« So kamen sie ins Disputieren. Ob er seine Million schon beieinander hat, der Girgl, weil er gar so herumprotzt mit dem schönen Heiratgut, das wo er seiner Walli geben kann, stichelte der Pichler.

»Noja, umanandertriebn hot's di ja dö ganz Zeit wia an narrischn Gockl, der wo moant, er werd mit seine vuin Hennen nimmer firti!« redete er weiter und fragte gradwegs: »Host jetz dö ganz Gegnd scho abgrost mit deiner Sammlerei, Bazi, elendiger?« Da verriet ihm der Girgl, daß er bloß in Kaltenbach noch nicht gewesen sei und setzte ein wenig zweiflerisch dazu: »Aber bei dö feiner Leut, dö neumodischn, do, moan i, werd sowiaso nimmer vui hergeh.«

»Wos?« staunte der Pichler ein wenig: »Wos sogst? ... Ha, du bist ja guat, Girgl! Do siecht ma's wieder, wos du für an hübschn Batzn Geld z'sammbrocht host, wennst dö Kaltenbacher auf amoi hintnlossn mächst!« Und gleich wurde er eifrig und zählte alle Leute auf im Bezirksort, bei denen noch was zu holen wär'. Dabei schaute er in den bleigrauen Schneehimmel hinauf und sagte: »'s Radio hot gmeldt, daß morgn oder übermorgn a Wetterumschlog kimmt ... Und durchgsogt is wordn, daß nachher glei wieder dö Autobussn verkehrn ...«

»So? ... Hm! ... Soso«, brummte der Girgl und überlegte was.

»Bloß jetz net auslossn, Girgl! ... Jetz, bei derer heilign Zeit, Girgl? ... Dös is doch dö bescht Glegenheit«, sprudelte der Schuster munter weiter, und als dem Girgl immer noch kein Licht aufging, half er ihm nach: »Is doch Weihnachtn! ... Weihnachtn!! ... Herrgott, Girgl, bist denn scho so hirnschwach! ... Do *müassn* ja so Leut wia der Landrat und dö bessern Leut was gebn! ... Scho wega eahnan Renommee, verstehst mi? Und daß's hoaßt, sie hobn a christkatholisches Herz ... Do geht noch oiahand her, Girgl, verloß di drauf!« Das war einleuchtend.

»Hm, ja! ... Du host es, Schuasta ... Du host es«, sagte der Girgl und schaute den Schuster schier dankbar an. Dafür aber hoffe er bei der goldenen Hochzeitsfeier seine doppelte Portion Schweinsbraten zu kriegen, schloß der Pichler. »Aber gwiß, gell, Bazi, schlechter!« lachte er, und der Girgl nickte und lachte genau so. Ganz alert kam er in die dämpfige Kuchl zurück. Hin und da, meinte er, ist so was Neumodisches wie ein Radio das Schlechteste doch nicht und erzählte bei der Brotzeit, was ihm der Pichler berichtet und geraten hatte.

»Wia der Autobus wieda laaft, fahr i auf Kaltenbach umi«, sagte er fest entschlossen. So hielt er es auch. »Respekt«, sagte er: »Gnau, wia er's gsogt hot, is's Wetter wordn. Ganz gnau so ... Respekt vorm Schuaster ...« Er schlüpfte in den dicken Mantel, nahm den Gehstecken mit, weil es ein wenig glatt draußen war, machte ein Kreuz und besprenkelte sich mit Weihwasser und ging zum Dorfplatz. Kurz drauf brauste der

Autobus daher und nahm ihn mit. Es war kein Bekannter drinnen, bloß ein schwaches Dutzend fremder städtischer Leute, die wahrscheinlich über die Festzeiten ihre Kaltenbacher Verwandten besuchten. Der Girgl hockte, auf die Krücke seines Gehsteckens gestützt, mit einem sehr ernsten Gesicht da, weil er sich in einem fort überlegte: Wo geh' ich zuerst hin und wie pack' ich's an?

Von Egling bis Kaltenbach geht ein ausgewachsenes Mannsbild bei gutem Wetter fast vier Stunden. Der Autobus brauchte auch jetzt, bei den schneeglatten Straßen und samtdem, daß er in Hengelbach und Schaffelberg kurz anhielt, nur knappe dreiviertel Stunden. Das war für den Hupfauf-Girgl ein bißl zu schnell, aber er ließ sich deswegen doch nicht aus der Fassung bringen. Er fragte herum und hinum und kam zuallererst zum Landrat Sterzinger. Das Fräulein im Vorzimmer war recht freundlich zu ihm, und zum Glück war noch kein einziger Besucher da.

»Ein Momenterl, Herr Hupfauer«, sagte das Fräulein, ein hübsch rundliches Ding, und der Girgl lachte sie recht dienerisch einnehmend an. Das Fräulein ging durch eine Türe, und kaum, daß er sich richtig besinnen konnte, ging die Tür schon wieder auf, und abermals sagte das runde, freundliche Ding: »Bitteschön, Herr Hupfauer ...« Der Girgl nahm seine ganze Courage zusammen, aber das war gar nicht notwendig. Der Sterzinger, ein recht gut gepolsterter Fünfziger mit einem gesunden, roten Schnurrbartgesicht, war schier die Legerität selber.

»No«, sagte er halb hochdeutsch, »Hupfauer Georg, der Hupfauf-Girgl, net wahr? No, wo fehlt's denn? ... Wos haben wir denn für Beschwerdn?« Dieses schöne Herablassen machte den Girgl ganz verlegen.

»Nur 'raus mit der Sprach! Für das bin i ja da, Hupfauer!« half ihm der gute Landrat, und da zog der Girgl sein Schreiben und die Liste und stotterte leicht bitthaft: »Es is hoit, Enkerne Gnadn –«

»Also, ›Enkerne Gnadn‹, Hupfauer, dös gibt's net!« verbat sich der Sterzinger ganz energisch: »Ich bin der Landrat Sterzinger und für die Bauernschaft da ... Für die Kleinen ganz bsonders! ... Also, wo fehlt's? ... Aha, jaja ... hm ...« Er überschaute die Spenden und bekam ein bißl ein anderes Gesicht, aber gleich sagte der Girgl demütig: »Und do hob i hoit gmoant, Herr Landrat, net, do sogn d' Leut zu mir, der Herr Landrat, der gibt dir ganz gwiß wos, Girgl ... Den –«

»Ja so, hm, jaja, natürli, Hupfauer«, fiel ihm der Sterzinger ins Wort: »Von Amts wegn is ja so wos net vorgsehn ... Da darf so was gar net sein, aba – man kennt mich ja – i komm selber aus'm Baurnstand ... Also, ich persönlich, verstehst, Hupfauer, ich will mich um den guten alten Brauch nit 'rumdrucka ...« Er setzte umständlich eine Brille auf und schrieb fünfzig Mark auf die Liste. »A Großbaur bin ich ja net, Hupfauer, bloß a notiger Beamter«, schloß er, und der Girgl dankte wie nicht leicht wo, wenn der Sterzinger auch fort und fort abwehrte. Draußen auf der Stiege des alten, noblen Amtsgebäudes brummte der Girgl freilich: »Hm, a notiga Beamta? ... Hot sein' Baurnhof verpacht und schiabt dös ganz Johr sein' schöna Ghoit aa noch ei' ...« Trotzdem, der Pichler hatte ihm gut geraten, es war die Müh' wert, Kaltenbach nicht hinten zu lassen. Der hochwürdige Herr Pfarrer Messinger von der oberen Stadt und der Pflögl von der unteren, die zwei hielten sich selbstredend mehr an die Religion als ans Geben, jeder verstieg sich nicht weiter als bis auf zehn Mark, aber jeder gab dem Girgl einen christkatholischen Segen. Hingegen beim alten Bezirksarzt Fahlbaur, der sackgrob war, was Bauernleute gern haben, der Fahlbaur zeigte sich immer von der noblen Seite.

»Zeit hab ich net, Hupfauer, und ich seh ja, gsund bist auch noch! Obkratzn tuast du noch lang net ... Do! Und viel Glück, Hupfauer ... Loß dir in der Küch von der Marie a richtige Portion Essen gebn und a Bier! ... I muaß ins Kranknhaus«, sagte er kurzerhand und gab ihm einen blanken Hunderter. Er ist schon lang Wittiber, und die Dinglinger-Marie, seine Haushälterin, ist eine Köchin, einfach großartig! Und nicht bloß eine Köchin, denn mitten im Essen nestelte sie einen Zwanzigmarkschein heraus und bekam nasse Augen. »Da, Hupfauer, auch vo mir a kleins Glückerl«, sagte sie: »Und alles, alles Guate, gell.« –

Am schönsten aber war es beim Amtsrichter Kegelbacher, der natürlicherweise jetzt, wo Gerichtsferien waren, die beste Laune hatte. Den Kegelbacher nämlich kennt jeder Mensch in der weitesten Umgegend, weil er als landbekannter Heimatforscher überall herumkommt und in alles echt Bauermäßige schier verliebt ist. Er redet, denkt und gibt sich in allem wie ein Bauer, und heißen tut es, er macht das bloß deswegen, um seine ungute, bissige Alte zu ärgern.

»Jajajajaja, i hob an schöner Bsuach! Geh du in dei' Kuchl!« sagte er ihr schon gleich, als er den Hupfauer-Girgl erkannte: »Dös, wos mir ausz'handln hobn, dös interessiert di ja sowiaso net, Afra ...« Die imposante, dicke Frau Amtsrichter bekam ein rotes Gesicht, und ihr Kropf färbte sich auch so.

»So? ... Naja, hoffentlich vergißt du die Zeit net!« warf sie hin und rauschte weg.

»'rein do, Girgl, 'rein do!« winkte auf das hin der Kegelbacher dem Girgl und zog ihn in die mollig warme, urgemütliche Bauernstube. Gleich stellte er Rotwein und Zigarren hin. Ohne langes Besinnen schrieb er fünfzig Mark auf die Liste, und nicht bloß das.

»Wos? ... Und bei meine Spetzln, beim Forstrat Ederer und beim Finanzdirekter Hufnagl bist du noch gor net gwen? ... Do laufst jetz nimmer umanander, Hupfauf! ... Dös mach i dir jetz glei telefonisch! ... Nachher hobn mir a Ruah und kinna gemüatli redn miteinand«, sagte er und tat es auch gleich: »A Momenterl, a ganz kloans Momenterl! ... Trink nur derweil und rauch dei' Zigarrn, dö Operation is glei vorbei ...« Der Girgl hockte ziemlich benommen da, als der kleine spitzbärtige Mann mit der alten Wackelbrille fort und fort wie ein räsonierender Feldwebel in die Telefonmuschel hineinschimpfte: »Wos? Wos, du schäbiger Hundsbeutl, du ganz schäbiger! ... Dreißg Markln? ... Dös gib liaber i noch, ehvor i mi für di scham, du elendiger, Sautropf, du! ... So? No also! ... Dös is eher a Wort ... Fufzgi also? Guat, i leg's aus für di ... Und dös sog i dir, dei' letzte Hosn gwinn i dir o beim nächsten Haferltarock. Du Schneebrunzer, du gräusliger!« Als er endlich solcherart auch mit dem Finanzdirektor Hufnagl fertig war, warf er den Telefonhörer hin und lachte sein breites, urgemütliches altbayrisches Lachen: »Haha, ma muaß dö Leut bloß richtig oredn, Girgl ... Also vo jedn noch fufzgi, dö gib dir i für sie. ... Und jetz, jetz amoi richtig Prost! ... Jetz redn mir. Wo hoit'st sie denn, dei' golderne ...?« Er fing das Ausfragen an, trank und erzählte zwischenhinein Spaßetteln und bekam Glanzaugen und der Girgl auch. Dem sein Nußknackergesicht wurde rot und feucht mit der Zeit. Die Stube dunkelte an, auf einmal stand die Frau Amtsrichter in der offenen Tür und fragte: »Albert, ich will ja net störn, aber muß denn der Herr –«

»Hupfauf-Girgl hoaßt er ... Red deitsch!« fuhr sie der Amtsrichter an, und da sagte sie bloß noch scharf und beleidigt: »Es ist viertel nach vier Uhr, der Autobus ist weg ...« Damit zog sie die Tür wieder zu. Das verschlug dem Kegelbacher und dem Girgl doch das Wort.

»Herrgott! ... Herrgott, wos mach ma jetz, Girgl? Herrgott, is dös aba saudumm!« Etliche Augenblicke lang war der Amtsrichter wirklich ratlos. Den alten Mann bei sich über Nacht zu behalten, das ging schon wegen seiner bissigen Afra nicht. Der Kegelbacher telefonierte den Gumpenwirt an, ob nicht vielleicht jemand dort sei, der heute noch nach Egling oder München fahre? Nein, war die Auskunft. Er telefonierte, trotzdem der Hupfauf immer wieder sagte, er geht, er sei schon bei ärgerem Wetter heimgekommen, er rief den Fuhrwerksbesitzer und Taxameter-Inhaber Leitner an und wollte ein Taxi bestellen, aber – die Auskunft über die glatten Straßen, Herr Amtsrichter, ist sehr arg, mein Chauffeur macht mir das nicht und ich bin hundsmiserabel beieinander, erfuhr er da. Er sagte resolut: »Girgl, jetz, woaßt wos, i nimm dir auf meine Köstn a Zimma beim Gumpenwirt, und du fahrst morgn hoam mit 'm Autobus ...«

Der Girgl aber war für all das nicht zu haben. Er stand schon auf, er bedankte sich noch weiß Gott wie, und – es half alles nichts – sagte er: »I kimm scho hoam, Herr Amtsrichter, i kenn ja an Weg, und Mondnocht is aa ...«

Das stimmte, die Nacht war silberhell, vor der beißenden Kälte hatte der Girgl keine Angst, und solang er aus Kaltenbach hinausging, war die Straße schneeglatt, aber nicht allzu rutschig. Dem Hupfauf-Girgl war von dem vielen Rotwein und dem Zwetschgenwasser zu guter Letzt recht warm. Er machte Schritte wie ein Junger und freute sich, daß er doch noch Kaltenbach mitgenommen hatte. Dreihundertvierzig Mark? So was war schon der Müh' wert gewesen.

»Ha, und es geht doch ganz guat ...« redete er vor sich hin: »Hm, da Kegelbacha? A grundguater Mensch, hm ... Haha, und boid hätt' er mir a Räuscherl oghängt mit sein' guatn Wei', hmhm ... Aufpassn, Girgl, aufpassn!« Er rutschte aus auf einer vereisten Stelle und erfing sich noch.

»Aba a Weiberts hot er, der Kegelbacha! ... Dö hot Hoor auf dö Zähn, mei' Liaba ... Do glaab i's freili, daß er sauft und an Wirtshaus umanandhockt«, unterhielt er sich weiter mit sich. Da verging die Zeit. Hinter Schaffelberg ging es leicht bergab. Weit im Mond breitete sich die Hengelbacher Mulde aus. Und ein zügiger Wind kam jetzt daher. Der ging durch und durch. Da war auch dem Girgl sein dicker Mantel nicht dick genug.

»Herrgott, aba jetz beißt's«, brummte er und zog den aufgestülpten Kragen höher. Seine Augen rannen, die Nase tropfte, inwendig, über die Haut rieselte die Kälte, wenn er auch vom mühseligen Dahingehn schweißnaß war. Er nahm sich fest zusammen und umklammerte seinen Gehstecken wie eisern. Er spürte die Hand kaum mehr.

»Kreizherrgott –« fluchte er heraus, weil er jetzt wirklich so rutschte, daß er gestreckterlängs hinfiel. Erschreckt richtete er sich auf, aber es ging nicht, er sackte wieder auf die eisglatte Straße und riß sich die Hände auf. Hart und fliegend schnaufte er, und erst nach dem zweiten und dritten Plagen stand er wieder halbwegs. Er beugte sich nieder und griff nach seinem Gehstecken, kam aber abermals ins Rutschen und mußte einhalten.

»Dös Zwetschgnwasser z'letzt, dös hot mir net guat to«, stellte er fest und rieb sich die Stirn. Da merkte er, wie seine Hand blutete, und daß das Blut eisig krustete.

»A Kältn is dös, hm ... Dös is scho ganz wos Gräusligs«, brummte er und fing auf einmal zu schlottern an. Er schaute über die weite Mulde und bekam ein arg verzagtes Gesicht. Er war noch nicht einmal in Hengelbach, und von dort aus war's ungefähr die Hälfte des Wegs. Er zog seine silberne Uhr und schüttelte den Kopf: »Hmhm, scho glei neuni, und um hoibe fünfi bin i z' Kaltenbach wegganga ... Hmhm ...« Er spürte, daß seine alten Knie zunehmend weicher wurden, riß sich mit aller Kraft zusammen und machte energische Schritte.

»Noja, es geht ja, es geht ja! ... Es muaß geh!« redete er sich zu und wurde nach und nach ärgerlich über das Aufhalten beim Kegelbacher: »Dö Herrn müaßn ja net 'raus bei jedn Wetter ... Dö hocka jedn Tog schö bacherlwarm an Gricht oder dahoam und lossn si's herrli wohl sei ...« Vom Ärgern steigerte er sich in eine Wut hinein, stieß ein ums andere Mal seinen Gehstecken fest in den harten, glatten Schnee und stapfte und stapfte dahin. Hie und da kam er ins Stolpern, aber er erfing sich immer wieder, und sonderbarerweise spürte er gar nicht mehr, ob es ihm eiskalt oder siedendheiß war. Ganz mechanisch setzte er Schritt vor Schritt. Belzig bis in die Knochen hinein schien sein ganzer Körper. Auch von seinem schweren, feuchten Schnaufen merkte er nichts mehr, aber hinter Hengelbach überkam ihn so eine zentnerschwere Müdigkeit, daß er sich kaum noch aufrecht halten konnte und schon drauf und dran war, sich einfach hinfallen zu lassen und einzuschlafen. Zum Glück kam der Rehberger-Gustl von Egling, der bei seiner Zukünftigen, der Windmoser-Marie von Hengelbach, gewesen war, mit seinem Volkswagen daher und nahm ihn mit. »Ja-ja, ja, vo Kaltenbach kimmst du, Girgl? ... Bei derer Eiskältn ... Ja-jaja, do treibt ma ja koan räudign

Hund 'naus!« sagte er, aber der alte Häusler gab nicht mehr weiter an, sackte in den Sitz neben ihm und – eins, zwei, drei – schnarchte er schon. Vor dem Hupfauerhäusl mußte ihm der Gustl heraushelfen und ihn ins Haus führen.

»Herrgott!« brummte der Girgl bloß noch; »oi Knocha tean ma weh, Gustl, wia hoibert tot bin i ...« Und die Hupfauerischen schreckten auf, als er einfach auf die Bank niederbrach und herausschnaubte: »Dös is zvui gwen ... Helfts mir ins Bett.« Er schlotterte, daß man seine paar alten Zähne noch klappern hörte, und er merkte nicht mehr, wie ihm die Zenzl den heißen Tee eingab. In der Nacht schwitzte er das ganze Bett durch, wachte auf einmal auf und kreischte: »Ja, Herrgott, i derstick ja faktisch vor Hitzn!« Wie nicht mehr ganz recht, stieß er die dicke, bauchige Federdecke weg und japste nach Luft wie in seiner letzten Stund'. Angst und bang wurde der Zenzl, und sie weckte den Wastl und die Walli. Und jetzt war es doch gut, daß sich der Doktor Baumann, ein ehemaliger Ostflüchtling, kurz nach dem Krieg in Egling als praktischer Arzt niedergelassen hatte, wenn es auch am Anfang gar nicht gern gesehen worden ist. Zu dem ging der Wastl, denn, weiß Gott, hundsmiserablig schaute es mit dem alten Girgl aus, er hatte schon gläserne, fremde Augen und phantasierte allerhand daher, er schlotterte wie Espenlaub und lachte auf einmal »hahaha, obkratzn, nana ... ha, Pichler, recht host ghabt! ...« und jammerte alsdann wieder gottesjämmerlich, aber nichts paßte mehr zusammen. Jetzt vom Unterwirt den Bezirksarzt Fahlbaur anrufen lassen, das ging da nicht mehr. Also gut, der Wastl kam mit dem Baumann. Der gab dem Kranken eine Spritze, sagte, sie sollten ihn hochlegen und öfter abwischen und meinte, er wird jetzt gleich einschlafen. Hernach, in der Kuchl draußen sagte er viel ernster: »Hupfauerfrau, Herr Wastl, es ist eine starke Pneumonia ... Was an der Lunge, verstehn Sie? Ob er das mit seinen einundachtzig Jahren noch übersteht, da kann ich nicht garantieren ... Ich tue mein Bestes ...«

Da fing die Walli zu weinen an, und die Hupfauerin bekam auch nasse Augen, ihre Kinnbacken zitterten, und sie jammerte recht verzagt: »Mein Gott, wenn ma'n doch wenigstns über ünsern goldenen Hochzeitstog außibringa ...«

Es läßt sich denken, daß das recht traurige Weihnachtswochen für die Hupfauerischen wurden. Der Pfarrer schloß bei jeder Messe und bei jedem Hochamt eine »schwerkranke Person« ins Gebet mit ein, und die Eglinger schauten einander dabei ernst an und sagten: »Ob er's noch durchreißt, der Girgl ...?«

Indessen, der Girgl müßte kein Hupfauerischer gewesen sein – er überstand das Ärgste. Schon am zweiten Weihnachtstag hockte er, dickeingewickelt, in der Kuchl am Ofen und sagte zur Walli: »So, Walli, jetz brauchst du koan Baurnknecht oder Häuslmo mehr heiratn ... Siebentausendfünfhundert konnst aufweisn, verstehst mi? ... Und dö andern zwoatausnddreihundertundvierzgi, Wastl, dö ghörn dir ... Du host ja aa a schuidnfreies Anwesn ...«

»Vaterl«, sagte auf das hin die Walli: »Werd du bloß gsund, werd gsund! ... I bet jedn Tog dafür ...« So eine zärtliche Aufwallung war wunderselten bei den Hupfauerischen, sie tat dem kranken Girgl wohl. Er lachte schon wieder. »Ah«, sagte er: »Unkraut verdirbt net ... Bloß net nochgebn, nachher werd ma oiwei wieda!« Und richtig, der Doktor Baumann staunte, sein Renommee bei den Eglingern stieg, der Girgl ließ vom Wastl das Mahl für die goldene Hochzeit bestellen. Mit Müh und Not brachte es der Doktor soweit bei ihm, daß er die Feierlichkeit um eine Woche verlegen ließ. Und schön war es, und der reichverzierte Saal vom Unterwirt war so voll wie schon lange nicht mehr, und der lange Tisch mit den Extrageschenken langte nicht aus, es mußte noch ein kleinerer dazugestellt werden, und neben dem hochwürdigen Herrn Pfarrer Aurbacher und dem Bürgermeister Hosp hockte der Hupfauf-Girgl mit seiner Zenzl. Sie im blinkenden, silberverschnürten Mieder und der goldgewirkten, schweren Riegelhaube auf dem Kopf, und er in der schwarzledernen Bundhose, mit dem reich mit Silber bestickten Gilet, dem schönen Tuchjanker und dem jahrelang geschonten flaumfedergezierten Velourhut. Zufrieden lachten sie, und grad gut zum Anschauen waren sie, wenn auch der Girgl noch ziemlich mitgenommen und eingefallen ausschaute. Und der hochwürdige Herr Pfarrer hielt eine wunderschöne Rede auf das Paar, und nach dem Bürgermeister Hosp der seinigen hoben alle die Maßkrüge und ließen die Jubilare hochleben. Gegessen und getrunken wurde massig, lustig und immer lustiger wurde es, und sogar zum üblichen Ehrentanz raffte sich der Girgl noch zusammen, wenn er ihn auch bloß kurz machte und mit seiner Zenzl bald wieder an seinen Tisch ging.

»In dö Fufzger stehn mir ebn doch nimmer, wia bei ünserer silbernen, Zenzl«, sagte er und schnaufte recht schwer, aber voller Fidelität war sein Nußknackergesicht, als jetzt der

Schuster Pichler mit seinem vollen Maßkrug daherkam und ihm laut zuprostete. Resolut stand er auf und stieß den seinen an den vom Pichler, indem er sagte: »Und dei' dopplte Portion Schweinsbrotn host kriegt, Schuaster, ja?«

»Ja, Girgl, Respekt ... Sollst no lang lebn!« lachte der Pichler, aber da – seltsam, was war denn das? – da wurde der Girgl auf einmal weiß wie eine Wand und schwankte, seine Lippen schlugen aufeinander und umbrach er stockstumm, das Tischtuch riß er mit sich und fiel auf den Boden. Die Zenzl schrie kurz auf, jäh setzten Tanz und Musik aus. Tot war der Hupfauf-Girgl, maustot. Unter uns gesagt, ein schöner Tod.

Noch schöner war seine Leich'. Der ganze Eglinger Gottesacker war voll, und sogar ganz eiskalte Bauern wischten sich mitunter die Augen aus, als der hochwürdige Herr Pfarrer Aurbacher mit bewegter Stimme seine Leichenpredigt schloß: »Und, meine lieben christkatholischen, in Trauer versammelten Pfarrkinder, es wird nicht leicht wieder einen solchernen musterhaften Familienvater gebn, wie den Hupfauer Georg, der wo faktisch bis auf z'letzt bloß für die Seinen gsorgt hat. Drum will ich schließen mit den Worten: Ehre, wem Ehre gebührt, und es wird ihm in der Ewigkeit vergolten werden, dem Verstorbenen ... Amen.«

Wer, so frag' ich, kann das, wenn er alles recht durchdenkt, eigentlich bezweifeln? –

Sturm über Wachelberg

I

Niemand, kein schäbiger Hund, kein gewitzter Teufel und nicht der beste Prophet hätte sich so um die Jahre 1911 und 1912 herum träumen lassen, daß es noch einmal so weit mit dem Dorf Wachelberg kommen würde!

Und da, auf einmal, geschah das Wunderbare.

Im Sommer war es, an einem verschlafenen, himmelblauen Sonntagnachmittag, als ein Mann mit einem Spitzbart, mit Brille, Schlapphut und Knotenstock aus der Muckwaldung heraustrat, ziemlich eilsam über die abgemähten Felder ging und ins Dorf kam. Ein seltsamer Mensch war das. Anscheinend verärgert darüber, daß es um eine solche Zeit so still im Dorf war, schaute er wie ein alterierter Wachtmeister herum, sichtete endlich den alten Lermoser-Adam und ging schnurstracks auf ihn zu, erkundigte sich nach dem Ortsvorsteher.

»Ortsvorsteha? ... Jaa – hm«, meinte der Adam in seiner langsamen Art und nahm den fremden Menschen genauer aufs Korn: »Ortsvorsteha? ... Ja, mir san ja a Gemeinde ...«

»Gemeinde Wachelberg«, wiederholte er mit einiger Mühe hochdeutsch.

»Gemeinde, na gut, um so besser«, hastete der Fremde heraus: »Ich habe eine sehr wichtige Mitteilung zu machen, wo gehe ich da hin? –«

»Mit-Mitteilung? Mi-itteilung? Ja, wia dös?« fragte der Adam bedächtig und nahm seine Pfeife aus dem Mundwinkel: »Do möchtn Sie gwiß zum Bürgermaosta, aber der werd jetz kaum dahoam sei', hm ...« Und es sah aus, als fange er nun ernstlich darüber zu sinnieren an, wo der Bürgermeister sein könnte.

»Aber hören Sie! Irgendeine Amtsperson muß doch da sein«, drängte der Fremde ungeduldig: »Ich habe eine sehr wichtige Entdeckung gemacht ...« »E–Entdeckung ... Hmhm, Entdekkung, dös is wos anders«, sagte der Adam: »Do, moan i, gehnger S' besser zum Hirn-Toni ... Der hot so Büacha übern Columbus ... Der is aa ganz gwiß dahoam.« Und ohne sich um die Ungeduld des fremden Menschen zu kümmern, erklärte er ihm umständlich, wo der Hirn-Toni hause. Da, beim Schlefflinger vorbei, das Bergl hinauf, gleich das zweite Haus. Der Toni sei sicher daheim, ganz sicher, vergaß er nicht noch einmal zu bekräftigen.

»Hm«, machte der konsternierte Fremde nur noch, musterte den Adam geschwind und ging kopfschüttelnd weiter. Der Adam schaute ihm nach und schüttelte auch den Kopf. Schließlich, als er sah, daß der Herr einen ganz anderen Weg einschlug, schrie er ihm nach und deutete in die Richtung des Hirn-Anwesens, aber weil der sonderbare Mensch nicht drauf hörte, brummte er ärgerlich: »Hmhm, jetzt so was Trapfts ... Frogt er und frogt, und geht doch woanders hin ... A so a spinnerter Teifi, so a spinnerter ...«

Kopfschüttelnd ging er in sein Haus zurück. Umständlich und leicht ärgerlich erzählte er seinem Weib und konnte nicht begreifen, warum der Fremde nicht zum Hirn-Toni hinauf sei. –

Viel besser erging es dem Fremden, als er, nach einigem Herumsuchen, ins Bürgermeisterhaus trat. Er stieß im dunklen Gang auf die Bäuerin, die gerade vom Melken aus dem Stall kam.

»Grüaß Good ... Wos mächts denn?« fragte sie einhaltend, und als der Herr den Bürgermeister zu sprechen wünschte, setzte sie dazu: »Ja, der wird vor auf d' Nocht net kemma ... Um drei is er fort ... Is was passiert?«

»Es handelt sich um eine für die Gemeinde sehr wichtige Angelegenheit, Frau Bürgermeisterin«, versuchte der Fremde mit einnehmender Geduld: »Sie könnten mir wohl auch nicht sagen, wo sich der Herr Bürgermeister momentan befindet?«

»Na, dös net«, meinte draufhin die Befragte: »Brauchts eppa wos zum Schreibn? ... San der Herr gwiß vom Bezirksamt?« Sie hatte die Milchkübel hingestellt.

»N-nein, nein«, zwang sich der Fremde zu einem Lächeln: »Ich bin keine Amtsperson, Frau Bürgermeisterin, nein, nein. Es handelt sich um die Quelle da drüben in der Waldung –« Da er aber merkte, daß er auf völlige Verständnislosigkeit stieß, unterbrach er sich und meinte nur noch, es sei wohl besser, wenn er morgen beim Herrn Bürgermeister persönlich vorspreche.

»Jaja, do is er schon do«, konnte die Bürgermeisterin gerade noch sagen, denn der Fremde wandte sich ziemlich abrupt um und verabschiedete sich mit einem kurzen, schnellen Gruß. Er durchschritt eilig den Vorgarten und ging auf der Straße nach Kegelhausen weiter. Die Bürgermeisterin nahm ihre

Milchkübel wieder auf und brummte noch: »Hmhm, jetz so was Seltsams.« Dann ging sie in die Kuchl. –

Am anderen Tag kam der fremde Herr wieder und eröffnete, nachdem er sich als gewesener Oberapotheker Heinrich Nefflinger vorgestellt hatte, dem Bürgermeister Schondorfer, daß es sich bei der betreffenden Quelle in der Waldung um ein hochgradig heilkräftiges Mineralwasser handle. Er habe es gründlich untersucht und das chemische Institut der Königlichen Universität habe das Ergebnis bestätigt. Er legte das Gutachten vor und redete sehr dringlich. Es gelang ihm auch, den Bürgermeister zu überzeugen. Die zwei gingen mitten am Werktag zum Lehrer Menglein nach Auging, und dort wies der Nefflinger so nachdrücklich auf die Bedeutung dieser Entdeckung hin, daß schließlich Schondorfer, Lehrer und er wieder nach Wachelberg zurückkamen und den Muck aufsuchten, dem die Waldung gehörte. Daß das auffiel – der Schondorfer halbwegs im Sonntagsgewand, der Lehrer mitten vom Unterricht weg und der eifrig redende Fremde – läßt sich denken. Als der Muck, der Bürgermeister, der Lehrer und der Oberapotheker aus dem Muckhaus traten, standen die meisten Dörfler neugierig da, und der Schondorfer sah sich gezwungen, einige erläuternde Worte zu sagen.

»Indem, daßts ös beieinanderstehts«, hub er gewichtig an und stellte sich in Positur: »Infolgedessen möcht ich bekanntmachen, daß der Herr Oberapotheker Nefflinger untersucht hat, daß an Muck seine Quelln im Schluchtl eine Heilquelln is ... Ich möcht bekanntmachen, daß dös ein Gsundwasser is für kranke Leut, und wer jetz mitgehn will, der konn mitgehn zur Besüchtigung ...«

Die kurze Rede hatte sehr amtsmäßig geklungen. Darum schlossen sich die Bauern, die Kinder und Weiber mit einer gewissen Zurückhaltung an und folgten den vier Männern. Kühn und gewichtig schritten Schondorfer und Lehrer mit dem Fremden aus. Der alte Muck aber machte sein gewöhnliches, mürrisches Gesicht und schien für diese neumodische »Entdekkung« recht wenig eingenommen zu sein, ganz im Gegenteil; ab und zu brümmelte er kopfschüttelnd in sich hinein. Die Schar landete schließlich nach einiger Zeit am Schluchtl – wie diese zerrissene kleine Kluft in der Muckwaldung hieß – und schaute die uralte Quelle an, die da aus einem verwachsenen Felsen sprudelte. Der Oberapotheker Nefflinger und der Lehrer stiegen ganz hinunter und schöpften mit mitgenommenen Gläsern Wasser. Sie reichten es dem Schondorfer und dem alten Muck hinauf, und dann redete der fremde Herr Apotheker eine Zeitlang von den Eigenschaften des Wassers. Der Schondorfer trank das Glas mit einer sichtlichen Bedeutsamkeit und nickte dem Lehrer hinunter; der Muck gab das seine ziemlich verächtlich der Blessingerin, die neben ihm stand, und schaute noch griesgrämiger drein.

»Is doch a Heilwasser! ... Probier's doch!« rief ihm der Bürgermeister zu: »Is doch a Kapital für di ...?«

»Ha! ... A gsunds Wasser? A Heilwasser? Geh zua!« stieß der nur noch abweisender heraus, und als jetzt der Nefflinger gar von der Nutzbarmachung der Quelle, von der guten Eignung des Wäldchens zu Kurzwecken und von der Zukunft Wachelbergs etwas daherredete, falls das nötige Kapital aufgewendet würde, da grauste es dem Muck ganz und gar.

»Nix, nix!« knurrte er auf einmal bissig: »Dö damisch Quelln do! ... I loß mir mei' Holz net ruiniern ... Und überhaupts – Kapital nei'stecka, sauber!« Schondorfer, Lehrer und Apotheker redeten auf ihn ein und versuchten ihm alles zu erklären, aber der Muck war schon kritisch. Interessen bleiben Interessen und müssen Hand und Fuß haben. Diese schönen drei Tagwerk Waldung wegen so einer lumpigen Quelle ruinieren, sein schönes Holz, das von Großvaters Zeiten immer vom Vater auf den Sohn übergegangen war, so einen stolzen, uralten Wert, der sich gleichsam stets von selber steigerte – so was aufgeben, hergeben, womöglich noch Geld hineinstecken und die ganze Waldung abholzen, bloß weil irgend so ein hergelaufener Stadtmensch den Leuten die Ohren vollschwatzte mit der Heilquelle – das gab es für den Kajetan Muck nicht, absolut nicht! –

Ganz und gar zornig stieß er bei der Unterredung, die der Schondorfer, der Nefflinger und der Lehrer mit ihm nach der Besichtigung hatten, heraus: »Jetz laaft dö Quelln schon ewig und hot noch koan Mensch scheniert, und jetz auf amoi sollt i mei' Hoiz hergebn und zu oin ja und amen sogn! ... Kapital hi, Kapital her! I hob koa Geld, und i brauch koans ... Meinetwegn konn dös Wasser saufa, wer will ... Meinetwegn sauft er si tot, aber obschlogn und herrichtn, dös gibt's net ...«

Es kam schließlich zu einem wüsten Streit zwischen ihm und dem Schondorfer. Peinlich berührt hockte der Oberapotheker da, schließlich gingen er und der Lehrer mit dem Bürgermeister und waren ganz konsterniert über eine solche Dickkopfigkeit. –

Von da ab fing ein verbissener Kampf in Wachelberg an. Der Schondorfer berief eine Gemeindeversammlung um die andere ein, aber der Muck kam einfach nicht. Der Oberapotheker tauchte eines Tages wieder im Dorf auf, und kurz darauf besichtigte ein Sachverständigen-Komitee die Quelle und stellte abermals die Heilkraft des Wassers fest. Der Muck riegelte seine Türen ab und gab nicht an.

Mit List, mit Freundlichkeit, mit Drohungen und mit Flüchen versuchte man den alten Mann umzustimmen. Nichts nützte. Die glänzendsten Kaufangebote lehnte er ab, weil er – mißtrauisch seit jeher und jetzt noch mißtrauischer geworden – dahinter doch nur Finten witterte. Und außerdem: Der Muck wußte genau, daß er nach dem Verkauf seiner Waldung von keinem andern Bauern auch nur ein Tagwerk bekommen würde. Ein Anwesen aber ohne Holz dabei, das kam ihm vor wie eine Kirche ohne Altar. –

Der alte Muck war – das wußte jeder in der Pfarrei – ein frommer Mensch, aber bigott war er durchaus nicht. Wie alle Bauern hing er an den religiösen Bräuchen und an der Kirche, um sozusagen nicht aus dem Rahmen zu fallen. Seine Frömmigkeit hatte etwas Altgewohntes, hinwiederum – sie hatte einen ganz besonderen Zug. Der Muck hielt nichts von den Leuten. Er mißtraute und verachtete jeden einzelnen. »Mit einem Stück Vieh, da weiß man, wie man dran ist, ein Mensch hintergeht dich sein Leben lang«, das ungefähr war seine Ansicht. Wahrscheinlich hatte er so seine Erfahrungen gemacht. Deswegen war es für ihn ausgemacht, daß er als alleiniger Mensch, ohne Nachkommen und nähere Verwandte, nach seinem Ableben seine Sach' der Kirche zukommen ließ. Auch darüber war weitum in der Gemeinde und Pfarrei kein Zweifel. Darum drängten der Schondorfer und der Lehrer und noch etliche Leute den hochwürdigen Herrn Pfarrer Mayr, wegen der Angelegenheit der Heilquelle zum Muck zu gehen. Der Pfarrer kam auch ins Muckhaus.

»I hob nix dagegn, Hochwürden«, sagte der Muck zu ihm und blieb bei seiner Weigerung: »Mir liegt nix dro – saufa konn dös Wasser, wer will – meinetwegn. I gunn's an jedn, aber i konn doch deswegn net mein ganz' schöns Hoizl ruiniern ... Und hergebn? Ausgschlossn, Hochwürdn ...«

Schließlich kam sogar der Bezirksamtmann höchstpersönlich zum Muck, ein äußerst forscher Herr. Er redete herablassend befehlshaberisch und zuletzt drohend auf den Muck ein, aber den schreckte das nicht.

»Herr Bezirksamtmann, i bin jetzt achtundsechzig Jahr oit und hob noch nia an Menschn braucht ...« Er redete von seinem

»eigenen, ehrlichen Sach'«, von den Steuern und daß er sich noch nie was habe zuschulden kommen lassen, wurde weitschweifig und meinte, »daß man einen alten Menschen so schikaniert und ihm einfach sein Sach' nehmen will, das sei doch ganz gewiß nicht recht- und gesetzmäßig«.

»Es wird Ihnen doch nichts genommen! Davon ist doch keine Rede!« fuhr der Bezirksamtmann ungeduldig dazwischen und setzte dazu: »Soviel ich weiß, haben Sie doch schon die glänzendsten Kaufangebote bekommen ...?« Fragend musterte er den Muck, ganz so, als habe er ihn jetzt endlich in der Enge, die kein Ausweichen mehr zuließ.

»Ja no« aber sagte der Muck nur mit einem unveränderten Gesicht: »Wenn ma an kloana Mo ruinieren wui, nachher konn i nix mehr macha ...«

»Niemand denkt dran, Herr Muck!« sagte der Bezirksamtmann, der aus den halb demütig klingenden Worten den versteckten Vorwurf wohl verstanden hatte, schärfer: »Merken Sie sich ein für allemal, man kann eine oberste Verfügung erwirken gegen Sie ... Dann ist's zu spät für Sie ... Ihre Waldung wird wertmäßig abgeschätzt und die Heilquelle der Allgemeinheit übergeben.« Doch der Muck ließ sich nicht einschüchtern und irritieren. Ganz erbost sprach der Bezirksamtmann über diese »Stoffelhaftigkeit« mit dem Bürgermeister Schondorfer. In der kurz darauf einberufenen Gemeindeversammlung griff der Bürgermeister die Drohung des Bezirksamtmannes wieder auf und rief lauter als sonst über den Tisch weg: »Do wird jetz einfach a Komitee beruffen, der Muck kriagt sei' Geld, und aus ist's ... Dö Quelln werd alsdann der Gemeinde übergeben, und die ewige Streiterei hat si aufghört ...«

»Ja, ebn, ebn!« nickte der Kranzler: »A Komitee, a richtigs Komitee muaß her! Schon lang hob i's gsogt ...« Und alle pflichteten ihm bei.

Die Ergebnisse solcher Gemeinderatssitzungen sprachen sich meistens am anderen Tag herum, und der Muck erfuhr alles. Sein Nachbar, der Hirn-Toni, der als halbwegs belesener Mensch solche Sachen genau ausdeutschen konnte, erklärte demselbigen den ungefähren Gerichtsgang: Eine oberste Instanz werde den Gerichtsbeschluß fassen, daß die Heilquelle der Gemeinde zufalle. Der Bezirksamtmann habe die Sache bereits eingeleitet, und der Bürgermeister sei sicher, daß der Beschluß zugunsten der Gemeinde entscheide.

Zum ersten Male wurde der Muck unsicher. Verwirrt und bedrückt schüttelte er den Kopf und schaute den Toni halb mißtrauisch und halb hilfesuchend an. Und da sagte der Toni spitzfindig: »Jetz woaßt wos, Muck ... I wenn wia du waar, i taat einfach voreh selber wos mit dem Gsundwasser macha ... Nachher waarn s' oi ausgschmiert ...«

»Voreh, ja wia dös?« fragte der Muck.

»Voreh! ... Verstehst mi denn net? ... I taat dö Sach mit dem Gsundwasser selba in d' Hand nehma«, wurde der Hirn-Toni auf einmal eifriger. Ein paar hundert Flaschen in Kegelhausen drüben kaufen, meinte er, Wasser abzapfen und es verkaufen.

»Nachher konn dir koa Mensch mehr wos macha«, schloß er. Das überraschte den Muck und leuchtete ihm ein. Tatsächlich bestellte er in Kegelhausen insgeheim Flaschen. An einem Tag holte er sie mit seinem Sauwagerl ab beim Limonadenfabrikanten Finsterer. Der Hirn-Toni sah zum Stallfenster hinaus, als der Muck sein Rößerl vorbeitrieb, und lachte in sich hinein.

»Do schaug nur grod!« rief er seiner umfänglichen Alten zu: »Do! ... Der Muck hot si wirkli Flaschln kaaft ... Paß auf, der zapft jetz sei' Wasser selba o' und moant wirkli, wos er tuat ... Aba mi gfreit's ...«

»I woaß's net, du bist dir doch a rechter boshafter Tropf!« warf ihm die Hirnin hin und mußte selber lachen, als der Muck, von Kegelhausen heimkommend, vorüberfuhr: »Du konnst aa deiner Lebtog nix, ois d' Leut für an Narrn hoitn ...« Dem Toni aber gefiel das seit jeher. Er konnte die ganzen großen Bauern, die Gemeinde nicht recht leiden, weil man ihn wegen seiner Bücherleserei immer verspöttelte und halbwegs als Sonderling und Narren ansah. Und überhaupt gefiel ihm jeder Jux, weil sich dann »was rührte«.

Ganz verstohlen fuhr der Muck am anderen Vormittag bis vor das Schluchtl und fing das Flaschenfüllen an. Mit erregter Hast tat er alles und horchte von Zeit zu Zeit immer wieder auf wie ein Einbrecher, der irgendeinen verdächtigen Laut vernommen zu haben glaubt. Er schwitzte und keuchte, als er fertig war, deckte die Flaschen vorsichtig zu und fuhr heim. Dummerweise aber begegnete er dem Bürgermeister, der gerade Mist aufs Feld fuhr, und der sagte sofort zu seinen Ochsen »E–echa, e–ehha!« um dem bockbeinigen Muck wieder einmal die Leviten zu lesen. Der aber trieb seinen blanken, dickbauchigen Braunen erst recht an und machte ein fuchsteufelswildes Gesicht, das sich erst wieder auflichtete, als er glücklich entronnen war. Er schaute um und verzog schadenfroh-zufrieden seine Mundwinkel, als er sah, wie der Bürgermeister den Kopf schüttelte.

»I kimm enk scho ... warts nur!« brummte er in sich hinein. – Am andern Tag sahen die erstaunten Dörfler vor dem Muckschen Gartentürl einen großen Pappendeckel, worauf mit ungelenker Schrift geschrieben stand: »Mineralwasser hier zu haben. Muck Kajetan.«

Aber es kam kein Mensch. Der Schlefflinger ging vorüber und redete den Häusler an, fragte beiläufig: »Host jetz selba ozapft? ... Willst dös Gschäft selba treibn ...?«

»Ja! ... Grod, daß dö Gemeinde aa net recht hot«, erwiderte der Muck kampflustig.

»Moanst, daß do wer so dappig is und kaaft dir dei' Wasser o'? ... Do geht er doch einfach selba 'naus und sauft's, wenn er will«, warf der Schlefflinger hämisch hin.

Auf das hin, wahrscheinlich hatte ihm der Hirn-Toni das geraten, machte der Muck einen Pappendeckel an einen Baum beim Schluchtl mit den Worten: »Trinken aus der Quelle verboten, Muck Kajetan.«

Da lachten die Dörfler bloß. Indessen, nun war der Muck schon im Zug. Im nächsten Wochenblatt – wer hätte dem alten Mann so was Modernes zugetraut – stand in fetten Buchstaben: »Heilkräftiges Mineralwasser zu haben bei Muck Kajetan, Wachelberg.« Und als etliche dem alten Mann klarmachen wollten, daß das doch alles nichts nütze, wurde er ganz bissig und fuhr sie sackgrob an: »Nachher verstopf i einfach dös Sauloch! Nachher werd glei a Ruah damit sei'! Lang schaug i nimmer zua ... Jetzt werd mir dö Sach dengerscht scho z' dumm!«

Der Schlefflinger wollte ihm geduldig zureden. Er erwähnte etwas davon, daß die vom Bezirksamt unterstützte Eingabe der Gemeinde so gut wie sicher durchginge. Es sei nicht mehr lange Zeit für ihn, meinte der Schlefflinger. Der Muck hörte hin und sagte bloß noch: »Soso ... So–soo ...«

In der Stube zog er die Kaufangebote hinter dem Spiegel hervor, setzte seine Brille auf und las sie genau durch. Langsam, gleichsam buchstabierend gründlich las er sie. Jeden Satz überlegte er genau. Griesgrämig schaute er in der Stube herum, und sein Gesicht bekam verzweifelte Falten. Sein borstiges Kinn zuckte, und er drückte seinen zahnlosen Kiefer hart auf die Unterlippe, daß seine Oberlippe fast ganz verdeckt wurde. Bald darauf kam der Hirn-Toni. Ganz wie zufällig kam er. Es war schon geschlagene Nacht, als die zwei auseinandergingen. »Jetz is mir scho oiß gleich«, war das letzte Wort vom Muck.

Nach ungefähr einer Woche fuhr eine fremde Chaise ins Dorf und hielt vor dem Muckhaus. Ein etwas schmächtiger jüngerer und ein beleibter älterer Herr stiegen aus, und der Kutscher fuhr langsam auf und ab, nachdem die zwei im Muckhaus verschwunden waren. Neugierig hatten sich etliche Nachbarn gesammelt und betrachteten mit eigentümlichem Mißtrauen das Fuhrwerk. Da aber der fremde Kutscher ein sehr ungutes Gesicht machte, redete ihn keiner an. Schließlich kamen die zwei Herren mit dem Muck aus dem Haus, stiegen rasch in die Chaise. Der Kutscher fuhr scharf an. Dem Wald zu rollte das Gefährt.

»Holla! ... Jetz hot er der Gemeinde doch an Riegl vorgschobn!« murmelte der Hirn-Toni hinter seinem Stallfenster. Wie ein Lauffeuer verbreitete es sich im Dorf: Der Muck verkauft seine Waldung.

Es stimmte auch. Und eh' die betroffenen Dörfler was dagegen machen konnten, war auch schon alles geschehen. Direkt vom Schluchtl weg waren die zwei Herren mit dem Muck zum Notar Meinhardt nach Kegelhausen gefahren und hatten alles fest abgemacht. Mit zittriger Hand unterschrieb der Alte das Protokoll. Es war schon Nacht, als er nach Wachelberg zurückkam.

»So«, sagte er, als ihm der Kranzler, der beim Bürgermeister gewesen war, noch in den Weg lief: »So, jetz is's aus ... Jetz is mir oiß gleich.«

Betroffen mußten Bürgermeister Schondorfer und alle in der Gemeinde feststellen, daß es nunmehr mit ihrer Eingabe nichts mehr wurde. Das hätten sie dem alten Häusler nie und nimmer zugetraut.

Der Hirn-Toni kam einmal ganz verstohlen in der Finsternis zum Muck und erzählte ihm von der Aufregung im Dorf. »Grod recht host es gmacht, Muck, grod recht«, belobigte er seinen Nachbarn: »Jetz hängas dö Letschn obi, der Bürgermoasta, der Lehrer, der Kranzler, und der siebngescheite Bezirksamtmann is ganz bärig, aber macha kinna s' oisam nix ...«

»Ganz und gor Schindluada treibn loß i nachher doch scho net mit mir«, schloß der Muck und verriet ihm, daß der hochwürdige Herr Pfarrer weiter nichts dagegen gehabt habe, indem »daß d' Kirch doch net z' kurz kimmt, weil's hoit jetz mei' Geld kriagt, stott mein' Hoiz ...«

Jetzt also gehörte die Muckwaldung mit der Heilquelle einem Doktor Lammersdorfer – und basta. Der Herr wußte sich durchzusetzen. Gar nichts konnten Bezirksamt und

Gemeinde machen. Im darauffolgenden Frühjahr kamen bereits Arbeiter, eine ganze Masse. Erst wurde der vordere Fichtenstrich ausgeholzt und kleine Kieswege angelegt, Bänke gesetzt und ein hoher Drahtzaun um die ganze Waldung gezogen. Den ganzen Tag sägte es, die umfallenden Bäume krachten niederbrechend, und die schweren Holzfuhrwerke ächzten durchs Dorf, Kegelhausen zu. –

Den alten Muck sah man nur noch ganz, ganz selten. Er hockte trübselig in seiner Stube, ging nur manchmal in die Waldung hinaus, schaute traurig zu, gab keinem Menschen, der ihn anredete, eine Antwort und kam zermürbt heim. Sichtlich alt und älter wurde er. Er schrumpfte förmlich zusammen wie ein kranker Baum. Außer dem Hirn-Toni waren ihm die ganzen Wachelberger bitterfeind, sie mieden ihn. Er war schuld, daß ins ruhige Wachelberger Geviert diese »Taglöhner-Bagasch«, die Arbeiter kamen.

Als die Hirnin einmal erzählte, der Muck habe sich hinlegen müssen, weil es mit seiner Wassersucht immer ärger werde, fand kein Mensch ein gutes Wort mehr. Der Doktor kam öfter ins Muckhaus, am Himmelfahrtstag kam auch der Herr Pfarrer zum Schwerkranken. Bloß die Hirnin und der Toni kümmerten sich um den Alten. Mißgünstig munkelte man im Dorf, die würden schon wissen, warum. An einem Tag, tief in der Nacht, kam der Doktor wieder von Kegelhausen herüber. In der Frühe starb der Muck. Wenn auch der Pfarrer eine Leich' erster Klasse abhielt, es waren nur wenige Leute dabei. Die Hirnin meinte einmal nebenher: »Noja, man sogt ja nix dagegn ... Es is ja schön vom Muck selig ... aber daß er absolut oiß der Kirch vermacht hot, dös hätt's aa net braucht ...«

Die Wachelberger hörten schon das Rechte heraus und freuten sich verstohlen darüber, daß die beim Hirn samt ihrem Kümmern um den sterbenden Muck leer ausgegangen waren. –

II

Leicht gibt der etwas sandige Boden im Wachelberger Viertel die Ernten nicht her. Bloß dem Haber ist er zuträglich. Aber mit diesem Jahr konnte man zufrieden sein. So ein Heu und Grummet gab es schon lang nicht mehr, der Haber war noch besser als sonst, und diesen dichten Weizen, das schöne Korn hatten die Leute seit Jahr und Tag nicht mehr erlebt. Da hieß es zugreifen. Schon um zwei Uhr in der Frühe – denn damaligerzeit waren die Mähmaschinen noch sehr selten – hörte man die Akkordmäher in den tiefen Feldern und Äckern, und abends, noch lange nach dem Gebetläuten, ächzten die schweren Fuhren durchs Dorf und in die Tennen. Arbeit gab es über Arbeit, und da hatte man nicht mehr recht Zeit, sich um die Dinge hinten in der ehemaligen Muckwaldung zu kümmern.

Dort wurde gebaut und gewerkelt wie wild. Eine verwegene, landfremde Gesellschaft arbeitete hinter den hohen Gartengittern. Viel Italiener und Böhmen waren darunter, deren Geplapper kein Mensch recht verstand. Schon wurden die Ziegelsteine auf die betonierten Grundmauern gesetzt. Die Wachelberger gingen vorüber, schauten hin, ärgerten sich und trotteten brummend weiter.

Zweimal in der Woche raste auch das Lammersdorfersche Auto auf der Kegelhauser Distriktstraße daher. Dicke Staubwolken wühlte es auf und verbreitete viel Gestank nach verdampftem Petroleum. Meist saßen auch zwei oder drei recht seltsam angezogne Frauenzimmer mit hellen Staubmänteln, großen Hüten, fliegenden Schleiern und dunklen, unheimlichen Brillen neben dem Doktor in dem Stinkwagen. Die Bauern hielten in der Feldarbeit inne und schauten feindselig auf die Straße.

»Siehgst es! Siehgst es, do kimmt er wieder daher mit seine Menscher, der feine Herr! ... Mit seine gräusligen Saugschlärfer!« knurrte der Schondorfer finster: »Do hobn mir schon die richtige Bagasch herkriagt ...« Und grimmig spießte er mit der Gabel das Heu auf.

Jeder Wachelberger dachte so, doch der gute Sommer verlief ohne besondere Ereignisse. Der Herbst war diesmal recht kurz, und fast plötzlich fiel der Winter über alles her. Massig Schnee und bissige Kälte gab es. Das Bauen mußte ausgesetzt werden in der Muckwaldung. Still und tot lagen die kaum mannshohen Mauern bis tief in den April hinein. Dann aber kamen bedeutend mehr Arbeiter und brachten mitunter eine recht widerwärtige Unruhe ins Dorf. Hingegen die Mauern des Kurhauses stiegen an, im August standen sie schon so hoch, daß die Zimmerleute mit dem Dachstuhl anfangen konnten. Als er fertig war, gab es eine laute Hebein-Feier, wobei jeder auf dem Bau beschäftigte Mensch seine drei Liter Freibier und haufenweise zum Essen bekam. Ganz rebellisch tönte der wilde Lärm der besoffenen Italiener und Böhmen noch in der späten Dunkelheit; offenbar mußte es auch Raufereien gegeben haben, und es war bloß gut, daß sich kein einziger Wachelberger am Gitterzaun sehen ließ.

Nach wieder einem guten Monat hieß es, die Brunnengebäulichkeiten seien bereits betriebsfertig. Im *Kegelhauser Wochenblatt* las man einen langen Artikel über den »Wachelberger Sprudel«, Bilder vom Doktor Lammersdorfer, von der Einrichtung des Heilbades waren zwischendrinnen zu sehen, und kurz darauf bekamen die Wachelberger die ersten, merkwürdig beklebten Flaschen zu sehen, in die das Mineralwasser abgezapft war. Klirrend und scheppernd fuhr der geschlossene, buntbemalte Wasserwagen jeden Tag aus dem Kurgartentor und nach Kegelhausen hinüber. Jetzt kam auch der Doktor Lammersdorfer täglich, und kreuznotwendig hatte er es. Erst beim Hereinbruch der Nacht surrte sein Auto wieder durchs Dorf und verschwand in der Dunkelheit. –

Das Bild in und um Wachelberg herum wurde jetzt überhaupt ganz anders. Seltsamerweise tauchte als allererster der »eigentliche Entdecker der Heilquelle«, der Oberapotheker Nefflinger, den man fast schon vergessen hatte, wieder im Dorf auf, kam und kam zum Bürgermeister Schondorfer, berichtete verbittert, daß ihm seine Entdeckung rein gar nichts als Undank eingebracht habe, erzählte auch von einer Rücksprache mit dem »hochnäsigen Herrn Lammersdorfer, die ganz patzig-grob ausgelaufen sei« und verriet in dunklen Andeutungen, daß er »nicht willens sei, den gerechten Kampf gegen diesen vorlauten Eindringling« aufzugeben. Eines Tages verlautbarte, der Nefflinger habe vom Schondorfer die Waldbreite direkt neben dem Kurhaus gekauft und baue sich ein Haus dorthin. Es stimmte auch. Schon nach vierzehn Tagen fingen die Erdarbeiter und Maurer zu arbeiten an. Belebt wurde es auf einmal im Dorf. Immer mehr und mehr Fremde kamen und erkundigten sich bei den Bauern nach vermietbaren Zimmern. Das war noch nie dagewesen. Die Wachelberger zeigten sich anfänglich sehr mißtrauisch, verständnislos und abweisend. Schließlich aber, als sich herausstellte, daß so eine Vermieterei spottleicht Geld einbrachte, gab man die guten Kammern doch her. Sie standen ja sowieso das ganze Jahr leer.

Wachelberg war nicht mehr der stille Ort, wo die fleißigsten Kirchengänger herkamen. Der hochwürdige Herr Pfarrer Mayr von Auging kam jeden Sonntag bei der Predigt auf die gottlosen Stadtleute zu sprechen, von denen man nie wen beim Hochamt zu sehen bekam. Ganz im Gegenteil: Meist schliefen sie noch, wenn es einläutete, und mitten während der Kirchenzeit trieben sie sich in den Wäldern und Wiesen herum. Blumen brockten sie oder Schwammerl, Himbeeren und Brombeeren, ja einige streunten sogar während des Hochamtes im weitläufigen Gottesacker herum und betrachteten die Gräber oder kehrten beim Postwirt ein und aßen die ersten Weißwürste, während drüben in der Kirche die Wandlung läutete.

Keiner von diesen respektlosen Sommerfrischlern hielt ein dabei und bekreuzigte sich üblicherweise. Die vom Postwirt sagten nichts dazu, aber sie dachten sich allerhand dabei. Und drüben bei der Predigt hub der Pfarrer Mayr an: »Indem wo grad jetzt, wie mir sehen, christliche Zuhörer und Zuhörerinnen, überall in unserne Gegend die Fremden kommen, möchte ich euch im Namen unseres Herrn und Heilandes ermahnen und euch ans Herz legen, laßt euch nicht anfechten in eurem Glauben. Das, wo aus der Stadt kommt, ist noch nie was Gescheits gewesen ... Als euer Seelsorger möchte ich euch anhalten, schaugts euch diese Gefahren an, die wo da ins Dorf kommen. Schaugts euch diese Leute an, was sie treiben, und ihr werds inne, daß sich so ein Benehmen für einen christkatholischen Menschen nicht ghört!« Warnend streckte er den dicken Zeigefinger in die Höhe und verfinsterte sein Gesicht. Und indem er fast drohend in das Kirchenschiff hinuntersah, dort, wo die Wachelberger hockten, fuhr er lauter fort: »Es bleibt unserm Herrgott nichts verborgen, meine geliebten Zuhörer und Zuhörerinnen in Jesu. Er sieht alles, und die Strafe für ein solchernes schandmäßiges Verhalten bleibt nicht aus, solang es eine römisch-katholische Kirche gibt. Amen.« Sein volles Gesicht war dunkelrot, und nach Schluß der üblichen Gebete stapfte er fast beleidigt von der Kanzel herab.

Ganz so unrecht hatte er nicht. Schon lang spöttelten die Leute in der ganzen Pfarrei über die Wachelberger »Geldbauern«, die es sichtlich nicht mehr allzu genau mit der Religion nahmen, weil es ihnen auf einmal sehr gut ging. Es kamen nämlich nicht nur Sommerfrischler dorthin. Beim Kranzeder erkundigte sich einmal ein dicker, grauköpfiger Herr mit einer fetten, preußischen Aussprache nach dem Preis der Fünferlende. Schon nach etlichen Tagen kam der Verkauf zustande. Dies als Anfang, und vor allem der Neid, der sich dabei bei den Nachbarn stets einstellt, wenn einer schnell ins Glück und zu einem Haufen Geld kommt, dies wirkte sehr schnell auf die ganzen Bauern im Dorf. Der Berberger, der Wenwieser, der

Amschuster und der Walk verkauften Baugründe vorteilhaft. Dann gelang es dem Spohrer und schließlich kam auch einer zum Schlefflinger und erkundigte sich. Der Schlefflinger spekulierte schon lange darauf, seinen einsamen, weitabgelegenen und etwas steinigen »Vogelacker« anzubringen, aber merkwürdigerweise, aus dieser Handelschaft wurde nichts. Der »Vogelacker« hatte nichts Verlockendes. Kahl und unfreundlich zog er sich als schmaler Strich um die Sandgrube vom Schondorfer. –

Verdrossen kam der Schlefflinger heim. Mit verschwiegener Wut verfolgte er die Verkäufe seiner Nachbarn. Jedesmal, wenn einer verkauft hatte, gab es ihm einen Stich. Seine Kinder waren kaum aus der Schule. Zwei Töchter, der Barthl und der Feschl, dazu noch die kränkelnde Bäuerin, es waren zuviel in dem kleinen Anwesen. Hinten und vorn, wo man hinschaute, war Not beim Schlefflinger. Rund herum aber, seine Nachbarn, die wurden im Handumdrehen reich.

Der Schlefflinger ging herum mit einem Gesicht wie neun Tag Regenwetter. Er kam sich zurückgesetzt vor, Mißgunst kochte in ihm.

Wieder einmal hockten die Wachelberger beim Postwirt in der verrauchten, niederen, weitläufigen Stube, und jeder machte ein zufriedenes Gesicht.

»Is ja nix weiter riskiert bei a'ran Grundverkaaf ... Der wo bei mir kaaft, hot gsogt, baun tuat er erst aufs Johr, und do wart' er noch, bis i mein' Woaz herin hob ... Dös is doch gwiß schön gmua«, sagte der Amschuster. Der Kranzeder und der Walk erzählten das gleiche.

»Jaja«, nickte der Wenwieser: »Recht handsam loßt si so a Handelschaft oft o ... Der mei' will überhaupt net baun vorläufi.«

»Bloß am Oberapotheker Nefflinger pressiert's«, meinte der Postwirt und schaute auf den Schondorfer: »Bei dem baun s' auf Hautsdrei' ...« Der Bürgermeister sagte nichts, aber sein Gesicht war nicht grad glücklich dabei.

»Da Oberapotheker, dös werd aa so ziemlich der oanzige sei', der wo weiter nix im Sinn hot«, warf in dem Augenblick der Schlefflinger dazwischen und schielte vielsagend auf die Bauern in der Runde.

»Im Sinn ...? ... Wia dös?« fragte der Berberger interessiert.

»Ja no, von dö andern woaß ma ja nix«, gab der Schlefflinger leicht ausweichend zurück. Alle Bauern hoben jetzt die Köpfe und schauten ihn an.

»Ertl schreibt er sich, der wo bei dir kaaft hot, net?« fragte der Schlefflinger mit der gleichen hämischen Beiläufigkeit den Amschuster. Er nahm den Berberger, den Wenwieser, den Spohrer und den Moderer aufs Korn und fragte wiederum: »Und dö, wo bei enk kaaft hobn, dö hot der Ertl rekommandiert, oder?«

»Ja, warum ...?« forschte der Moderer.

»Hot net grad ausgschaugt, ois wia wenn er an Haufa Geld hätt'«, meinte der Schlefflinger.

»Aba zoit hot er bar und sofort«, erwiderte der Moderer, und alle anderen sagten ebenso: »Zoit hot a jeder bar ...«

»Jaja, zoit, dös glaab i scho«, sagte der Schlefflinger mit einem verächtlichen Mundwinkelzucken und bekam leicht belebtere Augen: »Aba wißts ös, wo dö s' Geld herhobn ...?«

»Dös Geld? ... Wos redst denn jetz du für a unsinnigs Zeug daher!« brach der Amschuster in eine Ungeduld aus und wollte weiterreden, aber der Schlefflinger kam ihm zuvor.

»Dös Geld? ... Dös, moan i, kemmert von dera Gegnd do hintn vom Muck seiner Quelln her«, sagte er und musterte seine Nachbarn rundum. Einen Augenblick lang schien keiner zu begreifen, dann aber ging jedem ein Licht auf, doch sie brachten nicht gleich einen Ton heraus. Und da sagte der boshafte Hirn-Toni mit dünnem Grinsen: »Do hobts es jetz mit enkerm schnelln Grundverkaaffa ... I hob mir's scho lang denkt, daß hinter der ganzen sauberen Gschicht der hinterfotzige Lammersdorfer steckt ... Der hot si seine Mittelsmänner gsuacht und enk nochanander eingwickelt ...«

»Ja, und jetz konn er gemüatli wartn, bis enkere Gründ dös Doppelte und Dreifache wert san, und nacha konn er, wos er net braucht, wieda verkaaffa ... Do hoit er sich sei' ganz' Baugeld fürs Kurhaus 'raus, und ös hobts es zoit«, ergänzte der Schlefflinger, und der Hirn-Toni stimmte ihm bei, indem er darauf hinwies, wie sonderbar das gewesen sei: Gleich, nachdem ihm der Oberapotheker sein Haus vor die Nase gebaut habe, habe die Grundstück-Aufkauferei angefangen.

»Do muaß doch an jedn, der wo an Verstand hot, a Liacht aufganga sei'«, schloß der Schlefflinger verborgen triumphierend, weil die Bauern auf einmal alle so verdutzt glotzten.

»Hm«, machte der Schondorfer, der jetzt ganz offenbar wieder froh war, kein Opfer dieser großen Spekulation zu sein: »Hmhm ... Der Lammersdorfer? ... Mir hot er schon glei net gfoin, wia i'n 's erstmoi gsehng hob ... Dös is a ganz Durchtriebner ... Der Oberapotheker hot schon recht ... Der hot aa gsogt, vor dem Herrn sollt ma sich in acht nehma, der hot so seine Absichtn ...«

»Der Hund, der nackert!« stieß der Kranzeder grimmig heraus.

»Der Dreckspekulant! ... Jetz, wo er oi Gründ derluxt hot, regiert er nachher!« schimpfte der Spohrer ebenso.

»Ja no, wer ko, der ko!« stichelte der Hirn-Toni und freute sich über die betretenen Gesichter, die immer finsterer wurden. Verbittert ging man auseinander.

Gegen September-Ende stand das Kurhaus fertig da. Nur die Aufräumungsarbeiten im Garten gingen noch weiter. Etliche Tage lang kamen Möbelwagen, und elegante Schränke, Kommoden, Tische, Stühle, medizinische Vorrichtungen, Betten, große Sofas und Gartenstühle wurden haufenweise von fremden Arbeitern in den mächtigen Bau getragen. Wiederum las man im *Kegelhauser Wochenblatt* von der »Inbetriebsetzung des weitbekannten Kurhauses von Dr. Helmut Lammersdorfer in Wachelberg«, aber da die Saison schon vorüber war, zogen vorläufig bloß der Brunnenwart und etliche Angestellte dort ein. Der Betrieb sollte im späten Frühjahr beginnen. Solange noch kein Schnee fiel, kam der Lammersdorfer öfter, um nach dem Rechten zu sehen. Einmal, an einem regnerischen Novembertag, kam ihm der Hausmeister schon beim Einfahren ins Parktor entgegen und meldete sehr aufgeregt, daß in der Nacht sämtliche Fenster der Hausvorderfront eingeworfen worden wären.

»Gescheppert hat's wie auf einen Schlag, Herr Doktor ... Ganz wie vorbereitet ... Wie ich 'raus bin in den Regen, ist's still gewesen, radikal still«, sagte der hagere, eingeschüchterte Mensch.

»So, hm ... Na, das werden wir gleich haben«, meinte der Doktor entschlossen, besah sich den Schaden und fuhr mit seinem Auto vor das Bürgermeisterhaus. Der Schondorfer empfing ihn sehr ruhig und unschuldig, aber als der Doktor immer lauter wurde, sagte er trocken: »Tja, mein Gott, Lakln gibt's überoi ... 'rausbringa tuat ma so was nia ... I ois Bürgermoasta konn do weni macha ...«

»Ja, aber hören Sie mal, Herr Bürgermeister, hören Sie – so eine Flegelei bringt doch die ganze Ortschaft in Verruf ... So was ist doch einfach haarsträubend!« fiel der Doktor über ihn her: »Meine Kuranstalt hebt doch das ganze Dorf und die Umgebung ... Sie haben's doch schon erlebt ... Und meine Kurgäste bringen doch ihr ganzes Geld in die Gegend ... Bedenken

Sie aber doch, was so eine niederträchtige, freche Buberei für einen Eindruck macht auf die fremden Herrschaften –«

»Noch san s' ja net do, und bis dohi loßt sich ja dö Sach richtn«, meinte der Bürgermeister unangefochten. Das machte den Doktor ganz fuchsig.

»Ja, zum Donnerwetter, Herr Bürgermeister – richten? Der Schaden ist keineswegs so klein, wie Sie glauben ... Das sieht ja geradezu aus, als ob Sie den Kerlen helfen wollen ...!« schrie er jetzt und bekam Zornadern.

»I hilf koan Menschn ... I wüßt ja net amoi, wem i helfa soll«, sagte der Schondorfer dazwischen.

»Ich verbitte mir ganz einfach solche Frechheiten ... Ich mache die Gemeinde dafür haftbar, wenn ich weiter keine Gewähr für die Sicherheit meines Besitzes und meiner kommenden Gäste bekomme – da gibt es ja, Gott sei Dank, eine Polizei auch noch!« schrie der aufgebrachte Doktor, ging resolut auf die Türe zu, riß sie auf und schlug sie grob zu. Der Schondorfer schaute ihm unangefochten durchs Fenster nach und zuckte geringschätzig die Achseln, als jetzt die Bäuerin eintrat und fragte.

»Hmhm, Sicherheit für seinen Besitz!« warf er höhnisch hin: »Wia hot er denn den derschwindelt, der Saulump, der miserablige? ... Jetz do schaug her – dö Gemeinde soll aufkemma für seine poor Fensterscheiben, do schaug, wia si der aufmandelt ... Der werd noch verschiedenes derlebn bei üns do, verschiedenes ...! Do vergeht eahm sei Geist nachher glei ...« Das letztere klang unbestimmt drohend. Dann erzählte er den Krach seiner Bäuerin. –

Der Lammersdorfer fuhr auf der Stelle nach Kegelhausen hinüber und erstattete Anzeige bei der Gendarmerie. Schon am anderen Tag kam der Wachtmeister Beischl zum Schondorfer und wollte Erhebungen machen.

»Ja, mei', i konn doch net 's Kindermadl für dö ganz Gmoa sei', Herr Wachtmoasta ... Sie wissen's ja selba, Lakln gibt's überoi ... Aba dös muaß i sogn, dö Bauleut vom Kurhaus draußn und nachher jetz dö Fremdn, dö hobn an Unfriedn daherbrocht ... Ehvor hot's nia wos gebn bei üns ...«

Der Beischl nickte zwar herablassend, aber er tauchte doch noch in verschiedenen anderen Häusern auf, doch all sein Forschen verlief ergebnislos. Seit der Anzeige streiften stets die zwei Gendarmen von Kegelhausen abwechselnd in der Nähe des Kurhauses herum, selbst in den kältesten Schneetagen. Zudem liefen jetzt hinter den Drahtgittern drei scharfe Wachhunde herum. Das alles machte in Wachelberg ein noch böseres Blut. Beim Postwirt in Auging ging es oft recht grob her über den Doktor Lammersdorfer. Der Schlefflinger hetzte, der Hirn-Toni spöttelte und stichelte, und manchmal saß auch der Oberapotheker Nefflinger, dessen Haus schon so weit fertig war, daß er drinnen wohnen konnte, dabei. Er sagte nur hin und wieder etwas »von der ungesunden Überfremdung unseres bäuerlichen Volkstums«, mischte sich aber nur selten ins Gespräch, wenn ihn auch die Bauern nicht ungern mochten, weil er sich so leger gab.

Ein Hund – der große bissige Wolfshund – ging elendiglich ein beim Lammersdorfer draußen. Der Gärtner und der Brunnenwärter, die sich den schweren Winter lang recht langweilten, ahnten freilich, daß man dem Nero was gegeben haben mußte, aber sie kamen öfter zum Unterwirt nach Wachelberg hinein oder zum Postwirt und waren froh, daß die Leute gegen sie nichts hatten. Sogar zum Tarockspielen kamen sie dabei manchmal. Sie machten also bei der Meldung über den Tod des Hundes kein weiteres Aufhebens beim Doktor Lammersdorfer. Im Frühjahr kam eine Menge neuangestellter Bediensteter ins Kurhaus. Der Doktor wohnte nun auch schon dort. Im Juli, hieß es, werde Betriebseröffnung sein. Einmal lagen haufenweise Glasscherben über die ganze Kurhausstraße, als der Doktor ausfahren wollte. Das Auto brauste aus dem Torbogen. Die Bauern in den Feldern lugten unauffällig in die Gegend. Aber der Doktor ließ plötzlich anhalten und den Chauffeur die Glasscherben wegräumen. Ganz ruhig war er im Auto geblieben. »Na«, sagte er beim Anfahren zum Chauffeur: »Das kann ja nett werden ... Aber ich werde die Bande noch kirre kriegen.« Er fuhr zum Bezirksamtmann, und in der langen Unterredung mit demselben ließ er durchblikken, daß er, wenn diese offensichtlichen Feindseligkeiten und Schädigungen der Gemeinde Wachelberg weitergingen, nicht anstehe, die höchsten Instanzen anzurufen. Der Bezirksamtmann erschien am andern Tag beim Bürgermeister Schondorfer und machte ihm sehr ernste Vorstellungen. »Und«, sagte er zum Schluß, um sich mit aller Nachdrücklichkeit deutlich zu machen: »Und das ist seit jeher so, Herr Bürgermeister. Für ihre Kinder sind die Eltern verantwortlich, für eine Gemeinde, wenn einmal solche Ausfälligkeiten vorkommen, besteht durchaus die Gefahr, daß sie für ihre Mitglieder zur Verantwortung gezogen wird. Ich hoffe bloß, daß es nicht so weit kommt.« Der Schondorfer wurde doch etwas kleinlaut dabei.

Ihm sei, beteuerte er in einem fort, das Vorgekommene selber arg, und er versprach, sofort eine Gemeindeversammlung einzuberufen und gegen all diese »lausbubenhaften Unsinnigkeiten« energisch zu reden. Das aber rief fast eine Rebellion bei den erhitzten Wachelbergern hervor.

»Wos? ... Wos? Dö höheren Instanzen möcht er aufhetzen gega üns? ... Wos, der Saulump, der niederträchtige! 'naus muaß er! Nachher is glei a Ruah!« plärrte der Spohrer, und ringsherum an den Tischen wurde es so unruhig, daß der Bürgermeister auf einmal ganz bedrängt zu fuchteln anfing und fast bitthaft sagte: »Ja, Herrgott, so hoits enk doch z'ruck! Dös konn ja noch woaß der Teifl wos für Kalamitätn für üns gebn ... I konn doch aa nix gega dö höheren Instanzn macha ...!« Heißkopfig ging die Versammlung auseinander.

Die Kurhauseröffnung kam. Sogar ein Regierungsvertreter erschien. Der Bezirksamtmann, der Pfarrer Mayr und der – Schondorfer wurden vom Lammersdorfer eingeladen, und daß der Bürgermeister hinging, das verargte ihm jeder. Es half gar nichts, daß er sich darauf berief, in Anbetracht eines Regierungsbesuches dürfe er pflichtmäßig nicht fehlen. Ein Mißtrauen stieg auf gegen ihn. »Der hot's mit oi zwoa Seitn«, hieß es. Feindschaft und Verwirrnis breiteten sich im Dorf aus, und das war noch nicht alles. Mit verstockter Mißgunst sahen die Dorfleute, wie die Kurgäste nur so herbeiströmten, wie richtig der Lammersdorfer spekuliert hatte, wie überraschend gut sein ganzer Betrieb florierte. Und jetzt kam auch der Doktor zum Zug, um sich an den Wachelbergern empfindlich zu rächen. Alles an Lebensmitteln bezog er aus Kegelhausen oder gar aus der Landeshauptstadt: Fleisch und Geflügel, Gemüse, Obst und sogar Butter, Milch und Eier.

In ihrer Wut wandten sich die Dörfler erneut gegen den Schondorfer. »Wennst du mit'n Muck selig besser umganga waarst, waar oiß anders kemma«, warf ihm der Kranzeder einmal vor und wies auf den am andern Tisch sitzenden Oberapotheker: »Patzi und saugrob bist oiwei gwen ... Der Herr Oberapotheker wenn dö Sach in die Hand gnomma hätt', do stand' die Gemeinde heunt anderst do, aber so streicht oiß a Fremder ei' ...«

Dem Nefflinger half sein Abwehren gar nichts. Jeder sah in ihm den betrogenen, im Stich gelassenen Entdecker. Der Schondorfer stand mit einem Ruck vom Wirtstisch auf, knurrte: »Do mog i gor nix mehr sogn!« und ging wutblaß davon. Eine wirklich gefährliche Unruhe ging im Dorf um, und niemand wußte, wo das noch hinführen sollte. Da plötzlich machte ein viel größeres Ereignis durch alles einen jähen, furchtbaren Strich – nämlich es brach der Erste Weltkrieg aus. Schon am sechsten August mußte der Doktor Lammersdorfer einrücken. Kurgäste und Sommerfrischler reisten fast fluchtartig ab. Im Kurhaus blieben bloß noch die unentbehrlichen, älteren Angestellten. In Wachelberg und der ganzen Umgegend mußten die meisten Burschen und jüngeren Bauern fort. Auch der Nefflinger hörte mit dem Bauen seines Hauses auf. Der Oberapotheker, hieß es, sei auch in die Stadt, um dem Vaterland irgendwie nützlich zu sein ...

III

So, jetzt war es aus mit dem ganzen Zauber in der Muckwaldung hinten. Jetzt hatte unser Herrgott selber all die Machinationen weggelöscht. Schöner hätten sich's die Wachelberger kaum wünschen können, und sie waren fast dankbar, daß der Krieg ausgebrochen war und diese gute Wendung gebracht hatte.

»Und hoffentli werd a Kugel so gscheit sei und werd den windigen Schlawakn wegputzn«, sagte der arg verstimmte Bürgermeister beim Unterwirt in Wachelberg in bezug auf den Lammersdorfer, denn es nagte in ihm, daß ihm jeder Mensch im Dorf versteckt mißtraute. Er wollte deutlich zeigen, daß er nur auf einer Seite stand, nämlich auf der Wachelberger. Es tat ihm wohl, daß einige zustimmend nickten, und noch wohler, daß der Kranzeder sagte: »Noja, hoffn mir's, daß mir erlöst san vo dem Schwindl ...«

Bloß der Hirn-Toni war wieder anderer Meinung. »Ja mei'«, sagte er verkniffen und linste listig: »Ja mei', grod wenn man so was recht gern hätt', kimmt's meistens ganz anderst ...« Ganz gleich aber, die Wachelberger waren zufrieden.

Ruhig und still wurde es jetzt im Dorf. Kein Mensch verlor mehr ein Wort über das Lammersdorfersche Kurhaus, wenn auch die Wasserwagen immer noch nach Kegelhausen fuhren. Einzig und allein der alte Gärtner Bossl und der Brunnenwart Niedermaier, die jetzt jeden Tag beim Unterwirt oder beim Postwirt hockten, erinnerten noch daran. Aber auch bei ihnen schaute es nicht gerade so aus, als ob sie sich recht viel daraus machten, daß der Lammersdorfer bald wiederkomme. Außerdem waren die zwei auch ganz handsame Menschen, unterhaltlich und gute Tarockspieler, und selbstredend erzählten sie allerhand von ihrem Dienstherrn. Beispielsweise, daß er ein ziemlich lebsüchtiger Junggeselle sei und nur noch einen Bruder habe, der Hotelbesitzer in Chartoum, in Ägypten, sei.

»Und dös Land ghört dö Engländer«, meinte der Bossl: »Do werd's jetz dem Bruader schlecht gehn ... Am End hobn s' ihn schon massakriert.«

»Jaja«, sagte der Hirn-Toni, »z' Ägyptn san ja lauter Wilde ... Dös san ja noch Menschnfresser ...«

Die am Tisch hörten wohl hin, aber all das interessierte sie nicht weiter. Sie unterhielten sich jetzt über das schnelle Vordringen unserer Armeen im Westen und über die großen Siege. Wenn es so weitergehe, war die allgemeine Ansicht, da werde der Krieg bald vorüber sein, und der Unterwirt bekräftigte das, indem er etwas davon verlauten ließ, daß der Kaiser gesagt habe, um Weihnachten sei alles wieder daheim. –

Natürlicherweise schlug der Krieg in verschiedene Wachelberger Familien recht traurige Lücken, aber Krieg ist eben Krieg. Anno 70 und 71, erinnerten etliche, da war es schon so und jetzt nicht anders. So eine losgeschossene Kugel, die fragt nicht, wo sie hinfliegen soll. Da muß mancher ins Gras beißen, und wem der Tod aufgesetzt ist, den trifft's eben, basta. Dagegen lasse sich nichts machen. Der Schlefflinger-Feschl, der Berberger-Christl und vom Schondorfer der Lenz, die drei fielen bei Luneville. Beim Berberger und beim Bürgermeister waren sie recht traurig, auch der Schlefflinger war es, aber ganz inwendig war er mehr stolz, weil – da sein Feschl als erster Gefallener gemeldet worden war – dieser Heldentod ihn ins Ansehen brachte und sozusagen in eine Reihe mit den großen Bauern stellte.

Um Maria Lichtmeß herum kam die Nachricht, daß der Wenwieser-Alois und der Amschuster-Martl in Rußland den Heldentod erlitten hatten. Der zweite vom Berberger, der Sepp, und der Walk-Michl wurden verwundet, der eine im Osten und der andere im Westen, und vom Kranzeder-Wiggl wußte man auf einmal nichts mehr. Dann stand sein Name auf der Vermißtenliste. Das einzig Tröstliche daran war, daß die meisten Wachelberger Krieger sehr schnell das Eiserne Kreuz bekamen, allen voran der Barthl vom Schlefflinger, und als es dann hieß, der Amschuster-Poidl sei gefallen, da war der Amschuster doch auch stolz, weil der Poidl kurz zuvor »Vize« geworden war. Als der hochwürdige Herr Pfarrer Mayr nach der sonntäglichen Predigt die Wochenmessen verlas und die für den gefallenen Leopold Raffinger, Vizefeldwebel und Amschuster-Bauernsohn von Wachelberg, ankündigte, da schaute der Bauer mannhaft und ernst gradaus, und es schien, als höre er nur das schöne Wort »Vizefeldwebel«.

Der Sommer wechselte in den Herbst hinüber, noch immer läuteten die Glocken der Pfarrkirche bei einem großen Sieg, und manche Leute steckten die Fahnen zum Fenster heraus dabei, noch öfter krachten bei einem Kriegerbegräbnis die Böller. Winter wurde es, Weihnachten war längst vorüber, vom Heimkommen der Feldsoldaten, wie es der Kaiser versprochen hatte, war keine Rede mehr, aber die Italiener, von denen es geheißen hatte, sie seien mit uns und Österreich verbündet, gingen mit dem Feind. Hingegen der Hindenburg, von dem jetzt jedes Kind wußte, schlug die Russen überall und überhaupt – wenn sie auch in Portugal drunten und in Rumänien hinten, wenn auch diese windigen Japaner gegen uns den Krieg erklärten, der Unterwirt von Wachelberg, der die Zeitungen am genauesten las, strich bloß durch seinen langen Schnurrbart und sagte: »Dös hilft eahna oiß nix. Mir Deitsche san aus Eisn ... Der Hindenburg, der macht eahna oisam an Goraus ...«

Aber jetzt kamen die Brotkarten auf, und dann Lebensmittelkarten für alles. Und die Zeit ging dahin. Im Sommer arbeiteten bloß mehr die alten Leute, die Kinder und vielleicht hin und wieder ein Urlauber auf den Feldern. Langsam schlief auch das Interesse für die Kriegführerei ein. In Auging läuteten die Glocken viel seltener, und Fahnen steckte jetzt bloß noch der Schullehrer Menglein heraus. Das Bier wurde auch immer dünner und schlechter. Auf dem Unterwirt sein Gerede hörte auch kaum noch ein Mensch. Frühjahr, Sommer, Herbst und Winter waren schon vergangen. Nicht bloß die Wachelberger, überall sagten die Leute: »Daurt scho arg lang, der Kriag ...«

Da brachten der Bossl und der Niedermaier einmal unerwartet die Nachricht ins Dorf, der Lammersdorfer komme wieder, und das Kurhaus werde jetzt ein Lazarett. Die Wachelberger rissen verblüfft Maul und Augen auf. Erst nach einer Weile gewann der Unterwirt als erster die Fassung wieder und sagte in seinem breiten, fetten Baß: »Hmhm, den is also nix passiert, hmhm ...« Er sagte es eigentlich mehr für sich, wie aus einem benommenen Nachdenken heraus, aber sofort erhitzte sich die Stimmung am Tisch.

»Do siecht man's wieda, wos für a Schwindl geht auf der

Welt«, fiel der Kranzeder ein: »Dö feina Herrn, dö geht oiß 'naus ... Der arme Teifi, der konn an da Front sein' Kopf hinhoitn, und die Bessern, dö bleibn schön hintn, wo koane Kugln pfeifa ...«

»Ja, und jetz tuat man s' 'rein, daß eahna gor nix mehr passiert«, setzte der Schlefflinger dazu: »Jetz konn er wieda den feina Herrn spuin bei üns, der Windhund, der elendige ...«

»I sog ja«, brummte jetzt auch der Schondorfer, dem der Tod von seinem Lenz immer noch nachging: »Schwindl, wo ma hinschaugt ...« Er hatte dicke Falten auf der Stirn und schaute alt und müd aus.

»I hob's oiwei gsagt, daß dem nix passiert«, mischte sich der Hirn-Toni in den Diskurs: »Und ös hobts gmoant, jetz kinnts lacha, wia er furt hot müaßn ... Jetz geht dö ganz Gaudi do hintn in der Muck-Quelln wieda vo vorn o, paßts no auf ...«

Einsilbig schauten die am Tisch sitzenden paar Bauern einander an. Vielleicht ärgerten sie sich auch, weil dem Toni seine Prophezeiungen immer hinausgingen. Kurzum – nur etliche Male kamen der Bossl und der Niedermaier noch zum Unterwirt und zum Postwirt. Ihr Humor schien ihnen vergangen zu sein. Dann sagte der Niedermaier einmal: »Hm, jetz geht dö Kommandiererei wieda o ...« Und man sah sie nicht mehr in den Wirtsstuben, denn schon in den nächsten Tagen tauchte der Doktor Lammersdorfer wieder auf. Ein ganzer Stab von Militärärzten, Krankenschwestern und Pflegern zog ins Kurhaus. Ein heftiges Leben fing dort wieder an. Drei Tage darauf schon rollten Verwundetenautos durch Wachelberg.

»Schön is anders«, brummte der Bossl einmal griesgrämig, als er Zeit fand, beim Postwirt in Auging einzukehren: »Schön is anders, sog i ...« Und er erzählte, wie der Doktor herumregiere im Kurhaus. Das Eiserne Kreuz erster und zweiter Klasse habe er, Oberarzt sei er, herumgehen würde er wie ein General in seiner Uniform und bloß Vorschriften denke er sich aus.

Es war nach dem sonntäglichen Hochamt, das der Bossl immer besuchte, um wenigstens auf diese Weise zu einem Ausrasten und zu seinem Bier zu kommen.

»Soso«, sagte der Berberger, der neben ihm hockte: »Soso, Oberarzt is er ... Und wo, wenn ma frogn derf, hot denn der dös Eiserne Kreiz erster und zwoater Klaß verdeant ... Is er vielleicht verwund't wordn ...?«

»Dös gor it aa ...« meinte der Bossl: »Dö andern Herrn sogn, für besonderne Verdienste is er auszeichnet wordn ...« Das letztere klang leicht hämisch.

»Haha, do schaug ... Sauber, sauber!« muckte der Schlefflinger und sagte noch höhnischer: »Besonderne Verdienste san dös, wenn oana hintn hockt an Feld draußn ... Besonderne Verdienste, wenn si oana überoi wegdruckt, wo's gfährli is ...« Aber der Bossl berichtete noch von ganz anderen Sachen. Vier Lastkraftwagen mit Fleischkonserven und sonstigem Proviant seien mit den Verwundeten gekommen, alles sei sauber eingelagert worden, aber die Essens-Rationen seien durchaus nicht danach, und überhaupt – so genau, so streng, wie mit den Feldsoldaten umgegangen würde, um sieben Uhr Wecken, Turnen, wer kann; dann dünnen Kaffee mit Kommißbrot und Kriegsmarmelade, mittags recht sonderbare Suppen und ganz kleine Fleischrationen, kurzum alles, alles knapp und alles auf die Minute eingeteilt, und außerdem – Bier für keinen Verwundeten, aber die Herrn Doktoren, da seien die Mahlzeiten ganz anders und »dö suacha si jedsmoi den bestn Wei' 'raus ... I mog gor net weiterreden«.

»Soso ... Soso«, nickten die meisten bloß, und es schaute aus, als wie wenn jeder diese Nachrichten in seinem Hirn notieren würde.

»Und sogn derfst nix«, warf der Boßl verärgert hin; auch mit den Verwundeten könne man sich kaum unterhalten, weil man sie schwer verstehe. Aus allen deutschen Gauen seien sie, bloß Bayern seien nicht dabei.

»Soso«, sagte der Schlefflinger und schaute schräg auf den Bossl: »Bier kriagn s' net, dö Verwundeten, aba sei' Mineralwassa müassn s' saufa, wos ...?«

»Weil's sunst aa koana sauft«, fügte der Berberger schnell dazu. Er schaute auf den Postwirt und las aus dessen Gesicht, was er sich dabei dachte.

»Drum hot er wahrscheinli koane Bayern in sei' Lazarett 'to«, schloß der Postwirt.

»Und vo dö Verwundtn aus ünserner Gegnd, do werd also koana herkemma in sei' saubers Lazarett?« meinte der Schondorfer, und der Kranzeder nickte zustimmend: »Dö saufertn ja sei' gschissens Wassa net ... Und außerdem, dö kunntn ja oiahand verzoin vo do hintn ...«

»Jaja, Gschäft is Gschäft ... Und der Staat zoit ja«, knurrte der Schlefflinger. Er zog böse Falten. In dem Augenblick aber hob der Schondorfer energisch den Kopf und deutete an, daß die Gemeinde da nicht einfach zuschaue. Der Diskurs wurde immer hitziger und gefährlicher. Der Bossl hielt es für ratsam, sich davonzumachen.

Etliche Tage darauf redete der Bürgermeister mit dem hochwürdigen Herrn Pfarrer Mayr und dem Lehrer Menglein, der seit jeher das Amt des Gemeindeschreibers innehatte. Eine Eingabe wurde abgefaßt, in welcher verlangt wurde, daß in das Wachelberger Lazarett vor allem Verwundete, die hier in der Gegend beheimatet seien, kommen sollten. Aber – wie das schon ist – die Ämter in der Stadt drinnen arbeiteten langsam, und es war Krieg, da ging es noch langsamer. Die Wochen verliefen, und schließlich kam über das Bezirksamt Kegelhausen – der Bezirksamtmann von ehemals war längst als Offizier im Feld – der Bescheid der höheren Regierungsinstanz, daß »infolge der außerordentlichen Kriegsverhältnisse der Eingabe nicht stattgegeben werden könne«. Jetzt wurde Wachelberg buchstäblich zum brodelnden Giftkübel. Die Hamsterer, die aus der Stadt um jene Zeit immer zahlreicher kamen, erwischten wohl noch hin und wieder ein Pfund Butter, etliche Eier und Mehl, aber als jetzt der Proviantmeister des Lazarettes ins Dorf fuhr, war nichts da. Trocken sagte ihm der Bürgermeister, bei dem sich der Feldwebel beklagte: »Mir hobn nix ... Dös bißl, wos a jeder grotn konn, schickt er natürlicherweis dö eigna Kriega a der Front draußn ...«

»Das ist ja schön und gut, aber es ist vaterländische Pflicht, vor allem für Verwundetenlazarette zu liefern«, meinte der Proviantmeister und redete recht militärisch.

»Wenn ma nix hot, konn ma nix hergebn, Herr Feldwebel«, stieß ihm der Bürgermeister mitten ins Wort. Der Proviantmeister stutzte kurz und ging resolut davon. Beim Kranzeder, dem größten Bauern im Dorf, erging es ihm nicht anders, und weil er da noch energischer zu reden anfing, sagte der Bauer geradeheraus: »Warum tuat ma denn nacha ünserne Verwundetn net her zum Lammersdorfer ... Warum san denn lauter Fremde do?«

»Tja, dagegen läßt sich doch nichts machen ... Das bestimmen doch die höheren Instanzen«, antwortete der forsche Feldwebel schon um einige Grade unsicherer.

»So, dö höhern Instanzn ... Mir hobn doch eingebn«, fuhr der Kranzeder fort: »Do hätt' doch der Lammersdorfer nochhelfa kinna ...«

»Hm, das weiß ich nicht«, meinte der Feldwebel: »Aber hat man sich denn an den Herrn Oberarzt gewandt ...?«

»*Mir* zu eahm kemma und bitt' gor schö sogn?« wurde da

der Kranzeder ausfälliger: »Nana, dös sell derlebt er net ... Wenn er an Verstand hätt', waar er doch scho vo selba draufkemma ... Aber der hot ja noch nia gwißt, wos sich ghärt ...«

»Aber hören Sie! Wie reden Sie denn überhaupt über einen militärischen Vorgesetzten, da – da –« wollte der Feldwebel anfangen, aber der Kranzeder hielt ihm uneingeschüchtert entgegen, daß für die Bauern der Lammersdorfer durchaus kein Vorgesetzter sei, und dann beteuerte er, daß er nicht soviel, was Schwarzes unter dem Fingernagel sei, herzugeben habe. Bei den anderen Bauern erlebte der Proviantmeister dasselbe. Die einen waren kurz und grob, die anderen logen das Blaue vom Himmel herunter, je nachdem. Unverrichteterdinge kehrte der Feldwebel ins Kurhaus zurück und berichtete. Der Doktor Lammersdorfer geriet in militärische Vorgesetzten-Wut.

»Was? ... Was? So was passiert ja nicht einmal in Feindesland! ... Das muß doch, zum Donnerwetter nochmal, einen ganz bestimmten Grund haben?« fuhr er seinen Untergebenen an, und da erzählte der Proviantmeister alles.

»Aha, jaja, ich kenne das ... Soso«, sagte der Lammersdorfer fürs erste und erinnerte sich wieder an all die Schikanen von ehemals. Nach und nach aber bekam er eine Miene, welche solche Leute meistens machen, wenn sie glauben, sie hätten auf einmal alle Bauernlist durchschaut. Fast leger dankte er dem Proviantmeister für seine wichtigen Aufschlüsse.

»Na«, sagte er dann aufstehend: »Da finden sich ja Mittel und Wege, warten wir ab.« Er schien im Nu einen ganz sicheren Plan zu haben.

Am darauffolgenden Morgen ereignete sich in Wachelberg etwas bis dahin noch nie Dagewesenes. Bei seinem gewöhnlichen Ausritt lenkte der Lammersdorfer auf einmal seinen Gaul in den Schondorferischen Weizenacker, wo auf Hautsdrein gearbeitet wurde, und sprengte auf die erstaunt einhaltenden Bürgermeistersleute zu.

»Guten Morgen, Herr Bürgermeister! ... Fleißig, immer fleißig?« rief er, sein rassiges Pferd anhaltend, und hatte die freundlichste Miene.

Schondorfer, Schondorferin, die Genovev, der alte Lermoser-Adam und die Schlefflinger-Liesl, die Dirn beim Bürgermeister war, schauten ihn an wie verwunderte Stare. Erst nach einigen Augenblicken brachte es der Bürgermeister zu einem Kopfnicken. Aber der Lammersdorfer ließ ihm nicht Zeit.

»Herr Bürgermeister, mir ist zu Ohren gekommen, daß verschiedene Wachelberger Verwundete in norddeutschen

Lazaretten liegen. Ich möchte die Leute gern hier haben«, redete er unvermittelt von seinem dampfenden Gaul herab und fuhr noch freundlicher .ort: »Ich hab' auch jetzt erfahren, daß die Gemeinde eine diesbezügliche Eingabe gemacht haben soll ... Warum .ist man denn da nicht gleich zu mir gekommen? ... Ich habe schon lang dieserhalb mit Ihnen reden wollen, Herr Bürgermeister, aber unser Lazarett ist seit Anfang überbelegt ... Wir haben immer noch nicht ganz durchorganisiert ... Naja, Krieg eben, Krieg ... Aber, lieber Herr Bürgermeister, schließlich versteh' ich doch das Verlangen der Gemeinde ... Ich will nicht zuviel versprechen, aber sicher finden sich da Mittel und Wege, daß man Wachelberger Verwundete zu uns herbringt ...« Er ließ dabei den verdutzten Schondorfer nicht aus den Augen. Verlegen und entwaffnet wich dieser den freimütigen Blicken aus.

»Tja–ja«, brachte er endlich etwas unsicher heraus: »Es hot doch oiwei ghoaßn, dös geht net ...« Schon stockte er, wie um sich zu überlegen, was er weiter sagen sollte, und linste den Doktor flüchtig an.

»Aber wieso denn? Geht nicht ...! ... Sicher hätte die Eingabe Erfolg gehabt, wenn man Rücksprache mit mir genommen hätte ... Natürlich wird es einige Schwierigkeiten zu überwinden geben, bis wir die Genehmigung durchbringen, aber an mir soll's gewiß nicht liegen, Herr Bürgermeister«, zerstreute der Doktor all diese Zweifel und wurde noch liebenswürdiger: »Wir müssen eben alles versuchen ... Vor allem, bitte, schreiben Sie mir doch einmal alle Wachelberger Verwundeten auf, alle, aus der Pfarrei und Gegend, bitte ... Es wird schon gehn ...« Er lächelte den immer noch etwas benommenen Bauern fast herzlich an und meinte, in einer solch schweren Zeit des Vaterlandes müßten alle einig zusammenstehen.

»Hm, jaja, wenn's gang, dös mit ünserne Verwundeten, Herr Dokta, dös waar scho recht schö ... I werd glei 'rumfrogn«, sagte der Schondorfer und lüftete etwas linkisch seinen großen verwaschenen, fransigen Strohhut: »Schön' Dank, Herr Dokta ...«

»Nichts zu danken, Herr Bürgermeister ... Durchaus nicht«, schloß der Lammersdorfer, verabschiedete sich und ritt rasch aus dem Acker. Alle Bauern auf den umliegenden Feldern und Äckern hatten es gesehen, und am Feierabend wußte ganz Wachelberg die erfreuliche Neuigkeit. Schon am anderen Tag brachte der Bürgermeister die genauen Adressen der vier Wachelberger Verwundeten ins Kurhauslazarett, das heißt –

um es richtig zu sagen – eigentlich war dabei bloß einer von Wachelberg, der Spohrer-Silvan, die anderen drei kamen aus den Dörfern der großen Gemeinde, so der Nußl-Kajetan vom Pfarrdorf Auging, der Marterer-Adam vom Einödhof Schmulling hinterhalb Offelfing und endlich von dem letzteren Dorf selber der Neuchl-Jakl. Die Kinder und die Narren, heißt es, sagen die Wahrheit, und es war fast drollig, daß die freudig aufgeregten Wachelberger dem alten Lermoser-Adam durchaus zustimmten, als er in seiner langsamen Art herausplapperte: »Ha-ha, jetz is's direkt schod, daß net mehra von ünsern Dorf verwund't san ... Ha-ha, dös is jetz recht dumm ...«

Der Schlefflinger-Barthl beispielsweise, den hatte schon zum zweiten Male in der großen Tankschlacht bei Cambrai eine Verwundung erwischt – den konnte der Doktor Lammersdorfer nicht mehr ins Kurhauslazarett bringen. Der Barthl nämlich lag schon etliche Monate in einem norddeutschen Lazarett, den Granatsplitter, der ihm knapp über dem Knie in den Oberschenkel gedrungen war, hatte man ihm herausoperiert, und er befand sich um jene Zeit schon auf dem Wege der Genesung. Außer dem Eisernen Kreuz zweiter Klasse hatte der Barthl auch schon die bayrische Tapferkeitsmedaille bekommen, war schon lange Unteroffizier und stand vor seiner Beförderung zum Vizefeldwebel.

»Dös is a Kriaga durch und durch«, ließ sich der Schlefflinger bei jeder Gelegenheit vernehmen und erzählte, daß der Barthl geschrieben habe, wenn es auch nicht gelungen wäre, ihn noch ins Wachelberger Lazarett zu bringen, er komme nach seiner Genesung auf vierzehn Tage oder drei Wochen sowieso auf Urlaub heim, weil er sich gleich wieder an die Front gemeldet habe. –

Der Doktor Lammersdorfer jedenfalls hatte getan, was er konnte. Nach und nach kamen die vier Verwundeten aus der Umgegend ins Kurhauslazarett, und es läßt sich denken, was für eine Freude für deren Angehörige das war.

Wie überall war es auch in Wachelberg: Hat man einen Nutzen von wem, so wird man zugänglicher. Jetzt wenn der Proviantmeister vom Kurhauslazarett wo auftauchte, stieß er überall auf gute Gesichter, und die Bauern hielten mit Butter, Milch, Eiern und Kartoffeln nicht mehr so geizig zurück.

»Jetz mir hot er noch nia net so unrecht gfoin, der Dokta Lammersdorfer«, meinte der Spohrer einmal, als er nach Feierabend mit dem Schondorfer, dem Walk und dem Schlefflinger beieinanderstand: »Mei' Silvan sogt, es is recht guat an Lazarett hintn, und bringa derfn mir eahm, wos er mog ...«

»Jaja«, sagte der Schondorfer in bezug auf den Doktor: »Man muaß solcherne Herrn erst noch und noch kennalerna, nachher kimmt ma ganz guat aus mit eahna ...« Sie redeten, als sei zwischen dem Doktor und der Gemeinde nie eine Streitigkeit gewesen. Bloß der Schlefflinger sagte kein Wort dabei. Der Walk schaute auf ihn und meinte: »I wett, wenn dei' Barthl it scho auskuriert waar – da Dokta hätt'n herbrocht ...«

»Mei' Barthl ...?« warf da der Schlefflinger ungut hin: »Der hot's net mit solcherne Gefälligkeiten ... Gnau so wenig, wia i ...« Einen Augenblick schauten alle drei Bauern fragend auf ihn, aber der Schlefflinger hatte sich schon umgedreht und trottete auf sein Haus zu ...

IV

»Ein Lakl is gfährlich und verdirbt dös ganze Pakl«, sagt man in der Wachelberger-Auginger Strichweite. So war es mit dem Schlefflinger-Barthl, als er auf Urlaub kam. Vielleicht waren ihm seine Kriegsauszeichnungen, sein militärischer Erfolg und sein Glück an der Front in den Kopf gestiegen. Die Beförderung zum »Vize« war ihm so gut wie sicher, er hatte die schwersten Schlachten durchgemacht und war immer halbwegs glücklich durchgekommen. Er war ein lauter, verwegener, rauflustiger Mensch geworden, und es schien auch, als sei ihm nach all seinen Erlebnissen das Dorf zu eng, die Bauern zu »hintengeblieben«. Zudem glich er seinem mißgünstigen, neidischen Vater auf ein Haar, und da er sah, daß die großen Bauern immer noch – wenn auch versteckt – auf den Häusler Schlefflinger herabschauten, rumorte beständig ein herausfordernder Groll in ihm.

Schon gleich in den ersten Tagen, wo man doch annimmt, es rastet sich ein Frontsoldat zuerst einmal aus und bleibt bei seinen Leuten daheim, schon da gab es Ärgerlichkeiten mit dem Barthl beim Unterwirt. Er trank sich einen Rausch an und geriet mit dem Wirt, dem Berberger und dem Walk ins Streiten, weil sich die drei aufhielten über sein allzugrobes, übertriebenes »Sauglockenläuten« in Anwesenheit der zwei Wirtstöchter Sephi und Vroni. Anfangs war es weiter nicht arg. Die Bauern und der Wirt lachten ausgiebig über den Barthl und seine saftigen Frontwitze, aber als der angehende

»Vize« immer deutlicher und schweinischer wurde und zuletzt der Sephi durchaus eine solche Geschichte handgreiflich vormachen wollte, da ging es dem Unterwirt denn doch zu weit. Es war bloß gut, daß der Barthl in dem Augenblick, da er aufstehen und auf die zurückweichende Sephi zuwollte, glatt unter den Tisch rutschte vor lauter Rausch. Das war die Rettung. Der Wirt schickte seine zwei Töchter ins Bett, auch die zwei Bauern gingen eilsam davon, wobei der Walk ausspie und verärgert aus sich herausbrummte: »Pfui Teifi, a so a Saukerl ...« Der Unterwirt nickte ihm zu, löschte schnell das Licht aus, ging ebenfalls ins Bett und riegelte die Tür ab. Er ließ den Barthl einfach liegen unter dem Tisch. Am anderen Tag war das Stubenfenster eingeschlagen und der Lakl war weg.

»Der is üns noch obganga«, murrte der Unterwirt und wollte gar nicht, daß ihm der Schaden gutgemacht werde. Den alten Schlefflinger aber redete er doch an und äußerte sich nicht zum besten über einen solchen Krieger wie den Barthl. Der Häusler schaute ihm hämisch in die Augen, zog die Unterlippe ein wenig hoch und meinte: »Wos geht denn dös mi o ...? Sog's eahm doch selba, an Barthl ... I moan, ois Unteroffizier werd er wissn, wos er z' toan hot ... Mitgmacht hot er mehrer wia a jeder ...«

»Unteroffizier oder Vize, mitgmacht oder net!« brauste da der Unterwirt grob auf: »Du konnst eahm ausrichtn, dein' Barthl, zu mir braucht er nimmer kemma ... Auf solcherne Gäst verzicht i ...«

Weit ärger aber wurde es, als der Barthl seine zwei Regimentskameraden, den Nußl-Kajetan und den Marterer-Adam im Kurhauslazarett aufsuchte. Hocherfreut war er, daß keiner von den zweien mehr bettlägerig war, während der Spohrer-Silvan mit seiner zerschmetterten Kniescheibe und der Neuchl-Jakl mit einem gefährlichen Brustschuß noch ziemlich elendiglich dalagen.

»Jakl«, sagte der Barthl am Bett teilnehmend: »Für di, moan i, is der Kriag aus ...« Und ebenso tröstete er den Silvan: »Wenn dei' Hax überhaupts noch guat werd, Silvan, di kinna s' höchstns noch zum Garnisonsdienst verwendn ... I geh ja wieda 'naus, und wer woaß's, ob's mi net aa noch a so derwischt ...« Dann aber beschäftigte er sich sehr alert mit dem Kajetan und dem Adam.

»Herrgott! ... Herrgott!« rief er laut lachend und schlug sich ein ums andere Mal auf die dicken Oberschenkel: »Herrgott, daß i enk noch troffa hob, dös Wiedersehng muaß gfeiert werdn ... Da gibt's nix!« Adam und Kajetan lobten das Lazarett aufrichtig, aber mit Nachturlaubgeben, wenn nicht eine wirkliche Begründung gegeben werde, da sei beim Oberarzt wenig zu machen.

»Wos? ... Ah, dös loßts nur mi macha«, zerstreute der Barthl diese Bedenken und wies auf seine Kriegsauszeichnungen, erwähnte seine bevorstehende Beförderung zum »Vize«. Gleich stand er resolut auf, drang bis zum Oberarzt vor und brachte es auch wirklich fertig, diesmal ausnahmsweise für seine Kameraden einen Nachturlaub bis zwölf Uhr zu erwirken. Triumphierend kam er in den Krankensaal zurück und meinte: »Ois angehender Vize woaß i doch, wia ma solcherne Vorgsetzte opacka muaß ...« Er verabschiedete sich von den zweien, und am andern Tag nach dem Mittagessen holte er sie ab.

Sie gingen zum Weixler nach Offelfing. »Do san ma ganz für üns«, meinte der Barthl und schimpfte über den Unterwirt und den Postwirt, die keinen Humor aufkommen lassen und überhaupt so überspannt seien. Er war sehr aufgekratzt. »Und wenn da letzt Pfenning vo meiner derspartn Löhnung draufgeht, ganz gleich«, versprach er: »Heunt muaß's amoi richti lustig werdn, wia's unter oite Frontsoldatn der Brauch is ...«

Als sie den Hügelbuckel von Wachelberg überschritten hatten und auf der schmalen, ausgefahrenen Straße nach Offelfing hinuntergingen, blieb der Kajetan, der wegen seines nicht ganz ausgeheilten Beinschusses immer noch hinkte und einen Spazierstecken benutzte, stehen, verschnaufte ein wenig und schaute auf das winzige, verschlafene Dorf im weiten, breiten Tal hinunter.

»Schön liegt's do, dös Dörferl«, sagte er: »Und so ruahi, wia's da herentn is ...« Verstreut auf den abgemähten Feldern luden Bauern Grummet auf. Auf den gewundenen Sträßlein sah man da und dort ein Fuhrwerk, und hin und wieder ackerte auch schon ein alter Bauer. Es ging schon langsam auf den Herbst zu. Die Blätter der vereinzelten Birkengruppen leuchteten feuergelb. »Do werdn mir heunt scho a Lebn einibringa, in dös Nest«, sagte der Barthl im Weitergehen. Mitten am Nachmittag kamen sie beim Weixler an. Das Dorf war wie ausgestorben. Nur etliche Kinder tummelten sich in den Obstgärten, und hin und wieder hockte ein altes Weib in der milden Sonne auf der Hausbank. Hunde bellten da und dort und rannten den Zaun entlang.

Beim Weixler waren sie drei die einzigen Gäste. Der Wirt, früherszeiten Roßhändler und weitum wenig beliebt, freute sich über so eine Abwechslung und schenkte gleich ein. »So, Mannerdn, jetz trinkts no!« sagte er: »Dö erstn drei Maß gib i fürs Vaterland.«

»Dös is a Wort!« belobigte ihn der Barthl, und schnell ging das Saufen und Singen an. Der Lärm, den die drei machten, lockte die Kinder an die Fenster. Sie drückten neugierig ihre Gesichter an die Scheiben. Da und dort in den Nachbarhäusern schaute eine Alte herüber und schüttelte den Kopf. Der Weixler schenkte fleißig ein. Langsam wurde es dunkel draußen. Die Wirtin und der alte Wegrainer, die vom Feld heimkamen, tauchten in der verrauchten Stube auf.

»Gib a Gselchts her und Würst, Marie«, rief der Weixler lustig: »Wenn ma solcherne Kriaga do hot, derf oan nix reun ...« Die drei aßen massig und wurden wieder etwas nüchterner. Das Bier schmeckte ihnen noch besser. Weiter ging die Sauferei. Ganz heiser hatten sie sich schon gesungen, aber immer und immer wieder schwang der Barthl den Maßkrug und schrie: »Und jetz noch ›Bei Sedan ...‹ 'raus mit der Stimm ...!« Der Weixler grölte auch schon bierduslig mit. Schon lang brannten die Lichter in den umliegenden Häusern, wurden weniger und weniger. Der Kajetan mahnte ans Heimgehen. Um Mitternacht mußten sie im Kurhauslazarett sein. Aber der Barthl schrie dröhnend: »Ah, nix do! ... Dobleibst! ... Weixler, her mit'n Bier ... Drei Humpen! Auf meine Köstn ...«

Befehlshaberisch keifend trat er auf einmal auf.

»Wos? ... Scheißer! Feigling!« putzte er den Kajetan wie auf dem Kasernenhof herunter: »An Kriag draußn hoitst an Kopf hi, und do herinna hast Angst vor an windign Oberarzt! ... Nix do, basta ... Eins, zwei, drei, marsch – gsuffa!«

Nach diesem Quantum Bier war der Kajetan nicht mehr fähig, ans Heimgehen zu mahnen. Mit glasigen Augen und haltlos offenem Maul hing er schief in der Bank und grölte in einem fort: »Dru-huhum, Brü-Brüder, steßt die-die Glä-gläser an – e–e–es lebe der Re–Reservemann – –«

Erst kurz vor dem Frühläuten wankten die drei Krieger die Auginger Straße herunter. Weithin scholl ihr plärrendes Singen. Von Zeit zu Zeit fiel einer glatt hin, und wenn ihm die andern zwei aufhelfen wollten, purzelten sie alle übereinander und wälzten sich wie ein verwickelter Knäuel ungeschlachter Körper im Straßenstaub. Ab und zu übergab sich einer und spie in weitem Bogen oder, wie es gerade traf, spie seinem Kameraden ins Gesicht. Der bellte und stieß wütend auf die anderen. – –

Abgesehen davon, daß der Oberarzt einen Heidenkrach schlug, auch die anderen Mitpatienten waren über den Kajetan, den Adam und ganz besonders über den Barthl sehr aufgebracht, und auch in Wachelberg schimpften alle über dieses schandmäßige Vorkommnis. Der Nußl und der Marterer kamen zum Bürgermeister und gingen mit ihm ins Lazarett, um sich beim Oberarzt zu entschuldigen.

»Das hat man von seiner Nachsicht!« sagte der Lammersdorfer mißlaunig und wurde noch schärfer: »Bis jetzt hat sich kein Patient was zuschulden kommen lassen, und da kommt dieser – dieser – wie heißt er doch gleich? – dieser Schlefflinger und verdirbt mir alles ... Der soll mich aber kennenlernen ... Die Konsequenzen haben sich die drei wortbrüchigen Burschen selbst zuzuschreiben ...«

Wenn ihm auch der Schondorfer recht geben mußte, der barsche Ton ärgerte ihn insgeheim. »So aufblasen brauchst du dich auch nicht, Mensch«, schoß ihm durch den Kopf, und er erinnerte sich an das frühere Auftreten vom Lammersdorfer. Ganz demütig baten der Nußl und der Marterer den Doktor und schoben alles auf den Barthl.

»Wo ist er denn überhaupt, dieser Schlefflinger?« fuhr der Oberarzt gereizt dazwischen: »Dem sein Vater findet es wohl nicht der Mühe wert, sich zu entschuldigen?«

»Der Barthl liegt bsuffa dahoam, Herr Oberarzt, und koa Mensch konn an derwecka«, antwortete der Bürgermeister nicht kalt und nicht warm. Da schaute der Lammersdorfer auf ihn, besann sich ganz kurz und sagte um einen Grad unheftiger: »Ich bin der letzte, der so unsinnig verführte Feldsoldaten melden will, aber dieser saubere Herr Unteroffizier Schlefflinger kann sich auf was gefaßt machen ...« Dann aber kam ihm wieder der Zorn.

»Das ist schwerer Disziplinbruch, Herr Bürgermeister«, erklärte er militärisch hart: »Insubordination einem militärischen Vorgesetzten gegenüber. Das Weitere liegt nicht mehr in meiner Hand.«

Betreten gingen die drei Bauern aus dem Kurhaus.

»Herrgott! Herrgott, gor net hot er si umstimma lossn! ... Gor it aa«, jammerte der Marterer und verwünschte wieder den Barthl. Der Schondorfer sagte nichts mehr, ließ ihn und den Nußl stehen und ging festen Schrittes ins Schlefflingerhaus. Man hörte sein wüstes Schimpfen kurz darauf bis zum Dorfplatz herauf. Offenbar aber blieb ihm der Schlefflinger nichts schuldig. Ganz grün vor Wut kam der Schondorfer heim und fluchte in seiner Stube: »Dö Bagasch, dö elendige! Oiß hobn s' verdorbn ... Werd's jetz, wia's werd, zu dem hochnosertn Dokta bringt mi koana mehr ...«

Saukalt und frech hatten sich Barthl und Schlefflinger geweigert, sich beim Oberarzt zu entschuldigen. Ein Tag und noch einer verging. Gespannt und verdrießlich warteten die Wachelberger. Am dritten Tag kam eine feldmarschmäßig ausgerüstete Abteilung, bestehend aus einem Feldwebel und zwei Mann mit aufgepflanztem Seitengewehr, und holte den Barthl und die zwei Kurhauspatienten ab. Das ganze Dorf stand beieinander. Die vom Nußl und vom Marterer waren auch gekommen und jammerten. Der Kajetan weinte in einem fort aus sich heraus: »I konn doch nix dafür! ... Der Barthl hot üns doch net hoamlossn!« Es half ihm gar nichts, daß er noch humpelte und den Spazierstecken nicht geraten konnte.

»Feigling!« schrie ihn der Barthl drohend an, aber sonst sagte er nichts mehr. Wenn er auch sein Gesicht zusammenhielt, jeder merkte, daß er nichts Gutes erwartete. Die Abteilung nahm die drei in die Mitte.

»Marsch!« kommandierte der Feldwebel trocken, und der kleine traurige Zug setzte sich in Gang. Noch eine Weile liefen die Weibsleute vom Nußl und vom Marterer weinend nebenher. Aus dem Dorf ging es, weiter auf der Kegelhauser Straße, und schließlich verschwand der Zug im Forst. Immer noch standen die Wachelberger benommen da. Bloß die vom Schlefflinger waren nicht dabei.

»Hm«, machte der Bürgermeister und redete ungut weiter: »Sogor an Kajetan mit sein' wehn Haxn, hmhm ... Und vom Dokta hot ma weit und broat nix gsehng, hmhm ...« Gleich darauf riß der Schlefflinger seine Haustür auf und schrie giftig: »Dös werd eahm net vergessn, den windign Herrn do hintn! ... Es kimmt scho noch amoi a Glegenheit, warts nur!« Dabei deutete er in die Richtung des Kurhauses. Schnell schlug er die Haustür wieder zu. Die Beisammenstehenden sagten nichts dagegen, aber sie dachten genauso, wenngleich sie auf den Barthl und den Schlefflinger eine Wut hatten. – –

Jeder ist sich schließlich selbst der Nächste. In der Hoffnung, daß das für den Silvan und den Jakl gut ausgelegt werde, schickten der Spohrer und der Neuchl etliche Tage darauf einen Sack Äpfel als Gabe ins Kurhauslazarett. Doch die Lazarettleitung dankte nur sehr förmlich. »Noja, mei' Silvan konn doch nix für dö Lakln«, murrte der Spohrer verstimmt, und genauso meinte der Neuchl: »Gor a so nochtroglerisch braucht er aa net sei', der Oberarzt ...«

Von da ab kam kein Wachelberger Verwundeter mehr ins Kurhauslazarett. Der Doktor Lammersdorfer wollte ganz offenbar überhaupt nichts mehr mit den Leuten zu tun haben. Bei seinen gewöhnlichen Ausritten benützte er von jetzt ab meistens sehr abgelegene Wege, und wenn ihm wirklich einer begegnete, grüßte er kühl und fremd. Das machte alles schlechter. Die Feindseligkeit gegen ihn versteifte sich noch mehr, als der ausgeheilte Neuchl-Jakl aus dem Lazarett entlassen wurde. Bloß eine einzige Woche Genesungsurlaub gab ihm der Doktor.

»Dös is doch a reine Schikaniererei«, fuhr der Neuchl den Lazarett-Proviantmeister an: »Dös bringt eahm koa Glück, enkern Herrn ...« Und als der Feldwebel, der immer so fachgerecht militärisch daherredete, erklärte, am Oberarzt liege das durchaus nicht, der Generalquartiermeister Ludendorff habe für die neue große Offensive »alles verfügbare Menschenmaterial angefordert«, da schüttelte der Bauer bloß den Kopf und warf bissig-zweiflerisch hin: »Ah, vo obn kimmt dös durchaus net, dös is bloß der Lammersdorfer ... Mir san net so dumm ... Mir kenna üns scho aus.« Machen konnte er freilich weiter nichts, aber der Proviantmeister merkte bald, daß die Lebensmittel aus dem Dorf jetzt viel schwerer und knapper hergingen. Hingegen, auch diese deutliche Warnung schien man im Kurhaus zu übersehen. Wahrscheinlich deswegen, weil es jetzt nirgendwo anders besser, eher noch viel schlechter war. Im Lazarett fehlten oft wochenlang die notwendigsten Verbandstoffe und Medikamente. Wenn dann endlich wieder eine neue Lieferung kam, war alles minderer Ersatz, der auch nicht hin und her langte. Der Krieg dauerte zu lang, und im Grund genommen schaute es auch schon lang so aus, als führe er zu nichts. Das schlug sich auf das Leben, auf die Leute und auf die Zeit. Der Schuster hatte kein Schuhleder mehr und machte aus dicken Gummiresten Sohlen, der Sattler konnte keinen Kummet mehr flicken, beim Schmied war kaum ein Hufeisen da, der Müller von Offelfing mußte das Korn und den Weizen samt den Hülsen ausmahlen und Kartoffelmehl dazusetzen, das Brot war feucht und schwer, die Milch-, Butter-, Eier- und Fleischablieferungspflicht war sehr streng – auch die Bauern spürten die Knappheit überall, und noch dazu kamen aus der Stadt immer mehr ausgemergelte Hamsterer, wurden zudringlicher und waren kaum noch loszubringen. Das ging an in der Frühe, und oft tauchten diese jammernden, hartnäckig bettelnden Fremden noch nach dem Gebetläuten am Abend auf. Und was sie so an Neuigkeiten daherbrachten, das hörte sich hundsmiserablig an: An der Front stehe es schon monatelang sehr schlecht, und auch sonst, überall im ganzen Land stimme nichts mehr.

»Überall kracht's, aber alles wird vertuscht von oben 'runter«, sagte ein Hausierer, der bloß noch billige Knöpfe und Schuhbänder aus Papier hatte: »Der kleine Mann wird angelogen, daß ihm die Augen tropfen ... Gut geht das nicht 'naus ...«

»Der Scheißkriag, der!« murrten die Bauern: »Mir hobn an net gmacht ... Dö bestn jungen Leut schiaßn s' weg, und z'letzt is doch nix derkennt ...«

Und der Spohrer sagte: »Do is's mir scho liaba, mei' Silvan bleibt mir ois Krüppi, bevor s' ihn ganz ruiniern.«

Der Silvan lag noch immer im Kurhauslazarett, und sein zerschmettertes Knie ließ sich nicht mehr richten. Liegen und liegen mußte er, die größten Schmerzen hatte er manchmal wegen all der Manipulationen, aber sein Bein wurde steif und immer steifer. Das war arg, aber insgeheim war's dem Spohrer gar nicht mehr so unrecht. Er rechnete fest damit, daß man den Silvan bald aus dem Lazarett direkt heimlasse. Aber was passierte? Als der Bauer sich aufraffte und dieserhalb beim Oberarzt vorsprach, eröffnete ihm der, eine Woche Genesungsurlaub könne er dem Silvan geben, dann aber müsse er ins Garnisonslazarett in die Stadt hinein zur endgültigen Befundaufnahme. Was dort entschieden werde, darauf habe er keinen Einfluß.

»Wos? Er is doch a Krüppi, Himmiherrgottsakramentsakrament!« konnte sich der Spohrer nicht mehr zurückhalten und wollte drauflos schimpfen, aber der Lammersdorfer stand einfach auf und sagte kaltschnäuzig: »Ich bin nicht da, um mit Ihnen über heeresamtliche Verfügungen zu streiten ... Ich hab' andere Pflichten.« Alsdann ging er kurzerhand zur Tür hinaus.

Außer Rand und Band kam der Spohrer zum Bürgermeister. Es genierte ihn gar nicht, daß der Oberapotheker Nefflinger, der vor etlichen Tagen sein endlich fertiggewordenes Haus bezogen hatte, zu Besuch da war. Er grüßte nicht einmal, erzählte und bellte immer lauter: »I will redn mit dem feina Herrn, und er loßt mi einfach steh, der überspannte Militärschädl, der! ... Oiwei besser werd's, wia der mit ünseroan umgeht ... Dö vollgfressna Dreckhund hocka herin, kommandiern 'rum, und der einfache Soldat soll draußn an Kopf für eahna hinhoitn ... Wenn dös noch a Gerechtigkeit is, nacha bin i scho do! ... A Saustoi is dös, a Schwindl is's, a ganz a misrabliger!«

Der Oberapotheker mußte sich mit aller Gewalt zusammennehmen, denn das, was er da hörte, entsetzte ihn geradezu. Trotz seines vorgerückten Alters und nicht der besten Gesundheit – er ging schon ins Sechzigste und litt an der Leber – war er von Kriegsausbruch bis jetzt in der Stadt drinnen beim Roten Kreuz und verschiedenen Hilfsorganisationen tätig gewesen, denn, so betonte er stets mit allem patriotischen Nachdruck, »in solchen Notzeiten muß jeder mit all seinen Kräften fürs Vaterland einstehen«. Infolge der knappen und immer schlechteren Kriegsverpflegung in der Stadt war er sehr abgemagert, und zu seinem Leidwesen hatten ihm die Ärzte geraten, seine Tätigkeit aufzugeben, weil er den zunehmenden Anforderungen nicht mehr nachkommen konnte. So ein unpatriotisches, ja, schon staatsgefährliches Daherreden, wie er's in den paar kurzen Tagen von den Bauern rundum gehört hatte, machte ihn ganz und gar unruhig. Schon setzte er an, um dem Spohrer ins Wort zu fallen, wenn ihm auch der Bürgermeister einen beredten Blick zuwarf. Da stieß der zornige Bauer ingrimmig heraus: »Wos bild't sich eigentli der zuaglaufne Windhund ei'? ... Do hobn mir scho den rechtn Lumpn 'reinlossn in ünser Dorf, pfui Teifi! ... Bevor der net wieda draußn is, werd koa Ruah bei üns ...« Und im Nu schaute der Oberapotheker mit einem ganz anderen Gesicht auf den Bürgermeister, denn eben über das hatten die zwei sich vorher eingehend unterhalten.

»Jaja, immer und immer wieder dieser feine Herr«, sagte der Oberapotheker fast zufrieden: »Nichts als Schaden und Unfrieden hat er nach Wachelberg gebracht ... Und wie eine Klette, wie eine Klette ist er ...«

Der Spohrer begriff, und – sonderbar – seine größte Wut verrauchte. »Dös is amoi gwiß wohr«, nickte er dem Nefflinger zu: »Sie, wo dö Quelln damaligerzeit gfundn hobn, hot er einfach wegdruckt, der Lump, der schlecht! Und dö Gemeinde, dö hat er aa ausgschmiert, wia er an Muck, selig, so schnell o'kaaft hot –«

»Und jetzt sitzt er do, spuit an großn Herrn und obringa tean ma'n nimmer«, ergänzte der Schondorfer.

»Na, meine Herren«, meinte der Oberapotheker fast munter:

»Es ist noch nicht aller Tage Abend ... Kommt Zeit, kommt Rat, heißt's ...« Geschwind und zuversichtlich schaute er den zwei Bauern in die Augen und sagte wiederum: »Jedenfalls, was mich anbelangt, an mir soll's nicht fehlen ... Ich glaub', man kennt mich in Wachelberg – was ich tun kann, um der Gemeinde zu ihrem Recht zu verhelfen, das tu ich gern ...«

»Gern und jederzeit«, unterstrich er noch einmal mit allem Nachdruck.

V

Damals – jeder, der sie mitgemacht hat, wird sich daran erinnern – kam sozusagen die Zeit ins Rutschen. Und ihr rutschte noch allerhand nach. Das ging oft so schnell, daß sich kein Mensch mehr auskannte.

Dem Oberapotheker Nefflinger, der ja der nächste Nachbar vom Kurhaus war, fiel es auf, daß in denselbigen Wochen der Doktor Lammersdorfer sehr oft mit dem Auto nach Kegelhausen und von da aus, wie er vom Brunnenwart Niedermaier oder vom alten Gärtner Bossl erfragte, in die Stadt weiterfuhr. Oft kam er erst am andern Tag wieder. Was er damit bezweckte, brachte der Nefflinger nicht heraus. Er hockte viel hinter seinem Fenster und schaute lauernd durchs Kurhaustor, er spionierte unauffällig die Arbeiter und die Patienten aus, er übersah und überhörte nichts, was vielleicht für den Doktor nachteilig sein konnte, aber dummerweise hatte er auch noch andere Sorgen, der Oberapotheker, und die drückten grad jetzt noch schwerer auf ihn, als – wie er sich für eine spätere Eingabe an die Regierung notiert hatte – »die juristisch sehr anfechtbare Ansichreißung einer öffentlichen Heilquelle durch einen Spekulanten«. Nämlich, seitdem es sich überall zeigte, wie schlecht es mit dem Krieg stand, entwickelte er einen wahren patriotischen Feuereifer. Überall, wo es politisch herging, mischte er sich ein und klärte die Leute auf über die Notwendigkeit des jetzigen Stellungskrieges, über die furchtbaren Gefahren der Uneinigkeit, über Deutschlands Weltmission und die genau durchdachten Absichten des Generalquartiermeisters Ludendorff. Er konnte das, was in den Zeitungen stand, einleuchtend ausdeutschen, und es war ihm oft recht gut zuzuhören. Ein gesprochenes Wort wirkt ja immer mehr als ein gedrucktes. Nicht selten belobigten die Leute den Oberapotheker. Das spornte ihn erst recht an. Er suchte den Pfarrer und Lehrer auf und kam endlich auch zum Bürgermeister.

»Jetzt, Herr Bürgermeister«, sagte er mit einem sehr ernsten Gesicht: »Jetzt ist Not am Mann ... Ich will durchaus nichts verkleinern, das Vaterland ist in höchster Gefahr. Unsere Feinde sind zuviel. Da heißt's die letzten Kräfte aufbieten.« Eindringlich redete er und schlug schließlich vor, in Wachelberg und Umgebung einen Verein zur Hebung der vaterländischen Gesinnung und zur Wehrhaftmachung der Jugend zu gründen. Er stutzte, weil der Schondorfer so gleichgültig dabei blieb.

»Ja, mei'«, sagte der bloß, »mir hobn ja scho verschiedene Vereine ... An katholischen Burschenverein, an Gsangverein, an Veteranenverein und d' Feuerwehr, aber d' Mannsbilder san doch oisam im Feld, do geht nix mehr z'samm ... Bloß der Jungfraunverein macht hie und do noch wos ...«

»Aber, Herr Bürgermeister!« wurde der Nefflinger überschwenglicher: »Ein vaterländischer Verein hat doch eine unvergleichlich höhere Aufgabe als so ein Ortsverein ... Das zieht sich durchs ganze Land. Jung und alt, hoch und niedrig, arm und reich, alles muß zusammenstehen, damit der übermächtige Feind unseren eisernen Willen zum Durchhalten sieht ...«

»Noja, i hob ja nix dagegen«, meinte der Schondorfer: »Freili, Sie wissen's ja selber, Herr Oberapotheker, fürs Militär, fürn Kriag und oi dös Zeig hot jetz koa Mensch mehr an Interesse ... Aber probiern konn ma's ja ...«

»Es ist dringendste Pflicht, es wird und muß gehen, Herr Bürgermeister«, schloß der Nefflinger und versprach, sofort die Statuten auszuarbeiten.

Als er am andern Tag in seiner Stube saß und schrieb, rasselten an die sechs große Sanitätsautos vorüber und fuhren durchs Kurhaustor. Der Doktor Lammersdorfer hatte endlich von der Heeresverwaltung erwirkt, daß wenigstens die Schwerverwundeten aus seinem Lazarett weg und in städtische Kliniken kamen. Der Bossl erzählte es dem Nefflinger. Pedantisch genau überlegte der Oberapotheker jeden Paragraphen der Statuten und arbeitete stets bis lang in die Nacht hinein. Vier Tage sah ihn kein Mensch mehr. Die Zeit drängte, nein – sie rutschte. Nämlich kurz vor dem Elfuhrläuten an einem dieser schon dicknebeligen Herbsttage brachte der Auginger Postillion Hansgirgl, der immer auf die Kegelhauser Bahnstation fuhr, keine Zeitungen und Briefe mehr. Und, sagte er, der Hansgirgl, indem er seine Rösser anhielt, weil der Bürgermeister und der Kranzeder grad am Gartenzaun miteinander disputierten: »Der Stationsvorstand und überoı z' Kegelhausn drent hoben s' gsogt, in der Stodt drinn geht's drunter und drüber ... Revalution is, der König is davo und der Kriag is aus ... D' Leut ming nimmer ...«

»Soso ... Wos d' jetz du net sogst ... Revalution is und der Kriag is aus«, meinte der Schondorfer: »Dös muaß i jetz glei an Oberapotheker verzoin, wenn er wieder kimmt ...«

Es läßt sich denken, wie zerschmettert der Nefflinger war. »Aus, alles ist aus ...« brachte er bloß heraus: »An die Folgen denkt das Gesindel nicht!«

Die Folgen zeigten sich in der Wachelberger Gegend nur insofern, als der Postillion nach etlichen Tagen wieder die Zeitungen mit den dickgedruckten Aufrufen der provisorischen Revolutionsregierung brachte. Aber hinten im Lazarett wehte auf einmal eine große rote Fahne vom Dach, und der Niedermaier und der Bossl kamen ziemlich aufgeregt ins Dorf und erzählten, daß in der vergangenen Nacht unter großem Spektakel ein »Verwundeten-Rat« aufgestellt worden sei. Die Krankenschwestern und der dicke Proviantfeldwebel, den man umbringen wollte, seien auf und davon. Nur dem geschickten Benehmen vom Lammersdorfer und seinen Ärzten sei es zu verdanken, daß die ärgsten Tätlichkeiten vermieden wurden.

»Aber Ordnung is koane mehr ... Jeder tuat, wos er mog, und oi regiern 'rum«, klagte der Niedermaier. Das wurde auch schnell augenfällig. Ein und aus ging es im Kurhaus, aus und ein, Tag für Tag bis in die Nacht hinein. Die Soldaten lungerten in den Dörfern herum oder hockten in den Wirtshäusern. Die Vorsitzenden des »Verwundeten-Rates« fuhren mit dem Lammersdorferschen Auto in der Gegend herum und suchten Proviant aufzutreiben, aber weil sie eine ziemlich desperate Sprache führten, bekamen sie kaum was. Schließlich dampften auch sie mit Sack und Pack und ihren nächsten Kameraden im Doktorauto davon. Der Lammersdorfer konnte nichts dagegen machen, er hatte keine Autorität mehr.

»Stehln tuat a jeder, wos er derwischt ... Nix mehr is sicher. Oiß muaßt einsperrn und verstecka«, jammerte die Niedermaierin, jammerten der Bossl, die Wasserkutscher und die in der Küche. Alles, was nicht niet- und nagelfest war – Bettzeug und Handtücher, Bestecke und Geschirr – verschwand, und immer mehr Lazarettinsassen machten sich damit aus dem Staub, weil die Bauern keine Lebensmittel mehr lieferten. Auch die Ärzte, die kaum noch was zu tun hatten, wollten sich in der Stadt drinnen bei den höheren Dienststellen um ihre Löhnung und weitere Verfügung bemühen, und der Lammersdorfer hatte nichts dagegen, als sie abzogen. Immer wüster ging es im Kurhaus zu. Ungefähr an die zwanzig Soldaten waren noch da, die den ganzen Tag mit umgehängten Gewehren herumgingen. Der Lammersdorfer ritt nach Kegelhausen zur Gendarmerie und verlangte Schutz, aber der Kommandant Schlotbichler sagte: »Leider, dös liegt jetz nimmer in unserner Kompetenz, Herr Oberarzt, dös san Heeresangelegenheitn ...«

Als der Doktor bei seinem Heimritt aus dem Kegelhauser Forst kam, liefen ihm die Wasserkutscher entgegen und erzählten, etliche Soldaten hätten gewaltsam die Rösser aus dem Stall geholt und seien davon, er sollte vorläufig lieber nicht ins Kurhaus kommen. Der Lammersdorfer ritt doch hin. Da stand ein Lastauto mit roter Fahne und bewaffneten Soldaten drauf und nahm die letzten Kameraden mit.

»Anordnung des Revolutionären Soldatenrats, basta!« antwortete ein Unteroffizier dem Doktor barsch: »'runter vom Gaul oder ...!« Die andern richteten drohend ihre Gewehre auf den Reiter. Stumm stieg er ab, und der Unteroffizier schwang sich keck lachend in den Sattel: »Fertigmachen, Genossen ... Vorwärts, mir nach!« Mit höhnischem Geplärr fuhren sie ab, der Unteroffizier ritt voran.

Der Nefflinger, der die ganze Zeit vor dem frechen Gesindel gezittert hatte, schaute dennoch schadenfroh durchs Fenster. Eine Zeitlang stand der Lammersdorfer wie vernichtet da und sagte irgendwas zu seinen Leuten. Dann zuckte er die Achseln und ging ins Kurhaus. Jetzt erst traute sich der Oberapotheker zum Bürgermeister hinein und erzählte.

»I gunn's eahm, den feina Herrn«, sagte der Schondorfer: »San mir froh, daß dö Spitzbuamsippschaft furt is ...« Er hielt ein, überlegte kurz, schaute dem Nefflinger in die Augen und fragte: »Und ...? Wos werd er jetz toa? ... Vielleicht hot er jetz gmua mit sein' Kurhaus ... Vielleicht is dös für üns gor it so schlecht?« Doch der Oberapotheker machte ein recht unbestimmtes Gesicht her.

»Solang solche Zustände sind, solang dieses rote Lumpengesindel herrscht, kann man nichts machen«, meinte er dann und bekam Stirnfalten: »Ich bin besorgt, sehr besorgt ... Wenn da nicht Ordnung gemacht wird, geht alles zugrund' ...«

»Wos dö a der Stodt drinna macha, dös scheniert ja üns net«, gab ihm der Bürgermeister zurück: »Dö werdn scho wieda aufhärn mit eahnern Durchananander, wenn s' sehng, daß dös zu nix führt ...«

In Wachelberg und rundherum warteten die Bauern bloß auf die heimkehrenden Feldsoldaten. Besonders gespannt warteten sie beim Schlefflinger auf den Barthl. »Der red't noch a deutlichs Wort mit dem Herrn do hintn«, ließ der Häusler verlauten. Sein Barthl, der Nußl-Kajetan und der Marterer-Adam waren damaligerzeit, als sie auf Veranlassung von Lammersdorfer abgeholt wurden, noch gut weggekommen, denn da brauchten sie jeden Mann notwendig an der Front, und wegen kleinerer Fälle von Insubordination verfuhren die Armeebehörden nicht mehr so streng. Bei der Ankunft der Festgenommenen im Garnisonsbataillon wurden sie hart angefahren, mit dem »Vize« beim Barthl war's vorläufig aus, er bekam vier Wochen strengen Arrest, der Adam vierzehn Tage und der Kajetan wurde zur Ausheilung seines Beins in die Strafzelle des Garnisonslazarettes gelegt. Weil sich aber die drei sofort an die Front meldeten, kamen sie viel eher aus der Haft, und zum Glück war ihnen im Krieg draußen nichts mehr passiert. –

Nach dem sonntäglichen Hochamt in der Auginger Postwirtsstube hockten die Bauern und ratschlagten über die Abhaltung einer schönen Kriegerheimkehrfeier. Und als dabei der Schlefflinger wieder so daherredete wegen dem Barthl, sagten auch der Nußl und der Neuchl, vergessen ist dem Lammersdorfer nicht, wie er den Kajetan und den Jakl behandelt hätte. Da sagte der Brunnenwart Niedermaier über den Tisch weg: »Ünser Doktor is ja gor nimmer do ... Der is gestern in der Nacht furt ...« Rundherum hoben die Bauern verdutzt den Kopf. »Furt –?«

»Ja«, antwortete der Niedermaier: »Und er werd vorm Frühjohr nimmer kemma ... An Juni möcht er 's Kurhaus wieda aufmacha, wenn d' Zeit danoch is ... An Winta hobn mir ja in Friednszeitn oiwei zua ghabt ...«

»Holla, hot er si aus'n Staub gmacht ...?« sagte der Schlefflinger, und der Oberapotheker Nefflinger fragte: »Wohin ist er denn?« Das wußte der Niedermaier auch nicht. Früher sei er ja auch immer im Winter herumgereist, meinte er. Nefflinger, Bürgermeister und Kranzeder wechselten schnelle Blicke. Der Spohrer, neben dem sein steifbeiniger Silvan saß, brummte mißgünstig: »Er soll no liaber ganz wegbleibn ... Üns geht er net o' ...« Der Silvan hatte seinerzeit, nach seiner Lazarettentlassung, noch fünf Wochen im Garnisonslazarett in der Stadt drinnen mit sich herumkurieren lassen müssen und war schließlich als dienstuntauglich entlassen worden.

»Soso, furt is er ...? ... Furt, der Herr Dokta ...?« redete der Bürgermeister wie für sich hin, schaute auf Nefflinger und Kranzeder und setzte dazu: »Hm, und an Summa möcht er 's Kurhaus wieder aufmacha, hmhm ...« Er blies den frischen Schaum aus seinem neueingeschenkten Bierkrug, nahm einen festen Zug, stellte den Krug wieder hin und sagte: »Do gang oiso dö ganze Gaudi wieda vo vorn o? ... Dös wolln mir erst sehng ...«

VI

Schnee und Schnee trieb es her, Weihnachten und Neujahr waren schon vorbei, als endlich die Wachelberger Krieger langsam nacheinander heimkamen. Der Nußl-Kajetan, der Knecht vom Berberger, der Marterer-Adam, von Auging der Scherzl-Knecht und der Neuchl-Jakl waren die ersten. Recht ausgehungert und mitgenommen schauten sie aus. Nach ungefähr einer Woche kamen noch fünf von Offelfing, der Hirtl-Peter und von Schmulling der Knecht. Beim Schlefflinger in Wachelberg machten sie recht bekümmerte Gesichter, weil vom Barthl nichts zu erfragen war. Schließlich tauchte aber auch der auf und, im Gegensatz zu allen anderen, durchaus nicht mager, sondern – wie man so sagt – »gut durchwachsen um und um«. Und *wie* er kam, das war auch ganz anders. In der geschlagenen Nacht fuhr er im Lohnkutscher Hingerl seiner Chaise vors Haus, lachend und laut stieg er aus, zwei Infanteriegewehre, schwere Patronengurten und einen Feldstecher hatte er umgehängt. Einige dickbauchige Militärsäcke schleifte er daher.

»I bin net so dappi gwen, wia dö andern ... I hob mir oiahand auf'm Weg mitgnomma«, sagte er später, als die Schlefflingers aus dem Bett in die Stube hinuntergekommen waren: »Dö Rotn hobn scho dös Rechte, dö lossn an einfachn Soldatn aa mitkomma ...« Und gleich band er einen Sack auf, holte einige Flaschen Wein, Schnaps und eine mordsgroße Dauerwurst heraus: »Hockts enk her und eßts und trinkts auf ünser Wiedersehng.«

Ein bißchen verwundert griffen die Schlefflingers zu und wurden von Trunk zu Trunk lustiger.

»Prost, Vater! Prost, Muatta!« lachte der Barthl: »Jetz is's aus mit da Herrlichkeit vo dö feina Herrschaftn ... Jetz kriagt der arme Teifi aa amoi wos.« Der aufgebundene Sack kippte ein wenig seitwärts, und zwei Armeerevolver klapperten auf den Stubenboden. Fast erschrocken schauten alle hin.

»Hm ... Worum host denn dös vui Schiaßzeig mitbrocht?« fragte der Schlefflinger: »Der Kriag is doch aus ...?«

»Dös scho, aber ma woaß nia, wia ma so wos noch amoi braucha ko«, meinte der Barthl: »Is ja gmua 'rumglegn vo dem Zeug beim Rückzug ...« Dann sagte er, umeinanderreden sollten sie nicht, was er alles mit heimgebracht habe. Schließlich fragte er nach dem Lammersdorfer und war recht enttäuscht, daß der nicht mehr da war. Am andern Tag ließ er sich im Dorf sehen, und jeder freute sich, jeder drückte ihm die Hand. Mit einer dreiköpfigen Patrouille sei er an der Front abgedrängt und beinahe gefangengenommen worden, sie hätten dann eine wilde Flucht durchgemacht, erzählte er, da seien sie auf preußische Truppen gestoßen, die heimzogen, kurzum und so hätte er sich eben durchgeschlagen. –

Die Kriegerheimkehrfeier wurde recht lustig, und Freibier und Essen gab es haufenweis'. Der Barthl hatte die Vizefeldwebelstreifen auf seinem zerschabten Militärrock und protzte, daß ihm der windige Lammersdorfer nichts hätte schaden können, wahrscheinlich habe er gerochen, was ihm blühte, drum sei er auf und davon.

»Und wos is's nachher jetz mit sei'm Kurhaus? ... Mit der Quelln?« fragte er. »Nix ... Wos soll's denn sei'?« sagte sein Vater statt der andern.

»Hoho!« schrie der Barthl lauter: »Dös übernimmt jetz einfach die Gemeinde, Bürgermoasta ... Jetz blost an andrer Wind ... Do hobn solcherne Herrn gor nix mehr z' sogn ...«

Der Oberapotheker Nefflinger runzelte bedenklich die Stirn.

»Übers Knia konn ma nix o'brecha«, meinte der Schondorfer: »So wos muaß absolut grichtsmassi gmacht werdn ... Einfach her und nehma, dös geht net ...«

»Wos ....?« schrie der Barthl noch mehr und rülpste von dem vielen Bier: »Wos? Jetz gibt's dös nimma ... Jetz red't dös einfache Volk ... I wett mein Kopf, wenn dö Gemeinde a d' Stodt einifahrt zu der jetzigen Regierung, dö gibt's ihrer schriftmassi, daß 's Kurhaus und die Quelln ihrer ghärt ...«

Das hörte sich einleuchtend und gut an. Die Bauerngesichter lebten auf, und viele lobten den Barthl, was den natürlicherweise erst recht aufstachelte.

»I taat 's Kurhaus einfach besetzn ... Dö Genehmigung kriagertn mir nacha scho!« schlug er vor.

»Aber – aber das geht doch nicht –« konnte der Nefflinger nun doch nicht mehr zurückhalten und wollte weiterreden, aber der Bürgermeister kam ihm zuvor.

»Nana, dös braucha mir net ... Dös schaugert ja aus wia gstohln«, sagte der, und immer lebhafter wurde es an den Tischen.

»Gstohln ...?« schrie der Barthl noch herausfordernder: »Wia hot's denn der Lammersdorfer gmacht? ... Derschlicha und derstohln hot er sei' Sach ...!«

»Bravo ... Ganz recht hot er! ... Dös is a Wort!« erscholl es von allen Seiten. Der Nefflinger wurde ganz blaß und redete in einem fort dem Schondorfer was ins Ohr. Der stand jetzt amtsmäßig auf und es wurde halbwegs ruhig.

»Der Herr Oberapotheker sogt, dö a der Regierung drinna, dös san lauter Judn und landfremds Gsindl ... Er sogt, dös werd si net lang hoitn«, schmetterte er laut aus sich heraus, und schon wieder redeten alle heftig durcheinander.

»Hoho!« schrie der Barthl protzig, als stehe er mit den jetzigen Regierungsmännern auf du: »I hob koan Judn gsehng do drinna. Lauter handsame Leut san s'.« Und der kugelrunde hitziger Berberger sekundierte ihm: »D' Judn san doch net für dö kloana Leut und für üns Baurn ...« Sein eigenes Wort verstand man nicht mehr. Schließlich aber gewann der Schondorfer doch wieder die Oberhand und sagte martialisch: »Jetz i sog amoi sovui, so unrecht hot der Barthl net ... Wer d' Regierung hot, konn üns ja gleich bleibn, wenn wir an Vorteil hobn ... So gaach und unüberlegt vorgeh, dö tuat koa guat. Oiß wui überlegt sei'. Wenn's üns d' Regierung schriftmassi übergibt, daß 's Kurhaus der Gemeinde zuasteht, konn koana mehr wos dagegn macha ...« Er kündigte eine Beratschlagung mit seinen Beigeordneten und alsdann eine Gemeindeversammlung an, die sich über die Entsendung einer Abordnung schlüssig werden sollte. Der wilde Beifall deckte ihn fast zu.

»Siegn tuat dö Gemeinde, dös woaß i gwiß!« überschrie der Barthl alle. Dem Oberapotheker hatte es die Sprache verschlagen, ganz zusammengeschrumpft saß er da. Die bierige Fidelität stieg immer höher. Riesenräusche gab es, und urgemütlich endigte das gelungene Heimkehrerfest. – –

Aber aus allem, was der Bürgermeister vorgeschlagen hatte, wurde gar nichts. Ganz was anderes passierte. Der Postillion Hansgirgl kam am andern Tag leer von Kegelhausen heim. »Koa Eisenbahn geht nimmer«, sagte er: »In der Stodt drin geht's auf Mord und Totschlog ... An Ministerpräsidentn hobn s' derschossn.« Der Hirtl von Offelfing, der seit Jahr und Tag die Milch aus den umliegenden Dörfern auf die Bahn fuhr, kam mit den vollen Milchkübeln zurück. Am anderen Tag war es genauso und am dritten nicht anders. Die Bauern wurden unsicher und rebellisch.

»Ja, Herrgott, gebn s' denn do drin überhaaps koa Ruah nimmer? Worum schiaßn s' denn jetz an Ministerpräsidenten nieda? ... Do hobn mir ja gor koa Regierung nimmer ... Und ünser Milli kinn' ma jetz dö Säu hinschüttn ...« fingen sie überall zu schimpfen an. Den Oberapotheker Nefflinger sah man nicht mehr, und der Barthl sagte: »Dö Huarnbagasch, dö! ... Oi ghörn ausgräuchert!« Keiner verstand, wen er damit meinte. Am kalten, nebligen Nachmittag tauchten in Wachelberg zwei fremde Männer auf und fragten sich zum Schondorfer durch. Bald darauf lief der Hirn-Toni von Haus zu Haus und sagte für eine Versammlung beim Unterwirt ein. Nach dem Gebetläuten wurde die Unterwirtsstube gepfropft voll. Der Bürgermeister stellte die zwei Fremden vor. Es waren der Direktor der Milchgenossenschaftszentrale in der Stadt drinnen und ein Buchhalter.

»Jaja, Bauern«, fing der bauchige Direktor ohne jede Einleitung zu reden an: »So wie ich und der Herr Buchhalter Memmlinger vor euch stehen, haben wir vor der roten Lumpenbande fliehen müssen, weil wir's nicht zulassen wollten, daß der saubere ›Revolutionäre Zentralrat‹ unsere Genossenschaftszentrale – also den rechtmäßigen Besitz der ganzen Landesbauernschaft – einfach beschlagnahmt.«

»Wos? ... Einfach –« fuhren etliche Zuhörer auf.

»Ja, sagen wir's auf gut deutsch, einfach gestohlen, geraubt!« rief der zornbebende Mensch lauter, und seine Schläfenadern wurden dick und dicker: »Niederschießen hat man uns wollen. Jetzt sitzen diese windigen Burschen mit ihrem weiblichen Anhang in unseren Büros, faulenzen, rauchen Zigaretten, saufen und verjubeln das ganze Geld. Die Banken haben sie ausgeraubt. Kein ehrlicher Mensch ist mehr seines Lebens sicher. Gauner und Zuchthäusler sind obenauf –«

»Dö Hundsbagasch, dö miserablige!« schrien etliche schon wieder dazwischen. »Die Judensippschaft ...!« warf der Oberapotheker mit allem Stimmaufwand aus sich heraus.

»Ja, Judensippschaft, sehr richtig!« fiel der Direktor ein und redete noch grimmiger weiter: »Landfremde Juden und lichtscheues Gesindel, so was regiert uns jetzt, und das fleißige

Landvolk soll sie erhalten ...« Mit erhobener Faust winkte er den aufgeregten Zwischenschreiern ab: »Weil eine tapfere Bayernhand den Juden, den Ministerpräsidenten weggeputzt hat, jetzt nehmen seine sauberen Freunderln Rache und wollen alles ruinieren, die Faulenzer- und Verbrechergesellschaft!« Verschiedene schauten auf den Barthl, der nichts mehr sagte, aber der Oberapotheker strahlte hochrot und nickte in einem fort, während der Redner giftig bellte: »Aber das dauert nicht mehr lang, Bauernleute! Die rechtmäßige Regierung, die von Nordbayern aus weiterarbeitet, handelt bereits. Militärische und Freiwilligenverbände aus dem ganzen Land sind schon im Anmarsch. Und da gibt's für jeden ehrenhaften Menschen nur eins: Mithelfen! Weg mit der roten Lumpen- und Verbrechersippschaft! Ausräuchern mit Stumpf und Stiel: Keinen Kübel Milch, nichts, radikal nichts mehr hergeben, Bauern! Keine Lebensmittellieferung, bevor nicht die rechtmäßige Regierung ausgeräumt hat. Fort mit den ausländischen Schiebern und Juden, 'naus aus unserm Land. Bayern muß bayrisch bleiben!«

»Bravo! 'naus damit ... Bravo!« schrie es, daß fast die Fenster zitterten. Der Redner konnte sich gegen die vielen Frager, die ihn umdrängten, kaum noch wehren und schrie nur nochmal, er habe dem Bürgermeister Schondorfer bereits alle notwendigen Informationen gegeben, vor allem sollte sich jeder bereit halten und jeden Fremden streng kontrollieren. »Kein Roter darf durchkommen«, sagte er, und er und der Buchhalter gingen mit dem Schondorfer, bei dem sie über Nacht blieben. Am andern Tag fuhr sie der Bürgermeister selber über Auging in den Nachbarbezirksort Weilham hinüber. Erst spät in der Nacht kam er zurück, und nicht ohne Gewichtigkeit sagte er den Neugierigen: »Dös san geheime Sachn ... I konn nix sogn ...«

Der Oberapotheker Nefflinger hingegen stolzierte jetzt wie neubelebt Tag für Tag herum und klärte jeden auf. Einmal stieß er auf den Barthl, machte das beste Gesicht und streckte ihm die offene Hand hin: »Jeder kann sich einmal irren, Herr Schlefflinger ... Wir sind alle deutsche Männer ... Ich und keiner trägt Ihnen was nach, ganz sicher ...«

»Ja, aba wos is's jetz mit'n Lammersdorfer und sein' Kurhaus?« fragte der Barthl verborgen lauernd.

»Das? ... Das ändert sich schnell, wenn die rechtmäßige Regierung Ordnung gemacht hat. Die ist nämlich durchaus heimattreu«, antwortete der Nefflinger, und mit leicht-überlegenem Lächeln sagt er ihm geschwind ins Ohr: »Der Herr dahinten ist doch auch ein Landfremder, das weiß man doch...«

»Eppa a Jud ...?«

»Das stellt sich bald heraus, nur Geduld«, nickte der Oberapotheker siegesgewiß und ging weiter. Oft und oft war er beim Bürgermeister. Die von ihm abgefaßte Eingabe an die Regierung hatte der Lehrer Menglein schon lang ins reine geschrieben. Sobald die rote Herrschaft verjagt und Ordnung geschaffen war, sollte sie abgeschickt werden.

Inzwischen gründete der »Veteranen- und Kriegerverein« aus den wehrfähigen Bauern und Kriegsheimkehrern eine bewaffnete Gruppe der Einwohnerwehr, die den Schutz und die Bewachung der Ortschaften übernahm. Der Barthl als »Vize« wurde zum Kommandanten gewählt, und das kam ihm wie gewünscht. Jetzt konnte er das große Wort führen, kommandieren und seine Kameraden bei jeder Gelegenheit kriegsmäßig aufmarschieren lassen. Das Schönste war, wenn mitunter ein Offizier oder Abgesandter der geflohenen Regierung kam, die kleine Formation inspizierte, eine markige Rede hielt und weitere Weisungen gab. Da ging's meistens mit der schmetternden Veteranen-Kapelle zum Post- oder zum Unterwirt. Dort gab es, seitdem die Bauern nichts mehr in die Stadt lieferten, haufenweise Gesottenes und Gebratenes, und kreuzfidel wurde es bei dem vielen Bier. Bis lang nach Mitternacht drangen die heiser geschrienen Soldatenlieder auf die Dorfstraße.

Außer diesen kriegsmäßigen Sachen und den dickletterigen Berichten im *Kegelhauser Wochenblatt* oder im *Weilhamer Boten* über die »rasche und erfolgreiche Säuberung des ganzen Landes von der roten Fremdherrschaft« sah es in so abgelegenen Strichweiten wie um Wachelberg, Auging, Offelfing und Schmulling herum fast so aus, als gebe es überhaupt keine Städte mehr, als seien sie wie vom Erdboden weggeblasen, und zeitweilig hätte man wirklich meinen können, das ganze Land bestehe nur noch aus Marktflecken, Bezirksorten und Dörfern, aus Bauern, Handwerkern und einheimischen Geschäftsleuten, aus Vieh, Feldern, Äckern und Waldungen.

Der verregnete April ging schon aufs Ende zu, als einmal ein langer Zug feldmarschmäßig ausgerüsteter Regierungstruppen durchs Dorf marschierte. Stramm hatte dem Barthl seine Formation Aufstellung genommen, die Veteranenkapelle spielte schneidig, alles winkte den vorüberziehenden Soldaten laut zu, und die Leute verteilten Zigarren, Zigaretten,

Bier und Würste an sie. Doch was der Barthl erwartete, kam nicht. Kein Offizier kommandierte, daß die Wachelberger mitziehen sollten.

»Linksum, kehrt ... Abtreten!« kommandierte der Barthl, und diesmal ging es nicht zum Wirt.

»Dö hobn enk gor net braucha kinna«, sagte der Hirn-Toni grinsend. Von da ab ging es schnell abwärts mit dem militärischen Geist der Wachelberger Heimatwehr, denn schon am anderen Tag meldete das *Kegelhauser Wochenblatt* die Einnahme der Hauptstadt und brachte die ersten Erlasse der rechtmäßigen Regierung. Ruhig und ordentlich gings bald wieder zu: Die Eisenbahn fuhr regelmäßig wie seit eh und je, einen Landtag, eine Polizei und alles, was eben sonst zu einem Staatswesen gehört, gab es wieder.

»Als besonders auffällig kann gelten, daß der genannte Doktor der Medizin Helmut Lammersdorfer gleich am Anfang der roten Herrschaft seinen Wohnsitz grundlos verlassen hat und seitdem unbekannten Aufenthalts ist. Die Mineralquelle und das Kurhaus, unseres Dafürhaltens für das öffentliche Wohl bestimmt, liegen seither ungenutzt. Es ist nicht von der Hand zu weisen, daß Obengenannter aus gewinnsüchtigen Motiven rein persönlicher Natur das heilkräftige Mineralwasser Kranken und Genesenden vorenthält, was die eingangs vorgebrachte Klage der Gemeinde Wachelberg nur noch überzeugender begründet«, hieß es in der Eingabe an die Regierung, welche gesiegelt und unterschrieben vom Bürgermeister Schondorfer und seinen Beigeordneten Kranzeder und Spohrer in diesen Tagen abgeschickt wurde. Die drei Bauern belobigten den Oberapotheker Nefflinger wegen all dieser Formulierungen aufrichtig. Der aber wehrte ganz bescheiden ab und meinte bloß: »Jaja, meine Herren, so was muß genau überlegt sein, damit es den Kern trifft ... Das hat mich manche Nacht gekostet ...«

So, und jetzt warteten die Wachelberger gespannt wie nie zuvor. –

VII

Der erste Sommerglanz stand schon weit und breit über dem Gau. Die Heumahd fing an, aber – sonderbar – das Kurhaus nahm seinen Betrieb nicht auf, vom Doktor Lammersdorfer sah man nichts. Der nämlich hatte eine schwere Operation durchgemacht und befand sich irgendwo in der Südschweiz zur

Erholung, ließ der Niedermaier verlauten, und es zeigte sich immerhin, daß er sein Unternehmen nicht aufgeben wollte, denn eines Tages holten die zwei Wasserkutscher von der Kegelhauser Bahnstation vier Rösser ab, die von einer altrenommierten Münchner Pferdehandlung stammten. Die zwei Mineralwasserwagen fuhren von jetzt ab wieder Tag für Tag nach Kegelhausen. Das machte die Wachelberger stutzig, denn selbstredend hatte sich das mit der Eingabe bereits überall herumgesprochen, und verschiedene Leute rechneten sich insgeheim die Vorteile aus, die für sie herausspringen könnten, wenn es wirklich dazu kommen sollte, daß der Gemeinde Quelle und Kurhaus zugesprochen werden würden. Beim Bürgermeister sagte der Oberapotheker Nefflinger voller Arglist: »Hmhmhm, ganz unter uns, ich glaub' an die Krankheit von dem Herrn gar nicht ... Der hat gerochen, wie schlecht seine Sache steht ... Wahrscheinlich ist er auch zu feig dazu, sich so schnell wieder in Wachelberg sehen zu lassen ... Er will abwarten, bis die Mißstimmung gegen ihn verraucht ist ... Der Trick, daß er jetzt wieder Mineralwasser liefert, beweist am besten, daß er von unsrer Eingabe Wind bekommen hat, aber das wird ihm nichts mehr helfen ... Er weiß, jetzt geht's ums Ganze, und lang kann's nicht mehr dauern ... Jetzt sind Männer in der Regierung, die sich von solchen verdächtigen, unsicheren Konsorten nichts mehr weismachen lassen ...«

Der alte Bossl, der Gärtner vom Kurhaus, kränkelte schon lang. Es wurde so arg mit ihm, daß er ins Kegelhauser Krankenhaus mußte. Zu seinem chronischen Nierenschwund schlug sich eine starke Grippe und griff die Lunge an. In die Ewigkeit ging's mit ihm. In Auging wurde er eingegraben. Ein alleiniger Junggeselle ohne nähere Verwandte war er gewesen, der Bossl, und sein Lebtag hatte er dem Bier gut zugesprochen. Seine Hinterlassenschaft war so gut wie gar nichts. Die Niedermaiers, die Wasserkutscher und alle anderen Arbeiter im Kurhaus hatten es sich nicht nehmen lassen, seine Leich' zu zahlen. Wenn auch auf den Feldern viel zu tun war, von Wachelberg und Auging standen doch allerhand Leute, freilich meistens Weiber, mit den Kurhäuslern um den Bossl sein Grab. Als die Trauernden auf der Auginger Straße heimzu gingen, redete der Schlefflinger-Barthl den Niedermaier an. Er arbeitete auf dem Bau vom Rechtsanwalt Lüders, der seinerzeit dem Bürgermeister Schondorfer das Grundstück abgekauft hatte. Beim Schlefflinger nämlich war es seither nicht besser geworden. Die Liesl war noch immer Dirn beim Schondorfer, die

Amalie hatte sich, Gott sei Dank, vor einem Jahr mit einem Telegraphenarbeiter von Weilham verheiratet, mit den paar mageren Wiesen und Äckern und den drei Kühen im Stall wurden der Schlefflinger und seine Alte leicht fertig und hatten grad das Leben davon. Da war's gut, daß der Barthl sein Geld selber verdiente.

»Und wer macht jetz nachher dö ganz Gärtnerei an Kurhaus?« fragte der Barthl, der nach der Brotzeit der Bauleute seine Zigarette noch rauchte, den Niedermaier nebenher: »Oder werd dö überhaaps nimmer weitergmacht ...?«

»Ünser Dokta hot mir no koa Botschaft gebn«, antwortete der Niedermaier. Es fiel ihm aber alsdann doch auf, warum der Barthl danach fragte, und er verzog sein Gesicht ein wenig: »Oder reflektierst glei gor du auf den Postn? ... *Du?*«

»I ...? Nana, dös gwiß net ... Beim Lammersdorfer net«, warf der Barthl hämisch hin und ging schnell drüber weg: »Ma frogt bloß a so ...«

»Ja no, dös is an Dokta sei' Sach«, meinte der Brunnenwart: »Es geht eahm ja jetz scho vui bessa ... Lang, moan i, werd er nimmer ausbleibn ...«

»So«, sagte der Barthl wieder so wie zuvor: »Dös werd erst noch dahisteh, ob der kimmt ...«

Auch der Niedermaier wußte von der Eingabe der Wachelberger und verstand, was der Barthl meinte, aber er sagte bloß: »In dö Sachn misch i mi net ei' ... Dö gehnga mi nix o ...« Dann ging er weiter.

Der Barthl aber wußte mehr als er. Vor einigen Tagen war von der Regierung über das Bezirksamt Kegelhausen an den Bürgermeister eine Anfrage gekommen, die unter Bezugnahme auf die gemeindliche Eingabe Antwort verlangte, »ob sich der genannte Doktor der Medizin Helmut Lammersdorfer in Wachelberg befinde, und wenn dies nicht zutreffend sei, was sein derzeitiger Aufenthaltsort sei«.

Der frühere Bezirksamtmann war im Krieg gefallen, sein Nachfolger war den Leuten noch kaum vor die Augen gekommen, es hieß aber, er sei ein ziemlich zugeknöpfter, fast militärisch scharfer Beamtenkopf. »Beantwortung der Anfrage hat ungesäumt zu erfolgen«, stand in seinem Schreiben. Der Bürgermeister, der Kranzeder und Spohrer waren recht froh, daß der Oberapotheker alles so schnell machte, als die vier nach Feierabend zusammensaßen. Es war auch gar nicht notwendig, den Lehrer Menglein von Auging zu holen. Mit schwungvoll sicherer Schrift und ohne lange Überlegung faßte der Oberapotheker das Schreiben selber ab, das der Postillion Hansgirgl schon am andern Tag in der Frühe mitnehmen konnte.

»Der genannte Doktor der Medizin Helmut Lammersdorfer befindet sich, soviel der Gemeinde Wachelberg bekannt geworden ist, auffallenderweise seit dem Mißlingen der roten Herrschaft unbekannten Aufenthaltes in der Schweiz«, lautete der tragende Satz in diesem Schreiben. Daß die Regierung in so kurzer Zeit auf die Eingabe der Gemeinde reagiert hatte, war ein gutes Zeichen. Kein Wunder, daß die respektvolle Beliebtheit vom Nefflinger auf das hin in Wachelberg ganz großmächtig stieg. War es denn nicht großartig von ihm, daß er als eigentlicher Entdecker der Heilquelle durchaus nie an sich dachte und all seine findige Geduld, seine eiserne Hartnäckigkeit ganz selbstlos einsetzte, um der Gemeinde zu ihrem Recht zu verhelfen? »Dös is a ehrlicha Mensch durch und durch«, hieß es, und der Schondorfer sagte einmal: »Dös werd eahm net vergessn, wenn die Gemeinde siegt ...«

Hingegen, was war denn jetzt das wieder mit der Andeutung, die der Niedermaier dem Schlefflinger-Barthl gegenüber gemacht hatte? Daß, wie der Oberapotheker sofort gesagt hatte, die vorgebliche Krankheit vom Lammersdorfer bloß ein hinterlistiger Trick war, stimmte sicher. Dieser durchtriebene Lump wartete bloß ab. Jetzt hatte den feigen Kerl die gemeindliche Eingabe in seinem Versteck aufgescheucht. Vielleicht blieb ihm nur noch das Risiko, zu kommen, um zu retten, was noch zu retten war. Gut oder schlecht, er mußte sich dem Feind stellen – die Wachelberger waren gewarnt, gefaßt und gewaffnet. Jetzt ging's ums Ganze, wie der Nefflinger richtig gesagt hatte. Ganz für sich kam sich derselbe schon fast so vor wie ein Feldherr vor einer entscheidenden Schlacht, der, bevor er zum Angriff übergeht, mit seiner ganzen scharfsinnigen Umsicht noch einmal alle schwachen Stellen des Gegners abtastet und jeden Vorteil für sich in Rechnung stellt. Dabei kam ihm was zugute, das zwar die Wachelberger arg zornig machte, so arg, daß zu befürchten stand, sie könnten sich zu gefährlichen Unbesonnenheiten hinreißen lassen – ihm aber, dem Oberapotheker, kam das wie gewünscht. Nach langer, langer Zeit ging er sehr aufgekratzt in seiner Stube hin und her, lächelte dünn in sich hinein und rieb sich ein ums andre Mal die Hände.

Nämlich damals stand für die Bauern alles ausgezeichnet. Was ihr Stall, ihr Wald, ihre Wiesen und Äcker hergaben, das stieg buchstäblich jeden Tag im Wert und im Preis. Hingegen das einheimische Geld bestand bloß mehr aus Papiernoten, auf die immer höhere Zahlen draufgedruckt wurden. Am gescheitesten war es, wenn man dieses windige Geld gleich wieder ausgab und schnell was Handfestes dafür einhandelte, denn oft schon am andern Tag galt es viel weniger, es schmolz dahin wie Butter in der Sonne. Da sagten sich die Wachelberger genauso wie in anderen ähnlichen Strichweiten: »Her mit einer Milchzentrifuge, mit einem Dynamo-Motor, der die Gsott- und Dreschmaschine treibt, her mit einem neuen Heurechen, einer Mähmaschine! Ein Motorradl ist was Praktisches, und ein Grammophon spielt recht lustige Sachen, überhaupt alles her – Teppiche und gutes Tuch, das Haus 'runterweißen lassen und die Läden schön anstreichen, kost's, was es mag! Die lumpigen Tausender und Zehntausender kommen ja leicht ins Haus für Korn und Weizen, für das schlachtbare Vieh, für Milch, Eier und Butter. Bloß nimmer knausern oder sich schrecken lassen von dem Preis der andern Sachen, die man für die schnell verdienten Einnahmen kauft, bloß her damit und weg mit dem schwindsüchtigen jetzigen Geld ...!«

Nach und nach kam ein recht fideles Leben in die Wachelberger Gegend, und gern hockten die Leute jetzt nach dem sonntäglichen Hochamt oder nach einer Leichenmesse in den Wirtshäusern.

»Jetz konn ma si mit der Arbeit Zeit lossn und si aa wos gunna!« plärrte der Walk über den Tisch und hob seinen Maßkrug: »Jetz steht d' Baurnsach obnauf ...« Und der breitschultrige Wenwieser schrie genauso lustig: »Wer heuntzutog noch so dappi is und gibt wos her, wo er net guate Dollar dafür kriagt, der ghärt umgspitzt an Bodn einighaut ...« Bloß noch für Dollars verkauften die Bauern, denn der Dollar blieb wertfest und stieg von zehntausend einheimischen Mark auf dreißigtausend, auf fünfzigtausend und immer höher hinauf. Da konnte es, wie der Oberapotheker Nefflinger dem Bürgermeister Schondorfer, dem Kranzeder und dem hageren, knochigen Spohrer auseinandersetzte, nicht mehr gefehlt sein, wenn die Regierung der Gemeinde die Heilquelle zusprach, aber dahingehend entschied, daß dem Lammersdorfer das Kurhaus mit allem Drum und Dran »finanziell vergütet werden müßte«.

»Wenn's sei' muaß – do legt jeder vo der Gemeinde sei' Geld gern o«, meinte der Schondorfer, und Kranzeder und Spohrer nickten geruhig.

»D' Hauptsach is, daß ma den Saulumpn außibringa aus ünsern Gau«, schloß der Spohrer.

Hinwiederum, was die Bauern so zornig machte, war etwas ganz anderes. Es hatte sich in der letzten Zeit herausgestellt, daß damals, ungefähr ein Jahr vor dem Ausbruch des Krieges, nicht, wie der Schlefflinger selbigesmal ausgestreut hatte, der Lammersdorfer durch irgendwelche Mittelsmänner die Baugründe vom Walk, vom Kranzeder, vom Wenwieser, vom Spohrer und Berberger gekauft hatte, sondern der Spekulant Ertl. Nur der Oberapotheker Nefflinger und der Rechtsanwalt Lüders, die ihre Gründe vom Bürgermeister hatten, waren Einzelkäufer. Noch in der allerletzten Zeit hatte der Ertl dem pensionierten ehemaligen Hoftheater-Intendanten Gruber, der damaligerzeit den Baugrund vom Kranzler gekauft hatte und jetzt durch die Inflation in Not gekommen war, sein Grundstück abgeluchst. Es ging die Rede, der Ertl baue ein großes Hotel mit allem Komfort, und er sei mit dem Lammersdorfer handelseins geworden, mit ihm zusammen zu arbeiten.

»Solcherne Lumpn, wie der Ertl und der Doktor, dö san enk oiwei no über«, schrie der Schlefflinger-Barthl einmal nach dem Preiskegeln in der Unterwirtsstube zum Bauerntisch hinüber: »Dö schmiern enk jedesmoi aus, daß enk d' Augn tropfa ...« Damit traf er den wundesten Punkt, denn jetzt selbstredend waren die einst verkauften Grundstücke das Drei- und Vierfache wert. Der hitzige Berberger bekam schon ein wutrotes Gesicht und wollte dem Barthl grob hinausgeben, aber der Oberapotheker rief geschwind dazwischen: »So arbeiten die Juden immer zusammen, diese Sippschaft –«

»Dö Saujudn, dö verrecktn, dös Hundsgsindl!« bellte der Wenwieser grimmig, und schon fing es an jedem Tisch zu brodeln an.

»Da Jud ruiniert üns!« sagte der spitzbauchige Moderer und hob sein vielfaltiges, kleinaugiges Gesicht: »Überoi san dö Lumpn dahinter ...«

»'naus müassn s' aus ünsern Gau! ... Und koaner kimmt mehr eina!« schrie der dürre, stangenlange Amschuster und schaute auf den Bürgermeister: »Do wenn üns d' Regierung net mit der Eingab hilft, nachher pfeifn mir drauf! ... Nachher –«

»O'wartn! ... Mir werdn ja sehng«, sagte der Schondorfer bloß. Aufgelebt und zufrieden schaute der Oberapotheker rundherum und nickte. –

Eine Woche darauf wurden der Bürgermeister Schondorfer, die Beigeordneten Kranzeder und Spohrer als Leiter der

Gemeinde Wachelberg auf das Bezirksamt Kegelhausen geladen, »betreffend Eingabe vom soundsovielten an die Regierung«. Der Oberapotheker konnte nicht mit. Er war noch nicht einmal Bürger von Wachelberg.

»Gehn Sie mit Gott«, rief er den drei Bauern zu, als sie in der Schondorferischen guten Chaise an seinem Haus vorüberfuhren.

»Do fehlt si nix ... Jetz geht's auseinander!« schrie der Kranzeder siegessicher zurück. Scharf trieb der Schondorfer die zwei Rösser an. –

Wie zerschmettert kamen die drei am späten Nachmittag zurück, hielten beim Oberapotheker an und gingen in sein Haus. Soviel sich derselbe aus ihrem wilddrohenden Schimpfen auf den hochnasigen Bezirksamtmann zusammenreimen konnte, hatte ihnen dieser eröffnet, daß die Regierung für die Eingabe der Gemeinde nicht zuständig sei, da es sich dabei um eine rein privatrechtliche Angelegenheit handle, die nur ein ordentliches Gericht entscheiden könnte.

»An Prozeß, sogt er, der überspannte Herr, der – an Prozeß kinna mir macha!« stieß der Schondorfer giftig heraus und wiederholte die Worte des Bezirksamtmannes auf hochdeutsch. »Aber, sogt er, ich rate Ihnen ab, meine Herrn, die Sache ist unanfechtbar ... Was wollen Sie, sogt er, der ekelhaft Kerl, der – der Herr Doktor Lammersdorfer hat die Heilquelle und das Grundstück juristisch einwandfrei erworben ... Ha, einwandfrei erworben? ... Hot ma jetz scho amoi so wos ghört, ha?«

Dem Nefflinger blieb die Luft weg. Ganz aschgrau wurde sein altes Gesicht. Kein Wort brachte er heraus.

»Und dös sollt a Recht und a Gerechtigkeit sei'?« schimpfte der Kranzeder: »Gega üns Baurn helfa dö feina Herrn oisam z'samm. Auf dö Regierung, dö wo mir jetz hobn, is aa gschissn ...«

»Da–das ist unmöglich, das *kann* doch einfach nicht sein«, brachte endlich der Oberapotheker heraus. Aber sie kamen zu keinem annehmbaren Ende. Verbittert und geschlagen gingen sie auseinander. Im Nu wußte das ganze Dorf, was geschehen war. Es läßt sich denken, wie man das aufnahm. –

Etliche Vorkommnisse steigerten die blinde Wut der unterlegenen Wachelberger bis zur Siedehitze. Damals fahndeten die Gendarmerie-Stationen noch immer nach den flüchtigen Roten. Nicht wenige wurden in den Wäldern abgelegener Landgegenden, in Heustadeln der Bauern oder als harmlose Hausierer aufgegriffen und den extra für diese Fälle von der Regierung geschaffenen Volksgerichten zur Aburteilung überstellt. –

Seitdem der Schondorfer, der Kranzeder und der Spohrer in Kegelhausen gewesen waren, regnete es Tag für Tag und Nacht für Nacht. Das aufgehäufte Heu auf den Feldern ersoff, viele Wiesen standen unter Wasser. Zu ihrer gallebitteren Wut auf Bezirksamtmann, Regierung und Lammersdorfer kam über die Bauern auch noch die Verdrossenheit über das Wetter. An einem solchen Regentag ließen sich die Niedermaiers vom Postillion Hansgirgl nach Kegelhausen auf die Bahn fahren, um in der Stadt drinnen die Hochzeit ihrer Tochter zu feiern. Die Fanny hatte eine gute Partie gemacht. Ihr Zukünftiger war ein gutgestellter Bäckermeister mit einem ansehnlichen Mietshaus. Er hatte die Schwiegereltern allerfreundlichst eingeladen. Es war auch grad ein Samstag, und der Niedermaier, der seit der Abwesenheit vom Lammersdorfer im Kurhaus anschaffte, wollte am Sonntag wieder heimkommen. Wenn aber der Herr aus dem Haus ist, lassen sich's natürlicherweis' die Dienstboten auch einmal besser gehen. Die Wasserkutscher und Brunnenarbeiter hockten in dieser verregneten Nacht beim Post- oder beim Unterwirt, spielten mit den Bauern Tarock oder Schafkopf, tranken eine Maß Bier um die andere und dachten nicht ans Heimgehen. Der Nefflinger hörte einmal drüben im Kurhausgarten die Hunde anschlagen, fand aber nichts weiter dabei, aber als die Kutscher und Arbeiter ziemlich biervoll im ersten Frühdämmern heimkamen, merkten sie, daß an der Hinterwand des Kurhauses das Küchenfenster eingedrückt war und wurden im Handumdrehen nüchtern. Es war eingebrochen worden. Das schlechte Gewissen setzte ihnen zu. Sie ratschlagten verwirrt, wie sie sich beim Niedermaier wegen ihres fahrlässigen Wegbleibens hinausreden sollten. Jedem fiel was anderes ein, und die Verwirrnis wurde immer ärger. Sie hatten, weil sie alle in einem Nebengebäude untergebracht waren, keinen Schlüssel zum Kurhaus. Sie schloffen also, einer nach dem anderen, durch das eingedrückte Küchenfenster, und der ältere Kutscher, der Breitinger, zerriß sich dabei seine Hose. Als sie wieder herausschloffen, wußten sie überhaupt nicht mehr aus und ein. Gesichter machten sie, als seien sie gradwegs aus der Hölle gekommen.

»Herrgott! Herrgott, dös konn üns oisam ünserne Postn kostn, mei' Gott, mei' Gott!« jammerte der Breitinger, und weil es Zeit war, die Wasserwagen aufzuladen und nach

Kegelhausen zu fahren, halfen alle zusammen und jammerten und jammerten. Gleich darauf jagten die zwei Kutscher ihre Rösser im Galopp aus dem Kurhausgarten. Als sie zurückkamen, saßen auf den Wasserwagen der Kommandant Schlotbichler, der Wachtmeister Beischl und zwei Gendarmen. Das fiel auf. Der Nefflinger tauchte im Kurhausgarten auf, und bald kamen neugierige Wachelberger daher. Immer mehr wurden sie. Die Eingangstür wurde aufgesprengt, und mit den Polizeileuten drängte alles ins Kurhaus. Ein unbeschreibliches Bild bot sich ihnen. Der oder die Einbrecher mußten sehr viel Zeit gehabt haben, und, scharf überlegt, konnten es nur Leute gewesen sein, die zuvor alles genau ausspioniert und den günstigen Zeitpunkt für ihr Vorhaben benutzt hatten. Sonderbar aber – gestohlen war nichts, wie sich flüchtig übersehen ließ. Gehaust dagegen hatten die Lumpen wie die Wilden. Im Tagessaal waren fast alle Möbel demoliert, die Vorhänge heruntergerissen, Glasscherben und zerschmissenes Geschirr lagen überall herum; nicht anders schaute es in der Küche, im Anrichteraum und in der Wäschekammer aus, wo rein alles, die Handtücher, Servietten, Bettücher und Bezüge mutwillig herausgerissen waren, vielfach verschmiert und zerrissen, doch die allerärgste Zerstörung zeigte sich im Lammersdorferschen Ordinationsraum mit den ärztlichen Geräten, den Bestrahlungsvorrichtungen und so weiter. Da war überhaupt nichts mehr ganz, und das Niederträchtigste war, daß sogar auf den Zimmerböden da und dort die Notdurft verrichtet worden war.

»Barbarisch!« sagte der Kommandant endlich, und der Beischl fing das Notieren an.

»Hmhmhm«, machten die Leute, schüttelten den Kopf und murmelten: »Jetz so wos! ... So wos ...« Mehr brachte keiner heraus.

»Ich muß bitten, daß sämtliche Räumlichkeiten jetzt vom Publikum verlassen werden!« rief der Kommandant gebieterisch, und da passierte es, daß der Oberapotheker Nefflinger als Kurhausnachbar sich als Zeuge anbot und schnell noch sagte: »Ich hab' die Hunde so um elf herum bellen hören. Herr Kommandant, aber ganz nebenbei – das können nur flüchtige Rote gewesen sein, bloß solche Kanaillen sind zu dem fähig ...«

»Das wird die Untersuchung ergeben«, gab ihm der Kommandant zurück. – Als kurz nach dem Elfuhrläuten dieses traurigen Sonntages die Niedermaiers aus der Stadt zurückkamen, untersuchten die Polizeileute noch immer und versiegelten jeden Raum. Bis tief in die Nacht hinein verhörten sie die Brunnenarbeiter und Kutscher, und wenn der Breitinger nicht haargenau – unterstützt von seinen Kameraden – sein Alibi hätte nachweisen können, wäre es ihm wegen seines Hosenzipfels am eingeschlagenen Küchenfenster schlecht gegangen. Am anderen, am zweiten und am dritten Tag gingen die Verhöre in ganz Wachelberg und Auging immer weiter, und die Gendarmen machten vielfach sogar Haussuchungen. »Pflicht ist Pflicht. Der Kopf wird keinem abgeschlagen«, sagten sie befehlshaberisch, wenn die Betroffenen sich dagegen wehren wollten: »Was sein muß, muß sein, basta!«

Dabei fand man beim Schlefflinger-Barthl außer fünf Armeerevolvern, zwei Infanteriegewehren, Feldstechern und ziemlich viel Munition auch noch leere und volle Wein-, Schnaps- und Champagnerflaschen. Das machte ihn verdächtig, und obschon er und die Schlefflingers samt den Nachbarn beschwören konnten, daß der Barthl an dem Tag und in der Nacht überhaupt nicht aus dem Haus gewesen war, es half nichts. Er wurde festgenommen und ins Kegelhauser Polizeigefängnis gebracht. Nach vier Tagen aber mußte er wieder auf freien Fuß gesetzt werden, denn nachzuweisen war ihm nichts. Seine Waffen waren beschlagnahmt worden. Wein und Schnaps stammten nicht aus dem Kurhaus, denn der Doktor Lammersdorfer war ein ausgesprochener Antialkoholiker und duldete bei seinen Patienten keine geistigen Getränke. Daß ein heimziehender Frontsoldat beim damaligen Rückzug, wo sowieso alles zugrunde ging, sich Kriegswaffen mit heimnahm, dabei war nichts Unrechtes. –

Die grundlose Festnahme vom Barthl reizte alle Leute in der Gemeinde Wachelberg auf. »Eine unentschuldbare, vollkommen unüberlegte Polizeimaßnahme«, ließ sich der Oberapotheker darüber aus. Der Barthl blieb seltsamerweise ganz ruhig dabei. Nur einmal sagte er beim Postwirt: »Glaubts ös vielleicht, dös schod't dem Herrn dohintn beim Muck? ... Der is doch versichert gegn so wos ...«

An das hatte in der Aufregung noch kein Mensch gedacht. Insgeheim freuten sich doch alle, daß dieser widerliche Doktor soviel Schaden erlitten hatte. Nun war es damit wieder nichts. Ja, noch viel besser stand alles für den! »Valutarisch« – wie es damals hieß – war er bei einer Schweizer Gesellschaft versichert, und schon nach kaum einer Woche kam eine dreiköpfige Kommission von fremden Herren, die unter dem Beisein des Kommandanten Schlotbichler, der die Öffnung der versiegelten Räume vornahm, den entstandenen Schaden genau berechnete.

Eins nur vermerkten der Barthl und die Wachelberger halbwegs befriedigt: Bei den wiederholten Streifen der Kegelhauser und Weilhamer Gendarmerie waren wirklich zwei äußerst verdächtige Subjekte in einem Heustadel des Einödhofs Schmulling aufgegriffen worden, die sich als flüchtige Rote entpuppten. Sie mußten sich schon lange in der Gegend herumgetrieben und – wenn sie auch hartnäckig leugneten – den Einbruch im Kurhaus verübt haben; der Verdacht war zu augenfällig. Nicht bloß für den Oberapotheker Nefflinger, sondern auch für den in dieser Hinsicht viel erfahreneren Kommandanten Schlotbichler galt es für ausgemacht, daß die Festgenommenen wahrscheinlich aus reiner Wut, weil sie im leeren Kurhaus nichts zu essen und zu trinken vorgefunden, so unbeschreiblich gehaust hatten. Sie blieben nur etliche Tage im Kegelhauser Polizeigewahrsam und wurden alsdann zur weiteren Untersuchung und zu ihrer Aburteilung nach München überstellt.

Aber auch das wurde schnell weggewischt. Einmal, nach Feierabend, kam die Niedermaierin, die immer ihre Milch beim Kranzeder holte, und sagte recht wehleidig: »Jetz is er scho do, der Doktor ... Der Verdruß, den wo's do gebn hot! Mein' Mo und an jeden hot er an Heidnkrach gmacht, aber bleibn derf, Gott sei Dank, a jeder, ausgstellt is koana wordn ...«

»Er will si net noch mehra Feindschaftn macha, hot er gsogt, der Doktor«, erzählte sie plappernd weiter und merkte nicht, daß der Kranzeder und seine Bäuerin, die Elis, die zwei Knechte und die Dirn sie mit offenem Maul anstarrten: »Und noch in dem Summa will er 's Kurhaus weiterführn, sogt er ... Schlecht siecht er aus. Ganz oit is er wordn ... Arg krank muaß er gwesn sei' ...«

Sie nahm den gefüllten Milchkübel und ging. Auf der Stelle suchte der Kranzeder den Bürgermeister auf. – –

VIII

Seit dem Mißerfolg der Eingabe an die Regierung ging der Oberapotheker Nefflinger ziemlich dasig herum. Er kam nur noch ganz selten zum Bürgermeister. Man sah ihn auch kaum mehr im Dorf. Es zehrte an ihm, daß sein Feind, der Lammersdorfer, stieg und stieg, daß ihm nicht beizukommen war.

Es nagte aber gleicherzeit noch was anderes in ihm. Die steigende Inflation hatte sein Vermögen vernichtet. Sein Haus war der einzige feste Wert, den er noch besaß. Von dem aber konnte er nicht herunterbeißen. Er lebte von dem, was sein kleiner Pflanzgarten hergab und was ihm die Bauern zukommen ließen. Im Kurhaus dagegen rührte sich das Leben von neuem. Handwerker von Kegelhausen strichen die Räume neu aus und setzten sie instand, Zimmerleute zogen hohe Holzplanken für die Freiluft- und Sonnenbäder, die ganz hinten im Park errichtet wurden; große Lastwagen fuhren daher und brachten neue Möbel, stapelweise Geschirr und Wäsche, Teppiche und komplizierte, funkelnagelneue medizinische Apparaturen, die von Mechanikern zusammenmontiert und aufgestellt wurden. Ein neues, amerikanisches Auto hatte der Doktor mitgebracht, und ein geräumiger Stationswagen mit einem eigenen Chauffeur, der die Kurgäste vom Kegelhauser Bahnhof abholen sollte, kam dazu. Eifriger als je werkelten die Arbeiter, die froh waren, daß der Doktor keinen von ihnen entlassen hatte. Sogar die Wasserkutscher halfen beim Herrichten des Tennisplatzes, beim Ausbessern der Kieswege und im Garten mit. Alsdann kam endlich wieder ein neuer Gärtner, der sich besonders auf Blumenzüchterei verstand. Er legte prachtvolle Rondells an, und wenn der vergrämte Nefflinger durchs Kurgartentor schaute, strahlten ihm wie zum Hohn dichte Rosen, Lilien und Tulpen aller Art entgegen. Ein Küchenchef mit Hilfspersonal, ein junger Hilfsarzt und Krankenschwestern kamen. Mit giftigem Argwohn, in ohnmächtiger Wut verfolgten die Wachelberger all das. Baff über diesen erstaunlichen Auftrieb, rieten sie hin und her und schüttelten die Köpfe: »Hmhm, wo nimmt denn der Lump den Haufa Geld her? ... Sovui konn eahm doch d' Versicherung net auszoit hobn ...« Keiner wußte, wann dieses kostspielige Ausbauen und Verbessern aufhören und der Kurhausbetrieb endlich anfangen sollte. Früher waren die Gäste meistens am ersten Juni gekommen und gegen Oktoberanfang wieder abgezogen, jetzt war's schon über die Sommermitte hinaus, und nichts dergleichen geschah. Auffällig war auch, daß der Lammersdorfer sich aus den Schmierereien, die an den breiten Betonpfählen des Kurgartentors oder hinten auf die hohen, weißen Holzplanken der Freiluft- und Sonnenbäder mitunter hingemalt waren, nichts zu machen schien. »Jud, 'raus mit dir!« oder »Judensau, verschwind'!« drohten die mit Teer aufgetragenen Buchstaben, und ab und zu waren flammendrote kleine Plakate mit rundem weißem Feld, damitten ein schwarzes Hakenkreuz, irgendwo hingeklebt, darunter stand »Juda verrecke«, denn damaligerzeit trieben haufenweise Leute mit einem gewissen Adolf Hitler recht aufsässig in den Städten herum und verlangten von der Regierung, daß sie das Land »judenrein« machen müsse, sonst gehe es ihr schlecht. Der Oberapotheker Nefflinger hielt sich eine Zeitung, in der alles von diesen Leuten drinnen stand, und gab sie öfter dem und dem Bauern. Den Schlefflinger-Barthl interessierte sie am meisten. Der sagte einmal beim Postwirt nach dem sonntäglichen Hochamt: »Und den größtn Judnteifi hobn mir bei üns do ... Der Dreckhund is no saufrech aa und tuat, ois wia wenn eahm koaner okonn ...« Jeder verstand, daß er den Lammersdorfer meinte.

»Niedermaier«, sagte der nämlich bloß, wenn er wieder so eine Schmiererei ums Kurhaus sah, »Niedermaier, sorgen Sie, daß der Dreck weggeputzt wird.« Das war alles, und grad, weil er sich nicht weiter darüber aufhielt, das ärgerte die Wachelberger am meisten, denn ein Feind, der sich nicht zur Wehr setzt, ja, der von den gröbsten Herausforderungen seines Gegners überhaupt keine Notiz nimmt, bei dem kennt man sich nicht aus, der wird nach und nach fast unheimlich. Ihrem Zorn machten die Wachelberger überall Luft. Jetzt, nach dem Krieg und all den Wirren der Revolution, kamen zum erstenmal wieder Sommerfrischler in die Gegend.

»Nana«, sagten die Bauern oft recht abweisend zu ihnen: »Nana, mir vermietn nimma ... Mir hobn net gern fremde Leut an Haus ...«

Beim Kranzeder stand der rundliche, schon etwas grauhaarige Kommerzienrat Seitz mit seiner imposant vollbusigen Frau und wollte absolut die drei schönen Kammern wieder.

»Aber Herr Kranzederbauer, wir sind doch keine Fremden!« beteuerte er leger und gab dem Bauern eine Zigarre: »Wir kennen uns doch noch! Wir sind doch ältere, kinderlose Leute, und der Mietpreis –«

»Auf dös bißl Geld, dös wo do 'rausschaugt, kimmt's üns jetzt aa nimmer o«, fiel ihm der Kranzeder ins Wort und schüttelte beharrlich den Kopf: »Is ja sowiaso nix mehr wert ...« Verdutzt schauten die zwei Leute in der frischgetäfelten, protzig ausstaffierten Stube herum.

»Jetz hobn ma oiß schö herrichtn lossn«, warf der Kranzeder hin: »Wenn do fremde Leut rei'kemma, dö ruiniern grod oiß wieda ...«

»Aber, aber, Herr Kranzederbauer, *wir* ...?!« stotterte die

Kommerzienrätin fast beleidigt heraus, doch der hörte drüber weg und sagte bloß wiederum: »Und überhaaps, wia gsogt, bei üns hot ma dö Fremdn nimmer gern do ... Dö bringa bloß oiwei Unfriedn daher ...«

»T–hja hm ... Unfrieden?« konsternierte sich der Seitz, und seine Frau wurde krebsrot im Gesicht: »Zwischen uns hat's doch wahrhaft nie so was gegeben!«

»Nana, nana!« wurde der Bauer ungeduldig und stand auf: »Mir vermietn nimma ... I konn mi nimmer länger aufhoitn ... An Feld draußn is a Haufa Arbeit.« Und ohne ein weiteres Wort ging er aus der Stube. Sprachlos schauten die Seitzens einander kurz an, und schließlich stieß der Kommerzienrat empört aus sich heraus: »Hmhm, so eine Rüpelhaftigkeit ... Da bleibt man lieber ganz weg von dieser Gegend ...«

So ungefähr war es überall. Den Doktor Durlacher, der früher immer beim Schondorfer die Sommermonate verbracht hatte, fragte der Bürgermeister gradheraus: »San Sie a Jud ...?«

»Was?! ... Ich Jude? Meine Familie jüdisch? ... Was meinen Sie denn damit?« fuhr der Doktor auf.

»Ja, ma frogt hoit«, lenkte der Schondorfer etwas ein: »Überhaaps, bei üns braucht si koa Fremder nimmer sehng lossn ...«

»Aber das ist doch unerhört! ... Das ist doch –« wurde der Doktor erregter, aber der Bürgermeister schüttelte seinen schweren Kopf so resolut, daß kein Wort mehr half.

»Dö Fremdn solln nur hintri geh as Kurhaus. Üns gehnga s' net o'«, brach der Schondorfer jedes weitere Reden ab. – –

Kein Sommerfrischler tauchte in der Wachelberg-Auging-Offelfinger Gegend mehr auf. Nur den Spekulanten Ertl sah man ein paarmal ins Kurhaus fahren. Er blieb stundenlang, und wenn sein schwerer Tourenwagen, gelenkt von einem eigenen, schwarzuniformierten Chauffeur, wieder auf die Kegelhauser Distriktsstraße zufuhr, erspähte der Oberapotheker das runde, gut ausgepolsterte Gesicht vom Ertl. Er sah sehr zufrieden aus. Der Ertl strich über seinen dichten, schwarzen Schnurrbart, und dann schob er seinen schwarzen, steifen Hut ins Genick.

Alles, was der Nefflinger unauffällig erfragen konnte, war, daß der Ertl auf den schönsten Grundstücken in der Nähe des Kurhauses bald ein großes Hotel hinbauen wollte. »Jaja, diese international versippten Juden kaufen das ganze Land auf ... Wie ein Krebsschaden durchsetzen sie unseren gesunden Volkskörper«, sagte der Oberapotheker zum Bürgermeister, aber es hörte sich eher leicht jammernd als angreiferisch-bissig an. Gelb im Gesicht, ausgedörrt bis auf die Knochen stand er da, der Nefflinger, und in seinen flachen wasserblauen Augen war nichts mehr von der kampflustig-belebten Hoffnung früherer Zeiten, bloß noch Mißgunst und Haß. So zuwider war ihm der Name Lammersdorfer, daß er ihn überhaupt nicht mehr erwähnte. Das Ärgerlichste war, daß dieser abgefeimte Kerl es deswegen, weil er all die Schmierereien ums Kurhaus einfach nicht ernst nahm, fast fertiggebracht hatte, daß dieselbigen immer seltener wurden und oft tagelang ganz aufhörten. Inzwischen rollten aus der Kegelhauser und Weilhamer Gegend schon hochelegante in- und ausländische Autos mit Kurgästen daher und belebten die Gegend. Überall tauchten diese feinen Herrschaften lustig lachend und schwatzend auf, ganz so, als seien die Fuß- und Waldwege und schönen Aussichtsplätze eigens für sie gemacht. Arglos freundlich grüßten sie die Bauern, aber die grüßten nicht zurück, und die Schulkinder glotzten sie bloß wie erschreckt an, liefen davon, bleckten von weitem die Zungen heraus und plärrten: »Judensäu, Judensäu!« Zweimal schon hatte der Berberger etlichen Damen, weil sie, um den Weg abzukürzen, über seine abgemähte Wiese auf das Kurhaus zugingen, die ärgsten Grobheiten nachgeschrien, aber sie waren Ausländer und verstanden nichts. Der Schlefflinger fuhr einmal mit seinem leeren Heuwagen seinem mageren Ackerstreifen zu. Von vorne auf der schmalen, ausgefahrenen Straße kamen einige Paare und eine ältere Dame daher und wollten vorbei. Der Häusler tat nicht im mindesten, als ob er Platz machen wollte, im Gegenteil, er fing, breit neben dem Wagen hergehend, mordsmäßig mit der Geißel zu schnalzen an. Weitspurig schwang er dabei seinen Arm hinum und herum. Seine Ochsen stampften schneller, und die Herrschaften mußten in den Straßengraben, was besonders der alten Dame Beschwerden machte.

»So warten Sie doch! ... Das ist doch eine Flegelhaftigkeit!« schimpfte ein Herr zornig, der der alten erschreckten Dame aus dem Graben half.

»Dös is ünser Weg! Do hobts ös gor nix z' suacha!« schrie der Schlefflinger saugrob: »Bleibts drinna in der Stodt, ös Bagasch! ... Mir braucha enk net, ös Saujudn ...«

Die Herrschaften kamen entrüstet ins Kurhaus zurück und fuhren noch am selben Abend ab. Jetzt wurde es dem Doktor Lammersdorfer zu dumm. Er suchte den Bürgermeister auf, und der war – wie das immer ist, wenn ein Feind, von dem man glaubt, er sei viel zu feig dazu, sich plötzlich unerschrocken zur Wehr setzt – fürs erste ganz baff, fast eingeschüchtert und verlegen.

»Herr Bürgermeister«, fing der Lammersdorfer, sich mit aller Gewalt zurückhaltend, aber sehr eindringlich an: »Gegen die dummen Schmierereien um mein Kurhaus hab' ich mich nicht gewehrt, weil sie mir einfach zu lächerlich waren ... Ich weiß nicht, wer sich den Blödsinn ausgedacht hat, daß ich Jude bin ... Es ist mir zu dumm, dieses ganze Gewäsch! ... Im übrigen hab' ich noch nie einen Unterschied zwischen Juden und Nichtjuden gemacht, bloß zwischen anständigen und unanständigen Menschen ... Aber lassen wir das, reden wir einmal offen miteinander, ganz offen ...« Der Schondorfer kam sich überrumpelt vor. Fest schaute ihn der Doktor an, aber er wich aus mit den Blicken und wußte nicht gleich, was er machen sollte. Klipp und klar machte ihm der Doktor begreiflich, daß all diese fremdenfeindlichen Hetzereien nicht nur für seinen Kurbetrieb geschäftsschädigend seien, sondern für die ganze Gegend. Da endlich erfing sich der Schondorfer und sagte: »Mir frogn nix noch dö Fremdn ...«

»Gut, aber ich!« wurde der Lammersdorfer schärfer: »Ich kann das nicht einfach hinnehmen und mich ruinieren lassen ... Wer hetzt denn da fortwährend gegen mich, wer macht denn diese Schweinereien ...?«

Eine ganz kleine Pause setzte ein.

»Reden Sie ganz offen, Herr Bürgermeister, ich werde mich zu wehren wissen«, drängte der Doktor ungeduldig. Er wartete wieder einen Augenblick.

»Ja no, i ois Bürgermoasta konn do nix macha«, sagte der Schondorfer, und man merkte, daß er sich das die ganze Zeit überlegt hatte: »Aber wenn Sie's scho wissn wolln ... Seitdem Sie seinerzeit an Schlefflinger-Barthl, an Nußl-Kajetan und an Marterer-Adam verhaftn hobn lossn, dös hat ma net vergessn ...«

»So, hm, soso ... Also wieder diese Schlefflingers, dieser Herr Barthl ...?« hakte der Lammersdorfer ein, aber da reute es den Schondorfer schon wieder, daß er sich so herausgelassen hatte.

»Dös wui i net direkt sogn ... Do müassn S' an Barthl scho selba frogn«, sagte er patziger. Das ärgerte den Doktor.

»Gut, wir werden sehn«, sagte er entschlossen und ging schnurstracks zum Schlefflinger. Die hockten gerade bei der Brotzeit um den Tisch. Der Häusler, seine Alte und der Barthl hoben die Köpfe wie auf Kommando. Geradewegs und sehr energisch fing der Lammersdorfer an, indem er den Barthl durchdringend aufs Korn nahm: »So, das ist ja gut, daß ich Sie alle treffe ... Sie glauben also, Herr Barthl, weil ich Sie damals berechtigterweise festnehmen habe lassen, Sie glauben, jetzt können Sie Rache nehmen und Ihre Wut an meinen Gästen auslassen? Sie irren, Herr Barthl, Sie irren gewaltig! ... Und Sie, Herr Schleffiinger und alle, die Sie aufhetzen, irren erst recht ... Sehr sogar ...« Noch immer glotzten die drei mit offenen Mäulern. Da stockte der Doktor jäh, ganz kurz furchte sich seine Stirne und – ja, ja, was stand denn da auf dem Tisch vor dem Barthl? Was war denn das für ein schönes Zinnkrügel?

»Oh, halt! ... Das ist ja großartig, halt, halt!« stieß der Doktor mit einer ganz anderen Stimme heraus, und schon hatte er das Krügl fest in seiner Hand. Es scherte ihn nicht, daß das Bier herausschwankte und an seinem Anzug herunterrann. Starr hockte der Barthl da, als wie wenn ihm einer den Bierschlegel auf den Kopf gehaut hätte, aber der Lammersdorfer sagte bloß noch: »Na, Herr Barthl, wir sehn uns woanders, ganz woanders, adjö!«

Der Bürgermeister Schondorfer brauchte wirklich nicht lang am Stubenfenster zu warten, aber es kam ihm doch recht sonderbar vor, mit welch einer ruhigen, siegessicheren Haltung der Doktor aus dem Schlefflingerhaus kam und rasch den Feldweg hinauf, auf sein Kurhaus zuging. Und was hatte er denn da in der Hand, was denn? Er konnte seine Neugier kaum so lang verhalten, bis der Lammersdorfer hinter dem Kurhaustor verschwand, und ging zum Schlefflinger. Er traf den Häusler und seine Alte noch am Tisch. Da hockten sie und schauten so seltsam zermürbt drein, als wie wenn ihnen ein Wurf Ferkel krepiert oder eine Kuh eingegangen wäre. Stockstarr blieb der Schondorfer stehn und fragte endlich: »Jetz – wos is denn dös gwen? ... Kaam, daß er 'reinkomma is, der Dokta, is er scho wieder außi? ... Wo is denn der Barthl?« Instinktiv fragte er nach dem und schaute in der Stube herum.

»A Lackl is er ... I woaß aa net, wos er hot ... Auf und davo is er«, antwortete der Schlefflinger erst nach einer kurzen Weile.

»Davo? ... Vorm Lammersdorfer? ... Ja, worum denn?« fragte der Bürgermeister bestürzt.

»Hm ... I woaß's aa net«, murrte der Schlefflinger heraus und erzählte.

»Hm ... Sei' Zinnkrüagl hot er eahm gnomma, der Dokta?« fing der Bürgermeister nachdenklich zu reden an und begriff langsam: »Tja, wo hot er denn dös Krüagl herghabt, der Barthl ...?«

»Zu üns hot er oiwei gsogt, er hot's vom Kriag hoambrocht«, meinte der Schlefflinger, und seine Alte fing weinerlich an: »Hmhmhm, um Gotts willn, wos dös wieda für an Verdruß gebn werd ... Gsogt hot er, der Barthl, mir sollten net frogn noch eahm ... Nacha is er hintn außi, aufs Radl 'nauf und davo ...«

»Herrgottsa –« machte der Schondorfer und fuhr sich durchs graue Stichelhaar: »Weit kimmt er net ... Hmhm, jetz so wos, so wos ...« Draußen, aus der Kurve in die Kegelhauser Straße einbiegend, surrte das Auto vom Lammersdorfer dem Forst zu. Ratlos schüttelte der Bürgermeister den Kopf: »Hmhmhm ... A so a windigs Krüagl ...! ... Wia konn er denn so dumm sei' und dös ghoitn ...« Er setzte aus und brummte wiederum: »Und a Jud is er aa net, der Doktor ...« Er drehte sich um und ging aus der Stube ...

Was passiert war, verbreitete sich wie ein Lauffeuer in ganz Wachelberg. Schon nach knappen zwei Stunden fuhr das Lammersdorfersche Auto vor das Schlefflingerhaus, und mit dem Doktor stiegen der Kommandant Schlotbichler, der Wachtmeister Beischl und die zwei Gendarmen aus. Es war tief am Nachmittag. Die Leute liefen von der Feldarbeit weg und sammelten sich. Auch neugierige Kurgäste kamen dazu, und ein Herr fing an, einzelne Einheimische zu fotografieren. Direkt in ihre Gesichter zielte er mit seiner eleganten Kamera. Kopfscheu und ärgerlich wurden die Bauern, und auf einmal fingen sie zornig zu schimpfen an: »Wos suachts denn ös do? ... Machts daß weiterkemmts, Bande, windige!« Da Ausländer dabei waren, die nur das Drohende heraushörten, aber sich nicht weiter um das Gemurr kümmerten, stieß der Berberger dem Fotografierenden seinen Apparat aus der Hand und fluchte ihn drohend an: »Hör auf damit, sog i, sunst derlebst wos andersts ...« Geschwind bückte sich der Beschimpfte und wollte auch ausfällig werden, aber die anderen Kurgäste rissen ihn fort und gingen eilends ins Kurhaus zurück. Als der Doktor, der die Haussuchung und das Verhör beim Schlefflinger mitgemacht hatte, zurückkam, beschwerten sich viele seiner Patienten und meldeten ihre Abreise für den morgigen Tag an.

»Zum mindesten hätte man uns aufklären müssen, was das hier für unfreundliche Leute sind«, rügte ein Hamburger

Großkaufmannspaar: »In so einer Atmosphäre ist man ja faktisch gegen nichts mehr sicher ...« Der Doktor konnte beim besten Willen nichts Rechtes darauf sagen. Das halbe Kurhaus wurde leer. Es war nur gut, daß es schon aufs August-Ende zuging. Nach und nach zogen immer mehr Gäste fort, denn wenn auch keine Reibereien mehr vorkamen, aus jedem Wachelberger Gesicht starrte ihnen nichts als Feindseligkeit entgegen. Ärger und Schaden hatte der Doktor, und wenn er's recht überlegte, seine Gegner waren doch stärker, als er geglaubt hatte. Es war ihnen nicht beizukommen. Was war bei dem Vorgehen gegen die Schlefflingers schon herausgekommen? Die Haussuchung bei ihnen hatte nichts weiter ergeben, und über die Herkunft des Zinnkrügels konnten die Häuslerleute nur immer wieder sagen, was ihnen der Barthl darüber vorgelogen hatte. Und was war mit dem Barthl? Trotz aller Polizeisuchen in den umliegenden Bezirksgegenden konnte er nicht gefaßt werden. Sogar nach einem Steckbrief, den die Staatsanwaltschaft wegen schweren Diebstahls von ihm erlassen hatte, blieb er verschwunden. Damals nämlich, wo die aufsässigen Hitlerleute immer mehr Zulauf bekamen und durch ihre gewaltmäßige Verwegenheit nicht bloß die Regierung, sondern das ganze Land und Leben beunruhigten, konnte ein Mensch wie der Barthl bei einigem Geschick bei ihnen unterkommen. Sie suchten solche Leute und brachten sie mit falschem Namen in ferneren Gegenden irgendwo unter.

IX

Der Doktor Lammersdorfer saß am schwereichenen, großen Schreibtisch in seinem Ordinationszimmer und las einen Brief seines Bruders aus Kairo, den er schon vor ein paar Tagen bekommen hatte. »Thm, tja«, schnaufte er verdrossen, stand auf, ging ein paarmal hin und her und blieb nachdenkend am Fenster stehen. Trüb und regnerisch hing draußen der graue Himmel über den herbstlich leeren Feldern und Äckern. Der Wind bog die kahlen Alleebäume an der Kegelhauser Straße. Vom Dorf herüber glotzten die weit auseinander gelegenen Häuser. Kaltfarben war ihr Gemäuer. Da hockten sie in den laubleeren Obstgärten, unverrückbar, gelassen-robust, grobschlächtig viereckig unter den breit auslaufenden, flachen, verwitterten Ziegeldächern mit ihren kleinen, arglistigen Fenstern, und jedes schaute feindselig verschlossen aus wie eine Festung.

»Tja, hm«, schnaufte der Doktor wiederum, ging schwer und müd an seinen Schreibtisch zurück und las abermals in dem Brief.

»I am verry sorry für dich und deine Troubles. Besser, du gehst weg from Germany in this time. Da ist keine future for you. Finde aus einen Manager für dein Sanatorium or gib es in sales und komm zu mir nach Egypt«, schrieb sein Bruder. –

Das Kurhaus war leer, das Saisonpersonal fort, recht langweilig und öd verlief ein Tag nach dem andern, und den Doktor plagte wieder sein altes Darmleiden. Schon lang wollte er weg und sich in Südfrankreich, im Tessin oder in Italien erholen, aber all die Vorkommnisse in der letzten Zeit gingen ihm im Kopf herum, und wahrscheinlich malte er sich aus, daß die Zustände in Wachelberg seinen Kurhausbetrieb in der nächsten Saison noch unhaltbarer machen würden. Zudem stand jetzt der Dollar auf eine Million Reichsmark, und aus der Stadt kamen recht aufregende Nachrichten vom Ansteigen der Hitlerbewegung. Auch im Postwirtssaal in Auging und beim Unterwirt in Wachelberg gab es einige ihrer mordslauten Versammlungen. Die waren pumpvoll, denn jetzt, wo nicht mehr soviel Arbeit auf den Feldern war, hatten die Bauern so eine Abwechslung ganz gern. Je sackgröber und ausfälliger die Redner auf die Judenregierung, das landfremde Schiebergesindel, die vollgefressenen Parteibonzen und die Sauwirtschaft in den Ämtern schimpften, um so lärmender fiel der Beifall aus. Bei diesen Versammlungen verteilte der Oberapotheker Nefflinger eifrig Flugblätter und prophezeite, daß es bald einen radikalen Umschwung geben wird. »Dann wird Ordnung gemacht«, sagte er hin und wieder und beugte sich auf einen Wachelberger nieder, indem er geschwind und vieldeutig dazusetzte: »Überall – auch bei uns!« Alsdann zwinkerten ihm die am Tisch zustimmend zu, denn jeder verstand, was er meinte. Wenn man's recht anschaute, gar so übel nahm es dem Barthl gar keiner, daß er mit seinem Einbruch dem Lammersdorfer einen Denkzettel gegeben hatte, und außerdem, die Versicherung hatte den Schaden doch wieder vollauf gutgemacht – wegen dem windigen Zinnkrügl hätte er die Schlefflingers nicht so ins Unglück bringen brauchen. Jeder gab der Schlefflingerin recht, wenn sie zerstoßen jammerte: »An Kriag is er üns net z'grund ganga, der Barthl, dös hot erst der Herr dohintn z'sammbrocht ...« Von alledem erfuhr der Kurherr durch den Niedermaier oder die anderen Arbeiter, die auf den Versammlungen gewesen waren. Und in der Zeitung, die er in der letzten Zeit aufmerksamer verfolgte, standen große Artikel über den Zusammenbruch der Wirtschaft, über den unabwendbaren »Staatsbankrott des Reiches«. Im Sommer, bei seinen Besprechungen mit dem Lammersdorfer wegen einer engen Zusammenarbeit hatte der Spekulant Ertl noch ernsthaft vom bevorstehenden Bau eines großen, modernen Kurhotels gesprochen, beim letztenmal – vor jetzt kaum vierzehn Tagen – aber, da zog er bloß noch die Achseln hoch und sagte: »Jetzt ist abwarten das beste ... Man weiß nicht, wie der ganze Karren weiterläuft ...« Er hatte seine Augen und Ohren überall und wußte alles. Keck und findig, wie man's auslegen wollte, schaute er den niedergedrückten Doktor an.

»Darf ich Ihnen im Vertrauen was sagen, Herr Doktor«, redete er weiter, und weil der nickte, wurde er lebhafter: »Ich bin sowenig Jud' wie Sie, aber bei den verbohrten Dickschädln gelten wir einfach dafür. Da hilft uns alles nichts ... Dabei glaub' ich nicht einmal, daß sie wirklich gegen die Juden sind. Das haben ihnen bloß die Hitlerschreier eingeredet. ›Jud‹, das ist bloß ein Wort für alles, was ihnen nicht paßt, ein Name für jeden, der leichter zu was kommt als sie ... Für unsereins eben, der fremd hier ist, der nicht rackert von früh bis spät ... Wir schwitzen nicht bei unsrer Arbeit, drum kann unser Geschäft nicht ganz sauber sein ... Dabei nehmen sie's bei ihren Handelschaften durchaus nicht so genau ... Wir sehen's ja Tag für Tag – jetzt, weil sie merken, daß ihre Häuser, ihre Grundstücke und Waldungen immer mehr im Wert steigen, jetzt, weil sie für Nutz- und Brennholz, für Vieh und Getreide, kurzum, für alles, was sie bieten können, die unsinnigsten Preise kriegen und sich dafür alles kaufen können, was wir sogenannten feinen Leute haben, absolut alles und noch viel mehr als sich unsereins je leisten kann – sind sie deswegen vielleicht umgänglicher und ruhiger geworden? Ganz im Gegenteil, nur noch gieriger, neidischer und tückischer gegen jeden anderen, ganz gleich ob er nun Jud' oder Christ ist ... Wenn die einmal losgelassen werden, dann gute Nacht! ... Aber, glauben Sie mir, ich hab' von diesen durch und durch verschlagenen Burschen mehr gelernt als von jedem andern Menschenschlag ... Mir können sie nicht an ...«

»Und was würden Sie nun mir raten?« rutschte dem leicht verblüfften Doktor heraus. Als er aber das belebte Aufleuchten der flinken, zupackenden Äuglein des Spekulanten sah, reute es ihn schon wieder, denn der tat jetzt auf einmal viel vertraulicher und lächelte verschmitzt.

»Nein, nein, Herr Doktor«, sagte er geradezu: »Ich hab' durchaus keine Absichten auf Ihr Kurhaus ... Das ist kein Spekulationsobjekt für mich, absolut nicht ... Ich kann mir ungefähr vorstellen, was Sie da für Kapital hineingesteckt haben und was so ein Betrieb für Kosten macht ... Aber wie's die Wachelberger mit Ihnen treiben, das ärgert mich einfach, das ist alles ...« Er sah dem Doktor schnell und fest in die Augen und schloß: »Wissen Sie, was mein Vater, selig, immer gesagt hat? ... Wenn dein Feind stärker ist als du, mach einen Pakt mit ihm und wart ab, bis er schwach dabei wird ...«

»Pakt? ... Ich einen Pakt mit diesen Burschen? ... Ich versteh' nicht recht«, fragte jetzt der Doktor interessierter, und sie setzten sich hin. Lange redeten sie und gingen herzlich auseinander. – – –

Sicherlich kam dem Doktor, als er so an seinem Schreibtisch saß und überlegte, das alles in den Sinn. Es war so still, daß nur das leise Rieseln der Regentropfen und das Ticken der Uhr die wohlig warme Zimmerluft durchdrangen. Es fing schon langsam zu dunkeln an. Er knipste die Schreibtischlampe an. Ganz verschwommen kam vom Kurhausgarten herauf das Wiehern der Rösser aus der offenen Stalltür, hinten im Nebengebäude. Der Doktor gab sich auf einmal einen Ruck und ging resolut aus seinem Zimmer. Am andern Tag in der Frühe ließ er sich vom Chauffeur nach Kegelhausen auf die Bahn bringen und fuhr nach München. Nach drei Tagen kam er zurück mit zwei Herren, die mit ihm das Kurhaus, den Park, die Brunnenanlagen und alle Nebengebäude besichtigten und lange verhandelten. Er rief den Niedermaier, sagte ihm, daß er morgen oder übermorgen endgültig auf Reisen gehe und stellte die zwei Herren vor: »Herr Laufinger und Herr Advokat Tulbeck sind bevollmächtigt, meine geschäftlichen Interessen zu vertreten. Niedermaier ... Sie bleiben nach wie vor Hausverwalter. Gehn Sie den Herren zur Hand, wenn sie's wünschen ...« Er war gut aufgelegt und lächelte den verdutzten Verwalter beruhigend an: »Für Sie und das Personal ändert sich gar nichts, Niedermaier ... Passen Sie bloß auf, daß nicht wieder was vorkommt, wenn ich weg bin ...«

»Na, na, ganz gwiß net, Herr Doktor, ganz gwiß net«, versicherte der niedergeschlagen. Erst nach ungefähr einer Woche, nachdem der Doktor fort war, verplapperte sich die Niedermaierin beim Kranzeder, als sie die Milch holte, und wenn sie auch fast bitthaft sagte: »Na, na, um Gotts willn, sogts fei' ja nix weita, gell ... Mei' Mo machert mir ja an Heidnkrach ...«, bald wußte man in Wachelberg, daß der Lammersdorfer das Verkaufen im Sinne hatte. Das hatte diesmal eine ganz andere Wirkung als noch vor kurzer Zeit. Zwar stimmten die Bauern dem Schlefflinger zu, wenn er giftig und schadenfroh räsonierte: »Jetz is eahm der Bodn z' hoaß wordn, den Saulumpn! ... Jetz is er auf und davo, weil er's gschmeckt hot daß er si nimmer hoitn konn ...«, aber diejenigen, die im Dorf und in der Gemeinde den Ton angaben, waren verunruhigt wie ein aufgescheuchter Spatzenschwarm, und am allermeisten irritiert war der Oberapotheker Nefflinger. Er lief dem Bürgermeister, dem Kranzeder und dem Spohrer fast das Haus ein und redete und redete wie ein Wasserfall.

»Ja, mei', dös is ja oiß für d' Katz ... Macha loßt si do nix mehr«, meinte der Schondorfer bei so einem Diskurs einmal: »Vorderhand woaß ma ja noch gor net, wer 's Kurhaus kaaft und ob's überhaaps wer kaaft ...«

Sie ratschlagten hin und her, und nichts kam dabei heraus. Sie holten den Niedermaier und setzten ihm zu, um Näheres zu erfahren. Es war aber nicht recht viel aus ihm herauszubringen. Er war sichtlich eingeschüchtert und wußte nicht einmal die genauen Adressen vom Herrn Laufinger und vom Advokaten Tulbeck. Hingegen erzählte er, daß der Ertl einmal kurz vor der Abreise des Doktors lange dagewesen sei und sich das Kurhaus angeschaut habe.

»Wos, der Ertl, der Bazi? ... Der Spitzbua, der ausgschamt ...!« kam es fast gleicherzeit aus dem Schondorfer, dem Kranzeder und dem Spohrer. Verschreckt schauten sie einander an, und der Oberapotheker bekam ein ganz verstörtes Gesicht. Eine gereizte Pause setzte ein.

»Mir solltn an Lammersdorfer net gor so kritisch gmacht hobn«, knurrte der Bürgermeister und warf dem Oberapotheker einen ungut-vorwurfsvollen Blick zu: »Jetz pfeift er auf üns ... Jetz verkaaft er, und mir hobn an Dreck.«

»Und wer woaß, wos nachher für oana aufs Kurhaus kimmt ... Vielleicht oana, der no mehrer Verdruß auf d' Gemeinde bringt«, murrte der Spohrer ebenso. Der Niedermaier hockte wehleidig da und klagte bloß: »Und wos mit üns oiß werd, do frogt koa Mensch danoch ...« Darauf konnten ihm die vier auch nichts sagen. Alles blieb ungewiß, als man auseinanderging. Vermurrt und dasig blieben die Wachelberger, niedergeschlagen und unruhig trieb es den Oberapotheker herum. Der Zufall gab es einmal, daß er den Rechtsanwalt Lüders, der jedesmal am Wochenende zu seiner Frau herauskam, alleinig auf dem Auginger Fußweg traf. Ob ihm vielleicht ein Herr oder eine Firma Joseph Laufinger in München und ein Herr Advokat Tulbeck bekannt wären, fragte er unverdächtig während der gleichgültigen Unterhaltung.

»Tulbeck? Das ist ein Kollege von mir ... Seine Kanzlei arbeitet mit der Firma Laufinger zusammen ... Laufinger kennt doch jeder Mensch ... Altrenommierte Grundstücks- und Häusermaklerei in der Neuhauser Straße siebenundvierzig«, plauderte der Rechtsanwalt im Weitergehen und fragte: »Wollen Sie am End' Ihr Haus verkaufen, Herr Oberapotheker?« Sie standen schon am Gartentor vom Lüders.

»Nein, nein, durchaus nicht ... Jetzt schon gar nicht ... So einen reellen Wert gibt man nicht weg«, antwortete der Nefflinger, und es war ihm sehr recht, daß die Frau Lüders in der Haustür auftauchte, um ihren Mann zum Abendessen zu rufen.

»Haben Sie auch ganz recht«, schloß der Rechtsanwalt, und der Nefflinger sagte recht freundlich: »Mahlzeit, Herr Doktor ... Gute Nacht ...« Er hatte es auf einmal eilig. Daheim, in seiner Stube, stapfte er eine Weile aufgeregt hin und her und sagte immerzu: »Neuhauser Straße siebenundvierzig ... Neuhauser Straße siebenundvierzig ... Siebenundvierzig ...« Endlich setzte er sich an seinen Schreibtisch, riß Papier aus der Schublade und schrieb sehr bedächtig: »Titl. Firma Joseph Laufinger ...« aber er kam über den ersten halben Satz: »Gestatten Sie, daß ich Sie auf eine Sie interessierende Sache –« nicht hinaus. So laut und energisch, daß er erschrocken zusammenfuhr und schnell das Papier in die Schublade schob, klopfte es an seine Haustür.

Der Bürgermeister mit einem Schreiben in der Hand, der Kranzeder und der Spohrer standen da. »Herr Oberapotheker, ganz was Wichtiges«, hastete der Schondorfer bloß heraus, und sie drängten ins Haus. Um es kurz zu sagen, die Firma Joseph Laufinger hatte an die Gemeinde geschrieben.

»Do! ... Do lesen S' es selba, lesen S' ...« Dem Oberapotheker schoß die Hitze ins Gesicht. Die Buchstaben fingen vor seinen wässerigen Augen zu tanzen an, als er mit aller Anstrengung las: »... ist mir bekannt geworden, daß die Gemeinde Wachelberg ernsthaftes Interesse hätte, das Doktor Lammersdorfersche Kurhaus käuflich zu erwerben und in Betrieb zu nehmen. Seitens meines Auftraggebers besteht kein weiteres Bedingnis, als daß in einem solchen Falle das bisherige, altbewährte Personal vom Käufer übernommen werden müßte. Da bereits einige weitere Reflektanten ...« Weiter kam er nicht. Die Knie zitterten ihm. Er mußte sich hinsetzen. Er spürte sein Herz heftig schlagen und kam kaum noch mit dem Schnaufen nach. Er hörte bloß, wie der Kranzeder laut und protzig sagte: »Kaaft werd's! ... Wenn do die Gemeinde net mitmacht, nachher nehma's einfach mir größern Baurn alloa!« Mit aller Gewalt riß er sich zusammen, und sofort verfaßten sie die Antwort. Weil der alte Hirn-Toni nicht mehr gut zu Fuß war, mußte der Kranzlerknecht überall herumradeln und zur Gemeindeversammlung beim Postwirt in Auging einsagen, die am andern Tag stattfand.

»Freili wissn mir noch gor net, wos der Doktor verlangt«, führte der Bürgermeister bei seiner Rede aus: »Hübsch an Batzn Geld werd's scho kostn, aber do, glaab i, brauchts net überlegn ... Jetz, wo a jeder – –« Es plärrte dröhnend von allen Seiten: »Kaaft werd, do gibt's nix ... Her damit!« War denn nicht jeder froh, seine windigen Banknoten mit den vielnulligen Zahlen drauf schnell für was Ordentliches anzubringen? Noch nie war die ganze Gemeinde so einig.

»Da-das ist mein schönster Tag, Herr Bürgermeister«, sagte nach der kurzen Debatte, die fast lustig verlaufen war, der Oberapotheker Nefflinger dankbar gerührt: »Ich hoff', ich kann der Gemeinde beweisen –« Das andere ging im lärmend fidelen Zutrinken unter. Am dritten Tag fuhr der Makler Laufinger beim Bürgermeister vor. Vertrauensvoll leger verriet er dem, seinen Beigeordneten und dem Oberapotheker, daß insbesondere der Spekulant Ertl dahinter her sei, das Kurhausunternehmen an sich zu reißen.

»Aber, ich sag's ganz offen, meine Herren«, redete er bieder weiter: »Ich bin nicht für so Spekulationsgeschäfte, die bloß drauf aus sind, die schönsten Objekte zu verschachern ... Und ich glaub' auch, für die Gemeinde ist das Unternehmen ein Segen ...« Das rann wie warmes Öl in die Ohren der vier. Der Makler legte den Kaufvertrag hin, sagte wiederum: »Sie können sich drei, vier Tage Zeit lassen, meine Herren ... Wenn alles einig und in Ordnung ist, bitte, kommen Sie zu mir nach München ...« Und alsdann zog ganz Wachelberg – es schaute fast so aus wie ein Wallfahrerzug – zur Kurhausbesichtigung. Die Brunnenanlagen mit der mechanischen Flaschenfüllerei, der Park mit den Freiluft- und Sonnenbädern, die saubergehaltenen Roßställe und sonstigen Gebäudlichkeiten lösten allerseits den größten Respekt aus, aber als die Leute ins Kurhaus selber kamen, überkam sie beim Anblick der hochmodernen, blitzsauberen Zimmer und Räume, der blanken Kacheln in den

Bädern, den feinen Polstermöbeln und Betten fast was wie eine Ehrfurcht. Scheu betasteten sie manches und lispelten einander geschwind zu: »Herrgott, dös ghört jetz nachher oiß üns ... So was Nobligs.«

In einer Woche, nachdem auf Betreiben vom Oberapotheker der Rechtsanwalt Lüders mitgeholfen hatte, eine »Wachelberger Kurhaus G.m.b.H.« zustande zu bringen, gehörte das ehemalige Lammersdorfersche Unternehmen der Gemeinde. Ein »Direktorium mit einem Aufsichtsrat« bildete sich aus den größten Bauern, die das meiste Geld beigesteuert hatten, und dem Oberapotheker Nefflinger wurde die geschäftliche Leitung des Kurhauses übertragen. Im *Kegelhauser Wochenblatt* stand ein großer Artikel über dieses Ereignis, und alle maßgebenden Männer waren darin abgebildet. Der alte Pfarrer Mayr von Auging kam und weihte alle Räumlichkeiten. Das verlief sehr feierlich. Alle waren im besten Sonntagsgewand erschienen, die von weiter weg brausten auf den Motorrädern daher. Im großen Tagessaal gab es ein Mahl und Freibier. Der Oberapotheker saß neben dem Bürgermeister und trug seinen dunklen, schon etwas abgeschabten Bratenrock, der ihm freilich zu weit geworden war, und auf seinem Kragenaufschlag sah man ein kleines, weißes Abzeichen mit dem Hakenkreuz. Hochrote Backen hatte er, und seine Augen glänzten wie bei einem Jungen. Voll Begeisterung stand er, nachdem schon verschiedene geredet hatten, auch noch auf, hob sein Bierkrügel und sagte ergriffen: »Unser Kurhaus wird jetzt ein echt deutsches Unternehmen – Glück auf!« Nach allen Seiten verbeugte er sich, weil er einen so schönen Beifall erntete. Es war auch zum Wundern, was er seither für einen Schwung in alles brachte. In aller Frühe kam er schon ins Kurhaus und inspizierte jede Kleinigkeit. Überall hatte er seine Augen und Ohren. Dem Niedermaier, den Kutschern und Arbeitern ging seine hitzige Tüchtigkeit auf die Nerven, denn jetzt, in der ruhigen Zeit, hatten sie sich's seit jeher kommoder gemacht. Indessen, schließlich war jeder auf seinem Posten geblieben, da hieß es eben, sich nach dem neuen Herrn richten. »Mit der Zeit werd er si scho obnützn«, raunte der Niedermaier den anderen zu, und jeder nickte. Der Nefflinger rief sie alle zusammen, hielt eine kleine, fast militärisch anmutende Rede, die darauf hinauslief, daß sie ihn von jetzt ab nicht mehr mit »Herr Oberapotheker« anreden sollten. Im Interesse des Amtes, das ihm die Gemeinde übertragen hatte und wegen der zukünftigen Kurgäste sei es notwendig, ihn als »Chef« zu betiteln. Dann ging er wieder wie gewöhnlich ins ehemalige Ordinationszimmer vom Lammersdorfer, schrieb schwungvolle Briefe an die Verkehrsbüros im ganzen Land oder entwarf Prospekte, die er bei der Druckerei des *Kegelhauser Wochenblattes* drucken ließ. Unermüdlich und findig wie kein andrer war er. Es gelang ihm, die gutgestellten Bauern in der weiteren Umgegend für das Kurhaus zu interessieren und mit dem Lehrer Menglein einen »Verschönerungs- und Fremdenverkehrsverein Wachelberg und Umgebung« ins Leben zu rufen. Im Frühjahr sollten die Fußwege verbessert, Wegweiser gesetzt und an den schönen Aussichtspunkten Bänke errichtet werden. Der Zimmermann Hingerl von Offelfing lobte den rührigen Chef bei jeder Gelegenheit, denn er freute sich schon auf den Auftrag. Schon jetzt fuhr der Nefflinger öfter in die Stadt, um sich nach einem passenden Saisonpersonal und erfahrenen Kurarzt umzusehen. Es war zwar erst am Anfang des Winters, aber zur rechten Zeit vorsorgen, meinte er, sei allemal besser als im nachhinein alles zu überhudeln.

Dummerweise passierte im selbigen November etwas recht Unruhiges in der Stadt drinnen, von dem man in der Wachelberger Strichweite – Gott sei Dank – erst erfuhr, als bereits alles vorüber war. Die Hitlerleute hatten einen Putsch gemacht, die Regierung abgesetzt und einige Minister verhaftet. Aber schon am andern Tag machten das aufgebotene Militär und die Polizei diesem Spektakel ein Ende, und alles kam wieder in die rechte Ordnung. Der Nefflinger ließ sich über all das nicht weiter aus. Er meinte bloß einmal beim Bürgermeister, im Grund genommen hätten die Hitlerischen es durchaus gut gemeint, aber so mit dem Kopf durch die Wand, das gehe eben nicht. Von da ab trug er kein Hakenkreuzabzeichen mehr, vergrub sich ganz und gar in die Arbeit und berichtete den Aufsichtsräten jede Woche aufs genaueste.

»Dös is a Mann, mei Liaba ... Respekt!« sagten die über ihn: »An bessern hätt' ma gor net findn kinna ...«

Voller Zuversicht schauten sie der Zukunft entgegen. –

X

Am Stefanitag, bei der Christbaumfeier des »Veteranen- und Kriegervereins« beim Postwirt in Auging, als die Baumverteilung bereits vorbei war, gingen die älteren Bauern aus dem lauten Saal in die ruhigere Wirtsstube vorne und beredeten noch einmal, was ihnen der Oberapotheker bei der Zusammenkunft im Nebenzimmer am Nachmittag gesagt hatte. Sie gaben sich jetzt lang nicht mehr so laut und protzig, sie waren dasiger.

»Noja«, sagte der Schondorfer zum Kranzeder: »I glaab, der Nefflinger hot recht ... Mir hobn Glück ghabt, daß mir 's Kurhaus derwischt hobn ... Do konn nix mehr fehln ...«

»Jaja«, nickte der Kranzeder: »Mit'm schlechtn Geld hobn mir's einghandelt, und jetz is's a Kapitai, dös wo steigt ...«

»Aber vorläufi, bis zum Summa kost's üns noch haufaweis«, meinte der Spohrer und wurde um einige Grade unguter: »Kennst di scho glei gor nimmer aus jetz ... Auf amoi macht d' Regierung a neus Geld und sogt einfach, dös ander gilt nix mehr ... Dös is doch der höhere Schwindl, wia s' Schindluada treibn mit ünseroan ... Froh bin i, daß i mir noch a neue Dreschmaschin kaaft hob ... An neu'n Heurecha soll i aa noch gnomma hobn ...«

Das weckte den Berberger auf, der schon etliche Wochen ein brummiges Gesicht machte.

»Ünseroans rackert und spart dös ganz Johr, daß er si so was oschaffa ko, und wia i vorige Woch z' Kegelhausen beim Hoschka gwen bin um a Zentrifug, do sogt er saukoit: ›Host Dollar oder Rentenmark? Dö Inflationsfetzn nimm i nimmer‹«, knurrte er weiberhell. Die Währung war stabilisiert. Die Mark galt wieder soviel wie früher, und der Dollar stand auf vier Mark zwanzig Pfennig wie seit eh und je.

»Jaja«, schrie der schon leicht angesäuselte alte Hirn-Toni spöttisch vom Nebentisch herüber: »Dö schö Zeit is jetz 'rum ... Jetz hoaßt's wieder ›wer den Pfennig nicht ehrt, is an Taler net wert‹ ... Dö mageren Jahre, wia's an Katechismus steht ...« Er grinste schadenfroh.

»Hoit nur du dei' Mäu mit dein' Spöttln!« bellte ihn der Spohrer grob an: »Du hast in der guatn Zeit net dazuato und bist jetz no der gleich Krauterer!«

»Aba gebn hot mir no nia oana wos braucha, oder?« warf ihm der Toni frech hin.

»Hätt'st aa nix kriagt«, sagte der Kranzeder trocken.

»Dös woaß i scho ... Drum hob i zu rechter Zeit gsorgt, daß i oiwei a guats Geld kriagt hob«, lachte ihn der Toni keck an und zog einen Dollarschein, um zu zahlen: »Bei mir liegn koane Kufern voll Inflationsfetzn 'rum ...«

»Dös geht ja di an Dreck o, damischer Tropf, damischer!« fuhr ihn der Schondorfer noch gereizter an, denn der Toni hatte das Richtige getroffen. Ganz gemütlich ließ er sich von der Zenzl den Dollar wechseln, und als er endlich ein wenig wackelnd am Bauerntisch vorüberging sagte er bloß noch: »Nana, ogeh tuat's mi nix, aba ma moant hoit ...«

Als er draußen war, schimpften die Bauern noch eine Zeitlang auf den vorlauten Kerl, der zu nichts auf der Welt sei, als zum schadenfrohen Leutärgern. Schließlich aber meinte der Kranzeder doch wieder: »Ah, do muaß ma gor nix drauf gebn ... I sog amoi sovui, dös wos der Oberapotheker heunt gsogt hot, dös loßt si hörn ... Wenn mir's Kurhaus so voi kriagn wia der Lammersdorfer an letzn Summa, konn a jeder lacha ...«

»Jaja, ös Wachelberger seids guate Gschäftsleut wordn«, sagte der Nußl gutmütig lachend, und ein wenig stolz gab ihm der Schondorfer hinaus: »Du host ja net mitmacha wolln ... Wer nix riskiert, der gwinnt net ...«

Da hockten sie, die Wachelberger »Großkapitalisten«, wie man sie überall hieß, da hockten sie und hatten ein Geschau wie: »Mir hobn üns gsichert.«

So verging der dickverschneite, bissig kalte Winter. Das Frühjahr brach auf, und vom Mai ab lachte Tag für Tag die schönste Sonne. Der Zimmerer Hingerl setzte die Wegweiser und Bänke genau dorthin, wo sie der Oberapotheker und der Lehrer Menglein für vorteilhaft fanden. Der Schlefflinger richtete die Fußwege, seine Alte, die Niedermaierin, die Kutscher Breitingerin und noch etliche Arbeiterfrauen putzten die Böden und Fenster des Kurhauses spiegelblank, und kurz darauf stellte der Nefflinger den Wachelberger Aufsichtsräten einen sehr hochgewachsenen, hageren Doktor Einbichler vor, der lange Kurarzt in Bad Gießen gewesen war. Der Herr mit seinen grauen Stichelhaaren hatte etwas von einem Offizier in Zivil an sich. Er verbeugte sich steif, als habe er einen Stock verschluckt, und sagte jedesmal: »Freut mich, Sie kennenzulernen«, wenn er einem Bauern die Hand drückte. Sein langes Gesicht mit den blauen Äderchen auf den Schläfen und Wangen verzog sich dabei zu einem gefrorenen Lächeln. Je zugeknöpfter er sich gab, um so lebhafter benahm sich der Oberapotheker. »Eine Kapazität in seinem Fach«, flüsterte er in einem unbemerkten Augenblick dem Bürgermeister geschwind ins Ohr, und laut sagte er: »Herr Doktor Einbichler war so liebenswürdig, mir in der Besorgung des sonstigen Saisonpersonals zur Hand zu gehen. Einen prima Küchenchef und zwölf Krankenschwestern, durchaus rein deutsches Personal ...

Die Leute kommen übermorgen. Herr Doktor und meine Wenigkeit möchten bitten, sich dieses Personal anzuschauen ... Sie wissen's ja selber, meine Herren, die Saison fängt bald an, da ist nicht mehr viel Zeit ...« Seine bebrillten Augen strahlten, sein zugestutzter Schnurr- und Spitzbart zitterte an den Enden leicht, rote Flecken waren auf seinen Backen, und bei jedem Schritt, den er machte, flatterte sein geschweifter, altmodischer Gehrock lustig hin und her. Schondorfer, Kranzeder, Spohrer und Berberger fühlten sich gehoben und geehrt, als sie an dem angegebenen Tag sonntagsmäßig feierlich angezogen zur Besichtigung ins Kurhaus kamen. Über dem Hauptportal war ein großer Kranz angebracht mit der Inschrift »Willkommen den Gästen«. Im Tagessaal, der ihretwegen ebenfalls geziert war, wurde feines Essen aufgetragen, einzeln stellten sich die hübschen Krankenschwestern und der Küchenchef vor. Hernach führte der Nefflinger die Bauern durch alle Zimmer, durch den Park und die Brunnenanlagen, und zum Schluß sagte er hinten, bei den Sonnen- und Freiluftbädern: »Ich will mich nicht loben, meine Herren, aber ich muß doch sagen – alles lacht, alles winkt einladend wie das Wetter. Der Anlauf klappt ausgezeichnet ...«

»Jaja, großartig, ausgezeichnet«, lobte der Kranzeder, und alle nickten. Der Schondorfer fragte aufgeräumt: »Soso, da Anlauf is guat ... San scho recht vui Anmeldungen do ...?«

»Bis jetzt etliche Bekannte vom Herrn Doktor ... Es ist ja auch erst Mitte Mai, meine Herren«, antwortete der Nefflinger beflissen: »Sie wissen ja, beim Lammersdorfer hat der Andrang meistens erst Mitte Juni eingesetzt ... Na, meine fünftausend Prospekte und Briefe an die Verkehrsbüros, die Inserate ... Ich hoffe nur, wir bewältigen alles ...« Nach ungefähr einer Woche kam auch ein älteres Ehepaar und noch ein glatzköpfiger Herr, der den rechten Fuß nachschleifte und stets fest auf seinen Stock gestützt war. Einige Autos fuhren durchs Kurhaustor, aber die Herrschaften blieben nicht. Ungemein gespannt verfolgten alle Wachelberger alles. Sonderbar aber, der Mai verging, beim Lammersdorfer drängten sich um diese Zeit schon die ersten Rudel der Kurgäste – bis jetzt waren nur ganze neun Herrschaften da. Immer wieder fuhren Autos daher, immer wieder fuhren die Leute nach der Besichtigung ab. Es kamen auch nur ganz vereinzelte Sommerfrischler ins Dorf, und sie schauten nach gar nichts aus. Geschäftsbedacht verwies der Kranzeder das Ehepaar, das seine oberen Kammern wollte, auf das wunderschöne Kurhaus, doch die Leute sagten: »Nein, nein, Kur brauchen wir keine ... So ein fashionabler Betrieb, das ist nichts für uns und unsern Geldbeutel ...«

Die Wachelberger stutzten, die vier Aufsichtsräte verloren den Humor. Gegen Juni-Ende waren von den dreihundert Zimmern des Kurhauses erst achtzehn besetzt. Im Lauf des Juli tropften noch etliche Gäste hinein, und so blieb es.

»Ja, Herrgott, wos is denn dös?« bestürmten die vier Bauern, denen der Oberapotheker allwöchentlich die hohen Küchen-, Wäsche- und Aufwandsrechnungen vorlegte, den Herrn Chef: »Jaja, do büaßn ja mir dös ganz Geld ei' ... Worum hot denn der Lammersdorfer so a Gschäft gmacht und mir net ...?«

Der Nefflinger redete von der allgemeinen Geldknappheit, die durch die Markstabilisierung eingetreten sei, er bekam nervöse Stirnfalten und zählte wieder auf, was er alles für Reklame gemacht hatte, beklagte sich über den verschwenderischen Küchenchef, mit dem es beständig Reibereien wegen der energischen Sparmaßnahmen gebe, und indem er die vier größten Tageszeitungen hinlegte, sagte er: »Sie sehn, meine Herren, es geschieht alles nur Menschenmögliche ... Diese großen Inserate habe ich gründlich mit Herrn Doktor Einbichler beraten ...«

»Und oiß is für d' Katz ... Oiß kost Geld und wieda Geld, und einbringa tuats nix«, wurde der Kranzeder grober: »Wenn dös net anderst werd, do pfeif i auf dö ganz Gaudi ...« Der Oberapotheker stotterte zuletzt fast bitthaft und vertröstete auf die Wirkung der neuerlichen Inserate. Nur einen Zugang von vier Gästen konnte er in der darauffolgenden Woche melden. Zudem war der aufsässige Küchenchef mittendrin rebellisch geworden, hatte alles hingeschmissen und war davongefahren. Die Niedermaierin mußte für ihn einspringen, aber die Gäste beklagten sich über diese derbe Hausmannskost für so teures Kurgeld.

Ganz verschüchtert und verstört kam der Nefflinger am Abrechnungstag ins Bürgermeisterhaus. Um sich wenigstens halbwegs vor der Aufgebrachtheit der vier Bauern zu schützen, hatte er den steifen Doktor mitgebracht. Feindselig hockte man sich um den runden eschenen Tisch, nachdem der Oberapotheker gesagt hatte: »Meine Herren, wenn ich bitten dürfte ... Lassen Sie Herrn Doktor das Wort zuerst ...« Der Doktor fing damit an, daß so ein Unternehmen erst nach einem bestimmten Anlauf wirklich rentabel werde, dann aber »sehr rentabel sogar, sehr« betonte er.

»Hoffn mir's«, knurrte der Schondorfer dazwischen, und die andern Bauern nickten ungut.

»Ich will mich durchaus nicht einmischen oder aufdrängen, meine Herren«, fuhr der Doktor fort, »aber soweit ich's überblicken kann, hat unser lieber Herr Apotheker die ganze Sache in dieser schweren Übergangszeit erst auf eine gesunde finanzielle Grundlage gebracht –«

»Gsund ...?« hob der Spohrer sein langes, eckiges Gesicht: »Wenn dös gsund is, daß mir nix ois draufzoin müaßn, nachher woaß i net ...«

»Ja, meine Herren, ich will da nicht streiten«, sagte der Doktor beleidigt und wollte schon aufstehen, aber der Nefflinger saß neben ihm und warf ihm einen fast flehenden Blick zu.

»Worum hot denn der Lammersdorfer so a Bombngeschäft gmacht und mir net? ... Worum san denn bei den d' Leut haufaweis daherkemma?« brach der Kranzeder jetzt ganz grob heraus: »Der werd hoit wos verstandn hobn ...«

»Ja, aber da war doch Inflation! ... Die Ausländer mit ihren Valuten haben doch fast für nichts gelebt bei uns!« rief jetzt der Nefflinger bedrängt und setzte heftig klagend dazu: »Sie, meine Herren haben doch selber erlebt, was da für eine Sippschaft gekommen ist – Ausländer und Juden ...!«

»Ausländer und Judn? ... Dös is ja üns gleich wenn s' eahna Geld dolossn ... Worum kemma denn jetz koa mehr?« warf der Schondorfer verknurrt hin und schaute verächtlich auf den Nefflinger.

»Aber, aber – Herr Bürgermeister ...!« rief der und wollte an das Frühere erinnern, aber er kam nicht weiter. Der hitzige Berberger schlug auf einmal mit der Faust auf den Tisch und schrie weiberhell: »D' Judn, dö hobn ja bloß Sie aufbrocht ... Üns hobn dö nia scheniert ...«

Da stand der Doktor wirklich auf und sagte: »Meine Herren, ich bin hier überflüssig ...« Straff und zornig ging er zur Tür.

»Gehnger S' nur zua ... Mir hobn Eahna net gschrien ...« schmiß ihm der Kranzeder saukalt nach, als er krachend die Türe zuschlug, und weiter schimpfte der Bauer: »Jetz dös waar guat! .... Er kriagt an Haufa Ghoit vo üns und tat no zimperli aa!«

Es wurde ein bellender Krach. Zuletzt weinte der Nefflinger fast und ging zerbrochen davon. Ingrimmig blieben die vier Bauern hocken. Jeder machte ein Gesicht, rein zum Mord bereit.

»Jetz sitzn mir richti drin an Scheißdreck«, brummte der Schondorfer nach einer Weile: »Mei' Liaba, der Huarnapotheker, der scheinheilige! ... Derwutzln kunnt i'n, den Schwindler, den ausgschamtn ...«

»Aufhärn muaß dö ganz Gaudi, aufhärn auf der Stell, bevor mir ünser ganz' Geld verliern!« stieß der Kranzeder heraus: »Mir zoin einfach nimmer weiter.«

»Ja, aber dö Hund hobns doch schriftmassi ...« meinte der Schondorfer. Sie erinnerten sich an die geschlossenen Verträge. »Himmikreizherrgott!« fluchte der Spohrer. »Dö herglaaffana Saulumpn, dö!« der Kranzeder und der Berberger sagte wiederum: »Nix mehr werd zoit. Radikal nix mehr!« Ratlos schauten sie einander an, und endlich kamen sie zu einem Entschluß. Sie schickten einen groben Brief ins Kurhaus mit der Nachricht, daß sie nichts mehr zahlen und gegen den Nefflinger und den Doktor Einbichler prozessieren würden. Außerdem beriefen sie eine Gemeindeversammlung ein.

»Und verkaaft werd dö Kaluppn dohintn ... Wer's wui, der kriagt's«, sagte der Kranzeder resolut. Jetzt, nachdem sie sozusagen die Marschroute festgelegt hatten, verrauchte ihr Zorn ein wenig und ließ ein genaues Überlegen zu.

»Hoit! ... Holla, mir foit do wos Guats ei'«, fand der Schondorfer und pfiff durch die Zähne: »Do gehng ma zum Lüders außi ...« Der hatte seinerzeit mitgeholfen, die »Wachelberger Kurhaus G.m.b.H.« zu gründen, sich aber sonst nie in all die Sachen hineingemischt. Indessen einmal – daran erinnerten sie sich – hatte er mit einem dünnen, versteckten Lächeln gesagt: »Na, viel Glück, meine Herren, hoffentlich übernehmen Sie sich nicht ... Viel Glück! ... Und wenn Sie einen Rat wollen, bitte.« Kurzum, dem übertrugen sie den Fall, und es schaute ganz so aus, als interessiere er sich sehr dafür. Er sprach sogar auf der Gemeindeversammlung. – –

Im Kurhaus brach, nachdem die Bauern sich unnachgiebig weigerten, auch noch das geringste zu zahlen, eine wilde, verschreckte Unordnung aus. Die energisch gehaltenen Briefe, die der Nefflinger und der Doktor durch den Niedermaier in den ersten Tagen an den Bürgermeister schickten, trug dieser einfach zum Lüders hinaus. Die Kurhausleiter waren gezwungen, den Gästen nahezulegen, abzureisen. Die Schwestern rebellierten wegen ihres Gehaltes. Der Niedermaier, die Kutscher, der Gärtner und die Arbeiter machten Krach und arbeiteten nicht mehr. Nefflinger und Doktor ergriffen eines Nachts die Flucht und suchten in der Stadt drinnen einen Anwalt auf. – –

An einem dieser wolkenlos strahlenden Augusttage tauchte der Ertl auf. Er hatte das Inserat über den Verkauf des Kurhauses gelesen, er wußte das Ungefähre der Vorkommnisse gewissermaßen aus dem Kopf. Als er mit seinem Auto am Kurhaus vorüberfuhr und den Pappendeckel sah: »Kurhaus zu verkaufen, Näheres bei Bürgermeister Schondorfer, Wachelberg«, verzogen sich seine Mundwinkel spöttisch. Er hatte einen Interessenten für den »Vogelacker« in seinem Wagen, den Direktor der staatlichen Krankenversicherungsanstalt.

»Schönes Objekt«, sagte der, als sie durch die Fenster schauten. Sonderbar ausgestorben sah es vor dem Kurhausplatz aus.

»Zu schön, um rentabel zu sein«, antwortete der Ertl bloß, und offenbar war er froh, daß der Herr nicht weiterfragte. Als er mit ihm kurz darauf auf dem Vogelacker ausstieg, kam die Niedermaierin, die Schwammerl gebrockt hatte, aus dem Holz und erkannte den Ertl. Sie grüßte und er grüßte ebenso. Schon nach den ersten Worten fing sie zu weinen an: »Mein Gott, mein Gott, Herr Ertl, bei ünsern guatn Herrn Doktor Lammersdorfer hätt's dös oiß net gebn ... Den hobn s' 'nausdruckt, mein Gott, mein Gott ...«

Rundum auf den Getreideäckern schauten die Bauern hinauf zum Vogelacker. »Herrgott, Herrgott, du, der? ... Dös waar oana wia gwunschen«, rief der Schondorfer zum Kranzeder auf dem angrenzenden Acker hinüber und spießte seine Heugabel in den Boden: »Soit ma am End gleich hingeh und redn mit eahm ...?«

Auch der Kranzeder hielt ein und wischte sich den Schweiß mit dem Ärmel aus dem Gesicht: »Mir is's recht, i geh glei mit ...«

»Aber wenn mir eahm nochlaaffa, dös is aa nix ... Do schindt er am Preis«, besann sich der Schondorfer aber doch. Das leuchtete dem Kranzeder ein, trotzdem sagte er: »Wenn i mei' Geld wieder 'reinkriag, is mir oiß recht ... Jetz dö Prozeßkostn wieda ... Und woaßt net amoi, ob net der Hundsnefflinger und sei windiger Dokter noch gwinna aa ...«

Wieder lugte der Schondorfer in die Gegend des Vogelackers.

»Vielleicht kimmt er selber zu üns ...« meinte er gespannt: »Woaßt es noch – bar hot er damaligerzeit an jedn 's Geld hinglegt ...«

»Ja ebn ... Der wenn kaaffa taat, do fehlert nix ...« gab der Kranzeder grämlich zurück, aber als sie jetzt den Ertl und den fremden Herrn wieder ins Auto steigen und davonfahren sahen, machte er einen hörbaren Schnaufer, als sei ihm ein schmerzhafter Stich in die Knochen gefahren.

»Lang schaug i nimmer zua«, sagte er: »I konn und i mog nimmer.« So ging's nämlich nicht: Im Kurhaus einfach alles laufen zu lassen, wie es lief. Der Mineralwasservertrieb brachte immerhin noch etwas ein, der Niedermaier, der Gärtner, die Kutscher und Arbeiter waren noch da und konnten nicht einfach entlassen werden. Zudem hatten die Krankenschwestern durch das Arbeitsgericht dem Bürgermeister eine Klage wegen Nachzahlung ihrer Gehälter zugehen lassen. Die Bauern wollten kein Geld mehr einbüßen und sahen sich nicht mehr hinaus. Verdruß und Verwirrnis gab es in Wachelberg, und am allermeisten waren Schondorfer, Kranzeder, Spohrer und Berberger verdrossen, denn die Gemeinde wollte durchaus nicht – wie die Leute schimpften – für diese »saudumme Spekulation« einstehen. Und nichts rührte sich mit einem Verkauf des Kurhauses. Das stabil gewordene Geld war recht knapp geworden, das Objekt zu groß, und außerdem mußte es auf einen eventuellen Käufer keinen guten Eindruck machen, daß das Kurhaus jetzt in der Hochsaison nicht in Betrieb war. Der Rechtsanwalt Lüders bedauerte schon, daß er sich außer dem Juristischen auch auf die Gemeindeangelegenheiten eingelassen hatte. Die »Aufsichtsräte« ließen ihm keine Ruhe mehr. So riet er ihnen schließlich, wegen des Verkaufes an die altbewährte Grundstücks- und Häusermaklerei Laufinger heranzutreten.

»Wos? ... Der ...? Der wo üns verkaaft hot?« rief der Schondorfer zweiflerisch, und noch baffer setzte der mißtrauische Spohrer dazu: »Der kennt's ja glei, daß mir dös Zeug absalut obringa mächtn ... Do san mir ja ganz und gor dö Petschiertn ...«

»Aber das ist doch ein vollkommenes Mißverständnis!« erklärte der Anwalt: »Die Firma Laufinger kauft und verkauft doch nicht, sie vermittelt doch nur.«

»Jaso, hm«, begriffen die vier und trugen ihm auf, mit der Firma Laufinger in Verbindung zu treten. Diesmal kam der Makler nicht mehr persönlich nach Wachelberg, was die Bauern als kein allzugutes Zeichen auslegten. Er schrieb einen Brief und schickte einen Vertrag mit, verlangte zehn Prozent bei einem Verkaufsabschluß und versprach, »im zusagenden Falle sofort energisch an die Sache heranzugehen«. Die Bauern machten saure Gesichter.

»Zoin und zoin ... Einbüaßn, nix wia einbüaßn«, brummte der Kranzeder, der das meiste Geld riskiert hatte.

»Ja, Kalamitätn, nix wia Kalamitätn«, pflichtete ihm der Spohrer bei und schüttelte seinen langen Kopf: »Hm, mir kimmt's grod vor, ois wia wenn üns der sell austipfite Lammersdorfer richti ausgschmiert hot ... Der hot's grocha, daß er koa Gschäft nimmer macht, wenn's Geld guat werd ... Und do hot er üns sei' Kaluppn oghängt ...«

»Ja-hja, kunnst net unrecht hobn«, stimmte der Kranzeder zu, und die anderen waren ganz seiner Meinung. Alle vier schauten am Lüders vorbei, irgendwo in ein Loch hinein. Der Anwalt las aus ihren unguten Blicken das Mißtrauen – ein Mißtrauen auch gegen ihn. Er gab sich inwendig einen Ruck und sagte: »Ja, meine Herren, wenn Sie *jeden* für einen Schwindler ansehen, das führt zu nichts! ... Wenn Sie meinen, *ich* gebe Ihren Fall gern einer andren Kanzlei ...«

Das Direkte seiner Worte traf. Verlegen hoben die vier ihre Gesichter, und nach einem Augenblick sagte der Schondorfer kleinlaut: »Nana, nana, Herr Doktor! Daß *Sie* a reeller Mensch san, dös woaß ma doch ...« Da kam der Lüders auf den Schriftsatz der Klage des Oberapothekers Nefflinger und des Dr. Joseph Einbichler gegen die »Kurhaus G.m.b.H. Wachelberg« wegen Vertragsverletzung und Berufsschädigung zu sprechen und betonte, daß zum mindesten der Tatbestand der Vertragsverletzung kaum anzufechten sei.

»Ja, Herrgott, do aa noch weiterzoin? ... Ja, dös ruiniert üns ja ganz und gor! ... Dös geht doch net! ... Ausgschlossn!« jammerten die vier gleicherzeit. Dem Kranzeder ging das Gesicht aus dem Leim. Fast bitthaft fragte er: »Und do kann ma gor nix macha dagegn ...?«

»In diesem speziellen Fall wird schwer was zu machen sein .... Ich will das Beste versuchen«, antwortete der Anwalt und trug ihnen erneut an, eine andere Anwaltskanzlei zu wählen. Er hatte die Wetterwendischkeit der Bauern mitangesehen und machte sich nichts vor.

»Nana, nana!« aber beteuerten die vier einfältig drängend: »Mit Eahna kennt ma sich doch aus, Herr Dokter! ... Nananana! Sie derfa üns net im Stich lossn! ... An andrer loßt üns vielleicht einfach einisausn ... Schaugn mir hoit, Herr Dokter, wia ma am bestn durchkemma ... Wos Sie sogn, dös werd gmacht ...« Und noch treuherzig bekräftigender schloß der Schondorfer: »Sie macha's scho recht, Herr Dokter ... Dö Sach muaß jetz auseinandergeh ... Je eher, je besser.« – –

Der Makler Laufinger arbeitete schnell. Schon nach knappen vierzehn Tagen machte er zwei Käufer namhaft, doch der erste bot kaum die Hälfte des angesetzten Preises und der zweite nur um etliche tausend Mark mehr. Dabei wollte er noch nach einer entsprechenden Anzahlung zehn Jahre Zeit für die Begleichung der Restschuld.

Als die vier Bauern diesmal verstört und verzweifelt im warmen Wohnzimmer vom Lüders saßen, zählte nur jeder jammernd auf, wieviel er bei so einem Handel verlieren würde. Der Berberger bekam dabei buchstäblich nasse Augen, und keiner wußte mehr, wie alles weitergehen sollte.

»Herrgott«, klagte der Kranzeder und schaute hilflos auf den niedergeschlagenen Schondorfer: »Herrgott, worum san ma denn, wia der Ertl dogwen is, net glei zu eahm 'nauf an Vogelacker und hobn eahm gsogt, er konn 's Kurhaus hobn ...?«

Der Ertl? Allen fiel er jetzt ein. Und wenn auch der Lüders einige Zweifel laut werden ließ, sie drängten, sie bestürmten ihn. Alles war ihnen recht. Der Ertl habe Geld wie Heu, zahle bar und sei nicht so unrecht, redeten sie daher.

»Gut ... Wie Sie meinen«, sagte der Lüders. Und der Ertl kam verdächtig schnell nach Wachelberg. Er bot zwar nur um ein Achtel mehr als die Hälfte, aber »bevor üns oiß davoschwimmt, guat!« verriet sich der Kranzeder kopflos, und »guat!« sagten die andern ebenso.

»Da machen Sie ein gutes Geschäft, Herr Ertl«, wollte der Lüders noch retirieren, indem er vieldeutig auf den Spekulanten schaute, aber die Bauern faßten das als Zurede auf. Wie das schon ist, wenn Menschen, die in der Hauptsache aus Mißtrauen zusammengesetzt sind, auf einmal alles für verloren ansehen – in ihrer Bedrängnis schlugen sie ins Gegenteil um, und als der Ertl, den Anwalt kaltblütig messend, jetzt sagte: »Das Geld ist rar jetzt, Herr Doktor, und ich zahl' bar ... Aber ich kann auch verzichten«, überrumpelten ihn die vier Bauern förmlich mit ihrem: »Nana, guat is's ... Is scho guat, Herr Ertl!« Der Lüders kam nicht mehr auf dagegen. Der saukalte Spekulant mußte fast ein wenig lächeln, und um den Einsprüchen des Anwalts zuvorzukommen, nickte er nur leger: »Meinetwegen also, und für die Advokatenkosten komm' selbstverständlich ich auf ...« Er hatte gesiegt. Am übernächsten Tag gehörte das Kurhaus ihm. – –

»Mei' Liaba, froh bin i, daß mir wenigstens noch a so davokemma san«, sagte der Bürgermeister Schondorfer, als er mit seinen Nachbarn vom Advokaten in Kegelhausen heimfuhr:

»Jetz konn meinetwegn mit'm Kurhaus gschehng, wos mog ... I schaug nimmer hi ...« Er rülpste erleichtert, denn sie hatten nach dem advokatorischen Verkaufsabschluß noch Einkehr beim *Bayrischen Löwen* gehalten.

»A Baur sollt a Baur bleibn«, meinte der Spohrer: »Dö Fremdn gehnga üns nix o ...« Und auf einmal fand er ein gutes Wort über den Lammersdorfer.

»Der is der schlechterst no lang net gwen«, sagte er fast wie für sich.

»Ja, und wer hot üns in oan furt aufghetzt gega eahm? Der Huarnapotheker, der ekelhafte!« stieß der Berberger heraus: »Der Lump hot dös ganze Elend daherbrocht ...«

»Der ghärt ogspiebn, wenn er si nochmoi sehng loßt! ... Den schaugt koana mehr o«, schloß der Kranzeder bitter. Der Schondorfer schlug seine lederne Geißel leicht auf die zwei blanken Rücken der Rösser vor der wackligen Chaise. Sie trabten etwas schneller aus dem Kegelhauser Forst. Weit und friedlich lagen die schon herbstüberhauchten, leeren Felder und Äcker da ...

Bloß damit alles faktenmäßig beschlossen wird, muß noch einiges gesagt werden. Man schrieb damals ungefähr 1926 oder 1927, und es war eine ruhige ordentliche Zeit. Vor Gericht fand noch jeder ehrsame Mensch ohne Unterschied halbwegs sein Recht. Der Prozeß, den der Nefflinger und der Dr. Einbichler mit der Gemeinde Wachelberg ausfochten, lief bei weitem nicht so aus, wie sich die zwei erhofft hatten. Der Rechtsanwalt Lüders nämlich legte dem Gericht die vom Nefflinger verfaßten Prospekte und einige Werbebriefe, die auch der Dr. Einbichler unterschrieben hatte, vor und wies auf die darin enthaltenen, stets besonders hervorgehobenen Sätze hin »Rein christlich-deutsches Haus – Jüdische Gäste verbeten«. Gerade dadurch, konnte der Anwalt überzeugend darlegen, sei der geradezu katastrophale Geschäftsrückgang im Kurhaus verursacht worden, und als erschwerend komme hinzu, daß Nefflinger diese unleugbar geschäftsschädigende Tatsache den leichtgläubigen Aufsichtsräten verschwiegen habe. Und Herr Doktor Einbichler habe diese Treibereien mitgemacht.

»Und durch diese unverantwortliche Eigenmächtigkeit ist eine blühende Bauerngemeinde bis an den Rand ihres finanziellen Ruins getrieben worden!!« rief der Lüders mit erhobener Stimme und zeigte fast drohend auf Nefflinger und Dr. Einbichler: »Der schwere Vertrauensbruch der beiden Herren wird um so evidenter, als sie durch ihre rücksichtslosen politischen Praktiken die geschäftlichen Interessen ihrer Auftraggeber völlig außer acht gelassen, ja absichtlich ausgeschaltet haben. Und diese ehrenwerten Herren besitzen nach dem kaum noch abschätzbaren Schaden, den sie angerichtet haben, jetzt noch die Stirn, Ansprüche aus einem Vertrag geltend zu machen, den sie von Anfang an nicht im geringsten eingehalten haben!«

Mit niedergeschlagenen Augen, eisig, saß der Dr. Einbichler da und kaute an seinem gestutzten Schnurrbart. Der Nefflinger, auf den alle Wachelberger fast sprungbereit, mit wutgiftigen Blicken schauten, verfärbte sich ein um das andere Mal und wußte kaum mehr, wohin mit sich. Ihr Anwalt wagte zwar noch einen Vergleichsvorschlag, der ihnen wenigstens die Gehaltszahlung für den letzten Monat zubilligen sollte, aber Lüders schlug auch den ab.

»Bravo!« schrien etliche Wachelberger begeistert, und der Kranzeder plärrte dem Nefflinger zu: »Pfui Teifi!« Weiter kam er nicht. Der Lüders und der Schondorfer hielten ihn zurück, sonst hätte er mordsmäßig weitergeflucht.

Der Oberapotheker wagte nicht mehr nach Wachelberg zurückzukommen und stellte sein Haus zum Verkauf. Ein Jahr darauf erfuhr man, daß er gestorben sei. – –

Und das Kurhaus?

Mit dem »guten Geschäft, das er dabei mache, der Ertl«, hatte der Lüders vollauf recht gehabt. Der Spekulant verkaufte den ganzen Komplex samt seinem »Vogelacker«, auf den sich der Direktor eine Villa hinbauen ließ, an die Staatliche Krankenversicherungsanstalt. Für das Kurhaus allein erzielte er das Doppelte von dem, was er dafür bezahlt hatte. Aber der Lüders ließ sich, wenn die Bauern darauf zu reden kamen, nicht weiter aus. Was ging ihn das schließlich an. Geschäft ist Geschäft, basta. Die Wachelberger waren zwar verbittert, aber sie ließen's nicht mehr laut werden. Und was hätte es ihnen auch weiter genützt. Freilich, wenn sie zugehört oder erfahren hätten, was der Direktor und der Ertl nach dem Verkauf ganz nebenher miteinander redeten, wäre ihnen vielleicht ein recht heilsames Licht aufgegangen.

»Sagen Sie, dieser Doktor Lammersdorfer, das war doch eine weitbekannte Kapazität in seinem Fach«, meinte der Direktor: »Und organisiert hat er doch einfach glänzend ... Warum hat er denn sein blühendes Unternehmen auf einmal aufgegeben ...?«

»Tja, jedem liegt's nicht, dauernd gegen eine Mauer zu rennen, Herr Direktor«, antwortete der Spekulant und deutete hinüber aufs winterschlafende Wachelberg. Dann erzählte er.

»Hm«, machte der Direktor: »Der Staat wird sich gegen so was zu schützen wissen ...«

Seither ist das Kurhaus wieder in Betrieb, aber es kommen nur noch ärmere, erholungsbedürftige Stadtleute dorthin, die von der Versicherung eingewiesen werden. Die lassen kein Geld mehr in der Gegend.

»Der Glanz ist weg«, meint der Niedermaier manchmal und erinnert an die früheren Jahre. Dann sagen die Wachelberger kein Wort mehr drauf. Sie sind froh, wenn im Sommer Fremde ins Dorf kommen, und haben nichts mehr gegen sie ...

Bild und Geschichte eines bayrischen Dorfes

Das Dorf Enzhofen, Gemeinde Enzhofen, Bezirksamt Schalldorf, Pfarrei Trausberg – dieses heute ziemlich umfängliche, schmucke, an einem lieblichen See gelegene Dorf Enzhofen muß aller Schätzung nach uralt sein. Einige meinen, an die tausend Jahre, andere gehen noch viel weiter zurück. Genaueres weiß man freilich nicht, denn die kleine Lokalchronik des verstorbenen Pfarrers Joseph Weglehner von Trausberg fängt erst mit dem Dreißigjährigen Krieg an, erzählt wohl etliche markante historische Begebnisse und bezieht sich dabei auf die Funde schwedischer Hufeisen und Waffen. Nirgends aber forscht sie weiter nach der Herkunft der Sippen und der Entstehung dieser menschlichen Siedlung. Als stärkster Beweis, *wie* uralt Enzhofen ist oder – sagen wir – sein kann, darf vor allem die Auffassung einiger Rasseforscher gelten. Diese gelehrten Herrn nämlich leiten die Abkunft des Enzhofener Menschenschlages glattweg von den Hunnen her. »Und es darf, trotz vielleicht einsetzender Anfeindungen, auch nicht verschwiegen werden«, heißt es in einem solchen wissenschaftlichen Werk, »daß sich außer unbestritten asiatisch-slawischen Merkmalen auch deutliche orientalische Rasseneinflüsse zeigen, wenn dies auch bis heute noch nicht einwandfrei zu belegen ist.«

Der Verfasser stützt sich bei dieser Annahme auf eine Legende, wonach einige todwunde Ungarn von damals, als Otto der Große diesen wilden Völkerstamm auf dem Lechfelde vernichtend schlug, sich bis ins Enzhofener Gebiet zurückgeflüchtet, hierselbst in versteckten Waldlöchern bis zur ihrer Heilung gehaust hätten und schließlich überhaupt geblieben sein sollen. Kurzum, das sind gewiß respektierliche Bemühungen, und man kann sie nicht einfach von der Hand weisen, aber – ich weiß auch nichts Näheres. Immerhin: Wenn jemand in rasseforscherischer Absicht einen echten Enzhofener scharf aufs Korn nimmt, der wird vielleicht den redlichen Gelehrten nicht so ganz unrecht geben können.

Da ist vor allem der kugelrunde Kopf, das gedrungene Gesicht auf dem kräftigen kurzen Hals; da sind die auffallend hervortretenden asiatischen Backenknochen, das eckige Kinn, die breitgedrückte, großlöcherige Nase und der große Mund mit dem struppigen Hängebart darüber; da sieht man die wegstehenden Ohren und vielfach die geschlitzten, seltsam respektlos humoristischen Mongolenaugen, in denen unaufhörlich die spürbar lauernde, fast gewalttätige List blinkert: »Besieg' ich dich nicht, alsdann betrüg' ich dich.«

Was nun die Gemütsart der Enzhofener anbelangt, so ist sie sehr schwer zu enträtseln. Bestand hat sie überhaupt keinen und richtet sich ganz nach der jeweiligen Umgebung, nach dem Zustand, mit welchem man nun einmal zu rechnen hat. Unzweifelhaft aber besitzt ein Enzhofener Humor. Freilich darf man diesen Humor nicht mit dem vergleichen, was man gemeiniglich darunter versteht. Er ist vielmehr eine Art Selbstschutz und tritt eigentlich erst in Tätigkeit, wenn

a) die betreffende Persönlichkeit vor Gericht oder vor einem überlegenen Gegner in eine ungünstige oder gefährliche Lage kommt,

und

b) wenn irgend etwas geschieht, über das man sich schadenfreuen kann.

Im ersteren Falle gibt sich der Enzhofener Humor bezwingend tölpelhaft und rührend demutsvoll, im zweiten hingegen gebärdet er sich laut, breit und prasselnd wie ein losbrechender Sturzbach. Man könnte auch sagen: Das eine Mal ist er privat, das andere Mal allgemein.

Wenn es wahr ist, daß an dem, woran ein Mensch den größten Gefallen findet, seine eigentliche Seele erkennbar wird, dann mögen diese zwei kleinen, aber geradezu klassisch erhellenden Beispiele aus der schon genannten Weglehner-Chronik als Schlüssel zum Innenleben der Enzhofener dienen. Zum Beispiel

»Das schwedische Kegelscheiben«.

Die Geschichte ist kurz die:

Anno 1633 wurde Enzhofen von den Schweden völlig zerstört. Viele Weiber, Männer und Kinder erlitten dabei einen grausamen Tod. Was übrigblieb flüchtete in die nahen, dichten Wälder. Erst als vom Feinde nichts mehr zu sehen war, kamen die Bauern wieder in ihr zerstörtes Dorf zurück und nisteten sich, so gut das eben ging, in den Kellerlöchern der Hausruinen ein. Eines Tages ritten neun versprengte Schwedische daher und sahen sich auf einmal von einem wilden Haufen Enzhofener umringt, wurden alsbald überwältigt, nackt ausgezogen und stehend bis zum Hals in die Erde eingegraben. Nur die Köpfe der neun schauten gar jämmerlich aus dem Boden. Männer, Weiber und Kinder stampften in lustiger Eile eine Bahn zurecht, und alsdann sagte der Heingeiger munter: »So, so, jetz taugt's schon! Jetzt kann 's Kegelscheibn ogeh!« Drei Eisenkugeln wurden gebracht, und unter großem Jubel der Umstehenden schoben die Bauern so lange auf die Köpfe der eingegrabenen Schweden, bis nichts mehr davon übrig war als Blut und Brei. Jedesmal, wenn eine wohlgezielte Kugel einschlug, juchzten und sprangen die Weiber und Kinder voller Lust. »So, und jetz noch a bißl an Dung drauf!« erfand endlich der wackere Heingeiger, was sogleich verstanden wurde und wiederum allerseits prächtigen Beifall fand. Neun Bauern gingen her, hockten sich mit heruntergelassenen Hosen lachend über die so seltsam geköpften Schweden und ließen – um bei der behutsamen Sprache Weglehners zu bleiben – »ihrer bitteren Rache in dunklem Drange freien Lauf.«

Oder auf Pagina 114 etwa

»Der Pandurenfang«,

der sich im trüben Jahr 1705 zugetragen hat. Drei Panduren verirrten sich nach Enzhofen. Erst geschah gar nichts, die Bauern warteten wahrscheinlich, ob nicht noch Nachschub käme, beschnüffelten die fremden Gestalten und überfielen sie endlich. Zuerst schlug man ihnen die Hände ab.

»Aber die kunntn üns doch noch aufbringa«, meinte auf das hin der gewitzige Schmauß, und man schnitt den Panduren auch noch die Zungen heraus. »Red! Marsch, red!« überzeugte sich der Schmauß. Die Gerichteten brachten keinen Laut mehr heraus.

»So, jetz kinna mir s' ja laaffa lossn! Jetz san s' nimmer gfährlich!« sagte der Bätz, malte mit dem Blut der Panduren auf weiße Leinenflecke die Worte: »Bairisch bleibt bairisch – Österreich zum Verderb!« Und man heftete diese Inschriften den Gerichteten auf ihre Brust.

Kalt und steif war es weitum. Die Panduren standen und wollten nicht mehr weiter.

»Man muaß eahna a bißl einhoazn!« lachte der Bätz, und alle Bauern begriffen es belustigt. Mit Prügeln und brennenden Strohschüppeln trieb man die Panduren davon. Sie fingen endlich lahm zu laufen an und verschwanden im dicken Winternebel. Ihre abgehackten Hände und herausgeschnittenen Zungen legte der Mesner Greiner in ein hölzernes Schaff, besprenkelte diese Trophäen mit Weihwasser und stellte das Schaff vor den Altar der kleinen Filialkirche.

Ganz Enzhofen war zufrieden und erheitert über so eine

gelungene Heldentat. Mit einemmal aber wurden etliche doch unruhig.

»Herrgott! Redn und schreibn kinnas ja nimmer, aber herführen kunnten s' doch noch wen!« meinte der Schmauß, und alle begriffen die Gefahr. Der Bätz zündete einen pechigen Gabelstiel an, und alle folgten ihm. Der blutigen Spur im Schnee ging man nach und fand endlich die drei Panduren zusammengebrochen im Schalldorfer Forst.

»Gehts weg! Besser is besser!« schrie der Bätz und schlug mit dem schweren Schmiedhammer jedem den Kopf ein. Ehrlich belobigten ihn die Bauern, weil er so gut getroffen hatte.

»Ha! Haut schon! Jetz konn nix mehr verrotn werdn!« lachten diese. Die Toten wurden zusammengebunden und in den halbvereisten See geworfen. Dabei wäre der Henshammer beinahe ersoffen, wurde aber unter großer Heiterkeit gerettet. –

Solche Geschichten gibt es aus allen Jahrhunderten in Enzhofen. Mit wahrhaft hinreißender Liebe zum Detail werden sie erzählt, und diese gelungenen Heldentaten können einen echten Enzhofener jedesmal wieder bis zum Bersten erheitern.

Es muß aber gleich gesagt werden, daß man daraus nicht den Schluß ziehen darf, als seien die Enzhofener roh. Das wäre zumindest übertrieben. Sie sind nur – schier unglaublich gesund, was sie gegen jegliche Art von Leid einfach verständnislos macht, oder besser, uninteressiert. Aus allerletzter Zeit ist zum Beispiel nur das Ersaufen des Hausierers Wanninger von Eitlberg bekannt, der sich als Uneinheimischer nachts erdreistete, bei der Reifler-Marie zu fensterln. Er stellte die Leiter dummerweise auf die bretterüberdeckte Odlgrube an der Hauswand, und als er halbwegs zum betreffenden Kammerfenster der Marie emporgestiegen war, gaben die Bretter auf einmal nach. Wer daran schuld war, weiß man nicht. Der Wanninger sauste gradewegs in die stinkige Grube und fand dort, noch ehe wer daherkam, einen vielbelachten Tod. Als man die Leiche herauszog, sagten alle bedauernd: »Hmhm, jetzt so was! Hm, so saudumm sterben, hm!« Aber schließlich konnten sie das zurückgepreßte Lachen doch nicht mehr halten.

Inzwischen aber ist Enzhofen ganz weit fortgeschritten. Am Anfang unseres Jahrhunderts, als noch ungemein reiche Zeiten waren, wurde nämlich das bis dahin so stille Seedorf von einem damals wegen seiner phantastischen Verschrobenheit weltberühmten russischen Großfürsten entdeckt. Unter großen Geldopfern erwarb er umfangreiche Waldungen, ließ sie umzäunen und verwandelte sie in einen märchenhaften romantischen Park, und ganz schroff an das Seeufer baute er ein Schloß. Hier nun führte er ein auffallend verschwenderisches Leben, gab prunkvolle Seefeste und veranstaltete vielbesprochene private Theateraufführungen in seinem Park, bei welchen sogar mitunter der bayerische König zu Gast war. Als bekannter Gönner und Verschwender zog der Fürst alsbald alle möglichen Prominenzen der Dichtung, der Malerei und Architektur in die Gegend von Enzhofen. So kam das Dorf ohne Zutun in Berührung mit der großen Welt und wurde mit den Jahren ein unwiderstehlich anziehender Magnet für die feine Gesellschaft. Es gehörte für diese zum guten Ton, dort einen Sommersitz zu haben, und schnell schoß eine Villa um die andere aus dem Boden. Der kleinste Bauer, der ärmste Enzhofener Fischer wußte plötzlich ganz genau Bescheid, was seine Grundstücke für einen Wert hatten, und die kleinste Wiese, der verlassenste Waldstrich verwandelte sich in seinem Kopf zu einer Zahl. Eine große Gier nach schnellem Reichtum erfaßte die Dörfler. Händler wurden sie, die Sucht nach dem eigenen Vorteil machte jeden fast besessen, der wilde Neid zog ins Dorf, denn einer wollte reicher werden als der andere. Einstmals gehörten die Eingesessenen doch noch halbwegs zusammen auf diesem Fleck Erde, jetzt hörte das gänzlich auf, die Anarchie des gegenseitigen Abwürgens brach ein. Halb Bauern, halb Spekulanten wurden die Enzhofener.

Auch die Weltgeschichte selbst, deren Wandlungen ja der mächtige Fürst und Staatsmann genauso wie der kleine Alltagsmensch unterworfen ist, griff in das Leben der Enzhofener und bestimmte, je nach ihrem Gang, ihr Verhalten im allgemeinen. Eines Tages, ganz unverhofft, brach der Fürst mit seinem zahlreichen Gefolge auf und fuhr nach Rußland, das – wie nach und nach bekannt wurde – mit dem fernen Japan in einen Krieg geraten war. Es hieß, der Fürst sei General und führe eine ganze Division an der vordersten Front, aber mit dem russischen Kriegsglück stehe es schlecht. Leer und still lag das Schloß da, mit geschlossenen Fensterläden. Traurig spiegelte es sich auf der glatten Seefläche. Im Park rührte sich auch nichts mehr. Irgendeine fade Ödigkeit ging von dem noch vor kurzem so belebten Prachtsitz aus und wirkte auf die ganze Umgebung. Es kamen nicht mehr die sonderbaren Künstlerleute, und die Herrschaften in den anderen Villen gaben sich auf einmal viel zurückhaltender und zeigten sich von einer recht knausrigen Seite, was die Enzhofener zu der

Feststellung veranlaßte, daß es mit ihnen nicht »arg weit her sei«, und ihr scheinbarer Glanz stamme »aus zweiter Hand«. Wem einigermaßen geläufig war, wie die Enzhofener zu denken pflegen, für den hieß das, daß diese feinen Leute eigentlich alle von der »Durchlaucht« abhängig gewesen sein mußten oder gar von ihr gelebt hatten. Ob das zutraf oder nicht, war gleichgültig, ein echter Enzhofener besitzt ein tief eingewurzeltes, verschwiegenes Mißtrauen gegen jeden Fremden, und er bezieht die Regeln seines Verhaltens einem solchen Menschen gegenüber aus einer nur schwer durchschaubaren, höchst umwegigen Verdächtigung.

Ungefähr ein halbes Jahr nachdem der Großfürst fortgezogen war, ging in Enzhofen eine Rede herum, daß es »in Rußland hinten ganz schandmäßig drunter und drüber gehe, das städtische Lumpengesindel mache eine Revolution, Räuberbanden zögen durch das Land, und den besseren Leuten ginge es schlecht«.

»Do steht's dahin, ob ünser Durchlaucht überhaupts noch z'ruckkimmt«, äußerte damals der Bürgermeister Hirnagl: »Vielleicht is er scho umbracht wordn oder a bettlarmer Mensch ...« Und mitfühlend meinte der Neuchl: »Hm, hm! ... Und wem jetz nachher unser Schloß ghört?« Das war eine Frage, die wochenlang ganz Enzhofen beschäftigte. Indessen, ebenso überraschend, wie er weggereist war, kam der Großfürst wieder zurück, und das löste schon deswegen eine unbändig laute Freude im Dorf aus, weil er jedem Einwohner eine eigenhändig unterschriebene Photographie, die ihn als imposanten, ordensgeschmückten General zeigte und in einen schmalen Goldrahmen gefaßt war, zum Präsent machte und bei dieser Gelegenheit ein großes Mahl mit massig viel Freibier für groß und klein gab. Eine Woche darauf veranstaltete er auch wieder ein prunkvolles Seefest für die in- und ausländischen Gäste und die Herrschaften der Umgegend. Das reiche, lustig-farbige Leben ging wieder weiter wie seit eh und je.

Es kann also nicht wundernehmen, wenn gesagt wird, daß die »Durchlaucht« in Enzhofen weit beliebter war als der eigene Landesfürst, ja, daß man den freigebigen, wunderlichen Herrn im Dorf fast so betrachtete wie einen Privatkönig. Das ist so geblieben bis auf den heutigen Tag. Es ist sogar noch etwas Bemerkenswerteres dazugekommen.

»Der Russ' is nobl durch und durch! Der hot a Benehmität!« widersprechen auch die heutigen Enzhofener noch jedem

Andersmeinenden: »Es loßt koana soviel Geld unter d' Leut kemma, wia der Russ' ...«

Mögen die wechselvollen Zeiten dem auch manchmal entgegenstehen, die pietätvolle Dankbarkeit und rührende Anhänglichkeit der Enzhofener diesem »Russischen« gegenüber bleibt unverändert. Das hat auch einen handfesten Grund. Als nämlich kurz vor dem Ausbruch des Ersten Weltkrieges der Großfürst jäh einem Herzschlag erlag, stellte sich nach einiger Zeit zum Jubel der bis dahin trauernden Dörfler heraus, daß er sein schönes Schloß und den Park der Gemeinde mit der Bestimmung testamentarisch vermacht hatte, »beides als öffentlich zugängliche Sehenswürdigkeit gegen entsprechende Eintrittsgebühr zu behandeln«.

Seither hat sich dieses Seedorf unaufhaltsam weiterentwickelt und ist zu einem vielbesuchten Fremdenort geworden, zu einem Juwel für die modernen Sommerfrischler und zu einer unversiegbaren Geldquelle für die Ansässigen. Für die gibt es jetzt kaum mehr Winter und Sommer, es gibt nur mehr die »Saison«. Äußerlich sind sie viel umgänglicher geworden und wissen jetzt genauer, was der Fremde an ihnen schätzt. Ihre Geübtheit, bei solchen Gelegenheiten wunschgemäß eine ungehemmte Bäuerlichkeit ins Licht zu setzen, hat sich verfeinert, aber ihr Urtrieb, der Drang nach dem eigenen Vorteil, ist noch stärker geworden. Krämereien und Feinkostläden, Ansichtskarten- und Andenken-Kioske gibt es eine Unmasse dort. Desgleichen sind zwei Gartencafés mit angegliederten Konditoreien vorhanden. Die drei Bauernwirtshäuser sind auf den Schwung hergerichtet und heißen sich jetzt »Sommer-Restaurationen«, am Seeufer ist ein herrliches Strandbad, und wurfweit davon entfernt erhebt sich das vor dem Ersten Weltkrieg erbaute blockige *Grand Hotel am See*, dessen zu allen Zeiten erhaltener, weitbekannter »Salon à la Russe« viele Andenken und Erinnerungsbilder des unvergessenen Großfürsten birgt. Freilich, von 1914 bis 1918 und in den Jahren der Revolution und Inflation staubte der Salon ziemlich ein in seinem Schattendasein, dann aber tauchte doch wieder das internationale Publikum auf; während der Hitlerherrschaft frequentierten ihn hauptsächlich hohe SS-Offiziere mit Wlassow-Ukrainern und ihren Damen, und heute, nachdem sich die Schwierigkeiten des verflossenen Zweiten Weltkrieges mehr und mehr verflüchtigt haben, sitzen in den roten Polstersesseln um die damastgedeckten Tische Amerikaner in Zivil und in Uniform und delektieren sich an den ausgezeichnet zubereiteten russischen Originalspeisen, die auf bayerischen Porzellanplatten und Tellern serviert werden. Die schwere, mit Gold und Silber durchwirkte Tapete der Wände ist schon ein wenig ausgeblichen. Viele Spiegel in kunstvoll geschnitzten Goldrahmen, altrussische Waffen, Kosakensäbel und Sattelzeug hängen sinnvoll neben einheimischen Schützenscheiben und mächtigen Hirschgeweihen, und von einer Hauptwand grüßt das überlebensgroße Bild des Großfürsten, von der anderen dasjenige des bayerischen Kronprinzen auf die Gäste herab. Die Zarenfahne ist um das eine, die weißblaue Fahne um das andere Bild drapiert. Dieses originelle Gemisch von einheimischer und russischer Vergangenheit erstreckt sich über die Ansichtskarten und Andenken bis in viele Bauernstuben hinein. Auf ihm beruht, außer dem Schloß und dem Park, die ungemein lukrative Anziehungskraft Enzhofens.

Natürlicherweise sind mit dieser Anziehungskraft auch allerhand ernsthafte Gemeindesorgen und private Ärgerlichkeiten verbunden. Es ist wieder soweit, daß Ausländer aus allen Weltteilen herbeiströmen. Sie kommen ins unverändert schöne Schloß und bestaunen bildungsbeflissen das prunkvolle, barocke Himmelbett des unvergeßlichen Großfürsten, durchwandern die Räume mit fast feierlicher Andacht und betasten die vergoldeten Möbel, den Betstuhl, die raffinierten Bäder mit den eigenartig bemalten Kacheln. Der Schloßdiener Johann Himsel, welchen die Gemeinde stellt, muß ihnen immer und immer wieder den versenkbaren Tisch zeigen, »an welchem die Durchlaucht zu speisen pflegte«. Er drückt dabei auf einen Knopf an der Wand, und aus dem Boden heraus kommt dieser spielzeugähnliche »original-gedeckte« Tisch. Alles ist in Blau, Purpur und Gold gehalten, die Teller, die Griffe des Bestecks, die Weingläser – mit einem Wort: phantastisch.

»Von diesem Fenster aus pflegten ihre Durchlaucht jeden Morgen auf den See zu schauen. Beachten die Herrschaften, bitte, genau den Marmorboden!« unterweist der Himsel die überwältigten Besucher und zeigt auf eine Stelle, wo man deutlich die Spur des erlauchten Fußes bemerken kann. Himsel hat die hochdeutsche Sprache vollauf gelernt und beherrscht sogar einige ausländische Redewendungen wie *Please* und *Thank you*. Er sagt diese Worte etwas gepreßt und streng aus sich heraus, nämlich so: »Pliss!« und »Tank ju!« Er mag führen, wen immer, zum Schluß, bevor die Besucher durch die hintere Tür entlassen werden in den kühlen Park, sagt er – die Hand aufhebend und sich verbeugend – mit einer Art entwaffnender

Selbstverständlichkeit: »Pliss, die Herrschaften! Und vergessen Sie nach dieser Stunde der feierlichen Erhebung eine kleine Freundlichkeit nicht!« Die Münzen klingen in seine Handschale. Kaum aber hat er die Tür geschlossen, fängt er zu zählen an. Schweigt er mit einer undurchdringlichen Amtsmiene, so ist's gut; ergibt aber eine solche Zählung ein schlechtes Resultat, dann wendet er mit einem furchtbaren Blick sein erzürntes Gesicht gegen die verschlossene Türe und zischt aus sich heraus: »Schon wieder der verbrunzte Mittelstand, der verbrunzte!« Oder: »Und so eine Bagasch schwimmt übern Ozean! Pfui Teifi, Amerika!« Im Nu verfliegt seine gelernte Ausgeglichenheit, und die nachfolgenden Besucher führt er auffallend schnell durch alle Räumlichkeiten, verbietet ihnen mit fühlbarer Herablassung jede Berührung der Möbel und Gegenstände und bleibt bei seiner mürrisch-strengen Gleichgültigkeit, bis sie das Schloß verlassen. Denn er ist keineswegs darauf angewiesen, den Schloßdiener zu machen. Er hat ein umfängliches dreistöckiges Bauernhaus mit zwei neu hergerichteten, stets vermieteten Sommerfrischlerwohnungen. Seine Frau und seine Töchter führen außer dem bestgehenden Ansichtskarten- und Andenken-Kiosk am Ausgang des Parkes noch zwei weitere solche Kioske, und jeder Mensch weitum weiß, daß beim Himsel Geld daheim ist, sehr viel Geld. Lediglich deswegen, weil er anerkanntermaßen den meisten Kunstverstand und den untrüglichsten Riecher für großzügige, freigebige Fremde hat, wird er immer wieder zum Schloßdiener gewählt. Vor allem aber ist der Johann Himsel ein ganz urechter Enzhofener, dem nichts so tief zuwider ist als schäbige Knauserei der anderen, als das Geldsparen der Nichteinheimischen. Noch anrüchiger erscheint ihm, wie jedem Enzhofener, die Armut. Ein armer Mensch gehört zum Gesindel, oder, wie man enzhoferisch sagt, »zum Gschwerl«. Ihm ist nicht zu trauen, und er gehört nicht ins Dorf, in die Gemeinde, eigentlich überhaupt nicht auf die Welt.

Es wird nirgends so erbittert auf Hitler geflucht und geschimpft wie in Enzhofen, weil er den Krieg nicht gewonnen hat. Statt dessen kamen auf einmal ganze Scharen von Umsiedlern daher. Das rief eine so rebellische Stimmung im Dorf hervor, daß das Ärgste zu befürchten war. Zum Glück aber hatten nach den dringlichen Vorstellungen der Gemeinde sowohl die amerikanischen Besatzungsbehörden als auch die Staatsregierung ein Einsehen und schufen da Abhilfe, indem sie Enzhofen mit seinem Schloß und Park als »einen der bedeutendsten Aktivposten des Fremdenverkehrs« erklärten. Die Neubürger wurden verlegt, und es wurden ihnen die schnellsten und besten Auswanderungsmöglichkeiten geboten.

Sicher wird es Leute geben, die nun meinen, die Enzhofener seien gemüt- und herzlos. Das ist durchaus nicht der Fall. Dagegen spricht schon, wie wir gesehen haben, ihre rührende Anhänglichkeit, die sie einem landfremden Großfürsten bewahrt haben. Aber auch sonst zeigt sich der Enzhofener oft von der guten Seite. Über kranke Leute läßt man gern ein mitleidiges Wort fallen, und wenn jemand stirbt, scharen sich die Dörfler um sein Grab. Es kommt oft vor, daß etliche Weiber weinen, obwohl sie mit dem Hingeschiedenen nicht verwandt sind. Und nie wird man etwas Schlechtes oder Hämisches über den Verstorbenen von einem Enzhofener zu hören bekommen. Schon deswegen nicht, weil ein teilnehmendes Verhalten bei Trauerfällen jedem gut ansteht, weiter keine Umstände macht und nichts kostet.

Ähnlich ist es auch mit den religiösen Gebräuchlichkeiten. Sie sind mit der Zeit zu einer unanfechtbaren Gewohnheit geworden, und der Kirchgang am Sonntag hat auch einen praktischen Zweck. Da kommen die Bauern aus der Umgebung zusammen, man trifft Verwandte, Neuigkeiten sind zu erfahren, die keine Zeitung und kein Radio übermittelt, und Handelschaften, für die man während der Woche keine Zeit hat, werden abgeschlossen. Hernach trinkt man im Trausberger *Postbräu* etliche Halbe Bier. Der Bursch mustert vor der Kirche die heiratsfähigen Bauerntöchter, und die tun das gleiche. Nachdem man sich beiderseits beschnuppert hat, kommt die Überlegung, was bei einer Heirat für ein Vorteil herausspringt, und das andere läßt sich denken.

Nach all den großen und kleinen Fährnissen, über die Enzhofen hinweggekommen ist, könnte man also annehmen, es herrsche dort die beste Eintracht und ein dauernder Frieden. Leider schwelt seit ewiger Zeit eine nie ausgleichbare Feindschaft im Dorf, welche nicht von Menschen, sondern von der Natur hervorgerufen worden ist: Enzhofen besteht aus einem Ober- und einem Unterdorf.

Durch Oberenzhofen läuft die breite Staatsstraße von München her. Einige Tankstellen befinden sich dort, die Autos rasen vorbei, und die Haltestelle der Überland-Omnibusse liegt mitten im Ort. Ins Unterdorf führt nur eine schmale Distriktsstraße, und weil der langgedehnte Park fast das ganze Seeufer einnimmt, gibt es außer dem Strandbad, dem

Grandhotel, den Landungsplätzen und den paar Häusern der Einheimischen fast gar keine Villen dort. Die dauerhaftesten Sommerfrischler und reichsten Herrschaften sind alle im Oberdorf.

»See hin, See her! Ins Schloß kommen bloß Durchgangsgäst«, pflegen die Oberenzhofener zu sagen: »Und außerdem is's do drunten ewig dämpfig!« Unrecht haben sie nicht. Trotz des Sees liegt im Unterdorf im Sommer stets eine brütende Hitze wie siedheißes Blei über allem, heroben hingegen weht immer und immer ein leichter, wohltuender Wind über den Gebreiten und läßt freier schnaufen. So was zieht mehr an.

Das ist der Grund, weswegen die Oberen und Unteren in fast jeder Hinsicht gegeneinander gestimmt sind und die meisten Gemeindeversammlungen so gereizt verlaufen.

Johann Himsel, als Unterenzhofener, hat das einmal in die Worte gefaßt: »Wir lassen üns ganz einfach net unterdrüücken, basta!«